中国现当代作家
研究资料丛书
主编 杨扬

秦岭研究资料

王 彬 主 编
段守新 副主编

天津出版传媒集团
天津人民出版社

图书在版编目(CIP)数据

秦岭研究资料 / 王彬主编. -- 天津：
天津人民出版社,2018.7
(中国现当代作家研究资料丛书 / 杨扬主编)
ISBN 978-7-201-13277-8

Ⅰ. ①秦… Ⅱ. ①王… Ⅲ. ①秦岭-小说研究-文集
Ⅳ. ①I207.42-53

中国版本图书馆 CIP 数据核字(2018)第 077130 号

秦岭研究资料

QINLING YANJIU ZILIAO

出　　版　天津人民出版社
出 版 人　黄　沛
地　　址　天津市和平区西康路 35 号康岳大厦
邮政编码　300051
邮购电话　(022)23332469
网　　址　http://www.tjrmcbs.com
电子信箱　tjrmcbs@126.com

责任编辑　韩玉霞
封面设计　汤　磊

印　　刷　高教社(天津)印务有限公司
经　　销　新华书店
开　　本　787 毫米×1092 毫米　1/16
印　　张　26
插　　页　4
字　　数　600 千字
版次印次　2018 年 7 月第 1 版　2018 年 7 月第 1 次印刷
定　　价　108.00 元

2009年在甘肃

2009年在西部乡村采风

2011年在全国作代会上唱
甘肃花儿

2012年在陕北体验生活

2012年与中央电视台主持人朱军对话

2015年在西安和陈忠实对话“农村饮水安全”

秦岭近照

秦岭画作（2017年）

中国现当代作家研究资料丛书
总　序

凡研究中国现当代文学的研究者大概都知道,20 世纪 80 年代,国内数家出版社曾陆续出版过一些现当代作家研究资料集。这些资料集是当时国内各大专院校的专家,花费了很大的力量搜集、整理,出版社也承担了相应的经济负担而共同完成的学术工程。这一工程的确造福于当时以及后来的研究者,可以说,一直到今天,这些资料集都是研究者和研究生们必备的参考书。但因为种种原因,90 年代后,这一工作中断了。新世纪开始,很多有识之士重新呼吁应该将中国当代作家的研究资料搜集、出版工作继续下去。正是在这样的背景下,天津人民出版社本着延续自己出版传统的宗旨,重新启动了中国现当代作家研究资料的出版工作。

从体例上考虑,丛书收录的对象,都应该是在中国现当代文学史上有过较大影响的作家。每一位作家编为一卷。尽管每一位作家的研究情况有些不同,总体上,每一卷资料集都包括以下这些内容:一是作家自己的生平和创作谈,二是有代表性的研究论文和观点辑录,三是主要作品梗概,四是作家作品总目,五是研究论文论著总目。

本丛书由华东师范大学杨扬教授任主编,负责统筹,天津人民出版社给予协助。我们希望这项工作能够得到广大学者与读者的支持。

杨扬

秦岭简历

秦岭,甘肃天水籍,居天津,60后作家。曾就读鲁迅文学院第8届高研班,在甘、津两地当过农村教师、机关干部,现在天津某文艺单位工作。

他中学时期就开始文学创作,工作后曾中断十年。出版有长篇小说、小说集、电影剧本《皇粮钟》《断裂》《在水一方》《绣花鞋垫》《借命时代的家乡》《透明的废墟》《不娶你娶谁》《幻想症》等十多部。中国作协曾在北京、宁夏召开其作品研讨会。其中短篇小说五十多次被各类选刊转载或入选中国年度最佳小说选本,散文作品多次被纳入多地高考、中考各种试卷阅读分析题。短篇小说《硌牙的沙子》《杀威棒》《女人和狐狸的一个上午》《寻找》,分别登上2007年、2011年、2014年、2016年中国小说排行榜,3部小说集纳入农家书屋工程。曾获《小说月报》百花奖、梁斌文学奖等10多种奖项,根据"皇粮"系列改编的5种剧目获中宣部"五个一工程奖"等奖项,多部小说搬上荧幕或戏剧舞台,并有作品被翻译到国外。

秦岭是位与众不同的作家

——序《秦岭研究资料》

杨显惠

这个时代似乎不缺作家，但要说哪些作家值得研究，真不是一件容易判断的事情。“中国现当代作家研究资料丛书”纳入对作家秦岭的研究，我认为独具慧眼。

在历史的某一个阶段研究本阶段的作家作品，是有难度的。优秀作品的价值，需要时间的校验方能凸显出来，而另有一些作品因其思想的沉淀和历史观的到位，却能自由跨域时间的栅栏。秦岭的小说，就属于后一种。秦岭作为“60后”作家队伍中的一员骁将，研究其小说的专家和读者已经非常可观，所以当我得知编者从上百篇有关秦岭小说研究的文章中一遍又一遍筛选时，一点也不感到奇怪，因为我本人也在关注秦岭的小说。早在十多年前，我就给秦岭的小说集《绣花鞋垫》写过序，并在《小说评论》《文艺争鸣》《文艺报》等报刊上发表过阅读秦岭小说的一些读后感。熟悉我的人都知道，我是不轻易给同行写序的，也很少评论他人的小说，对秦岭是个例外，因为秦岭的小说有许多突破当下惯性思维和认识局限的东西。有些人写了一辈子，纵然著作等身，誉满地方，也难以企及这一层。秦岭未必算得上是高产的作家，可他的小说来得真，来得结实，很好地彰显了文学精神。如今这种值得研究的青年作家，不是太多，而是太少了。

我认为，秦岭的小说为我们提供了某种稀缺的思考界面。比如，我从他的《绣花鞋垫》《不娶你娶谁》《烧水做饭的女人》《杀威棒》《本色》等“乡村系列”里，不光能读到乡村教师面对婚恋、生存质量的内心状态，还能感受到现实背景下人性在城乡夹缝、命运落差中相依相偎的逻辑与反逻辑；从他的《碎裂在2005年的瓦片》《皇粮》《皇粮钟》《硌牙的沙子》《坡上的莓子红了没》等“皇粮”系列里，不光能看到社会变革对古老乡村的影响，还能感受到农民在历史与时代交锋中的叛逆与妥协、坚守与放逐的精神家园；从他的《透明的废墟》《心震》《阴阳界》《流淌在祖院的时光》等“地震系列”里，不光能看到灾难带给人们肉体的伤与痛，还能看到地震背后世情、世相、世风以及由此折射出来的整个社会形态；从他的《女人和狐狸的一个上午》《吼水》《借命时代的家乡》等

“水系列”里，不光能看到“水民生”背景下的乡村生态，还能感受到水与自然、与家庭、与宗族、与社会之间盘根错节的关系。这些早就被作家们广泛叙写的题材，到了秦岭这里，完全变成了另一种让我们既熟悉又陌生的样子，这个样子不是轻飘的，而是结实的。这一点，在他反思战争的小说《寻找》《幻想症》中体现得尤为突出，这两篇小说反响颇大，也饱受争议，但他对战争本源的合理性与非理性，对战争支配下普通老百姓对政治的选择，对交战双方彼此伤害的思考，被学界认为实现了多个层面的突破。

秦岭还有一些小说叙事是别人较少涉猎过的，比如计划生育题材，他的《风雪凌晨的一声狗叫》《一路同行》，以巧妙的叙事技巧，把读者拉到了西部乡村的计划生育现场，可这个看似与结扎、放环、人流、引产有关的现场，背后却是一个官场生态、世风纠葛、人情角逐、灵魂博弈、命运抗争的现场。也就是说，他通过计划生育这一塔台，瞭望的却是整个社会的本相和走向。这是秦岭与这一代作家的明显区别，也是秦岭的优势。他的小说具有令人击节的纵深感、深刻性和反思意味，丰富了当下同类题材的样式。有论者认为他的小说有“根”深植其中，也有论者认为具有认识价值，还有人认为拓展了乡村叙事的新视野。我认同大家的这些观点，仅此，足以构成我们研究他小说的理由。

秦岭的小说在文坛形成了某种特殊现象，而自身也形成了某种有趣的现象。比如他的小说总会构成某种“系列”，聊到这个话题，他说：“不是有意为之，而是意犹未尽。”我非常理解这种创作心态，实际上，我的三部曲《夹边沟记事》《定西孤儿院记事》和《甘南记事》就是在“意犹未尽”的强力驱使下完成的，而这个“意犹未尽”中到底包含了哪些难以遏制的冲动、力量和向度，我想秦岭不会不洞明这一点。可贵的是，他营造的每个系列就像独家手艺，别人难以模仿和复制。这些年，秦岭的“系列”获奖颇多，曾4次登上中国小说排行榜，有些作品被改编成了电影和戏剧；一些散文作品还被纳入全国高考、中考等不同类型的阅读分析试卷；有的作品被大学教材论及，中国现代文学馆编选的《中国当代文学经典必读》系列丛书中，就纳入了他的《杀威棒》《女人和狐狸的一个上午》《寻找》等多篇小说；被出版方纳入“小说眼·看中国”品牌丛书的3部小说集，被国家新闻出版广电总局纳入了“全国农家书屋”项目；有的作品被翻译到了国外。说实话，我个人并不是太看重这些东西，它可能只是作家的一个侧面，这样的侧面丝毫改变不了我判断作家的标尺，可是当这样的侧面能够成为我个人判断的有效佐证时，我还是认可的。有次，某位著名学者问我对青年作家的印象，我推荐了秦岭。我并非文学理论家，但在我看来，当下某些理论家对作家、作品的评判，反而是不可靠的。在文学与房地产、医疗、教育、环保一样广遭诟病的时下，决策者是否由于遵从了某些所谓理论家蹩脚的研究成果才酿此果，内中因果，还用得着深度分析吗？

的确，就像作家的流行化写作会让文学陷入无比的庸俗一样，研究作家更要警惕流行化。回首新中国成立以来短短几十年时间，每隔七八年甚至三五年，伴随变化无常、不断翻新的创作潮流，研究者们无时无刻不在贴标签、下定义，推波助澜。作家唯恐跟不上潮流，研究者担心立言滞后，结果弄得文学史也是版本万千，越是所谓权威之言，越是备受质疑。这是个什么病？我说不好，这是医生的事情。

在国内，或者在天津，秦岭是我频繁交往的为数不多的作家之一，我们讨论文学的重点，多是中国古典文化、中国现实、中外思想研究的方法和智慧。多年前，有国外的学者来访，我曾约秦岭一起交流，他的一些观点和想法明显高出了某些当红同龄作家的认识高度和广度。这些年，也有一些被评论家捧得发紫的作家来找我聊小说，我大都婉拒，他们中的不少人才华有余，想法不足，把皮毛的技巧甚至单纯的模仿当成了立身的资本。我很难相信一个以清高的姿态面对政治、社会和历史的写作者，最终想把作品留给谁？而秦岭不是这样，他的清醒、坚守与探寻有方向感，他不断在纠偏、矫正自己的缺憾和错位。如果纵向考察他的作品，不难发现如今的他与五年前不同，与十年前更不能同日而语，他在不断的自我攻克中探索、思考、前行，越走越稳，越走越与众不同。

我欣赏"中国现当代作家研究资料丛书"的严肃性和客观性。研究与众不同的作家，既是对作者、读者的负责，也是对文学和历史的担当与尊重。

2017年5月于塘沽

目 录

第二辑　对话与访谈

第三辑　秦岭序跋

第四辑　秦岭小说研究综论

第五辑　秦岭小说研究专论

第六辑　报刊研究秦岭作品辑录

(一)《文学界》

(二)《文艺报》

(三)《作品与争鸣》

文学的认知非止于文坛

——秦岭访谈

王彬　秦岭

王彬：作为考察当代优秀作家及其作品的重要载体，“中国现当代作家研究资料丛书”在学界有着一定的影响和地位，其权威性和参考价值被广泛认可。该丛书纳入对你作品的集中研究，我认为是有眼光和远见的。关于你的创作、生活和阅读，我们可以通过书中的访谈尽知。这些年，你的许多作品得到学界和读者的青睐，这本书就是从众多与你有关的研究文本中精挑细选的结果。你如何看待学界对你的研究？

秦岭：客观讲，走过盲目和率真之后，创作上反而不那么自信了，有愧学界和读者的期待。我始终把学界对我创作的观察和研究视作鞭策和鼓励。这次“中国现当代作家研究资料丛书”纳入对我的研究，内心惴然，也曾犹豫数番，我无法解除对自己的存疑和追问。相对那些文字量动辄以数百万、数千万计的高产作家，我的作品并不多，累计也就出版了十几部，中短篇小说也就几十篇。尽管骨子里也笃信“一本书主义”和“文贵精不在多”的箴言，但岂敢拎来当作自勉自慰的挡箭牌？好心的编选者给了我一大堆编选的理由，让我以文学的名义给予积极配合。我想，那就权当学界给了我一次全面审视自己的机会吧！假如它是一面镜子，我愿意用它来照视自己。

王彬：其实你用不着犹豫，作家的证明从来不在于数量的多寡。有的作家写得少，读者和研究者众；有的作家写得多，读者和研究者寡，这一定程度上是作品“质”与“量”的外在客观反映。你的作品给学界提供了研究你的所有理由，这就像我们组织的“中国文学论坛”其中有多届邀请你担当嘉宾一样，全国有成绩、有经验、有想法的作家很多，我们之所以选择你，一是你的作品既与众不同又符合文学精神的呈现，二是你的一些想法非常适合论坛讨论和交流，这两点不是所有的作家都能同时具备的。你的加盟，让论坛少了一些积习和匠气，多了一些本真和元气。我想，“中国现当代作家研究资料丛书”和我们论坛对你的选择，顺理成章，殊途同归，可谓英雄所见略同。

秦岭：这次由您来主编关于我的研究资料，似是巧合，也似是注定。您主持的“中国文学论坛”对我的厚爱和选择，是我创作生活中的一件幸事。这种纯民间性的、以说真话求真理为要义的高端论坛，汇集了全国当下前沿的学术理论家，而每次受邀的作家也就两三位，这样的机会对我而言弥足珍贵。我借助这个论坛反思我的创作，发出我的声音，同时感受到了与体制内、学院派完全不同的思想交锋和观念争鸣。这使我在借鉴中外文学创作经验方面、在寻求自我突围和坚守方面、在传统和时尚的判断方面，仿佛豁开了另一种渠道，有了存储和释放的感觉。很多朋友认为我这五六年的创作有了很大的变化，无论如何理解这种变化，我都羞于面对五六年前的过去。要说改变，论坛的作用力不容小觑。我这些年发表的一些理论文章，也多是在论坛中的发言，与其说是给同行和读者，毋宁说是留给自己。

王彬：我曾在鲁迅文学院从事教学管理、教学工作和理论研究，有机会接触过很多全国一线的青年作家。应该说，他们中的很多人成绩斐然，都有各自的创作追求和文学世界，每个人都有属于自己的文学天地，但创作方法同质化的情况在一些范围内也是存在的，这也是文坛的共识。你曾是鲁院高研班的一员，也曾作为优秀学员代表参加过鲁院近些年的一系列活动，身处其中，你如何理解自己的创作路子？

秦岭：母校高级研讨班已经举办了三十多届，毕业了上千名优秀学员，其中的一些作家也是我的好朋友。相对而言，大家有许多共性的东西，也有许多个性的东西。身处其中，容易发现别人，也容易发现自己，这一“发现”对作家而言是了不得的大事，我始终认为这是我在鲁院经历的重要收获之一，比如您提到的同质化到底在自己身上表现到何种程度，从作家的“物以类聚，人以群分”中最容易体会得到。在我看来，作家与作家的区别，完全在于个体特征的凸显。我不好说自己是否有这种明显的特征，但我抱定一条：绝对不能拾人牙慧，不能重蹈覆辙，不能瞻前顾后，不能人云亦云，不能随行就市。即便是在文学的十字路口，也要相信自己的判断。当然，这样的判断绝对要避免盲目、盲从和盲动。话说回来，我十年前做得并不好，因为“悟道”的局限，也曾随波逐流。

王彬：披览评论家对你的研究，我发现很多人把你的作品划分成了几个系列。我对作家的研究不是太在乎这种划法，但我发现这种划法用于对你的研究倒是合适的，你的几个系列的确构成了当下文坛独特的、无法复制的特殊风景。比如你的“皇粮系列”“乡村教师系列”“地震系列”“水系列”等，这些系列小说仿佛异峰凸起，成为我们频频回首的景观。小说里既有反思又有批评，既有悲悯情怀又有觉醒意味，多从不同的视角、不同的侧面揭示了人和社会、自然、土地、权力、情感层面错综复杂的关系，并能巧妙地把政治、经济、文化元素融合进叙事的经纬之中。有些题材别人也曾表达过，而在你的作品里，总有新的思考和向度。

秦岭：我并没有刻意让创作服从系列的路径，这个系列的客观存在，应是自然而然形成的，比如以水为背景的《女人和狐狸的一个上午》完成后，突然发现水这个东西与人类的关系真是太神奇了，生态背景下的水，可谓命运多舛，与中国社会、中国人的生活、中国人的脾性有着与生俱来的相似性，包括中国农民的命运，于是难以遏制地有了《吼水》《借命时代的家乡》等。至于如何认识自己的创作，这个话题非常有意思，我断不会孤芳自赏，但也不是心中无数。有意思的是，我的自我判断有时也与编选者、文学专家不尽相同或完全不同，比如在“地震系列”里，我比较满意《阴阳界》《流淌在祖院的时光》；在“教师系列”里，我比较满意《杀威棒》《不娶你娶谁》；在“战争系列”里，我比较满意《幻想症》；在“计划生育系列”里，我比较满意《一路同行》，但学界的关注点似乎更多偏重于《皇粮钟》《心震》《碎裂在 2005 年的瓦片》《绣花鞋垫》《透明的废墟》《寻找》等小说。也就是说，有时候，个人满意度与读者比较接近的小说，反而在专家那里打了擦边球；自己心中没底的小说，反而一时间会众说纷纭。好在我更在乎写什么和怎么写,而对于别人的评价,我更在乎其中有启发意味的部分。

王彬:的确这样,作家、读者、专家的兴奋点不完全一致,这种现象有正常和理性的一面,也有非理性的一面。一部作品问世,各方态度可谓千姿百态,既与文学的社会属性和各色人等不同的感受力有关,也与当今人们多元化的文化选择有关,当然,也不排除社会的浮躁和复杂性。有些情况你应该是了解的,比如当下文学创作与文学批评普遍存在的症候,它与畸形的经济发展一样,也是个社会性的问题,它必然影响到对作品的客观评估与评价,很多本来优秀的作品非常容易在泥沙俱下中被湮没得无影无踪。这些年,你的小说曾 4 次登上中国小说排行榜,3 次纳入农家书屋工程,有些小说被高等院校的学者送上了讲台,这是你作品的另一种证明,也是包括文坛在内的社会对你作品的认可。

秦岭:您这个话题对我是有启发的,当今文坛和当今社会,谁才是作品的裁定者?我特别强调当今,当今和过去对文学的态度和认识的确不一样。这让我想起最近随长春电影制片厂剧组西部行的经历,他们要把我的"皇粮系列"中的小说《皇粮》搬上荧幕。影片顾问是国务院发展中心学术委员会专家刘守英先生,他是专门研究中国农村问题的,同行还有长篇纪实文学《南渡北归》作者岳南。那晚,农业专家、文化学者、地方分管农业和农村工作的领导,不约而同地对我的小说《摸蛋的男孩》展开了讨论,争鸣的焦点是中国城乡"二元化"对立最尖锐的供应制时代,忍饥挨饿的农村孩子通过把手指探进母鸡屁股摸蛋的方式试图把握母鸡产蛋的时间,确保把鸡蛋上缴国家,保证城市供应。这一惯常的农家生活细节,到底和中国历史是什么关系?与民生是什么关系?与中国城乡居民的命运是什么关系?我在这样的热议中发现了另一妙处,他们的讨论与当下文坛的讨论方法完全不同,他们的讨论根本上是把文学纳入历史、社会和哲学范畴来讨论的,而文坛始终抵达不到这一层面。所以,我有时候和搞哲学、美学、历史学、社会学的专家聊文学,反而比在文学理论家那里获得的启发要多得多。就像异地搬迁,听起来好像仅仅是换个地方盖房子,地质、水利、农业、生态、土地专家提供的信息会使你茅塞顿开,而你如果一味听信泥瓦匠的话,极有可能面临各种风险。

王彬:是这样的,文学终究要被社会来认知而非止于文坛,否则就是画地为牢。文学是人学,文学中的人物是文学立足于世的根本,这本应是一以贯之的古老话题,而今反而变得陌生和新鲜了。一方面,作家们对文学中的"人"千呼万唤,而另一方面,作家们又都在匆匆忙忙在故事、人、情节之外翻弄叙事的方式。很多作家不敢在"人"的问题上下功夫,唯恐不够时尚,唯恐在追逐西方叙事模式的道路上不够超前。我发现,你的小说中对"人"的呈现多有出彩之处,在《女人和狐狸的一个上午》《借命时代的家乡》《杀威棒》《吼水》《一路同行》《幻想症》《寻找》等小说中,那一系列性格饱满的人物形象,呼之欲出,让人过目不忘。我注意到,你近年的一些小说被有关省市成功改编成了评剧、晋剧等各种戏剧,而且囊括了戏剧界的诸多奖项。我要说的是,戏剧是非常中国化的传统艺术形式,其强大的民族性、民间性特征是其他艺术形式无法替代的。《白鹿原》《平凡的世界》之所以在全社会有如此强大的传播力量,也是这个原因。我想,他们之所以青睐你的小说,正因为你的小说中有"人"存在,记得当年中国作协研讨你的

《皇粮钟》时，有人提出“在秦岭的小说中可以找到中国农民”，这是十分可贵的。

秦岭：很难想象小说中假如失去人物形象和故事内核的支撑，这样的叙事是否能够仍然有资格归于小说这种文体。曾经某个时期，文坛打着所谓先锋的旗号热衷于散文化的小说，或者有意让叙事在故事外往复循环，甚而以淡化故事和人物为能事。我一般不会参与这方面的争论，我也读过大量欧美小说，我欣赏先锋，但我更在乎“先锋”中对人物命运的切入，更注重对人物与社会关系脉络的考察。欧美作家普遍把“人”的元素做得非常活，非常到位，这点对我启发不小。当然我也关注欧美作家讲述故事的技巧，在我看来，国界、地域的不同必然形成不同的文化特征，而魅力恰恰就在这样的迥异里。芭蕾是芭蕾，京剧是京剧，我绝对不会干那种用芭蕾包装京剧的蠢事。文学的技巧必须与本土的生活质地、文化原色和审美习惯结合起来，如果剥离了这一层，技巧支配下的“人”必然成为怪胎。形式主义在当下已经够泛滥了，我们的楼盘常常爱冠以“美国小镇”“维多利亚港湾”之类，某些书写者也爱自诩在国外某个文学大师的旗下。我敢预言，这一现象注定会成为不远的将来调侃的佐料。

王彬：从你的创作视野看，似乎农村题材居多，实际上你长期在天津这座大城市生活，将来是否仍然要坚持写农村？

秦岭：我对农村有莫大的兴趣，当年在老家天水农村生活、工作时积累了很多东西，而今农村的变迁与变革与这些东西无时不在发生剧烈的碰撞，我在这种碰撞中难以自拔，至少今后一段时期，我将仍然会把目光投射到那里。

王彬：衷心期待，并祝你攀上新的高峰。在中国传统文化中，从来不认为小说只是小说，而是给予了更为深邃的内容，而这个内容是通过故事，当然主要是人物表现出来的，祝你创作出更多鲜活丰盈的形象，从而无愧于时代与社会，在当下的中国文坛留下浓重的美丽笔墨。

秦岭：谢谢您！我不敢奢望自己有多大能耐，但文学作为我的生活方式之一，我倒是希望把油盐酱醋调配得有味道一些。啥是好味道？我唯有且调且品，且品且调。

第一辑

秦岭谈创作

文学自有故乡

秦　岭

不用遥指杏花村，回眸，文学自有故乡。

我知道我文学的庄稼依赖故乡的哪口水井、山泉或者屋檐水，真的知道，否则那些属于我的汉字、语言、描述、叙事就像坡上过了根虫子的蒿草，即便野火烧过了，春风再鼓劲，也不会“吹又生”。

我在另一篇创作谈中如此诠释过作家和庄稼人之间的某种类同：指头是犁铧，电脑是土地。只有人脑和电脑像人和驴子一样构成驱动的关系，我们就能闻到新翻的泥土的芬芳。所谓文学意义的力透纸背，其实就是对现实故乡和精神故乡默契的精度和深度。现实故乡和精神故乡的山、水、林、田、路、人，让文学的故乡冰肌玉骨，炊烟四起，山鸣谷应，这边唱来那边和。

认识抵达于此，同时也就扎到了我文学的软肋。如今要盘点在文学的故乡伸脚踢腿的样子，我反而无可适从，首当其冲的是考验自己的勇气。

西部是故乡。在一些报刊邀约的创作谈中，我无例外地要谈到我的老家甘肃天水，在羲皇故里开阔如天的精神背景下，记忆的屏幕上闪现最多的，是孩提时代母亲给我们讲读评书的情景，是可敬的外祖父煤油灯下抑扬顿挫的“古今”，是前辈压在箱子底下的线装版《三国演义》《水浒传》和首版《山乡巨变》等珠玑文字。1985 年发表第一篇作文并在原天水地区征文比赛中获奖的时候，少年的我就在应邀撰写的获奖感言中，别无选择地把文学的启蒙和孩提生活联系起来。我在一本刊物上有这样的描述：“上世纪七八十年代的西部乡村，日子像清淡的酸菜，连羊肠小道上的羊粪、牛粪都闻不到食物转化过的味道，而我居然守着酸菜的同时，有机缘守着阅读、回味和思考，据此我有理由认为，孩提背景，是我文学最早的启蒙。”经历无法颠覆，因为经历本身就是答案，纵万般诘问，答案一如既往。

是什么在引导并构筑一个人的艺术方位和准心？现实的答案很多，比如生活、历练、遭际、知识结构等。而我唯时代是举，时代才是催生作家的润滑剂。在接受高等教育之前的 80 年代中期，我曾在故乡的一所师范学校读书，那个时代据说催生了数量可观的作家群，但在我看来，那只不过是特定历史时期必然出现的一个罕见的文学汛期，而不是什么所谓的黄金期，它更像一次排洪，因为泥沙俱下，就不可能诞生什么好作品，我只承认那个时代的文学激情。当时的我，未来生活的方向和形态如迷蒙烟雨难以确认，却可以把思想放逐到云端月宫。文学颠簸得我血脉贲张，不经意间，少年的我成为百舸争流中的一叶激进得有些偏执的小舟。那时的文字和审美没有心灵的归宿，只知道把青春的躁动和梦想在缪斯的眼皮下放飞，幻想着将来中国的作家、画家、音乐家里会有秦岭这个符号，于是不惜在早恋的芳草地里勒转马头。最终，文学迫使其他爱好统统下野，在音乐、绘画的废墟上，几十篇小说、散文在《少年文艺》《中学时代》《春笋报》等报刊上拔地而起。“资历”使我理所当然成为创建校园文学社、创办校报校刊的“先驱”之一。记得当时学校传达室的小杨每周都要拦我去他那里签稿费单子，每签一次，古城劳动路临街的木凳上，就会多一个对着肉夹馍狼吞虎咽的少年。

那个时代值得留恋、欣慰的事情很多，重要的是，在邓丽君、齐秦的歌声里，做了许多的梦，梦有棱有角，咋摸咋有。1988年夏天，故乡作协会员名册里增加了一个学生会员，那就是爱吃肉夹馍的我。记得那天学校在南山体育场举办运动会，我把作协会员证带到最要好的同学中间，在男女同学羡慕的眼神中，我看见了又一个自己。虚荣心像一个鼓囊囊的气球，直直地往云彩里飘。那天，我用漫画的技法在笔记本的扉页创作了一幅自画像：头顶天，脚立地，周身赤裸，形如石膏像大卫。

小少年，大野心。课堂上填词云：“喝令地球立正，跃马宇宙稍息。”

乡村和校园晾晒了我的性格，打磨了我的理智，冷静开始像冰山一样横亘在青春的胸口。青春和校园文学因为年轻而青涩，外边的世界开始让我无奈。文学岂能当饭吃？这绝对不是我的农民意识，文学在生活的磅秤上，不如一粒尘埃。1989年，命运的铁蹄突破我对未来生活形态预想的最底线，把我顺手牵羊到一个叫西口的山区讲台教书，同时给生活嵌入了清贫，把心绪抖弄得鸡毛乱飞然后又夯进砖墙土垒。按理说，小哥哥要走西口了，村口，该有个情妹妹要招招手的，我却无法回头，我知道背后没有泪珠儿飞扬的毛眼眼儿。从十里铺到五十里铺，飞扬的，是尘土点儿，点点儿。不是不热爱乡村教育事业，更非数典忘祖，而是物欲社会和不规则的社会秩序把我逼上了随波逐流的孤帆远影。躯壳里日渐像丝一样被抽出的，是梦，如炊烟，静悄悄地消失在玉米地和山旮旯中。在与文学分崩离析的10年里，文学的汛期成为记忆，命运却没有让我的河床闲着，变本加厉地流淌着另一类文字，那就是在各级区、县主要领导身边以“大秘”的角色撰写公文材料并从事经济、管理、人才等社科类理论研究。这类写作使我的人生旅途九曲回肠，生活的图景变幻莫测，思想的交锋跌宕起伏。从1991年开始，我的步履从乡村到小城，从教育系统到党政机关，从西部高原到渤海湾，从秘书到七品小吏，从赤条条无牵挂到成为天津女子的丈夫和娃他爸。1999年，我文学的触角再次支棱起来，以引爆器的姿态靠近了文学的丛林。我在试探，是爆炸？还是艺术的知觉早已老化？“轰隆隆……”这次撞响的，是连环雷。这绝不是我的文学汛期，是我不断增高的思想冰山和不断融化的艺术雪水。我笃信结束意味着开始，我不信所谓的弹指一挥间，我信岁月的黏稠和宽度。在天津生活的第三个秋天，去了一次故乡，感觉土地在开花，所有的石头都在唱歌，麦垛后的老黄狗一笑，宛如一个怀春的女子，酒窝窝里荡漾着相思的气息。

文学的回光返照，激活了我身上久未启动的调节系统，灵感在我思想和生活的沼泽里彩虹飞架，思维方式迅速一分为二，在官场的精神追寻暗自调整了指向。在后来短短的几年里，我用业余时间的绝大部分，以每年平均十几万字的速度在文学的峡谷里寻找尘封太久的自己。尘封久了那就有了文物的属性。《新华文摘》《小说选刊》《小说月报》《中篇小说选刊》《作品与争鸣》《中篇小说月报》等选刊、选本有很棒的考古嗅觉，我有二十多篇小说通过他们，把生活的真相一次次大白于天下。那年，从维熙老先生在《中国文化报》撰文评价我的一部小说时说："从取材到人物情韵的描写，在当代描写农村生活的作品中，都称得上一声绝响。"

我的文字是绝响吗？我连怀疑自己的功夫都没有。艺术的路上，分明有个梦中的情人，远远的，站在我必经的路口，翘首，挥舞着粉色的丝帕，嘴角漾着盈盈的笑，像一朵雨后的玉兰花儿。啊啊！我还回头吗我！

渐次意识到，最和人不开玩笑的，恰恰是命运，我必须相信，出走文学十年中太多的颠沛流离和风刀霜剑，恰是命运对我思维方式和行为方式的危改，对我灵魂和精神的重铸，是在帮我颠覆单纯、摒弃感性、埋葬不切实际的幻觉和浅陋。文学给不了我这些东西，而生活给我了。不但给我了，还给我安装了窥视生活真相和原色的触角，擦亮了窥视艺术生命之泉和灵魂之本的眼睛。命运其实总是以母性才有的眼神关注着我们每一个人，温暖而热切。

转而，我把命运给我的，给了文学的我和我的文学。

于是，真切地感到时光的可贵了。生命的答案早已参透：人间已经够热闹，从来不稀罕谁谁谁曾经来过，今世，我们都没有第二次。每当感觉日子在指头缝儿里廉价地洒落，我就知道，只有抓紧文学的崖上草，精神就不至于沉入谷底。

文学使我挣脱了喧嚣，发现寂寞是另一种精彩。心灵归于自由和沉静，艺术的享受原来可以让生活没有边界，拥有的世界原来可以变得很大。

一些报刊在帮我梳理所谓成长的历程时，我告诉编辑，成长贵在"成"字儿，取决于标志性的创造，这点，我远未抵达。我只能说，我尚在路上。创作是行走的过程，我习惯了用自己的双脚走路。我宁可告诉他们我的一次次的路遇，因为路遇的温度，它煮沸了我创作的热情，揭开锅盖儿，"成"与不"成"且搁一边，至少能看到抵达的过程和递进的形态。1985 年的路上，一位刚刚从兰州大学毕业的女子来到了乡村，成为我的初三班主任，她几乎把我的每篇作文给许多班级讲读。她现在已经是海南省某大学的著名教授，她一定会记得当年那个穿着绿军衣蓝裤子戴着绿军帽的被一脸青春痘折磨得让英俊打了折扣的农村少年，因为作文而满面红光。2003 年，《北京文学》杂志社社长章德宁女士曾力挺我的中篇小说《绣花鞋垫》在原创版、选刊版破例同时推出，首开《北京文学》先河，从而把我的"乡村"系列小说推到了文坛的前沿。2006 年，被国内外华人读者誉为中国的"古拉格群岛"的小说家杨显惠先生不仅屈尊为我的长篇小说《断裂》作序，还就小说的"为什么写""写成什么"等本质性问题在《小说评论》《文艺报》等报刊为我的小说高标定位，认为"秦岭的小说打开了一扇崭新的视窗，呈现的是一条与众不同的艺术道路"。我的"皇粮"系列陆续发表后，恰逢中国首届农村题材小说研讨会召开，一些带着研究课题的专家诚邀我前往。2009 年，中国作协、天津作协和百花文艺出版社联合在北京为我的长篇小说《皇粮钟》召开的研讨会……

一次次的路遇，如驿路梨花。花开如文学，感动如我。

无论是怎样的路遇，在我心目中，他们都来自我精神的故乡。而步履完全依靠脚印的方向和多少来证明：我是在怎样走着，走向哪里，如何走的。

重要的认识在于，我明白中国文学应该以什么样的面目，才会被认为是文学。——明白，是的！明白不是个简单的词儿。我说过，作家首先应该是个明白人。今年8月，我随天津作家团去故乡甘肃采风，我尝试着在四十多度高温下徒步、赤脚登上敦煌鸣沙山。我发现，越到山顶，脚印，原来可以踩得很大。

我始终把青睐我的读者当专家看的，我欣赏他们的悲悯情怀，更欣赏他们对社会的认知。我藐视对社会缺乏起码认知的所谓专家，某次交流中，一位如雷贯耳的现当代文学专业的博导老先生用他肥厚的手拍拍我的肩膀，说："秦岭啊！我知道你对社会有自己的见解，但我一直认为，城市的就业压力之所以那么大，根子在于农民工太多。"我怔了一瞬，只好笑了，就这连掖带藏的笑，也不愿奉陪他那颗缺斤少两的脑袋。在我眼里，他们是文学的温室大棚里虚张声势的冬瓜，品起来，却不如故乡山洼里的一颗野草莓。

我骨子里热爱来自大自然的色彩和声音，当然不仅仅因为我喜欢绘画和音乐，我始终为自己生在贫瘠但不乏苍美的西部农村而感到幸运和自豪。我相信，这是我义无反顾地投身农村题材小说创作的精神支点。长篇小说《断裂》和《皇粮钟》先后出版后，曾应《文艺报》《文学报》《中国文化报》等报刊之约做过一些访谈，记忆最深的却是三次对话：一次对话是与《文学报》记者金莹，题目叫《秦岭站在崖畔看村庄》，另一次是与中国小说网编辑达拉依迦，题目叫《来自大西北的血性文人》，还有一次是与故乡《天水日报》记者胡晓宜，题目叫《乡村是我永远的风景》。要说三次对话中使用频率最多的词是什么，那就是：故乡。我的一些屡被转载、广播和改编的小说，如《坡上的莓子红了没》《烧水做饭的女人》《绣花鞋垫》《不娶你娶谁》《碎裂在2005年的瓦片》《乡村教师》《弃婴》《透明的废墟》《本色》《分娩》《硌牙的沙子》等，它们实际上是我用故乡的新麦做成的发面饼、锅盔馍、臊子面、疙瘩汤。我在对话中说过，天津作为我的第二故乡，周边也遍布着美丽的乡村，这里的乡村比天水的乡村要富饶得多，湖泊荡舟，沙鸥漫舞，但那只是我带着妻子和儿子度假的美妙去处，却很少走进我的乡村小说。崔道怡先生在一篇评论中说："我感受秦岭是'钻进心坎看农民'的。"很汗颜！我做的远远不如先生说的好，但有一点是肯定的，我艺术上的乡村生活始终黏糊在故乡的崖畔上，馓饭似的，兼有酸菜和玉米的醉人芬芳，一呼一吸间，肺腑里全是文学故乡的烟火和空气。

写作是寻找，心灵的那种，找到了，再拿出去做第二次寻找，找与自己心灵有感应的人。因为看重感应，所以寻觅。2005年第一次获全国梁斌文学奖时，我获奖感言的题目叫《在布谷鸟的歌唱中》。今年在领取《小说月报》"百花奖"时，满脑子仍然有布谷鸟在飞。为什么？大凡懂农事农时、乡土乡村的读者，心知肚明。因了这种难得的默契，创作中的许多发现和所得，第一时间，总会神经质地传导给故乡的朋友。

这使我有足够的自信和魄力一手捏紧犁把儿，一手轻舞鞭子，不管前面是驴，是牛，还是骡子，我们该咋走，就咋走。

当然不能一味地前行，犁铧需要随时清除缠绕在上面的杂草和粘土，否则人和牲口同样吃力。孟繁华先生在一篇评论中批评我说："秦岭在小说后记里批判的'待在象牙塔里从事所谓乡土叙事的人'的问题，在他自己身上可能也同样存在。"我懂先生的好意，这是在敲我的警钟。前不久，我刚刚从甘肃的乡村回来。为什么要去，为什么要来，心灵的答案一如小说，无须直白，只是为了文本所表述的炕土味儿，是不是那个味儿。在我看来，生活是用来感应的，而不是用来体验的。

我用鞭子赶完驴，就把鞭子搁在象牙塔上。塔下的田野，一望无际。

写下这段文字的时候，风乍起，是秋在文学的故乡蔓延。

2009年10月2日于津门

（载《文学界》2010年第2期）

我知道我是谁

秦　岭

1

可以不知道别人，不可以不知道自己是谁。

镜子是最不可靠的，自画像从来属于记忆和岁月的手笔。镜子比影子还要轻佻和清浅，只有记忆一丝不苟地还原着我们在人间那些主宰与被主宰、纠结与被纠结、默契与被默契的明暗关系。人人都活得忘乎所以、似是而非，永远也找不着北，还得找，尽管难保支离破碎。

童年是一张凌乱不堪的脸谱，涂满了颠沛流离的线条和颜料。我至今无法想象20世纪70年代初离小城天水几十公里的大山皱褶中那个既是村学又是家园的破庙里，当干旱、饥饿纵容了野狼的嗥叫，母亲在土坯垒起来的讲桌前怎样教学生识字和歌唱，那时我两岁多的大脑尚未升级，记忆空白。后来唱着《我爱北京天安门》成为一年级小朋友时，这里已经是母亲工作过的第四个村学，方知画像中的天安门并不是我想象中的山神庙。群山起伏的脊梁、山花斑斓的色彩发酵着我涂鸦的欲望，凡是能留下痕迹的纸质——譬如课本的空白处、报纸边缘,都会在第一时间留下我的"惊世"之作。好景不长,一学期不到,我就灰溜溜地辍学回家。这取决于母亲多舛的命运和"一根筋"的性格,最终成为光荣的生产队社员是她绕不开的宿命。两例可证:墙倒众人推的年代,她宁可挨批,也不愿声讨江青,并拒绝上缴样板戏时期有关她的戏装;她宁可放弃原天水地区优秀园丁奖获得者交流大会,也要带我到天水一中操场参加悼念周恩来集会,那是我第一次见到传说中的黑白电视机,像岁月的补丁,像夜晚的一只眼睛。另一只眼睛在哪里?我用两眼找,也找不到那一只。

本乃泼猴的脾性。母亲的奇想是把我关在土屋里修炼成吕蒙正、薛仁贵式的人物:夜晚在煤油灯下踢腿下腰、读剧练嗓,白天自学教材,背诵《三字经》和革命样板戏剧本……"笼"中的日子,我愈加桀骜不驯,全身像长满猫须一样异常的敏锐和敏感,崖畔上传来的一嗓子民谣,村西牲口圈里的驴叫,墙外婆媳的争吵,会让竖起耳朵的我忘乎所以,陶醉得涎水潺潺。

30年后,我的长篇小说《皇粮钟》、短篇《硌牙的沙子》《坡上的莓子红了没》中,几乎是不自觉地、无意识地复制了这份蒙昧时期对人间的考察。《小说月报》约我谈获奖感言,脱口而出的标题是《站在崖畔看村庄》,其实崖畔常常是我偷偷掏鸟的地方。如今想来,恋鸟,是不是与翅膀有关呢?

天生就是个影痴,麦场上放映的京剧《孙悟空三打白骨精》开启了童年的爱情,想死了白骨精的妖娆和风情,娶了,让我当妖怪也愿意;被吃掉,也心甘。呆在白骨精的肚子里,一定是美死了。唐僧叔叔,真是个无趣的男人。

摸蛋的功夫就是那时练就的,那是一位"八九点钟的太阳"胸怀伟大祖国的卓越表现。右手食指插进母鸡屁股,是为了保证中国城市居民的鸡蛋供应。当时不会想到自己就是沉重历史的见证人和参与者,更不会想到小说《摸蛋的男孩》发表后,会成为一所大学里"读书节"期间的国情教育必读作品。

离群索居的童年,让我的自尊像粪坑里的石头,又硬又臭,与伙伴们三句不合,就引来一场恶斗。离城不远的外婆家是我的世外桃源,外爷的弟兄们和舅们娴熟的吹拉弹唱,让夏夜的月亮变成了鲜活的鱼儿,让我恍若隔世。曾经,母亲是以17岁党员和毛泽东思想宣传队优秀队员的身份,以破灭女兵梦为代价,带着这个梨园世家的书香气息走进重重大山的。山,成为我的丰富,我的阻隔。

终于寄宿在山外的一个村学完成了小学教育,超龄,直报四年级下学期。母亲这样做,大概是以她学生时期连跳三级直奔中学的记录作了参照,岂不知习惯了吟诗作画、之乎者也的我与"现代教育"格格不入。11岁的我和7岁的弟弟,开始了完全独立的生活:拾柴、做饭、洗衣、喂猪。因斗胆给民办老师纠错,没少挨恼羞成怒的教鞭。小说《杀威棒》里有我挨打的影子,这个小说后来登上2011年度中国小说排行榜,被段崇轩教授评为中国"当年最具历史反思意味的小说"。

常常牵念同样寄人篱下的五年级同学张保录,我俩躲在冬日里一个废旧的沤制大麻的深坑里,是他让我增强了对数学的自信。他说:"天下的方程算式,其实都很简单,假设未知是X,一切就已知啦。"30年后的一天,我以一个生活在直辖市里的所谓正高职称身份与他这个小学教师在故乡小城巧遇。他嗫嚅:“你……还好吧。”我头皮一麻,我俩在岁月的X里,仍是未解的方程。

我的孩子常常戏我:“你简直是散养的,如果是鸡蛋,好吃!”

2

像我这么一个对世界充满好奇并且不甘屈就的人,活着就是一个事件。

少年时代像个老玉米,性格却更像一块锋利的冰茬儿,透明,尖锐,却脆弱,亲手绘制的30多本“连环画”涂满了对这个世界的不屑和厌倦。那个时代,常有同龄人自杀的信息扑面而来,排除中越前线死于战火的。后来给区政府领导当秘书,常有机会去天水西郊的刑场。两米开外,罪犯浓重的气息带着人体的热量。枪响了,生命的面孔被子弹炸开了花儿,脑浆和鲜血的腥味瞬间占有了我们的呼吸道。围观的人群中,有吓瘫的,有熏倒的。

我闻够了各种死亡的味道,麻木地把自己融入集体,麻木地期待柳暗花明。我相信,上苍是在用这种方式,赐我理智。

应对不堪是件伤脑筋的事情,用来学习文化课的精力和智慧大概不到十分之一。我像一匹掩盖着伤疤的狼,习惯了拿阳光、朝气的一面示人,在当时颇为时尚的天水第一师范学校,我不仅参与创办了校报《奋进》,与樊汝康先生合作谱写(我作词)了校歌,还成为校团委宣教委员。睿智且蒙昧,自负且矜持,从善且清浅,就像作文自画像《我》被选入《全国师范生优秀作文选》(1988年),却对辛勤撰写了评语的《文选》教师孙绍权先生(福建师大评论家孙绍振之兄)多有失礼。不懂航标,就摸着石头自己过河,摸到一个算一个。摸不到,栽了,满鞋窝的泥,堵心都来不及。后来——当我在2011年全国第八次文代会上演唱甘肃花儿的时候,恍然觉得有个舞台如影随形。第一次登台演出是在一个叫兰沟的自然村,7岁,扮演杨子荣;第二次是初入师范在小城的秦州剧院男声独唱,第三次是在北京,台下是王蒙、铁凝、蒋子龙、陈忠实、莫言等上千中国作家中的精英——这可能是我师范四年的意义。而当年临毕业,我怅然地坐在苍茫、空洞的夜里,用笛子、二胡或者电子琴尴尬的旋律反问自己:那些在《少年文艺》《中学时代》等报刊发表的几十篇习作和几千封读者来信是不是一个少年的错?半月前,一个很偶然的机会,方知当年发表的作文《故乡的莓子》曾被选入五年制小学教材。在人生的无主题变奏里,上苍始终把我看作最需要呵护的那一位,它让我20年后才知道这件事儿,是为了避免把少年的膨胀带进迷惘的青春。

荷尔蒙疯狂地袭击了我年轻的脸,满脸的红豆比相思更要漫长,少年的梦中情人是奥地利影片《茜茜公主》中的茜茜,分明在一个古老的雨巷秘密牵手。20年后果然就去了茜茜的故乡,那天的德国啤酒,让我在巴伐利亚的乡村,醉成了古老的王子。不像,也得像。在萨尔茨堡毗邻的小河边,茜茜一眼看上我,那是理所当然的事情。就她那性情,她难以摆脱我箫声的诱惑和我讲故事时激情四射的魅力,一个微笑,有泪抖落,目光里所有的滋味儿,准是难以避免的甜。

"山重水复疑无路"。臭知识分子的清高、孤傲和自以为是,在我面对社会的那一刻,就土崩瓦解,这是我传统性情最为伟大的战略转移。从乡村中学执鞭讲台开始,我先后从事过机关文秘、共青团、组织人事、调研、党务、督查、文化等不同岗位。在世俗的包围里,我一没后台,二没粗腿子可抱,注定将成为被社会无情痛打的落水狗。昂贵的青春残忍地奔流东逝,只知今天,无法预测明天,所以我完全服从于今天,扬弃文学长达10年之久。我欣赏王安石、欧阳修、曾国藩那一辈的领导同志,他们的博学、容忍、犀利乃至残忍让我耳聪目明。"机关七份混",我必须做好七分的不混。选择了羊肠小道,注定要走弯路,不能杞人忧天。

机关是哈哈镜,完全模糊了我的面孔,意象而非具象,每天保持、呈现着微笑和颔首。如果非得说中规中矩的行为与中规中矩的思想是一码事儿,实事求是的态度与实事求是的追求是一码事儿,任劳任怨的工作与任劳任怨的事业是一码事儿,那是不成熟的表现。我以"大笔杆子"的狡黠和明智,在几所貌合神离的高等院校脱胎换骨,直至成为不中看却中用的研究生。这样的大学似乎是专为培养我而设立的,给我栖息,同时又放纵并包容了我思想的淬炼和文学的狂欢,我永远让自己坐在最后一排,下课了,小说基本完稿了。公文写作的实践,使我的毕业论文和答辩出神入化,满座皆惊。以组织、领导名义在国家级社科类期刊发表的八股宏论,少说也在300万字以上。我曾在一个恶毒的暗夜把这些期刊、书籍点燃,然后又飞蛾扑火般抢救了许多残片。残缺提醒我,真正的圆满是残缺。证明疼痛的,是伤口,不是扼腕叹息。

电脑时代的曾经,我迂回"敌后"坚持我的钢笔书写,我的艺术得以在公文的掩护下冲锋陷阵。譬如领导的发言是我事先早就写好了的,但在厅级领导常委会上,我这个小科长照样一丝不苟地记录,许多小说就这样一惊一乍地诞生在记录本上,成为《钟山》《上海文学》《北京文学》等杂志上的《难言之隐》《绣花鞋垫》《烧水做饭的女人》。后来当我以部门"一把手"的身份批评科长们不该一心二用的时候,我的口气含蓄得要命,被认为和蔼可亲。

机关是我茁壮成长的"社会科学院"。当读完牛津、剑桥的"海归"试图和我结交的时候,我骨子里有三分的不屑。面对中国社会,他们只会指鹿为马。和我神交的除了史学、哲学意味的朋友,就是书房外真诚多于世故的打工仔。

从农村到城市,从小城到直辖市,从西部到沿海;从某政协常委乃至所谓高级"人才",我在同龄人中属于"进步"比较快的那种。每一次的角色转换,内心五味杂陈,谁解得个中味儿,我就跟他上梁山,做强盗。咱不打家劫舍,咱替天行道。

只有哈哈镜里的那个人才像我,他和社会一起摇曳。不变的,是良心。

3

报刊上常刊登我的肖像,像个装模作样的思想者。

这是我作家的标志之一,我如今默认了以写作者的名义出现。要说感谢文学,不是因为文学给了我这个名号,而是捍卫了我立身于世的尊严。

“铁饭碗”对我来说是个很搞笑的概念。执鞭乡村讲台的第二年,我就想卷起铺盖儿南下深圳,在漂泊中寻找另一个自己,这样的念头一直到蔓延到在天津结婚生子。世界风起云涌,百舸争流,最无聊的是随波逐流。在中国作协为我举办的小说研讨会上,蒋子龙谓我和天津的关系是“天上掉下个林妹妹”,但我等待我的贾宝玉,就像等待夏日里的一场雪,冬天里的一片绿。

社会的转型比我想象的要流氓得多,知识和诚信越来越不如权力、金钱和家庭背景强大。逃避世俗和规则,必然万劫不复。性格,成为我力量的源泉。在天水的时候,我与来这里挂职的天津官员史文华邂逅在难得的人文情怀里,我俩常常自带干粮,远离尘嚣,骑自行车到麦积区、清水县的偏远乡村感受老农深埋在胡子里的苍生,并让格瓦拉、普京、老布什、齐奥塞斯库和卡斯特罗的话题在这里烟熏火燎。他说:“中外执政者卓尔不群的性格决定一个国家、地区的盛衰。当下恰恰难以容忍官员的个性化,这是很恐怖的一件事。你应该南下打工,两年后你会拥有自己的企业。不是为钱,为成功。”那是 1992 年的 10 月,四年后,经史先生推荐,天津通过特殊人才引进方式将我破格考录到某人事部门。在人与事的江湖里,我凭着西北人的义气竭诚服务了整整四年半,以书面形式无比严谨地给广大公务员、专业技术人员们制定可视、不可视的社会规则,期间业余协助天津的一些文化、广告公司搞策划设计。如果说,那些年我婉拒上海、广东等地的经济实体以及南方一家报业伸来的橄榄枝是为了知恩图报,那么,后来试图甩开原单位参与天津市处级领导干部的竞争上岗,实在是不愿在旱地上游泳了。明晓得现行的领导竞争上岗是三真七假,我还是偏向虎山行。不上山打虎,我只能守株待兔,那兔子,不是撞来的,是扔来的,兴许才是半根腿骨。

十几年前的某年,我报考某直辖市自收自支事业单位性质的报业编辑室主任岗位,总分全市第一,社长纳闷:“金饭碗的公务员怎么敢往我瓦罐里跳?”我的领导回应:“西北人嘛,没见过世面,别让进入面试就是了。”

我抗衡的唯一方式,就是按照市委党报启事,顶着重重压力和嘲讽,先后报考 6 次,其中 3 次笔试、面试全市第一,3 次进入前三名,但每次都是在考察阶段就以“本单位的骨干自己使用”这个暧昧的理由拿下。我落了诸项骂名,提炼一下就是“不按规矩出牌”。反过来就是说:你真以为竞争就是凭本事啊?

有趣的是,2011 年,某地文化局长带领一干人到我主持的文联虚心学习经验,开口便道:“我们如果有秦岭先生这样的人才就好了。”我报以淡定的微笑,资深局长早已忘记,10 年前,他这个主考官面对的全市第一名面试者,就是在下。当年该地组织部长亲自找我谈话:“你单位不可能放你的,为了两地关系的大局,您就……”我微笑着说:“组织永远正确英明。”

文学给了我正常的模样,俊,还是不俊,都在读者眼里。天水的老领导谢寿璜(著有长篇小说《红门怨》)先生信中感慨:“当年你在我身边多年,我怎么一点都看不出来你?”我回信:“您如果那么轻易看出我来,我还算是我吗?”其实很想开个玩笑的,您当年一个点头,把我从农村调入城市,又一个点头让我成了科级,已经不是常人的眼光了。这样的玩笑过于文学,不开也罢。

我知道我是谁,这是多么伟大的真理。

2012 年 12 月 7 日于天津观海庐

(载《艺术广角》2013 年第 1 期)

我习惯了在小说里反思

秦　岭

这世界恍惚得可以,反思都来不及。反思,影响着我的小说走向。

实际上,反思是中外优秀小说一以贯之的传统。搞笑的是,小说发展到当下,传统这个永恒的概念在中国文坛好像判了刑期,人们习惯了在没有根基的创新和时尚中追风逐浪,习惯了给一只母鸡的屁股插上一把撕裂的扇子,就以孔雀开屏的姿态粉墨登场。我要做的,是让母鸡习惯下蛋,其中的创新是让鸡蛋大一些,但不能撑破屁眼儿;让孔雀习惯开屏,其中的创新是让屏自然大方一些,而不是吃了兴奋剂的那种。我无意让母鸡变成孔雀,这是小说与怪物的区别。

我在反思传统,也在反思创新,归根到底在反思历史、生命和人性。

我常对那些关注、支持我的专家和读者心存感念。不久前借签约作家述职之机对有关评论我小说的专题、综述类文章做了一番粗粗地梳理,居然发现超过一百五十多篇,多半论及我小说的反思尺码、反思理念和反思精神。短篇《杀威棒》被段崇轩誉为 2011 年度"最具反思意味的小说",这样的注解让我百感交集。我写这样的小说,是因为我在中国千百万返城知青的文学回忆中,太多地了解到他们对流逝青春的幽怨、对政治运动的牢骚、对蹉跎岁月的愤懑,唯独缺少对农村大地的悲悯、对农民的怜惜,对背叛青春誓言的追悔。更为可耻的是,那些口口声声受到"上山下乡"严重伤害的知识分子现如今官居要津之后,却爱满怀深情地高调公布知青经历,表示自己曾经在大风大浪里练过红心,曾经和中国最底层的劳动人民在一起。这是中国知识分子的悲哀,更是中国乡村和中国农民的屈辱。我不得不站出来,借助农民之手,拿"杀威棒"对这段历史"当头棒喝"。在我看来,铺天盖地的上山下乡运动中,真正受难者并不是城市知识青年,而是农民。这一点,中国农民最有发言权。很可惜,生活在最底层的中国农民没有以文学形式发言的客观条件,所有的发言权,被城市青年以红卫兵的方式剥夺了。知识青年挨了农民的"杀威棒",实际上是我借助农民的力量,替历史说话,把历史在农村大地上的真相还原给读者。

都说历史是一面镜子，但我们从来没有把历史当镜子，或者说，这面镜子很少被人擦洗过，布满尘埃，以至于我们连自己脸上的千疮百孔，都模糊不清。我让自己保持高度的民间意识，这样，无论大街小巷，还是田间地头，到处都有刺目的、刀子一样的历史碎片，让我难以回避，有话可说。

这是我反思的方式之一种，在以《摸蛋的男孩》《皇粮钟》《碎裂在2005年的瓦片》为主的“皇粮系列”小说中，我反思的源动力来自城乡公民对社会的误判、对历史的麻木以及对情感的迷惘。当下富足的城市物质世界里，常听一些颐养天年的退休人士感慨：“当年，上面有老人，下面孩子一大帮，两口子工资也少，但是不愁吃，不愁穿，心情舒畅，没有压力……”这是城市公民对生活极具普遍性的一种浅薄认识，几乎浅薄到了可耻的地步。他们应该很清醒，“当年”城市的供应制是以中国饥寒交迫的农民无偿提供粮食、棉花、生猪、鲜蛋等生活必需品为保证的。那些党政机关、企事业单位乃至小小居委会里纷飞如花儿的粮票、布证、肉票、蛋票里渗透了农民多少的血与汗、多少的付出与死亡，似乎都与历史无关，与社会无关，与生活无关。我在《摸蛋的男孩》里，之所以让那个农村小男孩从母鸡屁股里抠出殷红的鲜血，是因为小男孩终于觉醒，他每天无比忠诚地以摸蛋方式给城里人保证鸡蛋供应，但城里人并没有买他的账。同样的共和国公民，当个城里人和当个农民，本是两重天。贺绍俊在评析时说“不公平的城乡价值观至今仍然让农民的心口在流血”。但另一为评论家却告诉我：“你这篇小说，我认为有些过了，当年京郊的农民劳动时，田野里是有歌声的。”我内心说，你这句话如果让当年饿死的千百万农民听到了，半夜里非抓走你不可，你他妈的活该短寿。即便你的心脑血管没啥问题，饿死鬼们也会让你的各种“富贵病”突如其来。

前不久，网上疯传几则消息，大意是男教师强奸小学女生的事儿。某评论家告诉我：“我突然联想到你《绣花鞋垫》里农村老师娶女中学生的事儿了。”我只能说，这样的联想对了一半儿，错了一半儿。强奸小学生和娶中学生是一个话题的两个方面，是非曲直我不肖定义了。我只想说，你首先不要为这事一惊一乍，你必须要搞清当下社会的底色。社会是土壤，美果俊瓜也好，歪瓜裂枣也罢，都是土壤里萌发出来的。在这个城乡差距悬殊、农村青年男女普遍变成城市农民工的时代，假如你的公子北京师范大学博士毕业，志愿到西部一个缺水、少电、无路、没有婚育女人的乡村中学干一辈子，你家小白脸面对爱情无着、婚姻无望，面对徜徉在村口的一对儿公猪和母猪，对人生该作何判断？

最近，恰逢“5·12”忌日，许多文学社团以研讨地震文学的方式纪念那场10万生命的劫难，我的中篇小说《心震》《透明的废墟》《相思树》再次屡屡被提及。曾经，《透明的废墟》被认为是“第一部反映汶川地震题材的小说”，而对《心震》，不止一位评论家心存质疑：“你这么写一场灾难，我一时难以适应。”我不是为了让你适应不适应，我只适应我对生命的反思。在现代社会，当我们的公民只有在楼群带着死亡的威胁坍塌的时候，在废墟的罅隙里无助呼号的时候，在鲜血快要从残破的躯体流尽的时候，在自己的亲人死无葬身之地的时候，才开始清醒邻里之间本不该形同路人，开始发现藐视人间大爱是多么可悲，开始懂得最基本的友情是多么美好，开始明白生命不仅仅属于自己,同样属于别人……这样的反思,是多么的奢侈,多么的昂贵。至此,我想问你,你想适应什么?

我希望反思是风和日丽中的一种常态,而不是弥漫着血腥。一如我藐视灾难来临后举国上下瞬间涌现的山呼海啸般的激情以及灾难过后奇迹般的风平浪静。匆匆地来,匆匆地去,这世界等于什么都没发生。这不光是我们文化心理中有太多的自私、自恋、自负和自爱,也不光是人的德性出了问题,而是我们社会的魂儿飞到九霄云外去了。

我曾经在一个不便公开的场合讲,灾难,本身是个太坏的狗东西,但是,当灾难让我们学会了反思,学会了爱、同情与和谐,我们该怎样给灾难以情感因素之外的定义?更何况,这样的"学会",是否真就意味着会了呢?

一时间,在场的诸位,鸦雀无声。

我的小说,就是在这样的鸦雀无声里,化为有声。

2013年5月25日于观海庐

(载《文艺争鸣》2013年第11期)

眼睛和心灵缘何划江而治

秦 岭

【编者按】2011年10月16日,第八届中国文学论坛就"现实主义的此岸与彼岸"这一课题展开讨论,来自中国社会科学院、北京大学、清华大学、鲁迅文学院等单位的专家、学者王彬、肖鹰、李建军、王兆胜、邵燕君、藏策、王春林以及作家秦岭等参加了研讨。下面是秦岭的发言:

作为一名依赖于凭借写作的观察者,如果我们过度相信自己的眼睛,往往只能看到现实的此岸而不是彼岸,从而被眼睛活生生地蒙骗。"眼睛是心灵的窗口"早已欺世盗名。面对眼睛,心灵往往沦为废品。

现实本无此岸与彼岸之分,如果有,那么,中间那条江,必然叫无知。恰恰是,我们的眼睛和心灵早已划江而治。眼睛在这头,心灵在那头。现实主义文学何以困守此岸,迟迟过不了江?

最近美国正在持续发生着一件在美国人看来司空见惯的事情,民众占领华尔街时喊得最响亮的口号是反对阶级剥削和压迫，现实理由之一是生产资料被少数人占有，导致大量产业工人失业。中国人和美国人都是人，生活的空间和土壤离不开三大背景：政治、经济和文化。但时下的中国文人很奇怪，提起政治和经济，他不会想到这是直接影响我们现实生活的最为强大的外力，而是下贱地唯恐与极左、权力、金钱、铜臭沾边，显得自己不够文人；提起文化，他往往以身披多少国外文化外衣为荣，唯恐一不小心暴露出骨血里传承自民族经典和传统经验里的元素，显得自己不够时尚。放眼天下，我们的社会现实比美国要丰富、复杂、严峻、诡异得多。我们的生产资料都集中在哪些人手上？我们的劳动者到底是哪些人？用不着我分析，找个小姐也会给出答案。文学是反映现实的，现实主义文学此岸与彼岸的距离如果一味地诟病于现行体制和评价机制，恐怕只是个稀松的借口，根本还在于过于自恋在此岸东瞅西看，致使心灵的破船始终无法融入彼岸的图景。现实的彼岸到底在哪里呢？在我看来，只要你活着，在呼吸，在行走，现实的此岸和彼岸不但不遥远，几乎是零距离，它或许就在象牙塔的窗外，此岸是一幢幢摩天大楼彰显的大发展大繁荣的灯红酒绿，而彼岸就在那并不轻巧的杯盏里，那里蓄满了一个时代城市有产者的欲望、绝望和空虚；它或许就在路上，此岸是道路边上馒头就咸菜的农民工和城市失业者的相互嘲笑，而彼岸却是惺惺相惜中默契、发酵的那种可怕的情绪和蔓延的颠覆意识；它或许就在日渐荒芜的田间地头，此岸是新农村建设带来的红砖绿瓦和蔚然气象，彼岸却是留守老人对层层断裂的千年族风祖脉招魂似的呼唤以及留守幼儿对这个世界巨大的陌生和疏离；它或许就在历史的记忆里，此岸是民主革命者前仆后继的号角声以及踩着革命者淙淙血河疯狂反扑的陈旧势力，彼岸呢？几十年后号角之声犹可闻得，而大摇大摆趟着革命者血迹的，往往是革命者的“官二代、三代”、新兴的官僚权贵，以及新兴的知识分子和新兴的有产阶级。如果说，革命最终回到了原点，你到底是信？还是不信？

这当然不是彼岸的全部，也不是眺望彼岸的全部方法。至少，我们应该知道彼岸大致是怎么回事。

平时，我很不愿与某些著名的臭文人聊文学话题，从他们的头顶，我见惯了心灵废墟上凄凄的荒草。我宁可与那些出租车司机、农民工，或者官场失意者为伍，这些群体里如果出作家，必然是大作家。他们观察现实能一竿子扎到底，现实的彼岸灯火通明，白昼般一目了然。文坛曾经很是感慨过上世纪八十年代起身的一批作家“当年听到获奖消息的那一刻，有些还在车间干活，有些还在田间耕地，有些还在海里捕鱼，有些还在哨卡站岗”。道理很简单，他们当时生活在生活里，现实就在眼前，不分此岸彼岸。有趣的是，他们一旦功成名就享受到体制的温床，作品就迟钝了，萎缩了，甚至连自己都找不到了。根本上是眼睛和心灵有了距离，要说他们远离了生活，还真不算废话。

致命的是此岸只有一个，而彼岸之外，还会有彼岸的彼岸，甚至无穷。

汶川地震后，我曾在《中国作家》《北京文学》等期刊上发表过《心震》《透明的废墟》《相思树》等一系列反映灾难生活的中篇小说，有些所谓的专家和作家跳出来冷嘲热讽，说是再怎么写，能有记者笔下的纪实文字、照片、镜头有穿透力吗？要我说，这才是睁着眼睛说瞎话。纪实、照片和镜头除了视觉效果上灾难的场景和程度,它能反映出废墟里所有亡灵在灾难来临前面对生命、死亡、流血、伤残、亲情、财产、仇恨的人性世界吗?你如果能把几堆废墟、几摞遗体带来的感官震撼和艺术的穿透力混淆在一起,那么我敢肯定,你的眼睛睁着,但你眼睛与心灵的距离无穷遥远,因为你的心灵早已死亡,你没有彼岸。

我在另一篇访谈中说过,在艺术上,虚构比真实更要真实,想象比现场更要现场。我不指望所谓的专家听得懂,但我相信,读者一定懂得。

偏偏是中国的文学评论家更是缺心眼儿,他们恰恰距离社会更远。他们不像国外的评论家是在政治、经济、文化的大地上直立行走,而是把自己牢牢镶嵌在文化范畴内部属于文学艺术的那块夹缝里,挖空心思地搞一些形而上的玩意儿。中国的评论家要给作家治病,首先要把自己的病治好。否则,病毒会在此岸扩散,未及彼岸,早已全军覆没。眼睛和心灵划江而治,最早淹死的永远是作家,他一抬脚,就掉水里了。

真正的好小说是无岸之海,无所谓此岸彼岸。

(载《名作欣赏》2012 年第 3 期、《文学自由谈》2012 年第 4 期)

文学批评的当务之急是去伪存真

秦　岭

【编者按】在 2011 年 6 月 15 日的第七届中国文学论坛上,来自中国作协、《文艺报》、首都师范大学、山西大学等单位的王彬、阎晶明、臧策、陶东风、王春林、秦岭等学者和作家就"文学批评的标准与方法"展开讨论。下面是秦岭当时的发言:

一切学术论争通过发展和演进,会日臻成熟乃至炉火纯青,而中国的文学批评恰恰相反,到了时下,被普遍认为出了毛病,甚至被认为病入膏肓。既如此,似乎遭遇疑难杂症了,我倒是认为,治病之先,不如去伪存真。

因为不是批评家而是一位写作者,我对于文学批评界存在的问题,无意也无力从理论上做到精细的归纳和概括,但我坚持认为文学批评的基本常识和大致面貌是不容糟蹋的,真正的文学批评,至少会让读者借助批评家公正、锐利、精准的眼光和论述,在对作品的标识、定义层面求得共识,引导并帮助读者对作家的作品有所发现,发现后有所甄别,甄别后有所判断,判断后有所审美,审美后有所享受。这是文学批评最起码的功能链条,构成链条的,就是标准,每个标准就是一个环节。忽视任何一个环节，链条势必断裂，委实饶恕不得。这样的文学批评必是货不真价不实，去伪存真，势在必行。

文学批评乱了标准，因何如此？看多了乱花迷眼的文学批评，不得不叹服批评者在语言、思辨、文采方面的诡异、娴熟和老道。兴之所至的、空泛的文化随笔意味的所谓批评远远盖过了本该严丝合缝的学术需要。即便是老瓶装新酒，即便是偷梁换柱老调重弹，却要故意弄得有板有眼、不乏妙趣。这种大肆风行的掩耳盗铃式的批评，究其根因，无怪乎有四个方面：一是学养上有学而无养。饱"学"而不养"学"，学必无法"专攻"，客观上造成作为知识分子的批评者们治学、从学、为学态度的轻佻与散漫。二是立场上有场而无立。中国文坛这个"场"够大，批评者尽可以纵横南北，而"立"的缺失，不仅导致学术个性的削弱，读者还有理由怀疑知识分子的情怀和胸襟是否出了问题。三是标杆上有杆而无标。批评者似乎人人都有话要说，可谓众说纷纭，时刻在抢占话语高地，而最为致命的高地之"标"却似乎无关紧要，这是心灵原则丧失的典型体现。四是理论上有论而无理。按理说，凡"论"当为"理"而生，为"理"而灭，可是打开万千期刊，批评者大论煌煌，多为言之无理，或者为了指鹿为马而强词夺理，一眼的浮华浮躁，不知所云。如此等等，文学批评成了彼此观点投石问路的器具，成为个人学术意志争长论短的名利场。文学是社会元素的艺术集合，文学批评更当是以文学为主的融各学科为一体的试金石，很可惜，从当下的文学批评里，很难看到历史学、政治学、社会学、人类学、心理学层面的观察与思索，单薄得像一张老羊皮，干硬，却极少柔软湿润。

如果说这是病，那么随便拎出一位读者，都会认为这实在算不得疑难杂症，倒疑似文学批评的抑郁症，癫痫症，或者狂躁症。这样的病用不着吃药打针的。如今的批评者多受过高等教育，既然敢于不知所云，必然有过硬的心理素质。戳到软肋处，作为知识分子的良心发现了，去伪存真是容易的，即便靠自我调节，也不见得有多难。

批评，从来是宽泛的公众语体，决不仅仅止于文学，同样，文学批评也不仅仅止于专业人士。在相对发达的媒体时代，社会变革带来的各类现实问题、症候和现象，在第一时间就会引起全社会各方人士的批评，无论尖锐还是温婉，无论唇枪舌剑还是绵里藏针，均是理之凿凿、言之切切、论之赅赅，进而很快会辨清矛盾的真伪，还真相于大白。文学是社会的缩影，反映的是人类生活的全部经络。据此，我们的文学批评有理由脱下伪饰，礼贤下士，规规矩矩走出象牙塔，向社会公众学习，适当注入、借鉴时政性批评的理念，社会调查式的方法，现场办公式的手段，让批评更加贴近真实，贴近读者的公共审美需要。我此"药方"，并非万能，至少对于去伪存真，是一个实惠实用、立竿见影的捷径。

标准是在大浪淘沙中获得的，巨浪翻滚而不淘沙，标准永无得日。真正的批评浮出水面，所有的装神弄鬼必然无处藏身。去伪存真，文学批评的面目会焕然一新。

（载《山西日报》2011 年 7 月 11 日、《文学报》2012 年 10 月 12 日）

角度是小说叙事的铁门槛

秦　岭

【编者按】第十一届中国文学论坛于2013年6月14日举行，此次论坛主题是："中国当下小说叙事现象与叙事理论"。来自中国作协、鲁迅文学院、《小说月报》《长篇小说选刊》等机构和刊物的文艺理论家、编辑王彬、李朝全、顾建平、刘书棋、臧策以及北京、天津的作家代表甘铁生、秦岭莅会。其中秦岭先生发言如下：

行者，往往止于铁门槛，它会让你出不去，进不来。

小说叙事的角度，一道铁打的门槛。一旦阻隔了你，纵有才情的恣意汪洋和语言的天花乱坠，只能像自淫一样抽风。不是龙卷风，是疯的风。最终偃旗息鼓，轰然坍塌在小说的门里，或者门外。

"无法跨越角度的创作，所有的叙事都不是自己的。"这是十年前我撂在高校讲座上的狠话，撂给我亲爱的听众，实际上是把这个长长的楔子嵌入我叙事原则的死穴，自我警醒。作为一位小说的实践者，经验和教训，使我对小说叙事的角度视若神明。若干年前信马由缰、毫无原则的叙事快感，往往让小说故事的核心袒胸露乳，和盘托出，突出的问题是：故事讲精彩了，但故事的外延却窄瘪了；自认为搞清了"写什么"和"抵达什么"的关系，却因藐视了"怎么写"而丧失了角度的优先权；对丰饶的生活积淀、对社会的所谓独特发现乱采滥挖，造成了小说叙事生态的水土流失。惊回首，方知铁门槛是用来跨越的。面对以往叙事，痛心疾首。小说叙事的所有魅力，完全取决于这个门槛的属性和高低。木头的不行，是个犟驴就可以破门而入，它必须有高度，就像赛场上的跳高，没有记录，看点何来？

十年之后，当我在小说叙事中习惯了迂回、包抄、打援、突袭而屡获叙事角度的时候，我斗胆且合理地认为，西方小说叙事学的重要代表华莱士·马丁关于作家、叙述者、人物、读者关系的阐述，远不如早已隐遁于历史的我们的老祖宗伏羲"仰则观象于天，俯则观法于地，观鸟兽之文与地之宜"的精神视角来的振聋发聩。

在我看来，角度不仅仅是叙事的前提，相对于故事中心，它几乎就是叙事的第二个中心。一个小孩用弹弓打下一只鸟，这是一个多么平淡无奇的、不足挂齿的过程，可是，叙事角度的选择，却可以让整个过程变得海阔天空，深邃莫测。选取小孩掉下裤子露出小鸡鸡而不察，一定比选取小孩英姿飒爽拉满弹弓更具生动性；选取空旷的树梢空无一物，必然比一只小鸟的存在更具诗性和想象空间；选取一粒鸟粪玷污了小孩的光头，必然比小孩的天真阳光更能延伸一个事件的背景；选取小孩背对一片歉收的谷子地，必然比一片森林来得深刻。假如，请允许我更残忍一些，假如我们角度的第一视点不是小孩，也不是弹弓，而是小鸟惊恐的眼睛——因为小孩在费尽最后一点气力气拉满弓的时候死了——我们不妨继续延伸叙事的角度，孩子死在一只破碗的旁边，或者，死在一所当下美丽却空旷的乡村校园里，再者，死在期盼农民工父母回家的村口……树上的鸟儿啊！亲爱的鸟儿，从你的眼睛里，我找到了小说。我不敢说据此我可以让小说变成经典，但是我相信，本作家，已经找到了经典的叙事角度。

一如孩子脑瓜上的鸟粪，明摆着。角度不是感性的，不是我们肉眼看到的、摄像式的固定画面。角度完全是理性的，理性到残酷无情、浩渺无边、如履薄冰的地步。如果我要说，角度完全与作家的社会观、人性观、历史观以及思想、理念、学养、生活积累有关，似乎有些酸了。要说角度的发现多半与一个人的情怀、心灵有关，你一定怀疑我窥视了你心电图仪器检测下活蹦乱跳的心脏。有一点是肯定的——没有理性的判断和延伸，你永远也不能找到角度，角度对你来说，永远是个陌生的东西。你只能面对你咿呀学语的婴儿，不厌其烦地讲“山上有座庙，庙里有个老和尚”一样的故事。实际上，你既不会承认你是老和尚，也不会承认是小和尚，你纵然著作等身，坐拥书斋，也是个与小说无关的家伙。

角度，理所当然成为我小说叙事中规规矩矩的第一选择。就像古时富家小姐选女婿，宁可找志当高远的落难书生，也不会依附豪门纨绔，因为她面向的是未来。我习惯了面向中国的乡村，因为我清醒支撑中国时代文明的根基不是城市而是乡村，工业现代化、城市建设的突飞猛进与历史的进步、文明完全不是一码事。拉开中国社会的窗帘，最冲击我眼球的，仍然是人和土地的关系。当生活的视角变成我小说的视角，我不会让一个独立的“我”自圆其说，我会让现实中的“你”“我”“他”全体介入。一段时期以来，我在第三人称叙事的开阔与包容中，尝试把第一人称的“我”嵌入其中，同时不忘把第二人称的“你”拽进叙事文本，变幻成与“我”对立的讲述者。这就像我打你一拳，我必须让你自己表述疼还是不疼。我试图通过农民屋顶瓦片被砸的碎裂声，用来辨析城乡二元结构背景下中国农民内心的呐喊；通过孤守麦季中年迈阿婆不绝如缕的咳血的山歌，用来观察中国农民精神的底色；通过当下社会各色人等对一个弃婴无可奈何的态度，用来反映社会急剧变革、时代多元的国民性特征；通过乡村孩子偷偷给教师们的饮用水中掺沙子这一事件，用来反映发展与变革带给传统道德的惨痛戕害；通过民办教师用教鞭无情抽打城市公民的孩子，用来颠覆国民对知青时代的传统认知；通过粮油鸡蛋供应制时代农村小孩把母鸡屁股捅出鲜血，用来窥视中国社会矛盾无法调和的历史根因……了解我的读者，一定会找到对应的表述对象——是近年来创作的《碎裂在 2005 年的瓦片》《弃婴》《杀威棒》《摸蛋的男孩》等系列短篇小说。

这里，“通过”是我的叙事角度，“用来”是我“要干什么”，至于之间的“怎么写”，那完全是我占领“角度”高地之后的叙事方法问题。有时候，我选择一刀致命；有时候，我选择千刀万剐。怎么有快感，就怎么来。

选择短篇说事，不光在叙事层面要比长篇、中篇更来得直截了当，来得不容掺假，另有几分底气来自佐证，这些小说，有的被中国现代文学馆编入《中国当代小说经典必读》,有的被认为是“历史的碎裂声”“历史的血”。评论家关注的焦点之一,就是“秦岭选择了一个非常有表现力的叙事角度”。有趣的是,我的一些叙事视角,是站在农村小孩子的立场上的,一开始连我自己都觉得惊讶,后来如梦初醒,在一个面对矛盾、欺骗、遮蔽可以集体噤声的时代,有两种人物承载的叙事视角原来如此强大:一个是孩子,一个是疯子。

我当然明白安徒生老儿为什么会让孩子的视角面对皇帝的新装,我同样明白,一个讨薪的农民工在城市实施一场爆炸之后,连社区的三岁小孩都敢质问来自乡间的保姆:“姐姐,你是来杀我的吗?”

“角度是小说叙事的铁门槛”。不是引用,是我说的。

(载《南海潮》2015年第2期、《中国艺术报》2013年7月26日)

心灵是文学的路径而不是避风港

秦 岭

【编者按】2012年3月16日,第九届中国文学论坛主题研讨如期举行,来自人民日报社、中国作家出版集团、文艺争鸣杂志社、鲁迅文学院、北方工业大学的专家、学者王彬、李舫、藏策、王双龙、石厉、谭旭东、马季以及作家秦岭等参加了研讨。其中秦岭先生发言如下:

当一串串文字从心灵踏出第一步,途经心灵并止于心灵,这样的文字毫无悬念地会变成文学。因为属于公认和共识,于是写作者往往好以心灵的名义为自己的文字寻求保护,当下许多神经错乱的小说之所以没有被认为是疯子,就因为有这个心灵名义的避风港。

心灵写作本是个古老的话题,而今聊起来反而新鲜地有些怪异。新鲜,是因为当下的写作与心灵过于渐行渐远;怪异,是因为我们不仅在重复古人的结论,还有一种婴幼儿教大人学走路的诙谐。历史上凡是靠谱的文字,无不从心灵的路径上一路走来。远到诸子百家,中到新文化运动,近到上世纪八十年代初的思想大讨论,好一片争议、争执和争鸣,根本上是在解决心灵的问题。文学是直立行走的,它巨大的投影往往离不开心灵的呼唤、呐喊、启蒙、批判、共鸣、照应。投影一旦形成,它就不仅仅属于读者,而属于整个的历史和社会。我相信,此言不是空洞的高调,而是遵从了写作的纪律。事实是,当下的文学,到底有多少投影,在拖曳着我们靠近心灵?

绝对是出了问题的！忘记了是哪年的中国式春运期间，我毗邻的城市发生了一个系列案子，几个回不了家的青年农民工嫖了小姐，因缴不起嫖资，就合伙把小姐骗到野外一杀了事，骗一个杀一个，杀到第三个的时候，终落法网。面对这样一个趋于普遍性的社会问题，中国各阶层小说家们的说法几乎众口一词：严打不力。如何理解这四个字，是感性的呐喊呢，还是理性的指责？是同情小姐的遭遇呢，还是憎恨农民工的凶残？无论怎样，小说家的心灵局限、心灵幼稚与心灵桎梏彰显无遗。嫖之又屠之，人性逻辑上当然说不过去，但在心灵层面上，我们根本没有底气和资本在谁对谁错、孰是孰非的简单天平上妄下结论，我们首先应该分析我们的社会秩序是怎么回事，反过来讲，假如是另一种社会秩序，那几个杀人不眨眼的青年嫖客，没准就会成为战场上的杀敌英雄。凶犯对记者说过的话很有意思："我们是装修工，本来要奸杀女主人的。"事实是，他们杀掉了和他们的身份同样低廉的弱势一族。当这样一种心态、心情、心境、心绪日趋弥漫并构成公众视野的心灵秩序，必然影响着我们的生活底色。中国小说家在自身心灵的腿脚尚未发育成熟的弱势下，靠近并梳理这样的现实，谈何容易！生活，活该对中国小说家形成考验。中国小说发展到现在，才华和技巧是不用考验的，不及格的是心灵考板上的表现。可见，在中国当个小说家，是一件多么让人感到不安、警惕、心虚、害臊的事情。

去年应邀在某地参加一个小说座谈会，有人听说我的短篇拙作《杀威棒》被誉为"当年最具历史反思意味的小说"，就让我谈体会。我结合小说的历史背景重申了一个观点：知青运动伤害最严重的是中国农民。结果有位所谓的专家当场提出反驳，认为知青运动中受伤害最严重的是整整一代城市知识青年，而且"他们停课、下岗都赶上了"，并以上世纪八十年代以来所谓的知青文学为依据，像祥林嫂一样絮叨知青在农村如何迷茫。本来是一个高端的文学论坛，我最终选择了沉默。我清醒，在一个目光与内心同样狭窄的时代，所谓的理念、理论、理由一旦盖棺定论，避风港就会一层高筑一层，港内的，不是心灵，而是许多空洞概念、虚无观点和苍白著述的尸体。我完全相信，在世界文学的花圃里，中国所谓的知青文学更像个人日记，没人会当做文学来较真，因为这些文字用极大的个人偏见，无比自私、自恋、自负地照应并维护着个人情感和情绪，这不是真正的心灵写作，而是情绪的宣泄。如果懂得共和国农民与土地、城市人与土地的最基本的关系，懂得农民与这个国家命运之间的联系，懂得政治运动对传统农耕文化、文明史无前例的戕害，懂得连几千年封建社会都不存在的城乡公民"等级"意识怎样深深嵌入了共和国公民的内心，那么，你的那颗"心"才会"灵"，情怀和境界同时得到升华，此种理念下的写作，才有可能既照应自己，同时又照应别人甚至达到普世的意味。心灵打开，知青文学必然会成为另一个的样子，即便是罂粟花，也会一样影响文学的世界和世界的文学。

那天的作家发言要求结合自身创作，我本来想以我的另一篇短篇小说《摸蛋的男孩》为例，进一步阐述自己在关注农民精神、农民命运方面的立场：在长达几十年的城市居民供给制时代，许多山区孩子是要学会摸蛋的，黎明即起，先把手指插进母鸡的屁股眼儿里，来判断这颗上缴国家的、保证城市供应的鸡蛋是否能够顺利产于当天。

当我发现满面红光的专家们的洗耳恭听完全出于好奇和猎奇，而我的发言更像普及中国乡村精神史，我不由悲从中来，我索性借故去了厕所。尿不多，但也是哗啦啦了一阵，感觉有什么东西终于释放了一点点。

当心灵的门锁锈迹斑斑，心灵的避风港里，必然堆放着腐烂的垃圾。几年前，德国汉学家顾彬放言中国当代文学是垃圾，好生伤了中国作家的面子，像是人家揭了你性功能有碍的隐痛。我无意旧调重弹，更无暇为双方辩护。我只想说，至少，国人、包括作家的心灵里是有垃圾的。举个例子，这些年，中国抗战题材的影视剧组里会招募许多日本人扮演日本鬼子，这对日本人的民族觉悟和民族感情无伤大雅。相反，某次日本影视剧组邀请一位大陆名演员扮演了一个妓女，立即招致国人来自所谓心灵的声讨。文化无边界，心灵无藩篱。国人窄瘪的心灵空间，以及心灵空间里隐藏的诸如鲁迅笔下民族性、国民性的那种“小”，那种恶，那种俗，那种浅，张然若揭，臭不可闻。避风港抵挡的，恰恰是我们稀缺的，而保护的恰恰是秽物。心灵是个圈，大了，有大文学；小了，有小文学；再小，就只适合当尿桶。

既然说到国内与国外，想延伸的话题是，其实文学和心灵比其他任何学科更加超越国家，超越民族，只要给心插双翅膀，就可以与任意喜欢的文学、心灵对话。因此，在某些外国文学带给我们的心灵世界里，反而更容易找到心灵的我们。我阅读外国文学，往往出此动力。当下的世界文坛之所以不屑中国文学，除了中国作家在技巧上即便拾人牙慧仍然缺乏自信外，主要的还是在心灵对接上失血太多。同样的亚裔作家，日本、韩国以及台湾地区的作家写出的东西不像欧美的翻译文本，而是像他们自己，像自己的心灵。他们用不着避风，他们没有港，文学素面朝天。在日本，面对 8 级地震的摧枯拉朽，老百姓不会抢夺食品；在韩国，前总统卢武铉因为被怀疑不廉，纵深跳崖以明心志。这样的民族人文精神，这样的国人文化心理，该有怎样的心灵秩序，而这样的心灵秩序，该有怎样的写作秩序，这样的写作秩序岂能不诞生跨国界、跨民族的优秀文学作品？答案，随便拎个中国读者里的日丝、韩丝，都会头头是道。

在生活面前，文学必须规规矩矩服从于心灵。在心灵的避风港里，中国文学的借口实在太多，有人过多地把意识形态、市场对文学的影响当做文学堕落的源头，这是另一种诡辩和圆场。真正的文学和心灵很少谈条件，只要内心独立、自由，即便从泥淖里出来，也会一尘不染。心存敬畏，心灵就是文学的佛龛。

当下的中国文学，只要列队从避风港里出来，走上心灵的路径，各种可能都会有的，我乐观这一点。

（选自《文学的观察与展望——中国文学论坛文集》，北岳文艺出版社 2017 年 5 月版；本篇也是“天津青年作家培训班”的讲稿）

重要的是“断裂”什么

——长篇小说《断裂》创作谈

秦　岭

未央编辑告诉我，我的长篇拙作《断裂》在2008年新年北京书市上作为重点图书展出，大32开本，封面很漂亮！搜狐“读书”排行多次稳居第一，让我放心。未央从北京打来电话的时候，我正在我家楼上书房的榻榻米上看书。我把自己像巧克力一样包裹在绵羊绒被子里，背靠立挂式鹅黄色暖气箱。冬日的阳光从窗外照进来，温暖而明亮。

我相信这位才女的判断，凭她对中国图书市场的专业眼光和对文学艺术的悟性，我瞬间就打消了许多顾虑。

严格地说，这是一部写官场或者权力的书，也可以说不是，我只是探询了官场内外的人间俗事。有趣的是，这本书的“袖珍版”在《小说月报》长篇专号发表以后，有些评论家言之灼灼地谓之所谓反腐小说，并把学术的视角偏执地停留在小说中缠绵的情事和权力暗流的涌动之中，对此我只能姑妄听之看之，却是信之不得。聊以自慰的是，该专号18万份的发行量，成就了我近年收获读者来信的高峰。

多家杂志社约我写《断裂》的时候，几乎异口同声地给我提示过所谓看点的问题，在这些老职业编辑的眼里，官场小说似乎永远和犬马声色、政治博弈、权力碾轧联系在一起的。这样的理解一度使我困惑。混迹官场多年，我至少认为老编辑们和我眼光的错位过于明显了。如果非得让我给文学的官场人物挂上那么多的标签、担待和义务，我还不如写历史小说《苏三》。中国老百姓大概没有人认为美丽绝伦的妓女苏三是个不好的艺术形象，但是在我看来，文学的魅力恰恰就在这里，苏三首先是个有情有义的美丽女子，然后才有那么多诸如妓女之类的标签。在我看来，文学是属于心灵的，我们更多的应该关注人而不是事，应该关注人的灵魂而不是人的所为，应该关注人的精神而不是表象。反正眼睛在我面门上镶着，而且是标准的一点五度，我有足够的信心给读者介绍我在官场的发现。构思《断裂》的时候，正巧收到《中篇小说选刊》资深编辑晓闽女士的短信，她是替南方某省一家知名出版社约长篇。记得出版社后来是这样给我答复的：“《断裂》是部标新立异的好小说，写透了官场人等的心灵世界，我一口气就看完了。只是所有的人物不分好坏，当编辑的，真有些把握不准。”

我咬牙切齿地乐着，电话那头照样感受到我惯有的礼貌。

老人家给官场人物的标签竟然更为具体，他是用“好”与“坏”来区分、甄别、界定官场人物的。如果这样，中国的传统脸谱艺术该退出历史舞台了。悲哀的是，《断裂》未能逃出这个尴尬的出版规则，一如一个被强人虏到城堡内的公主，手抚铁窗，满目怆然。《小说月报》隆重推出她的时候,也是犹抱琵琶。

所以我感谢这位至今未曾谋过一面的未央编辑,是她在一次偶然的机缘网上阅读了我发表在《钟山》《长江文艺》等期刊的《难言之隐》《年轻的朋友来相会》《打字员盖春风的恋爱史》等系列官场小说后,以赴汤蹈火的决心和信心,攻破出版堡垒,把公主解救了出来,并十万火急地护送到了中国工人出版社的忠雨编辑那里。用她的话说:"《断裂》不是一般意义的断裂。"

至此,关于我的理念和表达,真的无须再赘言了。2007 年 11 月在北京参加全国青创会的时候,中国工人出版社的领导和编辑约请我在一家酒店见面,我只给他们讲了两个官场故事。其一,此前早些时候,我曾因公往返北京和天津之间,在中央党校听到沈阳市原市长慕绥新因为腐败问题被拿下了,这位老革命的红后代、当年清华园的高材生、昔日的著名改革家和政坛明星一夜白头,不久就忧郁而死,当年被他一手培养起来的各级干部退避三舍,初中学历的结发妻子幸灾乐祸。临死前,一直在身边陪伴他的,是一位真爱着他的中学女教师。在老百姓眼里,慕绥新无愧人生的事有两件:一是取得的不俗政绩,二是收获了真正的爱情。其二,被誉为平民市长的海南省东方市市长戚火贵工作雷厉风行,一有时间就去农村下田劳动,后来因为腐败被判处死刑,办案人员在他家搜查出了近几百万元的折子。他自己的表述大概可以提炼出这么一个意思,他是不缺这些钱的,但是如果按照规定把这些钱上缴纪检部门,将会有更多的干部被斩落马下,更多的开发商闻风而逃,东方市的经济建设和改革开放将会惨遭滑铁卢。同样是老百姓的话:戚市长死了,稻田里甭说有市长来插秧,连一般干部都没有……

谁敢说这是悖论,他一定是个俗人。

谁敢说这不是悖论,他也一定是个俗人。

阳世三间,我们都食人间烟火,我们都是俗人。如果非得要把文学弄得像个啥东西似的,作家首先还算个东西吗?

两个小故事,至少说明我思考的角度和方向。换句话,如果非要刨根问底地关注苏三在青楼接客的一面,连山村的放羊娃都会朝你甩鞭子的,大概连看过乡村社戏的猪啊羊啊狗啊都亮清,苏三那女孩子是有爱的,甚至可以说,正是她的爱,我们才记住了她。

我在《断裂》中的表达,已不言而喻。

2008 年 1 月 3 日匆匆于天津

(驿站壁报网 2008 年 1 月 4 日)

我开始相信自己的眼睛

——小说《皇粮》创作谈

秦　岭

从维熙先生告诉我："就用这种视角审视生活，你会优先靠近文学的本质和精神。"这句话从我尊敬的文学前辈嘴里说出来，终于使我开始相信自己的眼睛。前年，当一些批评家在《文艺报》《作品与争鸣》等报刊评论我的乡村系列小说的价值时，我思想的眼睛突然大睁，我文学的神经因皇粮这个文学的富矿而再度兴奋起来。

《皇粮》刚刚被《小说月报》原创版头条推出，经济体制改革专家史文华先生就专程找我，兴奋地聊了整整一个下午，用他的话说："我通过《皇粮》走进了农民的心灵。"这话让我感动。幽默的是，一位文学圈内的资深前辈却是这样对我说的："这样写皇粮合适吗？我可是听惯了二胡曲《喜送公粮》的呀。"我苦笑一声，只好附和："我还听过笛子曲《扬鞭催马运粮忙》呢。"这两首曲子可谓异曲同工，表现了农民怀着喜悦的心情，快马扬鞭缴皇粮的醉人场景，这样的曲子每年缴皇粮的时候都要在我故乡崖畔的大喇叭里飞出来。我是农民出身，当年羸弱的少年之躯承载着皇粮的负荷沿着崎岖的山路去粮站时，我只知道我家最好的麦子要送给城里人了，却不清楚这一切意味着什么，唯一的感受是身心早已疲惫。有趣的是，这样的感受农业专家和农民兄弟相信，而更多的作家却未必认同，这使我惊讶地测量到了作家与农民、与土地之间的实际距离。

至今没人确切地对中国农民身上的国民性特征下一个定义，面对皇粮这个延续了长达2600多年的精神重负，他们近乎用宿命的心态接受并包容了它，即便在20世纪80年代"卖粮难""白条子"问题严重影响到他们生活的基本秩序时，也无意把这种天大的不公放到国民待遇的天平上寻求答案，因为他们是享有"勤劳、诚实"美誉的中国农民。我在写皇粮系列之前，曾试求从表现皇粮国税的众多文艺作品中寻找心灵的感应，结果往往让我失望。我要找的决不是一个简单的农民负担问题，也无意单纯地梳理皇粮与农民千丝万缕的联系，而是皇粮的阴影千百年来到底怎样浸染并改变着农民的心灵原则和精神领地，我相信这不是一个简单的话题，这个话题由现实直逼历史纵深，我们尽可以想象皇粮之于农民的心灵史是怎样一幅图景。这样的思考使我的皇粮系列在有良知的专家那里得到感应，首篇《碎裂在2005年的瓦片》一发表就被《小说月报》等多家报刊转载，并被北京电影制片厂搬上了银幕。即便如此，皇粮给我的一切远未写完，在浮华的直辖市呆得太久了，远离了山水林田路猪鸭牛羊狗，我的智慧面临严峻挑战。

感谢《中篇小说月报》再次转载了我的拙作,此刻,秋播后的田野,一片寂静,我怀疑土层下面的冬麦种子,是否睡得安稳。

2007 年 10 月 9 日深夜于津郊天鹅湖度假村

(载《中篇小说月报》2007 年第 11 期)

情怀和语境是作家心灵的双翼

秦　岭

有没有人反对不要紧,我是认了的:情怀和语境,作家心灵的双翼。

当真正的作家把心灵放飞,绝不会收拢翅膀,注定了长途跋涉,人间太多的烟火里,布满了平平淡淡的奇特和奇特的平平淡淡,这是一种呛人心肺的诱惑。难以相信,一个没有情怀和语境的写作者,是否能在烟火的五味杂陈中自由穿越、拨云见日,完成从始发到目的地的全程记录。

情怀和语境是何关系,从概念层面解释就过于机械了。不久前,我在某地青年作家培训班上谈过一个观点:作家需要悲悯。就是说,悲悯可以让作家所有的毛孔都长满明亮的眼睛, 眼睛之多和视野之广, 让一度雄踞七窍之首的眼睛反而显得微不足道。而悲悯才是情怀之一角,仅此其一,现实世界的真相、样貌、品质、味道与气息,已经让作家的心灵目不暇给。这是一种肉眼难以摸索到、感受到、品尝到的外部环境,这样的环境自然而然地给作家提供了一种酝酿个人语境的土壤, 这是情怀外化而成的语言的鸟语花香、叙事的大观园与表达的桃花源。今年春夏之交,我曾在重庆、贵州、广西、陕西、宁夏、甘肃等地的偏远山区做过一次有关农民饮水安全问题的考察,“水是生命之源”这句古语让我的心灵久久难以歇下翅膀。我们是生活在水中的,而水也在我们体内,人比鱼更离不开水,哪怕是一滴。对人类来说,一滴水远远高过了一滴血的意义。这一发现丰富了我的情怀,让我对水的所有叙事变了模样,构成了我叙事语境的悲情、悲怆和悲壮。只有把喝水视作与自身生死有关的人,才明白这样的语境是怎么回事。

我敢说, 不是所有的书写者都能踏进这样的土壤并在语境里种植自己。在我看来,情怀至少有五个支撑点:精神、境界、智慧、包容和良心。缺其一,我们就无法区别一滴水与一滴血的不同。一滴水的晶莹所蕴蓄的全部世界,往往会被我们像忽略空气一样若无其事。世界多小啊! 贪得无厌的人习惯用自己的一生为代价,用双足周游列国的方式感受地球的边界，描绘个人时代与现实世界发生的故事，让读者进入他自恋的语境。往往是，书写者的感受与一个足不出户的智者的感受本质上没有什么两样。当你承认地球本是个庞大的水球，我们就有理由相信，一滴水和偌大的水所构成的世界本是一码事儿。要说区别，恰恰在于单凭双足丈量世界的人。双足有尺码，而心灵不仅尺码无疆，尺码本身就是一个神秘的世界。至此，我不得不叹服中国古典哲学里“大无”与“大有”的辩证关系，情怀是个很哲学的东西，没有哲学思维的人，语境显得非常之遥远。

当情怀和语境成为作家心灵的双翼，穿越一滴水，不比穿越地球容易多少。假如你在一滴水里折戟沉沙，我会认为你是英雄的书写者。

有人把清高纳入情怀，我感到莫名其妙。我欣赏清高，但清高不该伤害到情怀。我认为孙犁就有这个毛病，他提出作家要远离政治，这是多么的狭隘和可笑。当伤口远离刺刀，你会忘掉刺刀原本是带尖儿的。当政治成为影响我们凡俗生活的重要外力，远离政治其实等于逃避生活中最尖锐直接的部分。这一点，外国作家永远要比中国作家地道和实在，他们了解民生的前提是搞懂政治甚至参与政治，他们很清醒政治和民众相互的、彼此的各种意味。参与、接纳、包容、反思和批判，让他们文学的语境云蒸霞蔚，生龙活虎。

当下的中国作家因为各种机缘，都会以采风、考察的名义通过行走的方式探究目的地蕴藏的秘密，似乎没有人怀疑这样的书写者会揭开怎样的谜底，反正去是去了，写是写了，主办方和书写者到头来皆大欢喜。今夏在陕，我与陈忠实做过一次对话，陈忠实告诉我：“关注现实从来都是双向的，观察者和被观察者必须能够在心灵上产生交锋和融汇，否则作为作家，即便长十双眼睛，也看不懂现实，而现实即便张开渔网一样的怀抱，也会把作家漏掉。”我理解这句话，真正写作者的心灵可以像子弹一样穿越、穿透、穿过，而有些写作者偏偏就艳羡从一个枝头到另一个枝头的小小鸟，这样的精神质地注定了语境的泥淖，他提供的必然是一种荒诞的、无聊的、很小人的叙事。在我看来，这样的语境颇似身体隐秘部位的排气，很是污染语言的环境。

很是庆幸作家有心灵的双翼，怎么飞，怎么有。

2012 年 11 月 11 日于津门观海庐

（载《中国艺术报》2012 年 12 月 10 日）

散文是文学的形意拳

秦 岭

作为主要以小说创作为主的作者，我庆幸散文这种样式的存在，它完全有别于小说，让我们感受到形和意的魅力。有点像中国武术，小说的闪展腾挪之后，还须散文的行云流水。没有形和意，我们不会看到云行走的形态和水流动的意蕴。散文在某种状态下也需要闪展腾挪，但远不如形意拳来的正儿八经。

相对于小说，我认为散文这种古老的文体最值得中国作家自豪，它不像小说那样理论上植根于西方。从古到今，中国散文灿若星辰，我们完全有理由让散文自信。散文发展到今天，即便有些良莠不齐、泥沙俱下，也大可不必惊惊乍乍。问题多了，也比小说容易发现。论形意，中国最有发言权，中国的许多艺术形式都讲究这个东西。舍本求末，那是自轻自贱。

有意思的是，近来许多人谈散文，似乎更乐意颠覆常识与传统，制造话题热点。有两个问题被争得颇为有趣，一个是散文的真实、真实性和虚构的问题，另一个是散文是否可以关注社会热点。在我看来，这真不该是当下讨论的话题。对于前者，我认为这样纠结有些不识时务。真实和虚构均脱胎于生活，本体上并不矛盾，这样，虚构完成以后的真实性和真实的真实性，本质上并不矛盾。当虚构突破了对真实的透视难度，这样的虚构必然体现了真实性。有人认为曹雪芹一定经历了《红楼梦》中的大观园生活，或者有可能是贾宝玉的原型，这完全是坐井观天式的扯淡，他完全混淆了真实与虚构之间的逻辑，错判了作者虚构和想象的卓越能力。岂不知最完美的爱情文学往往是爱情失意者的想象，最真实的科幻文学往往取决于作者的虚构。说到这里，至于《史记》里有多少真实和虚构，这样的话题该立即打住了。对于后者，许多人的核心观点是散文关注社会热点、时尚、融入新媒体属于追风媚俗。我认为这是典型的画地为牢，自命清高。让古人听到，会笑得癫破棺材。文学离不开时代，散文尤其如此。时代为社会赋予了超越历史的、更为丰富和复杂的精神元素，散文没有理由退避三舍。唐诗宋词之所以至今难以超越，不仅与历史环境有关，更与作者对表达与呈现的突破性技术与贡献有关。要说难度，恰恰是技术与贡献，这才是当下散文的软肋。妄图用花拳绣腿打败古人，那是东施与西施的审美较量。

归根到底，是散文的形意拳打得不够好，核心问题是形和意不够默契，当下的散文，一定程度重于形，而疏于意，文本形式和类型多了，反而流于形式，陷于类型化。我们看到了更多的情感、情绪的一吐为快，感受到了太多的故作深沉的书卷气、发嗲的窑子气以及在语言花园里玩弄语言的巫气，特别是语言的铺张、辞藻的粉饰、叙事的炫技，比比皆是。要说问题，这恐怕该是一个共识。可悲的是，在许多评论家那里，这些多被褒奖为技术的突破。如果说评论家是专业读者，这样的读者恰恰并不专业，小姐一个带着香水的软拳，也可以让他晕厥。

老祖宗留下了一句很有意思的成语：得意忘形。对散文而言，“意”并没有得到，而“形”早已乱了套。要说得形忘意，也是勉勉强强。

文学最不能杞人忧天的，更不能完全归罪于当下浮躁的社会。历史从来是动荡而喧嚣的，时代也不可能淡定和安宁。古代散文家的豪放与淡泊、雅兴与精神，源自雷打不动的内心情怀。说到底，散文作家的敌人，是自己的内心。

意源于气，气从丹田生。丹田就在肚脐下面，这是形意拳的本钱，散文亦如此。这才是我今天要发言的核心观点，这个观点不用展开说，明天早上大家去公园，看看打形意拳的老大爷，便知分晓，除非我们没有丹田，或者，没有肚脐窝儿。

我对散文是抱乐观态度的，沙子终归比泥要多，沙里淘金就有可能。

2013 年 11 月 3 日于天津观海庐，根据发言整理

（选自《文学的观察与展望——中国文学论坛文集》，北岳文艺出版社 2017 年 5 月版，系在“中国文学论坛”上关于散文创作的发言）

小说不该成为地震题材的废墟

秦　岭

刚才听了几位诗人、作家代表的发言，感慨良多。正在举行抗震救灾文学研讨会的这所宾馆，一如它的名字“宁卧庄”一样，气氛显得安宁、祥和、平静。但今天的主题让我无法不想到 12 个月前的 2008 年 5 月，地球一声叹息，大地随即发生了连锁反应，媒体和图片让我们看到，包括汶川在内的川、陕、甘一带，很多房屋，塌了；很多路，断了；很多人，死了。那么，很多灵魂呢？在还是不在，走还是没走，看不见的灵魂和死亡的肉体，还相干吗？

拙作《透明的废墟》再次被推到全国纪念汶川大地震一周年系列活动的前台，我内心复杂。作为小说界的唯一代表，面对众嘉宾对地震题材诗歌、报告文学的解读和诠释，内心仍然感到莫名的迷茫和孤独。我的感觉是，小说依然是灾难题材无人问津的废墟，这样的废墟，和“5·12”之后川北、陕南、陇南一带的废墟没什么两样。刚才，有专家说“《透明的废墟》是我们看到的第一部反映汶川地震的小说”，反而让我感到诚

惶诚恐。此定论最早见于《中篇小说月报》2008 年第 7 期“地震文学专号”上的编者按。《透明的废墟》原载《小说月报》2008 年第 4 期(原创),后来被《作品与争鸣》《中篇小说月报》等许多报刊、电台转载或广播,获得全国征文一等奖。《中篇小说月报》转载时,把那个定论连同我的小说一起,与德国作家克莱斯特的《智利的地震》、日本作家村上春树的《青蛙君拯救东京》同时编排在“虚构文本”栏目之中,并成为最早送往灾区的艺术慰问品之一。其时强震刚过,余震尚存。不久,《文艺报》《探索与争鸣》等报刊也连续发表了一些专家、学者的评论文章。上午,中国作协副主席陈建功在讲话中特别提到了《透明的废墟》的意义,我宁可希望,在各种艺术形式的汪洋大海里,文学之于灾难,不再止于小说,同时,也不再止于呼唤。

在这里,我除了汇报以小说的形式介入地震题材的初衷和实践过程外,不方便摆出姿态地对自己的小说做出评价,我们的文坛还没有开明到认可作者自我评估的地步,但我有理由把文学批评家发表在《作品与争鸣》中的一段话嫁接到这里:“中国文坛有个并非悖论的事实,面对地震、洪涝、恶性事件等引发的灾难,趋之若鹜的往往是铺天盖地的诗歌、报告文学和散文,小说家却往往束手无策,对此,挑剔的读者一度怀疑当代小说家表现灾难的可能性。秦岭的新作《透明的废墟》却直面汶川地震带来的毁灭性灾难,以小说的名义旁逸斜出,充分利用小说的虚构和想象要件,把探寻的笔触扎进汶川地震后居民楼的废墟中,揭示了濒临死亡的邻居们灵魂搏斗和人性复归的全过程,无疑具有可贵的探索、引领作用。”这般评说,我当然不会当利息来消费,我深知自己清浅的文字与灾难本相遥远而泥泞的距离。聊以自慰的是,我写了。灾难触发了我的灵感,引发了我虚构和想象的欲望,我没有理由轻视灵感的尊严。经验提醒我,灵感是不能够被慢待、被观望、被轻视、被谢绝的,写作者与灵感擦肩而过,等同于一次失恋。也许有些人可以,我不可以。我服从内心的同时,也服从选择。

就这么一次正常而从容的创作,竟触及了文坛面对灾难是否可以通过小说形式表达灾难的死结。我听到了一些批评家关于《透明的废墟》的远离文本分析的种种异声别调,诸如“表现灾难是摄影家、记者的事情,人们需要的是现场感。”“小说应该让位于诗歌和报告文学,汶川不需要虚构和想象。”“灾难题材的小说,需要足够时间的沉淀。”我发现,在这个社会里,习惯了居高临下的人,也容易把为师布道当成一种习惯,由于不谙半斤和八两的关系,就误把自己当一斤了。

好像鲜有人指出这是荒诞的奇谈怪论。如果说小说非得要像图片那样表现灾难的现场感,非得像诗歌那样表达情感意志和个人心绪,非得像报告文学那样体现新闻性和导向性,恰恰说明尊贵的先生们忽略了小说的基本功能和其他艺术形式难以企及的探究灾难事件中人物心灵和精神世界的现实作用,轻视了生活空间和艺术空间、现实生活与艺术提升之间的基本联系,忘却了虚构与想象的强大穿透力。按照他们的逻辑,中国小说家之所以未能写出反映唐山大地震的小说,是否因为 33 年漫长的岁月还不够小说家们沉淀呢?德国作家克莱斯特、日本作家村上春树等诸多外国小说家关于地震题材的小说,岂不归于无病呻吟,逢场作戏,应景作秀?再按这个逻辑延伸下去,是不是只有祈请阴曹地府的阎王让废墟中的死难者起死回生,血流满面地坐在主席台上现身说法做报告，小说才能回光返照呢？

在我看来，小说如果屈从“现场感”的自然主义逻辑，那不叫小说，叫镜片，一照，只是一副按部就班的嘴脸而已。我至今没听说谁的镜子可以照到身体里面去，除非是B超，B超又当怎样？除了显示五脏六腑的现场，还能显示什么？

对此，我倒不感到奇怪。一个世纪以来，两次世界大战在第一时间乃至其后催发了数以万计的表现战争灾难的优秀小说，这些小说的诞生地大都集中在欧洲和美洲，我们通过那些小说感受到了异邦民族在灾难中灵魂和情感的质地、意志和精神的颜色、思想和心绪的走向、悲苦与亢奋的形态、奋争与沉沦的模样。某段时期，这些小说甚至成为我国读者的重要精神食粮。奇怪的是，中国作为第二次世界大战的主战场之一，我们除了在教科书和历史学家的著作中感受那场灾难，至今没有见到具有史诗意味的、全景式表现民族备受外倭蹂躏和国家饱尝灾难的小说。“我相信我们的小说家面对灾难的态度，但我怀疑当下小说家虚构和想象的能力。”文学批评家夏康达先生如是说。我懂此言，一如我懂得中国观众面对西方的大片为什么会一片惊呼。惊呼，源于国外艺术家虚构和想象的力量，源于国外艺术家还原生活的技巧、手法和能力。他们呈现给受众的“现场感”远比生活的“现场感”要丰富得多，因为这样的“现场感”不是直观的，而是多元的，概括的，纵深的，过滤过的，提炼过的，升华过的，足以引起受众来自心灵深处的激烈反应与强烈共鸣。

当然，今天的研讨会还是有价值的，有些声音并轨而来，有些声音相向而行，有了并轨和相向，就有了可贵的碰撞与火花。中国作协《作家通讯》主编高伟以电影《泰坦尼克号》(改编自小说)中船体沉没前乐队临危不惧的演奏为例，来说明虚构和想象在提升悲剧效果中的巨大力量。我赞同这个观点。经历过那次沉船的人早已葬身大洋，他们临死前一刹那的情感流向、人性本相、精神原则、道德形态，只能依靠小说家、剧作家、导演的虚构和想象来完成。沉船不可能在大洋表面留下废墟，现场永远滞留在海地的淤泥和积沙里。天才的摄影家、记者和报告文学作家何以去找所谓的“现场感”？如果不愿“望洋兴叹”，那就得首先让自己变成天才的潜水员。如果谁有此等上天入地的绝活儿，在下愿意作揖敬之，学之鉴之。

于是我在想，假如汶川的罹难一如“泰坦尼克号”，艺术家们还能在没有废墟的伤口上蜂拥而至吗？我们该以怎样的文学形式抵达灾难的彼岸？只有上帝相信，此话本无恶意，我只是在仰望文学的精神。

这就是小说面对灾难的可能性，除非，小说自己变成废墟。

2009年5月23日陇南灾区归来匆匆整理于天津

(在2009年“5·12”全国抗震救灾文学研讨会上的发言，载《天津日报》2009年7月19日，发表时易名《地震小说怎么就没可能》)

短篇小说不是GDP

秦　岭

能被邀请参加《中国作家》杂志社组织的短篇小说座谈会,感到很荣幸。两年前,同样在中国作协十楼,举办过我的长篇小说研讨会。这里,熟悉的季节、面孔和窗外的玉兰花儿,感到亲切。赴京前,自觉有话要说,但刚才听了这么多专家、作家的发言,顿时语塞。感同身受的话题,比如困境、故事,再说就是纠缠,不说也罢。

想借大家的话茬,谈谈并非题外的话,算不上观点,只是谈。

不少发言的话里话外,似乎有个共识:当前中国的短篇小说堪与世界媲美。理由的支持,确乎提神。只是有关短篇小说繁荣昌盛的依据,有人以中国亘古未有的文学期刊规模和傲视世界的短篇小说数量为例,这真让人犯迷糊。规模,确乎之大;数量,确乎之巨,我想,圈内人无人不晓中国大多数文学期刊是在死撑门面,惨不忍睹。又有专家提到短篇小说本该是属于陈列在博物馆里的技术产品。但连傻子都明白,被国内作家生吞活剥大量的西方短篇,恰恰不是博物馆里的陈列品。似乎就是说,中国的短篇小说博物馆里,所有的奇珍异宝,足以傲视世界短篇群雄了。照此,全世界该向中国的短篇小说顶礼膜拜才对。今天,我不知道哪些国家的作家在模仿中国作家的短篇小说。发达国家没听说,柬埔寨呢?毛里求斯呢?马耳他呢?我不好去调查,因为生在这里,我尚买不起私人飞机。

想起了中国经济的GDP。中国的GDP很可观,不久前取代日本,位居世界第二。有点像中国的短篇小说,按专家的说法,也就差引领世界了。

把短篇小说和GDP联系起来,真是妙不可言。幽默的是,中国的GDP首超日本,立即迅速反省,就像鼻涕满脸的小学生,似乎一夜间发现该讲卫生。好在,反省终归是好事,连倒鸡蛋炸油条的都晓得,即便是最科学的GDP数据,也不完全代表国力。我尚不清楚我们的短篇小说反省的那天,该是哪天。在我看来,短篇小说领域,那些无病呻吟的生活开掘,内容重复的所谓多层面叙事,脱离现实的所谓人性追问,缺乏审美的所谓形式创新,连最最基层的普通的中学教师,都能在第一时间刺中症候。为什么?短篇小说不是短程导弹,它的确是手工艺品,可以很精英,也可以很民间。我们的短篇小说是有缺憾的,我们的短篇小说走向世界,首先应该具备中国式的坚守、中国式的标准、中国式的审美。5年前我在德国的柏林游走,洪堡大学的华人文化人坦言:“当下中国小说根本就不是中国的模样,你在世界上算老几?再好再牛,也是中国的诺基亚,中国的摩托罗拉,或者,中国的阿里巴巴。”刚才,有两位专家谈到了中国的短篇名篇《鸿门宴》,我脑子里“嗡”的一声,我不知道,我该生在当代,还是汉代。

真的已经很难描绘中国短篇小说的具体模样了。我认为，坚守、标准和审美三者中，审美最为关键，没有中国民族（以汉民族为例）审美元素的语言、叙事、意蕴，再好的短篇小说，也有负一个“好”字儿。所以我更想说，大家用宝贵的时间，完全可以规规矩矩探讨一些本来最简单而又最稀缺的东西。

GDP 本来是个很好的东西，但我们的经济专家们拿来一用，就变样了。再拿变样的 GDP 考量自己，那就和自己哄自己玩儿没什么两样。每年面对万千短篇小说，我们听惯了太多拥有话语权的专家们似是而非的宏论，因为太多，因为声音太杂，因为争先恐后的标新立异，因为人人坚持认为真理只有在自己手中；有些人为了自圆其说，或者是巩固自己的话语根基，不惜置小说的尊严和规律于不顾，随便肢解某个学术符号，就可以形成自己的所谓见解。有些人甚至片面地强调小说要诗性，要散文性，要寓言性，要戏剧性，或者这个性那个性，这个叙事那个方法，这个技术那个解构。甚至，连小说在最基本的结构、语言、审美层面应有的模样，也被混淆地面目全非。于是乎，小说乱了方寸，从而出现了许多专家看好，而读者不买账的类似于 GDP 的作家和 GDP 的小说。其实，作为短篇小说，有规律，无定律，要什么，不要什么，什么可以要，什么可以不要，本是作者和读者之间的事情。有良心的专家，只关心一下小说的标准，就算积德了。小说标准一旦旁落，谈小说，就是一件滑稽的事情。刚才忘了谁提到美女，其实美女恰恰是有标准的，千标准万标准，美是必须的公共元素，你见了女的就说人家是美女，这样的审美就很是 GDP 了。

中国时下的问题就这么怪，小说被认可，被普及，被接受，往往不是公众在历史时间内广泛阅读的共同感受，而是拥有话语权的所谓专家们先入为主的裁决。要说中国作家的创作和文学批评无关联那是假的，这种虚伪更像 GDP 的中国式统计。裁决，在某些程度上起着引导，或者说误导作用。这就注定了中国小说的腰椎间盘突出，文学的 GDP，比经济的 GDP 还要 GDP。

说到这里，的确有些茫然，回忆曾写过的几十个短篇，特别是那些被转载或被收入不同选本的短篇，它们此刻显得多么无助和惶恐，我不知道此刻它们在书店里休眠呢，还是和某位喜欢它的读者进行着心灵的感应。刚才葛水平提到用最后活着的日子写几个短篇，让我感受到了短篇小说的悲壮和血腥。感谢徐坤能想起我的“皇粮”系列，这让我突然发现我粗糙的小说已经在经营着我，而我面对生活的图景，却无法施展小说的手工。昨天晚上和程绍武、郭雪波、赵兰振诸兄喝酒，聊到农村的皇粮和“三提留五统筹”时代，大家说你应该咬住这一块，写好了，你就太……怎么了似的。其实这归根到底还是作家的境界和思想问题。在我看来，技术无非就是手艺，只要大脑不缺氧，就可以学来。连挑货郎担的都通晓，我们是个善于仿制的国度，国外有的，拆开来看看，就会了，就可以仿造了。但是，唯独面对生活的视角、视点和感受，是学不来的，这取决于你的脑子和眼珠子。

真是有些惭愧。面对生活，我的脑子和眼珠子根本不够用，而且，力不从心。这是我写短篇小说面临的最大的门槛，核桃木的，高，也硬。

所以我还是很看重生活的，在此立言，我只相信自己的眼睛，为的，是把短篇小说写成自己的样子。

（在 2011 年 3 月 26 日《中国作家》短篇小说座谈会上的发言）

新媒体时代，文学消亡？

秦　岭

必须承认，新媒体时代在迅速改变着我们的现实世界，包括文学的样式。网络、手机、电视等传媒使偌大的地球变得透明而简单。传统元素被吞噬、颠覆的速度，远远超出我们的预想。手机的功能肯定高于“顺风耳”，视频必定要比“千里眼”强百倍，而网络让我们穿越世界的速度和品质远远高于“一个筋斗十万八千里”。恍惚间，我们疑似生活在古人眼里的神话世界。

文学在新媒体时代的快速变迁，令人瞠目。随着网络文学、手机文学、电视文学等以新媒体为载体的文学样式被亿万读者所接受，传统的纸媒文学相形见绌，显得惨如落日。千百年来，谁也不会想到，有朝一日，文学会远远绕开纸质出版、发表媒介，与高科技的声光电技术结合后，以另一种方式更便捷地进入读者的视野，而且那种写、听、读、画、评、宣联动的方式会使一部文学作品在第一时间成为网民的公共话题，并且通过影视、视频、广告成为工商企业文化、社区文化、家庭文化消费中最强大的一支。于是乎，有人惊叹：“新媒体时代，成为传统文学的末日。”有人甚至狂言：“书，即将淘汰；书店，将成为记忆；出版业倒闭在即。”

有点像“山雨欲来风满楼”。传统文学是否会在新媒体时代消亡？如果真当个问题，我看有点像杞人之忧，庸人自扰。

在我看来，新与旧是相对的概念。旧诞生新，新代替旧，新旧交替翻新着千古历史的章节，而中国学者总爱头脑发热动不动把“新”这个形容词作为历史阶段的特定标识名词化。一如中国文坛实在太愚蠢地把五四新文化运动到 1949 年新民主主义政权取得成功之间的文学称作中国现代文学，把新中国成立后的文学统称中国当代文学，其中又把 20 世纪 80 年代的文学称作新时期文学，这是忽视了时空观念的最可笑无知的定义。一千年后的读者研究“新时期”文学时突然发现那不仅是大陆独有的文学“遗产”，更是“旧”了千年的东西，不骂这茬学者脑子进水才怪。古人面对文化时代的革新与更替，心理要比今人成熟许多。仅以中国文字演变为例，从刀刻甲骨，到毛笔使用，再到钢笔，乃至电脑打字，花了将近八千年的时间，一次次的创新与递进，不亚于革命，如果古人动辄用“新”冠之，如今的这帮饭桶“权威”何处再觅“新”词儿。

之所以举这样一个例子，是因为例子本身蕴含一个重要理由。那就是书写工具都进入电脑时代了。那最原始、最古老的由羊毛和竹竿组成的毛笔，是否退出历史舞台了呢？答案当然是否定的。毛笔的书写功能减弱了，但是作为创造书法艺术的工具，它依然坚挺，依然旺盛，依然气吞山河。根本上，它在以艺术的形式，表达另一种书写。

同样，我们表达文化信息的载体曾经是陶罐、骨头，后来是竹简、布匹、绢，再后来，有了纸。追根溯源，古老的陶罐消失了吗？你去看看陶瓷市场，自会一目了然。

还有，在高科技的声光电影视时代，流传千百年的舞台戏剧消失了吗？

在以相声、小品支撑的春晚时代，真正的相声却在民间活得更为滋润。在我生活的天津，你到满大街的茶馆一遛，就明白真正的相声艺术，是怎个活法。

属性是可以改变的，但并不意味着消亡。现在我们知道了《诗经》之所以简短了再简短，首先因为当时的书写实在太困难。而今人们之所以爱长篇大论，是因为电脑膨胀了人们的表达欲望。即便承认这个时代的媒体是新媒体，传统文学也不会消亡，只能说文学的形式更多样了，文学的元素更丰富了，文学的呈现更立体了，而传统的功能更是在不断地得到拓展。将来的文学，叫立体文学也好，综合文学也罢，它仍然是文学。

网络文学流行以来，中国文坛自命不凡的人士好一阵大呼小叫，一步三叹，说什么“网络文学尚未成熟”“网络文学走向精英文学的路还很漫长”“网络文学的品质目前还无法和纯文学相提并论”。面对这样的所谓权威之词，我真想拍案而起。因为这是典型的胡拉八扯，缘木求鱼。稍有网络常识的网民都知道，网络文学就是网络文学，网络文学的特征取决于自身独有的载体和面向大众、民间的传播方式。你向网络要什么样的狗屁“成熟”？狗屁“精英”？狗屁“纯文学”？网络文学如果刻意靠近这些玩意儿，还会有生命力吗？我特别要强调的是，网络文学之所以波澜壮阔，蓬勃旺盛，恰恰在于网络文学有他自身比较成熟的“成熟”观，有它自身对精英的理解和“精英”精神。

至于传统纸质文学何处去？在回答这个问题之前，我必须要澄清一个误区，传统纸质文学在中国的日渐萎缩、衰落与滑坡，的确与这个所谓的新媒体有点关系，但不是绝对关系，甚至不是主要关系。传统纸质文学如今沦落到尴尬境地，根因是违背了文学精神，违背了文学常识，违背了文学的原理，罪魁祸首是中国文坛。这个“坛”在近几十年的所谓探索与发展中，丧失了科学主义，混淆了文学是非，把本来在阳关大道好好行走的中国文学，引上了曲高和寡的、不中不洋的、远离民族审美理想的羊肠小道。抛却这个客观存在的因素，纸质文学自身强大的原动力足以让自身在新媒体时代找到坚守与发展的新的制高点，它左右不了文化大势，却照样可以找到自己，它必然会在新媒体时代的夹缝中变成另一支，因为阅读是人们重要的生活方式，而人们的生活并不都在新媒体里，就像一个人的城市生活不可能永远在酒吧、歌厅一样。只要承认文学比毛笔强大得多，就得相信，即便千百年后，一本书，或者一本文学期刊，照样会有人在芭蕉舒展、细竹摇曳的条石上，轻轻地捧起。一旁，照样的红袖添香，照样的古筝悠悠，照样的绿水淙淙。

知道读书人为什么喜欢使用传统的明清家具吗？因为世界太“新”了，必然太累，返璞归真，心灵才能回归。读书人嘛，说穿了也是动物。

这就是属性的顽固和力量。当然,你要改变自己的属性也不是完全没有办法,那必然是你死了,变成土。

(在“新媒体时代与文学”研讨会上的发言,载《文学报》2011 年 7 月 28 日)

有一种蒙昧我不愿相信

——《小说月报》第 13 届百花奖(原创)获奖感言

秦　岭

一种蒙昧,当成为国民性特征,不信?由不得你。

游走都市,不止一次地听大娘们念叨:“过去一家五六口,工资不多,但有吃有喝的,如今小两口拉扯一个孩子,倒紧巴了……”俨然,洞明世事;俨然,在抒发人生经验和哲学意味的发现……似乎很明白,就是不明白什么叫可悲。

听多了,发现这竟然是天下母亲们面对过往集体无意识的趋同态度。我不再惊讶,我无法指责天下母亲们。她,她们,是育人的人,我也难以避免地被母亲所生。国民性特征的蒙昧如果盘结在被认为代表伟大、善良、神圣的母亲血脉里,你足可以想象人们认识这个世界的智慧、良心、公德、情怀混沌、塌陷的模样。

世事变了几茬了,大多数母亲们居然愣是没搞懂,供给制时代两亿城里人不花钱或者少花钱就可凭“非农户”身份得到供应的粮、油、棉、布、肉、蛋、糖、茶等生活必需品中的绝大部分,是十亿面朝黄土背朝天的另一种共和国公民——农民辛勤劳动后的无偿提供。国家把这种提供叫“任务”,农民把这种提供叫皇粮。数据表明,新中国成立后到 20 世纪 90 年代初,这种提供折合人民币超过两万亿元,这还不包括本应由产业工人来完成的交通、水利、城市基础建设等重体力产业中农民的义务投劳。这笔来自穷山恶水的血汗钱,保证了城市工业的钢花四溅,保证了城市母亲们和她的丈夫们、孩子们活着,不仅活得比农村人还要好,而且活出了一种城乡的层次与贵贱。但是,农民为之付出的惨重代价,早已掩埋在历史的尘埃,连同埋葬的,还有广阔天地里被累死、饿死的尸体。关于死亡的具体数据,我不忍触及,有兴趣的城里人,可以用优雅的姿态,上网,一查便知。

难以忘怀的,是我少年时代在中国西部耳闻目睹的上缴“皇粮国税”的“壮观”场景:几十里崎岖的山道上,丈夫们背着装满小麦的麻袋,妻子们臂挎装满鸡蛋的篮子,小娃娃们手里拎着装满菜籽油的瓶子,年迈的大爷大娘吆喝着一头头大肥猪……目的地:公社(乡)粮站和收购站。

这种亘古未有的乡村场景,在中国历史的共和国阶段,定格了半个多世纪。

地必须种，猪必须养，蛋必须下，但农民们却未必能吃到自己嘴里，因为这是光荣“任务”。少一粒粮、一两油、一个蛋，全家休想安生。有个小伙伴因为偷吃了一个自家母鸡产的生鸡蛋，当天就被学校开除，还挨了家长用来赶驴的鞭子。

这一切，都进入了我的《皇粮》以及“皇粮”系列，再重复就是废话。我不得不相信这个世界的荒诞和麻木，一如我相信根据我的“皇粮”系列改编的电影、电视剧、话剧、评剧、晋剧等所谓的艺术品，大概只有农民才会感兴趣一样。

不是我妄自菲薄。有位著名的女政协委员——孩子的母亲不是呼吁了吗？她说：当前的就业难，主要原因是农民工进城抢饭碗。

我还能说什么？《皇粮》获“百花奖”，我不意外。

2009年6月于天津

（选自《〈小说月报〉百花奖（原创）获奖作品集》，百花文艺出版社2011年7月版）

读书是作家的自省

秦　岭

在我看来，作家时刻面对两块镜子：一块是读者，另一块是别人的书。

在读者那里找不到自己的位置，那是自己不够作家；在别人的书里反照不到自己的影子，必然是不够自省。作家读书，归根到底就是寻找自己。

作家是搞文字的货，与普通读者的根本区别在于多了一个创作者的角色。忝列作家行当，我对案头所有的书都存疑：对方的呈现要抵达何处？我和它的直线距离如何？我和原作者思想、才情交锋的半径有多大？于是，我的阅读注定成为质疑、释疑的过程。所有的疑点，云遮雾罩在书的字里行间。读完了，拨云见日，从文字的真相中突围而出。这一进一出，了不得的。自己是半斤，还是八两，大致掂量得清。读的是书，明白的却是自己，方知灯下走笔，怎样翻山越岭。所谓“读书破万卷，下笔如有神”。神在哪？书脊之下即是神龛，从序处打开，跋处合拢，门里门外，所有的语言、叙事、指向、结构、意蕴即是神的尊容。老人家稳如泰山，目光如炬。神对读者是宽容的，对作家却毫不手软，谁让你是作家呢？谁晓得你的书是花园还是陷阱，是高塔还是废墟。常听一些作家声称：“我的写作与阅读无关，自娱自乐而已。”既然是闭门手淫，何苦开门追问读者：“爽不爽啊！”还不如皇帝的新装，甭提啦！你连太监都不是，你是写作者。

在一些讲座中，我多次谈到作家的社会观问题，我把作家面对的社会分为两类，一类是事实社会,另一类是书本社会。书本社会集中了先哲对事实社会充满智慧的总结和提炼。书与书的比拼,拼的是格局和向度,要命的是经验和方法。读者可以不关注这一点,作家没理由坐视不管。你到底是写作的行家里手,还是二把刀,经验和方法会让你在反光镜下原形毕露,连一粒儿饿虱都无处藏身。我读书一般不会拘泥于文学,我更偏重阅读中外历史、政治、经济和文化类的经典,它们远比文学书籍来得辽阔、广袤、博大,在这样的屋檐下,自己会变成中军帐前蓄势待发的先锋官,谛听、张望、反省之后,立即放马过去,对万千汉字调兵遣将。我近期的小说《杀威棒》之所以被专家屈尊热议,就是因为我身在社会,考察历史。这样的作战知己知彼,因为洞悉对方舞刀弄枪的架势,我一扣扳机,准不准,却是奔目标去的。同样,在《摸蛋的男孩》中,我摸的是历史的屁股,不光是母鸡产蛋的洞洞。当经验的红绿灯闪烁在创作的十字街头,下次摸哪里,自然会少一些违章记录。

"生活——读书——创作"构成作家与书特殊的锁链,锁住的,是作家照镜子的态度。"猪八戒照镜子,里外不是人",恰就对了。猪有猪的自尊和审美,岂能以人样儿为荣?作家以书为鉴,折射的形象是否是作家的意思,就看自尊和审美了。当下的中国作家之所以比祖宗文人矮半头,多与不屑读书或读书的方法有关。当有那么一天,废品站里塞满锈迹斑斑的二把刀,失业的是作家,赚了的必是钢厂。钢厂不生产二把刀,刀就是刀。

坐拥书房,我像个警惕的哨兵。藏书四面埋伏,草木皆兵。

2014 年 4 月 6 日于天津观海庐

(载《中老年时报》2014 年 4 月 22 日)

你的生命里还有水吗

——第 16 届百花文学奖获奖感言

秦　岭

你可以牛,比如否认所有,但你没有胆量质疑你分娩自一位女人吧!

当你意识到一只怀孕的狐狸和同样怀孕的女人一样,是母亲,是生命,是我们日子乃至生态共同体的一部分,当你意识到我们所处的物质社会多了残酷少了悲悯,多了速朽少了永恒,多了虚伪少了善良,那么我懂你喜欢《女人和狐狸的一个上午》的缘由了。"触动我的,是生命的悲悯、人性的追问和世情的反思。"读者的留言,水一样晶亮，我懂的。

一如文学与生活的关系，我再普及水与生活的常识，会是多么无趣。当女人和狐狸为了一口水与我们做绚烂的永诀，我再也无法想象，还有什么能比这样的悲壮更能诠释“民以食为天，食以水为先”的生活本相。农民说：“水，也是日子。”城里人打死也说不出这样的话，一口水，喝出的却是不一样的日子。我没有指望让大千世界的芸芸众生都去干旱的乡村接受命运的挑战，但我有理由相信，每个人的心跳和血色，都是一样的，也包括狐狸。

大概年前年后吧，《女人和狐狸的一个上午》在社会上引起了热议，并产生了不同的反映。一种情况，小说在频频转载中被编入《中国当代文学经典必读》等权威选本，让我第三次分享到中国小说排行榜的殊荣。一些教师还以“感受大爱、普世、永恒”为据，把它搬上大学、中学讲台用来启蒙、教化莘莘学子。另一种情况——比如那个正午，某学者轻轻放下碧波荡漾的茶杯，口气里拥堵着对当下中国文学的阅读经验：“是好小说，可是……写水，离我们远了些。”我故作谦卑地笑了。当对话信息不对称，当对方习惯了用文学的而不是用历史、社会、生命、宗教的视角审视文学，我真是无话可说。我在《皇粮钟》《杀威棒》《借命时代的家乡》《弃婴》等小说的创作谈、获奖感言中曾留下过这样的标题：《有一种蒙昧我不愿相信》《我不信你的眼睛》，现在看来，信与不信，还真由不得我。一例可证，善良女子柴静历尽艰辛摄制了有关雾霾之害的视频，反而招致诅咒和唾沫，骂得最凶的当属一些社会精英，你是不是其中一位呢？

那天，学者被“良知作家”杨显惠先生顶了回去：“你的生命里，还有水吗？”

学者愕然。那时的杯中水，一如既往地碧波荡漾，像蓄满了没有危险的流体，透射着与死亡无关的气息。他一定是健忘了，或者根本就没想过，脚下看似风光无限的京津大地上，缺水状况比西部还要触目惊心。维系我们生命的，是来自几千里之外的长江和黄河，来自农民牺牲几百万亩良田换来的调水工程。两位身怀六甲的“母亲”不可能死在京津，不可能死在我们水汽氤氲的眼皮底下，的确死得老远，以致于人们容易把这种常态化的悲剧视为遥远的童话，把人狐之间的休戚与共、同病相怜、惺惺相惜视为天外的传奇。健忘与浮躁，追风与流俗，早已让观察文学的视角远离了日子的尘埃，我怎能指望把喝水当空气一样消费的人来感受女人和狐狸的故事呢？同样的共和国公民，同样的缺水地区，两位“母亲”用生命捍卫生命，用尊严呵护尊严，用大爱印证大爱，这样的心灵底色和精神世界，活该离我们远吗？穹顶之下，我们到底需要什么？

学者仿佛如梦初醒，握住了我的手：“我懂女人和狐狸了，我，是喝过水的人。”——喝过水的人，这话像火山一样冰释了我。那一刻，我仿佛感觉女人和狐狸正在死而复生，相约来我们这里。只是，城里人会开门迎客并递上一杯开水吗？我不敢打这个保票，看看满大街的农民工就知道了。当然，我并没有把二者比作女人和狐狸的故意。尽管习惯做梦，尚没有梦到一厢情愿。

一年一度的“读书节”翩然而至，一些大学请我讲女人和狐狸的故事。邀请方说：“选择爱与永恒，需要唤醒。”

“上善若水”。老子早就放话了，我为多余的感言而抱愧万分。

(选自《第十六届百花文学奖获奖作品集》，百花文艺出版社 2015 年 6 月版)

文学伦理的秩序与良知

秦 岭

如果在文学的向度和抵达层面构建一种合理秩序，文学的伦理问题是否就会迎刃而解？我想，这之间有画等号的理由。其实，中外文学重构与颠覆、再重构与再颠覆的发展史，本身就是在不同的历史阶段寻求秩序、规范文学行为的过程。发生在两千年前的诸子之争，同样是一种文化伦理的谋求，古人如此，今何以堪？

何止古人！大自然的伦理形态可见一斑。大雁秋去春来，它们在蓝天上飞翔的姿态，无论人字还是大字，秩序就是悬在头顶的剑；蚂蚁搬家，最根本的就是在速度和节奏中维护集体尊严，伦理就是瓢泼大雨的撑天之伞。

在人间，丧失伦理精神的社会，必然惨不忍睹。政治丧失了伦理，就休想奢望民主与透明，经济剥离了伦理，势必承受恶性竞争和两极分化带来的痛苦，文化呢？文学呢？有个让人恐怖的事实已经摆在那里，在一个深受古代儒家文化和近代西方哲学思想滋养、影响的文化国度，我们文学的精神演化到今天，伦理反而模糊不堪，能够触摸到的灵魂形态，在许多领域居然就是对物欲、占有欲的无度崇尚；就是扒开隐私、彰然暴露的自然主义展示；就是对人性恶、世情薄的刻意追捧；就是对丑、假、伪的不再抑制甚至反其道雕饰；就是对既有经典文学的戏说、肢解、调侃、演绎；就是……时下，这一切在那些所谓的文学家那里被堂而皇之地时尚化，似成文学和历史、现实对接的主流话语。趋之若鹜并为之摇旗呐喊的，恰恰是众多缺乏精神向度的所谓理论家和批评家。于是，文学的承载被认为是虚伪而卑鄙的，文学思想和文学精神被认为是陈规陋习。2008 年，某次全国性的文学论坛主题触及到思想时，许多很著名的理论家犹抱琵琶，闪烁其词，唯恐被这个词矮化了自己的精神高度和学养架构。当不得不发言时，我们听到的居然是关于思想的另一番新解。所谓新解，其实就是“所谓女人，就是理论上不具备男性特征并被上帝赋予生育功能的区别于男人的异类”一类的阐释，绕了老半天，还不如乡村放羊娃来得痛快：“女人就是会生崽的人。”这是又一个皇帝的新装！文学式的，具体讲是中国时下文学式的。皇帝的新装在伦理层面惊曝了集体的谎言、伪饰和龌龊，而我们文学伦理的集体沦陷，似乎注定找不到解放区，找不到蓝蓝的天。当我们在理论家絮絮叨叨的学术报告里，耳膜被许多崭新而诡异的概念撞击时，如果说报告厅里还会有文学的阳光透进来，那必然是文学神经早已感悟过的、中国古典文学和西方文学经典实实在在的人文气息，以及曾经影响过我们的文学道德和气节。

有个例子很能说明问题，堂堂中央电视台的新办公大楼，作为标志性建筑巍然屹立在集中国传统文化之大成的北京古城，这个与中国建筑审美格格不入的庞然大物，在第一时间被北京市民戏称大裤衩。不是北京人不识洋货，是这个建筑的设计乱了纲常，违背了民族的审美伦理。中央电视台在文化视觉层面等同于大裤衩，成为屁股、肛门、阴茎、阴毛、虱子或者尿渍、精斑的遮蔽物（为了尊重女性，我姑且指男性裤衩），这难道仅仅是一个民族文化的可怜可悲？

全球化的今天，最有标志意义的文化土壤暴露了最有标志性的伦理问题，浮躁的人们都懒得把它作为话题引入茶余饭后。文学更是如此，人们为什么乐意和日剧、韩剧中那些简单的人物同喜同悲，很简单，在一个模糊了伦理的时代，异邦人在真善美中分出一羹汤，就是国人的文化大餐和盛宴。

所以在我看来，既然作家永远面对的是读者，首要的文学伦理应该是良知，良知是伦理秩序的顶梁柱。你的文字会给人们带来什么，传递什么样的信息，这是文学良知第一个要解决的问题。良知应该是作家心中的宗教，没有宗教意识的作家，他的内心必然被散漫的欲望、自由的情绪和个人意志所操控，他完全可以用黄金的颜色，来形容金灿灿的大便，因为他清楚地知道，文学的专家里，有的是屎壳郎。有宗教感的作家，良知会永驻在他温暖的心灵港湾和悲悯的情怀岛屿上，他不会以否定历史、颠覆规律、藐视法则、哗众取宠为能事，更不可能以脱掉裤子的形式来满足好奇者的窥视欲，因为良知支撑了伦理，从而让作品在审真、审善、审美领域有了合情合理的秩序。这样的文学，至少是讲究德行的文学，有了德行，一本书，尽可以放心地打开。

联想到我本人，当初写长篇小说《皇粮钟》时，有人竭力建议把基层权力执掌者写阳光一些，把西部的现实农村写田园一些，把主人公的感情挣扎写唯美一些。我当然一笑了之。我不是为自己的良知标榜，我只怕这样做读者会懒得捧起它，我在故我思，我思故我写，我可以言不由衷地说话，但我不愿意违背我的个人观察、思考而去牵强附会，违背文学伦理事小，严重的是枉费我宝贵的时间。用写一部长篇的时间，本可以干许多更为顺心的事情。

构建文学伦理的要件很多，就时下的文学，有了良知的支撑，文学就足以让读者闭目养神，这个要求不高，做起来却不一定容易。

2010 年 6 月 28 日整理

（在“文学伦理”北京论坛上的发言，载《文学报》2010 年 7 月 22 日）

当下是历史和未来的一部分

秦 岭

【编者按】第十六届中国文学论坛于2016年6月18日举行，论坛由鲁迅文学院原副院长王彬主持，参加者既有李朝全、李师东、刘川鄂、藏策、李建华、徐晨亮、高伟、邱振刚、傅逸尘等来自中国作协、中国青年出版社、中国作家杂志社、小说月报杂志社和解放军报社、中国艺术报社的专家、学者，也有黄菜笙、秦岭、汪洋、青黄等青年作家和诗人。下面是秦岭先生的发言：

这次论坛的话题是观察当下的文学创作。在我看来，当下既是当下的当下，更是历史的当下，同样也是未来的当下。如果就当下而谈当下，那么我们的视角首先就有问题了，用有问题的视角观察当下的文学，不光是瞎子摸象的事儿，瞎子和大象都是瞎的。

我的基本观点是：当下是历史和未来的一部分。

不妨从当下文坛热切关注的一个话题为例。今年是红军长征胜利80周年，几乎所有的报刊都在一拥而上发表与之相关的小说、报告文学、诗歌和散文。多家报刊约我以纪实文体纪念之，这让我颇为纠结，我非常清楚我们的纪实样式一定万变不离其宗，而答案也几乎是既定的，无非是通过历史老人重温井冈翠竹绿、瑞金映山红、遵义放光芒、赤水四渡魂什么的。所幸，北京某名刊主编叮嘱我："你务必用小说来表现，发挥你独特的历史观，而且写你老家甘肃天水的红军故事。"我明白其中的深意，可谓一语道破文学的天机。为了不负信任，我对长征这一耳熟能详的题材思考了足有两个多月才动笔，两篇小说的初稿出来了，分别是《寻找》和《幻想症》，我至今仍然没有把它们投给刊物的冲动，我仍然在苦苦寻找战争中的人与历史、与当下甚至与未来的关系。也许有人认为我在故弄玄虚。但你不妨换一种思维判断：几十年的革命换来了当下，这个当下与革命之初的相同与不同是什么，当下的社会变革、矛盾与革命的初心有无关联。我不要求你提供答案，我只想问你，当下生活在城乡底层的广大老百姓，是不是当年我们要解放的劳苦大众的后代呢？换言之，他们当中，有红二代、红三代吗？纪念革命，就像未来纪念当下，所谓社会变革的复杂性、多元性，多半囊括其中。

革命不是一个阶段性的概念，它是人类民主追求与政治生活中的一部分，当然也就不完全专属于某个党派或团体。我们既然习惯了阅读古代革命史、近代革命史，就大可不必为读不到未来革命史而抱憾。只要基因尚在，那么，未来就是历史，也是当下。身材永远与投影密不可分。发生在2000年前陈胜吴广的揭竿而起，早已被我们冠以大泽烈火的美誉。我想，只要陈胜吴广两个革命者不是猪脑子，他俩在回天乏术、悲望长空的那一刻，一定也预测到了未来几十年、几百年、几千年后老百姓革命的种种样子。我要借此表达的核心问题是：当下只是一个事件，而文学关注事件背后的人，比关注事件本身更为重要。哪个事件不是大同小异？不是周期轮回？而作为个体的人，却是一个独立的世界。

在我看来，以文学的样式纪念长征既可以梅开二度，各表一枝，也可以多管齐下，其中也不排除对辉煌的讴歌与赞美，但决不可以集体陷入应景随俗的合唱。如果缺少对战争与人、与历史、与时代的反思，所有的纪念就会重蹈戏路。我在一篇创作谈中说过这样的话："回首中国百年灾难史，我们的文学却惯于漂浮在战火、硝烟叙事的顶端，看不到人在战争中多元、复杂的本相，即便以艺术的名义回顾风卷全球的反法西斯战争，也不得不依赖于欧美的文学、电影叙事。"在我看来，由人操作的战争，叙事主体永远也不能离开人，无论描写对象是统帅还是乞丐。记录战争是史学家的事，而作家应该迂回到战火的背后，在"包抄"中寻找被硝烟缠裹的道德与灵魂。道德的博弈灵魂的挣扎，远比一场战争要不堪回首，地动山摇。我的《寻找》讲述了这样一个故事：红军长征路过天水时，作为农民的父亲掩埋了一位红军的尸体，受到红军的赞扬。红军撤离了，父亲给白军谎称掩埋的是保安团的尸体，于是受到白军的嘉奖。新中国成立后，父亲的"历史问题"跳进黄河也说不清了，而唯一能给他作证的一位流浪人员，其身份却是西路军战士，只能三缄其口。1984年之前，西路军几乎就是反动的代名词。面对接踵而来的劫难，父亲给工作组编造了一个谎言："当年，我深埋了一个坛子，里面装有红军烈士的血衣，找到它，你们就信了。"于是，他冒着随时会被专政、判刑、杀头的危险开始了寻找，挖遍了整个山头，一遍，一遍，又一遍……父亲的一生是寻找的一生，是谎言，让他活到了当下。试问：如果把他窘迫的当下与历史割裂开来，当下还剩下什么？《幻想症》同样是写长征的：一位为人妻母的"哑巴"农妇——原西路军女战士，不慎说起了梦话，被族人当鬼来驱赶。她干脆偷偷割掉了舌头，变成了真哑巴，这才"寻找"到正常人的日子。可当年被她掩护脱离险境的战友，与她的红二代一起在政治运动中顺风顺水，"在当下"侨居国外颐养天年。战友当年在火线馈赠给"哑巴"的那个玉镯，按照当下的价值观逻辑，完全可以给"哑巴"一家带来好运，可是，哑巴的农民工儿子，反而把玉镯给埋了。两篇小说，故事并不复杂，却让我笔下举步维艰，因为类似的表达，之前并无参照，按此逻辑，会是"当下"的文学冒险吗？

舌头是长在嘴里的，就怕说真话；坛子分明是假的，人们却拭目以待。你如果能从人性深处找到理由，我这小说也就白写了。

在当下的凡俗生活里，有两个非常活跃的关键词，大家一定不会陌生，那就是红二代、红三代。我认为创造这种词汇的人是非常无知、虚伪、霸道的，这还不光包含其中的封建权贵意味和腐朽思想。既然口称整个的江山都是红色的，却偏偏把"红"与"代"的至尊光环垄断为革命既得利益者所有。而支撑革命成功的工农照样是工农，该下岗的下岗，该盲流的盲流，他们与红色的关系是什么呢？假如我要说《寻找》中被监视劳动改造的父亲是红一代，受株连沦为底层文盲的"我"是红二代，再假如我要说

《幻想症》中身份为当下第一代农民工的"我"和第三代农民工的"我"儿子是名符其实的红二代、红三代,该不会认为有高攀之嫌吧。其实,面对当下,头脑最清醒的仍然是中国最底层的工农,他们宁可倾其一生去寻找一个弥天大谎,也绝不会痴人说梦,即便得了幻想症,也习惯了自己买药自己吞。他们可能不太在乎"从来没有什么救世主"之类的唱词,但活在当下的他们显然非常明白,"也不靠神仙皇帝"绝对是真理,否则,下岗的国企工人就不会自觉去卖馒头,土地的主人也不会离乡背井跑进城里当农民工。据我所知,在革命的早期,所谓下岗职工、农民工这样的词汇是没有的。没有不等于不存在,历史上如何称呼,这个不用我来教。

我刚才聊的这些,假如您认为不是长征故事,它又是什么?你如果认为这不是红军时期的生活,它又是什么?你如果认为它没价值,那换了你穷尽一生去寻找,甚至在寻找中得了幻想症,你觉得倒霉吗?目前,这两个小说仍在打磨之中,我打磨的方向绝对不会服从或靠近同类题材同质化的表达,所以是否能引起人们对当下现实的一些思考,不会抱任何期待,全盘否定也未可知。好在从我近年探索的经验看,文学的知音还是存在的,那一定是善于跳出当下把握当下,跳出社会审视社会,跳出标准寻找标准的人。

还想要啰嗦的是,此刻的你我,是在当下吗?

(选自《文学的观察与展望——中国文学论坛文集》,北岳文艺出版社2017年5月版)

首要的突破是破茧

秦　岭

当下文学的成绩当然是有目共睹的,如果光说问题,那些广为诟病的问题大概早已不新鲜了。譬如题材的单一化、叙事的同质化、技巧的模式化、审美的缺钙化诸等。我把这些问题归结为中国的一句古典成语:作茧自缚。

我的核心话题也就在这里:破茧。你是想解下手铐脚镣?还是想戴着它在《奔跑吧兄弟》中竞技?在我看来,突破和发现是有条件的,这玩意儿容易信马由缰,一旦"万变"离了"其宗",伤了基因,可能会变成怪物。实际上,这样的怪物早已遍及文坛,像自缚其身的蚕蛹。文学要寻求突破,首先要从破茧开始。那么,这层比树皮要厚、比砖头要硬的"茧"从何而来?我归结为四个方面:一是数典忘祖,忽视了民族古典文化普遍性审美元素的汲取和传承,小说中传统文化的链条断裂,基因中植入了变异、芜杂的成分，导致作品不中不洋、不东不西，根本上是丧失了文化自信；二是追风逐浪，文学被娱乐化、时尚化、流行化，把文学精神连根拔起，在浮光掠影中孤芳自赏；三是东施效颦，在借鉴西方文学理论和创作经验时，忽视了思想、理念，特别是历史观、社会观层面的营养吸收，对叙事技巧和方法移花接木。中外合资是为了优化民族商业品牌，而不是改头换面，变卖家产，让职工下岗；四是本末倒置，没搞清小说的受众是谁，造成在专家那头热热闹闹，在读者那里冷冷清清。专家和作家在学术的套路上你追我赶，构成了中国式的文坛双面舞和太极推手。我认可“小众”和“大众”的疆界，但是，当两者之间堡垒森严，那疆界就成了猪八戒用过的那面镜子，你照照试试？

在我看来，这四层“茧”是作家以自赎其身为代价，配合文艺理论家、期刊编辑以及获奖机制一点点、一丝丝、一层层套在脖子乃至全身的。创作和赛跑不一样，它应该是最慢的艺术。慢，并不意味放弃突破，而发现，更需要慢。很多壮丽的突破和发现其实都始于慢功。它需要镇定自若蓄势待发，需要屏息静气眼观六路。如果一味追求快马加鞭、一泻千里，那不是创作，是泄洪，是雪崩，是塌方。咱不能要这个，咱要的是慢工出细活。听起来有点像口号，好在这口号蛮实在、蛮管用的，真正的能工巧匠都懂这行当。磨剑是经验活儿，磨好了，刺哪儿到哪儿，那才是自己的手艺。仗剑天涯处，云开雾散时。就像甘肃的兰州拉面，老汤一熬，回味无穷，换了新水，即便是阿尔卑斯山上的雪水，也会索然无味。也就是说，所谓突破，就是把汤熬得更有风格，更有味道；所谓发现，就是新汤优于旧汤。而很多时候，我们都在试图把汤变成水。

我个人也曾是作茧自缚的受害者，后来半梦半醒。主观上当然希望自己最好是醒着的。每当进入创作状态，就随时做好挣脱、突围的思想准备，不是觉得自己的某些小说受到好评就自认为“茧”破得有多麻利，但至少在我闷头疾书时，两手都在扒拉扑面而来的大网一样的千丝和万缕，譬如最近发表在《当代》《芙蓉》《解放军文艺》等期刊的几个短篇《吼水》《一路同行》《幻想症》《寻找》诸等，思路在每一个拐角处，都会有厚重的帐幔劈头盖脑苫过来，咱惹不起，躲得起吧。咱不在乎某些人瞧不起这种方式的呈现，咱在乎破茧成蝶。你到底是要美丽的蛹？还是同样美丽的蝶？我想，这道理好像应该放到幼儿园去讲。

破茧并不是简单的回归，实际上是返璞归真，它包括文学的常识、创造和精神，它是文学意义的“真”，也是某种意义上的突破和发现。突破和发现不是骑驴看唱本，它是真正的摸着石头过河，力要用在眺望对岸的花上，而不是把玩脚下的石头。把玩不好，连石头也不会承载你。水能覆舟，石头能覆你。

破茧成蝶，你爱咋飞就咋飞，世界都是你的。

2017 年 6 月 20 日于天津观海庐

（在鲁迅文学院第 29 期少数民族作家班与天津作家座谈会上的发言，载《文学报》2017 年 7 月 18 日）

第二辑

对话与访谈

秦岭:悲悯情怀 透视现实

天津网记者　秦岭

1. 经历篇

天津网:为什么用秦岭作为笔名?

秦岭:秦岭是故乡恩赐于我的一个文化符号,探究它所代表的含义,我会永远缺乏信心。我的创作曾经有一个时期中断。我 1985 年中学阶段开始创作,后由于工作等原因,从甘肃到天津有 10 年远离了文学。重新创作时正好在天津的机关里,出于一种自我维护,我给自己起了秦岭这个既大众化又不失个性的笔名。秦岭山脉绵延千里,我的故乡陇东南地区就在它强健的臂弯里。秦岭是一座我特别敬仰的山,借助这个符号,也算是借了一个胆给自己。

天津网:少年时代的梦想是什么?

秦岭:我最初的梦想是当个画家,好多从小时候一起过来的朋友都知道,我从七、八岁的时候就开始学画画。画画在乡村没有人教,完全是靠自己对色彩、线条、轮廓的天性的敏感和认识。我在农村很荣幸地能够看到连环画。当时连环画主要以八本样板戏和评书版本居多,像《红灯记》《沙家浜》《杨家将》等等。这些对我来说特别的神奇,激发了我对美术的强烈爱好。我 13 岁到 16 岁涂鸦了好几十本连环画,自己打边线、自己创作脚本、自己绘画,没有人指导,走的是野路子。到现在我都很留恋当时那种精神状态,每次新的连环画一出手,就在同学们之间传看。记得我们那个村刚刚通电不久,有了在夜晚画画的条件,我就在灯下画画,孜孜不倦地画,有时候画到深夜。

天津网:您是如何走上写作道路的?

秦岭:文学作品第一次发表后,对我是个激励,从那开始,我就开始写了。我在形象思维方面算是有一点灵性吧,而且本身有一种表达的愿望。那时并没想到这会是未来生活的另一种方式。第一次获奖是一篇散文,这更加鼓舞我向文学这条路挺进。当然,这并不意味着和成才有什么联系。

天津网:少年时代读书占什么样的位置?对您产生什么样的影响?

秦岭:外祖父家藏着不少“文革”期间没有销毁的书,大多数是评书,在那样一个读书比较奢侈的年代，我能够比其他同龄孩子更多地看到一些书，这是我的幸运。在感受人生的同时还能够感受书本的力量，我认为对我的创作是很有帮助的。关于创作影响，我认为，影响最大的还是少年时期熟读中国古典文学，四大名著对我的影响是最大的。为什么呢，初中以前我把几部比较著名的古典文学看完了，有的作品看了不止一遍。看完之后我才发现，在这之前我所看到的评书，跟四大名著相比，无论从文化含量、人物情怀、还是文学的品质上，还是有区别的。读四大名著，是我读书境界的一个提升。当然，众所周知的外国名著，能看到的，我尽量会看的。

天津网：您欣赏哪些现当代作家，理由是什么？

秦岭：20 世纪 80 年代，我开始实践文学创作，并开始大量阅读新时期出类拔萃的作家的作品。我读张贤亮，对他那种心灵的透视很喜欢；我读从维熙，对他的人性关怀很喜欢；我读贾平凹，喜欢他白话文表达方式的清新状态。现在咱们通行的语体，基本上都是西方的语体，但贾平凹能把白话做成这种程度，精致微妙地表达对象，我喜欢。我少年时期也曾经喜欢过奥地利作家茨威格，我欣赏他，并不是说我就以他为榜样。茨威格对人的灵魂，人的心灵，特别是心理的描写，那种到位，那种细微，那种精妙，对我的创作是有影响的。但它太细微太精妙了，就有些啰嗦。他啰嗦的一面我嫌烦。我读书凭兴趣，不随大流。

天津网：谈谈您发表第一篇作品的经过？

秦岭：我 1985 年发表作品，当时上初三，文章写得比较稚嫩，初中生嘛，但对我的意义很大。我写的那篇文章叫《村西，那片柳林》，参加原天水地区征文比赛，获第二名。先是被广播，后来这篇文章在一个中学生刊物上发表。从获奖到发表，这之前从来没有过，既然从没有过，就成了一个新的起点。它不仅仅是我第一篇作品，也是我文学生涯的第一步。第一步，所以我认为很重要。

天津网：当时就觉得写作很快乐？

秦岭：当时是学生嘛，每两周都得写一篇作文，所以发表过的那篇作品从一定角度看，明显有学生作文的胎记。之前我自己的作文，经常被语文老师当范文给大家朗读，我也曾担任朗读员。文学的表达拓宽了我的认知领域，自由驾驭文字原来是如此地美好。

天津网：童年，带给您哪些记忆？

秦岭：我很庆幸，西部的大自然包容了我的童年。作为一个人，最初的生命感受和体验假如来源于大自然，我认为这是可喜可贺的事情。就我而言，假如说我在城市长大，就无法感受到大自然这种丰富、这种色彩、这种灵性或者说这种灵气，如果没有我属于乡村的童年，这一片对我来说可能是个空白。我的童年弥补了我这种空缺，我很幸运。我童年的记忆印象最深的有两部分，一个是在家里，另一个是经常到外祖母那去。我家在山上,外祖母家在平川里。平川里有一条河叫耤河,河里不仅有鱼、泥鳅,宽大的河床上还有山区难得一见的泉眼。我每次下山到外祖母家,到河里头看见鱼、看见泥鳅的时候,那种激动的心情难以言表。从山上和山下对大自然的感知,使我对大自然的丰富、神秘产生一种渴望,这是一种探求的欲望,现在看来,这种欲望,可以丰富一个人文学的智慧。

天津网:20 世纪 90 年代中期落户天津,如今十几年过去了,在天津的生活经历,对您的创作有哪些影响?

秦岭:我 1989 年参加工作,在天水一所农村中学当老师,两年后,又在天水一个区机关里当秘书,也干过团的工作。从我到机关当秘书到来天津之前的近 10 年里,我离文学很远。因为在机关里上班时间比较集中,首先要把工作搞好。当时认为,文学对我来说是身外之物,是副业,在机关搞文学,本身也不太方便。1996 年到 1999 年之间,是我的反思阶段,反思是一种自我怀疑。我突然晓得我生活和工作的意义是多么地含糊不清。正是这个阶段的反思,使我重新靠近了文学。1999 年我有意识回头看现当代文学,发现一些很响的作品所展示的现实生活对我来说远远不过瘾,还不如我拿起笔把它写出来。1999 年我开始第一次涉猎乡村教育系列,并创作了《乡村教师》《绣花鞋垫》《不娶你娶谁》等中短篇。乡村教育系列跟天津有关系,为什么呢?在天津这个千万人口的城市里生活,我突然又把目光反过来,投向偏远的、贫瘠的、苍凉的我的那段农村生活。在这样一个城市生活,每天在车水马龙当中,在熙熙攘攘的人群当中,在机关里重复的一张张面孔当中,在这种枯燥的生活当中,就会发现童年的、少年的、青年的记忆是可以过筛的,淘洗的,那里边有碎金散银一样的沉淀物,而且,留在心里头反复回味反复的琢磨,所有过往的记忆会越来越亮。

2. 文学篇

天津网:您对金钱是什么态度?是否考虑过所写作品否能赚钱?

秦岭:以前是想过,现在不想了。我是个比较理性的人,客观上讲,写东西是能赚来钱的,我的《皇粮钟》《碎裂在 2005 年的瓦片》等小说,被编排成各种剧目,电视剧版权也买断了,确实能够带来经济上的回报。但是,如果为钱写作我还真没这么想过。目前还是想把小说写好,绝对不会刻意为了满足物欲去写,当然,撞上财运了,我当然会很高兴。谁也与钱无仇,这事情用不着故作清高。

天津网:写作本质上很苦,是什么力量让您坚持下去?理由是什么?

秦岭:在我看来写作本身不痛苦不艰辛,是很愉快的过程。坐在电脑前把稿子打开,当所有的人物、所有的情节、所有的故事出现,你就像导演,在你的导演下,所有人物发生关系,所有人物在故事里面闪亮登台。感到自己像一个元帅,指挥千军万马打仗,很舒服的。如果说有什么痛苦,恰恰是写一个东西的时候,你在脑子里想得很好了,想成熟了,却发现不是饱满的那种熟,是瘪熟。就像要长一个瓜,从发芽、开花直奔瓜去了,看着都结出一个瓜来了,但是没办法把它摘下来。总觉得它可能还没成熟,但你想让它再成熟点,又来不及了。这是最痛苦的。

天津网:您如何缓解这种“痛苦”?

秦岭:写中篇《烧水做饭的女人》,写到中间的时候,乡干部和女教师之间的微妙的关系,如何让它更生活化,如何让女人人性深处的不安、躁动、反抗以及隐忍更文学一些,而不是落于俗套。脑子里进行激烈交锋,比较难受了。遇见这样的情况,我就先放下思考一两天,逆风崛起,考虑重新洗牌,人物在这个关节时刻必须舍得下马。《碎裂在 2005 年的瓦片》是三家报刊的征文作品,获奖后《小说月报》转载,但是最初写的时候痛苦也跟着来了,如何表现交公粮,作家们的这类作品已经很多,再回锅就是失败。所以我的重点是寻找农民的精神变化,把农民精神与时代、历史里面盘根错节的东西抠出来,这个抠的过程很痛苦。缓解这种痛苦的万全之策,就是改变视角。

天津网:有人说,网络文学对传统文学形式已经形成挑战,您怎么看?

秦岭:我个人对网络文学首先是肯定的,网络文学蓬勃兴起,对当下的中国文坛是一种幸运。可惜的是,咱们在借鉴西方优秀的文学传统,文学形式的同时,自己的根没了,特别是根基没了,这就比较可怕了。借鉴西方文学,是为自己的根基添加养料,而我们恰恰没这么做,而是照西方的猫画中国的虎。这就不对了。为什么现在中国的文学在一定程度上陷入瓶颈?我认为恰恰是把本属于自己的审美理想、审美根基、审美标准、审美元素、审美情怀给丧失了。央视大楼按西方的审美标准建起来,造型别致,有文化情调,放在皇城根下气派,但北京人叫他“大裤衩”,这不是中国人审美能力的丧失,而是作品与受众不是同一个审美根系。对网络文学我刚才肯定,是因为现实的文学伦理、文学氛围、文化环境都显得不伦不类的情况下,网络文学实际上还原了文学面目本身的一些东西,所以才像一匹黑马起到强烈的冲击。这个冲击带来的影响各界都在讨论,我认为这样的讨论有意义,有必要。在我看来,网络文学最大的优势是本真,没有传统文学枝枝蔓蔓的东西,他是出马一条枪,直奔生活的逻辑,它恰恰是生活最根本的东西。现代人为什么喜欢网络文学,是因为它更接近人的情感和生活,我觉得网络文学还会很有生命力。但是网络文学也有缺点。我记得去年有一些评论家认为网络文学缺乏历史感、思想、碰撞。我觉得这道理也是有,但不能当主要理由。

天津网:您下一部作品会不会尝试别的类型或题材的作品?

秦岭:我前一阶段发表一篇小说叫《一头会说话的骡子》,这是我新的尝试。现实给作家提供的背景真是太广阔了。比如社会上有很多的谜找不到谜底, 我感到很困惑。若干年后抓到一个凶犯,他曾杀过人,而被他杀的人的那个“凶手”实际上早已被枪毙。如果真凶不露脸,被冤死的那个人还有昭雪的一天吗?这样的事情层出不穷,太多了,现实必然是闹鬼了。你可以说生活里没鬼,但你不能无视生活里鬼一样的逻辑。

这样的逻辑对我是有冲击的。有趣的是，十几年前的那个“假凶”，当年审判的当事人和审判的人还在。我看到当事人被采访时全部是推脱，没有人从良心上留下一滴眼泪。这样的现实，我们这些活着的人还能说什么。所以我在《一头会说话的骡子》里面就写了个类似的题材，小说里，我让鬼、骡子直接进入了人们的现实生活。这个小说发表以后引起注意也引起非议，一家著名选刊在选载前最终因“鬼”而忍痛割爱。我认为，小说是想象的艺术。何况鬼在人们精神领地从来就没有远离过。这是我的变化，这种变化首先没有脱离文学的框架，是文学的，更是人性的。

天津网：您每次推出新作，都在中国文坛引起不小的震动。据我了解，很多中国一线评论家、作家对您的作品进行评论。您认为您的作品优势是什么？

秦岭：如果存在优势，大概是视角吧。品尝苹果，把皮削掉仅仅是一方面，如果把它一刀切开成两半，就能知道它的整个品质。我看待生活也这样，我先找矛盾各方的精神变化，跟目前生活本质的东西到底有哪些交叉点。找到就是自己的一个优势，这样就容易摆脱惯常的思维。再有一个优势是我的生活经历。我出生在乡村，接受中等、高等教育在城市，而工作又是先农村后城市，或在机关里当秘书，或搞搞青年思想工作，或当人事干部、文化干部，现在又负责一个文联，还搞过督查工作。这恰恰为我观察生活提供了一个广阔的散点空间。这使我有机会或是有可能站在不同角度思考同一个问题，站在不同的角度看一个问题，这个问题就多元化了。就像聚焦，成为一个点儿，温度到了，不化，也化。

天津网：很多当代作家和影视结缘，您的4部作品搬上荧幕或戏剧舞台，引起强烈反响。您如何看待文学和影视的关系？

秦岭：我觉得文学和影视是有关联的，关联在于影视要找到有深刻性的、能够表现生活的深层次的东西，它很大的资源是从文学里面来。这个道理，至少在现阶段是成立的。一个剧作家亲自去创作很多东西，远不如向小说的矿山挺进来得快，来得稳当。假如小说和剧本具备同一个内核，那么转化艺术样式的可能性就很大。当然，这需要智慧和技术，如果编剧去写小说，他可能把小说本身的东西消磨掉，反而不像文学了。如果搞小说的人认为小说和剧作无关，那么他心目中的剧作也会厚重不到哪里去。我有体会，根据《皇粮钟》改编的多种剧目有些早已上演完，有些正在筹拍中，比如明年9月份电视剧也要开机。他们之所以看中这部小说，就是因为这里有大量的元素可以拿去搞剧作，达成艺术上的转换。

天津网：您曾说“作家如果没有官场经历，就休想吃透中国社会”，您的依据是什么？

秦岭：读书人在读中国古典文学、感受中国的古典文化的时候，不难感受到这么一个奇特的现象。从屈原到王安石，到李白、苏轼、欧阳修，近点的曾国藩、毛泽东。从上到下，从古至今，特别是古典这一部分，现代人古典文化的底子，恰恰是读这些人的作品得到的。他们都是古代各个阶层的官员,打开中国古典文学的目录,百分之八九十都是官员。还有皇上,比如唐后主李煜。我想不仅仅因为他们是官员,而是他们的身份拥有了大量的社会资源,社会资源是形成独特思想、情怀的巨大容器。这些资源,纯粹的知识分子不可能拥有,纯粹的民间知识分子更难拥有。古代的文官执印即能审案察民,武官往往边塞“长吟”,古代所谓“学而优则仕”。饱学而为官,既可能为文学大家,也可称为腐败高手。现实官场同样如此,在官场生活你必须首先要研究官场和政治,当下的政治和文化几乎是密不可分的。官员工作的宗旨是为民,反之就是害民,一个为,一个害,都能很文学地戳到生活的软肋。

天津网:您关注苦难,笔触投向地震灾区人民的生活变迁。汶川大地震后,您创作了《透明的废墟》,成为国内第一部反映汶川地震的小说。今年您又推出地震题材的两个作品,中篇《相思树》和短篇《睡衣》,发表后受到关注。您如何理解苦难?

秦岭:人活着很偶然,很不容易。汶川也好,玉树也好,舟曲也好,跟咱们生活着的土地一模一样,但是灾难很偶然地在那里发生。他们死了我们活着。汶川地震后,《小说月报》原创版约我写一个小说,当时关于地震的诗歌特别多,散文随笔特别多,报告文学也不少,唯独没有小说。编辑张竞毅考虑到我写小说的视角、思考或者观察,把电话打到我正在就读的鲁迅文学院,问我感受过灾难没。我说当然感受过,我在甘肃的时候以工作人员的身份,多次参与过塌方、车祸的抢险。《透明的废墟》发表后,被称为第一部反映汶川地震的小说,之后我代表中国小说界参加了中国灾难小说研讨会。诚然,摄影家能配照片,把灾难现场拍完给大家看,诗歌能抒发心灵上的情绪,新闻记者能够拿实事求是的记录让公众去看,而有些东西,他们是达不到的。我觉得小说家能达到,这就是小说的优势,比如说灾难发生了,死亡流血伤残和活着的人,当时他们的心灵家园和精神世界,灵魂深处发生了什么,这些是需要虚构和想象的,虚构和想象恰恰是小说的长处,所以小说有可能,也有责任、义务出来说话。之后我又写了中篇小说《相思树》《睡衣》,发表后引起一些争议。有人说我这是蔑视生命。我首先要说,我恰恰是敬畏生命的。但我们必须得承认,灾难、死亡会掩盖很多东西。死亡绝对不会让一切一了百了,死亡本身带去了很多东西,它把人性的好多真的美的东西带走了,假的恶的丑的照样也带走了。可叹人性是善良的,好多人面对死难者流下了真诚的眼泪,眼泪是为同类生命的谢幕而流下的,至于谢幕前的所有剧情,再也无人问津,这是中国文学的短处,而恰恰是外国文学的优势。我认为,作家用真诚的心理面对灾难,艺术的虚构空间比想象的要大得多,因为一切在小说里都能够展现。

3. 生活篇

天津网:除了写作,您还有哪些爱好?

秦岭:我喜欢音乐,中国古典、西洋、民乐都喜欢,喜欢唱民歌、作曲。画画不得不放下了,但是我家里的画画工具一应俱全,对自己来说还有情怀在里面。到天津后我很少画画，以后如果有时间，我还会重新拿起来，就像到天津后重新把文学捡起一样。

天津网：谈谈您的儿子小骏马？

秦岭：我儿子小名叫小骏马，我喜欢马。小时候骑过驴骑过骡子就是没骑过马，我们那里的乡村马比较少。我喜欢马奔腾的状态，关于马的艺术作品，画里的马，音乐里的马，文学作品里的马我都喜欢。儿子生下那年是马年，就起名小骏马。当然也有祝福祝愿的深意，一些幻想在里头。希望他能够一马当先，或者是马到成功。作为一个文学创作者，儿子也是一种创作。他比我任何一部文学作品让我喜欢和留恋。孩子比较争气，他的性格我特别喜欢：开朗，明朗，爽朗，比较直率，心直口快，而且脾气也好。脾气好并不是柔顺，而是有棱角，能给我带来很多快乐。他小时候，我看书他也在那看书。他听到我提《红楼梦》就把《红楼梦》拿下来看，一页一页地看，但他不认识字，他倒着看，看得很认真。这种蒙昧的执着，这种可爱的幽默，很逗人。我写字，他也写字。我专门买了有方格的稿纸，他居然能把我的稿纸一半写完，他虽然不会写字，但是在方格里勾勾画画一丝不苟写了半本多。这种精神这种姿态，这种虚假的真实和真实的虚假给我一种力量。我特别喜欢。后来他学围棋，河北区两次少儿比赛中，一次一等奖一次冠军。学围棋是他自己选的，别的孩子两年能够拿下的二段，他半年直接从初级进到高级，当时拿下一段轻而易举。大人们听说他会下围棋要跟他下，没有人能下过他，我心里还是偷着得意的。

4. 观点篇

天津网：您为谁而写作？

秦岭：为心灵和记忆，这个更准确些。为什么说心灵记忆呢？因为当我们这样的人在感受社会时，特别是当下社会的变革，对我们来说是千载难逢的机会。社会各种旧的东西在解体，各种原来的框框在打破，社会在进步，同时很多陈旧的东西也在浮上来。贫富差距日趋拉大，各种社会矛盾高潮迭起，这样一个变革的阶段在短期内爆发出许多形形色色光怪陆离的东西，很让人长见识，这恰恰对我们是机遇，机遇就是宝贵财富。人一辈子最珍贵的是这种尖锐的记忆，我的小说《硌牙的沙子》《分娩》《本色》就是记忆的产物。每个人的生命在地球上很简单，匆匆忙忙，如果一个人没有记忆，留下的空白点就更多，这个人就不会丰富、圆满、丰满。书写记忆，给自己和读者心灵的感应，这个目的就达到了。

天津网：作为60后作家，你认为与70后、80后、90后作家有什么不一样？

秦岭：在鲁迅文学院上学时，春树、饶雪漫、安意如、任洋、米米七月等都在我们班上。跟这些70后、80后、90后作家聊天，能够有所新发现，至于说他们跟我们这茬人或是更早一代人有什么区别，那肯定有。某些专家认为70后、80后、90后不了解文革、反右，不了解中国近代史，思想根基肤浅，仅仅限于自己小小的阅历，注重情感的倾诉,这种说法我不完全接受。为什么呢?他们当然可以了解“文革”、反右,但也可以不了解,他可以去了解伊拉克战争,了解黄海演习危机,了解他热衷的其他中外历史。这完全取决于他自己的精神指向和文学理想。不能说是一个人思想的形成必须要完全依赖于历史中的某一段,历史大得很,可供选择和借鉴的历史截面非常广阔。

天津网:您最无法接受什么样的作品?

秦岭:不喜欢花里胡哨的作品,里面没有核,去掉美观的表皮什么都看不到。读完跟心灵没有碰撞感,不能拨动心弦的也不喜欢,这种作品比较思维化,过于自我,不想看。

天津网:辞职在家写作,您愿意么?

秦岭:当然愿意。十几年前在机关里工作,首先想的是把工作搞好,能顺理成章地承担一分责任。这期间的文学实践,已经改变了我,顺理成章地改变了自己的行走路线。文学圈里的人把我当所谓的领导干部,机关里的人把我当所谓的文化人,听起来真是有趣。现在如果有一个机会让我呆在家里写作,我求之不得。我的具体工作是负责一方文联,下面有10个协会,工作庞杂,或多或少都需要我做点事情。当然,既然拿着这份俸禄,就得凭良心干活。拿钱不干活,我认为是可耻的。如果有一天能在家里安心创作,把无关的东西放在一边,对我来说当然是享受。

(载天津网2010年9月20日“名作家访谈录”栏目,撰文:张杰;录入:陈承智)

作为“他者”的秦岭

闫立飞　秦岭

闫立飞(以下简称闫):在天津文坛,你总给人以鲜明的“他者”角色凸现。中国作协在北京举办的长篇小说《皇粮钟》研讨会上,蒋子龙先生认为几年前你在天津的冒出是“天上掉下个林妹妹”,无独有偶,在2007年天津作协为你与龙一、武歆三人召开的作品研讨会上,你被称为天津文坛的“外来生物”,这一方面说明了天津作为沿海大都市具有海纳百川、兼容并包的开放性,另一方面也指出了你与天津本土作家的异质性特点,作为“他者”,你在建构天津文坛生物多样性的同时也昭示了自己鲜明、独特的创作个性。我的问题是,你的这种个性特征对你的文学创作构成了怎样的影响,在你的意识深处,它是否存在和你生活的环境有着认同上的矛盾?

秦岭(以下简称秦):如果说基因学也适合于分析地域特征的话,那么西部和渤海湾地区在经济、文化、常态生活上的区别必将永久存在。我在甘肃出生并生活了 20 多年,如今又在天津生活了 10 多年,今后的生活形态必将继续服从于天津的生活逻辑,而地域基因和故乡情结决定了我很难做到去“甘肃化”,这就使我的文学与我的生活一样呈现更多双重的、冲突的元素。文学恰恰需要这样的元素,因为它异样,不平静,客观上成全了我思考的热情、分析事物的视角和精神世界的拓伸。其实,蒋子龙先生本人也是来自河北沧州的“外来生物”,我和他在《文学界》杂志的一次对话中,恰恰也涉及类似问题,他说:“我的文学气脉中的理性、态势,可能得益于我所在天津的工厂。而性格和情感,或许更多地接受了家乡沧州的营养。”这样的诠释同样适合于我。生活在他乡写故乡,不可逆转的时空和现实距离首先让我在对生活的认识、感受上存在一些停顿、转折、回味乃至割裂和隔膜,这是一个无法调和的矛盾,这个矛盾让我在海滨城市梳理高原生活脉络时常常感到疙疙瘩瘩。而文学的魅力恰恰需要这样的疙疙瘩瘩,疙瘩越大,重力越大,掉下来,就能自毁矛盾的堤坝,让文学泄洪,让诗意升华。矛盾的对立至此又被文学所统一。

闫:尽管少年时代你曾做过文学的梦想,并小有成就,但走出校门后的十多年,你当过教师,做过领导身边的“大秘”,搞过经济,唯独没有进行文学创作。你从乡村到小城,从教育系统到党政机关,从西部高原的天水来到渤海湾的天津市,也是凭借着管理才能,而非你的文学创作,对于天津官场来说你是“他者”,对于文学界来说,你也是一个“他者”,因为直到你在而立之年从事文学创作时,实际上是以“他者”的身份闯入到这个圈子内的。这种双重的“他者”身份给你的创作带来了怎样的经验与后果?

秦:我首先要排除一个文坛普遍存在的浅陋观点,那就是把官场误认为是常态生活的真空地带,似乎官场环境中的文人多习惯于附庸风雅。要我说,除了附庸风雅呢?当文人们一边怀抱屈原、王安石、欧阳修、曾国藩等千古官场文人作品为主体的古典文学范本,一边又对当今官场的文学视角嗤之以鼻时,这些自命清高的家伙恰恰陷入了一个认识盲区,他们不可能认识到,社会变革背景下没有任何环境比中国官场更能直接地、全面地、深透地、近距离地靠近政治、经济、文化生活的纵深和形态,更何况,这是一个早已知识化、智能化的集体,政绩和浮夸并生,光明与腐朽共存,良知与世俗交融, 坚守与迷失相伴, 常态生活中极致的人性博弈和灵魂底板在这里尤为异彩纷呈。我在一些访谈中说过,作为一个情感上倾向于艺术而绝非附庸风雅的人,能在中国官场生活,是一笔千金难买的宝贵财富。曾几何时,我的身份确曾有点小意思,在官场,我被叫作文人,在地方文坛,我被叫作官员,而现在,又变成官员、作家兼文艺工作者了,用您的话说,似乎是他者的他者的他者。在我看来,“他者”的身份越多,就越能像孙悟空一样变幻角色换位观察、分析、感受、解决艺术领域的问题。具体讲,角色决定了我能还算自如地在不同的生活圈子里找到适应点,无疑于用多棱镜看世界,世界就像一件挂在那里的时装,眼睛一眨巴,所有的原色、质地、形态、款式、图案一目了然,根本用不着像某些作家那样非得进行所谓的深入生活,所谓的调查了解,所谓的所谓的所谓，在我这里行不通，答案很明朗了，如你所说我是“他者”。

闫：官场是一个充满诱惑力的地方，是什么动力使你离开熟悉的职业而冒险从事文学创作，对文学创作道路上的危险性你是否有充分的认识？

秦：创作类似于发明，没有自己的发现就会栽在文学墓场。发现便是我文学创作的原动力。10年前在天津某机关谋事时，闲暇时节受文艺理论界的牵引和鼓噪，硬着头皮阅读那些所谓的农村题材小说，惊讶地发现许多所谓关注现实的名作本质上离现实、离民族文化、离审美根基的核心很远，有些获奖作品与盲人摸象没什么区别，具体讲就是作家们对我们这样一个从权力到民主渐次过度的国家社会的形态模糊不清，根本谈不上有深刻的发现，从而在认识农村生活上出现了严重的偏离和表面化。而我在这方面多年的思考，极容易转化成小说后在文坛广阔的空白地带和盐碱地上信马由缰，于是，我比较自信地以自己的方式跃马农村题材领域的旷野，果然，以《绣花鞋垫》《硌牙的沙子》《烧水做饭的女人》等农村教师题材为主的“乡村教师”系列、以《碎裂在2005年的瓦片》《皇粮》为主的“皇粮”系列很快得到了丰厚的回报。初时，是把文学当机关“三产”来偷偷摸摸经营的，有点冒险，但危险性不大，后来干脆放开手脚“自负盈亏”了。我是个理性的人，官场增加了我脸皮的厚度，大不了，再返回官场夹着尾巴“干革命”。许多人认为我年纪轻轻的就干到县处级，染指文学有些可惜，我不这样认为，不是说职级有何不好，而是我从艺术的发现中发现了另一个我自己，这种发现比官场的“进步”从外观到内涵都要更漂亮、更丰富、更诱人。我看重发现和呈现的快乐，而小说满足了我的愿望。

闫：我知道，你创作的主方向是农村题材小说。但是，几年前你对官场形态和官场文化的深切体验和独到见解，曾使你的长篇小说《断裂》、中篇小说《难言之隐》等作品迥异于当下流行的官场文学，让人刮目相看；你对西部乡村教师生存状态与爱情生活的关注，使你的《绣花鞋垫》《不娶你娶谁》《烧水做饭的女人》等作品在“开拓了我国农村教育文学描绘的领域”的同时，也引起了人们的争鸣。这两种类型的小说在主题、题材方面距离较远，但你却能熟练掌控，作为你进入文学界后的早期作品，它们除了给了你从事文学创作的信心以外，在你的创作中具有怎样的意义？

秦：那些初试牛刀式的小说引起的关注，对我目前的创作的确是有意义的，比如，长篇小说《断裂》的畅销，使我发现了作家、专家、读者关注现实的交叉点，社会的，文学的，这恰恰是小说的意义。而《不娶你娶谁》等不同类型的教师系列题材小说发表后，转载率也比较高。据知，许多作家为了所谓的转型被弄得焦头烂额，而我却能从不同的题材领域跳来闪去，我很珍惜这一点，我发现我是可塑的、可改变的、可颠覆的、可再造的。当时北京一家出版社包定我写类似《断裂》的畅销书，版税优厚，一年签一部，我谢绝了。天津百花社的老总闻讯，朝我跷起大拇指：“这才是秦岭！我们和你签《皇粮钟》，放心！”因为我没有急功近利，乡村的驿站为我打开了所有的门，这使我至少明确了一个方向，广袤的现实农村和文学意义的农村期待着我、盼望着我、看重着我，那里有好多生活的矿藏需要我去涉猎、探险、开掘。近两年继《皇粮钟》《硌牙的沙子》之后，我发现，在这一领域，我快马扬鞭的空间实在是太大了。

闫：从短篇小说《碎裂在2005年的瓦片》到中篇小说《皇粮》，再到目前出版的长篇小说《皇粮钟》，你的"皇粮"题材系列小说敏锐地捕捉到国家免征农业税这一重大历史时刻，以文学的形式再现了这一过程，在社会上引起了巨大的反响。如《碎裂在2005年的瓦片》和《皇粮》分获全国首届和第二届梁斌文学奖一等奖，后来又摘取了《小说月报》"百花奖"，并分别被改编成影视、评剧和晋剧，而由中国作协、天津作协和百花文艺出版社联合举办的《皇粮钟》作品研讨会也于2009年5月在北京召开。可以说，"皇粮"系列小说不仅在你的创作中占有重要地位，而且也意味着你创作上的一次转折，尤其是《皇粮钟》的出版，使你的创作走向了一个新的高度。我想知道，你是如何把握住这个题材的？在"皇粮"中你想实现怎样的抱负？是否达到？

秦：皇粮制度影响并改变着中国农民的精神世界长达2600年，并成为现实农村生活中最大的文学蛋糕。我很奇怪那么多作家竟然没人狠狠地咬它一口，或者说咬了，却没有咬够。我当然清醒把握这个题材的难度，我没有刻意地去写皇粮史，却又离不开史，我所有的皇粮题材小说，都有意把"史"掰碎了，在现实农民的常态生活中来体现，因为无论是现实的、百年前的、千年前的皇粮制度均是以种地纳粮为基本形式，内在的生活逻辑、生命感受和精神链条是一致的，我要做的，是如何让现实呈现来回应"史"、折射"史"，并以"史"来反观我们当下政治、经济结构和农民生活的本来面目，反映现实农村的境况和农民身上的国民性特征。当然，我还有更多的表达指向设伏其中，陈建功、蒋子龙、雷达、从维熙、崔道怡等众多文坛智者均做过分析，这里不一一罗列。尽管我的"皇粮"系列在文学、戏剧、话剧、影视等不同的艺术领域受到热评，我还是没有底气把笑意摆在脸上，由于客观和自身的局限，我的目的远远没有达到。

闫：我们看到，随着中国城市化进程的加速，农村遭受城市侵蚀和被边缘化的同时，以农村为表现对象的乡土叙事也呈现出集体沦陷的态势，它们对中国的农村现状普遍呈现为一种盲视或失语状态。你的《皇粮钟》，却对乡土叙事的这种盲视和失语构成了有力的冲击，因为你是"站在崖畔看村庄"，在这个制高点上，你不仅看到了农村最为真实的一面，而且从乡村内部"找到了中国农民"。因此，《皇粮钟》不仅代表了现实主义的回归，而且对改变当前乡土叙事的形态也构成了重要的意义，而你也由此成为当前中国文坛上的一个"他者"，你以"他者"的身份烛照出当前文坛的缺失与不足。然而你作为都市的寓居者，在享受现代文明带来的便利与实惠的同时，你如何安置"崖畔"这个观察的制高点？并以何种态度看待和表现农村在现代化进程中的现实处境？以及这一进程中农民的精神状态？《皇粮钟》是否仅是你表现这一过程的开始？

秦：这是个很要命的问题，足以让许多躲在都市象牙塔里写农村的写手们跌落尘埃，包括我在内。观察农村的制高点在哪里？要我说，除了步履和精神必须要抵达的现实农村,它还在中国乡村史里,在政治学家、社会学家、民俗专家以及各门类艺术家的理论成果里。你知道,我从事社科理论研究十多年,如今照样对政治学、历史学、社会学充满浓厚的兴趣,不是刻意为之,而是被那种改变历史进程和社会形态的惊天动地的力量所迷恋。我认为,作家了解中国现实如果不从政治、历史开始,简直就是滑稽的、荒谬的,我的制高点也就在这里。近年来,农村在现代化进程中处于一个十分尴尬的处境,深层次的原因社科界有很多精辟的论述。良知的目光从社会表象上也能一目了然,比如同样的共和国公民,农民和城市居民的国民待遇简直是天壤之别,这在国际社会绝无仅有。长期以来,10 亿农民其实是 3 亿城市居民眼中的另类或者下层,仅此一点,不用窥视,放眼可知农民精神是怎样的构成和颜色。我的《皇粮钟》涉及了这一层面,写农村,不是绕不过,而是现实农村本身就是问题的核心。

闫:其实,你的“他者”姿态还表现在许多方面,以汶川地震为题材的中篇小说《透明的废墟》就是一个典型的例证。当人们还在忍受着地震带来的巨大创痛,精神还处于震惊的空白期时,还在用直白的诗歌语言发泄情绪时,你却以小说家的敏锐和识见,在“灾难题材的废墟”上建构了自己的文学想象,创作了“第一篇反映汶川地震的小说”。事实上,当人们渐渐抚平地震的创伤,开始直面它所造成的影响时,灾难题材仍然是小说创作的废墟。唐山大地震如此,汶川地震到目前为止也是如此,小说创作面对大地震仍是默默无言。在这种沉默之中,你虽然呐喊出第一声,但你的呐喊却被陷入这种沉默之中,最终也将消散于无形。所以,面对小说家的集体沉默,而你的呐喊注定没有回音和响应时,这种呐喊的意义何在?是否对呐喊行为进行过反思?

秦:对这一现象,我早已不奇怪了。你一定发现了一个残酷得近似于有趣的现象,汶川地震过去一年多,别说小说鲜有介入,诗歌的喧嚣也早已退潮。中国艺术家们对于灾难和死亡的态度是多么的感性、潦草和可悲。《透明的废墟》是地震发生不久《小说月报》原创版向我约的稿子,当时我正在鲁院高研班上学,其他同学没人写,我就赤膊上阵了。某选刊在转载前突然摇摆不定,认为“《透明的废墟》是个烫手的山芋”,并在那些挂着教授、博士头衔的专家堆儿里展开了激烈争论,占上风的谬论居然是“地震小说没有可能,因为小说再成功,也不如记者的镜头和新闻报道来得有现场感”。这样的说法在汶川地震一周年后的全国首届地震文学研讨会上,再次被几位赫赫有名的评论家重申,我在发言中当场进行了批驳,我说:“小说就是小说,凭借的是虚构和想象的力量,小说如果用来和镜头比现场感,是中国文坛的愚蠢和无知。”我还说,诸如著名的泰坦尼克号式的海难,早就被国外文学、影视界表现得淋漓尽致,按国内专家的逻辑,作家们是否非得潜入海底找“现场感”呢?好在,我的观点得到了一些人的支持,可悲的是中国文学的话语权掌握在评论家手里,我说了也是白说。反思中国文学的症结对我来说早已不划算,也犯不着当这个医生。我只能说中国当代文学在国际社会的低矮形象是自取其辱,是活该,是犯贱。说这些,并不是说我的灾难小说就多么没有缺点,这是另一个话题。

闫:杨显惠先生撰文指出你已经找到了一条属于自己的创作之路,这也是你坚持独特的创作个性,以"他者"身份和姿态站立在当前文坛上的主要原因,你在"他者"的行为中找到了自我。当文学越来越受到市场经济的商业文化、大众文化和网络电子媒体的冲击时,你对保持自我的创作个性有何考虑?

秦:这正是我日前在一所大学演讲时的话题:作家的成功取决于脚下的路。老是跟着名家的屁股颠颠儿跑,还不被臭屁熏死?我的性格、尊严和能量习惯了独辟蹊径。儿时在偏远农村捡拾野鸡蛋时发现了一个经验,越是披荆斩棘向人迹罕至的荒山野岭挺进,得到的野鸡蛋越多。只要磨快了镰刀,下面走,上面割,就有底气藐视前面的难度。诚如你所言:物欲社会的作家极易迷失方向。就我而言,容易诱惑我的是小说被影视、戏剧界人士合盘捧来的高额版权费,好在我从来没有刻意过,人家看上了,一边交钱,一边交货,算是捎带着做一笔生意;看不上,也无所谓。小说是我最大的兴趣,我会捍卫我的兴趣,商业诱惑至今距离我的心灵比较远,更多的热情还在于把小说的路走远。正前方有魅力盼望着我,引力不变,我亦不变。

2009 年 10 月 18 日

(载《文学界》2010 年第 2 期)

文学课堂:阅读与创作

段守新　秦岭

【编者按】本文系我市青年作家秦岭与天津师范大学评论家段守新先生在天津老年人大学文学课堂上的一次对话。对话以问答方式,密切联系当前中老年人的阅读、写作现状,分析了中老年人在人生阅历、社会经验方面的优势,指出了在阅读方向、图书选择方面存在的误区,探讨了个人阅读与写作的理念、经验、方法与技巧,引起学员的共鸣与反响。现刊载如下,以飨读者。

段守新:今天很高兴请到作家秦岭来天津市老年大学做客,与大家分享他的文学经验。我记得沈从文有一篇文章,题目是《我读一本小书同时又读一本大书》,大意是说相比于文化知识的学习,他对社会、自然、人生等等更着迷,更感兴趣,这些给他的影响也最大。但我相信对于在座的中老年朋友来说,他们这大半辈子,在生活阅历的丰厚性上,你我绝对是无法望其项背;而因为各种原因,他们在充分而深入的阅读方

面，却可能有所欠缺。因此我想先请你谈谈你的私人阅读史和阅读经验，谈谈阅读对你的个人成长、对你的精神世界的塑造。

秦岭：我相信，我和在座的学员们的阅读，或多或少受到过时代的局限和影响。我七八岁识字以来，就没有离开过阅读。少儿时代的识字阶段，即磕磕绊绊进入阅读。我的阅读分两个阶段：少年时代作为读者的阅读，青年以后作为作家的阅读。给我影响深远的作品，有四部分：一是乡间无名氏的，譬如手抄本《阴阳风水》《游十殿》《神界》《阴曹地府》等，它让童年的我惊讶地发现世界不光属于人间，这种阅读开启了我对这个世界的幻想和联想；二是纪录革命与运动时代的各种图书及报刊，如"三红一创"及《红旗》《文革战报》等杂志；三是少年时代以后阅读到的中外名著，如《封神演义》《西游记》《红楼梦》以及国外托尔斯泰、莎士比亚、巴尔扎克、莫泊桑、茨威格、契诃夫、马尔克斯等人的作品，相对而言，吴承恩、施耐庵、契诃夫、鲁迅对我影响较大，他们让我感知到了无限的虚构和想象的魔力，感知到了一段历史的形态和现代小说的模样；四是当下的阅读，重点阅读社会科学类，包括政治的、经济的、哲学的，譬如《西方思想史》《西方作家的思想》等，其次才是文学的，在我看来，没有思想的作家，作品充其量是个人的生活体验。这四部分阅读，有民间的、有低俗的、有高大上的、有靠近真理的、有胡说八道的。我的体会是：作家的阅读，真理和胡说八道同样重要。懂得丑，才更懂得美；懂得美，才更懂得丑。

段守新：这一点，对中老年人一定有启发，许多中老年人总认为，在读书的人生黄金期无书可读或读了一些并非经典的书籍，岂不知阅读的经历本身就是人生的历练。更何况，对一位写作者来说，阅读的胃口首先要足够大，荤素不拒，生冷不忌。胃口粗壮，不娇弱，不挑剔，身体才能强健，精神才能健旺。当然，逐渐地，自然还会有一个反刍的过程，去芜存菁，没营养的扬弃，有营养的存留，最后转化为创造的能量。但前提还是，首先要有一个足够强大的阅读胃口。接下来我想问的是，在你多年的创作生涯中，写出了很多成功的作品，但肯定也有一些不那么成功的作品。"文章千古事，得失寸心知。"那么，你能否谈谈自己最满意的几部作品？它们好在哪里？同时也谈谈自己不满意的几部作品，问题又出在哪里？

秦岭：渐渐明白写作是怎么回事以后，我对自己的大多数小说心存质疑，甚至持否定态度。相对而言，我比较满意的中篇小说是《心震》《借命时代的家乡》，短篇小说是《坡上的莓子红了没》《碎裂在 2005 年的瓦片》《弃婴》《杀威棒》《摸蛋的男孩》以及《女人和狐狸的一个上午》。这 8 篇小说有的引起了反响，大家通过报刊可获取有关信息，我就不多谈了。有的关注度不如我的预期，比如《心震》和《坡上的莓子红了没》，至少在我的视野里，还很少有人用我这种视角审视灾难和中国农民内心的坚韧。这些篇目，是我所有小说中很少的一部分，也就是说，大多数中短篇小说，也包括《皇粮钟》《断裂》等长篇，尽管屡被改编成影视戏剧并受到读者关注，但是不尽如人意之处仍然很多。问题有两点：一是灵感袭来，沉淀周期不够，就急于呈现，导致反思意味不足，忽视了叙事和语言层面最为恰当的选择。比如中篇《不娶你娶谁》《烧水做饭的女人》《相思树》《难言之隐》等，尽管这些小说在《作品与争鸣》等报刊曾引起热议，但在我眼里，这些小说并未达到理想状态；二是阅读出了问题，一度出现根据个人好恶选择图书的情况，作为读者是可以原谅的，作为作家，这是很幼稚的。譬如时而迷恋写实，时而青睐诗性，时而又喜欢空灵。这样的阅读，严重影响了自己的创作，使风格经常出现摇摆。比如短篇小说《本色》《一头会说话的骡子》《犟牛和他的涝坝》等，尽管这些小说曾被作为某些讲习班的范文，但我内心发虚，平时很少提及。听你说许多学员都在网上购买了我的小说集《借命时代的家乡》，大家一定会发现，我现在的创作与前几年相比，变化较大，有我调整、反思和转向的痕迹。

段守新：我刚才的提问可能有点刁钻，因此先请你雅涵。让一个作家谈自己成功的作品容易，谈不那么成功的作品，得需要多大的艺术良知和勇气，因此更要感谢你的开诚布公。这么多年，我一直在密切关注着你的文学创作——从《弃婴》对底层民生的深厚关怀，到《杀威棒》对知青历史的重新观照，再到《女人和狐狸的一个上午》，以悲悯而诗性的眼光，呈现生命存在的酷烈、坚韧和有情——我很欣喜地看到，你在思想和审美的境界上，夭矫变化，上下求索，在不断地努力拓展和提升。那么，反顾你这一路走过来的甘苦、得失，请你提炼其中一些最精粹的思考，给大家在文学创作上一些建议或者忠告，怎么样？

秦岭：在座的中老年学员或多或少有一定的创作经历，最重要的，是生活阅历丰富，这一代人的生活中有两个最重要的符号千万不能回避，那就是历史和政治，回避了这一点，所有的创作就没有根基，就是自欺欺人。孙犁有句话叫“作家要远离政治”，我是反对的，孙老是把政治和权力搞混淆了。作为一个关照历史和现实的作者，我的经验：一是要广泛阅读近代史、特别是共和国成立以来的历史，既要注意阅读国内不同时期的文献，也要借鉴国外学者对中国现实的研究成果。你会发现，国内的研究成果每隔七八年、甚至不到三四年就会有很大的变化。相对而言，国外的研究恒定一些。无论否定还是恒定，都有历史的欣喜与悲哀在里面。找到历史，才能找到你自己，你写作的背景才会清晰如镜。二是要深入了解政治。这一点，中国作家远不如外国作家来得过硬。我们每个人都工作在单位，生活在社区，活动在派出所辖区，政治覆盖了我们凡俗生活的绝大部分，回首往事中的诸种欢乐、悲哀、纠结、苦痛，无不与政治有关。找到政治，就找到了生活根由的大部分。三是要多阅读中国古典文学和外国文学。前者给我们文化的血脉、传承和审美，后者给我们思想和技术。在座的有许多人写过父母那代人抗战题材的小说，你如果照《新儿女英雄传》《吕梁英雄传》那样的路数写，基本就进入简单的套路了。不是说那些小说一无是处，而是那些小说关于人与文学的精神空间太小。你如果看了美国、英国、俄罗斯文学中反法西斯题材的小说，一定会有不同的、甚至意外的收获。

段守新：政治不同于权力。我们可以对权力有意保持距离，但对政治却根本不可能逃离，因为政治（在宽泛的意义上）就和空气一样，无处不在，它就是我们的日常生

活。我们的一颦一笑，一举一动，甚至一呼一吸，都离不开它，都置身其中。一个好的作家，应该做的，恰恰就是从我们的日常存在出发，从我们的现实境遇出发，写出我们最真切的生存体验，写出我们内心不可遏制的疼痛、爱和渴望。在这一点上，我完全赞同你的说法。此外，我还想问的是，除了作为文化资源的中国古典文学和外国文学，事实上，当下变动不居、生生不息的文学现场，其实也在深刻地参与着我们的精神生活，塑造着我们对历史、现实、人生的感受和想象。大家了解它，并将其作为我们的文学创作的一个参照，也是非常有必要的。那么，最后请你谈谈对当前中国文学创作的理解和评价。

秦岭：纵向看，当前中国文学的发展势头是空前的，好作品的确很多，特别是短篇小说的繁荣，相对十几年前，甚至半个世纪，算是一个不低的跨越。长篇和中篇就数量而言，也很可观，其中优秀的部分，也超过前些年，但堪称经典的作品，似乎寥寥。横向看，把中国小说搁在世界文学的天平上，我认为仍然是短篇小说胜出的必然性、可能性大，而长篇、中篇相对要羸弱一些。一个不容争辩的事实摆在那里，当浩如烟海的世界文学送给中国作家思想和技术时，大多数的中国作家选择了技术而绕开了思想，许多被中国的所谓专家认为优秀的中国作家，无不以叙事方式和技术而沾沾自喜。除了同质化的跟进，我们很难在他们的小说里看到中国作家自己的思维方式、文化基因和审美判断。你如果跟踪当下一些作家的作品，会幽默地发现，很多人的叙事口径几乎同出一个模子，同质化的东西投放到世界，遭受冷遇是必然的。前不久堂堂复旦大学的宣传片明目张胆抄袭日本人的成果，我丝毫不感到惊讶。文学同属于知识范畴，类似的幽默早已见怪不怪了。大家都在玩幽默的时候，已经没有什么幽默了。这一点，我认为民国时期的作家做得比较诚实，他们懂得参照，精神独立，不追风，知道受众是谁。相对过去，当下的文学应该厚道一些才是。

（载《中老年时报》2015 年 7 月 10 日）

来自西北大地的血性文人

达拉依迦　秦岭

【秦岭是心灵紧紧贴在大西北苍茫大地上的血性文人，他的作品总是唤醒人们最遥远的记忆，唤醒人们内心最深处的良知。在秦岭的作品中，令人感受到的不仅仅是酣畅淋漓的阅读快感，更是精神的洗礼和灵魂的颤动。】

关键词：生活阅历

每个能写出精彩、厚实故事的作者都有着丰富的阅历，生活阅历的沉淀让他们的内心斑斓多姿，让他们的文字震撼人心，秦岭便是这样一位作者。不论是农村淳朴的生活，还是官场复杂的经历，都为他的创作提供了源源不断的动力。

达拉依迦：您是农村走出来的人吗？对于农村中的人和事印象是什么？如果你是乡村走出来的，那在抵达城市之前你心中的城市又是怎么样的呢？

秦岭：我是从西部农村走出来的，参加工作后到了更为偏远的农村。我在接受记者采访的时候，多次表明了自己对农村的感情，我骨子里热爱大自然的色彩，热爱乡村生活，热爱原生态的一如故乡民歌的那种民间倾诉和风情，我始终为自己生在贫瘠但不乏苍美的西部农村而感到幸运和自豪。我近年来的创作的《绣花鞋垫》《弃婴》《碎裂在2005年的瓦片》《皇粮》《不娶你娶谁》《本色》《硌牙的沙子》《烧水做饭的女人》等系列小说，都取材于农村生活。在我看来，农民只是缺少城市居民拥有的知识结构，他们不乏情爱，不乏情调，不乏情缘，他们还有城市居民难以匹敌的绝对优势，因为他们拥有山川河流，拥有更多的阳光和风。正因如此，农村的故事比城市故事更富有色彩、富有张力、富有新意。城市的生活被可悲地程式化了，而农村不是，农民的生活是放射性的，为了生存和生活，所有的体验和经历都是新的。

关于我抵达城市之前对心中城市的构画，是欧洲的那种，至少也是北京、上海的那种，因为儿时在山村看连环画时，这些城市的信息经常以画面的形式出现，所以误以为城市就应该是那样的。虚构中的漫想与现实印象的坍塌，充满主动的追寻与被动的欺骗，为我观察世界开始小心翼翼。前些年去了欧洲许多地方，竟奇迹般地与儿时的记忆对接上了。我真正抵达的第一个城市是天水，城市虽然不大，但却是人文始祖伏羲和女娲故里，属于中华民族的发祥地，到处都有史前文明的印记。我在那里读书、工作、生活了十多年，它厚重的历史文化和饱满的人文精神，使我对它的关注超过了生活过的任何一个城市。

达拉依迦：您涉足官场多年，在这个世界里您是怎么一路走过来的呢？对于官场的感触是否就像《断裂》中表达的那样？

秦岭：我涉足官场是在1991年，起初是在政府领导身边当所谓的“笔杆子”。之前在甘肃天水秦城区一个偏远农村中学当教书匠。清贫、淡泊的农村生活和所接受的中等、高等教育，成全了我对官场的立体化观察、透析和理解，四年以后被提拔到了领导岗位，一年以后又通过所谓人才引进渠道破格调到了天津市的党政机关，先后在人事、文秘、督查、文化等行业任职。十多年来，协调服务、调查研究、钻研理论、分析课题、出谋划策成为我工作的全部意义。很多人认为《断裂》有我官场“自传”的意味，肯定并非这样。作为小说，它首先是虚构的，但它离不开我的生活积累，涉及的官场部分，充其量有我在官场的投影而已。有些评论家把《断裂》看作社会问题小说，我认为是比较准确的，官场只是其中的一个背景。就这个问题本身而言，我笔下官场中人与人之间深入浅出的相处、复杂的利益关系，以及于无声处的权力、金钱、美色对人们价值观、伦理观的影响，在现实官场中是存在的，这似乎已经无须来论证，在中国，大概连最低智商的公民都知道官场是怎么回事。

关键词：成就

初识秦岭，内心无比震撼。读着众多声名显赫的人为《断裂》或他其他文章写的书评，感受他不菲的成绩，为这位出众的作者惊呼。秦岭的众多头衔、《断裂》一书的火热，都彰显着他写作的成功，然而面对自己的成就他谦逊而不动声色。

达拉依迦：您现在的成绩是斐然的，不论是自身在写作这条路上所取得，还是《断裂》这本书取得的，面对众多的荣誉和褒扬，您有怎样的想法？

秦岭：现在谈成就，有点羞于启齿的，只不过写了一些东西，只不过获了一些奖励。几个月前天津作协为我和其他两位作家龙一、武歆举办了作品研讨会。我对自己的创作始终保持着清醒的头脑，荣誉和褒扬固然让人感到赏心悦目，但是本质上是个虚无的东西，只是证明了它与我创作的某种关联。我清楚我的差距，需要努力的方面很多。

达拉依迦：不知道您的写作之路是一帆风顺还是经历了风雨见彩虹的，一路走来，您的心境又是怎样的呢？您怎么看待其中的胜利与失败？在这条路上走着，您最大的动力是什么？

秦岭：我的创作之路，应该属于经历了风雨的那种，现在是否就看到了彩虹，我还不好说，因为我心中的彩虹，真是美好无比。在接受高等教育之前的80年代中期，我曾在天水读师范，那是一个文学狂热的时代，我义无反顾地成为百舸争流中的一叶激进得有些偏执的小舟，把别的同学用来早恋的时间用于练习写作。当时的少年创作，退稿和发表几乎是对等的，而发表带来的喜悦成为我最直接的动力，四年时间在《少年文艺》《当代中学生》《中学时代》《春笋报》等报刊上发表了几十篇文学习作，文学"资历"使我理所当然成为创建校园文学社、创办校报校刊的"先驱"之一。1989年到农村参加工作后，清贫的生活、理想的迷失、未来的无定和青春的躁动，瞬间就掐断了我文学的脆弱神经。当1999年我在天津某人事部门谋事的时候，枯燥乏味的工作和精神的极度空虚，使我再次想到了久违达10年的文学，对照喧嚣的文坛，发现了自己的差距，也发现了自己拥有丰富阅历的优势，后来的5年里，我以每年平均18万字的速度在文学的跑道上尽情地奔跑，我的大部分农村题材小说和官场题材小说，以系列和集束的形式，在《钟山》《北京文学》《上海文学》《长江文艺》等名刊大刊的崇山峻岭中走过。这种在艺术世界找到的精神愉悦，在官场上是没有的，它极大地填充了我在官场生活的许多心灵空白,特别是自己的小说在专家和读者那里受到关注的时候,我找到了能够安慰自己的东西,这也是我创作的重要动力之一。

关键词:《断裂》

中国的“古拉格群岛”杨显惠先生说:“《断裂》是一部有着自省意识和现实批判意义的书。《断裂》不单在讲述故事,它所承载的具有象征、寓言、批判意味的‘干货’‘硬货’全部夹裹在故事的腠理和骨髓里,有些甚至隐蔽在矛盾的背后或者故事浓荫之中。这注定了它不是浮光掠影的,而是厚重深邃的;不是快餐式的,而是余味悠长的。这就激发了读者急于探求、寻觅的欲望,这是秦岭的创作一贯表现出来的‘拿人’之处,他的招数往往使读者欲罢不能。”

达拉依迦:为什么写《断裂》呢?从书中可以感受到您的视角独特、善于观察生活,平时您最喜欢关注的是哪些人哪些事呢?

秦岭:其实,我创作的重点是农村题材,官场小说创作只是我艺术地解构另类生活的一种方式。近年来,我在《钟山》《长江文艺》等杂志发表了《难言之隐》《打字员盖春风的爱情史》等系列中篇官场小说,没想到引起了一些关注,评论家认为“作家秦岭用独特的视角审视官场人物的心灵世界”,这使我产生了写《断裂》的欲望,我想把时代青年实现人生价值的形式放到权力背景下来解构,这样会有许多值得思考的东西。

平时最喜欢关注的人是国际、国内政治舞台上的风云人物,最喜欢关注的事是影响社会的重大事件,这些人和事让我在更广阔的视野下感知到我们处在一个什么样的社会秩序之中,它容易让我联想到芸芸众生卑贱的命运。

达拉依迦:《断裂》文中的人或事是否在您所能观察到的世界里有原型呢?

秦岭:我前面已经说过,《断裂》首先是虚构的,严格地说没有原型,但影子还在小说里影影绰绰地晃动着。至少说明现实官场可供我提炼成艺术形象的官人实在太多。

达拉依迦:读《断裂》一文,我们能感觉到卞绍宗是一个始终活在矛盾中的人,他与自身矛盾、与所处环境矛盾、与周围人的矛盾,身处众多矛盾中,他苦恼,始终在寻求一个调和点。您又是怎么看待这些矛盾的呢?您觉得他的做法是妥协了还是另一种奋斗的方式?如果您是他,你也会这么做?

秦岭:这些矛盾客观存在于社会转型时期,既是必然的,也是不可调和的。当代青年一踏入这个社会,就存在一个理想抱负与物欲横流的现实世界残酷博弈的问题,当趋炎附势、权钱交易大行其道的时候,保持心灵的纯洁、思想的自由和人格独立几乎是不可能的,你即便不是知识分子,即便是个朴实的农民,你也摆脱不了基层政权强加给你的各种摊派和由此而带来的心灵创伤。主人公卞绍宗通过权力运作和自身的才华进入权力核心,本质上是另一种奋斗方式。在官场,事业被冠冕堂皇地罩上了为民服务的外衣，大多数官人的灵魂深处，实际上是把谋取高位当作事业的。而卞绍宗在不择手段攫去权力的同时，把权力用于为老百姓办实事，这是另外一种官员。如果我是他，我可能做得不如他好，因为我的理想不如他崇高。

达拉依迦：桥断裂后还能补救，灵魂断裂后除了受到惩罚也能被挽救吗？您觉得一个灵魂被补缝过的人是怎样的，能一如从前？

秦岭：《断裂》中桥的断裂，当然是一种隐喻，它是灵魂断裂的回应。在我看来，人们普遍把灵魂这个东西概念化了。灵魂其实像水一样，流动在人们血液里，因为是流质的，所以既容易断裂也容易补救，类似于抽刀断水。人本身就是真善美丑的综合体，人性本来就是多元、复杂的，何况灵魂还是可以救赎的。灵魂是自我的东西，不应该由旁人附加任何的标签。所以在我看来，一个人灵魂被缝补以后，照样可以有理由、有勇气、有资格保持原有的或者新的姿态。

达拉依迦：您觉得出轨是感情先行还是身体先行呢？怎么看待书中的卞绍宗和周筱兰的感情？这也是您对现实中外遇的看法吗？

秦岭：关于出轨是感情和身体那个先行的问题，我估计不同的人有不同的答案。在我看来，肯定是感情先行的，情欲和肉欲是截然不同的两个概念。《断裂》中卞绍宗和周筱兰之间的关系，就属于典型的感情先行，他们不是为了单纯的身体需要而走在一起，他们的彼此欣赏、喜欢、呵护、思念构成了他们感情的全部基础，然后才自然而然地蔓延到肉欲的释放和共享。周筱兰对卞绍宗的一切帮助，如果不是因为感情，那就无从谈起。在我看来，现实生活中的所有外遇，如果都像他们俩那样，就感情品质而言，算是高级的。

达拉依迦：在书中，多见您对乐器、书法的独到见解，主角本身也是擅长书法的，请问您是否在这方面也很精通呢？它们与文学给您带来的精神感触是一样的吗？

秦岭：我对传统的乐器、书法和绘画等艺术门类都有着浓厚的兴趣，譬如二胡、笛子、风琴等等，会操作，但都不精，也曾画过一些连环画什么的，都没有成气候，最终把发展方向定位在了文学上，但是，对其他门类的探究，使我对旋律、线条、画面十分敏感，而这几样东西使我在小说创作中对情节、叙事和描写充满了激情和活力，我认为，它们与文学给我带来的感触是异曲同工的。

达拉依迦：书中常见引用的古诗，请问您是否对古诗有着特别的钟爱，最喜欢哪位诗人的作品？觉得自己和这位诗人是否有相通之处？他的作品给您怎样的感觉？

秦岭：《断裂》中确引用了一些古典诗词，客观上是为了表现主人公作为中国知识分子身上传统的文化因子。我喜欢中国古典诗词，我相信许多作家都有这个偏好。我惊讶的是我最喜欢的古代诗词家，譬如李煜、李商隐、王安石、范仲淹、苏轼、王维等，如果不是国家元首，那么必然是朝廷或者地方的文武重臣，他们既在为国家社稷谋事，同时又借助于文学述怀，他们丰厚的学养、精湛的技巧，特别是对情感的经典表达，真是叹为观止。作为一个曾经在基层官场舞台摸爬滚打的文学创作者，他们于我是有启发的，在他们的身上和作品中，我发现对于时局政治的判断，对于社会文化的认知，对于精神价值的追求，对于心灵原则的把握，或多或少可以找到近似或者完全相同的交叉点，我将继续在这个交叉点上汲取思想的、文化的、文学的营养。

达拉依迦：对读者言，对于小说阅读网的看法及建议。

秦岭：我首先得感谢小说阅读网对我的关注和采访，你们对文学精神的弘扬和传播，体现了某种责任和价值。我喜欢这个网站，建议在对作家作品关注的同时，也关注评论家、读者对作品的评价，这样不仅能够增加信息量，也能够为读者提供更为广阔的阅读、鉴赏空间。

编者寄语：这个世界从来都有太多令人感动的东西，它可以是一本书、一个人、一部电影，甚至是一个瞬间的眼神、一个细微的动作，然而感动之余人们的表现都过于漠然，因为有太多的感动没有触击心灵最柔软的一隅。在秦岭的书中，我们可以触摸到一种感动，它深深地镶嵌在每一个字眼中，它会让眼泪肆意地流淌，让灵魂久久地颤抖，它会是人们深陷其中不可自拔的迷恋。

（中国阅读网 2008 年 7 月 8 日，对话时间：2008 年 3 月 18 日夜，地点：北京鲁迅文学院 201 房间）

青春·文学·社会

——大学生与秦岭对话录

时间：2011 年 5 月 6 日

对话人：秦岭和天津职业技术师范大学学生

地点：天津市承德道 68 号

【“走近文学丰富青春舞台，对话作家提升校园文化”。我们天津职业技术师范大学北斗校园网的 4 人采访团队终于在这个美丽的 5 月，来到了青年作家秦岭的办公室。一个多小时的采访，我们意犹未尽的，是作家秦岭对生活与社会的思索，对文学艺术的追求。潜移默化中，我们沉浸在了文学的气场，思索，升华……】

大学生:拥有青春是美好的,但不是每个人都能够拥有文学的青春。我们青春着,而文学似乎越来越成为我们学习和生活里边缘化的奢侈品。您少年时期就在期刊发表过许多作品,我们对此而好奇。那个年代,您文学的动力和目标是什么?

秦岭:少年时期正好是80年代,恰逢文学最喧嚣的时期,我无可避免地受到了影响。如果说动力,那就是正处在少年到青年的交替阶段,对乡村和城市生活有了对比性的认识,加上自己对生活、对情感比较敏感,自然形成了我创作的原动力。目标谈不上,中学和师范校园里的我面对一张张稿费单子,还是比较冷静的,至于能写到什么程度,没有考虑过。学生时期,无法判定未来,但阅读和写作给了我青春的色彩和光泽,成为美好的回忆。

大学生:对作家来说,没有什么比作品得到更大范围的认可更有意义。现在的读者越来越挑剔,但您的《绣花鞋垫》《硌牙的沙子》《一头说话的骡子》《本色》等乡村教育题材小说,一经发表就屡屡被转载,被专家认为在这个领域有拓展意义,作品里是否有自己的影子?

秦岭:所谓拓展,无非指在某个领域的延伸。如何把司空见惯的题材做成自己的样子,我用不着刻意动脑子,我自信一点,我有自己所思,有自己所想,这样就会在小说里有属于自己的设计。至于是否有自己的影子,很有趣!可以说有,也可以说没有。有,是因为作品是作家思维活动的产物,必然带有作家自身的情感方式、审美习惯乃至生活体验;没有,是因为小说不是单纯的记录,靠的是虚构和想象,许多深刻和纵深的东西,无法靠描摹生活得到,需要摆脱自己,从"无我"中获得。

大学生:不是所有的作家,都能从常态写作到一次又一次引起关注,您是否越过了某些鸿沟?

秦岭:作为一个写作者,如果做到不重复、不守旧、不流俗,必然要跨越许多的鸿沟。有了坚守,那么最大的鸿沟其实就是自己。你刚才提到的我的几篇教育题材小说,分别写于不同的时间段,风格、手法和指向完全不一样,有些甚至是颠覆后的重生。每次回头审视自己一月前,或者一年前写的小说,都会悲哀地发现自己的无能、浅薄和乏力。一直在生自己的气,这恐怕就是你所指的跨越鸿沟,好在没有失望。

大学生:为什么要选择秦岭这个笔名?对于生活中扮演的各种角色,您更喜欢别人怎样称呼你?

秦岭:10年前重新开始写小说的时候,恰恰在某机关工作,文学和官场是水火不容的,于是顺手取了秦岭这个十分大众化的笔名,万般低调地从事地下写作,别人谈文学谈艺术,我从不搭言,所以后来我成为天津市文学院的签约作家,同事们感到很惊讶。我老家在甘肃天水,秦岭山脉是故乡的精神象征,可以给我力量和压力。生活中,我当然更希望人们称呼我秦岭,这会时刻提醒我以文学的名义存在。

大学生：悬疑小说，在一些大学生的阅读里很有市场。同样写鬼，写魔，但您的《鬼扬土》《一头说话的骡子》等小说却给了我们不同的世界。您借牲口、鬼怪的行为反讽现实，沉重，有一种穿透感，是否意味着刻意改变自己？

秦岭：不但不是改变，恰恰是坚守。只不过，我在反思小说民间立场、可能性的基础上，自觉寻找另一条直通小说目标的路径。既然我们的生活常常"活见鬼"，我就借重"鬼"来演绎我们的生活。很庆幸，仅《一头说话的骡子》就被选入 4 个不同种类的"中国 2010 年度优秀短篇小说选"，《鬼扬土》在第一时间被《小说月报》转载，可见，在这样的路径上，许多文学人和我一样，充满探索和期待。有一点需要说明，我笔下的所谓悬疑，与流行丝毫无关。

大学生：当代大学生面临一个社会变革的时代，我们已经感受到了各种各样的挑战，包括这个日趋复杂的面目不清的社会。青春的目光难免茫然，心灵之痛难以避免，您的《难言之隐》恰恰切中了当代青年进入社会后的心灵之痛。您认为，大学生面对当今社会，怎样对待无处不在的"难言之隐"？

秦岭：《难言之隐》是早期发表在《钟山》的一个中篇。当一个社会过多地被权力、物质、金钱、运气笼罩，大学生必须从思想上做好承受难言之隐的准备，要比长辈们多一双审视社会的眼睛，主动融入社会的多元性、复杂性、多义性中来，并及时确立人生坐标，否则会头破血流。这个话题可能残酷了些，残酷就是挑战，过了这一关，青年人才能成熟起来。这是一种超越长辈们传统观念和生活经验的成熟。这个时代面对社会的方式必须是超越，而不是传承。这当然是畸形的，等过了某个阶段，社会进入良性的、健康的、文明的发展状态，"难言之隐"也就算不了什么了。

大学生：我们多数同学都生活在城市里，对乡村生活充满好奇，对奔赴偏远乡村支教的大学生也有不同的理解。您的《皇粮》《弃婴》《碎裂在 2003 年的瓦片》等农村题材小说，为我们打开了一扇窥视当今乡村的窗口。您认为，生活在象牙塔里的当代城市学生，是否足够了解农村的教育和文化？

秦岭：坦率地说，城市学生对当下农村的教育和文化的了解是不够的，很不够。有些城市青年把农村理解成田园风光、自然风情，有些则理解为鄙俗愚昧、麻木无知，多数则理解为城市生活之外的另一类落后群体。这个巨大落差，很有中国特色，国外是很少有的。一方面，根深蒂固的城乡二元结构无形中使同为共和国公民的城市人和农村人处在两个截然不同的阶层，另一方面，城乡公民的悬殊国民待遇割裂了彼此沟通的桥梁。再有，荒唐不经的城乡教育体制，使城市学生了解乡村没有任何必要。这不仅是当代青年的悲哀，更是社会悲剧。

大学生：您认为在当今的信息化社会里，是文学走向了网络还是网络在创造文学？

秦岭：从我对网络很有限的了解看，至少目前，文学与网络联姻，是必须的；网络助推文学，更是有目共睹。近年来，许多期刊的网络电子版比期刊本身拥有更多的读者，一些网站也给我发来了报酬不低的签约合同。我鲁院的同学饶雪漫、安意如，还有我们天津的不少作家，都是通过网络起身的。体制内也许不了解他们，但是他们拥有的读者群很大，比如天津有个朋友张春雷，直到《南方周末》的记者千里迢迢来天津采访他，我方知他的《四面墙》等多部网络小说的电子版和纸质版，早已像滚雪球似地铺天盖地了，其小说的品质，比一些传统作家要高出一大截。网络使许多真正的作家浮出水面。

大学生：我们听说电视剧《潜伏》的原作者龙一也是天津的，电视剧的热播促进了原作的热卖，但原作的文字量很少，编剧进行大量的改编，您如何看待原作与编剧的关系？

秦岭：许多人都向我问到过这个问题。必须要说的是，龙一的小说本身就别具一格，自成特色。这样说，并非出于我们哥们儿关系的私心。我接受《作家通讯》《文学报》采访时是这么说的：没有此《潜伏》，就没有彼《潜伏》。非得说原创和剧目的关系，那就是蛋和荷包蛋的关系，龙一像母鸡一样下了个蛋，人家又把蛋做成了荷包蛋。你们既然对影视感兴趣，不妨注意一个现象，近年引起反响的影视作品《美丽的大脚》《山楂树之恋》《京华烟云》《借枪》《延安爱情》等其实都是咱们天津作家的作品。

大学生：我们关注乡村，往往是源自媒体对农村层出不穷的社会问题的报道。您的长篇《皇粮钟》里也包含了许多社会问题，以此改编成《麦穗儿黄了》等多种剧目上演并屡屡获奖，听说即将拍成电影和电视剧，能介绍《皇粮钟》的创作初衷吗？现在农村的社会问题很多，《皇粮钟》是饱含您对农村、农民、农业问题的思考，取消皇粮当然对农民是一件大喜事，但在城市化的进程中，农民的利益谁来保护，失地的农民如何生存，《皇粮钟》是否有续篇？

秦岭：6 年前写了个短篇《碎裂在 2005 年的瓦片》，获得那年的梁斌小说奖，拍成了电影《砸掉你的牙》。我突然发现我在“皇粮”领域还有很开阔的天空需要滑翔，而皇粮取消后在中国庄稼汉情感和精神上形成的巨大的波澜狠狠地推了我一把，恰恰这个时候，中国工人出版社、百花出版社同时向我约稿，于是，我举起了敲响《皇粮钟》的大锤。《皇粮钟》里有我社会学意义的多重思考。关于农村的社会问题，在我看来，最可怕的是权力和经营者联手走向农民的对立面，这个事实已经客观存在，当下社会矛盾日益突出，就是一面镜子。当法律制衡不了权力，一切都在预料之中。无意写《皇粮钟》的续篇，但写农村，是我的持久计划。原计划电视剧今年 9 月开机的，剧本也研讨了多遍，他们太“重视”，又安排在明年了。

大学生：您如何看待备受大学生青睐的快餐文化的盛行？

秦岭：客观上，我们所谓的精英文化缺乏精英内核，不可能被大学生所接受；主观上，与大学生的文化追求浮躁心理有关，当然，这种心理有很深的社会根源。这其实已经是全社会的文化现象。

大学生:大学校园文学曾经风靡一时,但是现在呈现每况愈下的情形,是文学失去了原有的魅力,还是大学生在漠视文学? 您是怎么看待这个问题?

秦岭:我认为,致命问题在于物质社会对大学生生存心理的冲击,文学创作的过程本身是享受艺术的过程,面对竞争日趋激烈的生存环境,连情感、真诚都不值钱了,文学还能卖个什么价呢? 当然,这其中也有文化选择与消费多元化的因素。

大学生:如果一个大学生因为对文学执着,决定把文学创作作为职业,能行吗?

秦岭:因人而异。我有许多自由撰稿人朋友,他们之所以以文立世,是因为版税和稿费首先解决了他的吃饭问题,但有的人可悲可怜地"执着"了一辈子也写不出个眉眼。最关键:一看潜能,二看悟性。缺一,就赶紧打住。

采访结束了,美好的时光总是过得很快。作家独特的魅力,对文学的热忱,一个与文学共舞人生的灵魂,永远留在我们的记忆中,如大西北震慑心魄的秦腔,在我们心间回荡……

(路贯州、倪璐、隋晓亮、张晓涵根据录音整理)

让虚构迂回到地震现场的背后

商昌宝　秦岭

时间:2016 年 1 月 20 日

对话地点:美国芝加哥、中国天津

对话人:商昌宝(天津师范大学文学院副教授、文学博士)

　　　　秦　岭(作家)

1.商昌宝:无疑,地震带给人类的灾难和影响力是巨大而深远的。如果说我们赖以生存的地球是个灾害频繁的家园,那么,千百年来数不清的地震,除了带给人类巨大伤痛外,在客观上也同时带给文学以丰饶的素材和养料。例如我们最为熟知的《封神演义》《西游记》以及好莱坞电影《纽约大地震》《10.5 级大地震》中那种"天崩地裂""地动山摇"的画面和场景。直接以地震为写作对象的,如元代诗人杨维桢的《地震谣》,德国作家克莱斯特的《智利地震》、日本作家村上春树的《青蛙君拯救东京》等,曾经带给

人们巨大的审美冲击力。但是，不得不承认，在地震等自然灾害频繁的近半个世纪以来，文学对地震的关注和书写，不但常常因为有意缺席和蓄意失语而令人无奈，而且在可以适度书写时却又因为无从下手和力不从心而令人更加失望，以致于我常常思考这样的问题：中国作家怎么啦？对地震和灾难及其书写的不尽如人意，作为小说家的您，是怎样看待这一现象的？

秦岭：我们生活在这个并不安分的地球上，文学所要呈现的，其实就是我们在大地上生存的形态、质地以及心灵的映衬和寄寓。不幸的是，在一个极度追风流俗的社会，文学也难于幸免，写作者宁可关注那些貌似理由充足的社会肥皂泡、历史过眼烟云或平安世界里所谓的心灵纠结，也不太愿意关注脚下这片大地的抖动、喘息和倾泻，或者是关注了，却也如废墟、鲜血和伤口上的一阵暖风，一切在重建家园的号子和歌声中归于平静。只要是正常人，都知道这样一个常识，这片大地每年约发生 500 万次地震，平均每天要发生上万次，只是破坏力的程度不同罢了。有位心理学家告诉我："只有对生命有感悟的小说家，才能体会到地震带给人类心灵的冲击力到底有多大。"她还说："地震对人们的屠杀几乎是集体性、单元性、家族性的，更多的幸存者无法体会其中的创伤，除非有自己关心的人不幸罹难。"冤有头，债有主。当大地要以毁灭的方式改变我们的生命和生活形式，对不起，我们几乎没有任何反击、索赔、抗争的理由，这种与伦常、原则、规矩无关的巨大矛盾，恰恰为文学提供了非常广阔的表现空间。然而现实确如您所说，文学的表现实在太不相称。我的基本诊断是，近代中国社会的巨大变革在带来经济发展与财富积累的同时，人们的灵魂远远没有跟上来，这其中也包括作家在内。地震带来的财产损失和生命损耗，影响了千千万万个家庭，但作家们的眼睛和心灵，似乎因为匆匆忙忙总也不能、不愿停下来。印第安人有句古老的习语：慢些走，等等灵魂。我想，这话说给现时的中国人再合适不过了。当然，生命的价值和尊严被如此漠视，在我们这个社会，好像还不止于地震。

2.商昌宝：我注意到，2008 年"5·12"汶川地震以后，您的被誉为"第一部反映汶川地震题材的小说"——《透明的废墟》，曾影响一时。《中篇小说月报》《作品与争鸣》和《2010 年度中篇小说精选》等媒介对您的地震题材小说都先后予以关注。这说明，您在这个领域的尝试得到了一定程度的认可和关注。我也注意到，此前的您，在数年的创作题材中曾写过让您声名鹊起的《绣花鞋垫》《不娶你娶谁》等乡村教师系列小说，写过为您带来巨大声誉和丰厚回报的《皇粮钟》《碎裂在 2005 年的瓦片》等"皇粮系列"小说，也写过引发社会深度思考的《摸蛋的男孩》《杀威棒》《借命时代的家乡》《女人和狐狸的一个上午》等城乡矛盾冲突系列小说，甚至还不怕忌讳地写作了《断裂》《难言之隐》等官场系列小说。或者至少到 2008 年前，您的关注点始终集中于西部的乡村、农民及他们的生存境遇。是什么原因促使您写作了《心震》《透明的废墟》《阴阳界》《相思树》《流淌在祖院的时光》等灾难题材的小说呢？更明确一点说，是汶川地震确实带给您震撼和伤痛您需要表达，还是您此前早有艺术构想只是借助一下地震这个引人注目的背景，亦或是响应"文学不能缺席反映重大事件"的主流号召？

秦岭:2008 年这个普通而特别的年份,并不是我改变写作指向的标志,但是震惊中外的“5·12”大地震,确实让我的目光不得不投向那里。40 年前的唐山大地震夺取 24 万人的生命,那时,年幼蒙昧的我尚在甘肃老家,只知道有个遥远的地方发生了一个十分不幸的灾难,纵深的思考根本谈不上,但是波及川、陕、甘等多个省市的汶川地震却让早已成年的我思绪万千, 在这样一个飞速发展的现代社会,8 万多同胞的生命瞬间在人间蒸发,为什么?为什么要用这么多远远超出预期的流血、伤残和死亡来买单,这背后的故事实在是太复杂、太诡异、太奇妙、太不寻常了。比如物质文明与和谐社会、城乡变迁与生态维护、自然灾害与忧患意识、生命尊严与道德沦陷等,都是我思考的对象。汶川地震在带给我震撼和伤痛的同时,也在第一时间打开了我曾经历过的有关灾难的记忆。20 年前我在甘肃天水工作时,曾多次亲历暴雨造成的山体滑坡、泥石流等自然灾害的抢险工作,那一间间被埋的房屋、一具具血肉模糊的尸体、一个个家庭结构的忽然拆分,统统在布满灰尘的记忆中复苏了。正好《小说月报》(原创版)的张竟毅先生给我打来电话约稿:“现在表现汶川地震的诗歌、报告文学、散文实在太多,却不见小说家的动静,按理说,小说家对共和国诸多灾难的了解不在少处。小说是写人的,灾难首先是人的灾难,我劝你尝试一下。”一开始我有所顾虑,有些作家也劝我不要染指这一题材,他们的理由是这样的:一是灾难题材不好写,灾难深重的“二战”过去半个世纪了,中国也没有出现一部像样的战争题材的小说;二是地震之后写地震,难免有跟风应景之嫌,很多诗歌、报告文学已经造成阅读疲劳;三是文学真正要表现的对象,大概在地震中都死亡了,如何去挖掘文学的“人”?但是,我最终还是挥笔写就了中篇《透明的废墟》,没想到,小说因为“跳出地震灾难观察人性”而引起关注。随后,此类约稿不断,《心震》、《相思树》等应运而生。《阴阳界》和《流淌在祖院的时光》是最近写的,换了个视角看待地震。应该说,作为主营农村题材小说的我,中途变道经营地震题材,绝不是头脑发热,更不是为了弥补所谓“缺席”之位,而是有备而来。或者说,是汶川地震及其引发的一系列社会现象,触动了我对灾难极为敏感的文学神经。

3.商昌宝:我们至今难以忘记,汶川地震后出现的一个奇异景观:有关地震题材的诗歌高达数十万首,诗集数千册(套);报告文学、散文、摄影作品像另一场地震一样呈现空前绝后的数量。相比之下,小说家几乎集体失声,这种文学表现形式上过于悬殊的对比,被文坛认为是一种奇特而变态的现象,也有人认为这次灾难再次检测出了中国小说家情怀的局限——偏重技巧训练而忽视思想的积累,乃至于面对再一次的人间罕见的灾难,依然无法找到文学的入口;还有人认为,小说表现地震需要一定的沉淀,匆忙上阵难免流于一般的叙事。无论是事实还是借口,小说与其他文学形式的对此,非常突兀地表现出来了。您觉得,您的地震灾难系列小说与汶川地震后诗歌、报告文学“井喷”现象有什么异同?我是说,您如何区别您的文学表达不是滥情,不是轻浮,不是消费灾难?因为当我看到这样的标题文字《太阳从废墟上升起——汶川地震灾区人民重建家园纪实》《英雄中国 2008》《惊天动地战汶川》《挺起不屈的脊梁——5·12 特大地震绵阳抗震救灾纪实》等以及这样的诗句:“总理能不哭吗?/美丽的五月/上帝怎

会这么无情/把天崩地裂的灾祸/降临到天真烂漫的校园。”“我们有一个永不会塌陷的家,名字叫中国!”“那些在场的中国人,谁比你们更棒!”……说实话,我不但一点都不感动,而且徒增厌恶之情,我认为,这种东西简直是对文学的一种亵渎。

秦岭:在我看来,写作者不光需要过得去的技术和手段,更重要的恐怕是思想的积淀和情怀的支撑,如果光凭一时的心血来潮,这样的作品充其量是一大堆儿陈述句和感叹词。技巧易得,思想难求。所谓灵感来自积累,积累本身就是沉淀。地震并不是个新鲜玩意儿,死亡也时时刻刻都在发生,殷商时代的地震和今天的地震所造成的伤害没有什么不同,大洋彼岸的地震和我们眼皮底下的地震没有什么两样。所以,“小说表现地震需要一定的沉淀”纯粹是无稽之谈,典型的“一叶障目,不见森林”。除非小说家面对外星人突然光临大地并发生灭绝某一群体的事件时,这样的灾难题材大概需要“沉淀”的,因为此类灾难前无参照,后无预知。诚如您所言,汶川地震让中国的诗歌集体“井喷”,对这一现象,观察者褒贬不一,我也很矛盾。尽管当时我这个与诗歌并不搭界的写作者,也难以免俗地与诗人林雪等一起策划、编辑了一部《汶川诗抄》,该诗集收录了诗歌近百首。我要说的是,当一个国家和地区诗歌的繁荣习惯了与重大事件结缘,这显然过于情绪化了。您一定注意到,无论是庆典还是灾难,诗歌肯定会趋之若骛,蜂拥而至,面对灾难尤甚。无论是组织行为还是自发使然,诗歌的泛滥不亚于一场文学的灾情,因为尘埃落定之后,真正留得住的诗歌精品可谓凤毛麟角。当然,能够用诗歌的形式表达对生命的悲悯,对人生的感悟,对命运的喟叹,对抢险救灾的讴歌,这是写作者情怀和心境的见证,本质上并没有错,问题是文学表达的疆界远远不止于心血来潮的热情、激动和情绪。我这样说,并没有为我的灾难题材系列小说做反衬的蓄意,我只是把生活中沉淀已久的部分,借助汶川地震这一事件合盘呈现了出来。我不好评判自己表达的优劣,那是读者的事情。不过,2009 年首次“中国地震文学研讨会”也许能说明一点问题,当时被邀请的大多是报告文学作家和诗人,我是唯一的小说作者,并以小说的名义发了声。有意思的是,“5·12”之后的第二年、第三年直至 7 年后的今天,甭说地震题材的小说在所谓的岁月沉淀中照样鸦雀无声,连诗歌也早已移情别恋。在地震题材文学研究领域,除了四川学者范藻先生一如既往地在坚守,其他学者像躲避灾难一样早已逃之夭夭。范藻先生告诉我,曾有人这样善意地提醒他:“汶川地震早过去了,再研究这块就过时了。”这非常符合中国式的流行和时尚。这才过去 7 年,就已经如同 40 年前的唐山大地震了,除了偶尔在需要表达之时被点一下名,还能剩下些什么。7 年后,我又创作了《阴阳界》和《流淌在祖院的时光》,我不敢说自己写得多好,也不敢说有多崇高,但是我在持续关注。诚如您所言,大凡灾难过后,几乎所有的艺术形式都会瞄准抢险救灾、深情救助、重建家园等等,并被冠以“一曲人间的浩歌”“废墟上的大爱”云云,我当然不反对灾后的人间济世行为,但在我看来,一场灾难的全貌是由灾前、灾中、灾后三者组成的,假如艺术的灵感都集中在灾后,这种缺斤少两的艺术又有多大的生命力?

4.商昌宝:我同意您的思考和判断,从您的小说中,我能看到您的视野完全把灾

前、灾中、灾后覆盖了。有论者曾以《一次人性的实验》为题，对《心震》褒奖有加，认为您用另一种视角对当年被媒体报道过的一些人物进行了新的诠释。这让我看到了两个现场，一个是当年媒体报道的现场，另一个是您笔下的现场，二者结合起来看，可谓相得益彰。比如对于那个著名的“某背背”，您采取了一种极富讽刺意味的处理方式，与当年媒体宣传和宣扬的完全相悖，这种有意打破受众普遍认知的构思，您是基于什么用意？另外，小说中丈夫与情人幽会时，被跟踪而来的妻子堵在宾馆，面对顷刻而至的灾难，三人选择了体面的死法：丈夫和妻子死在宾馆，而情人跳楼死在现场之外，给了外界一个无关婚外情的遇难“真相”。这种“真相”中的伪真相与伪真相中的“真相”，确实只有小说才能顺利完成。可是，您不担心大众因此在道德和社会意识方面谴责您的“厚黑”和负能量吗？要知道中国的民众跟打了鸡血一样常常处于非理性状态，说不定会在网络世界用口水和唾液将您淹没。

秦岭：《心震》被《中国作家》推出后，有些读者像《作品与争鸣》中的反对者一样对我发出质疑，特别是诗歌界、报告文学界和摄影界的朋友一时无法接受，因为汶川地震之后某些曾被新闻、图片报道和被报告文学、散文讴歌过的所谓大爱的亮点、人性的闪光、道德的楷模，早已深入人心，感动着许多不明就里的人，其中就包括著名的“某背背”“最美某人”等现象。在北京、四川的两次座谈会上，有位著名的大报记者甚至对我直言：“小说能比得上摄影镜头的现场感吗？”我当时反驳说：“你只是看到了地震，但你有能力进入一个人的心震吗？”在我看来，新闻报道和摄影镜头可以提供可视的灾难现场，同时也止于现场；报告文学为我们提供了事件的过程，同时也止于过程。小说不但可以呈现现场、过程，同时也能进入废墟之下死亡者的内心。或者说，小说通过强大无比的虚构和想象功能，可以洞穿现场和过程，直逼死难者灵魂和精神的家园，让整个的灾难摆脱图片和记录，变得玲珑剔透起来，立体起来，丰饶起来。以“某背背”为例，这个人物来自于当时风靡的一张照片：一位骑着摩托车的男人，把死亡的妻子用绳子绑在自己的身体上。整个社会对这张照片的解读五花八门，归根到底归结于罕见的“人间大爱”四个字。这位“好男人”身上的“正能量”感动了天下女人，光求爱信就收到了几百份，甚至有位深圳富婆发誓要嫁给他，当真相大白之后(涉及原型隐私，不便公开)，所有人都大跌眼镜。另外，地震之后，那些铺天盖地的假捐助、假离婚、假复婚、假保险、假合同还少吗？当人们的善良被一个个漂浮在本质之上的现象所迷惑，我们是否也在发生心震？在《心震》中，我并非有意颠覆那些镜头的指向，我只是服从于现场背后的人性品貌。汶川地震后的第二年，我曾两次前往四川的汶川、北川和甘肃的文县、康县等十多个重点灾区考察，感受到的人性景象远远不止这些。我一边受命用报告文学的形式积累素材，一边悄悄用小说的视角对所有素材进行纵向切割和横向扫描。我发现，小说还原灾难真相的种种可能，是其他艺术形式无法匹敌的。需要补充的是，我的地震题材小说只是以“5·12”为背景，却有意模糊了小说中主人公们的地域、文化背景，可能是四川，也可能是陕西或甘肃，如果说地震是地球肌体上正常的自然现象，那么，地震发生在汶川，既是必然，也是偶然，大江南北，此处彼处，皆有可能。

5.商昌宝：了解您的人都知道，对中国西部农村和农民的关注和关心，对城乡差距和农民的二等公民待遇等不平等现象寄予拳拳之爱，始终是您文学创作的主题，这个有目共睹，我也很理解，因为您毕竟来自甘肃天水的农村，而中国的西部农村的困窘和长久以来中国农民的非国民待遇，已经让人出离愤怒了。但是我发现，这次您开始关注城市和城里人了，只是在关爱农村和农民的同时，您的作品似乎在有意无意、或隐或现地传达着一种对城市和城市人的不冷不热的关怀，甚至不时地带有批评和讽刺的情绪。您一度在大城市的党政机关、文艺部门管理层工作，前者意味着您在城市管理与决策层面的参与程度，后者意味着您在组织、联络与协调一个城市文艺传统与时尚中承担的角色，这至少意味着您的精神世界不可能没有融入城市生活。就是说，这其中也有关心、关爱，但是与那种对农村、农民的切实的温情有所不同，用力不同，用力点也不同，或者说不在一个平台上。您是否在这种区别对待中有意对抗城市和城里人？

秦岭：我在城市生活的时间远远多于农村，之所以长期以来把文学的表现对象对准乡村，是因为中国农村的生活、中国的城市化进程更能反映中国作为农业大国的艰难步履和国民的精神状态，这是一个无法改变的客观事实，它主观上时时刻刻激发着我的关注点和兴奋点。这些地震题材小说之所以更多地对准城市，有个客观原因，由于人口集中，城市承受的灾难在单位面积上无论死亡数据、血腥程度和影响力均高于乡村，城市人分享现代时尚生活的空间与死亡的落差要比乡下人突出得多，这是我较多关注城市灾难的文学观察点。但需要说明的是，灾难不分城乡，不在于伤亡数据的多少。汶川地震以来，人们的视角多集中在汶川、北川等城市，受灾并不轻的乡村往往被忽视，40 年前的唐山地震也是如此。表现城市的灾难，我绝对不会就事论事地、间而化之地把视点集中在灾难的表象和程度上去，因为我发现灾难与家庭、与情感、与人伦之间构成了一幅真实而奇异的人性风景。客观上，在这个物欲横流的社会，生活在城市里的人们，真善美、假恶丑及其社会关系早已变得复杂诡异了。可是当死神来临，那些曾经一度摇摆的真理、背叛的情感、虚妄的家庭、蜕变的道德、疏远的亲情、藐视的友谊突然回归到本真和源头上来了。虚伪的变真诚了，越界的归本位了，幻想的变现实了，狂妄的变安分了。人们似乎突然就清醒了，明白了。人们最多的口头禅是："经过这次地震，我才认识到……"这样的认识非常可爱，似乎只有灾难才能够让人们自省什么是最珍贵的，什么是可以放下的，什么是对的，什么是错的。当本来很简单的道理需要灾难的代价来证明、需要死亡的呼唤来提醒、需要流血的躯体来警示，该如何判断人性的可悲和轻飘？我与其说在对抗城市生活，不如说在尝试对灾难面前的各色人等发出诘问。既然小说是关于人的文学，那么我认为，写死人，其实就是写活着的人。幸存者与罹难者唯一的区别，只是一些人不幸死了，另一些人侥幸没死。

6.商昌宝：《阴阳界》《流淌在祖院的时光》与其他几部地震小说不一样，其中《阴阳界》背景选取的是人间与阴间、城市与乡村四个彼此错位的世界，所有的故事均在人

间和鬼蜮中交叉展开，一边是人间的幸存者，另一边是死后的鬼，这种表现灾难的手法和视角非常独特，也符合灾难的逻辑。您的创意显然是试图通过灾难背景下的人间和鬼蜮，来还原中国城乡潜在的社会矛盾以及这种矛盾带给人们心灵的戕害，并且将中国的灾难更大程度上地指向人祸。这一点大概是您的高明所在，也引起我巨大的兴致。不过，在阅读中，我仍然能隐隐地感受到您的某种意图和情绪。例如“说是不能雇佣童工，那只是臭知识分子站着说话不腰疼的话”；“崇洋媚外到不要脸的地步了，骨气让狗吃了”；“这是农民工的命，谁让你离开土地，跑城里去呢”；“谁让你一开始就不是城里人生城里人养呢”；“狗眼看人低，人眼看狗又能怎样”；“这些年闹市场经济，惊慌失措的青壮年劳动力不得不离开尖山，奔向天南海北的城市，给城里人当农民工。……一个个像可怜巴巴的流浪狗，祈求城里人施舍呢。”这其中的很多话虽然并非直接出自您这个叙述者而是出自小说人物，但我确实感觉到您的影子和气味。我想知道，关于上述例句中涉及的社会问题，如童工问题、知识分子评价问题、对待外来文明和本土骨气问题、农民进城务工问题等二元对立现象，您是否意识到某种不恰当性，或者说是认识的缺失和错位。我是说，城乡原本不应对立，它们应该是互补关系，而目前中国城乡不平等、城乡对立等情况是现有体制和政策逼迫导致的，您却将一个“三角关系”简化为“两面关系”。对此，我想听听您的看法。

秦岭：您一定注意到了，在《阴阳界》中，我通过地震灾难这个引擎，把活着的人和死后的鬼同时安排在道德的磅秤上，试图称一称城市大拆大建中的腐败与交易、失地农民的抗争与无奈、从乡村进入城市之后两代人之间的妥协、包容与抵触。既然人间的许多灾难活着的人未必看得清，辨得明，那么，我把这一切交给了鬼，或许就一目了然了。阴阳法师袁峁田老人的多次生死轮回以及与鬼蜮、黑白无常等众多阴魂、鬼卒的见面，让这位居住在儿子别墅里的老农民终于渐渐看清了一个城市的面目。是灾难和死亡，暴露了腐败背后的交易、人性的卑劣和世俗的价值观，揭穿了城乡人际关系的差异、歌舞升平的画皮和道德人伦的假面具，以及所谓天灾多数情况下都是人祸的结果。城乡的不公，人祸转嫁于天灾，离不开御用知识分子的建言献策和权力机构的决策，地震洞穿了这一切。失地农民被安排在了偷工减料的所谓经济适用房中，反而成了地震最大的牺牲品。城乡二元结构造成了城里人对乡下人的鄙视，但城市建设却堂而皇之地在利用农民工的创造和劳动，赤裸裸地掠夺呀！您提到的我把一个“三角关系”简化为“两面关系”，我倒认为在文学的指向上，不在于让主人公瞄准多少“关系”，更不能让主人公协助学术界为历史正本清源。您既然提到“谁让你一开始就不是城里人生城里人养呢”这句话，那么我要告诉您，一位生活在城里的农民能说出这样一句话，它所辐射的关系何止三个四个、五个六个啊！在灾难面前，我把人类必备的善良、坚守、真诚寄托在了生活在城市底层的农民工、保姆和流浪狗身上，这也不是我个人的意志，我的小说决定于现实的中国。假如一个国家的财富没有集中在权力和少数人手中，何来的两极分化？假如这些人也笃信善良和真诚，我这样的小说也就不存在了。我不得不把对这个社会的一些质疑集结在袁峁田老人身上，我无法让试图认祖归宗的老人回到祖坟，因为城市灾难让他知道了这个世界太多的谜底。老人即便变成孤魂野鬼,永远在阴间流浪,我也对他高贵而孤独的灵魂表示敬意。无论城市还是乡村,都需要这样的人,他不光是人,是魂儿。

7.商昌宝:在《透明的废墟》《相思树》等小说中,我注意到一个现象,那就是在灾难面前,普通人的人性都得到最大限度的纯洁和优美化,例如原本陌生、隔膜甚至充满敌对和仇视的人性之恶、夫妻嫌隙以及邻里纠葛等,在废墟中却一下子变得和睦、友好、互助,人心和人性也大美起来,社会仿佛全然和谐自在了。这种带有夸张、反讽性质的艺术安排,是真的相信在大灾面前或人死之前"其言也善",还是一厢情愿地要显示您灵魂救赎的本意?须知,灾难面前,人性丑恶的一面并不亚于人性美,因为毕竟中国人没有宗教信仰,缺少对神和原罪以及惩罚的信奉与敬畏。《相思树》中,您安排晓岚迅速接纳茹玫、杨芸芸与董亮程复婚等情境,让我想起张爱玲在《倾城之恋》中安排白流苏和范柳原最终没有分开而相厮守,并非是因为彼此相爱分不开而不过是因为战争的忽然到来。这样的艺术处理,有何用意?

秦岭:我理解您的质疑,但我无法原谅您站在灾难背景下考察人性的常态视角。人性在常态生活和灾难面前的表现当然是不一样的,那么,灾难面前的人性变化会是什么样子?我们不妨回味一下古人早已诠释过的道理:"灾难是改变人的法器""人之将死,其言也善""危难之中见真情""死到临头方恨晚""不到黄河不死心,不见棺材不流泪"……惟妙惟肖地揭示了人性在灾难和死亡面前的非常态逻辑。在我看来,人性的善与人性的恶,是个相对的概念,二者不是永恒的,是能够相互转换的。以文学的名义,我当然希望人心向善的一面。可悲的是,灾难往往成为这种转换的最为强大的外在动力,我笔下的这些主人公们在面临死亡或侥幸逃生的一刹那,有的坚守家庭而放弃婚外情,有的摈弃仇怨重归于好,有的宁可唯情是举而蔑视婚姻,有的则在道德和良知的鏊子上不断拷问自己。无论是给予还是馈赠,无论是反思还是救赎,总之,都最大程度地表现出内心真实的一面,这不是我非得如此巧设布局,而是从社会学、心理学视角来考察人情世故而得出的基本结论。现实生活中,当生存、活着成为最高成本的奢望,有两种表现值得注意,一种是痛定思痛之后原则的认定、良心复归和道德的重铸,另一种是劫后余生之后的妥协、退让、将就和服从。在我看来,死神唤醒的那种生活与内心的新常态,尽管带着血腥和悲壮,尽管为时已晚甚而于事无补,却非常值得去探究、深挖和尊重,这是人类的需要,值得我们去反思和回味。您一定看得出来,我在经营《阴阳界》《流淌在祖院的时光》时,则完全用了截然相反的视角,我尽量做到5个中篇用多种视角切入。社会既是个万花筒,同时又是个多棱镜,我既要做到平视,同时要做到折射和反观,这也是小说功能的妙处。

8.商昌宝:近几年,但凡灾难来临,志愿者作为一个新兴的社会力量,开始登上历史舞台,这个现象大概在2008年汶川地震中体现尤为明显,2015年10月天津港大爆炸,让我们近距离地领略到志愿者的社会作用。有一种说法是,因为志愿者的深度介入,弥补、掩盖了公共职能部门的失职,使得问责机制不能适时发挥效用,不利于推动

和改进公共职能部门由管理型向服务型转型。也有一种说法是，一段时间以来中国因为在社会制度上的试验，导致社会这个层级被挤压真空了，而政府和个人这两个层级直接对话的结果就是矛盾日益突出，道德滑坡、人心大坏，志愿者作为社会层级的一部分近些年开始涌现，说明社会在重建，这是一个好兆头。我想在小说之外问您，您对志愿者这一新兴的社会力量以及他们参与救灾的这一社会行为，如何评价？

秦岭：我愿意从两个方面看待这个问题。第一，当灾难降临，任何一个有良知的公民，都应伸出援助之手，而不应坐视不管。中国传统文化和道德中对此有很多经典的论述和经典的故事，所谓“赈灾济世，扶危济困”“一方有难，八方支援”讲的也就是这个道理。汶川地震之后，来自国内外成千上万的志愿者，让我们感受到了人类社会这一崇高的美德。在这个物质社会，非常值得尊敬和提倡。第二，灾害和灾难是两个概念，灾害未必会造成灾难。如今许多包括地震在内的巨大灾难却与人的因素有关，比如，在汶川地震、天津港大爆炸这样的灾害中，我们更多地了解到了与预警机制、腐败工程、违规建设相关的内在猫腻。同样等级、程度的地震、火山爆发、洪涝、瘟疫等自然灾害，在日本、意大利、墨西哥等国家反而构不成多大的灾难。当善良的志愿者们舍生忘死为一场人为的灾难流血流汗时，当整个社会为灾民捐款捐物时，我们的内心除了感动，更多的恐怕是难言之痛。您一定能想得起来，当年社会上之所以有“重新审视 80后”之说，就是因为“80 后”志愿者在汶川救灾现场的不俗表现。但当时的一些所谓“杂音”也值得关注，比如“泱泱大国，志愿者为什么多为 80 后？”“在明哲保身的物质社会，80 后到底是长大了还是没长大？”“无私的志愿者与灾后重建中的腐败现象”等等，我不想在这里裁判各种观点的优劣，我只希望，志愿者能对整个世道人心有所触动和唤醒，而社会也应剔除肌体中的不良症候和负能量，不要让志愿者失去希望，消解信心。

（选自秦岭地震题材小说集《透明的废墟》，北岳文艺出版社 2006 年 5 月版）

推开津门望故乡

闫虎林　秦岭

1. 阎虎林：首先祝贺您的短篇小说《女人和狐狸的一个上午》荣获第十六届百花文学奖，这是您继中篇《皇粮》以来第二次获得这个奖项，作为老乡，这也是天水人的骄傲和自豪。中国的文学奖项很多，但这个大奖却有着无法替代的影响力，您能介绍一下和“百花”的缘分吗？

秦岭：与其说缘分，更像是相亲。是体现了小说精神和文化要义的百花文学奖，在灯火阑珊处的作家群里相中了我这个叫秦岭的作者。提到这个奖，就不能不提她的母体《小说月报》，早在天水农村读初中时，我就相中了她不俗的容颜。20年后的2005年，《小说月报》反过来相中了我“皇粮”系列的开篇之作《碎裂在2005年的瓦片》，用当时主编薛炎文的话说：“被秦岭的别开生面所吸引。”紧接着该刊原创版约了我的中篇《皇粮》，这两篇小说先后获得梁斌文学奖。2009年“百花”原创小说奖花落《皇粮》，成为中国作协“长篇小说《皇粮钟》研讨会”的一束花絮。回眸远眺，在《女人和狐狸的一个上午》之前的十年里，百花文艺出版社及所属刊物先后出版、发表、选载了我的《皇粮钟》《在水一方》《断裂》《透明的废墟》等18个长、中、短篇小说，相当于我近年创作的四分之一，我的多部小说都是因为这个刊物神奇的传播面和影响力而进入了编导的法眼，变成了我的第一部电影、电视剧、戏剧和话剧。当然，拿这个奖的不光我一个，我很清醒，同一条河上行舟，缘，也属于别人。

2. 阎虎林：其实《女人和狐狸的一个上午》在获奖之前，就已经引起了社会的关注，还被中国现代文学馆纳入《中国当代文学经典必读》，被业界认为是近年来最好的小说之一。小说提供了许多值得我们当下反思、回味的弥足珍贵的信息。小说获奖，似乎并非偶然。您自己是如何理解这篇小说的？

秦岭：小说好不好，作者说一万遍也不算，话语权完全在读者那里。这篇小说的灵感来自3年前在宁夏某县的一次采风，由于干旱缺水，人与人、人与兽、人与自然之间的关系本色中折射着一种弥足珍贵的悲悯、温暖、呵护与真诚，这一现象立即与我在天水的儿时记忆衔接起来。中国贫富分化严重，城乡差别更为突出，很少有作家以水为背景思考中国农村的现实，这恰恰成了我的切入点。在“人无我有”中如何做好“有”和“大有”，需要“切”的方法和智慧。切中了，自然会靠近制高点。《人民文学》发表这个小说以后，接踵而来的评论、访谈远远超过了我的预期，特别是一些大学邀请我讲这篇小说的时候，我这才发现，它已不光是一个文学话题了，一些论者站在社会和价值观角度审视小说中关于爱与尊严的信息，并据此判断爱的当下性和现实意义。对我而言，这是文学之外的收获。女人和狐狸尚且如此，那么人与人呢？此刻，我想起美国作家芭芭拉·安吉丽斯的书名：爱是一切的答案。

3. 阎虎林：被社会认可，应该是一位作家最大的愿望。您的短篇小说曾3次登上中国小说排行榜前十名，中篇小说曾登上中国最新小说排行榜，转载率也很高，参与主创的剧种也获得过全国“五个一工程奖”，这样的创作成果，在全国同龄作家中并不多见，这其中的秘诀是什么呢？

秦岭：要说秘诀，就四个字：寻找自己。中国有海量的作家队伍，光十几万之众的省级以上会员足以把你淹没于巨浪或泥沙之中。寻找自己的第一要务是阅读别人，阅读能让自己的优劣凹凸大白于天下；其次是面对经典反观自己。掌握了这两点，大体就明白该如何磨刀、何处下手、怎样剥皮放血翻肠子了。我的感受是，无论拾掇题材还是选择方法，都要趟自己的路，不在别人屁股后边溜边儿。一般来说，作家的小说集不好卖，但我的那部被纳入“小说眼·看中国”丛书的小说集《借命时代的家乡》卖得很好，读者若不是从中有所发现、感悟和触动，还买它做啥呢？读者很精，不好骗的。专家评价我的小说时，多用“难能可贵”“独辟蹊径”等词汇，实际上在证明秦岭是秦岭，而不是别人。一个找不到自己的作家，即便著作等身，恐怕一辈子尚在梦中。

4.阎虎林：您现在虽然成了天津人，但我觉得您的骨子里、内心里还是觉得自己是一个地地道道的天水人，这点在您的作品里就呈现得尤为突出。因为您的作品反映天津生活的很少，更多的都是天水以及更大范围的西北人的生活。我觉得您就像一棵枝繁叶茂的大树，虽然树叶伸向了广袤的天空，但根须仍然紧紧地扎在天水的土壤里。我注意到，很多文学理论家对您小说的研究，也侧重于您的农村题材小说和西部人物形象。如果您认同这一点，那么，天水对您的创作意味着什么呢？

秦岭：我在天津已经生活20年，但是我笔下的乡村人物和景象，不折不扣都打上了天水的烙印，这不光与我少年时代的乡村生活有关，更重要的是骨子里一种作为普通人对中国社会变革、中国人命运的关注热情，这种热情既有来自性格的内因，也有后天价值判断差异带来的逆反兴趣。在我看来，没有什么比中国农村社会更能反映中国的面目和底色了。天水之所以成为我观察中国农村的首选之地，一是天水本身是个农业大市，我在天水秦州区机关工作的多半内容，均与乡村有关；二是天水作为华夏文明的重要发祥地，中国农耕文化的历史脉络和现实演变在这片土地上体现得淋漓尽致，非常有涵盖性、代表性和普遍性；三是在天水的民情、民俗、民风里，那种中国人性格里、灵魂里根性的元素俯拾即是。我写《皇粮钟》《杀威棒》《坡上的莓子红了没》《心震》的时候，眼前的所有人物和场景，都在我想象中的天水乡村展开翅膀。有趣的是，《女人和狐狸的一个上午》《借命时代的家乡》《弃婴》等小说的素材与天水并不相干，但灵感一来，立刻被天水元素围得水泄不通。这一点非常神奇，就像正负极的对接，立刻就通电了。要说天水是我文学的沃土，并不为过。今后一段时期，我的小说背景,会一如既往地选择天水。

5. 阎虎林:据我所知,您在天水读初中时就开始发表作品,而且有作品被选入了小学课本,但以《绣花鞋垫》为标志的成名作却是在天津,最近又有《日子里的黄河》等散文作品还被北京、广东当地选入高中联考或高考模拟卷,这一代的百万考生们又一次通过考场领教了您的写作理念。您是否认为天水成就了您文学的起步?远离天水,天水当下的生活还会对您产生影响吗?

秦岭:天水给了我文学的起步,真格的。我的文学梦从少年时代就猫舔脚板了,1985 年在天水上初三时捣鼓的那篇散文,通过原天水广播电台的传播,为我在天水第一师范学校就读时的创作注入了精神的鸡血,很快攻克了《少年文艺》《春笋报》《当代中学生》等几十种报刊的堡垒。1986 年发表在《中学时代》的散文《故乡的莓子》被选入《五年制实验小学语文课本》,应该是我文学旅途中的一个事件,但善良的上苍却让我在二十多年后心性趋缓时才迟到地收获了这份佳音,一定是怕我早早变成烧料子吧。春梦中好与嫦娥叽叽咕咕的少年郎,一切变数皆有可能。至于我近期的散文与全国高考试卷的联姻,似乎冥冥之中回应、弥补着我尚显单薄的中学时代。天津当然是另一方水土,渤海湾的咸风和华北平原的旷远抻开了我和天水的距离,却诱发了我对天水的好奇。地域的距离感在文学上反而缩短了、变零了,《绣花鞋垫》里的女学生如何恋上男教师、《断裂》里的乡长怎样耍村姑,《相思树》中的艳遇如何开场,那细节,那眉眼,就像在酒盅里,还没喝呢,味道来了。这些年,我也经常到天水去,一些影视编导邀请我去乡村体验生活,我会先入为主地领他们去天水的乡村,靠近停留在我内心的人和事。天水生活脉动的当下性,依然牵动着我的神经,疑似宿命,无法改变。

6. 阎虎林:您是全国第八次作代会代表,也是全国青创会代表,还是天津市宣传文化系统的"五个一批"优秀人才,同时肩负一个地区的文联工作。从某种角度看,这也体现了您在中国文坛的地位和影响力。您如何看待这一切与您创作之间的关系?

秦岭:一个作家是否成立,作品是硬道理,围绕在头上的其他光环,都是副产品,可以有,也可以无。当然,代表也好地位也罢,只要领这份酬薪,就应该实实在在把这份差事办好,这是个良心问题。这一点我是清醒的,一如清醒自己创作的盲区、软肋和空白点。由于分内繁杂的事务,我的创作仍然依赖于业余时间,这是最为棘手的难题。倒是希望,有朝一日做一个自由人,把主要精力投入到创作上来。

7. 阎虎林:作为天水走出去的作家,您对天水文学有何期待?

秦岭:在我看来,考量一个地区的文学水平,首先看作品的影响力是否突破了地域疆界并形成辐射力量,这是文学地理存在的前提。您一定注意到,经常有某一个省的某个地区甚至边陲小镇的文学,被誉为中国文学的"某地现象",原因很简单,它的文学品质和作家阵容抵达了全国层面的某种标志性。这些年,甘肃所辖十几个地区的小说、诗歌、散文图谱在全国的大盘子里日渐清晰。天水作为羲皇故里、中华民族的重要发祥地和中国历史文化名城，无论史前文明的启肇还是秦汉、三国、魏晋、盛唐、明清时期的文化发声，不仅有别于兄弟市县，而且对中国文明、文化的繁衍、发展起到过启蒙、引领、补充作用。历史的接力棒，就这样从容不迫地举到了今天，这是个让人不寒而栗的当下性命题。作为全省第一人口大市，我愿意相信并祝愿，天水的文学样貌能够与之匹配，并始终在路上。

（载《天南地北天水人》2015 年 9 月号）

在人性的车间与庄稼地放逐思想

蒋子龙　秦岭

秦岭：近年来，我无时不在密切关注着中国农村社会变革对农民精神层面带来的变化，并野心勃勃地试图把这块蛋糕做成秦岭式的模样。您的《农民帝国》给了我新的启示和反思，它与您 80 年代另一农村题材名篇《燕赵悲歌》有着本质上的区别。原本善良、勤劳的郭存先暴富以后，却无法抑制自身欲望在权力和财富中的无限膨胀，终成农民帝国中的"帝王"，直至彻底毁灭。这似乎是农民的宿命，似乎又不完全是，到底是什么？我发现我遭遇了思想的局限。我想，您要表达的肯定不光是金钱、欲望、权力对人性的冲击，其深刻性至少可以追溯到对国民性、民族文化、民族社会心理的追问和思考上来。您 14 岁就离开故乡沧州，在浮华喧闹的津门呆了 50 多年，而《农民帝国》所表现的时代，恰恰是您在城市生活的阶段，您是否怀疑过这部小说与当代农村现实本相、本色切合的程度和精度。

蒋子龙：你真的认为现代城市与农村现实在"本色、本相"上有根本的或者是天大的差异吗？我不这么看。我认为从文学意义上说，目前中国没有城市，只有农村。所谓城市不过是个大村子。前两天媒体公开报道，某大城市里一个只有 90 个人的单位，却在一座 20 层高的豪华大楼里办公，平均四五个人享用一层，吃饭的睡觉的打牌的玩球的喝酒聊天的地方一应俱全……当下有些钱多的人和单位的这种"烧包"，是不是"很农民"？所以眼下要反映中国现实，没有比选择农民更合适的了。被邓小平称作是"第二次革命"的改革是从农村开始，30 年之后又回到了农村，农民像以往一样又成了推动社会历史前进的原动力……人们该怎样估价这种情势？农村在害城市病，城市在害农村病。没有比金钱更能体现商品社会的"本色和本相"了，现代人没有钱不行，光有钱也不行，农民活不下去会出事，钱太多如果压不住钱，也会被钱烧的难受。当今世界不是钱很多、大富翁也很多吗？于是钱就在闹事，金融居然也形成大的“风暴”，而且比自然界的大风暴对现代人类的摧毁力更大。“农民帝国”确实不只在郭家店，并不是只有农村才有“土皇上”，城里有些很“洋”的人，甚至是留洋回来的人，也有这种情结。不信看看那些被暴光的贪官，他们中一些人的言行活脱脱就是“土皇上”。身份不是农民，骨子里比农民更农民，而且还瞧不起农民的人，更容易闹出“帝国”的悲剧。

2008年11月于天津

（摘自《文学界》2009年第1期“张贤亮、蒋子龙、陈忠实专辑”）

饮水安全与中国农民的命运

陈忠实　秦岭

时间：2012年7月5日晚9时
地点：西安
对话人：陈忠实（中国作协副主席）
　　　　秦　岭（作家）

秦岭：首先感谢您给中国文学史提供了《白鹿原》这样具有标志性的文学经典，也感谢您多年来对我个人创作的关心和支持。两个月前刚刚在西安和您以及陕西的作家们探讨过中国农村文学与中国农村现实的一系列话题，两个月后的今天，又在西安与您探讨中国农村饮水安全与中国农民命运，似乎不像巧合，倒像是事关农村、农业和农民话题的延伸，冥冥中，有种注定的意味。

陈忠实：农民要过日子，就需要喝水，问题是，中国农村的饮水不安全因素这么多，问题这么严峻和残酷，直接影响到中国农民的命运，这就不是一个单纯的水利方面的话题，而是涉及到农民生活、生存、生态的方方面面，文学如果回避这一现实背景，就不可能摸清中国农民生活的本相。我不清楚国家水利部、中国作协委托你来写这本书，到底是让你写中国农村饮水安全工程中的好人好事呢？还是写饮水安全带给乡村物质、心灵、精神层面的反应与变化，如果是前者，那就意思不大，如果是后者，可见水利部是有眼光的。你知道，我多年前就在《小说月报》上看过你有关皇粮题材的小说，那是我第一次注意到你，几千年的皇粮制度，被你用一个很小的刀片就切进去了，我欣赏你反思历史和观察生活的角度。这次，你如果能把握好农村饮水在农民生活、人性层面的点滴故事,以小见大,那么,这部书就有了成功的可能。

秦岭:当然是后者,我会朝这个方向努力。我可以实事求是地告诉您,水利部副部长李国英、新闻宣传中心主任郭孟卓以及农水司的领导与我座谈、对话的时候,谁也没有给我安排既定的主题、既定的题目、既定的采访对象,更没有刻意安排让我采访中国农村饮水安全工程中涌现出来的先进集体、先进个人。他们根据中国农村饮水的状况和现实,只是建议我把重点采访的区域放在大西南和大西北,另外,根据我考察的需要,可以前往全国任何一个省份。他们就一个希望,让我从作家的角度,到一线去,到最偏远的农村去,到农民中间去,直接从最基层的水利干部和农民中找故事。什么感兴趣就写什么,什么打动我就表现什么,所有的梳理与提炼、剖析与反思,他们不做任何干涉,让我尽量发挥主观能动性。他们十分尊重我个人的视角、发现和观察,他们认为只有这样才能触摸到中国农民生活乃至情感层面的形态与变化。如果是前者的话,他们就不会相中我了,他们有的是调研人员和专业记者。

陈忠实:如此看来,国家水利部是在用一种历史的、务实的态度委托你做这次饮水安全考察。中国熟悉乡村的作家很多,但是水利部与中国作协偏偏委托你到乡村大地去"找故事",一定是深思熟虑了的,一方面体现了他们对你在社会层面、知识层面、创作层面的充分信任,一方面说明他们对全国农村饮水状况和饮水安全工作心中有数。这几年经常有作家寄来所谓的纪实文学让我看,我多数读不下去,特别是一些主题先行、命题明确的应景随俗之作,有纪实,没文学,显然违背了纪实文学的基本规律,屈从于某些方面的意志和意图,看不到作家的主观意识和思想层面的独立创造。你这次考察回避了这些顽疾,我相信会搞出一个有特色的纪实读本。纪实要客观公正,文学要能够走进农民真实的心灵和错综复杂的情感,这样,一本书出来,才算得上丰富、饱满,有分量。

秦岭:我十分理解您的观点和忠告,本次考察,从重庆、贵州、广西、云南的偏远山区一路走来,农村饮水触目惊心的现状在不断改变、冲击着我的观察视角、创作思路,之前的一些创作设想甚至彻底颠覆。无论是完善还是颠覆,对我最终的开掘都是有益的。陕西是我大西北之行的第一站,下一站会去宁夏和我的老家甘肃,我相信,我思考的触角将会有更多的拓延。我记得,您的许多作品,包括《白鹿原》在内,多有对农村饮水状况的描述,饮水作为农民生活中必不可少的一部分,任何一位作家写到农民,大概都难以避免。在现实中,您个人有关水的记忆是怎样的。

陈忠实:我小时候生活那个村子,属于西安市灞桥区霸陵乡,叫西蒋村,在塬上北坡,村北有一道沟,沟里有一条小溪,比较大,从东流到西,又从西流到东。家家门前也有活水。村子有开挖的涝坝,洗衣服、淘粮食、饮牲口都能用。涝坝上接出两片瓦,农民可以在下面接水,按当时的标准,算是比较干净了,如果按照现在的标准,肯定是有问题的。那个年代,能吃上水,就不错了,啥叫饮水安全,很少有人认真考虑过。20世纪六七十年代,上游想修个水库,把水截了,结果没成功,变成一个潭,那阵子缺乏管理,牲口饮水、洗衣全在那里，潭里杂草很多，沤出了味儿。村民只好自己打井取水，但是，好景不长。由于灌溉和气候因素，不久，水位急剧下降，灞河上也开始形成淘沙、卖沙的产业链，有些井水也就干了，吃水越来越困难了。人们开始找水、挑水，挑来的水，都是稠泥浆，光沉淀都要好半天。明知这水有问题，但是还得照常饮用。周边许多地方，特别是山区、塬上，祖祖辈辈喝水更加困难。农民喝水有什么样的困难，就有什么样的命运，水和农民的命运，几乎是相辅相成的。比照困难的，我们那里的村民还会有什么奢望呢，能够生活在灞河边，就已经很幸福了。

秦岭：您说得很对，饮水之困，绝对不能简单地归于农民的宿命。您还提到了农民“更高的需求”，这是一个现实命题，也是一个时代命题，中国要发展，中国的农村首先要发展。在我前期采访考察过的60多个县、乡和村子中，农民们也在深深地思考这个问题。在农村饮水安全工程中得到实惠的农民，他们对于生活的品质已经不再停留在仅仅能喝上水这一层面，产业结构的调整，农村劳动力的回归、转移以及对精神文化的需求，日益突出。“水兴则农兴”。这句古老的农谚，如今听起来仍然那么的充满历史的穿透力。在饮水问题上，农民的命运似乎从来没有摆脱历史和时代的交叉点，作为一个写作者，我时而钻进历史，时而落脚现实，时而又不知不觉地进入农民灵魂最幽微的所在，时而自己的心灵又被安放在农民精神家园的天平上接受考量，置身于这种错综复杂的兴奋与峰峦叠嶂的矛盾之中，我个人的收获真是太大了。

陈忠实：我完全理解，你所说的“收获大”意味着什么。我参加过许多采风团，中国作协每年也要组织各种采风活动，我估计你也参加了不少。但是像你这样一种单枪匹马面向全国范围的采风考察，是不多见的，一是具体的采访对象由你自己去寻找；二是你随时可以根据自己的兴奋点选择你的考察路线；三是你有选择考察方式的自由以及和老百姓面对面的机会。有了这几点，对一位有良知的作家而言，极其宝贵，因为这不同于浮光掠影，不同于走马观花，而是能够真正地沉下去，面对真实、真诚与真相，面对真正的状态、真正的矛盾和真正的气息。喝水，是农民祖祖辈辈念的一本经，你现在要把这本经写出来，那些最基层的人、最基层的生活、最基层的烟火味儿给你秦岭的精神世界造成的冲击力必然是巨大的、直接的、原生态的。中国作家不缺技术和才华，缺的恰恰就是这种被冲击的外力。我们一直倡导关注现实，问题是，有些人会关注，有些人并不会关注。在我看来，关注现实从来都是双向的，观察者和被观察者必须能够在心灵上产生交锋和融汇，否则作为作家，即便长十双眼睛，也看不懂现实，而现实即便张开渔网一样的怀抱，也会把作家漏掉。我想，你有这样的机会利用长达几十天的时间，在中国农村最边缘的地方行走，时时刻刻在感受、触摸水资源背景下中国农民的命运，这是上帝对你的恩赐，更是对你文学生命的恩赐。你的小说主要以农村题材为主，这次行走给你补充的生活营养，够你消化一阵子，也够你写一阵子。纪实文学专著出版后，一定能够产生副产品——生活气息浓郁的小说。文学之所以能为历史发声的，就是因为与人的命运有关，如果关于农村饮水的小说写好了，说不定就会倒过来，成为正产品。我期待你这部纪实文学的同时，也期待你相关题材的小说。

秦岭：十分感谢老前辈对我的期望，其实20多天前在重庆和广西的田间地头考察的时候，小说创作的灵感就已经在脑海里频频闪动。这些年，我写小说冷静了许多，此行的观察所得，我会更加冷静地沉淀，特别是对中国农民命运的思考，我会让自己思考的方式更加地靠近炊烟、沟渠和乡村的心灵。记得几年前《文学界》杂志约请我写您的印象记，我拟的题目叫《圪蹴在白鹿原上的老汉》，我今天仍然要说，面对乡村大地，我会让自己圪蹴下来，与乡村默默对视。

陈忠实：我相信你能把水和农民的关系搞清楚，把水和农民的命运表达好。命运这个词，对于文学来说是个了不得的概念。前不久大家聊到你近期的几个短篇小说（《摸蛋的男孩》《杀威棒》）中对于农村社会和农民命运的反思，角度和构思都很到位。你这次走一圈回来，对中国农村社会必然有新的认识和理解，所以对这次难得的行走，要更加讲究智慧，把自己的长处好好发挥出来，展现出来，要尽量从大地走向心灵，走进农民心中的秘密。

秦岭：我会好好争取的，力争让这本书乃至今后的小说创作，尽量靠近我文学的理想。您对话中的有些观点，我也会带给国家水利部。西安已经很热了，您多注意身体，今后有机会，您再不吝赐教。

陈忠实：对我，你不用客气，对话的前提是有话可说。下次到西安来，咱吃羊肉泡馍。

（摘自长篇纪实文学《在水一方》，百花文艺出版社2013年6月版）

洞穿“大墙”的豪情人生

从维熙　秦岭

秦岭：作为晚辈，我清醒地认识到您对我人生和创作的影响，我不知道还有哪些作家如我一样荣幸地能随时感受您思想的智慧和经验。记得当年章德宁领我初访，您就提到看过我创作的《碎裂在2005年的瓦片》等小说，当时我感到十分惊讶。后来您又主动在《中国文化报》等报刊为我的小说《皇粮》撰写了评论，为我主编的《作家看“官儿”》题写书名……收获这样的感动对我这样一个小字辈来说是奢侈的也是意外的。我想，个中缘由，更大程度上源于您难以割舍的天津情结吧！因为您的父亲曾是原天津北洋大学（天津大学前身）的高材生；您又是天津文学的名片——孙犁先生文学

意义上的学生;您漫长劳改生涯中的一段,是在天津东郊的茶淀。我每次去汉沽途径那里,胸中就有暖流隐涌,想到您对我创作的关注和厚爱。

从维熙:许多人都知道,我平时深居简出,惜时如金,很少应邀参加各种社会的、文学的活动,特别是这个年龄,和青年作家打交道越来越少。我和作家打交道,重作品不重人,更厌倦、远离文学名义背后的华而不实和附庸风雅,我在一些随笔中也阐明过这个观点。就像你我之交,首先是因为你的小说闯进了我阅读的视野。可能天津是我文学的摇篮之故,我对天津后生代的文学作品格外关注。这不是有意而为之,而是出自于一种精神本能。需要说明的是,我文学的起步,始于孙犁主持的《天津日报》"文艺周刊",我早期的小说如《七月雨》《老菜子卖鱼》《在河渡口》等就是在天津这片土地上萌芽、开花、结果的。我的天津情结,归根到底属于文学的情结,至于家父当年在天津北洋大学深造以及我后来在天津茶淀的劳改生涯,那是另一种情感的沉淀。我关注天津,根本上是对天津文学的关注。记得三年前我曾在天津日报"文艺周刊"上读到过你的小说《碎裂在2005年的瓦片》,因其文字雄浑阳刚,有别于无病呻吟之作,因而我记住了你的名字。后来的见面就对上了号,留下了有别于一些附庸时尚作者的良好印象。印象的递加则源于偶然的机会又一次阅读到你被《中篇小说月报》转载的《皇粮》,一开始并没有唤起我对这篇小说过高的期望值,但是当我静坐于书房灯下,渐渐走进《皇粮》文字的经纬之中时,我却难以放手了。当时正是秋天,我当真把它看成是天津文学创作的一大收获,于是产生了撰写评论的想法。我要说的是,作家就得靠作品说话,如今的青年作家拥有我们那个时代相对稀罕的环境、时间、精力等诸多条件,就更应该珍惜时光和生活。

2008年12月于北京、天津

(载《中篇小说全库》(从维熙卷),花城出版社2010年)

水是举头三尺的神明

朱军　秦岭

时间:2012年11月8日上午10时

地点:中国·北京

对话人:朱军(中央电视台节目主持人、中国节水大使)

秦岭(作家)

秦岭:在这个包罗万象的新媒体时代,铺天盖地的新事物、新信息让人应接不暇,

而今天与朱大哥郑重其事地坐在这里，却是因为水，具体说是因为节约用水这样一个看似了无新意的陈旧话题。这样的语境逆差容易使人想到文学，就像我即将收尾的长篇纪实文学《在水一方》，让纪实在文学中徜徉。三个月前在西安，我刚刚和《白鹿原》的作者陈忠实先生就农村饮水安全问题进行了对话，这次是和你，而我们三人恰恰都来自西部缺水地区。陈忠实老先生曾有帮农民打井的经历，而你是中国节水大使。冥冥之中，这样的对话似乎不像是巧合。

朱军：命运的轨迹在于，一切都按照理由的发生而发生，于是形成各种规律。因此，所有的偶然当中，往往蕴含着必然。全国有那么多的作家，而《在水一方》这样一部与历史有关、与现实有关、与时代有关的书，却在期待着你秦岭来完成，说明你关于水的所有记忆和思考，无论是悲怆还是欢欣，早就与水构成了一种互动的关系。这种关系是相互吸引的而不是排斥的，是默契的而不是模糊的，最终，让你有了这次有担当意味的书写。我认为，在心灵上和水构不成关系的作家，距离水的话题必然是遥远的。你在《在水一方》这部书里安排了以节水为主题的内容，我很欣赏你这一点。节约用水本该是我们生活中的常态，当饮水安全解决之后，节约用水就更是第一要务。当节水用水成为我们今天对话的主题，那么，一切的理由，都是因为我们西部人对水的真切感受。

秦岭：我这次从全国范围的考察，应该说心情很复杂，有喜悦，有亢奋，有焦虑，有反思。一个较为普遍的问题是水资源的严重污染，许多老百姓面对这个问题，对我叫苦连天。在我去过的一些贫困地区，地方政府为了脱贫致富，不惜牺牲环境和环保，大肆开发非环保型工业项目，造成当地农民饮用水的污染，对老百姓的身心健康造成很大的危害。其结果是政绩有了，地方财政上去了，但是老百姓的生活环境和健康状况却大打了折扣。这样的地区，连饮水安全都岌岌可危，遑论节约用水，你如何看待这种现象和问题？

朱军：应该说，这一现象国人并不陌生，我也耳闻目睹了许多，其中的原因比较复杂，从源头上看，主要还是地方政府单纯地追求 GDP，单纯地追求政绩，单纯地追求了眼前利益。而所谓的科学发展、可持续发展只是他们急功近利、拆东墙补西墙、杀鸡取卵的遮羞布。关于这个话题，应该说争论有些日子了。根本上看，是我们各级政府对地方官员的政绩、对地方经济发展的考核机制、评价体系有问题。我可以给你举另外一个例子，湖南省的古丈县是宋祖英的老家，那里山清水秀，风景优美，乡风纯朴。在古丈，有一次我和几个朋友聊天，听到一个故事，很让我感慨。古丈县矾储藏量很大，如果玩命开采，必然富甲一方。致富心切的老百姓早就想开发矾矿了，但那里的政府始终坚持没有开发，并给老百姓做艰苦细致的思想工作。其中一个很重要的原因，就是开发矾矿会造成环境的严重污染，而解决矾污染的技术是个很大的难题。面对这把双刃剑，地方政府选择了维护老百姓的环境和健康。即便如此，有些老百姓仍然想不通，轮番找到有关部门阐述理由："湘西有矾矿的不止古丈，人家邻县能开发，我们古丈为啥就不能开发？"对此质疑，地方政府直面应对，仍然不厌其烦地做思想工作，据说至今也没有开口子。我认为,贫困与发展、发展与环保、环保与生态、生态与生存,这样的矛盾既是对立的,也是统一的。在当下,古丈县地方政府的这种胸襟和眼光,很值得思考。也就是说,一个地方的发展,到底要看什么,拿什么来衡量。我很欣赏古丈县地方政府的态度,我同样理解他们头顶有多么大的压力、酸楚与无奈。从这个意义上看,科学发展、可持续发展要落到实处是多么的艰难!而这样的呼唤又是多么地现实,多么地重要!

秦岭:"水是举头三尺的神明",我很认同你这句话。中国老百姓其实是非常敬畏神明的,潜意识里普遍有被神明庇佑的祈念,但想到神明,多数人往往下意识或无意识地奔向神龛、庙宇,唯独不会想到神明无时无刻不在如影随形。从我在全国各地考察的情况看,有些地方节约用水工作做得非常扎实,而有些地方的节约用水完全流于形式,甚至同一个乡、同一个村的节水情况也很不平衡,特别是在一些经济发达、生活条件不错的乡村,居然把节约用水视作"小家子气""农民意识"。浪费水居然成为一种慷慨,成为一种大方,这显然是对水这种神明的亵渎。当然,这样的现象在城市同样是存在的。作为节水大使,你有什么好的建议和意见?

朱军:节约用水事关整个社会,它涉及我们整个社会的方方面面,仅凭有关的职能部门和单位,是远远不够的。我们这个社会不缺制度,更不缺少关于节约用水的各种制度,关键是如何执行这些制度,当制度的执行力屡屡缺失,多漂亮的制度都是一纸空文。因此,我认为燃眉之急是立法,通过法律来规范、约束人们的用水行为。在法律的利剑之下,打击水污染、水浪费就有法可依,有章可循。只有法律的强大力量,才能促使人们在节约用水的问题上,逐渐成为自知、自觉和自愿。还有很重要的一点,我认为治标关键在于治本。节水意识的前提是公民意识,节水意识是标,而公民意识是本。公民意识的内涵十分丰富,当我们每一个人有了强烈的公民意识,就会对自己的责任和义务十分明确,就会有了情怀和境界,就会时刻清醒自身的存在与周围环境、与整个社会的关系,就会对自己的行为负责。你刚才提到中国老百姓对神明的敬畏,我很认同这一点。如果人们像习惯了敬畏神明那样习惯了公民意识,我相信,我们的社会秩序、社会关系都会为之大变。广大老百姓的公民意识增强了,节水意识就是水到渠成的事儿。希望在你的《在水一方》里,我们能读到这样的呼吁,或者反思。

秦岭:在我看来,你对饮水安全、节约用水方面的一些理解和感慨,既有哲学意味,同时体现了一种人文姿态和民间情怀,特别是对《在水一方》这部书的认识和建议,其中不乏既在行又中肯的真知灼见,可以说,我对你这个中国节水大使形象的认识,也立体起来了。你前面提到《在水一方》所呈现的核心主题是民生,刚才又谈到反思。我相信,这也是包括广大农民在内的读者所期待的。对我而言,既是压力,也是动力。在你的《我的零点时刻》里,我感受到了你作为影视人独特迥异的文学才华和审视问题的纵深度,当一本书背负了责任和良知,你希望我写成一部什么样的书?

朱军:作家面对一个新媒体、多元化时代,对纪实文学的要求要比以往任何一个时期严格得多，因为所有的社会形态、社会现象和社会反应完全是敞开式的，老百姓所掌握的信息往往比作家要多得多，若干年前信息闭塞时代的那种纪实文学创作，放到今天是行不通的。你已经创作了许多像《皇粮钟》这样关注现实的文学作品，今天面对这样一个重大题材，我相信你有你个人的视角、判断和把握，也一定能够写好。在我看来，《在水一方》不光要告诉读者政府做了什么，如何做的，最重要的是要把视点集中在广大农民身上。饮水与民生，说穿了就是农民喝水的问题，农民应该是你书中一以贯之的话题。要真实反映中国农村饮水安全的现状，真实反映中国农民祖祖辈辈与水有关的刻骨铭心的故事，真实反映农民在饮水背景下的内心和灵魂，这就需要通过农民在日常生活中发生的日常故事作为支撑，多角度地展示农民人性深处和精神层面的变化。唯有真实，才是一本书的生命。生活本身就是多面的，而不是单面的。既然我国农村的安全饮水形势非常严峻，水资源破坏和浪费非常突出，解决饮水安全的难度那么大，那么，这些矛盾、问题以及负面的因素就不能回避。说出来，才能让人警醒，让人反思。我曾看过一些所谓的纪实文学，本应是厚重深刻的主题，但是通篇除了对政绩的涂脂抹粉，看不到对丑恶现象、社会矛盾的揭示，甚至连基本的反思都没有，这样一大堆儿文字是对文化的亵渎，本质上是浅薄的宣传册子。这样的册子甭说专业人士不爱看，老百姓更是深恶痛绝的。我在报纸上看到，文学专家通过你的另一部小说《杀威棒》断定你是一位具有历史反思意味的作家，有这一点，读者会放心的。今天咱俩十分冷静地坐在这里，同时又十分冷静地谈这么一个严肃的民生话题，我相信，我们的心态和情感都是真实的，因为我们的对话里有观察，有分析，更有反思和警醒。我相信，你在《在水一方》里，必然会充分体现这一点。

秦岭：在中国当节水大使，可以说任重道远。作为《在水一方》的作者，我能想象到你为中国节水事业所付出的代价和努力。我采访过的许多农民，其实都是你的忠实观众，我代表他们向你表示感谢。

朱军：咱老乡之间不用客气，我期待着《在水一方》的诞生。到那时候，咱继续聊关于水的话题，还可以聊聊我们的家乡。聊起来，遥远的家乡就很近。

（摘自长篇纪实文学《在水一方》，百花文艺出版社 2013 年 6 月版）

第三辑

秦岭序跋

【编者按】我们从秦岭的40多篇序、跋(含后记)中编选了9篇,其中有的是秦岭为自己的著作所作,有的是为其他作家的著作所作,均能够体现秦岭的文学思想、理念和观点。

站在崖畔看村庄

秦　岭

在心灵的崖畔,我常站成自己的模样,把村庄眺望。

在《皇粮钟》里,崖畔这个词儿,至少出现三十次以上,绕不开。

只有崖畔才是村庄和精神的制高点,袅袅炊烟下四邻八舍的悲欢一览无余,甚至能看到渗入麦垛和瓦楞间的民间俗事,传递并糅杂着何等的古朴和时尚。古朴,那是镶嵌在历史纵深地带亘古不变的质地;时尚,则是现实的快感和疼痛无时不在提醒庄稼汉们,他们和土地、庄稼、羊群之间的关系圪蹴在怎样的坐标系里。我无意证明拥有崖畔就定能清晰地鸟瞰中国农村历史的隧道在现实背景下延伸的状态,但我在乎目光的那种触摸感,目光的指纹分明能感受到现实农村的边边、角角、沟沟、坎坎。

无论从情感和良心上,我真的不想和那些呆在象牙塔里从事所谓乡土叙事的人一起,大把大把地兜售花里胡哨的所谓中国乡村印象。那些被书店束之高阁的没有炊烟、牛粪、蒿草、炕土味道的乡村叙事,是否属于中国的乡土和乡土的中国,我始终心存疑虑。我在德国洪堡大学学习交流时,有位华人学者如此诟病:"有段时期,中国女士是把天生的黑发染成金发来欧洲旅游的,而文学的输出更是去真存伪,自取其辱。"当然我也在疑虑我自己,为了不至于糊涂,我必须去崖畔。

我从来没有奢望从那些吃五谷杂粮却不识人间烟火的家伙那里获取来自乡村的信息和信号,我相信我的记忆和直觉。当年西部老家不少农民炕头的枕头底下,时常能瞅见《创业史》《红旗谱》《山乡巨变》啥的,抛却这些乡土叙事中难以避免的历史局限和时代印痕,我们真的没有资格怀疑或否定那些文本蕴藏的历史纵深度以及史诗般的强力呈现,那个年代的农民读者真的能从字里行间找到山鸣谷应和他们自身的模样。实属文学之福,农民之幸。而今,中国社会的快速变奏可谓高潮迭起,乱花迷眼,但是现代文明背景下的、日趋知识化的农民的枕头下不可能收留当代作家对乡土的"艺术呈现"了。写作者与庄稼汉的鸿沟,注定了文学表达与农村现实的割裂,而伤口地带往往被瞎子摸象式的文字垃圾所填充,这是文学的陷落,也是时代的悲哀。我看惯了理论家乐此不疲的追根溯源以及权威定论,可笑的是定论居然也能够年年花样翻新,似乎和作家的创作、读者的审美理想毫不相干。我早就闻到了只有热剩饭时才有的刺鼻的煳味。这种幽默,如果属于文化的幽默,那么,我怀疑文坛中人的文化和文化心理是否有治疗的必要。沉疴却无视良药,如此患者恐怕不仅仅是肉体上的病变。

我只有独自去我的崖畔,在真实的风中感受真实的村庄。这种感受既是文学的,也是现实的,更有哲学的意味。绵延达两千六百年的皇粮在我们这个时代被取消,这是历史的选择,也是历史的必然,是社会文明和进步的重要标志。种地纳粮不是中国农民的宿命。当《皇粮钟》中那尊沉重而神秘的皇粮钟被它坚定而执着的守护者亲手炸毁的时候,我们不能轻贱庄稼汉的辩证法:“连咱庄农户人顶礼膜拜的皇粮钟都‘终’了,皇粮能不‘终’吗?”

轻贱了农民的辩证法,就是轻贱我们自己。

《皇粮钟》是我“皇粮”系列中的一部,而“皇粮”系列又是我农村题材中的一个组成部分。我庆幸我们这个时代的有识之士对农村、农业和农民问题的研究和关注,我们常常能听到上上下下对民生的关注和持之以恒的强音。无论是反思、关照还是行动,这都是了不起的进步,这种进步不仅是经济意义的,更是政治的、文化的。而专门为中国农村题材小说设立的梁斌文学奖,让我看到了照耀在乡村崖畔上的文学阳光。很幸运,连续两届梁斌文学奖一等奖的桂冠像凤凰一样落到了我用“皇粮”系列培植起来的梧桐树上:一次是2006年,获奖篇目是短篇小说《碎裂在2005年的瓦片》,那一年,中国向全世界宣布取消了绵延达两千六百年的农业税;另一次是2008年,获奖篇目是中篇小说《皇粮》,这一年,我在《文艺报》《中国文化报》《作品与争鸣》《文学评论》《小说评论》等报刊上看到了二十多篇专家对我农村题材小说的评论。我不会因之受宠若惊,只是获得了一份并非意外的感动,为乡村,为自己,为圪蹴在崖畔上的那种诚恳、执拗的心灵感动。中国“大墙文学之父”从维熙老先生在评论我的“皇粮”系列时说:“秦岭把今天中国政府体恤民生,废除了农民上缴皇粮之举,当成小说的文胆,因而使故事多了沉甸甸的分量,可以说从取材到人物情韵的描写,在当代描写农村生活的作品中,都称得上一声绝响。”来自文学前辈的声音,是另一种感动。我晓得他们都是经历过人生之风雪驿路、文学之杜鹃啼血的人,他们最懂中国的农民,晓得羊肚子手巾不光是三道道蓝,羊羔羔吃奶不光眼望着妈。

《皇粮钟》初稿的大部分,是我在鲁迅文学院第八届青年作家高级研讨班学习时完成的,当时恰逢我的小说《硌牙的沙子》登上了2007年度中国小说排行榜,这为我审视农村增添了至少三分的冷静和七分的自信。记者提及我文学表达的所谓秘笈,我说:“因为我站在崖畔看村庄。”

崖畔意味着什么?它到底和村庄是一种什么关系?我从记者的眼神里看出了疑问。他们一定想不到,观察中国农村社会的历史和现状,是需要制高点的。去年在西部参加一个文学研讨会,陈忠实先生对我说:“秦岭,我一直以为你是咱陕西的作家呢,后来才晓得是天津的。”我把这种误断,权当我文学抵达西部乡村的反证。至少说明,我文学的心灵在崖畔上,而不是在直辖市的咖啡屋里。

因此,在《皇粮钟》里,我有意避开了我的另一部长篇小说《断裂》的切入方式,而是采取交叉叙事、现实和历史交相映衬的方法,把宏大主题掰成点点线线,再缝织在民间生活的皱褶之中,按照我个人的经验在自己的叙事领地里淘挖历史的淤泥,寻找呈现和表现的指向。我不想单纯地去描摹种地纳粮带给底层民众生存的尴尬,我更关注农民身上富有国民性的道德交融与哗变,那里除了极具人性光辉的包容、理解与担待,也有隐忍、怀疑与奋争,那才是我眼中的中国农民。我很清醒,在社会变革时期,庄稼汉的传统道德和心理在发生变化、变异的同时,也在显示着无穷的力量。为了展示这种力量,我把小说中的人物还原于西部农村社会淳朴的民风、民俗、民意、民情之中,并借助隐喻、象征、寓言、魔幻的手法,来凸显生活的原色和本相。我不相信形式主义和追风逐浪会让文学永生,我只相信文学创作的规律、纪律和理应抵达的地方。

那么,理应抵达的地方到底是什么地方呢?譬如,你一定想象不到,当一个打工妹和异乡的男子好上了,那就意味着一成不变的乡村生活模式瞬间被彻底颠覆,站在崖畔上,你会发现他们精神的变化千人千面:兴奋,颤栗,焦灼,淡定,狂躁,渴望……精神的颠簸,波及的难道仅仅是生活吗?

不用再譬如了,如果不怕掉到炊烟里,就跟我去崖畔。手搭凉棚,视野里的村庄,到处都有眼睛和嘴巴,会眨,会说话。

2008 年 12 月 31 日于天津

(载《天津日报》2009 年 5 月 20 日)

不能让“津味儿”成为林希的紧箍咒

秦　岭

在我看来,文坛对林希小说的研究分明是走样儿了,至少在研究的理念和方法上死钻牛角,人云亦云,以致于造成林希在中国文坛的定位像是雾里看花,绰约不清。罪魁祸首之一,就是“津味儿”这个标签在林希小说浩繁的审美元素中喧宾夺主,人为框定、绑缚了受众对林希的认知路径和考察视角。小说百味,却被其中一味乱了嗅觉。

文学创作的历史经验和教训表明,对一个在创作上有较大格局或者大格局的作家硬性套上某种标签,并不完全是好事情。林希的《找饭辙》《买办之家》《蛐蛐四爷》《天津闲人》《相士无非子》《小的儿》《高买》《婢女春红》等大量小说如峰峦叠嶂,小桥流水,既能在体制和民间囊括高端奖项,又能在海外风靡于案头枕尾,此异数也!他的小说、话剧多以中国近代史的缩影——清末民初的天津为背景,精雕细琢地反映了中国一个时代的都市生活和风情。“津味儿”是其小说中一个鲜明的文学特征之一,恰是这个众口一词的“津味儿”,分明是对林希爱错了主向。这就像当年小聪明的评论家非得给天津作家蒋子龙的城市工业题材冠以所谓“改革文学”,粗暴干涉和误判了小说格局,影响了小说丰富的历史反思和批判精神的传播。要说感情是相恋的唯一条件,恐怕鬼也不信,否则纷攘红尘中不会有那么多的劳燕分飞,同床异梦。

有意思的是,作为一个对全国文坛谱系或多或少有所了解的写作者,我发现天津人对“味儿”尤为刻意。我并不是研究天津文学的专家,但就我对中国文学的考察经验判断,一位优秀作家的作品至少在审美理想、主旨抵达和精神提供层面是跨地域的,或者说与地域只是主食与调味品的关系。一方水土之味儿,与呈现一方水土之文学味儿固然骨头连着筋,但骨是骨,筋是筋,本质上不完全是一回事。地域是作者呈现内心的背景而不是文学本身,更不是文学的全部。比如“津味儿”,它不光是地理意义的“津味儿”,更大程度上是作者人文情怀和思想原则的“津味儿”。我在20世纪90年代在甘肃天水生活时就阅读过天津作家的一些作品,我看好林希作品中那种都市各色人等心灵博弈中弥足珍贵的道德考量,对世俗社会真诚与伪善的层层剥离与呈现,对特定历史时期众生相的精雕细刻,对文学传统的继承、注入和对文学精神的呵护、坚守,这是小说中最沁人心脾的、回肠荡气的“味儿”,这“味儿”是跨区域、跨肤色、跨人种的,它饱满、硬朗、厚重、通彻、诗性、精微、贴切、锋利、鲜活、柔中带刚、兼容并蓄、腾挪有致,完全穿越了读者的心灵。要说味儿,首先是文学味儿,其次是民族味儿,再次是中国味儿。有这种味儿的作家,放眼全国文坛,到底能拎出多少,我不好妄言,但不是心中没有底数。

当这一切审美之后的之后,我们得暇思考小说地域特征的时候,理所当然地会想到小说浓郁的另一种味儿——“津味儿”。林希的“津味儿”首先是林希的味道,然后才是天津的味道。这种味儿不是天津与生俱来的,而是林希个人对天津的赋予和呈现,此当一功,功莫大焉!可悲的是,学界对此味儿的研究偏偏掉了个儿,天津先之,林希后之,好比进得花园,你不是在赏花,而是在惊叹花下的泥土;好比夸一个女人,你不是咂品她骨子里的风情,却被双眼皮吸引;好比举杯邀月,你似乎忘了月在酒中,只顾把玩杯子……

这是众说纷纭的先天不足与短视,也是林希作为天津人的不幸。

时光荏苒,斗转星移。中国文坛早就清醒了,但许多专家对“津味儿”的研究反而闷混不明,有人甚至大包大揽地把作家在生活、题材、语言、叙事、叙述、表达方式以及掌握天津人生活常识的多寡作为是否具备“津味儿”的参照,这是一种怪诞的自找罪受。如果冯梦龙前辈循此法写《东周列国志》的“列国味儿”、罗贯中前辈循此法写《三国演义》的“魏蜀吴味儿”,那就很是搞笑了。老舍的《四世同堂》《茶馆》等部分作品有浓郁的“北京味儿”,但你如果用这顶绿帽子扣了他的全身,老人家会披头散发地从北海公园的太平湖里爬出来找你算账的。即便当下文坛,随便拎出一大堆儿经典作家的作品,都是很好的证明。莫言笔下《红高粱家族》中的高密,并没有完全依靠齐鲁大地的文脉遗风,而是借助于马尔克斯文学精神的动力和现代主义技法,洋为中用,把一个真实、生动、丰富的高密乡和盘托出,没有人会清浅地冠以“高密味儿”;陈忠实受俄罗斯文学和欧洲文学现实主义手法的滋养,在《白鹿原》中把关中农民的人间烟火描绘得淋漓尽致,没有人会草率地强加“关中味儿”。要我说,林希用林希之法真实描绘了文学的天津,那种难以效仿的排他性和独立性,让弥散其中的所有味儿都汇成了一个标志性的味儿,那就是“林希味儿”。同样的道理,沈从文之所以成为沈从文,汪曾祺之所以成为汪曾祺,完全因为他们在众香国里异香扑鼻。大观园里,牡丹是牡丹,芍药是芍药,凌霄是凌霄,水仙是水仙,但大观园只是大观园。

史界考察中国近代史以天津近代史为样本, 这是上帝赐予天津文学界丰厚的文学“乡土”,是天津作家之荣幸和庆幸。但是,当庞大的天津作家群都冲着地理概念的“津味儿”而去,必然阵脚大乱,迷失方寸。7 年前,我在《上海文学》发表过一篇反映天津生活的小说《碰瓷儿》,有专家爱怜地劝导我:“你把一帮依靠碰瓷儿坑蒙拐骗的天津混混儿们写活了,但不够‘津味儿’。”这话自相矛盾到违背常识的地步。如果我用卡尔维诺、博尔赫斯之法描绘天津,是不是算张冠李戴呢?如果我用老家的秦腔演绎狗不理包子和天津大麻花,是不是偷梁换柱呢?旗袍穿在欧洲洋妞身上,你千万不要认为人家不够中国味儿,社火里参和进芭蕾,你也不要嫌不够欧洲味儿。“味儿”是嘛?说了算的是舌头,不是眼睛。形式和内容永远是对立的统一,非得在形式和内容之间画等号,那不是小说家的做派,那是泰国的人妖表演,越是风骚得一塌糊涂,越是公母可辨。

天津有句话倍哏儿,曰:“活鱼摔死卖。”意思是好东西人为折了价。林希自己在“林希味儿”和“津味儿”之间更倾向于哪种味儿,我管不着,但我相信,林希对孙悟空的第一印象,必然是七十二变而不是紧箍咒。研究者摘掉林希头上的“紧箍咒”,必然会有新的还原和发现。

林希从 20 世纪 30 年代的民国一路走来,耄耋资厚,国内外研究者甚众,可他却乐呵呵嘱我这小晚辈作序,你说这算嘛味儿?

2017 年 3 月 3 日再改于天津观海庐

(此文为民主与建设出版社 2017 年 8 月版林希小说集《找饭辙》的序言, 原为 2013 年 1 月在天津作协“林希作品研讨会”上的发言,载《文学报》2017 年 4 月 13 日)

有种需要叫登高

秦　岭

想往远处看吗?那好,登高作为一种需要,就不是妄言。

津塔之所以成为天津的新地标，取决于此时此刻的高度。至少在长江以北，津塔无与伦比的高度已经撑起了天津卫眉梢上的自信，同时也鼓起了嘴皮上的得意。在津塔之下摞起来的这套多达12册的“津塔文丛”，固然并不意味着地理意义的尺码，但有一种理解是错不了的，那就是：对文学而言，身边矗立一个高度，就有了精神的眺望和攀爬的向度。

由此，“津塔文丛”对登高的追求，就有了现实与理想的关联。关于文学，我从来不信邪，都说区域文学在大环境大背景下谋求突围，举步维艰，我认为这是个不靠谱的话题。我常对文学朋友们说，文坛本不是多大的一个坛，所谓文学的圈子更是杞人忧天者自娱自乐的托辞。唯一与你相干的，首先是你扎好马步张弓搭箭后，云端的大雁，是否会因你有所警觉。作家写作的大本营，实际上是自己的心，作家的心有了高度，就会在攀登中改造自我，在绝顶上评判自我，在回眸中成全自我。当文学的箭镞带着尖啸飞出窗外，飞向辽阔，天空和大地上就到处都是你灵感的猎物，大雁有之，白兔有之，你要吃老虎肉，也不是没有，这与动物保护无关。

津塔的高，来得突然，却也是过于迟到，但毕竟终于来了。天津卫几乎在津城的任何一个角度，能够第一时间看到她。你看她的时候，她必然也能看到你。你能看到她，是因为她高；她能看到你，也是因为她高。我的希望是，你的作品期待读者的时候，读者也在期待你的作品。道理是简单的，越是简单的道理，越来自复杂。透过光洁漂亮的外墙，津塔的内部结构是复杂的，文章也如此，我们每个人有必要十分冷静地自问自答：形式的内外，我们都干了些什么？自问容易，自答，务必选择客观、慎重与冷静。

近期，在中国作协以及有关高校举办的多种文学论坛上，应邀参与了几个话题的讨论，诸如什么是好小说、小说的标准、什么是中国小说的样貌等。七嘴八舌的争论之后，我首先想到的是，绵延千年的中国文学发展到如今，居然可悲地陷入最基本的原点而难以自拔，必然是作家与专家同时犯神经了。我不希望这样无趣的争论影响作家们的创作。做好自己，超越自己，最终，自己会不断地被自己刷新和颠覆，永远以全新的姿态与读者的目光对接，这就够了。我熟悉身边的这座津塔，一如熟悉这十几位作家和他们的作品。他们有的是颇具名望的文学前辈，有的是津门中青年作家队伍中的中坚，有的是崭露头角的后起之秀；他们当中有的已经出版过两三部，乃至五六部长篇小说、散文或诗集，有的是第一次将自己放飞在报刊的文字拾掇成书；他们的作品有的被中国作协列为重点扶持项目，有的入选中宣部“给中学生的百种图书”，有的获过各种奖项。作为一名还算有点经验和教训的写作者，我当然不认为这一揽子光环就是他们登高所得的标志性收获，但是，在一个缺乏标志、机制、说法、原则和纪律的时代，如果非得忽略这样的光环，显然过于刻薄、尖酸和小聪明了。好作品当然不是为应景随俗而来，他是历史和心灵的记录，最终对作品享有裁决权的，一是历史，二是读者。文丛中的多数作品，无论是小说、散文还是诗歌，应该说或多或少靠近了这一点，这不是我的一家之言。逐一打开书稿，你会发现每一部作品的写序者大都是享誉津门、德高望重的老作家、老编辑，他们能够拔亢写序、屈尊发声，就不是单纯的认同与首肯。作为这套文丛的驱动者，我的目光在原《散文》杂志主编贾宝泉、原《天津文学》

杂志主编谭成健、原《通俗小说报》主编冯景元、城市史专家郭凤岐等几位老先生留在文丛中的精美序言里诸篇徜徉,他们对"文丛"作者们的扶掖之心和舐犊之情,似琴音铮铮,让我感动。这是"文丛"作者们的幸运,同样,读者会触摸到另一种高度的来历。

无论是区域的文学登高,还是一个人的文学登高,都是登高。登高永远是相对的,高中有低,低中有高。好在登高恰恰既是可遇的,同时也是可求的。文学离开了登高意识,就会沦落为一堆儿汉字笔画的烂柴火,一如地标坍塌后的瓦砾。"津塔文丛"所囊括的这210多万字,有些代表了高度,有些尚在高度和低度之间游弋,这种游弋可视作蹦跶,蹦,再蹦,抛物线式地渐进,游弋好了,就会在高处晒太阳,游弋不好,就会在低谷溺毙。我对"文丛"的编辑们说过:"作家展示自己的平台很多,作为集体亮相,不一定非得拿出最好的东西,但是不能缺少登高意识,没有这种境界,就活该像井底之蛙,在坐井中哀叹,在观天中灭亡。"

话是丑了一些。在实质问题或者问题的关键时刻,我从来不习惯说漂亮话的。在我看来,没有足够的压力就没有至高的井喷。写作者必须要有勇气怀疑自己。怀疑,意味着大脑的高度清醒。清醒有了高度,另一种登高的力量,会悄然成为创作的脊梁,用来支撑未来。

"津塔文丛"会不定期出版下去,其前景必然在登高中攀升。

2012年5月于津门观海庐

("津塔文丛"第一辑总序,上海三联书店2012年12月版)

又是登高远眺时

秦　岭

登高远眺又一年,津门像期待的一样,一扇扇的,在开。

簇拥着津塔的津湾,像是七八年间突然从老租界地万国桥下打捞出来的一镰明月,弯弯,翘翘,弯给当下,翘给古老的渤海湾。月落海河,如船泊津门,直插云霄的津塔便是一根桅杆,洋溢着蓄势待发的锐气。津沽的版图,因之变幻多端,氤氲着天津卫当下不俗的容颜。

"津塔文丛"第三辑像负载着文学名义的船队,出港了。

文学的形象,从来不是靠土木工程堆砌起来的,否则,就有了堕落为形象工程的可能。我在全国短篇小说座谈会上谈过,检阅文学,需要的是理性的缜密判断,不能光靠文学评论家的学术经验和文学视角,其中历史观、哲学观、社会思维是最不可或缺的。这一点,恰恰是中国文学理论界的软肋。我们“地方”上的作家如果不充分醒悟到这一点,所有的文字就会搁浅在所谓文坛的“坛”中,成为瓮中之鳖。在我看来,“津塔文丛”第三辑的出港,实质上是又一次检阅。无可否认,检阅文学的形象,其实是一件十分困难的事情。

越难的事,越是回避不得。迎难而上,邂逅机缘就不会是传说。

因此,我们无论如何得拿下“津塔文丛”这项工程。第三辑和滨海新区的中国经济“第三极”概念,不谋而合地有了谐音的意味。成熟期的作者和读者,当然不在乎宿命。但第三辑注定是一个不小的湾,大大小小的船只,风帆猎猎,鱼虾满仓。此刻,要问津塔到底有多高,已不重要。过客的争论,比事实更具魅力。高度,不是你我说了算的,拥有话语权的,只能是岁月。我们所做的一切,都在给岁月一种提供,一个标识,一段文学的话题。文学因此而古老,而新鲜,它永远不会渐行渐远,它是以作家为核心的一个圆。

读者一定还记得“津塔文丛”第一辑、第二辑的模样儿。在第一辑里,我们以个人文集的形式,推出了 10 多位作家的小说、散文、诗歌和文化随笔。而第二辑,我们采取了以天津市近代史为背景,以天津市核心区历史文化遗存、民族商业品牌等人文元素为表现对象的“立项创作”的办法,面向全国范围招贤纳士,最终确定了 10 个文学项目。文学不是速成品,所以从第二辑的启动仪式开始,我们用安静和淡定表示了我们足够的期待和耐心。有一点我是相信的,两年后,或者三年后的今日,项目的最终呈现形式,会毫无悬念地成为天津文学的风景之一。尽管项目的承担者在签约仪式上留下了他们的信誓旦旦,尽管媒体以“率先”“填补空白”等字眼儿概括了项目于天津文化、文艺、文学的多重意义。但是,面对文学的规律和门槛,冷静如我等,至今仍然不好断言这样的风景会绽放什么样的美丽和看点。好在有一点不容置疑, 第二辑更多的承载、内涵和意义,早已超越了项目本身。我不会轻贱地认为我们是在抛砖引玉,在我的内心,我们的作家们本身就是玉。我不会以玉的价格论价值,一如月亮上掉下一块普通石头,纵有百玉,岂可换得!

比之前两辑,第三辑更多地具备了荟萃的意味。半个世纪以来,这里陆陆续续走出了孙犁、梁斌、方纪、鲁黎、蒋子龙、冯骥才等在全国文学星空里灿然耀眼的大家。天津作协实施签约制以来,天津文学院合同制作家群中的半壁河山,大都在号称和平的这片古老租界地构建了他们文学最初的发射塔。我们之所以选择近十几年来活跃在这片土地上的作家为主体,而不是无原则地追溯穷揽,主要考虑了三个因素。一是我们通过各种文集、选本,已经感受到了 20 世纪 60 年代直至 90 年代初天津作家的大致面貌;二是和平区作为都市中心海纳百川的精神气魄,构成了它一朝一夕不同的文学景观;三是我们期望让这样一套文丛更靠近当下而不是沉湎于过去,便于我们伫立津塔之巅,远眺苍茫。远处,实质上就是未来;苍茫,那是文学的后浪与前浪的关系。

于是,第三辑就有了洋洋洒洒 150 万字的全新姿态,有了中篇小说集、短篇小说集、散文集、诗歌集、评论集5束文学光景。数量上,我们做了严格的涵盖和调控,而质量和标准上更是竖立了新的标杆。比如,每个作家拎来的家伙,至少是在省市以上报刊公开发表的、具有一定档次的作品,其中中短篇小说人均仅限一篇,散文人均两篇,宁缺毋滥;诗歌方面则以“七月诗社”的诗人或者长期参与诗社活动的诗人为主体,作为天津诗歌的桥头堡,我们会让每一个曾经影响过读者的诗人,衣袂飘飘地从桥上走过;关于评论文章的筛选,我们绝不在乎这片土地自产自销过多少文学评论,而是把着眼点放在全国,通览整个中国文坛对这片土地的观察与反应。有人认为这是我们的一个创意,这也不重要,我们的基本理念是,地方作家如果一味沉湎于小圈子里徒劳地、毫无价值地你追我捧,将注定沦为地方粮票,越过天津边角,便是废纸一张。我在讲座中说过,文学批评可不是手淫,自我陶醉会掏空了身体,弄虚了自己。文学是强硬的核桃,生就挨砸的货,砸烂了,挑破了,醇香自会展翅飞来。

为了打理好这五本书,我们特别邀请了肖克凡、李治邦、林雪、闫立飞、扈其震等5位作家和诗人担任中篇小说、短篇小说、诗歌、文学评论、散文的分册主编。他们对这方土地的文学,最是秋毫明察,见微知著,一叶知秋。

文集中的一些作品,读者应该不全陌生,也许大家早已通过各种文学选本、选刊、报刊零零星星地感受过某些面孔。这厢集中,就是一方文学的集市。所有前来赶集的人,没准儿会找到属于心灵的对方,纵是骑着马来,也不会走马观花。

秋意合围了津塔,拾阶而上,天高云淡。

2013年8月23日于天津观海庐

(“津塔文丛”第三辑总序,北岳文艺出版社2014年1月版)

双语呈现中的津门内外

秦　岭

大凡城市精彩处,风光必在门里门外,何况,此地乃津门。

昔日的津门,开到今日,已经越开越大,不是一扇,而是多扇。我和英汉双语著作《天津城市民间文化之韵》的主编刘昕蓉,尽管谋面不多,但我们每天都要在这个“门”里出出进进,我们都知道每一扇“门”上斑驳的中国近代史印痕和当年的三岔口传来的低吟浅唱。我供职的一家文艺单位位居天津城市的轴心——中心花园地区,这个一百年前由法国人建造的公园曾一度称作法国公园,日本占领时期,易名中心公园,抗战胜利后又被民国政府易名罗斯福公园。昕蓉供职的天津外国语大学位居“中华十大名街”之一的五大道地区，从我这里到她那里，要顺理成章地穿越和平区的重庆道、常德道、大理道、睦南道，直至马场道，几乎不经意间，各具特色的“万国建筑博览会”已经轻轻打开了时代天津的另一面:法式、日式、英式、美式、俄式、德式、西班牙式……

身处这样的岁月屐痕和文化氛围，当百年风云际会之后的欧陆风情轻轻拥揽了这位年轻的女翻译家，刘昕蓉和她的团队对天津文化的编撰、书写与表达，无由不让读者产生种种美妙的遐想和期冀。一概，一览，那些意料之中的，意料之外的，《天津城市民间文化之韵》均会洋气地告诉你：津门内外，嘛叫同，与不同。

就我的阅读经验来看，万千图书大凡有别，必然与不俗的内蕴与品质有关。刘昕蓉显然谙熟津门的每一道文化之门，她跨越汉文化对事物的认知门槛，用欧式语境，烩成了适宜在世界视野里共享的天津文化盛宴。津门内外，一英一汉，一洋一中，所谓“Tianjin Culture”，借天津话，倍儿津津有味。我想，《天津城市民间文化之韵》之所以被业内认为是一本与传统视角和惯常呈现有别的书，理由无怪乎三点，一是作者对天津传统文化的深透理解和现代视角下对天津历史的考察；二是作者的文化素养和艺术敏感；三是西方文化理念和扎实的英语表达水平。

放眼中国城市，何止千百，但是，“地当九河津要，路通七省舟车”的天津全然是另外一番生动。当“五千年中国看西安，一千年中国看北京，一百年中国看天津”成为世人的共识，天津在中国近代史中的地位和角色，本身足以构成一部大书。这个只有600多年的镶嵌在渤海湾之畔的海上门户，每一寸关节和肌肤，几乎都打上了中国近代史最为明显的烙印：洋务运动、北洋新政、九国租借……列强与家国的博弈、世界与民族的链接、坚守与融入的阵痛，构成了天津别具一格的文化背景。《天津城市民间文化之韵》的巧妙与智慧在于，它从历史的土壤中，着意收割岁月孕育并结出的文化五谷和文化杂粮，用世界共性的价值判断和中国民间的独立视角，筛选那些逸散着天津味儿的、最具生命力的部分，于是，就有了“繁星璀璨：丰富的天津戏剧”“敲、诵、逗：天津曲艺杂谈”“绝招与内涵：文武相容的天津杂艺”“传承与引介：天津音乐的特色”“华彩花会：天津民间舞蹈盛宴”“民艺绝活：天津本土艺术的辉煌”“卫嘴儿文化：天津特色饮食”“津味妈祖：津味特色的民间信仰”“八旗与布衣：天津传统服装饰物文化”“庭院与楼牌：天津传统民居”“马场风流：文化娱乐形式及场所”等十多个章节的起承转合与和风细雨。刘昕蓉和她的合作者们，俨然媒体时代一个个气质高雅的使者，向中外客人拉着一个个天津文化的家常，比如狗不理，比如五大道，比如京剧，比如相声，比如杨柳青……

这是诠释天津、梳理天津、推介天津的另一种方式。使者们是站在中外的门槛上，兼容并开放，延伸并拓展，顺理成章地突破了单纯汉语呈现的局限与模式。英语世界因天津多了几份曼妙，天津因英语世界平添了几份底气。

有专家告诉我：“昕蓉与她的合作者们，既照顾了西方的认识习惯，也体现了中国传统的审美，充分体现了成熟的翻译智慧和文化底蕴。”我的理解是，昕蓉在用自己的方式，试图掀开天津民间文化的面纱。这样一本书的出笼，我相信喜欢它的读者或读者群必将是多层面的。在一个充满期待的全球化的语境里,轻轻打开一扇门,往往是一次心灵之旅的开始。门外的路径两旁,鸟语花香。

在我看来,刘昕蓉是一位对事物颇具审美的女性,她对美的观察有着天生的敏感。她很清醒,当600年之后的天津当下,在经济全球化时代一跃成为中国经济的“第三极”,支撑这个城市精神的文化应该是什么样子。她既编著、译著过《国际市场投资高手案例分析(英汉对照)》这样专业性、操作性很强的职场图书,也担任过英语学习视频《纯正美国英语发音教程》的讲解人;既合作编著过《心路之感悟篇》这样的大学英语课外素养阅读系列,也编导过妙趣横生的英语剧目。当一位知识女性的日常生活里融入了教育、教学、创作、编著、审美、编导这样的元素,读者足可以想象,《天津城市民间文化之韵》在怎样拓展着一方文化的传播疆域,天津文化的品相,因这样的疆域而活色生香,要嘛有嘛。

这是一部有担当的书,首先在于背后有一支敢于担当的团队。担当之下的城市文化,无由不兴;担当之下的传播路径,无由不广。

2013年12月16日于观海庐

(《天津城市民间文化之韵》序,天津科技翻译出版有限公司2014年10月版)

一滴水的文学矿山

秦 岭

对我而言,与《在水一方》这本书同等在乎的,是孕育这本书的记忆。

小小一滴水,在安全与不安全之间,咆哮如海,沉重如天。这是一份血浓于水的生活与文学的双重记忆,其中人与自然、人与人、人与岁月、人与生存、人与梦想的所有背景,铺展开来,竟是一滴水。苍天之下,大地之上,这滴水吸附着我文学神经上萌动的良知和冲动,于是,我记录了,书写了,纪实了。

当一滴水和乡民平实的日子构成堡垒般的纠结,面对那种与生俱来的坚实和深奥,我告诫自己,只要迈出,就必须义无反顾。

我的行走开始于2012年5月30日的北京,历时48天,先后抵达重庆、贵州、广西、云南、陕西、宁夏、甘肃的200多个乡村。我的交通工具除了飞机、火车、小车和轮船,重要的是我自己的两只脚,我在用我42尺码的脚丫子,丈量中国农村饮水安全与饮水安全工程的内心与表征。我深知自己作为普通动物的局限和无奈,所以我无限调动了自己惯于政治学、社会学、历史学、地理学角度思考问题的小聪明，在每一个古代、近代、当代水利工程面前，我会对周边的沟壑、山峁、沟渠、深井、堤坝、功德碑久久注视，我的目光和岁月默契地像一滴安全的水，这种默契远远高于交流。我让观察与思考同步，把智慧放逐于历史和现实的交锋之间。一番切入，疏朗明晰的领悟如千堆雪般卷来。史前的古人和新时期的今人、各个王朝的执政者和最为普通的公民，在水面前，正是因为有了坚持和付诸，才有了历史与社会在繁衍生息中的经久不息和薪火相传。弹指一挥间，遍及960万平方公里的100多万个中国农村饮水安全工程终将成为历史，它与古人的创造对接得天衣无缝，你甚至不会认为它是传说，尽管，它的确像传说。当公元2005年以后，从千万年岁月里一路走来的乡民们，在这一代，在这一代的某一天，在某一天的某一时刻，撂下祖祖辈辈挑水、背水、曳水的扁担、背篓、木桶和井绳，在自家院子、厨房用上了水龙头，喝上了自来水，这本身就是注定了的时代传奇。我相信，若干年以后，中国农村饮水安全工程将和刘家峡、葛洲坝、小浪底、三峡大坝一样，在历史中与都江堰、郑国渠、坎儿井、灵渠相呼应，与盘古开天、与大地湾的尖头陶瓶、与大禹治水相呼应，由传奇演绎成一段美丽的传说。在传说里，美丽的石头会唱歌，歌声里所有对美的讴歌，都离不开一滴水的气质、身段与妩媚。

作为中国农村饮水安全的第一个文学书写者，我无法用荣幸二字概括我的内心。漫漫跋涉的日子，我曾有过在贵阳、北海、安塞、隆德、天水、天津的夜晚，通宵整理笔记而彻夜难眠的纪录。我不是个多么勤奋的书写者，但每一段水利历史的斑驳印痕、每一处饮水工程背后的故事、每一个家族因水的兴衰、每一位山民讲述的家长里短，往往让我欲罢不能，亢奋激动，我很清醒这一切对一位写作者的所有意味，在水里，也在水外，烟波浩渺。

面对扑面而来的热情和真诚，我的行走无法不做到一丝不苟，它具体、客观、有板有眼，最终需要依靠方块儿汉字来编织，所以我的手、眼、身、法、步都在尽可能最大、最多地获取信息量。许多省市的地方政府、水利部门和村民给我提供大量信息和建议的同时，也给了我感动。在田间地头，在建设工地，我们的交流和讨论往往与子夜的月亮和星星相伴，有些省市的水利人、作家为了给我提供一个信息，会早早守候在我下榻的宾馆门口。我的笔记本里保存了30多个普通水利人、司机、村民的姓名：重庆的邬发荣、广西的申至敏、云南的文松林、陕西的李刚、刘军……是他们，无怨无悔地陪伴着我翻山越岭走村串巷；是他们，按照我考察的思路及时调整、物色采访对象；是他们，把我搜集到的20多个种类的40多本图书、10多个光盘、30册文献资料寄到了我天津的案头。2012年9月，当我在天津的书房观海庐以每天一万字的速度敲打电脑键盘的时候，他们仍然和我保持着“热线”联系：“秦岭老师，我又搜集到一个农村饮水安全工程的故事，想提供给你。”每一个电话，都是一份诚恳和责任，让我关于一滴水的文字，更加靠近文学的安全。

在崇山峻岭和大漠荒原之中，我没有感到一丝的枯燥和寂寞，每一次飞机的起降，每一次开拔和抵达，每一个此岸和彼岸，我的手机短信都会接收到温馨如春的牵挂和惦念，保证了我冷时没着凉，热时没中暑，像一只不知疲倦的山羊。曾经，享誉海内外的黄果树瀑布近在咫尺,风光旖旎的桂林山水仅一箭之距,壮观神奇的西夏王陵就在眼前,我都无暇、无意靠近。农家自来水,最是眼里的风景。

总觉得,面对一滴干净的水,说感谢的话是轻飘的,何况配合我完成这本书的古道热肠者实在太多,比如年逾古稀的中国作协副主席陈忠实、水利部副部长李国英、中央电视台节目主持人朱军,与他们的专题对话,我能感觉到那一刻的空气温润而通彻,因为空气里有水,人间有水,我们的身体里有水。水的安全与文学的安全,一衣带水,唇齿相依。当6家出版社使出浑身解数争取这本书的出版权的时候,金秋十月,《在水一方》被列入中国作协2012年度重点作品扶持项目,我在中国作协的座谈会上说了这样的话:“我相信,我会写出一本让读者感到安全的书。”

30万字的一堆儿汉字就要付梓了,48天的记忆却丝毫没有放过我的意思,她娇羞地轻轻牵扯我2012年的衣袖。丹桂飘香的日子,中国小说学会年会在吉林长白山召开,评论家段守新叮嘱我:“你考察和思考的方法,为你下一步写出事关中国水文化的属于你自己的小说,有了许多可能。”此刻,我对记忆的每一次回眸,已经从纪实进入小说,所有的事件和人物,开始以另一种艺术形式靠近水,也靠近我。

一滴水,是我文学的矿山,让我迎来的2013年意犹未尽。

2013年1月3日于天津观海庐

(载长篇纪实文学《在水一方》,百花文艺出版社2013年6月版)

最是文学校园时

秦 岭

这是大学生的文学,也是文学的大学生。

当一本书诞生在大学校园里, 字里行间会有风的行走、阳光的飞翔和朝气的徜徉。这是她的区别,也是她的面貌。《天津市大学生散文大赛优秀作品集》分明是带有声音的,这是天津大学生在这个时代对脚下这片土地的一次集体发声。她在这个春天分娩,构成了天津大学校园乃至天津文坛一道明亮、秀丽、清新的风景线。如果说耸立在海河之畔的津塔是天津的地缘和精神向度,那么,大学生们对天津的书写,分明有着眺望、平视与俯瞰的意味。编入作品集的80多篇华章,均以脚下的津沽大地为背景,借天津以抒怀,托天津以言志,婀娜多姿,色彩斑斓。她像大学生们的精神高地,让我们看到了当代大学生的人文情怀和思想境界;她又像广袤的渤海之湾,承载着千帆竞发的魄力和气象。有位老作家对我感慨:“在这个容易迷失自我的年代,静下心来慢慢感受当代大学生的内心,这种感觉,真是久违了。”

物质和新媒体时代,曾经风靡一时的校园文学早已在多元化世界的挤兑、蚕食和覆盖下显得形单影只、鸾孤凤只。即便在小众化的文学空间里,美妙的异彩纷呈仍然十分有限,随风逐浪和时尚流俗随处可见。但大学生们的散文创作始终像深谷清溪,她不会被反复无常的气候所左右,不会被变幻交错的时空所迷惑,他们立足于学习和生活的现场,相信自己的眼睛和判断,遵循内心的真诚和感受,像操场上的竞技,舒展着绿色草坪上的豪放;像月光下的吉他曲,清泉一样自然流淌。在《津味无穷》《走在张自忠路》《船·津》等文章里,大学生们对天津历史、人文、地域的遐思和追溯,多源自内心,有着自己独立的认识和判断;在《煎饼与果子》《北洋四季》《找画儿》里,蓄满了大学生对第二故乡酽如津酒般的情感、绵长如墙子河般的依恋;在《天津的风筝》《故土》《师法自叙》《书写天津》《一个人,一座城》《生息》《梦中的她》里,我们似乎能听到大学生们在津沽大地的每一条百年老街上、每一片梧桐树的浓荫下、每一处巨变的热土上、每一幢欧式风情的建筑旁、每一艘缓缓驶离天津港码头的巨轮上或铿锵,或细碎,或轻盈的脚步声。这样的文字,这样的心曲,这样的气息,鲜活而灵动,纯真而干净,注定属于青春,属于书生意气,属于花样年华。翻开这本书的一页一章,一如打开丙申年这个春季的绿叶和花瓣儿,芬芳吐露,蜂恋蝶舞。初升的太阳在这里,绵绵的春雨在这里,青涩的滋味在这里,绚烂的梦想在这里,飞翔的翅膀在这里。青春,是她的名片,也是人生的品牌。

由于她婉拒世俗和偏见,排斥芜杂和桎梏。她在文学的季节里,显得亭亭玉立,落落大方。

在津的莘莘学子,来自世界各地、大江南北。如果说《天津市大学生散文大赛优秀作品集》是大学生们青春的篝火,那么,我有幸见证了收集柴草、击燧取火的艰辛过程。五年前,天津师范大学文学院的范伟、刘卫东、商昌宝、段守新等几位青年学者与我晤谈,希望与我所在的单位加强合作,进一步利用天津市高等院校现当代文学研究领域的资源,瞄准国内大学文史教育教学的前沿,构筑教学、网络、实践三者联动平台,尝试为从事文史类教学与研究的教师们开辟理论与实践相结合的第二课堂,通过促进一线教师、文艺理论专家、报刊编辑、著名作家、网络平台与大学生之间的互动与交流,探索高等院校开放式教学的新路径,激发大学生们对文学的热爱和兴趣。《天津市大学生散文大赛优秀作品集》的付梓,与其说是征文比赛结出的硕果,不如说是他们宏观蓝图中的一朵云彩,是全面提升当代大学生的文艺审美和文化素质的又一次尝试,又一次实践,又一次召唤。这让我想起他们于2013年组织的以微小说为主要形式的首届“津塔杯”征文活动,当时,大学生们踊跃投稿的热情、思考人生的高度、感悟生活的情怀,让我为之动容,感慨万千。两次征文,可谓珠联璧合,前呼后应。我想,留给大学生的不光是青春的记忆,在岁月的流年里,每一个拥有文学的人,精神的天空,永远一片瓦蓝。

组织者的主旨和初衷,如果放在20世纪80年代,一定并不鲜见,但放在大学教师普遍存在教育教学压力的当下，却形同异曲。没有人指令或动员他们这样做，他们完全从职业操守和文化人的良心出发，利用大量业余时间忙乎着自认为值得付出的事情。在我们共同的微信平台上，我常常能感受到他们全盘策划的焦虑、开诚布公的争论、搜集稿件的执拗和审读评判的笃真。时光在流逝，精力在耗费，困难在递增，生活在俗世中的我，曾试问其中一位："意义何在？"答曰："作为大学老师，最不该轻视的，是学生的热情。"

因为不该轻视，因为热情，于是有了天津市写作学会、天津师范大学文学院、支点文学网、天津市和平区文联等多家单位联合组织的"'津塔杯'天津市大学生微小说大赛""'津塔杯'天津市大学生散文大赛"，有了南开大学、天津大学、天津师范大学、天津理工大学、天津职业技术师范大学、天津科技大学、天津工业大学、天津财经大学、天津外国语大学、天津城建大学等十几所大学广大师生的共同参与，有了成千上万稿件在投稿箱和网络中的穿越、飞翔和云集。编入集子的稿件，既有获奖作品，又有精品佳作，可谓优中选优，披沙沥金，既像一次荟萃，更像一次集体亮相。尽管，在这样的大观园里，文学表达的青涩、矜持、顾盼、率性依然清晰可见，才思的花瓣儿掩饰不住笑靥的慌乱，叙事枝头的犹豫、摇摆与踌躇，也让我们为当代大学生们文学理想的彼岸不无担忧。好在，我们欣赏到了东风吹绽花千树的模样。只要盛开，美自会来。此刻的我尚不能判断她的价值与承载，但我能感受到她的厚度与分量。这是尺子量不出的厚度，是秤子秤不出的分量，她存在着，而且有了。她既属于校园，也属于校外，她是一枝红杏出墙来。

最是文学校园时。青春是打开了合不上的书，比如这本。打开，就是一片天地。

算是序了吧。

2016年3月28日于天津城建大学煦园

（《青春的地标》序，北岳文艺出版社2016年6月版）

但愿都不是幻想症病人

秦 岭

落下这个题目的时候，原以为会吓自己一跳，结果没跳起来。此刻的窗外，行人如蚂蚁般匆匆，我不知道他们都在幻想什么。

小说集《幻想症》其实借用了我一个短篇小说的名字，它未必能够代表我所有小说的样貌，可我突然发现，我的很多小说里，那种幻想症的病理气息，像癌细胞一样在许多主人公身上或多或少寄生并弥散。幻想和幻想症肯定不是一码事儿，可它真的就差一个字。如果你承认我们共同生活在历史与时代的纵横与交错里，承认你是命运的十字路口尚且在彷徨、纠结、渴望、无奈中的一员，那么你如果仍然认为与幻想不搭界，其实已经算是幻想症病毒携带者了。啥叫幻想症？幻灭的幻，理想的想，重症的症。你自个儿把脉吧，拿右手把脉左手，或者，左手把脉右手。血管在那儿，无须教你，很简单的事儿。

幻想当然不全是坏事，它一定是兜满了期待、热情与希望的，假如兜它的是竹篮，躲不了一场空，兜它的是钵盂，必然固若金汤；幻想症也未必就不好治，完全取决于拿什么来疗伤，至于这个什么到底是什么，诘问到这里该打住了。小说，不是用来提供答案的。有人说小说就是小声说话，而我，只想把发现的秘密悄悄告诉你。比如，东家的长和西家的短。我的天！那个长，那个短啊！啧啧。在这流行段子的时代，说长道短，容易让人想到下半身的物件。你爱咋想就想吧，世界有时本来像下半身，只是委屈下半身了，它那么客观，真是没错的。

编选这个小说集，思绪竟有点儿趔趄。曾试图把近年发表的中短篇小说来一次提炼式小结，却不知何处为始，何处为终，显然是幻想在作祟。这个必须得认下。时至今日，我试图用对视的方式读懂世界，明知一厢情愿，却执拗得像一头犟牛。世界是没有眼睛的，它像瞎子一样盲目存在，它在威逼着你走向幻想的不归路，却要和你做思想的掩耳盗铃。这玩意儿嘛，两个蹄子的人会，可四个蹄子的牛会吗？咱不能怪进化论，一定是人类文明的标签在某个时间段上，受潮了，皲裂了。于是，当我在《人民文学》《当代》《中国作家》《钟山》《芙蓉》《长城》《上海文学》诸刊遴选这些中短篇小说的时候，再次重温了笔下曾经的男人、女人，包括走失的马和死去的狐狸，也包括计划生育手术台上那双只属于小媳妇的眼睛。你猜我是啥反应：哑然失笑。像完成了一次无奈的反刍。这些小说大都入选过全国年度最佳小说选本，有的登上过中国小说排行榜，有的获过这个奖那个奖，可我就是没想到，当出版方催促我给小说集取个名字的时候，我第一时间想到了《幻想症》，这是我发表在《解放军文艺》上的一个短篇。喜欢我的读者知道了，这是一个因为害怕历史而装哑的中国女人，担心说梦话而割掉舌头的故事。你别担心这样的故事是否惊悚或不实。人就是这样，挨枪子儿死人似乎可以常态，割半截舌头反而费解了。我不能说这是你历史观的局限，我只能说你已经得幻想症了，而且患得下落不明。当你被五花大绑到生命的绝境，一条命和一个器官，你想选择哪个？壁虎、苍蝇、蜈蚣都会的事儿，你不可能不会，除非你连起码的条件反射都没有，除非你是个植物人。植物人是不会幻想的，世界有他，他没有世界。一如我非常清醒植物人里没有我的读者，但我眼里是有植物人的，当阳光毫无疑问地洒在他身上，我无法质疑他的微笑。

话是有些毒了。我当然不希望大家都得幻想症，这不是闹着玩的。懂我的读者都知道，我是个善良的男人。

算是自序了。

2017 年 3 月 26 日于天津观海庐

(小说集《幻想症》自序,民主与建设出版社 2017 年 8 月版)

务必眼观六路

秦 岭

说不准是多心了吧,散文在我眼里像小说的后花园,无论开花还是长草,都不惊不乍地在篱笆的另一边。散文的眉眼比小说要难揣摩一些,可她的气息仿佛被篱笆筛过了,更具撩拨的意味。好在散文可以怀揣自由和警惕感受世界,于是我给这个散文集子取名《眼观六路》。

在某次以散文为主题的"中国文学论坛"上,我发言的题目是《散文是文学的形意拳》。我不是搞武术的,但对南拳北腿也略知二三。散文与小说最大的区别在于有形有意,或者无形无意。无论有与无,你都不能小觑它的根基和来路。就像一个女人的肚子,你如果单纯地理解为丰腴,必然短视了些,说不定里面窝着个娃儿呢。我这样唠叨的本意,仍想说明眼观六路不像做 B 超那么简单。咱都不是孙悟空,女人们也都不是铁扇公主。你纵有本事钻进一位心仪的女人肚子里去,她未必会分娩你,说不准一气之下把你流了的。这个世界唯独不缺的,是人,何况与阵痛无关的人。

在拳术上,形意拳最讲求眼观六路。小说似在聚一点而为之发力,有高压锅蒸米饭的意思,散文则完全是大地上散养的买卖,它自由到洒脱、随性、不羁、宣泄、放逐的程度,随手拈来,皆是内心与世界的一次双向旅程。所谓旅程,最基本的是要抬头看天,低头看地,中间看自己与世界的关联。抬头低头,都是为了守候中间那一大截念想和渴望。不记得从何时起,我的一些散文渐次被纳入全国各类年度散文选本,被作为省市乃至全国高考、中考、联考试卷中的阅读分析题。不是说凭此就能证明自己的散文得尺了,进寸了,也不是说这样的散文是俏了,还是壮了,它至少让我感知到自己内心某种柔软的信息在期刊、选本的编辑那里,在千万学子那里,完成了一次饶有趣味的分享,一如篝火与烤全羊。这种分享因为受众的特殊和不同,或多或少让我感动了一下子。仅此,已经够了。咱没有蛇吞象的胃口。咱的胃里,该五谷时五谷,该清茶时清茶,当然也不排除偶尔来点小酒。不一定非得吃好的,吃真的就可以了。这世界,为食品安全把门的人比草鸡还多,可你真信了他们,草鸡会乐死你的。眼观六路时,得自个儿留点神儿。

散文最是柳暗花明的。我欣赏同行们或通透，或含蓄的抒发，但我也有坚决不认账的一面，比如才情的巫气和情绪的瘴气。当然，与自己的小说一样，我也始终对自己的散文存疑，我尚能努力的就是眼观六路。至于散文的六路具体是嘛，我这里也是一笔糊涂账。只晓得散文是个大世界，而真正的世界面对散文，它又非常小，只不过是一堆文字。就像我，站着是我，蹲着，也不是别人。至于别人是谁？姑且算做你吧。

好像啰嗦了些，写这类东西，还是欲言又止了好。

算自序了吧。

2017 年 3 月 26 于天津观海庐

（散文集《务必眼观六路》自序，民主与建设出版社 2017 年 7 月版）

第四辑

秦岭小说研究综论

对历史和世事的洞悉

——浅析秦岭近期的小说创作

杨显惠

我读小说,会谨慎选择,不光因为时间和精力。我看重优秀小说传递的文学精神、社会价值和反思方式。这些,比小说技术更要来得不易,也是不能轻易学来的。中外经典小说的经验提醒我们,好小说,好在哪里。

秦岭的小说好,有文坛乃至社会对他的关注做证明,我无须在学术层面多言。六年前在中国作协召开的秦岭小说研讨会上,有人认为秦岭小说的贡献首先在于提供了许多有认识价值的元素,这是个不低的评价,仅这一点,已经说明了秦岭小说的品质。大约在十年前,我曾经给秦岭的小说集《绣花鞋垫》写过序,吸引我的是小说中那种既新鲜又沧桑的异质气息。我所指的新鲜,是因为他切入问题的方式与众不同;我所指的沧桑,是因为小说里有对历史和世事的洞察。秦岭这个年轻人非常清醒,清醒到他中学时期的文章早早被选入小学课本依然不惊不乍。他明白自己该与中外小说的经验和方法比照什么,同时又不会被某一阶段的流行和媚俗所左右,他善于用历史眼光判断现实,用自己的方式表达对中国乡村的感受,他笔下的乡村由于与历史、民族、社会、文化的关联性而笼罩着一种精神气场。不是随便哪位作家的作品,会有这种气场存在。近年来,他出版了长篇小说《皇粮钟》等几本书,发表了《借命时代的家乡》《杀威棒》《女人和狐狸的一个上午》《弃婴》等一批有影响的中短篇小说。他稳中求变,又有坚守。学界认为,秦岭是一位不可多得的思想型小说家,我认为是有道理的。

到了《杀威棒》和《女人和狐狸的一个上午》,我发现秦岭已经不是十年前的那个秦岭了,他思想飞翔的半径以及考察世事的范围辽远了许多,技术和语言也愈发变得圆熟老道了。明显的是,十年前那种信马由缰的叙事风格,如今多了几分节制和对品相的把握。选入本集子的小说,多发表于《人民文学》《中国作家》《钟山》《上海文学》等杂志,入选过《中国当代文学经典必读》等多种权威选本,有几篇我曾在《文艺争鸣》《小说评论》《文艺报》等报刊的约谈中谈及。《女人和狐狸的一个上午》中,西部干旱地区一位怀孕的女人和一个同样怀孕的狐狸本是死敌冤家,为了一口水,人(狐)性的默契与回归在那个上午变为万物生存秘籍的永恒,构思之巧妙,令人叫绝。有学者认为这是2014年度最好的短篇小说之一,我想绝非一家之言。《杀威棒》中,遭受时代愚弄的民办教师用教鞭泄愤抽打知青子弟,让我们听到了中国农民在荒谬时代的真正发声。稍有判断力的读者,一定会发现这是秦岭给知青文学提供的另一个面孔。终于,我们在以知青为反思主体的程式化的知青文学中,迟到地、惊异地感受到了农民和农民式的愤怒。其反思历史之深刻,独树一帜。有学者认为这是2011年度最具历史反思意味的小说,我看绝非过誉。《碰瓷儿》是我视野里非常有意思的一篇"津味儿"小说,也是秦岭唯一以天津市井生活为题材的一篇小说。那些天津卫用自己的肉体与汽车"刮擦"讹诈钱财的背后,是物质时代权力、金钱、道德、灵魂的倾斜中人与人之间的关系,是明暗光线相互交织、反衬下的繁华大都市真实而客观的一个投影,再说远一点,我们可以将其理解为物质时代都市人际生态的一个缩影。美国的华人期刊转载了这个小说,一定不是心血来潮。《心震》是一篇汶川地震题材的中篇小说。秦岭的高妙之处在于,他为灾难来临前的每个人竖立了人性的界碑,在这块谁也见不到的界碑上,留下了让我们震撼的、触目惊心的灵魂景象。当年,秦岭的另一部中篇《透明的废墟》曾被认为是"第一部成功表现汶川地震的小说",到了《心震》,他把人性的真皮、画皮一起撕开,灵魂无处可逃。记得有次秦岭聊起小说与灾难的关系,认为"审视灾难不在于岁月沉淀的长短,而在于是否有历史观"。我是同意这个观点的,中国近代史上的灾难,不计其数,可是,几百年过后,一百年过后,几十年过后,我们的作家们又是怎样的态度呢?文学史里的空白有多大,答案就有多大。找文学的借口很容易,找历史的借口,却是难的。秦岭不信这个邪,我欣赏这一血性。作家,没有血性不行。

如今有一种现象其实是很奇怪的。人们论创作,似乎都在讲靠近现实、立足当下,却忽视了最终将被历史一网打尽的宿命和教训。姑且不提短短几十年内十七年文学、"文革"文学、新时期文学、新世纪文学一浪湮灭一浪的怪相,即便是近十几年、近几年的文坛,也在标新立异轮番打擂,而所谓的杀手锏,多是社会现象的描摹和情绪的宣泄,筋疲力尽之后,又不得不横向西方前沿、纵向中国百年前寻找文学的真经。秦岭可贵的一点,就是不买这笔糊涂账,他的《借命时代的家乡》是一篇将历史和现实链接得严丝合缝的小说佳作,也是一篇在追风流俗的时代容易被误读、被低估、被断章取义的小说。小说讲述了改革开放时代西部干旱地区的农村青年董建泉与市场、权力、婚姻、家庭、传统伦理既抗争又妥协的悲壮而复杂的心灵史。在主人公身上,我们能隐隐看到《创业史》《人生》中梁生宝、高加林的影子,但本质上又是一个全新的、更加复杂的农民形象。作者巧妙地跳出认识历史的局限,在物欲世界与传统宗族观念交锋的巅峰上,把人物的历史背影投放得很远,有历史的追溯感。只要我们承认现实的复杂性,承认这个时代农民活着的难度,我们就会发现,这个小说里,灵魂的救赎感人肺腑,历史的反思直指大地。我们看到的农民,既是时代的农民,也是历史的农民。只有了解中国农村社会的作家同行,只有对历史心存敬畏的读者,只有对社会的理解高于文学的编辑,才能认识到这篇小说的价值。

秦岭已经有自己的经验和方法了。他对现实的关注,与一般作家对现实的关注不完全是一个概念。在他看来,关注好了,现实就是历史的一部分;关注不好,现实便是一张过时的黄历。对历史负责的作家,其作品在现实中不一定人人认可,但在岁月长河的冲刷之后,却能够留下来。从维熙把《皇粮钟》比作"一个时代的刻度盘,一个历史的记载"。他对秦岭的判断,我是认同的。

作家在中国是一个非常特殊的职业。在国外,很多优秀的小说往往是政治、经济、文化、军事领域的学者、当事人或者具有社会观察力的普通公民写出来的。当我们以文学的名义仰视人家的时候,别忘了作家这个名号也许只是一个副产品。中国历代的文学经典,也不是现代意义的所谓职业作家写出来的。有一年,在北京,来访的欧洲某国学者告诉我:“好作家是可以成为社会代言人的,但在你们有些作家的嘴里,谈文学天花乱坠,谈到社会,就语无伦次,好像作家与社会无关似的。”我当即搬出了秦岭。那天下午,大家在感受了秦岭的《杀威棒》和《摸蛋的男孩》之后,立即与秦岭一起进入了深层次的社会话题。最终的结论顺理成章地由社会回归到了文学:秦岭,是个懂小说的中国作家。

秦岭还有可贵的一点,就是能够像直面社会一样直面自己,他不断地在检讨自己,否定过去,常常为浪费题材或写坏某部小说而痛心疾首。我认为,这是成熟作家的良好心态。对一个时时不忘反思历史的作家来说,只有先反思自己,写作的账目就不会糊涂。在这一点上,秦岭是明智的。他的双眼不会轻易被蒙蔽,历史的镜子,永远被他牢牢攥在手里,举在眼前。

秦岭在走属于自己的路,而且越走越远了。我对他的关注,不会改变。

(载《文艺报》2015 年 7 月 8 日,并以《别开生面的小说叙事》为题作为小说集《不娶你娶谁》的序,北岳文艺出版社 2016 年 7 月版)

好作家是社会的代言人

——从秦岭的小说谈起

李　丽

小说家应该能够在复杂的社会形态、历史空间中真切反映现实,用通透、鲜活但不谄媚的表达解构普通人与政治、时代和文明流变中的关系,作家秦岭显然具备这一优势。近期,北岳文艺出版社“小说眼·看中国”丛书精选了全国 50 多位一线作家的中短篇小说作品,共汇编 10 部,其中秦岭的个人作品集占了 3 部,分别是《不娶你娶谁》《借命时代的家乡》和《透明的废墟》,并被纳入农家书屋工程或登上媒体“好书榜”,其中《透明的废墟》属于专门反映地震灾难的小说集,前两部作品则精选了秦岭自 2003 年以来在各大期刊发表并受到好评的作品。这些小说被学界认为具有“新鲜又沧桑的异质气息”,属于“别开生面的叙事方式”,体现出秦岭解构公共事件的能力和独特性。

一、以农民精神为切入点揭示出人性合理欲求和现实残酷交锋的荒诞

杨显惠认为,“秦岭笔下的乡村由于历史、民族、社会、文化的关联性而笼罩着一种精神气场”,此观点颇为中肯。秦岭以“尖山”作为自己的文学之域,描写了生活在那里的乡民日常生活的喜怒哀乐,这些小说普遍转载率较高,且常被各类小说排行榜惠顾,就是因为它明显超越了对现象的捕捉而直逼农民的灵魂。

中篇《借命时代的家乡》中的董、苟两家本来是由宗族乡规维系的、根深蒂固的农家传统关系,可是面对破四旧、文革、联产承包、市场经济等一系列外力的影响和冲击,传统的价值观、道德观被绑架到了商海博弈的浪尖,主人公董建泉“忘恩负义”的婚变、违背常理的叛逆、勤劳发家的成功以及对伦理坍塌的救赎,构成了新时期农民物质和精神层面惊心动魄的现实状态。短篇《女人和狐狸的一个上午》以干旱缺水的西部乡村为背景,以一位孕妇和同样怀孕的狐狸之间既惺惺相惜、又彼此提防的心灵交融、博弈、救赎为主线,毅然用低贱的生命向物质社会对资源的掠夺、人性的冷漠、社会的不公殉道,向物欲横流的社会规则发出强烈的呼唤。中篇《绣花鞋垫》《不娶你娶谁》、短篇《硌牙的沙子》《本色》等属于秦岭的“乡村教师”系列。面对城乡经济的巨大反差、“三农”问题的蔓延和农民传统地位的沦陷,秦岭对乡村教师的尊严危机、人格变异以及“娶妻难”等问题报以深深的同情和忧虑。当校长纵容光棍们找女学生为妻、女学生攀附男教师这种看似严重违背师道尊严、社会伦常的“歪风邪气”,成为稳定师资力量、保证教育教学的现实需要和主流时,秦岭已经为我们观察农村社会提供了非常开阔的思考疆界和希求改变的思考。短篇《杀威棒》完全站在农民立场审视知青生活,打破了知青文学的传统叙事。民办教师用教鞭向无辜的知青子弟报以发威式痛打,唤醒了曾经发誓“扎根农村干一辈子革命”的知青对农村大地、农民尊严的痛苦思考。如果知青认为青春在蹉跎的岁月中迷失,那么谁来可怜、同情祖祖辈辈坚守土地的农民?这一指向,在以农民工、空巢老人、遗弃幼童为表现对象的短篇《一头说话的骡子》《摸蛋的男孩》《弃婴》中均由所体现。

这一系列生动、逼真的农民形象,不是普通作家笔下“隔”着的农民,而是真正生活在现实逻辑中的农民,这些逻辑糅杂着民族的秘史和正根儿,有时又呈现出反逻辑的意味,而反逻辑同样是为了生活的守望和精神的追寻。秦岭客观、冷静地描摹着他们的精神态相,从“从凡人身上挖掘出非凡的东西”,显示出了一个作家的功力,所以才有评论者认为“在秦岭的小说里找到了中国的农民”。秦岭小说的意义不仅如此,越过黄土地上农民挣扎的生存镜像,这一镜像揭示出人的合理欲求和现实残酷交锋的荒诞,成全了秦岭式的乡土异象。

二、在多向维度上审视权力基因、社会流变对农民精神的影响和异化

有着丰富农村工作经历和经验的秦岭,非常善于把乡土叙事植根于权力和社会的多重经纬之中,用历史的、政治的、社会的、民情的多向视角梳理农村社会的现实矛盾和人性秘籍,这让他的权力叙事区别于当下流行的所谓官场小说。

在中篇《父亲之死》中,贵为一县之长的父亲下乡检查工作时突发阑尾炎,恰逢大

雪封山，由于他的“尊贵”身份，各级领导和乡镇干部谁也不好意思支持、说服县长在破败狭小的乡村卫生院接受手术，县长本人也举重若轻地期待进城手术。在这期间，同样患有阑尾炎的农民赵把子却毫无悬念地完成了手术，县长终因延误手术时机因小失大而“因公殉职”，用可悲的死亡换来了“全县领导干部楷模”的政治标签，成为“全县广大干部群众学习的榜样”。小说既惟妙惟肖的写出了在这个异化之网下权力空间各种规则、动作甚或眼神的意味深长，也从现场观察者的角度写出民众在权力空间里的各种卑微、妥协与残忍。《风雪凌晨的一声狗叫》被评论者誉为“我国第一部公开反应计划生育的中篇小说”。省、市、县、乡、村各级领导干部悉数登场，竭尽全力搜寻超生妇女董爱翠，而各色人等面对政策和土政策、计生任务与劳动力现状、公事与私心、压力与人情，各怀心事，暗度陈仓，欺上瞒下。而那一声神秘的狗叫，把各级权力统统聚焦到斗智斗勇的人性平台上来，到底是村民家的狗在防范计生工作队？还是乡长学狗叫故意打草惊蛇，揭示了权力与乡村社会复杂、隐晦的现实形态。《烧水做饭的女人》中的乡党委书记田博才掌控着民办教师的转正、职称、任命大权。于是，主人公花儿为了丈夫的前程和学生们的未来，面对田博才的淫威和胁迫，由最初的蔑视、抵抗、巧于周旋到最终委身于田博才的股掌，用自身的屈辱换来了丈夫的尊严。作者力透纸背地写出了弱小者和权力交锋的残酷性，也印证了加缪“荒诞是现代人面临的基本生活困境，现代人被抛入这种困境无处可逃，他唯一能做的就是面对荒诞，并在这种荒诞中生存”的断言。在中篇《皇粮》、短篇《碎裂在2005年的瓦片》等“皇粮”系列中，一个小小的“验粮官儿”，就可以在农民的生存、生活层面构成难以企及的强大权力，当一点点的权力就可以让寡妇解怀、强汉低头，甚至可以让祖国在乡村的下一代人格委顿，那么，利用权力、服从权力、浸淫权力就难以避免地构成乡民最为基本的价值追求和生存方式。这种对乡野权力的人性追踪和时代叩问，为我们掀开了观察乡村社会的另一扇沉重之门。

福柯说：“‘官’享有话语权，是权力的主体；而民之所以要臣服这种权力，是因为要借助这种权力。官与民都要对这样的现状负责或者付出代价，这就达到了一种双向辩证的哲学意味。”秦岭不仅对这种病态的权力气息进行了哲学和社会学思考，给予了揭示和鞭挞，同时也为读者提供了反思的路径。

三、从农民立场审视历史，拓展同类题材叙写的维度和格局

作为一名有思想、有担当的作家，秦岭从来不回避在小说中思考历史。秦岭笔下的历史有三种：战争史、政策史和即将回归昨天的历史。值得一提的是，他不是跟风追俗地站在知识分子角度俯瞰历史，而是直接站在农民立场对历史进行平视，并把乡土叙事与相关历史紧密结合起来，从而在我们司空见惯的历史叙事中拓展了时空和主题维度，也丰富了读者审视历史的视界。

短篇《寻找》是秦岭以“家族”、史料结合而成的长征题材叙事，反映了红军长征时期天水人秦球球在国共两党的斗争中屡遭劫难的故事，他掩埋了一位红军连长的遗

体。红军北上后，他不得不给国军撒谎掩埋的是保安团队长的遗体，并得到伪县政府的嘉奖。新中国成立后，他有口难辩，而当年和他一起掩埋连长的红军战士好不容易返回天水，却因背负西路军“逃跑主义”的恶名自身难保，秦球球面对“国民党孝子贤孙”的帽子和严酷专政，只好撒谎“当年埋藏的一个坛子里有红军的血衣，可以作证”。于是，他开始以挖山栽树的方式倾其一生寻找。他不可能找到坛子，却找到了生存的权利，并给光秃秃的大山披上了绿荫。严酷的战争和历史的错位，完全改变了一位普通农民的命运，可他艰难的寻找，却把中国农民的人性光辉提升到了极致，为我们提供了一个纪念长征不可或缺的全新形象。《幻想症》中的“我”奶奶原为西路军女战士，在河西走廊兵败被俘后逃到天水，改名换姓，装聋作哑，嫁给了“我”爷爷。她身不由己的梦话，被当作阴鬼附体惨遭驱赶，眼看身份暴露，她只好割掉舌头，这才“回归”正常的生活。她保留着当年掩护女战友脱险时所赠的一只玉镯，期待新中国成立后相认，可谁会认她这位西路军“逃跑分子”呢？奶奶死后，“我”父亲继续默默期待着女战友。后来才知当了“大官”的女战友离休后，早已举家移民国外，当女战友的儿子以爱国华侨的身份前来寻找玉镯时，“我”父亲却拒不相认，毅然把玉镯埋葬进奶奶的坟墓。战争和历史让一些人成为既得利益者，也让一些人沦为底层的“贱民”，可“贱民”骨子里对良心、道德的坚守，让我们在历史缝隙中窥视到了广博的乡村、大地对人类灵魂的锻造和升腾，这一点，在同类题材中很少看到。在中篇《英雄弹球子别传》里，孤儿弹球子从小就以英雄人物为榜样，从狼口里救下了小伙伴，而自己不仅被狼尾巴扫瞎了一只眼睛，连生殖器也被狼一爪子抓得“不行”了，可英雄的荣誉让他无怨无悔，但在合作社、生产队、市场经济等一系列社会变革中，他英雄荣誉的含金量和精神光环也被屡打折扣。最终，他在人情冷漠的物质世界，以扑灭碾麦场上一场大火的名义，让自己壮烈“牺牲”，既保存并“升华”了他这个光棍汉的英雄名分，也让全村精神文明建设的“光芒”上了档次。中国农民作为我党武装夺取革命政权的坚强后盾，弹球子的悲剧在我们这个不再怎么崇尚英雄的时代，宛如一口长鸣的警钟，振聋发聩，余音绕梁，而秦岭的农民立场和对历史的平视，直接把人物推进了历史和时代的双重现场，这是秦岭对当下乡土叙事的一个特殊贡献。

纪伯伦说：“一个伟大的灵魂有两颗心，一颗心流泪，一颗心宽容。”秦岭对中国乡村的纵深思考、深情回望和客观剖析，显然基于其悲悯情怀和反思精神，印证了学者所言“好作家是社会代言人”的说法。

（载《文艺报》2016 年 11 月 18 日）

从小角度看大历史

——评《杀威棒》《摸蛋的男孩》

张艳梅

秦岭是一位有思想的作家。

之所以如此强调，是因为当代作家有思想的太少，很多写作者，对历史，现实，时代，人性，都缺少独立思考和认知的能力。很多人一辈子编故事，追赶时代潮流，从来没有真正的主体性和现代理性。秦岭对中国社会生活的评价，算不上惊世骇俗，标新立异，他努力要呈现的是生活的真相，是布满历史尘埃的精神暗区和制度疫区。

《杀威棒》表面上讲了一个体罚学生的故事，初看是教育问题，其实作者的用意要复杂得多。音乐课上，四年级学生甄文强举手纠正曹老师领唱中的明显错误，老师火冒三丈，用蛇皮包裹的教鞭——杀威棒体罚了自己的学生。老师的报复不仅是因为学生当众伤害了他的自尊，还因为这个孩子的特殊身份。甄文强是由知青带到乡村小学借读的"城里人的孩子"，并非普通农民子弟。曹尚德使用"杀威棒"是为了发泄对城里人说不出的情绪。改革开放后，"城里娃"命运立转，成为留过洋的红歌星，而曾经的广阔天地，依然贫穷落后了，无数乡下孩子长大以后，成为给城里人打工的社会底层。

小说就此拉开历史帷幕，一段从知青时代到改革开放时期的乡村故事里隐含着中国农民命运的大话题。知青当年下乡接受贫下中农再教育，甚至在皮鞭棍棒下不惜扭曲是非；而站在讲台上的农民，除了手中的教鞭，并没有与时代和社会对抗的武器。知青下乡的初衷过程和后果，乡村大地的故步自封和沉重暴虐。城市的孩子有自己的优越感，却不得不屈从于暴力，颠倒黑白，乡下孩子在集体无意识的时代，不可能有机会反省生活和真正启蒙。在历史的天平上，知青和农民都是受害者，那么，在城乡巨大差异面前，农民的希望在哪里？多年后，甄文强在美国成了著名歌星，县里领导让当年的老师曹尚德出面邀请甄文强，曹尚德不但拒绝了，而且还说甄文强来了，他还要用那根"杀威棒"抽他。这一细节，显然是对命运的不满，为什么城里孩子能上大学，出国，而乡下孩子世世代代要为城里服务，打工，和牺牲？而当年被打的学生功成名就，回来祭奠老师，只有一个要求，那就是带走那根杀威棒。小说至此，体现出了更强烈的质疑和更沉重的追问。小说浓缩了文革到改革开放二十年的农民心灵史。那场席卷全国的上山下乡运动，对于那一代人，对于古老的乡村世界，究竟意味着什么？城乡差异不只是在物质生活层面，还表现在活着的尊严上。因为时代的荒谬，识不了多少字的人当了老师，随意体罚学生，学生原有的骄傲在教鞭之下，遁于无形，随意扭曲事实，迎合暴力。这个民族，那个时代，没有真理，没有信仰，甚至缺少最基本的人性，这才是历史最残忍的真相。那个深渊,如今仍旧埋藏在谎言之中,这个民族,无论城里人,还是乡下人,从来没有真正争取到做人的资格和尊严。

《杀威棒》无疑是一篇思想艺术俱佳的小说,赢得了读者和研究者的一致好评,也上了2011年的小说排行榜。不过,我觉得后一篇《摸蛋的男孩》(载《北京文学》2012年第4期)比起《杀威棒》意蕴同样深刻,意义尤为深远。如果说《杀威棒》主要是针对民族精神层面的反思,那么,《摸蛋的男孩》把锐利的批判目光直接指向了制度。贺绍俊评价说:小说写到一个农民家的孩子为了保证按时完成上缴鸡蛋的任务,也学会了通过摸母鸡屁眼掌握下蛋时间的本领。这显然是完全来自生活的细节,不熟悉农村的人也不可能了解这样的细节。但作者秦岭通过这一完全来自生活的细节,思考的却是计划经济所培育出来的城乡价值观,秦岭写到小说的男孩为了报复城市,摸蛋时故意把母鸡屁股捅出血。我从小说中读出另一层意思:不公平的城乡价值观至今仍然让农民的心口在流血。

小说写的是计划经济年代,物质匮乏,统购统销,交公粮,生猪鸡蛋统一交公,送到市民的餐桌上,大喇叭整天喊着支援城市,乡村的孩子连一个鸡蛋都吃不上。秦岭在同题随笔中写到"听大人讲,摸蛋这门营生,谁晓得传十几代、几十代了。指望着土改时不摸了,还摸;指望着人民公社时不摸了,还摸;指望着包产到户时不摸了,还摸;指望着……"这就是历史。而且是被隐形的历史。作者以生活重现历史,农村支援城市,过去是骗,现在还是骗,只不过方式不同。过去是打着崇高的旗号,现在是赤裸裸的诱骗。过去是饥饿,现在是血泪。小说写一个擅长摸蛋的男孩子,发自内心地相信城里人穷得没饭吃,要农村勒紧裤带支援和拯救。直到有一天偶然进城,看到生活的真相,突然无法承受这种真实,小说结尾对母鸡鲜血淋漓的伤害,是某种信仰破碎的报复,尤其反讽的是那只母鸡的名字叫"英雄"。小说从一个很小的角度,撕开那个口号满天飞的年代光芒万丈的阴暗,把历史的细节钉在历史的首页,以一个小男孩的眼睛,洞穿欺骗的邪恶,以他的单纯和善良,映照世界的复杂和无耻。

小说关于共和国历史的反思,从很小的点切入,目光犀利,表现独到。城乡差异带来了各种问题,而共和国前三十年与后三十年的发展道路选择,历史功过评价,都与此密切相关。

(选自张艳梅:《新世纪中短篇小说观察》,北岳文艺出版社2014年1月版)

论秦岭《弃婴》、苏童《拾婴记》和莫言《弃婴》的“婴儿”意象

王　欣

【摘要】秦岭的《弃婴》、苏童的《拾婴记》和莫言的《弃婴》构成的“弃婴三部曲”是当代文学直面生存现实,剖析当代社会人性、道德和情感的优秀短篇小说。“婴儿”是这三部小说的主题意象,“婴儿”作为主题意象与多个主题相关:首先是关于转型时期社会和人性的批判主题;其次是关于人善恶美丑揭示的人性主题;再者是关于人生存世相描摹的生存主题。

每个时代都有每个时代紧迫而重要的课题,感觉敏锐的作家总是能及时嗅到时代的气息,将其渗透到自己对时代、社会的感受与思考中,并及时反映在作品里。秦岭、苏童和莫言这三位来自不同地域,具有不同知识文化背景和人生经历的作家,以其敏锐的感受力将其创作的笔触伸向社会转型期农村农民的现实生活,以表现特定的生存环境里尖锐深刻的思想矛盾。作为表现“三农”问题的重要作品,秦岭的《弃婴》、苏童的《拾婴记》和莫言的《弃婴》具有明显的共同特征,他们共同拓展了艺术表现真实生活的空间,可以称得上是“弃婴三部曲”。特别是这三部短篇小说都是以“婴儿”为主题意象,对当代社会各阶层的人进行了人性、灵魂、道德、情感上的深入开掘。所谓主题意象是指作为一种中心象征能与作品的主题发生紧密联系的意象。作家把自己意欲表达的寓意寄寓在主题意象中,让它透射出作品的基本意旨。“婴儿”作为这三部小说构思的核心贯穿故事发展的始终,因为蕴含多个意义而上升为主题意象。

一、“婴儿”意象的设置方式

“婴儿”这个意象在三位作家的作品中赫然醒目,这种设置方式寄托了三位作家不同的意念情思,其意象的设置方式主要有以下几种:

(一)在题目中设置“婴儿”意象。题目是一部作品中作者最集中、最凝练表达主要信息的部分,它引导读者准确地理解作品,正确评价其中的人物。秦岭、苏童和莫言这三位小说家不约而同地将“婴儿”这个意象安置在题目中,强化了作品的象征意味。“婴儿”这个意象在小说中不仅具有一般性的个别意义,而且带有对人性、生

命、生存等思考的普遍意义。这就是作品题目本身呈现出以明确意义为轴心的和谐复义效果状态。“婴儿”这个意象在题目中的出现，不仅揭示了文本的写作重点，更由这个意象发出对当代社会人生存状态、生存命运以及人性的关注，具有值得深思的意味。

（二）以“婴儿”为意象串联整个故事，将人物与故事巧妙地编织在一起。秦岭的《弃婴》主要以明、暗、隐三条线编织“婴儿”的命运，明线是依次出场的同行的四个路人、四十多岁的中年男人、一男一女的两个年轻人、几个民工，他们对婴儿纷纷表现出不同的态度。暗线是芍药和球儿这对农民夫妇对婴儿出生前的企盼、出生中的喜悦以及由此产生的对未来美好生活的憧憬与向往。隐线是反复写到的老杨家的女儿用“三陪”换来“威风凛冽的大骡子”。这三条线都是以“婴儿”为线索展开的，三条线索相互交织、相互搭配，极大突出了“婴儿”无处遁逃的悲剧命运，以强烈的艺术感染力突出了小说的现实批判力量。苏童的《拾婴记》则是一个“击鼓传花”式的故事。文本中出现了罗庆丰、卢杏仙、罗庆来、李刘奶奶、幼儿园阿姨、张胜夫妇、老年等一系列与婴儿发生关系的人，这些人物的出现时以“婴儿”为线索，通过与相关人物发生的相关关系表现人性的冷漠。最后魔幻的一笔有力地推动了小说的叙述情节发展，这种艺术虚构是合乎生活逻辑的。而莫言的《弃婴》则是以葵花地为叙述背景，以我捡到婴儿为叙述主线，通过父母、妻子、女儿和政府工作人员面对这个被遗弃“婴儿”的表现构思全文，文本中的“我”以低沉、抑郁的叙述基调表现个人的无奈与感伤。

（三）通过对“婴儿”意象的反复强调使其转化为包裹着作者思想意念的象征性意象。沃伦认为，象征“具有重复与持续的意义。一个意象可以被转化成隐喻一次，但如果它作为呈现与再现不断重复，那就变成一个象征，甚至是一个象征（或神话）系统的部分。”①由此可以看出，在文本中作者不断使意象反复出现正是将所要表达的思考、体验和感悟寄寓其中以唤起读者的认识。婴儿作为三部作品中反复出现的意象，是连接作家与读者之间展开丰富多彩的心灵对话与交流的桥梁。苏童的《拾婴记》中“婴儿”与“羊”是具有相互对照关系的，“婴儿”如同“羊”一般沉默在文本中不断推动故事情节的发展，“婴儿”在这段被遗弃的旅行中面对形形色色人始终保持沉默，直到最后发出凄惨的哭声，苏童以一种轻松带有调侃意味的笔触对“婴儿”反复着墨，这个“婴儿”的象征意味似乎更加浓烈了，它象征了一种普遍的冷酷而残缺的人性，是对人性的高度审视和思考。与苏童的手法相类似，莫言在文本中多次出现“婴儿”这个意象，这种反复同样在写出对现实人性所表现出来的荒谬，只是将造成这种人性恶的根源追溯到几千年以来根深蒂固的封建思想。在秦岭《弃婴》这部作品中，“婴儿”虽然没有直接参与到作品人物丰富的活动中，但“婴儿”对应着作品中的“娃儿”反复强调反复出现，故事情节的发展和推进都是围绕这个“婴儿”展开，主人公球儿和芍药对待这个不健全婴儿所显现出来的软弱无力与厌世悲观，路人面对婴儿所表现出来的同情与怜悯，作者在不断反复的强调中使婴儿富有了明显的象征意义，这里的“婴儿”象征着令人无奈而残酷的现实，这种残酷的现实产生了一种悲剧效果让读者读出一种痛苦与酸涩，这种象征意味似乎超越了人性而延伸到更加广泛的社会层面。

二、"婴儿"意象的主题分析

作家在这种反复呈现的意象中包裹着象征意义，这种象征意义与主题有密切关联因而构成一种主题意象。正如南帆所指出的那样："意象一旦构成象征，那么，意象所暗含的寓意显然已经不是意象的自然性质。相形之下，这种寓意的产生更多的是由于作家对于意象的强迫。"[②]"弃婴三部曲"通过"婴儿"这个主题意象表现出的象征意义主要关联到社会批判主题、人性主题和生存主题。

（一）"婴儿"意象与社会批判主题

中国社会批判主题的创作由来已久，尤其是当代文学创作中对特定社会环境的批判更是丰富。三部短篇小说更是以"婴儿"为意象将社会批判不断深入。苏童的《拾婴记》以虚构的故事来揭示社会的本质，形成了丰富多彩、个性鲜明的人物序列。其中"卢杏仙"秉持着"宁养羊，不养人"的处事原则，这种对待婴儿的方式上也为小说结局的荒诞增添了魔幻的一笔；李刘奶奶对待婴儿始终保持怜悯之心，面对幼儿园阿姨的拒绝后不得不发出"谁说人心都是肉长的？有的人的心呀，是冰凌子长的"这种愤怒而无奈的叹息；还有张胜夫妇、老年等人物。然而在面对这个被遗弃的"婴儿"，他们都表现出恻隐之心，同时对婴儿的处境极度同情，但真正去承担抚养婴儿的职责是却以各种借口推卸责任。苏童的高明之处正是在人物个性化的语言描写中挖掘人物内在心理特征，在剖析人物性格弱点中看到人性的弱点，写出一种极其普遍的社会心态。这种人性人情的表现使读者不免感到人性的异变。《拾婴记》中的"婴儿"最初降落在羊圈里，在"流浪"的过程中用羊奶来进行喂养，最后羊圈中又重新多了一只小羊，这其中包含了优美的童话色彩，在这个美丽的童话背后却隐藏着人内心的冷酷与麻木，在面对生命时所表现出的残酷与无情，正如毕光明评价这部作品所指出的那样，《拾婴记》是"人间温度的一次测试"。与苏童的这部作品相似，莫言的《弃婴》则是以低沉暗淡甚至带着几分讥讽的笔调写出"我"捡到婴儿后所发生的一列窘况。主人公"我"不得不发出"人类进化至如今，离开禽兽的世界只有一张白纸那么薄；人性，其实也像一张白纸那样单薄脆弱"这样的慨叹。受到中国封建传统文化中根深蒂固的"重男轻女"思想的影响，"我"捡到婴儿的行为不被父母妻子接受理解，父母和妻子一次次冰冷的语言让"我"陷入了一种深深地无奈与苦痛之中，然而后来求助政府后所得到的回复，更让"我"的内心遭受了又一次重创，在这里人性的灰暗似乎得到了一种更加淋漓尽致的表现，"婴儿"似乎成为了人性丑恶的表现物，这种表现让读者感到一丝丝凄凉。不同于以上两部小说，秦岭的《弃婴》在设置"婴儿"这个意象时，更多的是要体现一种现实悲剧。这部作品虽然有人性美丽的集中绽放，这种人性美表现在人们对待"婴儿"时的爱与同情，这里有人性的真挚与美好。但是这对农民夫妇弃婴的原因不同于一般的情况，他们在内心做出深度挣扎后，面对残酷的生存现实不得不痛心地做出弃婴的选择，这又是一种何等的悲哀。最后婴儿的死和球儿的被抓构成了这部小说的高潮，特别是结尾这样一段描写让读者内心感到深深地震撼:“芍药说,判我个死,我要从阴曹地府把我的娃儿抱出来。”这段感人肺腑的描写渗透着让人苦痛的泪水。“婴儿”意象在这里暗示了人们面对无法回避的生存现实所做出的悲剧选择，在这里有作者对中国文学国民性的剖析的不断深入继续。秦岭在从事文学创作的过程中正是通过这种独到的眼光和追求,创作出了一系列具有悲悯意识和人文关怀的作品,《弃婴》便是一部出色的创作。在这里,我们观察到中国农民在社会变革中的命运,审视到在这种变革中人性的真与假、美与丑、善与恶。这种复杂交织的人性特点归根到底在于复杂的现实社会,最终演变成一种社会悲剧。

(二)“婴儿”意象与人性主题

高尔基曾说过:“文学是人学。”好的文学作品就要深入人性,对人性不断地进行探索和挖掘。文学以独特的思维方式对人性进行探讨和展现,由此发现人的高尚、善良、卑鄙、愚蠢,从而获得一种思想道德的提升和道德人格的完善。然而,人性究竟是“善”还是“恶”,西方人在谈到诸如此类话题时总会情不自禁地总结到“原罪”意识中,中国传统“人之初,性本善”的传统理念使人们坚信人性是善的。然而周作人曾经批判说,人是兽性和人性的结合体。在这里我们可以通过三部作品对人性的美与丑、善与恶有更深入的认识。

苏童的《拾婴记》发生在“文革”后期的中国农村,整个故事围绕着“婴儿”和“羊”推进故事情节,最后“婴儿”变成了一只小羊,或者说是羊人,眼里雾水浮现,他在人们的手中进行了辗转一日的“旅程”,看到不同人的真实反映,这个初来人世的孩子品尝了人间的冷漠与隔阂,作者巧妙地通过由“人”而变成“羊”或说“羊人”的历程来揭露和控诉人内在丑恶的灵魂。莫言的《弃婴》更是对人灵魂剖析的深入和继续,在这里莫言坚持着他一贯的叙事风格,以纯朴的现实主义手法,写出感人肺腑的“弃婴”故事,“婴儿”在刚开始被“我”捡到时当成一个“集中着诸多矛盾的扔了不对,不扔也不对的怪物”,首先是“我”的内心捡到婴儿后做出的一番痛苦挣扎,作者不禁感叹“人类在宇宙的位置,比蚂蚁能优越多少呢?到处是恐怖,到处是陷阱,到处是欺骗、谎言、尔虞我诈,连葵花地里都藏匿着红色的婴儿”,家人对待这个婴儿时麻木、严肃的目光更是一次次触动“我”的内心深处,对男孩的渴求让他们在现实生活中表现出对人生存的轻视,这是中国落后的思想意识集中反映在人身上表现出来的丑恶。作者几次把人类和一些幼小的动物进行比较,作者在这种比较中感受到“它们一点也不比人类卑贱,人类也一点不比它们高尚”。人与小动物相比之下暴露出来的灵魂丑陋,显然是一种深刻的嘲讽。而不同于上面两部作品,秦岭的《弃婴》则是更大程度上写出严酷的生存现实逼迫下灵魂的丑恶,迫于残酷的生存现实,主人公芍药和球儿不得不遗弃婴儿,寄希望于城市中好心收养婴儿的人,虽然过路人对待婴儿的态度上表现出一丝丝温情,然而婴儿最终也无法摆脱死亡的命运,婴儿最后也是没有被这座城市接纳,最后构成了惨痛的悲剧。主人公希望的破灭,在这种无奈的现实面前只好做出妥协,这种一步步走向沉沦的悲剧行为让人唏嘘,在对人性进行揭露和批判的同时指向了社会。三部作品在进行人物灵魂剖析时都紧紧抓住人物丰富的对话，将人物的内在本质展现在人物之间的对话中，这样生成的对人物灵魂的剖析直接促成了作家创作动机与读者接受动机的巧妙衔接。

(三)“婴儿”意象与生存主题

马克思曾在《1884 年经济学—哲学手稿》中对人与环境的双向互动关系这样描述:“人作为自然存在物,而且作为有生命的自然存在物,一方面具有自然力、生命力,是能动的自然存在物;另一方面人作为自然的、肉体的、感性的、对象性的存在物,和动物一样,是受动的、受制约的和受限制的存在物,也就是说,他的欲望的对象是作为不依赖于他的对象而存在于他之外的。”[③]这里关于存在与环境之间关系的论述,让我们进一步思考关于人的生存意义即生存主题。

社会的不断文明与进步最直接的反映是物质的繁荣,表现在对人自身的一种敬畏和肯定。社会对人性的漠视与忽略很难形成和谐的社会环境。三部作品都不约而同地将叙述视角转向人的生存现实,对人的生存进行了深入的思考。秦岭的《弃婴》因为婴儿得了先天性罕见综合征,生存率很低,即使使用现代医学挽救他的生命,他的一生也只能在床上度过……更何况这种事情发生在一对贫苦的农民身上。秦岭运用插叙的手法写了一段等待婴儿降临和婴儿出生过程的情景,芍药和球儿对美好的未来进行了一番憧憬，在谈论到究竟是男孩还是女孩时所说的一番话意味深长,这些话里句句离不开贫困，特别是讲到老杨家女儿杨塞花当婊子买来大骡子的场景时,更把这种贫困导致的人性的沦落上升到极致。芍药生育的过程,由一个“原本鲜活的小媳妇,折腾成一张皱巴巴的老羊皮”,无奈的生存现实和生存环境导致了人沦落到一种悲惨境地。在这里暗示了社会进步的同时,农民真正的精神生活和物质生活却难以同步,农民在这种生存现实下做出的选择是一种无奈之举,也唤起人们对农民特别是农民生存现实的关注。然而苏童的《拾婴记》在人性冷漠与冷酷的基础上写出导致这种悲剧的真实现实原因,物质方面的匮乏导致人面对生存现实不得不做出妥协,就像每一个面对婴儿的人都有怜悯之心却在真正承担责任时退缩一样。其实,可怕的不是人心,而是导致这种人心走向滑坡的生存现实。苏童以一种机敏的想象力和敏锐洒脱的笔调,辅之以精致的叙述结构和巧妙的叙事策略,将这种沉重的现实生存问题表现出来,发人深思。莫言的《弃婴》更是通过狂欢化的叙事策略将“我”捡到婴儿后的感受表现出对人性的思考写得淋漓尽致,妻子和父母对这个婴儿不能够接受主要由于传统思想观念下“重男轻女”的影响,当然还有中国农村农民贫困的生存现实使得面对这个婴儿只能表示出无奈之举。“婴儿”这个原本带着生存希望的活物在现实面前也难以摆脱走向黑暗的命运。莫言在这里主要将生存问题归结为所遭遇的内部困境与外部困境,内部困境是《弃婴》中人物本身精神上的残缺性,外部困境主要是封建制度的压迫、现代物质文明的物欲化引发的对人存在的漠视。“婴儿”展现的人生存困境有莫言对人存在价值和意义的思考,这里有莫言高度的悲悯意识和人道主义情怀。

三、“婴儿”意象的主题成因分析

吴子林曾提到过:“作者缺乏思考能力和表达勇气,以及对现实生活的敏感和对人性的关怀,致使文学创作日益脱离真切的社会现实和中国人的生存状态。”这是当前文学创作呈现出的背离状态,然而秦岭、苏童和莫言这三位小说家作为当代小说写作的健将,创作的短篇小说始终与时代保持着一种共生关系,本质上表现出小说与现实同步的姿态。三位作家都是新时期成长起来的作家,处于改革开放和思想解放的肇始期,其文学创作理念开始发生了不同于其他时期的特征。三位作家都主要以农村农民的生活作为主要创作体裁,写出农村百姓最普遍的生存状态。旅居天津的小说家秦岭来自甘肃天水,当过农民、农村教师和驻乡干部,对农村生活的深刻体验和感悟是创作的主要灵感,因此对农村现实、农民生存状态和农民精神层面有深度的思考,“对普通的乡民百姓进行国民性的传统基因和时代特征的解剖”④。《弃婴》这部小说同秦岭的其他小说一样,都是取材于农村现实,写出变革时期人的生存现实,在看到无法直面的现实面前流露出的一丝丝弥足珍贵的温情让人动容。“婴儿” 作为一个人开始存在的希望,作者正是通过婴儿这个融希望于一体的意象表现自己对人存在命运的关注和对人性的理解。秦岭作为文学新星,其创作直面现实的勇气,对生活的底色明察秋毫,为当代文学创作提供范本。莫言更是一位能够通过理性与感性的结合深入农村农民生活,写出人类生存世相的世界级文学巨匠。莫言在乡村生活了二十多年,对农村的美丑爱痛有深刻的体验和感悟。正是因此莫言以独特的批判眼光审视农村,同时对人的内在本质有独特的把握和理解。莫言《弃婴》中的婴儿出现在美丽的葵花地,“婴儿”的身上是农村经济生活变革的体现,是人性善恶的体现,同时又是几千年来封建思想的体现。苏童“作为 80 年代后期进入写作的小说家,其自身经历、文化底蕴与前几代作家(包括知青作家)相比,有相形见绌的匮乏,具有‘历史晚生感’。”⑤但是在《拾婴记》这部作品中, 以现实主义的创作手法和个性化的想象呈现着苏童一如既往的创作态度。“婴儿”这个意象寄寓了作者对现实人生的思考,其中凝结了苏童对待现实、生存和人生的慨叹与回味。

意象的营构开拓了小说的表现空间,提高了小说的审美价值,提高了小说的艺术境界。秦岭的《弃婴》、苏童的《拾婴记》和莫言的《弃婴》构成的“弃婴”三部曲。通过“婴儿”这个主题意象传达出对时代社会和人生存命运的关注,是值得回味的经典短篇小说。三部短篇小说的创作启发我们,当代文学创作更是需要以强烈的悲悯意识和人文关怀来关注人、关注时代和整个社会。

参考文献:

①[美]勒内·韦克勒,奥斯汀·沃伦. 文学理论[M]. 刘象愚等译. 北京:三联书店,1984.

②南帆. 小说艺术模式的革命[M]. 北京:三联书店,1987.

③马克思. 1884年经济学哲学手稿. 马恩全集第四卷[M]. 北京:人民文学出版社,1979.

④杨显惠. 秦岭小说的艺术质地[J]. 小说评论,2008(5).

⑤陈晓明. 无边的挑战[M]. 长春:时代文艺出版社,1993.

(载《参花》2013年第7期)

以纪念的名义考察当下地震题材小说

——写在"5·12"汶川大地震第9个纪念日来临之际

范 藻

在"5·12"汶川大地震第9个纪念日来临之际,作家秦岭的地震题材小说集《透明的废墟》研讨会在天津召开,这种指向明确的专题研讨会,再次引发了我们对于文学如何介入灾难的思考。9年来,包括汶川地震题材的诗歌、散文、报告文学似乎早已偃旗息鼓,相关小说更难觅踪迹,而秦岭在他经营的小说王国里,始终为地震题材保留着一方天地,而且佳作迭出,振聋发聩,这种堪称个例的灾难叙事,对于我们在大框架下思考地震文学和当下文学现状,有非常重要的参考价值。

从对灾难的叙写到对灾难的反思

其实,汶川地震以来,我们视野里除了秦岭的《透明的废墟》《阴阳界》《流淌在祖院的时光》《心震》《相思树》等地震题材系列中篇小说,还有姜明的《寻根》、吕冀的《疼痛的龙头山》、邹瑾的《天乳》和悟澹的《掩埋》等长篇小说,而秦岭的小说之所以被誉为"第一位成功表现汶川地震的小说",一是因为他非常快捷地把汶川地震对他思想的冲击通过虚构和想象力变成了小说,并成为期刊界最早送达灾区的文学作品;二是他的中篇系列构架中浓缩了丰富、庞大的与社会、情感、精神相关的信息量;三是他的小说在"地震的废墟"上介入"灵魂的废墟、观察与重建",本质上是写人和社会的关系,因此更具有文化的原发性、艺术的感染力和美学的能动感。秦岭的这5个中篇不光叙写了灾难的经过、场景以及灾难时刻的人物群像,给读者以身临其境的"现场感",重要的是现场背后的反思,这种反思从废墟中辐射到当下社会的方方面面。这一点,我们很容易从主人公的"两难境地"中窥视到,如《透明的废墟》中的"我"是觉得母亲应该活下来,还是她的幼儿应该活下来?《心震》中主人公在地震瞬间是应该保护无爱的妻子，还是有情的恋人？《阴阳界》究竟阴间是值得向往，还是阳界应该留恋？《流淌在祖院的时光》里的“奶奶”是苟且偷生迁徙到都市的别墅好，还为了坚守尊严老死在祖院的危房里？的确，现实生活中，没有什么考验能像地震灾难那样毫无防备地把人性的试题和盘托出，它不光涉及生与死的选择，它更覆盖了人类道德的分量和伦理的本相。秦岭反思的角度、界面非常巧妙，他的反思并没止步于“命运”，反思的维度始终能从幸存者、死难者生前的恩恩怨怨、是是非非中跳出来，在社会变革的大背景下考察社会各界对灾难的原则、姿态和表现。在贫富分化、城乡差别早已让传统道德发生变异的时代，生存与死亡的别离、物欲与淡泊的失衡、权力与公德的博弈在灾难面前变前变得更为惊心动魄，人们“存活”时期物质与精神的种种画皮，全被死神一个个撕开，给我们呈现了另一个世界，而这个世界却是客观存在的，只是，习惯了健忘、安乐的我们很少设身处地去反思罢了。当这样的反思需要地震灾难为引线，这恰恰是我们这个社会的悲哀，反过来讲，这是秦岭地震题材的价值所在。

从对人物悲剧的观察到对灵魂的判断

地震，让很多大活人一瞬间变成罹难者。许多作家都是在地动山摇的那一瞬间开始发生“故事”的。姜明的《寻根》中的女主人公在汶川大地震中突然地失去了记忆，为了寻回曾经的“我”和“我”的故乡、“我”的亲人，她踏上了“寻根”之路。邹瑾的《天乳》用近乎魔幻现实主义的手法，记述了山寨里玉人一般的双胞胎姐妹命运多舛的苦难人生，拷问着灵魂的真实。秦岭的小说则侧重在亲情、世情、人情、社情、村情、国情背景下判断他们的灵魂世界。秦岭的《透明的废墟》就是从地震期间广泛流传的一张已经死去的母亲紧紧搂住婴儿的照片，开始讲述主人公在废墟下的所见所闻和所思所感。《相思树》和《心震》中的高潮是一对情侣在幽会忘情时，地震发生了，主人公的生平和曾经的交集，就从这定格的瞬间开始演绎，一直从家庭蔓延到各自的单位和社交圈，构成了一个交织着灵魂蜕变、沉潜、飞舞的“生死场”。这里我们不得不佩服秦岭的艺术想象力，与那些仅仅停留在面对灾难的临危不惧、灾后重建的人心诡异一类表面叙事相比，秦岭可谓技高一筹。毫无疑问，这些小说人物的性格是鲜明的，他们是“死者”，但他们与所有活着的人的灵魂原色没有什么两样，只是地震突然中止了他们“活着”的所有方式，这是对所有“活人”提出的诘问：“如果地震在你那里降临，你会如何？”把死人当活人写，同时又把活人当死人写，这种多维判断灵魂的方法，直截了当地把灾难和废墟现场拉到了我们面前，我们与其说是读者，不如说是幸存者。也就是说，劫后余生的我们已经不是灾难的旁观者了，我们既是秦岭小说中“熟悉的陌生人”，也是“陌生的熟悉人”，谁敢保证那些失去双亲的孤儿、残疾的成年人、重组的家庭、重组又离异的人，甚至是沉睡的植物人、精神病人、走出监狱或进了监狱的人、自杀者——如此等等的“边缘人”，不会在自己身边或身上发生呢？汶川，只是一个地名，人间的地名很多，而地震灾难，由不得我们自己选择。通过灵魂的对照和判断，我们不难发现，所谓我们，其实都是秦岭笔下“后地震”时代生活景观中的典型人物。

从对人性家园的剖析到对精神莅临的期待

大地震就是大考验，人类的生命如此不堪一击，精神的力量何等宝贵。作家们都在借助这场世纪灾难直击人性，拷问良知，反思生命的意义。歌兑的《坼裂》是一部通过揭露社会矛盾进而拯救我们灵魂的佳作，著名评论家李明泉也认为邹瑾的《天乳》是在表达"灾难的人性拷问与梦想重塑"的主题，悟澹的《掩埋》写出了爱情纠葛和人性较量，正如媒体说的"作品聚焦灾难与重生、人性与兽性、美好与丑恶的激烈冲突，映射出生生不灭的人性光芒"。而秦岭的五个汶川地震题材的中篇，不仅让我们听到了游弋在生死边沿的心灵独白，窥视到了人性的深邃莫测，尤为重要的是，他让我们感受到了高贵精神的莅临，比如对舍生取义的选择、传统道德的坚守、心灵的复苏以及对人生观、名利观、价值观的褒奖与期待。《阴阳界》大胆采用魔化之法，让主人公以一个民间阴阳风水师的角色，穿越在人间和鬼蜮，让生者与死者在"对话"中袒露人性的真实和残酷，最终以"宁死而勿生"的姿态向道德沉沦的后代们发出了悲壮的警示。在《流淌在祖院的时光》中，前辈老人对死亡、金钱、道德的态度像一面反光镜，把晚辈们在官场、情场、商场的行尸走肉、蝇营狗苟折射得淋漓尽致并进行了"此时无声胜有声"的鞭挞。不难看出，秦岭的五个中篇尽管主题不同，构思有别，但对高贵精神的期待与呼唤始终贯穿其中。最近，秦岭表现战争灾难的短篇小说《寻找》《幻想症》，表现干旱灾难的《女人和狐狸的一个上午》《吼水》，表现计划生育的《风雪凌晨的一声狗叫》《一路同行》之所以备受关注，就是因为他在灾难与人之间，时刻不忘在人性的斑斓处寻找苍生的精神光泽，让我们感受到了灾难文学无与伦比的内在温度和精神力量。

"乱世出英雄，板荡识忠诚。"地震既在考验人性，同时也在考验作家的思想维度和表现能力。在汶川地震一年后的2009年，笔者曾在《痛定思痛，地震文学的美学介入及其神学冥思》一文中对文坛发出责问与呼吁。与世界灾难文学的规模与质量相比，我国的灾难文学始终处在边缘化的尴尬地位，而那些为数不多的包括战争、地震、干旱、洪涝、火灾、爆炸在内的灾难文学，往往伴随着一时的心血来潮在灾难现场"绕圈子"之后即拂袖而去，学术界对灾难文学的研究更是少之又少。诚然，时间可以抚平肉体和记忆的创伤，但文学的健忘、漠视、疏忽、缺席是最为可怕的，它事关民族精神的塑造和国民心理的建构，事关包括作家们在内的广大知识分子的文化心理和精神担当。面对灾难，我们不仅需要众志成城的力量，也需要大爱无疆的情怀，更需要艺术呈现的自觉。也唯有不断地反思，中国的灾难文学才能从单一的抗震救灾"报告文学"走向问天、问道、问苍生的"文学报告"。

（载《中国艺术报》2017年5月15日）

断裂中的沉沦与救赎

——评秦岭的几篇小说

闫立飞

一

如果用词语来概括当前的社会状况和思想状态,"断裂"无疑是其中一个恰当的一个关键词。在社会急促转型和市场化程度加深的今天,人们蓦然发现自己处在一个断裂的社会之中。这种断裂涵盖了多种层面,包括政治、经济、文化、心理、地域、社会关系等等,如同资本一样,断裂不仅产生断裂的社会现实与矛盾,而且在无意识的层面塑造着人们的行为与思想,使得人们产生一种焦虑意识和沉沦感,进而言之,它在创造断裂的剩余价值的同时也再生着关于断裂的思想认识与逻辑关系。作为有着农村生活与工作经历且长期从事理论工作的天津作家秦岭,敏锐地感受到断裂对社会的强大冲击力量,他把对断裂中的社会现实及其无意识心理的思考,融入到《绣花鞋垫》《不娶你娶谁》《烧水做饭的女人》《弃婴》《碎裂在 2005 年的瓦片》《坡上的莓子红了没》和《硌牙的沙子》等小说的创作中,实现了现实语境与小说文本的历史性对话。

秦岭小说对断裂的社会关系的描述,已经引起批评者的注意,秦岭在创作谈中曾经指出,他所以创作出《不娶你娶谁》(《中篇小说选刊》2005 年第 3 期)等小说,是"在众所周知却又往往被芸芸众生忽略的生活断层中切割和扫描"的结果。作家杨显惠认为,秦岭小说表现出的"鲜明风格"及其独特的艺术道路的形成,正是他对"断层"进行"切割"和"扫描"的结果,秦岭在"断层"中探寻到社会的"真相"(杨显惠:《秦岭在断层中探寻真相》,《文艺报》2007 年 4 月 3 日)。秉承着生活的基因,秦岭首先把关切的目光投向了西部贫困的农村,从乡村教师和乡村农民的生活与爱情中展现当代社会发生断裂的最深、最痛彻的一面,叙述处在断裂中人们的沉沦故事。中篇小说《绣花鞋垫》(《北京文学》2003 年第 11 期)从作为"外来者"的下乡支教教师艾关诗的角度叙述了边远贫困山区中学教师与女学生的爱情故事。堡子中学民办教师赵祖国为了把自己的学生苟大女子培养成老婆,不仅不帮助她的学业,反而利用各种手段阻止其发展,防止苟大女子考上中专。因为她一旦考上中专,就会离开这个青年知识女性奇缺的边远山区,赵祖国的愿望就会落空。在乡村中学里,像苟大女子这样的漂亮女生,不仅是青年教师追逐的对象,也是乡里公职人员择偶的目标,是乡村稀缺的女性资源。

但是，青年教师为一己之私而阻断学生的前进道路，并娶之为妻的做法毕竟有悖师道常理，校长雷大麻对此有着切身之痛，所以他出于师道尊严和自身经历两个方面的原因，利用“外来者”艾关诗来阻止师生恋的发生。艾关诗正如其谐音“爱管事”一样，他有着公办教师的身份、城里人的角色和美满的家庭，因而适合充当这一管闲事的角色。但他不是“救世主”，他可以拯救苟大女子同学，使她摆脱了赵祖国的纠缠而顺利考上中专，他却无法拯救赵祖国，当赵祖国辛苦多年的爱情努力失败以后，他精神失常了，因而从某种程度上说，艾关诗虽然一时保住了师道的尊严，却在师道尊严的伦理纲常中逼疯了作为教师的赵祖国。艾关诗只是一个“外来者”，他还要回城的，所以他不仅无法拯救苟大女子以外的其他女生，更无法拯救沉沦的师道，无法在阻止断裂社会中的道德与社会关系的沉沦。

中篇小说《不娶你娶谁》可以看作《绣花鞋垫》的续篇。当“外来者”赵五常真正加入到偏远山村中学其中的时候，他不再像艾关诗那样可以超脱于利益的纷争，而不得不面临着现实的悖论：他要么维护师道尊严而不得不离开，要么为了留下来而不得不违背师道尊严而娶自己的女学生，除此之外，他别无选择。因此，赵五常一旦真正成为贫困山区中学的一员，他就由艾关诗转变为另一个的赵祖国了，或者说成为另一个的雷大麻，他不再有浪漫的爱情幻想，甚至没有爱情的权利。秦岭在小说中虽然为赵五常的师生恋进行了开脱，但这种原罪式的爱情很难保证有真正的幸福，难免不再有雷大麻的爱情悲剧。赵五常的可悲在于，作为现代文明启蒙者，他不仅无法拯救别人，而且在断裂的生活中也无法阻止自我的沉沦，他最终走向了启蒙的反面。人之所以为人，是他具有超越于现实困境和生存逻辑的精神力量和价值追求，尤其作为现代知识传播者的教师，他们代表了人类进步与文明的一面，是社会共同体价值与精神的体现者。当赵祖国、赵五常等西部山村教师屈服于现实困境、以生存逻辑替代精神追求和价值观念而呈现出沉沦时，不能仅从道德上判断问题并指责他们的不伦，而是应该从这一沉沦现象的发生机制中探讨问题。秦岭指出，“谁也没有理由和资格否认这些像洋芋一样朴实无华的教师和学生是好教师或好学生，这不是一个简单的师生恋的问题，更不是一般的教育教学管理问题，它早已超出了伦理学、社会学的范畴”，“他们尴尬的爱情婚姻在传统与现实、愚昧与进步、权贵与卑微的碰撞中，荒唐地令人窒息，却又是那么入情入理，合乎生活逻辑，合乎现实与生活的需要，这既是时代的悲剧，也是传统文化的悲剧，更是中国农民的悲剧——仅仅是中国农民的悲剧吗？”（秦岭：《关于乡村教师鸡零狗碎的感情生活——中篇〈绣花鞋垫〉的创作谈》，《中篇小说月报》2003 年第 11 期）“仅仅是中国农民的悲剧吗？”秦岭的反问显然寓含了否定性的含义，他们的悲剧应该在东西部地区经济失衡与城乡二元对立的双重断裂中寻找原因，应该在权力的断裂中探寻问题发生的根源，他们精神的沉沦，是社会断裂的畸形结果。

乡村教师精神的沉沦不仅表现在师生关系的扭曲上，而且还表现在与权力的断裂上。秦岭借小说人物之口指出，乡村教师的地位在村民心目中的下降，原因有两个，“一个是教师娶学生太多，另一个是乡上经常组织教师挨家挨户到村民家收税费，弄坏了教师的名声”。从某种程度上说,后者对教师这一职业的伤害更为直接。短篇小说《硌牙的沙子》(《北京文学》2007 年第 1 期)从这一主题角度叙述了师生之间的对立关系。作为乡村中学的教师,他们以教书育人为天职,但是在基层政权与村民的矛盾关系中他们不得不充当帮凶的角色,放下教鞭下到村民家里征收和催交提留款,承担起了他们不该承担也不能承担的责任。为此,教师不仅侵害了农民的利益,而且也损害了自身的尊严, 损毁了千百年来传承不息的尊师重教的传统美德和师生之间神圣的伦理关系。学生在教师饮用的水中塞进沙子的做法虽有忤逆之嫌,却是愤懑之举,他们通过这一方式表达了对师尊的不满。而在这硌牙的沙子中,硌出的是权力挤压下教师精神的扭曲和屈服于生存逻辑的魂灵的渺小, 以及他们与其所从事的灵魂工程师工作之间的反讽关系, 他们在学生的童贞心灵烛照下显示出来的是神圣光环消逝之后的懦弱与平庸。这篇小说其实也在反问:教师何以走下了神圣的讲坛?

二

断裂的社会不仅造成了西部乡村教师精神的沉沦,更为严重的是,它还导致了人性的沦陷与心灵的扭曲。

中篇小说《烧水做饭的女人》(《作品与争鸣》2006 年第 5 期)中,民办女教师张芍药用身体做交换,从乡党委书记田博才那儿得到了转正的指标,成为一名公办教师。雀儿村小学民办教师王世界企图通过自己的努力和工作业绩获得转正的指标, 但几年下来,那些资力和能力都比不上他的人纷纷转正,他却始终还是民办教师。王世界民办教师的身份使他面临着诸多严峻的现实问题:首先是经济上的困窘,公办教师的工资是民办教师的五、六倍,不转正就永远无法获得经济上的翻身;其次是政治上的窘境,他必须无条件地服从校长的调遣,服从乡里的安排,得罪了校长意味着他将失去转正的机会,而且面临着随时被解雇回家的危险,在这种情况下,王世界连自己的爱人都无法保护;最后,王世界还面临着家庭的压力,作为村里美人的花儿之所以嫁给民办教师王世界,除了花儿对知识人具有乡民朴素的崇拜心理以外,她还觉得王世界早晚会转正,做一个堂堂正正的公办教师,认为王世界的困境只是暂时的,因此,背负着爱人沉重期望的王世界,有着强烈的心理焦虑。在这种多重的困境中,王世界可以忍受校长和乡党委书记的对他的欺辱,却无法忍受希望破灭以后的虚空,当转正的时间被无限拉长和转正的希望变得渺茫时,当正当的晋升的道路被堵塞以后,王世界心理的扭曲与人性的沉沦就不可避免的发生了。

王世界人性的沉沦是在与张芍药和妻子花儿的双重对比中进行的。张芍药以出卖身体的方式换取了公办教师的资格,换取了丈夫刘大仓水保员的工作。王世界当初以为校长张中华耕种八亩地的劳动换取了民办教师的工作,但在民办教师转正面前,他除了妻子花儿以外没有任何可以交换的筹码。受张芍药的启发,成功逃脱张中华的骚扰和田博才魔掌的花儿, 以殉道的方式主动向田博才献身, 接受田博才肆意的侮辱,为丈夫王世界换取了公办教师的资格。在田博才被抓之后,花儿还忍受了张中华的侵辱,保证了丈夫王世界小学校长地位的稳固。同样用身体做交易,从张芍药的行为上看到的是断裂社会中人性的败落过程,从花儿的行为中则闪现出救赎者的圣洁光芒。花儿牺牲了自己的清白,拯救了丈夫王世界的职业与前途,但她无法对王世界人性的沉沦进行救赎,也无法阻断由张芍药、田博才、张中华等人组成的人性沉沦的链条,她反而把丈夫王世界推进到这一链条中。当权力对村民继续施暴时,已经进入权力圈中的王世界失去了以往对抗权力的勇气,他以自我保全的方式选择了沉默和逃避,王世界这种屁股决定大脑的行为显然辜负了花儿的愿望,他走上了人性沉沦的关键一步;当王世界调笑花儿与田博才的关系时,这种对花儿意味着揭疤探疮的行为一方面显示了"脑子进水"的王世界在人性上的彻底沉沦,一方面则体现了花儿牺牲的无意义和救赎的无效。唯其花儿无意义的牺牲和无效的救赎,更揭示了断裂发生之深和广。

社会的文明与进步不仅体现在物质的繁荣上,更表现了对人自身的关注和对生命的敬畏上,一个对生命漠视的社会,很难说是一个文明、进步的现代社会,在这种社会中也很难生长出健全、向上的人性。秦岭的短篇小说《弃婴》(《小说选刊》2006 年第 10 期),通过对青年农民夫妇遗弃残疾男婴行为的叙述对人性何以沉沦的问题进行了拷问。在农村,男婴作为一个家庭前途与希望的象征具有无比重要的地位,能够添加男婴也被看作一个家庭天大的喜事。农村人们对男婴的重视,不仅是传统重男轻女思想的承续,更是现实生存逻辑的表现,在沉重的农业劳作中,能够支撑起一个农民家庭生活与门面的只有男人,养家赡老的重任只有男人才能担负得起,所以越是贫困的地方,男娃就越是金贵。小说中指出,村东头的老杨家,因为生了三个女娃,老杨又是个病秧子,地里的活没人干,所以日子过得不像样子,后来还是靠女儿出去当三陪小姐挣来的钱才把家养住,但老杨因此也就无法在村里抬起头来了,女儿当婊子虽然能挣钱,但丢光了一个老农所有的脸面和尊严。所以,农村有遗弃婴儿的行为,但那都是女婴,遗弃男婴的行为鲜有发生。

青年农民夫妇球儿和芍药却把他们初生的男婴遗弃在城市马路边的草坪上了,他们遗弃男婴行为的本身,以及他们希望城里人收养自己病患儿的愿望,比故事中过路者对弃婴的同情更具有可解读的意味。作者在弃婴襁褓的周围,增添了一些温情的色彩,如城里知识分子给婴儿留下三千多元,城里的小夫妻给孩子送了一个五颜六色的花篮,几个民工兄弟干脆守护在婴儿旁边,防止意外的发生。但是,这种温情并没有促使球儿夫妇愿望的实现,送钱也好,送花篮也罢,却没有城里人愿意收养这个患病的男婴,也没有阻止住被弃男婴最终死亡的命运。也就是说,城市并没有担负起接纳并救赎患病农民子弟的责任,温情花篮掩饰不住城市与乡村之间深深断裂的现实,以及因此造成的城市对农民患病儿事实上的遗弃。农民夫妇对城市抱有的幻想不仅只能加快患儿死亡的步伐,而且还导致了他们对生命的漠视这一人性沉沦现象的发生。伴随着球儿夫妇放弃医治生病男婴和遗弃患儿行为的发生,还表明了他们希望的彻底破灭和前途的迷失,金贵的男婴都遗弃了,还有什么不能放弃的呢?患病的难道只有男婴吗?农民作为发生断裂现象的底层,更容易产生精神与人性的沉沦,因为他们手中没有任何资本可以抵御这个断裂过程对他们造成的伤害，除了沉沦以外他们看不到希望和出路。球儿夫妇人性的沉沦只不过是这一症候的表征罢了。

三

秦岭对发生在西部贫困乡村中的精神与人性沉沦现象进行叙述的同时，也表现了救赎的意愿。这种救赎不仅从外部开始，而且还产生在沉沦现象发生的根源，在两种力量的相互作用中，人们看到了救赎的希望。

短篇小说《碎裂在2005年的瓦片》(《小说月报》2006年第2期)讲述了一则被救赎的故事。乡粮站验粮员甄大牙因为工作认真、负责，结果招致没有通过验粮关因而无法交纳公粮的农民的报复，他们以砸甄大牙家房瓦的方式发泄心中的不满，其中砸的最为激烈的却是村长。村长不仅砸房瓦，而且还帮助甄大牙补房瓦，村长的这种砸瓦、补瓦的行为看上去自相矛盾，实际上却代表了所有纳粮农民的心理。这种延续了两千六百多年的种地纳粮制度，早已成为农民一种自觉的行为而融入无意识的心理；但同时他们也分明感受到这种制度的不公和对自己的伤害，尤其在现代社会中，这一制度更是一种非国民待遇与身份歧视的体现。因而，在制度与公理、政策与正义的断裂与失衡中，农民以这种奇特的方式表现自己的抗议及其质朴的人性意识，瓦片的碎裂与修补，其实代表了制度歧视下的人性的沉沦以及对农民对这种沉沦现象的自我修补与救赎。当然，这种救赎的完成还得靠外力的介入，需要外在制度上的保证。当种地纳粮这一非合理的制度终结时，甄大牙砸自己家的房瓦就具有另一种的意味了，有评论指出，这碎裂的瓦片"象征着承袭2600年纳粮史的寿终正寝和'皇粮'制度的彻底碎裂"，"预示着农村社会变革时期农民身上国民意识、民主意识的渐醒"(温亚军:《碎裂中的觉醒——评秦岭的短篇小说〈碎裂在2005年的瓦片〉》,《文艺报》2006年3月14日)。从更深一层意义上说，甄大牙在砸碎自家房瓦的同时也砸碎了促使人性沉沦现象发生的力量，凄厉的瓦片碎裂声代表着救赎发生时刻历史背负的沉痛与沉重。

在短篇小说《坡上莓子红了没》(《新华文摘》2006年第4期)中，秦岭把叙事的笔触向了生命的根部，从源头寻求救赎的内在力量。在村口百年老槐树的荫凉下，八十多岁的老阿婆一边用生命的唾液编织背麦子的草绳，一边用铁质般沙哑的嗓音唱着那首名为《坡上的莓子红了没》的民谣。无论丰年还是瘠年，"坡上的莓子红了没？"的问歌一样的唱响，草绳一样编织；无论麦子有无收成，"红了——"的答歌一样的回应，人们照样把草绳领走。这种一问一答的歌唱，和编草绳与领草绳的行动，既和现实的年景相关联，因为丰收年里人们唱得格外起劲，草绳编得轻巧人们领得欢快，而饥荒年里则唱得无精打采，草绳编得艰涩人们领得张皇；同时这一歌谣也超越了现实的限制，编草绳和领草绳的行动就有了象征的意味，通过歌谣和草绳，人们表达了对生命的理解和对生活的期盼。莓子象征着麦子，莓子红了则预示着麦子的丰收，在以麦子为天，把麦子看作无比重要的陇原，人们在对歌谣和草绳的宗教仪式般的虔诚中，展现出一种在贫瘠土地里生长出来的生生不息的生命意志和坚毅不屈的精神。这种植根于陇原土地上的生命意志和生命精神，乃是断裂中发生沉沦现象的最为根本的救赎，也是阻挡沉沦的最后一道屏障。

植根于陇原土地的秦岭，就是这个歌谣的歌唱者，他既面对现实的断裂，以及断裂中发生的精神和人性的沉沦，同时他又超越了现实，在小说语言的丛林中寻找救赎的力量和根源。直面沉沦和寻找救赎构成了秦岭小说的现实特征与艺术特点。

（选自闫立飞：《城市的文学书写：天津文学与都市文化》，天津社会科学院出版社2016年9月版）

黄土地上的人性挣扎

——浅谈秦岭的小说创作

隋华臣

【摘要】秦岭的小说创作具有鲜明的独特性，他的写作指向始终是作为个体的人。在他的小说作品中，没有气势雄伟的宏大叙事，其目光始终关注的是日常生活中人的存在状态，包括物质的和精神的。秦岭扎实的创作功力总是能够有效地触摸到人的灵魂深处，进而展示在历史、现实、灾难环境中复杂的人性挣扎。

进入新世纪，一些新兴作家在文坛崛起，他们以文学方式对现实生活表现某种承担和深刻思考。籍甘居津的秦岭就是其中一位非常重要的作家。他以《绣花鞋垫》《碎裂在2005年的瓦片》《弃婴》《杀威棒》《皇粮钟》《透明的废墟》《摸蛋的男孩》等小说作品，不断地对文坛产生重要影响，日益引起关注。翻开秦岭的小说，经常会感到有一股黄土地的气味扑面而来，在干燥呛鼻的黄土气息中，感受人们面对生活困境的无奈与抗争。他的许多小说都以故乡陇东南为空间背景，“站在崖畔看村庄”[①]，把其看作中国乡村社会与农民生活的缩影，在平缓的日常叙事中对历史和现实进行深刻地思考，展现其中的人性挣扎。“故乡是秦岭汲取小说写作素养与灵感的源泉”[②]，然而，作家的视野并没有局限于自己的故乡，而是自觉放眼更广阔的审美空间，既有对城市底层生活的现实关照，也有对灾难的独特表现。从广义上说，华夏民族发源于黄河流域，黄河与黄土地孕育了黄皮肤的中国人，中华民族都是黄土地的子孙。秦岭在小说创作中时刻用心灵关注这片土地上人们的生存状态，挖掘复杂的人性，在对历史和现实的深刻思考过程中统一到了“黄土地”上的人性挣扎。

一、历史重负下的人性挣扎

在创作中，秦岭站在心灵的崖畔上俯视着故乡，俯视着乡村社会的历史，带着强烈的责任感对中国乡村社会和农民命运进行深刻的历史反思。当国家宣布从2006年开始将在全国全部免征农业税后，"皇粮" 这一影响中国农民命运两千多年的历史产物，终于寿终正寝。作家秦岭敏锐地捕捉到其对中国乡村的历史意义，他"心里揣着乡民之疾苦和文人不可缺失的人文良心"[3]进入了历史的反思。不久，作家就创作了《碎裂在2005年的瓦片》(《小说月报》2006年第2期)，在文坛引起很大反响，从而开启了其"皇粮"题材的创作。作家选取皇粮这一历史产物为切入点，辐射整个中国乡村社会的历史，从而表现皇粮对农民命运的影响，以及在这历史重负下的人性挣扎。

长篇小说《皇粮钟》(百花文艺出版社2009年3月版)是秦岭"皇粮"题材小说创作的扛鼎之作，这是一部"抒苍生歌哭，为历史写真"[4]的作品，皇粮这一历史重负对农民命运的影响以及由此带来的人性挣扎，在这部作品里得到了集中体现。皇粮钟显然是一种象征物，它是长久以来套在农民身上的一个精神枷锁。秦家坝子的村民对它既有怨恨又有寄托，每年都要对其进行祭拜，以求皇粮能够顺利过关。皇粮钟的存在给农民造成了一种精神催眠，认为缴纳皇粮是天经地义，皇粮钟成为了皇粮的遮羞布，正如作品里所说："皇粮和皇粮钟是女人和衣裳的关系，皇粮钟没了，等于扒去了皇粮的衣裳。"[5]后来，皇粮钟的神秘消失预示了皇粮命运的终结。然而在其存在的岁月里，一个个鲜活的人物无不经历一番人性挣扎。唐岁求自幼成为孤儿被秦家收养，本应与秦家女儿秦穗儿喜结良缘而顶门立户，可是在煤矿打工时因救人而成为瘸子，在换来"优秀农民工"荣誉称号的同时，失去了自己的爱情。从此，他一直在堕落还是像人一样活着之间进行人性挣扎。在濒临堕落的时候，是隋圆圆让他意识到自己还是个人。在生活压力的摧残下，他明白曾经让自己骄傲的"优秀农民工"称号只是一纸空文，对生存无济于事，于是他选择抛弃这一精神支柱。后来，他当上了验粮员，实实在在的权力才让他精神重新振作。可是，他面对乡亲们的寄托只能选择装病逃避验粮，因为他既要坚持工作原则，又不想残酷地对待自己的乡亲。在秦穗儿身上更能看到人性挣扎。她曾经不顾一切捍卫自己和唐岁求的爱情，可是缴皇粮的重负让她无奈地接受了现实，与唐岁求分开。唐岁求被聘为验粮员之后，获得与秦穗儿重圆爱情的机会，可是秦穗儿在十几年生存现实的挤压下，早已失去了纯真的感情，此时她表现出来的是对唐岁求的权力具有一种交易色彩的依附。当她得知皇粮被取消时候，选择再一次离开了唐岁求，后来在囊家秦爷的点化下才唤醒自己沉睡多年的情感世界，与唐岁求走到了一起。

《摸蛋的男孩》(《北京文学》2012年第4期)与秦岭此前"皇粮"系列作品相比，具有明显的独特性。小说把皇粮历史向前推进到了供给制时代，农民需要义务地向国家缴纳生猪、鲜蛋等农副产品。小说通过小男孩摸蛋的行为影射出了供给制时代的历史面貌，让人们看到了那个时代的城乡差异，社会的不公平，以及农民内心的矛盾与挣扎。为了“缴任务”,全家省吃俭用,天天摸蛋却难得吃到鸡蛋,一次偶然的进城,使男孩看到城市生活的优越,强烈的不公平冲击了男孩的心灵。这颗尚未彻底麻木的心灵对长久以来的教化产生了怀疑,这种怀疑是来自生命本能,是一种本能的人性挣扎。当他想把这种感觉讲给成人,却选择了村里又聋又傻的杨四海。这不仅是对历史深刻反思,而且对国民性进行了强烈批判。杨四海是一个具有象征意义的人物,又聋又傻无疑是麻木的象征,他是农民群像的一个缩影。在长期的政治教化中,农民的心灵已经麻木,对“缴任务”早已形成一种集体无意识。这是秦岭在“皇粮”系列作品中向前更深一步探究,围绕皇粮,作家“揭示了中国农民深入骨髓的精神传统和永难割舍的历史印记”[6]。摸蛋摸出了鸡屁股里面的鲜血,这一点睛之笔,很有象征意味,“我从小说中读出另一层意思:不公平的城乡价值观至今仍然让农民的心口在流血”[7]。

如果说皇粮历史给农民带来的是生活重负,那么在《杀威棒》(《小说选刊》2011 年第 12期)中表现了历史带给人们的精神重负。这篇小说当年被誉为“最具有历史反思意味的”[8]作品。跟随知青叔叔来到农村接受教育的城里孩子甄文强,在一次音乐课上因与老师争论问题而惨遭杀威棒的毒打,在杀威棒强大气势下,甄文强和叔叔不得不屈服,这具有了很强的历史隐喻意义,在这里,野蛮战胜了文明,无知战胜了真理。甄文强的幼小心灵在追问真理与屈服野蛮之间不断徘徊和挣扎。后来甄文强到美国接受教育,并成为著名音乐家。荣归故里时,却被认为这种成功是来自“启蒙老师”杀威棒的教育。当县领导安排他去祭拜自己的启蒙“恩师”时,我们看到了他灵魂深处的挣扎,最终甄文强拖着历史带给他的精神重负,来到了“启蒙老师”的墓前,以及参观了为其老师修建的博物馆。当被问及有何要求时,他选择了带走象征野蛮的杀威棒。甄文强面对这种历史留下的落后与野蛮,知道自己无力改变,只能选择带走。

由此可知,秦岭面对历史重负思考的深刻性,他总是能够独辟蹊径,寻找与众不同的观照视角与表达方式,从而彰显作品个性。秦岭“力求在每一篇作品中对普通乡民人性中善与恶、美与丑、真与假的对峙、交融与变幻进行国民性的传统基因和时代特征的解剖”[9]。在作家的这种努力下,我们可以清晰地看到历史重负下的人性挣扎。

二、残酷现实中的人性挣扎

一个有道义和担当的作家,既要有对历史的深刻反思,更要有直面社会现实的自觉。反思历史只能警示社会不要倒退,却无法改变现实和指引未来。一个作家如果仅仅局限于反思历史而逃避对现实的关注,那无疑是一种遗憾。从秦岭的创作来看,显然没有这种遗憾。在秦岭的文学道路上,其现实之作仿佛是开在当下文坛上的一朵朵鲜花,每开一朵都会引来一片关注的目光。在这些作品中,能够看到作家对残酷现实的无情揭露及其独立思考。他自觉地把目光投向社会弱势群体,这里既有偏远山村的农民,又有生活在城市底层的百姓,表现他们的生存艰难与人性挣扎。

《绣花鞋垫》(《中篇小说月报》2003 年第 11 期) 以偏远山村民办教师与学生的情感纠葛为切入点,深刻揭示了偏远农村教育所面临的困境、城乡教育的不公平以及民办教师的待遇政策等重大现实问题。对于山村孩子来说,也许读书是改变命运最有效的一条途径,然而随着经济发展和城乡差距不断加大,他们即使通过努力考中大中专院校,面对高额学费也只能望而却步。山村民办教师由于收入过低和工作不稳定而很难找到媳妇,只能在自己学生中培养。堡子中学的苟大女子就是班主任赵祖国的培养对象,她本是一个中考苗子,已经第三年复课,如果再考不上就要放弃学业,顺从命运的安排,成为赵祖国的媳妇。面对这种情况,校长雷大麻的内心并没有麻木且经历了一番挣扎。他不想看到一个中考苗子就此断送了前途,同时他又无力正面阻止赵祖国,因为山村的教育需要靠这些老师来支撑,他只能安排县城支教教师艾关诗接替赵祖国的班主任。赵祖国看到自己的培养成果就这样葬送了,一怒之下发疯了,这给苟大女子带来了激烈的人性挣扎,最终顶不住退学了。但是,她的理想火花没有彻底熄灭,艾关诗虚幻的感情承诺,成为苟大女子与命运抗争的动力。她回到学校继续努力学习,后来终于考上师范学校。在这里有太多的无奈和挣扎,苟大女子在认命与争取之间挣扎;赵祖国在道德与情感需求之间进行人性挣扎;艾关诗为了苟大女子的前途,只能欺骗苟大女子的感情。原因就是他们不认可现实,不断进行人性挣扎,与命运抗争。他们艰难地挣扎,正是对残酷现实的严厉批判。

《弃婴》(《小说选刊》2006 年第 10 期)也是一篇非常有特色的作品,读罢让人内心泛起阵阵辛酸。小说以“弃婴”为叙事中心,几乎辐射了偏远山村弱势群体生存现实的全部问题,山村的经济贫困,就医的艰难,外出打工的悲惨遭遇等等。球儿和芍药这对夫妇,面对自己患有先天性综合征的孩子,始终徘徊于弃与不弃之间,在这个过程中表现出内心的复杂与人性挣扎。作家采用蒙太奇的结构方式,把过去的美好憧憬与残酷现实交叉叙事,在美好憧憬与残酷现实的对比中深刻地表现了现实的无情和人性的挣扎。芍药怀孕时曾憧憬美好未来,甚至想到了让孩子上大学。可是,当患有先天性综合征的婴儿出生时,残酷的现实瞬间把一切美好憧憬击得粉碎。高额的费用使他们根本没有能力救治婴儿,他们只有选择遗弃来祈祷奇迹,遗弃也许会奇迹般地遇到好心的富人能救活孩子。然而,父母的天性让他们内心充满了无限的痛苦、内疚,这使他们在人性本能与现实理性之间不断进行痛苦的挣扎。

在秦岭的创作中,《坡上的莓子红了没》(《新华文摘》2006 年第 4 期)是一篇风格独特的作品,它像一曲幽深的歌谣,洋溢着诗性。但是,这曲歌谣并不是远离尘嚣的田园牧歌,它更像一曲秦腔或是信天游,在苍凉悲壮的旋律中表现对命运的抗争和对生活的企盼。在大山里,坡上莓子是年景的象征,莓子红了生活就有了希望。作品是通过阿婆孙子雨雨的记忆把读者引向了阿婆内在的生命世界。在记忆里,阿婆无论是好年景还是旱年景,都一如既往地一边唱着歌谣,一边搓草绳。别人都用水搓草绳,而阿婆却用自己的唾液,这象征着阿婆把自己的生命注入到现实生活中。干旱年景,阿婆嘴唇干裂了,依然一边唱着歌谣,一边用混着血丝的唾液搓草绳,这象征阿婆面对残酷的生存困境毫不屈服,发出人性挣扎的呐喊。阿婆用生命力量唱出的歌谣,唤醒了对生活绝望的山里人,使他们内在的灵魂里涌起与命运抗争的力量。雨雨这个名字更具象征意义,他是大山里走出的第一个大学生,选择了农业大学。他是山里真正的莓子,他是阿婆用生命浇灌出来的，他真的变红了，他真正能给干旱的大山里带来雨，给现实生活带来希望。

秦岭的小说创作在探索中不断前进，他善于尝试，也敢于尝试。《一头说话的骡子》(中国作协创研室编《2010 年中国优秀短篇小说精选》，长江文艺出版社 2011 年 1 月版)也同样显示出非常独特的叙事风格，整篇作品弥漫着魔幻现实主义色彩，在神秘性的表达中，揭示出现实存在的重大社会问题，如城乡隔阂、社会不公、司法草率等。作品表面写骡子，实际上借骡性写人性。说话的骡子是被冤杀的董承志投胎转世。被冤杀后在阴间的十五年里，他并没有屈服残酷现实强加给他的罪名，虽然为鬼，但还表现出了一种人性挣扎，始终盼望人间为他平反昭雪，可是毫无希望，他只好要求转世为骡子。这一悲剧极大地触动了阴间的阎王，最后阎王插手才使他得以鸣冤昭雪。按弗洛伊德精神分析理论，人性中的冲动来自生命本能的欲望，骡子由于受生理限制而没有性欲需求，因此转世为骡子的董承志只有冷静和理性来面对现实。他转世后来到自己昔日恋人的身边，只是为了说明自己的清白，再没有任何情感奢求。在这场人性挣扎中，他是以抛弃生命本能欲望为代价换取自己的清白。骡子曾经的主人隋保国，是董承志死去的弟弟转世而来的。当隋保国发现自己的母亲与卞旭东偷情时，本能的冲动支配他准备行凶，这时骡子给他发出了理性的警告。这里同样是人性两面的挣扎，这一切都是残酷现实所带来的无奈与悲剧。

作家秦岭并没有将目光局限在故乡偏远山村的黄土地上，他同时还用心去观照城市的现实生活。在城市里，作家并没有走进咖啡屋、夜总会、摩天大楼、星级宾馆，而是把目光投向了城市底层贫民，表现日常生活中小人物的生存困境，心灵苦痛以及人性挣扎，由此揭示背后深藏的诸如下岗、就业、教育、养老、医疗等重大社会问题。《碰瓷儿》(《上海文学》2006 年第 10 期)、《闯红灯的女人》(《小说月报》2005 年增刊)等作品，就是这类创作最好的证明。《碰瓷儿》中的冯保国曾是国有企业的优秀工作者，改革的洪流让他遭遇下岗，他也曾想通过辛勤劳动改变自己的生存困境。然而，孩子择校、妻子就医、父亲养老等一系列问题让他无法喘息，无奈之下投靠朋友走上"碰瓷儿"的道路。然而，冯保国的良心并没有彻底泯灭，他没有认可这种生活，他还有理想，他始终承受着内心痛苦和人性挣扎。当他依靠"碰瓷儿"积累了一定的积蓄后，他毅然决然地离开，选择了出租车行业。然而，正当他心情愉悦踌躇满志地准备迎接新生活时，自己却遭遇了"碰瓷儿"，一瞬间便把他美好的憧憬击得粉碎。就这样，残酷的现实让他不断地进行生存的选择和人性挣扎。

通过秦岭的创作可以看出，"他无法停止关注那些被现实挤压得变形了的群体，即使他们身上有令他痛恨的地方"[⑩]。游走在秦岭的文学世界里，我们可以发现一群个性鲜活的人物在他所营造的审美世界里不停地跳动，荀大女子、芍药、阿婆、冯保国等等，他们在现实的残酷与生存的压力下奋力挣扎，虽然对生活表现出了某种无奈，但并没有认命。面对生存困境，他们没有苟且生活，他们与命运进行抗争，渴望掌握自己的命运，他们在绝望中，不放弃追求理想，等待命运的奇迹。之所以如此，在残酷的现实面前才不断表现出人性的挣扎。

三、自然灾难面前的人性挣扎

人类无法控制自然灾难的发生，没有与其平等谈判的权利，更无法阻止它的侵袭。面对自然灾难，每个人只能抓住脆弱的生命盾牌，竭尽全力保护自己，以求奇迹般的生还。2008年“5·12汶川地震”把中国作家的目光聚焦到了西南一角。面对如此巨大的自然灾难，秦岭再次显露其人性关怀，展现文学才华，创作出《透明的废墟》(《作品与争鸣》2008年第10期)、《相思树》(《2010年度全国中篇小说选》，天津人民出版社2011年5月版)、《心震》(《中国作家》2011年第5期)等灾难题材小说。在这些作品里，没有撕心裂肺的哀号，没有救援场面的忙碌，没有对解放军战士的歌颂，没有志愿者的倾心奉献，更没有各级领导的灾区慰问，因为这些新闻宣传所能完成的任务，文学本就没有必要再重复。作家秦岭一如既往地把目光投向了小人物，以其敏感的心灵和独特的视角透视到了深层的人性世界。在作品中，我们可以看到在建筑物坍塌、大地倾覆的瞬间，人的心灵也发生巨大震荡，自私、冷酷、绝情、虚伪、猜忌等建造在心灵上的重物也随着内心激烈震荡而坍塌，展露出自然人性的挣扎。

《透明的废墟》是秦岭在汶川地震发生后第十六天写成的作品，显示出作家深厚的创作功力。“透明的废墟”具有很强的隐喻意义，地震造成了楼房的坍塌，同住一个单元的居民被围困在废墟里。此刻，在生死关头，人的内心世界同地震一样发生了巨大震动，废墟里的每个人都撕下了日常生活中一切面具，将人性中的真实自我展露出来。在结构上，作家又一次采取了过去与现实相互交叉叙事，在过去和现实的对比中，可以看到废墟下人与人之间的关系由陌生到熟悉，由误解到理解，由猜忌到信任，由怨恨到谅解；还可以看到人性真与假的较量，更能看到人性的挣扎。在这里，废墟似乎成了透视人性的显微镜，透过废墟可以窥探到最微妙、最真实、最自然的人性，废墟下的人性不再有任何遮蔽。废墟的透明意义就在这里。在废墟下，年轻的母亲在人性本能驱使下极力捍卫孩子的生命，此外她在生命的最后时刻不忘向邻居发出道歉的声音，她希望把压在内心世界里的一切负担卸下，带着一个纯洁的人性离开；刘丹丹与吉立国之间的误解和猜忌随着地震而坍塌，在彼此袒露心灵的时刻一切误解和猜忌在废墟中都化为乌有；还有解除劳教人员赵云逸曾在邻居的戒备下产生心理扭曲，对刘丹丹动过邪念，然而在这一刻他用自己的身体阻止了混凝土的下落，在临死一瞬间还不忘用渔竿支撑自己的下颌以防止混凝土下落，给刘丹丹留下生还的希望。这些无不显示出人性的挣扎，自私、冷酷、误解、猜忌等一切心灵重物随着地震的节奏而坍塌。“透明的废墟”犹如一架人性的显微镜，透视到了最真实、最纯洁、最原始、最自然、最轻松的人性世界。

如果说《透明的废墟》是作家情感在灾难冲击下的瞬间喷发，那么经过一段时间沉淀而产生的《相思树》则在冷静思考和平静叙述中表现人性挣扎，更加令人感动。“相思树”具有深刻的象征意义，它既是一种爱情的见证，似乎又是人性挣扎的载体。作品采用第一人称叙述方式，主人公茹玫的私语性倾诉真实可信地展露出内心世界和人性挣扎。茹玫曾经是婚姻的弃儿，她介入鹿兆鹏与袁黛丽的婚姻并非是出于一种嫉妒心理，恶意破坏他人家庭，而是因为她始终没有放弃对爱情的追求，她渴望重获真爱，能够重新像人一样的活着。鹿兆鹏由于与袁黛丽的出身差距，在婚姻中丧失了自我，他渴望在与茹玫的关系中找回自我，获得人的意识。他们与命运抗争，在人与非人之间挣扎。怨恨、隔膜、误解充斥着他们的婚姻纠葛。然而，在地震的冲击下，这一切都随之破碎坍塌。震后不久，茹玫前夫邓秉恒从英国打来越洋电话，一声问候使茹玫内心既有无法消释的怨恨，又有无法言说的感动。袁黛丽在地震中丧生，消除了茹玫和鹿兆鹏通往婚姻殿堂的障碍，但这并没有给他们带来喜悦。茹玫内心表现出无限的惋惜和愧疚；鹿兆鹏则始终守候在废墟旁，期待袁黛丽生还的奇迹发生。鹿兆鹏的女儿晓岚在震后得到茹玫的呵护，对茹玫由仇视转向接受。还有曾经走向婚姻尽头的董亮程和杨芸芸，地震让他们消除了误解和隔膜，把手又重新紧紧牵在一起。这些无不显示出人性的挣扎，而这人性挣扎又将人间弥足珍贵的温情显露无遗。

与《相思树》风格相类，《心震》也是充满现代都市气息的灾难小说。在《相思树》的基础上，《心震》对现实生活和复杂人性进行了更深刻地思考与探寻。这篇小说再次让读者看到了地震给人带来的心灵震颤和人性挣扎，“不仅使读者对灾难的透视立体化，而且使芸芸众生关于灵与肉、真与伪的生活与生命的逻辑，在生与死的天平上，称出了我们难得一见的分量”[11]。主人公惠儿亲眼目睹了地震为人性提供了虚伪表演的舞台，真实与虚假的撞击强烈冲击了惠儿的内心，使其心灵产生剧烈震荡。在地震的瞬间，人们为维护尊严可以抛弃一切怨恨与仇视，因为死神来临的时刻留下纯洁的灵魂将超越一切。周树森把死去的妻子樊绮云捆绑在自己的背上，背着妻子离开废墟。这一虚伪的表演感动了不明真相的媒体和网友，媒体则根据惯性思维编织了周树森虚假的“伟大”与“崇高”。这一切无不给惠儿带来心震，而更大的心震则是来自罗云彤的逼问。这一逼问戳到了她灵魂深处，在家庭幸福的表面下暗藏的是她情感的空虚，她与自己丈夫同床异梦，这又何尝不是虚伪的表演？她在现实需求与世俗规则之间进行人性挣扎。樊绮云、谢凤珍、夏景坤、周树森、罗云彤等又何尝不是在完成如此的人性挣扎？

在这些灾难题材的作品中，作家依然是坚持人性立场，把人物的矛盾关系放置在地震发生的这一特殊环境中，地震将包裹人性的一切坚硬面具瞬间击碎。在这里，地震的节奏与人性挣扎的节奏产生了共振，使人物内在心灵也发生了剧烈震荡，建筑在内心世界里的自私、仇恨、嫉妒等重压也随着心灵的震荡而坍塌，作家让人物实现了一次灵魂的救赎，留下的是纯粹真实自然的人性。这一过程是人性返璞归真的过程，是一次真正的人性萃取。

从秦岭小说的整体创作来看，可以发现作家有着开阔的视野和开放的胸怀，他有意识地用心灵去触摸和包容现实世界，作品因此而具有了重量。秦岭同时也是一个善于探索和尝试的作家，他没有将自己局限在故乡西北那块贫瘠的黄土地上，同时又放眼在华夏土地上生活的人们。虽然皇粮系列和乡村教师系列是其创作的最显著成就，但其他创作实践也足以证明秦岭对各种不同题材和不同叙述风格的驾驭能力。“文学是写人的，人是文学的核心。文学不仅是作家自身的一种精神表征，更是人类生存状态的一种把握、一种表现。”⑫在秦岭的小说作品中，没有只记录历史和时代表层风貌的“宏大叙事”，他始终坚持人性立场，关注日常生活中的个体命运，关注他们的现实生存困境和精神状态。他们有动摇也有坚守，有放弃也有挣扎，但他们都不认命，在无奈中依然与命运抗争，成为了自我的英雄。秦岭只在华夏黄土地上的人性这一点进行施工，把心灵当作土铲深入挖掘，在“黄土地”的气息中让人们嗅到人性挣扎。

注释：

①秦岭：《站在崖畔看村庄》，见《皇粮钟》，百花文艺出版社，2009年，第270页。

②闫立飞：《描写、叙述与故事——青年作家龙一、武歆和秦岭的中短篇小说创作》，《理论与创作》，2009年第4期，第69页。

③从维熙：《妙笔〈皇粮〉——阅读秦岭》，《中国文化报》，2008年4月22日。

④段守新：《抒苍生歌哭，为历史写真》，《文艺报》，2009年7月25日。

⑤秦岭：《皇粮钟》，百花文艺出版社，2009年，第154页。

⑥雷达：《在〈皇粮钟〉里找到中国农民》，《光明日报》，2009年7月31日。

⑦贺绍俊：《2012年短篇：平常中的变异》，《小说评论》，2013年第2期，第111页。

⑧段崇轩：《亮点与问题——2011年短篇小说述评》，《文艺报》，2012年2月13日。

⑨杨显惠：《从断层中探寻真相》，《文艺报》，2007年4月3日。

⑩刘卫东：《圪蹴在“形而中”的秦岭》，《文学界》（专辑版），2010年第2期，第16页。

⑪杨显惠：《在变化与超越中探寻人性世界》，《中国艺术报》，2011年9月19日。

⑫秦春：《文学：人类的一种精神救赎——兼论文学的教育功能》，《河南师范大学学报》（哲学社会科学版），2012年第6期，第166页。

（载《当代文坛》2015年第2期）

身体在叙事中的丰富意蕴

——秦岭小说的一种解读

王元忠

天津小说家秦岭的创作多以其老家甘肃天水乡村为背景，他笔下的土地、粮食、水、牲畜、普通农民、乡村教师、计划专干诸等，无不与这片土地上人们的生存状态和命运有关。我们不难发现，小说中生命的存在首先表现为一种身体的存在，这种存在与曾经流行一时的“身体写作”无关，而与乡村大地上的历史回声、社会变革、自然生态、生活法则构成了有机的统一体，有着深刻丰富的、耐人寻味的意蕴。

一

秦岭的小说中关于身体的讲述，从对象上看，主要有如下几种类型：

第一类是关于动物的。这些动物有帮人类运输的牲畜，有为人类提供蛋品的母鸡，有尝试和人类进行心灵沟通的狐狸、骡子等等，它们用裸露的肢体、情状表达着对人类世界的认同与质疑。《女人和狐狸的一个上午》(《人民文学》2014 年第 9 期)中的主角之一是怀孕在身的母狐狸，它和有着“杀夫之仇”的猎人不共戴天，如果不是猎人的妻子施救，它注定将成为一具被剥掉优质毛皮的尸体。为了肚子里的“孩子”，它冒着风险来到了同样怀孕的女人家里找水。两位大肚子的准“母亲”既惺惺相惜，又彼此戒备。惊惧中的狐狸不小心掉进水缸，女人再次施救，也掉进了缸里。两个“母亲”的死亡，在人兽之间产生了强烈的反应。女人出殡那天，狐狸们站在空旷的山梁上久久不肯离去。马是《吼水》(《当代》2017 年第 2 期)中的重要角色。村民董球为了修建自家的水柜，花血本从集市上买了一匹马用来驮运水和建材，超负荷的出力和驮水却不能喝上一口水的窘迫，终于让马心理失衡，狠狠咬掉了主人的一只耳朵，主人的身体由此有了尴尬的残缺。马其实并不坏，它和主人之间曾有过亲密的身体接触——它先后两次亲吻了主人的耳根。残疾的主人并没有因此而忌恨它，相反却在水柜修好之后，大老远去马的新主人家，给它送去了一大塑料桶清水。《摸蛋的男孩》(《北京文学》2012 年第 4 期)里的重要“主人公”是母鸡。在供应制时代，上缴生猪鲜蛋是农户的重要“任务”，产蛋最多的母鸡被称为“英雄”母鸡。在爷爷的言传身教下，小男孩全全学会了把手指头探进母鸡屁股摸蛋的技术，目的是为了让城里的叔叔阿姨和小朋友们吃上蛋，然而，一次进城吃蛋遭拒的尴尬，使他发现了城乡之间的天壤之别，他愤然在母鸡“英雄”的身体上留下了宣泄的血痕。另外，《风雪凌晨的一声狗叫》(《长城》2016 年第 4 期)中那只莫名其妙的狗，《一头说话的骡子》(《飞天》2010 年第 6 期)中那头张嘴就能说话的骡子，它们的身体不断地向人们传递着信息，而这些信息反而比人类来得真实，来得可靠。

第二类是关于女人的。这一类篇目极多，关于女人身体的内容也非常丰富，但作者不是简单地就身体而论身体，而是在灵魂、精神层面给身体赋予了不同的元素。《幻想症》(《解放军文艺》2016 年第 12 期)中，“我”的农民奶奶其实是流落到民间的西路军女战士，她身体最大的特征是残疾——哑巴。她大半生都在用肢体语言代替口语，谁也不知道她是为了免遭政治迫害而装聋作哑。后来由于“我”屡屡听见她的梦话而对她的真实身份开始产生怀疑，奶奶索性在父亲的协助下割掉了舌头，终于让生活归于“常态”。《一路同行》(《芙蓉》2017 年第 3期)中，作为计生专干的“我”，“监护”着怀孕的女同学前往镇卫生院做引产手术，实际上，“我” 和同学都怀有七个月的身孕，“我”属于正常怀孕，同学属于超生，身体“内涵”的不同让情感冲突、灵魂挣扎显得深邃而悲壮。《分娩》(《飞天》2009 年第 6 期)中,迫于生计的孕妇采取在火车上分娩祈求社会救助的办法,不惜将身体展现在众目睽睽之下,当尊严被现实摧毁,身体已无关紧要。在《绣花鞋垫》(《北京文学》2003 年第 11 期)和《不娶你娶谁》(《天津文学》2005 年第 4 期)中,当山区女中学生圣洁的身体面对传统世俗,面对未来的无望,面对考学与打工的抉择,身体在少女成为女人的链条中,完全变成了与精神脱离的一部分。另外,在《借命时代的家乡》(《中国作家》2014 年第 12 期)、《皇粮》(《小说月报》原创版 2007 年第 5 期)、《烧水做饭的女人》(《长城》2005 年第 5 期)中,女人们的身体或成为平衡生存与前途的工具,或成为社会变革冲击传统道德的第一道堡垒,或成为女人们赢得另类尊严的"武器"。在这里,女性的身体完全被世俗化、物质化和利益化。比如那位民办教师的妻子花儿,迫于乡上田书记的权力和淫威,索性顺水推舟,以自己的身体作为筹码,争来了丈夫继续教书育人的资格,确保了山区教育事业的正常进行。

第三类是关于男人的。在秦岭的一些小说中,本该好端端的男主人公常常以残疾的面貌出现,导致他们身体致残的原因多种多样,比如战争、人为伤害、煤窑爆炸、工地塌方诸等。《父亲之死》(《文学界》2007 年第 12 期)中的父亲贵为县长,原本身体健康,顶着风雪下乡检查工作时不幸阑尾炎复发,却不愿在条件简陋的乡镇卫生院做手术,最终腹部感染一命呜呼。《杀威棒》(《飞天》2011 年第 10 期)中"我"的民办教师父亲,不满知青政策给山区农民带来的严重不平衡,以教育为名用教鞭在班里的知青子弟后脖子上抽打出了"×"型血痕。《硌牙的沙子》(《北京文学》2007 年第 1 期)中,山区中学生不满教师追随乡政府的干部挨家挨户催粮要款, 于是在给教职工食堂运水途中,偷偷在水中掺进沙子,让教师们遭受"硌牙"的痛苦。在《寻找》(《飞天》2016 年第 7 期)中,"我"爷爷当年到底掩埋的是红军的尸体,还是国军的尸体,始终是个谜团。当腐烂在地下的"身体"无法证明爷爷的清白时,爷爷用他羸弱的身体漫山遍野寻找了一生。在《心震》(《中国作家》2011 年第 5 期)、《阴阳界》(《作品》2016 年第 7 期)、《流淌在祖院的时光》(《广州文艺》2016 年第 12 期)等"地震系列"中,男人们的身体多因地震灾难而变得残缺不全,甚而变成冰冷的遗体,而那些惊心动魄的故事,均在肉体、心灵的伤口上回旋。而在《马阴阳出山》(《文学界》2010 年第 2 期)、《本色》(《山东文学》2008 年第 4 期)、《皇粮》《分娩》中,男人们的身体多因各种矿难事故而致残。也就是说,男人们身体的遭际,没有一次是偶然的,所有的根源全隐匿在故事的背后。

二

秦岭有关动物和人的身体叙写,与其说一具具客观的肉体呈现,毋宁看作是整个农村社会肌体的投影。作者把社会肌体上的种种病灶、症候、沉疴巧妙地依附于人与动物身上,既让身体的血与伤折射社会形态中扭曲、变形的部分,又让生理的痛与痒体味人间的真诚、温情与悲悯,这种独特的表达,内涵深刻,意蕴深邃,体现了作家独立的追求和严肃的思考。

第一,秦岭有关身体的叙写,表现为对西部农民生存、生活真相的深刻揭示。人和动物的身体所承载的，其实是农民的困境和境遇。在《绣花鞋垫》《不娶你娶谁》《烧水做饭的女人》等小说里，赵花瓶、李最美、孙花儿、王精彩与她们的老师，甚至做饭的女工皮见花和校长雷大麻子之间的故事，都是女性身体服从严酷现实的真实写照。妇女身体的表现大都被外在的力量所驱动、所支配、所蛊惑、所制约，从这一特殊的立足点上进一步挖掘下去，一个深层的问题也便逐渐浮现出来：虽然妇女解放的呼声从五四运动的时候就已经开始了，但是在实际的历史运作之中——直到现在，特别是在那些偏僻的西部乡村社会，妇女的解放——哪怕仅仅是身体意义上的自由，依然是一种非常困难的事情。动物的身体也难以幸免，《吼水》中作为大牲口的马承受着难以承受的生活负重，嘴唇因为干渴都起血痂了，汗都从眼睛里流出了，但是驮着水的它却被剥夺了喝水的自由。董球的女人当初是因为听说董球有自己的水柜而嫁给了他，但后来又因为家在四川的老板所说的家乡“江”的故事便决然地带着孩子给人家做了二奶。人和动物不同的遭遇和反应，经由“水”这一个聚焦点，生动地显现出了偏远乡村所有生命存在广泛和共有的艰窘与沉重。《女人和狐狸的一个上午》中的母狐狸为了腹内的“儿女”，不惜铤而走险，钻进“仇人”家找水缸喝水，最终溺毙。干旱缺水，是中国西部最为显著的自然特征之一，它导致庄稼无法丰收，农民生活质量无法提高，乡村大地不断消解着农民本该引以为豪的归属感和主人翁意识。为了表现这一严峻的现实，秦岭别开生面地把一个个动物推到了艺术的前台，产生了无与伦比的悲剧力量和现实穿透力。

第二，身体叙事在凸显人和自然、人和人紧张关系的同时，视角延伸到了社会的纵深层面。当物质社会解构着传统的乡村秩序，当金钱戕害着延续几千年的乡村美德，当城乡不公伤害到农民作为公民的尊严，谁来关注、倾听农民内心的苦闷、冤情和诉说？这不，《一头说话的骡子》中的骡子说话了，骡子看似是一头非常普通的骡子，其实它是前世的一位普通农民工，他是被玩弄法律的掌权者以“强奸杀人罪”误判后执行死刑而死的，他的死不但在人间拍手称快，而且家族数代被永远株连在岁月的耻辱柱上。他的冤情深深触动了阴间的阎王，破例给他批了转世的指标，可他宁可转身为畜生，也不愿为人。这些年来，我们听到的被错杀、误判的案例不在少数，背后龌龊、阴暗的逻辑也曾昭然天下，可是，除了有限的新闻舆论，我们还能听到当事人的声音吗？好在我们终于听到了，它就是骡子的声音。我们在这样的声音里，听到了另一种反思和批判，感受到了鞭挞和怒吼的另一种形式。为了强调人的身体和恶劣的外在环境之间的冲突，秦岭非常多地写到了男人们身体的残疾——特别是后天残疾的现象，《皇粮》中岁球球和《分娩》中张平安的矿难成残，《马阴阳出山》中廖姚明的施工事故致残，《吼水》中董球的为马所残，等等。艰窘的生活环境造成了对于男人身体的伤害，反过来残疾的身体却还得承受更为艰窘的生存压力。看这一类的书写，读者的心里总是会产生别样的沉重感受。除此而外，秦岭还有一些和权力有关的身体伤害故事的书写。在这些身体的表现中，因为掺杂了复杂的权力因素，所以相关的内容读起来也便显得格外的意味深长。在这里，身体的变化既是社会变革缩影，也是畸形现实生活的反映。

第三，身体作为勾连历史和现实的纽带，构成了反思和批判的有效平台。伤口之痛，无疑来自身体，那么，心灵的伤口在哪里呢？作者非常巧妙地把这些疑问嵌入身体伤口的来龙去脉之中。《杀威棒》看似一段简单的知青历史，却让我们感受到了城里人和乡下人的不同，感受到了城乡“二元结构”的伤口，感受到了压抑在农民身体内部的情绪和愤怒。民办教师曹尚德为什么会肆无忌惮地挥鞭“教育”年仅十几岁的“祖国的花朵”——知青子弟，他与其说抽打的是孩子无辜的身体，毋宁说在抽打一段历史。当用来教书育人的教鞭的呼啸声湮没于漫漫历史，我们从中还想感受什么？是伤口上汩汩流淌的血？还是至今犹存的疤痕？毫无疑问，《杀威棒》告诉我们的，不光是特定时代城乡紧张关系的特殊表现，不光是中国式教育的残酷，不光是知识分子到农村接受贫下中农再教育的荒诞，不光是历史叙述中真相总是被遮蔽的虚妄，这是一篇需要多角度去观审的小说，其丰富的内涵和意蕴，只能让我们从现实中注目历史。段崇轩认为这是一篇“本年度最具历史反思意味的小说”(《文艺报》2012 年 2 月 13 日)，道理应在于此。同样，反映战争题材的《寻找》《幻想症》等小说，当事人的身体早已湮没于大地，历史的硝烟似乎早已烟消云散，好在，那些曾经来自身体的挣扎、哽咽、呻吟通过秦岭的“身体叙事”被录了音，摄了像，拍了照，成为读者前瞻未来，反思历史的窗口。

第四，通过一个个身体的变化，我们能窥视到物质时代人的不平等形态和不同阶层光怪陆离的内心世界。林霆评价秦岭的小说时说：“对于政治之于中国人生存的巨大影响的切肤体认，使他的小说主题往往超越了道德和文化的层面，达到了一种认识层面的深刻。用艺术的手段展现民众的生存现实，特别是权力之下的生存真相，是秦岭小说的一大特色。”(《权力之下的生存——评秦岭的〈本色〉》，《年度短篇小说精选》(第三辑)，天津人民出版社 2009 年 8 月版)在日益明显的阶层和等级社会，秦岭对社会心理的观察，由表及里，入木三分。《父亲之死》中的父亲只不过下乡检查工作时阑尾炎复发，却何以死于非命？在条件简陋的乡村卫生院，他宁可虚情假意地把手术的机会让给恰恰也犯了阑尾炎的儿时玩伴，也要故作无奈地在同僚们的劝说下出山去城里的大医院做手术，并不惜全乡上下为他这个惠泽桑梓的好县长清扫出山的积雪。结果丧失了手术的最佳时机，腹内感染，身体变成了尸体，阴差阳错地赢得了因公而死的美誉。这篇小说意味深长的地方在于：父亲尽管是有口皆碑的好官，但他骨子里的等级、贵贱、本位、权谋意识同样根深蒂固，其根源显然来自权力。这一点，在秦岭的《难言之隐》(《钟山》2005 年第 4 期)、《打字员盖春风的感情史》(《长江文艺》2005 年第 12 期)以及长篇小说《断裂》中均有不同程度的体现。当一个社会在某种程度上被权力所支配，那么，阶层之间的落差、人与人之间的失衡就不容忽视。

第五，秦岭在身体叙写中倾注了可贵的悲悯与温情。在所谓底层叙事随波逐流的当下，很多作家都以叙写底层苦难为能事，但秦岭的小说区别于当今许多作家喜欢将怨恨、不满等乖戾之气传导给读者的企图，秦岭笔下所呈现的苦难只是一个侧面，或者说只是他展示人物和故事的一个渠道。身体的伤口与心灵的光泽、身体的破损与精神的高贵几乎是并存的，这是他作品中最值得称道的一点，也完全符合几千年农耕文明背景下中国农民的内心世界，符合中国乡村的形态和现实。《女人和狐狸的一个上午》中，当人兽之间难以弥补的隔阂面临彼此肚子里即将分娩的生命时，以谅解、理解、宽容为标志的人(狐)性之美顿时像那天的阳光一样明媚。《吼水》里的妻子忍受不了干旱之苦，领着儿女离开主人高攀远走，咬掉主人耳朵的马也被卖给“有水的人家”。但妻子和马都不是无情物，当故乡有了生命之水，他们依然踏上归途。诚如杨显惠所言，“在这里，我们不仅能看出作者冷峻的目光、鲜明的批判意识和冷静的底层意识，还可以看出作者对农民和农村教师命运的忧患和关怀”(《秦岭小说的艺术质地》，《小说评论》2008 年第 5 期)。不难看出，秦岭总是在借助于人、动物身体的描述，有意无意地去调和人和动物、人和社会之间的复杂关系，通过逐渐实现的理解，多侧面地展现他眼中的乡村情义、道德和伦理，并在他们身上倾注了持久的温度。

艺术是现实的审美反映，任何艺术所描述的艺术对象的特征，其本质无不是现实生活的一种映射。秦岭的身体叙事既显现出明晰的现实所指，同时也内含社会和文化的多重审视，从多种视角和渠道对于乡土中国在历史运行过程中人与自然、人与政治、人与时代、人与传统的关系进行了力所能及、自然也不无深度的反省和表达，从而兑现了作者在创作谈中的承诺：“我在反思传统，也在反思时尚，归根到底在反思历史、生命和人性。”

(选自 2017 年作者关于现当代文学的讲稿)

穿越底层人性的生命探幽

——浅析秦岭乡村题材小说创作

牛广厚

在当下中国浩繁的农村题材小说叙事中，秦岭的小说以迥异的姿态和力量，构成了别具一格的景观，成为文坛研究农村叙事的重要依据之一。他的小说多以西部广大农民的生存形态为背景，穿越底层人性的生命幽微，探寻中国农民“根性”积淀的道德坚守、淳朴情怀与心性光华，同时又聚焦乡村的困境和症结，将小说事件纳入到人类历史和文化的大背景中去观照和审视，剖析农村在历史与现实交锋中人性的真善美恶，塑造了一系列令人过目难忘的典型形象，为文坛提供了新鲜而浓郁的异质气息。

一、秦岭小说的底层意识

在社会急促转型和日趋市场化的今天，现实与矛盾无意识地塑造着人们的行为与思想，生命的善念和人性的沉沦本能交织在人们的意识当中。秦岭非常清醒这一点，他的小说透过生活的真实对社会内蕴作了艺术的揭示和呈现，剖析了底层群像的人格特征与精神症状。

首先，对文学而言，最根本的还是关注人的生存及其灵魂。秦岭官场小说“直击官场看不见、摸不着的有悖一切常规的潜规则，在人性幽深之处凌迟般探询，切割开了一个又一个让我们窥视人性的窗口，无论是权力碾轧、人性冷暖、灵魂走向还是世相百态都被作者做了独具匠心的探幽和钩沉，并梳理成人生本相的图片”。从当下文学的生存环境、作家的话语空间上来看，秦岭从未“主动放弃对社会重大问题发言的权利”，也正是由于这一原因，秦岭对政治权力潜规则的集中批判，更能体现秦岭对时代的发现与思考。在《父亲之死》《断裂》等官场小说中，权力潜规则不仅扭曲了正常的官民关系，而且形成了难以挣脱的“连环套”。卞绍宗等曾经怀抱理想的大学生，从对权力潜规则的抗争、屈从，到对这些规则的熟稔玩弄，一步步改变初衷，最终走向了不能自拔的深渊。“真正的思想型作家，在进行现实批判之时，批判的立场也不可能建立在简单的道德义愤之上，其对现实的不满往往催逼着他从人类生活的历史长河中、在人类对自己生活制度的种种理想设计中评判当下。”秦岭在追问充满缺憾的历史、制度、文化根源的同时，也在审视时代、文化发展中人性的异化，他几乎在审视一切，审视被批判者，也审视被悲悯者，同时也在审视自己的观念尺度与价值立场。

其次，秦岭农村题材小说中，通过探索“皇粮”对农民精神的奴役和创伤，对“三农”问题进行了深度的思考和广度的揭示。在短篇小说《碎裂在2005年的瓦片》中，乡粮站验粮员甄大牙因坚持原则而得罪了不少乡民，为此常常付出自家屋瓦屡屡被砸的代价。2005年农业税被免除了，甄大牙却亲自捡起一块砖头砸向自家房顶。“其审美根基是，浓缩了农民曲折艰难的生活史和他们真实的心灵史、精神史。”小说把具有划时代意义的农业政策，以及免征农业税这一事关农民生存、生活与发展的重大历史题材，通过“咔擦”的一声历史声响，形象地提升到农民反思意识的觉醒上来，“使读者仿佛窥见到细微的心态，听到深处的心声。这才是艺术所需要的生活写真”。同时反映出农村改革特别是解决“三农”问题的重要性、迫切性和必要性。“皇粮”情结在秦岭长篇小说《皇粮钟》中更是融合了真实性与艺术性。生活的真实使“皇粮”作为一种历史的符号永远地停留在了过去，而这一揪动着农民情结的记忆以“皇粮钟(终)”的符号真实地出现在小说中的人物面前，这就不难看出秦岭在对普通群体的关注中穿插着沉甸甸的历史情节。围绕着上缴皇粮这一主题，叙述视野从陇南的秦家坝子，到隋家坪，再到陇东地区的矿山，伴随着唐岁求“割麦、碾场、缴皇粮”等一系列行动，我们可以看到普通民众在黄土沟壑中延伸着的精神状态——曲曲折折而又自强不息。

再次，秦岭的农村教师题材小说，为同类题材注入了很多新元素，被评论界誉为“拓宽了我国农村教育文学的领域”。西部偏远地区的农村教师，是秦岭笔下塑造的又一批特殊群体，他们工作在乡村的三尺讲台，与农村、农民有着紧密的联系。作者既没有拔高，也没有贬斥，而是对乡村教师个体情感生活进行切面式的剖析。《绣花鞋垫》中的赵祖国、《烧水做饭的女人》中的王世界等民办教师形象，逼真丰满，呼之欲出。随着“知识经济崛起，信息时代到来，民办教师作为一个群体，一个概念，一段历史，已逐渐淡出人们的视野和社会的舞台，成为昨天静态的历史”。作为曾经中国基础教育的一个庞大的群体，民办教师的生存状态和喜怒哀乐，被遗落在无人过问的角落，然而秦岭又将他们的身影一一拎出来。在《烧水做饭的女人》中，王世界的妻子花儿为了能够使丈夫“民转公”，以殉道的方式向田博才主动献身；为了保住丈夫小学校长的地位，忍受了原校长张中华的侵辱，一口口吞咽屈辱、苦难与尊严，承受巨大的压力和牺牲。在中国这样一个封建文化源远流长的男权社会，在一个男性话语占绝对统治地位的语境中，花儿别无选择。她的悲剧不是她个人的，而是社会的、历史的、女性的，甚至是我们这个民族的。在《不娶你娶谁》中，校长孙留根以牺牲女儿的前途为代价，祭奠这一神圣的教育事业。小说在对人性的探析中对欲望的理解达到精神层面，超越了欲望放逐的状态，而将叙事话语探入存在的内部，拷问着生命自身的多种生存可能及精神动向，这样的人性追问，非常有穿透力。在作者眼里，赵祖国、荀大女子、花儿、赵五常、刘甜叶等底层人物并非一个个简单的被拯救对象，也不光给予了他们人道主义同情，而是跳出叙事本身，深入探究他们作为底层人的尊严和价值。

秦岭对于底层生活有着清醒的感悟和认识，他的许多小说不仅再现了人物复杂、多元的生活，更重要的是表现出对人物内心的揭示，同时还关照了主体意识和阶层意识觉醒的过程。“伟大的小说家都有一个自己的世界，人们可以从中看出这一世界和经验世界的部分重合，但是从它的自我连贯的可理解性来说，他又是一个与经验世界不同的独特世界。”秦岭小说“独特的世界”中的元素，不论是农民与教育工作者，还是教育工作者内部，抑或是乡镇官员与农民的矛盾，都充满着对民族精神和民族处境这种主流意识的独立判断与思考，这也是其小说备受社会关注的主要原因之一。

二、秦岭小说的人文关怀

人文关怀是古往今来一切优秀文学作品的重要主题。“人的一切精神创造（物质创造也是如此）都是从人的需要出发的价值活动，体现着人的尺度和目的，因而‘以人为本’的价值观念就成为人类一切创造活动的出发点和归宿点。”秦岭的小说始终将人文关怀与历史、现实相结合，这使他的小说在万般痛感中，处处有人性的暖流在缓缓涌动。

《狗坟》主动绕开许多官场和农村题材惯用的文学表现方式，通过历史与现实的交织，对基层农民人性魅力及生存状态进行了反省。同是山里的两姐妹，丽珠进城接受了高等教育，但也如同掉进了社会大染缸，情愿出卖肉体赚钱；山杏因为没有上过学而自认“死脑筋”，但却始终维护着作为普通人的道德底线。山杏纯洁的人性美让我们看到了农村那一方未被污染的处女地。抗日战争时期，山杏的祖母面对日本人的暴行及侮辱，选择了跳井，在其身上体现了巨大的人性力量和崇高的民族气节。几十年后，同样面对日本人的侮辱，山杏秉承了祖母的气节，这不得不让我们重新审视高等教育下的道德滑坡问题、价值观问题。从这个意义上看，《狗坟》无疑是一次人性善恶的大较量。“文明社会通过贬抑女性为祸害、灾难、淫乱而肯定男性的正面权威和价值,所有的善和优秀品质都属于男人;而低劣、邪恶、罪孽则是女人的天性。”通过对历史问题的深刻分析与审视,作者重新审视了改革开放背景下人性的善恶美丑。山杏之死,让我们看到了这个社会奴性、劣根性的土壤和演变,内心受到极大的震撼。人的生命本源力量都是人自身的欲望潜能,欲望本质上作为人的一种非理性的存在,它在策动人类为满足自身而不断进取的同时, 又常常引发人类走向破坏、反抗与毁灭的道路,无论是钱欲、权欲,还是性欲。在《断裂》《难言之隐》《打字员盖春风的感情史》《绣花鞋垫》《红蜻蜓》《烧水做饭的女人》等小说中,主人公无论身处乡村还是城市、官场还是民间,我们看到的,都是一个个这样的灵魂底片。

《弃婴》以“三农”为背景,围绕一对青年农民夫妇进城“抛弃”残疾婴儿的事件,对社会各阶层的人们进行了人性、灵魂、道德、情感意义上的剖析与透视,在城乡时代文明的交汇处,拉开了一幕沉重、灰色的社会阴影。在这里,秦岭拓宽了新的思考空间,赋予了新的文学精神。农民夫妇之所以“弃婴”,是为了希望“让社会上的有钱人把娃儿抱去”。当面对悲剧性的结局,这对夫妇将接受抛弃婴儿致死案之罪时,妻子却说:“判我个死,我要从阴曹地府把我的娃儿抱回来。”小说对人性美的描绘在此得到了集中绽放,浓厚的人文情感合盘呈现在读者面前。到了《女人和狐狸的一个上午》,这一提升由表及里,进入精神层面,让我们感受到了人类和自然界休戚与共的强大力量。面对日渐转型的社会,人兽的困惑既客观存在,又富含主观外因。对苍生的关注,对生命的悲情,对生态的忧虑,让作者的生命意识、宗教意识、乡村人文意识永远定格在那个上午。《英雄弹球子别传》中,外号叫弹球子的农民刘爱国由英雄到小丑的变化,揭示了人际关系构成和社会评价指标中道德与精神的缺失, 当世俗和利益主宰了物质世界,弹球子的“正传”必然变成“别传”。从有形和外在的角度看,弹球子的一生为农民提供了发声的机会,但是农民的发声与倾诉仍然带有其固有而鲜明的底层立场、民粹色彩、乡村道德特性甚至个人及家族诉求,它们远达不到新政治的要求。从无形和内在的角度看,弹球子的一生在改变传统农民“各安天命”的秩序观及以“和”与“仁”为核心的文化伦常的同时,也将撕裂村庄阶层、家际与人际秩序的画皮。小说中底层社会的芜杂、诡异之气,成为当时以政治运动为特征的中国农村社会的一个缩影。

赵五常父子(《不娶你娶谁》)是尖山文化的守望者和传播者,“五常”二字和父亲的谆谆教诲,让他深深扎根于农村教育——尖山中学,他具有超越于现实困境和生存逻辑的精神力量和价值追求,作为传播知识的神圣教育者,在他身上代表了人类进步与传统知识分子的一面。他在精神上、文化上、道德上体现着知识分子的勇气和良知,父亲警策般教诲的情景,让这个农村走出来的学子心理一次次受到震撼,作家情感的价值追求在富于感染力的情境中潜移默化地为读者所认同和接受。

秦岭对“水”故事的涉足,非常耐人寻味。当“水”成为一种价值观的时候,围绕“水”的故事就沉重了许多。秦岭将“记忆”再次拉伸到中国农村社会发展中,坚持着“对民生的关注和对文学的谦卑”。以强大的人文内涵震动着读者。《被马咬掉耳朵的主人》中,帮主人驮运建材产品的马由于口渴难耐,一口咬掉了主人的耳朵。通过人畜之间的道德博弈，表现了山区农民修建饮水工程的艰难与辛酸，为我们提供了一个既新鲜又悲怆的当代民间传奇。在这些故事里，我们时刻能发现新农村建设、脱贫致富、乡村变迁、干旱、水污染、辍学、空巢老人、留守儿童、家庭变故等社会矛盾的起降沉浮。真正怀有人类意识的作家，应该既深切关注深陷贫苦的群体的物质匮乏，又对在咖啡馆里陷入精神困顿的人们投去悲悯的目光。无论如何，秦岭的饮水问题小说，以及《父亲之死》等触及农民无法承担的医疗问题的小说，对于身居都市，浸泡在娱乐、消费文化的群体而言，无疑提供了一种粗粝、痛苦的现实参照。

显然，用心灵关照描写对象，并为之赋予人文关怀，是秦岭自觉的价值追求。真实与真诚融为一体，文学创作必能实现其审美价值追求。

三、秦岭小说的形式创造

唐代文学家独孤及说："志非言不形，言非文不彰。"作家对内容的孕育创造，本身也是对形式的孕育创造，优秀的文学作品，无不是内容与形式的完整统一体。秦岭小说中闪耀着丰富的思想火花，很大程度上源自形式与内容的默契与淬炼。

在秦岭具有浓郁黄土味儿的小说当中，我们可以通过其独特的艺术表现手法嗅到其深层次的精神内涵。"绣花鞋垫"(《绣花鞋垫》) 传承着千年的主题与古老观念，"是一种女性化的生命哲学的物质体现"。乡村女性对于生存的恶劣环境，从来都不怨天尤人，而是乐观面对。苟大女子将自己的全部心思与感情倾注在绣花鞋垫这双信物之上，在月光下，一针针一线线都是对自己最美好的感情的编织与表达。作者对这一意象进行了巧妙构思，继而成为纯洁爱情与浓厚文化的传承者，并承担起底层苦难的存在与对美好生活的憧憬。不管是绣花鞋垫还是荷包(《皇粮钟》)，秦岭均以情感为动力，充分调动自己的生活经验，在艺术想象中对素材进行生发、改造和整合，并对这种具有传承性的"内容"赋予超越生活本身的"形式"，从而获得富含文化与时代精神的审美内涵。在《女人和狐狸的一个上午》的首尾，安排了来自生活原生态中最为简单的、一字不差的对白，宛如一段首尾呼应的古老的、质朴的民谣，呼应了西部生活中最具本质的形态。《坡上的莓子红了没》一开始就给读者留下一个具有象征意义的审美符号，以雨雨回忆的口吻展现他的成长经历，并时刻让阿婆"守候希望"这种意象在故事中闪回，以诗化的意境、散文化的语言讲述了一个动人优美的故事。在阿婆歌谣般的生命空间中，莓子已远远超越了生命的意义，寄托着庄稼人的全部希望和追求，阿婆高贵的灵魂和精神姿态，向我们展示了山里人宗教般守望日子的信念以及希望不灭的顽强意志。作者在这篇"饱含了浓郁的民俗色彩、独特的文化蕴味、鲜明的地域特征和绵长的乡情调，仿佛一幅浓墨重彩的乡村风俗画，透射着别具一格的艺术魅力"的小说中，一边切入现实，一边让主人公超越现实环境而指向精神领地，心灵深处衍生出一个理想的世界，并依据理想将现实事物提升、诗化，达到了一种清新、瑰丽的美好境界。

秦岭官场小说善用反讽、夸张、漫画的表现手法，语言幽默风趣，使得原本深沉的话题读来回味无穷。秦岭自己也提到,官场小说仅就叙事而言,理应更多地把视角延伸到官场那些刻板却恰到好处的微笑、僵硬却分秒不差的握手、油滑却深入浅出的交流、诡异却莫名其妙的关怀、暧昧却温暖如春的感情上来,如此,小说叙事才会显得饱满丰盈,回味悠远。他的众多农村题材作品中,也体现了这一点。“十七岁是什么样的年龄,从她的身体上就看出来了,胸是高的,腰是窄的,屁股却是大的,整个一个人儿就立体化得非同小可。”(《绣花鞋垫》)这就是秦岭的语言,寥寥数语,苟大女子的形象叫人过目不忘。《风雪凌晨的一声狗叫》以其独特的视角、敏锐的思维和生动的笔触描绘了在九十年代最显著的社会问题——计划生育。就计划生育本身而言,它与中国一定历史阶段的国情有关,控制人口有其合理的一面,但在具体的操作层面引发的各种社会矛盾,也构成了中国乡村罕见的另一种“生活”。小说中,突击队在线人的指引下,连夜妆扮,准备在进村之后突然袭击。一场险象环生的伏击战中,展开了各方的矛盾冲突,“狗” 成了妇女董爱萍的救命恩人。反讽的叙述对于问题的描写和揭露极为深刻,通过小说的故事化、真实性和悲剧结尾等精巧的结构方式,成功地将传统的小说结构方式与大众普遍接受的审美习惯融合起来。小说中何之为人何之为狗, 层层设伏,剥茧抽丝,为风雪凌晨的那声“狗叫”罩上了神秘的、神奇的人性色彩,而曲折迷离的情节,使得小说在形式上显得更有创造力。有论者认为,这是视野里看到的第一部成功反映计划生育的小说,可见,秦岭在不断地创造与独行,对一个作家而言,这一点非常宝贵。

宗白华说:“对强大者发现它的渺小,对渺小者见出它的尊严,在圆满里见出它的缺失,但在贫乏里也找出它的完善。”秦岭小说中将审美需要作为主人公所独有的一种本质力量,赋予其无限的意蕴,形成特定历史条件下独特的精神要求,唤起人对自身价值的强烈激情。不管是他的农村题材小说,还是其他题材小说,始终在社会伦理、人性和精神层面寻求着人文精神和人文理想,始终没有离开人道主义立场,时刻保持一个“健康生态”,鞭挞精神的堕落,铸造高尚灵魂,在反思中寻找安慰和光芒。

不难看出,秦岭是位崇尚深度、思辨和信仰的小说家,正如他在创作谈中所言:“在心灵的崖畔,我常站成自己的模样,把村庄眺望。”崖畔,是秦岭精神的制高点,他所观望到的,对于读者,就是一种虔诚和圣心的精神洗礼。

2016 年 1 月 25 日于甘肃会宁

(选自秦岭小说集《不娶你娶谁》,北岳文艺出版社 2016 年 7 月版)

独具风味的文学特产

——秦岭小说集《借命时代的家乡》读后

孙云霞

特产是什么？那是众口难调之外的趋之若鹜，是大浪淘沙之后的光泽闪烁。要说天津作家秦岭的最新小说集《借命时代的家乡》是提供给广大读者的又一份独具风味的文学特产，大概没人怀疑是我这个文学“吃货”的一家之言。在当下文学的阑珊与杂陈里，配得上“特产”的，唯有品过、尝过才知那“舌尖上味道”。俗话说得好：“货比三家。”

小说大家蒋子龙在中国作协举办的“秦岭小说研讨会”上这么评价秦岭与天津的关系：“在天津文坛，秦岭是天上掉下的林妹妹。”一语道破了秦岭的“特产”属性。

我关注秦岭，就是因为这个满口甘肃老家普通话的天津卫提供给各路看客的小说，既不同于甘肃的牛肉拉面，也不同于天津的狗不理包子，总有一种让我说不清楚、又特想搞清楚的异香，让我感怀，让我迷恋。《借命时代的家乡》“特”在哪里？出版方是这么介绍的：“由于《借命时代的家乡》是秦岭的‘老字号’，专家和读者都认，所以我们通过在全国筛选，认为‘小说眼·看中国’这一品牌首推秦岭的小说最为合适。”——“都认”，这是“特产”最根本的理由。选入集子的15部中短篇，清一色的农村题材，全部精选自《人民文学》《中国作家》《钟山》《北京文学》《上海文学》等全国大刊名刊，不仅多被《新华文摘》《小说选刊》《小说月报》《作品与争鸣》等选刊大量转载，而且大都被中国作协、中国小说学会以及权威出版社编入中国年度最佳小说选本。责编是这么评价的：“这个集子里，秦岭本色叙述了当代农民承受之苦难和倔强的生命意识，笔力雄健，敲击现实。”

唯有敲击，才会发声。人们听多了，自然会被这个高举榔头敲钟的西北汉子所吸引。这15个中短篇，早已在文坛嘹亮了很久。短篇《杀威棒》写了一位民办教师以“教育”的名义，用教鞭报复知识青年子弟的故事，一改知青历史的“知青说”为“农民说”，首次通过中国农民的角度，为那段不堪的历史发声，成为“本年度最具历史反思意味的小说”（《文艺报》2012年2月13日）；中篇《绣花鞋垫》写了西部乡村中学的男教师培养女学生当老婆的故事，彻底撕破了农村教育人性层面的遮羞布，还原了社会变革时期农民精神的本相与困惑。小说当年被原创期刊和选刊破例同月推出，被认为“拓展了农村教育题材的新领域”（《文学界》2010年第2期）；中篇《皇粮》、短篇《摸蛋的男孩》《硌牙的沙子》《碎裂在2005年的瓦片》属于秦岭“皇粮”系列的重要作品，用现代视角切入了绵延达2600多年的中国皇粮史，揭开了“三农”背景下中国城乡矛盾之种种，把中国农民的隐忍与觉醒、无奈与奋争刻画得淋漓尽致，秦岭也因此被誉为“中国第一个成功表现农业税的作家”（《文艺争鸣》2013 年第 11 期）；中篇《借命时代的家乡》通过一位农村知识青年面对城乡巨大差距对农村传统社会结构、宗族结构、家庭结构以及传统道德伦理的冲击和伤害，所表现出的艰难抗争、被动迎合与心灵突围，被认为是“当下农村世相最为难得的风俗画”；在短篇《女人和狐狸的一个上午》里，一只怀孕的狐狸潜入杀害它“丈夫”的猎人家里找水，与同样怀孕的女主人相遇，两个准“母亲”同病相怜，惺惺相惜，却最终为生命和爱而殉难于水缸之中，女人和狐狸在那个普通的上午悄然发生的故事，被认为是“一种别开生面的大爱叙事”。

这就是“特产”了，众口尝过才算数。不是众人尝了多少，是尝到了嘛。“特产”必然是个别，是另类。小吃之所以不是“大”而是“小”，是因为小中有大，小中有涵盖，让所有的“食客”涎水欲滴。《借命时代的家乡》是秦岭出版的第 8 本书，也是他文学“小吃”的一种，尝一口，品出的是秦岭的独家手艺。秦岭在大学的一次讲座中这样讲：“既要善于借鉴别人的经验，又要善于蔑视别人的经验，更要善于放弃别人的经验。”

我想这是秦岭真正的个体经验吧！《借命时代的家乡》也让我知道，独具风味的“特产”，一定与作家孜孜不倦的追求血肉相连。

（载《天津日报》2014 年 8 月 25 日）

秦岭的小说：真气和元气

高　明

唐代学人齐己在《谢虚中寄新诗》中云：“趣极同无迹，精深合自然。”这也是我读了天津作家秦岭的农村题材系列小说的基本感受。对好小说的评价用不着天花乱坠的语言，惟四字足矣：好看，厚重。在高校，我教了半辈子人文学科和哲学，但是我离不开文学。我常告诫我带的博士生：搞学问，不要忽视文学。

学科的有别和时间的局限使我对优秀的小说始终存有期待和挑剔。我每天都切割特定的时间用于阅读中外文学，但是对我国近年来的小说只读了极少的部分，即便这极少的部分，也基本是学生在广泛的阅读中帮我挑选出来的，其中就有在我和我的同行中引起了强烈震撼的中篇小说《绣花鞋垫》（《中篇小说月报》2003 年第 11 期），我是在 2003 年下半年的中国最新小说排行榜集中看到的，学生用红笔在题目下画了一个重重的感叹号。据我所知，稍有艺术鉴赏能力的读者对这几年铺天盖地的所谓获奖、所谓各种选本、所谓排行榜并不是十分推崇，如果真有金子镶嵌其中，理当欣慰！

但是，秦岭的这个小说提出了一个贫困状态下农村女中学生的现实爱情、婚姻的价值取向问题，它的背后，是对扮演恋人角色的男教师以及整个社会秩序的责问、对时代道德的拷问和对“三农”问题的思考，它的意义就让人刮目相看了。最近又读了他的中篇《难言之隐》(《钟山》2005 年第 4 期)、《打字员盖春风的感情史》(《长江文艺》2005 年第 12 期)、《狗坟》(《中篇小说选刊》2004 年第 2 期)等，才知道他也涉足官场小说，他善于运用反讽、夸张、漫画的表现手法，精致地描摹和剖析了官场的波诡云谲、人性百态与人情翻覆，使本该深沉的话题显得幽默风趣，举重若轻，既有十分轻松的阅读快感，又有难得的思想深度。它是原汁原味的，我们能从中品出人间烟火的味道。

宋人陆游在《桐江行》中云：“文章当以气为主，无怪今人不如古。”古当如此，今尤甚矣！元气和真气的泄露，大概是当前小说创作中的顽症了。所以我不无担心地给学生补充：阅读，首先要选择。

秦岭小说的可贵之处，就是有一股“气”在里面，这就是小说的元气和真气。

在我看来，作为作家的秦岭最大的优势，就是具备了其他作家不一定都拥有的独特视角，他有一双犀利而睿智的洞察与审视生活的眼睛，为我们打开了隐匿在生活各个层面瑰丽的人性世界。这个优势，在他农村题材的小说里体现得最为明显。我印象最深的是《坡上的莓子红了没》(《新华文摘》2006 年第 4 期)、《乡村教师》(《2001 年中国短篇小说精选》，长江文艺出版社 2002 年 2 月版)、《四爷》(《小说选刊》2002 年第 1 期)、《烧水做饭的女人》(《长城》2005 年第 5 期)、《碎裂在 2005 年的瓦片》(《小说月报》2006 年第 2 期)、《不娶你娶谁》(《中篇小说选刊》2005 年第 3 期)等几篇反映“三农”问题及其他农村社会问题的小说。在这些小说里，作者塑造的花儿、甄大牙、阿婆、苟大女子、刘甜叶等一系列人物形象，没有脸谱化，他们身上既有传统的烙印，又有时代的特征，他们的生存、生活、爱情、婚姻、学习、工作和现实矛盾交织在一起，他们既要为了维护传统道德保持人性的纯洁，又不得不屈从于现实压力出卖灵魂和肉体；他们既在捍卫独立人格，同时又在严酷的生活面前迷失、放纵自我；他们的灵魂是高贵的，又有龌龊的一面。他们的生活充满艰难，却又不甘约束和绊羁，顽强地与命运、权力抗争，探寻着自身价值和美好的未来。由于众所周知的原因，我这个自幼在洋房里长大的共和国公民，曾于 20 世纪六七十年代在云贵高原农村生活、劳动十多年。我从来没有把这段被不少作家蔑为苦难的经历看作人生的不幸，而是认为有幸，因为我终于有机会从广阔天地里接触到了供给我们粮食、油料和棉花的同类、同胞——农民。我骨子里爱着我们的农民，理解着我们的农民。秦岭的这几个小说，让我满目怆然，泪湿衣襟。

2002 年京城有个趣事，秦岭有篇反映西部水资源问题的小说被《小说选刊》选载后，被当时北京市某高官(遗憾的是此公后来因“非典”原因引咎辞职)在阅读中发现，首次批示全市城管干部认真学习，其善意是为了增强城管干部的资源意识和责任意识。此举让我们感到意外的同时，也叹服此公的眼力和魄力。我不了解大多数官员们平时阅读小说的到底有多少，又有多少官员对“文以载道”有深刻的领悟(何况古来“学而优则仕”之“学”乃学文)。我和大小官员们接触中是闭口不谈什么文学的，本来很边缘化的文学在他们那里几乎连边都没有了。有次应邀给某地县级以上领导干部讲文化范畴的一个专题,会后某官员就问我:“高教授,《天龙八部》您肯定看过喽!”我一时窘迫地无言以对,我除了说不错,还能说什么呢?但是秦岭的这个小说还是引起另外一些官员的共鸣了。一篇小说能引起“局外人”的注意,不能不欣赏秦岭提炼素材、挖掘主题、审视生活的独具匠心和一个作家难得的人文情怀。

天水人秦岭早已把日渐繁茂的枝叶伸展到渤海湾来了。我现在很难判断秦岭由西向东几千里的迁徙对他创作有多大的意义。关于作家的生活,一个经典的说法是:都市的喧嚣和浮躁并不等于生活的多彩,钢筋水泥的丛林里其实是狭小而封闭的,这也是为什么单一的市井故事远没有开阔的乡村故事幽深、精彩、厚实的根本原因。好在,秦岭一直在连接东西部的火车和飞机上潇洒着,这就比在钢筋水泥丛林中的土著作家有更多的机会品尝大地和泥土的味道。我欣赏候鸟的迁徙,因为它知道哪里有属于自己的生活。

秦岭在以让我们欣喜的节奏进步和成长着。进步和成长是个过程,这个过程是在不断否定和否定之否定中进行的。就小说本身而言,拿他最初和最近发表的小说相比,进步和变化是显而易见的,说明他在创作上大有潜力可挖,他在不断调整着自己,自觉斧凿着艺术上的缺憾和不足,正在由稚嫩走向成熟。在长途电话中,秦岭说:“我总是不敢看自己以前发表的作品,觉得留下了太多的遗憾。”我很欣赏这句话,说明他很清醒,他总在自觉调高标杆,这应该是让我们刮目相看的最佳理由。

因匆忙远足重洋,未能等到秦岭寄来的书稿,只对了解的一些小说谈些粗浅的感受,不知然否?

(秦岭小说集《红蜻蜓》序,光明日报出版社 2006 年 6 月版)

地震废墟中的心灵图谱

杨启明

作家秦岭的地震题材小说集《透明的废墟》出版了,它的独特、纵深与丰富,超越了我对地震文学这种特殊文本的期待。客观讲,这是我 2016 年度读到的好小说之一。

作为活跃在我国文坛一线的青年作家,秦岭的乡土小说凭着深刻的反思精神和批判力量,赢得了广泛的好评,收入《透明的废墟》的 5 个中篇小说,更是再现了这一优势。2008 年的那次“5·12”汶川地震之后,我们看到的更多是铺天盖地的诗歌、报告文学、灾难图片和新闻报道,鲜见小说这种样式露面,而秦岭的《透明的废墟》作为“我国第一部成功反映汶川地震的小说”,连同德国作家克莱斯特的《智利的地震》、日本作家村上春树的《青蛙君拯救东京》一起，被有关期刊同时编排在“虚构文本”之中，成为最早送往灾区的艺术慰问品之一，立即引起了社会的关注。毋庸讳言，是秦岭的敏锐、独行和善断，技高一筹地找到了攻入地震文学堡垒的最佳突破口。

“在众多的灾难文学里能够用小说形式表现地震题材的，毫无疑问首推天津著名作家秦岭先生。”这是地震文学研究专家范藻先生在该书序言中的断言。地震是伴随人类最为残酷的自然灾害，它常态化的频发、肆掠像我们生活中难以摆脱的、如影随形的魔影，让很多小说家望而却步，但秦岭却能独创性地变幻视角，非常巧妙地“还原”了这种生活。《心震》反映了地震一刹那丈夫、情人、妻子对死亡方式的违心选择，让我们从虚假、失衡的道德天平上，看到了尊严的力量和人性之美；在《相思树》中，灾难拷问着爱情、生命、伦理、人格的真伪，撕开了庸常生活中的种种伪饰；在《流淌在祖院的时光》里，祖孙三代之间的矛盾、城乡之间的矛盾、物质与精神之间的矛盾，在灾后重建中上升为道德的博弈和灵魂的对峙，像镜子一样照遍了物欲世界的生活真相，彰显了传统伦理的高贵；在《阴阳界》中，作为阴阳法师的主人公在人间和鬼蜮之间穿越、观察。侥幸逃生的幸存者继续行尸走肉，而变成鬼的死难者，终于有机会对生前的日子表达种种留恋和质疑。作者透过看似宁静的遍地瓦砾，矛头直逼死难者、幸存者曾经躁动的灵魂现场，让灾难时刻人们的心灵一次次曝光，为我们呈现了完全区别于报告文学、新闻图片的人性汪洋。

秦岭曾说：“虚构有时比真实更要真实。”他对小说的这一秘诀显然了然于心。在这组地震题材系列小说中，合理的虚构、大胆的想象被发挥到了极致。他时而把活人当死人写，时而把死人当活人写。人有人言，鬼有鬼话，甚至死去的狗也有心灵的旅程。他让灾难的辐射面覆盖了社会与生活的方方面面，日常生活中的许多纠结、彷徨、变异、坚守、迷茫都能在灾难的废墟中找到长长的投影，而投影中的男与女、老与少不只是一个个活人，也不只是一具具尸体，而是被曝光的心灵。诚如《心震》这个题目一样，说是灾后重建，可是心灵的灾难，该如何重建？而《阴阳界》里所有的鬼事、鬼话，也无不是心灵的告白。活着的时候，人与人难以沟通，难道非得变成鬼才能心灵相通吗？小说的思考空间，振聋发聩，开阔辽远。

《透明的废墟》对当下灾难题材小说创作有着不容低估的启示作用，也为我们研究地震文学提供了很好的依据。

（载《天津日报》2016 年 6 月 13 日）

构筑灾后重建的精神家园

王　青

地震对人类生活的深刻影响,是一个不争的事实。“5·12”汶川大地震,至今在刺痛着我们每一位幸存者的神经,可是,对这一客观存在的、特殊的“生活”,我们的文学视野里除了大量急就章式的诗歌和报告文学,却很难看到小说的介入和表达。天津作家秦岭的新著《透明的废墟》作为我国第一部以汶川地震为背景的小说集,无疑为我们提供了文学的新面孔。

小说集《透明的废墟》收入了秦岭近年来发表在期刊的《透明的废墟》《心震》《阴阳界》《相思树》《流淌在祖院的时光》等五部中篇小说,这些小说均以发生在八年前的“5·12”汶川大地震为背景,为我们展示了同素材摄影图片、新闻报道中难得一见的心灵景象和人性真相。中篇《透明的废墟》中从一个单元楼的视角探究平日不相往来的邻居之间千丝万缕的联系和纠葛,让灾难直逼死难者灵魂及其精神家园,凸显了真善美的回归与昂贵,这种让死亡的代价换来的灵魂救赎,让我们过目难忘,心情久久无法平静。《心震》则让形形色色的君子、伪君子、妻子、情人、二奶、小三悉数登场,上演了灾难时刻的一幕幕人间悲喜剧。在这里,心震更要比地震来得剧烈、凶猛和势不可挡。地震终有过时,而心震及其心的余震,终有何期?在《相思树》中,作者让曾经见证着夫妻爱情的相思树再一次接受地震的残酷考验。灾难在改变人们生活法则的同时,也让情感搭上了充满变数的救护车,当内心需要灾难来主导,当头脑需要流血来清醒,人性的脆弱、局限和容量是多么的令人质疑。《阴阳界》是一篇奇特的、具有穿越意味的、针砭时弊的小说。作品从一个老农生而死、死而生的阳间和阴间两个视角观察物质社会城乡现实的差异,并巧妙借用人话、鬼话、狗话揭示了城乡居民生活两极分化的根因,梳理了城乡居民精神差异的脉络,看清了物欲社会由传统到世俗、由坚守到松散、由真诚到虚伪的灰色流程。这一点,传统小说纵有万千种表现手法,也是无法达到的。在《流淌在祖院的时光》中,老母亲坚守传统道德,而晚辈们早已在物质社会迷失了做人的方向。在如火如荼的灾后重建中,她宁可坚守祖院,也不愿随波逐流屈就于晚辈们精神的堕落。五篇以地震为人性引擎的小说,五个变幻的视角,五种不同的表现方式,它与当下的社会和人们的内心贴得那样紧,狠狠撞击着我们的神经,让我们进入了一个熟悉而又陌生、微缩而又开阔、苍茫而又逼真的世界。

秦岭被文坛誉为具有思想深度的作家,他的很多西部乡村题材小说,善于把历史和社会背景安置在一个小小的事件或人物身上,以突破并跨越地域的力量,拉近人物和读者之间的视线尺度和心灵距离,引起我们的共鸣。他的地震题材系列继续保持了这一优势，从艺术上看，一是视角独特，主题挖掘深刻。作者与其说是为灾难背景下的历史和现实说话，不如说是替生活和事实说话，在他的笔下，所有罹难者、幸存者没有任何与意识形态、官方意志、主流非主流有关的标签，而是灵魂的真实影像和心灵的可视图景。二是构思新颖，表达方式多样。同样是地震题材，但每一篇小说都选取一个全新的切入口，与灾难中的死亡、流血相关的，多是城乡知识分子、机关公务员、商人、市民、农民工、保姆等形形色色的小人物，正是这些小人物在生死关头表现出来的七情六欲、悲欢离合，折射出了我们这个时代的物欲形态、人际关系和人性面貌，如一幅幅现代人性本相的浮世绘。三是语言犀利、诙谐，直插精神现场。作者用冷暖相间的笔调讲述灾难时刻的冷暖人生，话语体系不断转换，处处隐含着对美好生活的追忆、对传统道德的怀恋、对社会不公的愤懑、对权力盛行的不齿。做到这一点是最难的，但秦岭做到了，而且做得让人心服口服。这种独立的发声，像鱼龙混杂的大合唱中突然冒出的纯正、浑厚、昂扬的那一部分，靠近了文学的本质，也靠近了文学的坦诚与良心。

秦岭地震系列小说的总基调是反思，但又无不折射着人性向善和灵魂救赎的光芒，人的生命价值和尊严在他的作品里得到了充分的尊重和诠释。有人说："灾难是改变人的法器。"秦岭的小说应验了这一点。值得一提的是，秦岭的地震题材曾一度引起争议，争议的焦点居然是"地震小说能否虚构""灾难题材需要时间的沉淀""新闻报道比小说有现场感"等荒谬的异声，可见，如何对待和理解灾难题材，怎样表现灾难仍然是中国作家面临的一个瓶颈和误区。秦岭能够突破这一瓶颈，走出这一误区，实属不易。这也是灾难对当下作家职业道德、人性境界和思想容量的考量。在这个多灾多难的世界，感受秦岭的地震题材小说，一定不只是我一个人的幸运。

（载《文艺报》2016 年 6 月 8 日）

厚重的西部乡村叙事

——品评秦岭的小说集《借命时代的家乡》

邓　晖

当下文坛涉足乡村叙事者不乏其人，这种跟风式地一哄而上多显粗糙潦草甚至轻飘之感。纵然博得一时的眼球，但真正能触动人灵魂的乡土作品可谓凤毛麟角。泥土中走出的作家秦岭其深厚的乡土生活积淀，决定他审视和回望乡村有着某种超常的敏感。或许是渤海湾激越的海风所鼓荡，抑或是西部泥土情结的恣意发酵，其小说中乡村历史与现实的链接、苦难与希望的反衬、反思与悲悯的交织、诗性与精神的互动、灵魂栖居的文字背后立体和厚重由此可见一斑。第八部小说集力作《借命时代的家乡》问命尘世，给一度干瘪窘困的西部乡村叙事注入了些许亮色。多年前其长篇小说《皇粮钟》问世之后，曾被评论界认为“从秦岭的小说中能找到中国的农民”，其阅读的冲击力可想而知。

秦岭的近期小说陆续被多家杂志争相转载，其大多数小说被中国作协、中国小说学会以及权威出版社纳入中国年度小说精选或最佳小说选本，这个不容置疑的势头，显然已把他推向了西部乡村文学的风头阵脚，其“新农村问题小说”在评论界和读者中引起的广泛热议，已助推他以独特的优势渐向西部乡村文坛的制高点迈进。《借命时代的家乡》一书能在全国遴选中跻身“小说眼·看中国”精品丛书系列，源于小说在写实中国版图上乡村这特有的旮旯一角的秘史，其时世变迁的沧桑，其人事纷争的悲催，其生存反思的困惑，让我们在捕捉其文学意象中还原西部乡村生活的本真，又让我们在洞悉乡村生活的元素中体味其文学的要义。评论界认为这些小说“本色叙述了当代农民承受之苦难和倔强的生命意识，笔力雄健，敲击现实”，由此可见秦岭玩味西部乡村生活的胸襟和反思题材的高度。

一、反思

有人说，小说的要义在于发现。不知有多少作家想在这个潜藏文学“巨矿”的西部农村，谋求发掘到一桶桶“真金白银”，其结果是他们的发现多拘囿于“真实的再现”和“痛苦的抚摸”中无病呻吟，缺乏反思而一味地追风逐浪自然成为他们不约而同的寻宝动机；作为以“无意让母鸡产鹅蛋，更无意让母鸡变孔雀”思想性见长的作家秦岭，他恰恰从东西部巨大的反差中聚焦慧眼，站在家乡的崖畔审视西部乡村现实的“边边、角角、沟沟、坎坎”。他不光从尘封的历史碎片中复原记忆的积淀，他还从记忆的反思中链接西部农村的历史与现实，他这种多元荟萃的冶炼乡村文学巨宝的“熔炉”相形机械单一的“钻头”其获取“宝藏”的成效当然高出一筹。如果说文学乡土的“冶炼术”是秦岭小说崭露头角的法宝，那反思毫无疑问就是他乡村小说精神向背的突破口。书中所选的作品集中反思曾经隐隐作痛的伤口留给一代乡民心灵深处难以磨灭的印记。

尽管城镇化的进程日趋加快，尽管乡村民办教师逐渐退出历史舞台，尤其是千年皇粮的减免，一度给当下的乡村教育和农业生产带来难得的发展机遇的同时，又让一时失地的农民平添了某种新的困惑。着笔小人物，彰显大命题，秦岭的“乡村教师”和“皇粮”系列小说无疑是他反思的内驱动力最原生态的表现，他在反思传统，也在反思时尚，归根到底在反思历史、生命和人性。男孩为何要将稚嫩的手伸向鸡的屁股眼，甚至毫不恻隐那一片触目的“殷红”，这绝非童真的顽皮和戏谑的恶作剧在作梗。“摸蛋”摸出了一段历史，摸出了无限“荣光”背后的莫大“屈辱”，摸出了复杂意象背后的抽象意蕴。《摸蛋的男孩》（载《北京文学》2012 年第 4 期）叙写孩童思想认识上的蒙昧到现实刺激下的觉醒，“摸蛋英雄” 最终不惜以逃学为代价质疑当时的供给方式和城乡生存的差距，留血的字里行间倾注的是一代农民对生存困境的深深的隐忧，贺绍俊先生在评析该小说时说“不公平的城乡价值观至今仍然让农民的心口在流血”。《杀威棒》

(被选入《中国当代文学经典必读》(2011 年短篇卷),文化艺术出版社 2013 年 5 月版)站在农民的角度反思知青的悲情,同是时代的受害者,呼啸的杀威棒声讨的是尊严的缺失,当头棒喝的是同为共和国公民不平等的境遇,彻底还原了社会变革时期农民生存的精神本相和无奈。其反思之独到曾被段崇轩先生誉为 2011 年度“最具反思意味的小说”。杀威棒指向城里来的学生,“倾心”培养女学生当老婆,这不是一般意义上的师德沦丧。秦岭借《杀威棒》、《绣花鞋垫》(载《中篇小说月报》2003 年第 11 期)等乡村教师系列小说,旨在反思执鞭乡村的基层教师的精神困顿和生存危机,彻底撕破了农村教育人性层面的遮羞布,被评论界认为“拓展了农村教育题材的新领域”。《碎裂在 2005 年的瓦片》(载《小说月报》2006 年第 2 期),获中国梁斌文学奖一等奖,属当代“三农”题材重点研讨作品之一,把中国农民的隐忍与觉醒、无奈与奋争多角度立体化地呈现在读者面前,秦岭也因此被誉为“中国第一个成功表现农业税的作家”。小说中“掏蛋”“抡鞭”“砸瓦”这一系列特有的举动,释放的是农民面对历史和现实碰撞中的砥砺和抗争,愤懑与呐喊,折射的是秦岭小说深刻的反思理念和独特的反思角度。纵观书中所选作品,反思可谓是秦岭小说思想的发射塔,借之西部农民骨子里潜藏的郁积之气、悲愤之气、抗争之气、无畏之气、豁达之气得以顺利腾空,其中的反讽、昭示、启迪之作用不言而喻,正是基于这一点,令同类题材的小说难以望其项背。

二、悲悯

我们阅读鲁迅先生的小说,为先生反思探求拯救民族精神良药的伟大人格而折服,同时又为其同情怜惜人民苦难的悲悯情怀而感动,“怒其不争”地鞭笞中又不忘“哀其不幸”地悲戚。秦岭的笔下我们似乎也深深地感受到了先生的遗风。秦岭不光在深刻地反思中拓展着小说的精神走向,他还在深情地悲悯宣泄着其深层次的社会心理体验。在如此一个精神松懈,物质至上,信仰危机的时代,他并没有蓄意夸大人性丑恶的一面,也没有执意粉饰人性的至善和至真。他在形象而又客观的揭示和反思社会矛盾的同时又不忘给予社会、时代、苍生最大地理解和真切地抚慰,这也是西部作品中很少触及和勃发的一种难能可贵的心灵温度。历经西部肆虐的风沙剥蚀而成长的血性文人秦岭,其坚韧粗粝的血管里喷张的不仅仅是冷峻和粗犷,可触可感的温情和悲悯也似乎在他的字里行间暗流涌动。《女人和狐狸的一个上午》(载《人民文学》2014 年第 9 期)在人狐的疯狂猎杀和殒身相救中把其大爱意识,悲悯情怀推向了极致,掠起了近期文坛上的一片哗然,被评论界认为是“堪称个例的大爱叙事”。浩荡的工业化进程,让人在物欲膨胀的间歇不无感受到了环境恶化的空前冲击,摆在西部人面前的不容忽视的缺水难题已考量着人们的价值取向和谋事准则。狐皮大衣固然可以装扮时尚,可以满足虚荣,但缺水的危机可以抹杀万物之生命,人狐大爱的凄美演绎一方面在反思人性的复苏,同时又是对人类戕害自然的警醒。人和狐的双双殒命看似无厘头的意外,却有着某种相连和因果,许多事情好像都在无休止地滥杀、滥伐、滥采中成为谶语。狐的挣扎、人的挣扎、人性和狐性的相通与契合,尤其是近乎黑色幽默般的人狐葬礼不又在启蒙着人对自然和社会的忧患和悲悯吗？当我们置身在高档水疗馆尽情奢侈洗浴之际，当我们穿戴皮草无限风光地出没在繁华都市的场馆会所之际，有谁还能关注蛮荒的西部农村那些人和狐狸的故事？秦岭思想深处所涌动的悲悯普世情怀在他的小说中体现得如此平静而不动声色，鲜活而不故作矫情，其对人狐乃至苍生万物的周遭命运给予了近乎宗教般的最大限度地理解和冷静客观的评判。

鲁迅先生曾说："人类的感情并不很通，穷人没有开交易所折本的烦恼，石油大王不知道北京街头捡煤渣的老太太的心酸。"此话虽早已时过境迁，但其中对人的悲悯情怀不无一定的唤醒作用。文人如蚁，但真正的悲悯者甚少。秦岭尽管抖落时装的裤管，但还是不忘泥腿的尴尬。他尝试着以"饱汉"的舒心体味"饥饿者"的酸楚，这不由我又想起了诗人舒婷。有人说，舒婷的诗作之所以能与广大读者达到心灵的互通和情感的共鸣，缘以其女性诗人特有的细腻和温热，她能以无限的宽慰抚摸伤痛的软肋。《绣花鞋垫》中因惨遭爱情遗弃而精神坍塌、人格分裂的民办教师；《一头说话的骡子》(载《2010 年度中国短篇小说精选》，长江文艺出版社 2011 年 1 月版)中被冤杀而又化身骡子的农民工的魂灵；中篇《借命时代的家乡》(载《中国作家》2014 年第 12 期)中灵魂被动突围的知青，他们的孱弱与不幸，罹难与抗争，秦岭在反讽时代社会的同时，又给予他们人性层面的极度悲切。在一个缺乏爱情土壤的空间，如何能憧憬天涯芳草的美丽，何况这又是一个功利化的时代。那些地处法律失范、道德漠视的"骡子"，即便再次幻化成人，谁人能洗刷他伤风败俗的"罪孽"呢？如若不"借命"那个时代，城乡现实的差距就不会伤害农民的精神领地吗？反思让秦岭的小说找到了撬动坚硬现实的"支点"，悲悯又让发力的撬杠铆合了辅助的"基石"。优越真能换位卑微，秦岭小说题材的外延和深邃也就不言而喻了，秦岭悲悯博爱的人文意识也就不难触摸了。

三、诗性

倘若反思赋予了秦岭灵魂飞舞的翅翼，那悲悯何尝不又支撑了秦岭精神独立的一方晴天，如何让反思更到位，让悲悯更熨帖，灵动的诗性也许是二者契合不可忽略的有力推手，三位一体，相得益彰，水乳交融。如若没有洞察乡村自然环境所激发的诗情，自然也就缺乏反思的原创动力，悲悯就无以搭乘表达的载体。《坡上的莓子红了没》(载《新华文摘》2006 年第 4期)可谓是秦岭诗情勃发，诗性灵动，诗意充盈的短篇佳作。与其说他在创作小说，不如说更像在张扬诗性。小说中没有为前所未有的干旱流露丝毫的隐忧，嗅到的是莓子的不可名状的馨香，看到的是起伏的麦浪和村头浓荫葱茏的槐树，听到的是阿婆苍凉幽婉的民谣，一切叙述都在诗化中平静地流淌，似乎早已远离了干旱的侵扰，淹没了苦难的印记，在象征中寄寓主题，在愉悦中颂歌人性，把西部风情特有的魅力和西部人昂扬的生命旗帜融入了诗的意境中。这种小说的诗化特质自然又让人联想到孙犁先生笔下的《荷花淀》，尽管地域有别、题材迥异，但表现人们不畏困难或为保家卫国而不惧战争的勇气和胆识有着异曲同工之妙。《女人和狐狸的一个上午》中釉亮的水缸、破旧的脸盆、怒放的杜鹃、守望的香炉、苍凉的崖畔等西部生活的意象叠加，处处洋溢着西部风情的地域特质，同时又寄寓着诗歌般丰富的象征性，使情节在起承转合的关键点上，恰到好处地增强了小说的某种诗性。诗歌和小说本是两种截然不同的文学样式，但在秦岭独具匠心的运作中竟然结合得如此天衣无缝，收到了意想不到的审美效果。

涉猎《借命时代的家乡》全书，深感秦岭以其深厚的文字功底，俯瞰乡村百态的机敏，以及关注苍生的滚烫情怀，在历史与现实的腾挪中给我们烹制别有风味的乡村大餐，让我们从百味的乡村盛馔中反复咀嚼赏鉴，从中玩味西部农村、农民与农业的生成元素，从而为西部乡村叙事涂上一层厚重与沉重的底色。

（载《时代文学》2015年第1期）

陇东南乡村的忠实守望者

——秦岭乡村小说印象

南北萍

毋庸讳言，作家秦岭从《绣花鞋垫》《不娶你娶谁》等"乡村教师"系列到《烧水做饭的女人》《坡上的莓子红了没》《碎裂在2005年的瓦片》《弃婴》等"三农"系列，创作道路呈现着明显的上升趋势。短短4年内，他的许多小说不仅被各类选本、选刊青睐，而且登上中国小说排行榜，摘取了以关注"三农"为主旨的首届梁斌文学奖一等奖，越来越引起专家和读者的关注。追根溯源，在于作家对陇东南乡村的忠实守望。

秦岭的乡村小说始终没有离开陇东南这片贫瘠但不乏诗意的土壤，笔下几乎都是他熟悉的乡土以及他的乡土悲情。他的作品都是以他个人的乡土经验成就陇东南乡土生活的浮世绘，表达了他对当下中国乡村社会生活的某种理解、洞察和悲悯，颇具根性。《碎裂在2005年的瓦片》中的甄大牙是村长推荐到粮站的优秀验粮员，但却并没有在村长和村民那里落好，反而遭受房顶瓦片屡屡被砸的闹剧，直到2005年国家取消延续了长达2600年的"皇粮"，甄大牙的命运才摆脱了这种黑色幽默式的乡村怪圈。《哑巴核桃》中的哑巴原本是马步芳手下的土匪，为了逃避惩罚隐居陇东南山乡几十年，用嘴里含核桃的方式强迫自己缄默，竟然成为一次次政治运动的幸存者，而自己的人性也得到了回归。《涝坝》中的犟牛作为唯一见过世面的人，不惜得罪村长和全体村民，以殉道般的意志强迫村民修筑涝坝，村民得到了实惠而犟牛却里外不像人。《英雄弹球子别传》中的刘爱国之所以被人戏称弹球子，却是因为奋不顾身从狼口里救小孩时被狼尾巴扫瞎了眼，两颗弹球子一样的瞳仁成为笑柄，他为了最终落个名正言顺的英雄名分又去扑火，以死证实了自己是英雄……在上述作品中，作者努力在陇东南乡村的一草一木、一人一物之间探究着千年农耕文明和现实背景留下的既让人神往又令人困惑的乡村氛围，密切关注的是那些在乡村政治运转的秘而不宣的潜规则中艰难生存的普通人物，再加上作者对陇东南乡村风土、民俗、人文的精彩描绘和地方语言的适度应用，扑面而来的是只有这片土地才有的五谷杂粮的味道，这使我们在阅读中，随时都能感觉到那种来自陇东南乡村泥土深处的清新和沉重。

与大多数出身乡村进入城市、然后以“城市人”的视角审视和重构乡村生活的作家不同，从事过农村教师职业、后来又在甘肃、天津的党政机关从事政策研究的秦岭，不仅勇敢而坚定地充当着陇东南乡村的“麦田的守望者”，而且其乡村叙事显然有拉开认知距离后的审视目光。他的笔调常常是温和冷静的，倾注了对陇东南父老深切的悲悯与爱，如一曲悠长中带着忧伤的西北民歌；其睿智犀利的如刀之笔，总是出人意料地在现实与人性最薄弱处层层剖开，表现出喜剧与悲剧相交融的叙述风格。《坡上的莓子红了没》饱蘸深情的笔墨，以一系列啼笑皆非的故事，深刻揭示了陇东南地区农民面对干旱肆扰和贫穷的重压，所表现出来的坚韧、平和与渴望，被评论界誉为“像歌谣一样幽深的人性展示”。《弃婴》由于别开生面地提出了一个贫困地区的残疾婴儿被遗弃到城市后的遭遇，把“三农”问题曝光到都市背景下来审视，一发表就被《小说选刊》《小说月报》等多家选刊同时转载。在中篇小说《烧水做饭的女人》《绣花鞋垫》《不娶你娶谁》《硌牙的沙子》《正月》《村学》等乡村教师系列中，作者把喜剧和悲剧相融合的艺术手法运用得更为娴熟。如，山村中学校长孙留根既要合理阻止教师娶学生当媳妇，同时为了留住教学人才，又不得不动员学生嫁给教师；民办教师的妻子花儿巧妙地摆脱了乡党委书记的纠缠，但是为了自己丈夫和山村学校的未来，又不得不主动献身权贵；学生往教师的水桶里塞沙子的目的，竟是为了报复教师给征收税费的干部当帮凶；校长桃李满园，但因为充当了基层政权的工具，追悼会上鲜有家长和学生的身影……作者就是在笑与泪之交织中对他笔下的人物给予深切的关怀，同时又对他们身上的弱点持着一种审视和批判的态度。作者没把笔力过多伸向支配，而是把自己满腔的理解和深切的体恤倾注于这些命运多舛的人们，他让人物群像在他们的生活情境中发自本性地喜怒哀乐，让人物在自乐自嘲中自省。在作者的笔下，每一个角色都不是单一存在的，而是一个个复杂、多面、矛盾的却又个性鲜明的艺术形象。这些发源于陇东南乡村的艺术形象，由于另类和独特，因此只属于秦岭自己，绝不与此前或同时期的其他作家笔下的农民形象雷同，应该说，这是对当代农村小说的人物画廊的一个贡献，这也是他坚持笔耕陇东南文学土壤的结果。

农人有句谚语：成熟了的谷穗是低着头的。已获得不俗成绩却始终清醒审视自己的秦岭，“沉下心，让心灵游荡在故乡的羊肠小道上”（秦岭创作谈语）的秦岭，“为了六月真正意义上的收割，在寂寞的崖畔精心地打磨自己最好使的镰刀”的秦岭，一定会在他的犁铧不断深入那片土地的过程中，完成新的量变到质变的飞跃，为他忠实守望着的陇东南那片土地，写出更加不愧于这个时代的力作。

（载《中国文化报》2006 年 12 月 6 日）

第五辑

秦岭小说研究专论

深入到生命的骨髓

———读秦岭的小说《碎裂在2005年的瓦片》

颜廷奎

秦岭的小说《碎裂在2005年的瓦片》(载《天津日报》2005年11月10日)发表后，《中国文化报》就有评论报告了这一“跨越时代的响声”，继而《小说月报》于今年二月号又予以转载。看来，小说的主人公甄大牙掷出的这块沉重的砖头，还真的打破了文学的宁静，有了令人欣喜的回声。

这篇仅有六千多字的小说，叙述的是一个并不复杂的故事：在祖国西部的一个小山村，国家粮站的验粮员甄大牙虽然是一个临时工，但他上任6年来，基于农民的质朴和共产党员的忠诚，一直坚守岗位，恪尽职守。每年缴公粮时，十里八乡的农民蜂拥而来，都要过他这一关。他的牙齿，如同威武的哨兵把守着粮库的大门———用牙咬检验麦粒的干硬程度。他不徇私情，即使是村长的粮食，听不见那脆生生的“嘎巴”声，也要回头再来。有的农户在缴粮前，拎着鸡蛋、腊肉来看望他，他一律拒之门外。然而就是这样一个丁是丁、卯是卯的农民的房顶上，却屡遭来历不明的砖头的袭击。“咔嚓”，屋瓦碎了；“咔嚓”，他的心碎了；“咔嚓”，他对村长的信任碎了；“咔嚓”，他神圣的责任感和使命感碎了———“呸！明天我再去验粮，就是驴下的。”只有2005年春节这最后的一声“咔嚓”，是他心花怒放的声音。国家免缴农业税的春雷，不仅使这个古老税种像冰雪一样消失在春风之中，而且驱走了验粮员甄大牙心头久积不散的乌云。他用不着再担惊受怕了，他轻松了，卸去历史重负的身子不由自主地旋出屋子，几乎是下意识地捡起砖头，完成了这具有划时代意义的一击。

“咔嚓”，故事结束了。结束得干净利落。然而它的余音却久久萦回在人们的心头，令人回味，令人思索。应该说，验粮员甄大牙自砸屋瓦这近乎歇斯底里的不寻常的举动，具有普遍性的意义。他要让吃“皇粮”的人们听一听农民的心声，体会一下古老的屋檐下饱受折磨的心灵的痛楚。正如村长对粮站正副站长所说的：“这个都听到了吧，再不听，就永远听不到了。听到了，就知道咱庄稼人心里有多苦哇！”中国的农民历来是弱势群体。他们上仰老天的风调雨顺，国家的政策关注，下靠脸朝黄土背朝天的辛勤劳作，以求衣食温饱、安居乐业。然而就是这样的企望，也常常由于各种原因难以实现。西部山区的农民尤其如此。验粮员甄大牙因为牙好，温饱问题解决了，但安居却不能。一块块砖头飞来，他始而愤怒，继而气馁，最后竟精神崩溃了。这是怎样的一种精神重负？他秉公把关，却屡遭报复，又得不到解决，他怎能不感到委屈？尤其是他一贯敬重的村长，居然成了掷砖砸瓦的首嫌，那一刹那，他的心里，又是怎样的孤单落寞？

因此，当他第一次从院外听到来自屋顶的碎裂声，同时也“听到自己心脏的剧烈跳动”,那砖头仿佛是“砸在他的心尖上了”,他甚至觉得,屋瓦碎裂处流的是从自己心中涌出的“殷红的鲜血”。这种将一颗破碎的心连缀起来并予以重新呈现,不仅具有震撼人心的现实品格,而且揭示出甄大牙行为举止的内在动因。他是悲极而喜,喜极而悲。悲喜交加下的行为失常,无论采取什么形式都是可以理解的。甄大牙自砸屋瓦的举动说明,物质重压下的精神畸形,只有靠物质重压的消除来消除,这是一个社会发展过程。那一声“咔嚓”宣告的,不是这个过程的终结,而仅仅是开始。

在我看来,甄大牙自砸屋瓦,堪称一个历史细节。它是生活真实和艺术真实的有机合成。完成这种合成,不仅仅靠技巧,更要靠作者对农民命运的关注和对农村生活的熟悉。作者自幼生活在西部的山村,人到中年,来到了大城市,但他每当拿起笔来,便会“沉下心去,让心灵游荡在故乡的羊肠小道上”(作者语),相继写出《绣花鞋垫》《坡上的莓子红了没》《不娶你娶谁》等一系列反映山村生活的中短篇小说。《碎裂在2005年的瓦片》较之上述诸篇则显得更凝练、更深沉、更富寓意和韵味。作者将自己满含深情的笔触深入到农民的心里去了,深入到生命的骨髓中了,于是才有了甄大牙这一文学形象的诞生。秦岭在谈创作体会时说:“写东西就像清理涝坝，不只是打扫水草,而是挖掘污泥,挖得越深,蓄得越多。”这篇小说,应该视为他的这一创作主张的成功实践。

“民为国基,谷为民命。”(东汉思想家王符语)秦岭独具西部山村生活的优势,又有良好的创作开端,沿着现今的路走下去,为农民写,写农民,肯定会大有希望。

(载《天津日报》2006 年 5 月 25 日)

《断裂》是部有创意和深度的作品

——评《断裂》

杨显惠

秦岭的长篇小说《断裂》是一部有创意和深度的作品。

我在《文艺报》撰文分析秦岭的农村题材小说创作时说过,对于秦岭的创作,我始终充满期待。这是因为在更多的作家总是习惯于追风逐浪,迷恋时尚的情况下,秦岭始终坚守着自己,保持着自己的创作个性和追求,并不断凸现具有自身特点的创新意识和探索精神,这也是他的小说总是受到读者关注的根因。他的长篇新作《断裂》,再次满足了我的某种期待。

阅读《断裂》带来的快感，可以用“酣畅”两个字来概括。据了解，这部小说在出版之前，其中的一部分曾在发行量位居同类期刊之首的《小说月报》原创版长篇小说专号上隆重推出，并引起了一些专家和读者的关注。在当前长篇小说泛滥成灾、泥沙俱下的情况下，一部作品能够引起专家和读者的双重关注，我认为是奢侈的、也是弥足珍贵的事情，这样的小说首先是货真价实的，是值得反复品味的，是可以和书架上的优秀图书摆放在一起的。

现实主义的一个突出特征是其批判性，批判的力度源于小说对社会存在问题暴露的深度。我认为，《断裂》是一部具有自省意识和现实批判意义的力作。《断裂》不单在讲述故事，它所承载的具有象征、寓言、批判意味的“干货”“硬货”全部夹裹在故事的腠理和骨髓里，有些甚至隐蔽在矛盾的背后或者故事浓荫之中。这注定了它不是浮光掠影的，而是厚重深邃的；不是快餐式的，而是余味悠长的。这就激发了读者急于探求、寻觅的欲望，这是秦岭的创作一贯表现出来的“拿人”之处，他的招数往往使读者欲罢不能。小说中的主人公卞绍宗是个优秀大学毕业生，有着坚定的理想信念和远大的抱负，为了实现人生的价值，他不惜抛舍珍贵的爱情，毅然决然地来到了条件艰苦的九十里铺当中学教师，但是，基层权力支配下的教师价值观的缺失、功利思想对教师灵魂的剥蚀、严酷的生存环境给教师造成的心灵伤害，以及严重的“三农”问题对农村教育的侵袭，彻底打碎了他的青春梦想，他开始了试图委身权贵来改变自己的命运。他借助乡党委书记栾建民、初恋情人周筱兰等各种可以利用的力量投机官场，并千方百计在上层矛盾的旋涡里巧妙周旋。在官场的碾轧博弈中，他一步步得到了升迁。值得一提的是，他谋取权力、大肆收受贿赂的过程，也是他想方设法为九十里铺的脱贫、发展与进步疲于奔命、辛勤工作的过程。他用受贿所得为瘫痪在床的父亲治病的同时，又不忘资助农村贫困生；他与情人周筱兰利用一切机会纵情，却又不忍心与一个中学生妓女纵欲；美丽妻子的红杏出墙给他造成了难以愈合的创伤，他却在善良的小保姆那里发现了底层女性难得的人性之美。卞绍宗最终登上了清谷县权力的顶峰，与此同时，九十里铺的建设与发展也在他的“支持”下达到了历史最好水平，也就是说，他远大抱负的最终实现，是以攫取权力为前提，以丧失人格为代价，以扔掉尊严为条件，以藐视法律为背景的。最后，伴随着由他挂帅的豆腐渣工程——爱民桥的断裂倒塌，卞绍宗的违法犯罪问题也浮出水面。主人公最后选择了自杀，在遗书中，他请求把自己的尸体埋在为之奋斗过的九十里铺。法律对他犯罪行为的定性且不赘言，而九十里铺的老百姓对他的自杀所持的不同态度，才是最值得思考的。故事的深刻性和现实意义，在于功过是非背后的社会反思和人性的多重思考。

《断裂》给我的感触很深，特别是小说所蕴涵的丰富的信息量，常使我的思考陷入沉重和纵深。这几年，我或多或少地看过一些所谓的官场小说，品读过一些相关的评论。我发现，有些官场小说的主题要不是过于集中在权力和金钱对知识分子人格和价值观的摧毁上，那么必然是在不遗余力地反映现实官场生活对人性的消解和腐蚀，更有一些所谓官场小说，与那些流俗的言情小说一样，类型化或程式化特征十分明显，基本没有什么值得研究的艺术独创和人文精神。有人简单地把《断裂》划入官场小说范畴，我认为不尽准确，而有的评论家在报刊撰文给其冠以反腐小说，我觉得更有些牵强附会。秦岭确曾写过一些官场小说，如发表在《钟山》《上海文学》《长江文艺》等期刊并被多次转载的《难言之隐》《狗坟》《打字员盖春风的感情史》等，这些小说用漫画、夸张、反讽的手法，揭示了官场各色人等在潜规则中困惑、无奈、尴尬、迷茫的生存景象。而《断裂》绝非简单意义上的官场小说，充其量含有一些官场文学的元素而已，它超越时下官场小说的地方在于：首先，作者主要展示的是当代青年在物欲社会的心灵演变史，它没有停留在官场的表象上，而是以官场、城市、农村、家庭为背景，以精神的变化和情感的走向为线索，多角度切入人的精神和灵魂，全方位反映人的精神追求与现实利益之间的矛盾。其次，主人公善与恶、荣与辱、崇高与堕落的交织，不仅仅来自官场，本质上源于精神与物质、清高与欲望、权力与利益之间无法回避的、牢牢凝结在一起的矛盾，从而构成了他的人生链条，那就是从坚守信念，到迷失自我，再到放弃操守，牟取金钱和权力，回过头来又利用权力为老百姓办好事、办实事直至自取灭亡。再次，《断裂》显然摆脱了官场小说的习惯视角，譬如，主人公妥协于现实，却并没有完全随波逐流，灵魂被污染却没有丧失心灵的原则，权欲、肉欲和物欲在吞噬他精神的同时，却一直保持着一颗善良、悲悯的心。在现实生活中，一个"双重"人格的人，是很痛苦的，我们可以想见卞绍宗复杂而备受煎熬的心路历程，当人生的价值需要靠谋取权力来实现的时候，我们就不难为卞绍宗每一次痛苦的抉择和精神上的断裂找到答案。第四，小说给以孔令谋为代表的深受儒家文化熏陶的中国知识分子、以劳模"父亲"为代表的社会主义国有企业的主人、以校长庞社教为代表的中国农村贫困地区教育工作者、以甄芹芹为代表的农村个体户、以小乖乖为代表的卖身贫困生等各阶层"角色"提供了"登场"的机会，构成了奇异而逼真的现实世风、世相、世貌，把对中国各阶层人物命运的思考置于了一个更宽阔的社会背景下，使作品有了更强的现实意义。这些可圈可点之处，在普遍意义的官场小说中是看不到的，这再一次证明了秦岭思考问题的独特性和提炼素材的能力。

在我看来，一个作家拥有才华固然重要，而具备独特的视角比拥有才华要重要得多。视角独特了才会有超乎他人的发现，如果视角和芸芸众生没有什么区别，光凭才华，写出的东西只能是大路货，很快会被岁月湮没，被读者忘记。秦岭的小说之所以被文坛称道，最根本的，在于他善于发现。我最初注意秦岭的小说是他的《坡上的莓子红了没》（《新华文摘》2006 年第 4 期），小说里的阿婆浓缩了中国劳动妇女吃苦耐劳的美德、顽强的意志和坚韧的精神，无论旱年的灾情严重到何种程度，她都要把民歌奉献给所有的庄稼汉，给他们以心灵的安慰。在这篇小说里，作者自觉跳出了一般作家固有的乡村叙事模式，避开乡村政治的博弈，站在中国农村社会转型期的时代高度，从自己的农村生活体验和乡亲日常的凡俗生活出发，用细腻的描写和跌宕起伏的情节，把自己满腔的理解和深切的体恤倾注于每个角色，读来震人心魄。他创作的《绣花鞋垫》（《中篇小说月报》2003 年第 11 期）、《不娶你娶谁》（《中篇小说选刊》2005 年第 3 期）、《弃婴》（《小说选刊》2006 年第 10 期）、《碎裂在 2005 年的瓦片》（《小说月报》2006 年第 2 期）、《烧水做饭的女人》（《作品与争鸣》2006 年第 5 期）、《皇粮》（《中篇小说月报》2007年第11期)等一系列反映农村生活的小说,同样是以独特的发现和对生活反习惯的重新解构,使大家在嘈杂纷乱的文坛,有幸听到了秦岭式的足音。秦岭在《断裂》的主题开掘和艺术探索上显然继续秉承了他在农村题材小说创作中的诸多优势,并揉进了他的城市生活积累,使小说在背景铺设、情节设置上显得严丝合缝,不留痕迹,特别是主人公从九十里铺挣扎出来,最后又魂归九十里铺,其象征性真是意味深长。卞绍宗的悲剧不只是卞绍宗个体的悲剧,他渐进式、反复性、矛盾性的心路历程,很容易引发读者对自身、对现实和对社会陷入严肃深入的思考。

秦岭长期在官场生活,又有在农村生活和工作的经历,他还一度从事过理论研究工作,写过大量的社科类理论文章,而理论研究是离不开理性思考的,这是作为一个成熟作家难得的优势。正是这些人生体验,再加上他在开掘主题上习惯于剑走偏锋,往往能够出奇制胜,剑剑见招,从而成全了秦岭小说的过人之处。需要提醒的是,剑走偏锋只是一种创作的招法,不一定在作者的所有创作中都能行得通,我相信,秦岭会认识到这一点,我们有理由期待他的下一部作品。

2007年9月于天津

(秦岭长篇小说《断裂》序,中国工人出版社2008年1月版)

解析长篇小说《断裂》被关注的理由

——评《断裂》

葛忠雨　江媛

"一个心灵紧紧贴在大西北苍茫大地上的血性文人。"(从维熙评论《皇粮》语)这是文学前辈从维熙老先生对青年作家秦岭的评价。

我相信这句话,相信语出一位历经半个多世纪风雨的老人之口的不易。我也相信我自己的阅读取向和体验。和秦岭只见过一面,但是秦岭的许多小说早就像嘉宾一样被我请到书房里,喜爱备至,长亭难别。我给许多朋友推荐了他的长篇新作《断裂》,不只是因为该小说被出版社列入2008年度的重点图书,成为新年北京书市的新宠。原因只有一个:我喜欢!

许多人习惯了图书市场的一个悖论:被关注必然是迎合了时尚和趣味。如果以此来为《断裂》寻找被关注的理由,则恰恰失灵,《断裂》几乎与时尚无缘,它是一部地道的纯文学图书。那么,探究其被关注的根由,就成为一个有意义的文学话题。

小说的主线条大致这样：主人公卞绍宗有着远大的理想抱负和强烈的事业心，他和中国千千万万青年知识分子一样，想通过自己的智慧，改变农村落后的教育面貌，经过一番酸甜苦辣后，他才“领悟”到，能够改变现实的巨大力量，莫过于拥有权力。于是他自然而然地成为权力和世俗的俘虏。他一方面借助各种力量投机官场谋求升迁，另一方面利用情人周筱兰父亲的权力，千方百计为基层的建设与发展多方奔走。就是这样一位有着多重人生的政坛明星，却在事业如日中天的时刻选择了自杀。人们如何对这样一位腐败分子做出客观公正的评价，成为这部小说最耐人寻味的话题。从作者表现的对象来看，《断裂》在 26 万字的篇幅里，几乎包容了当代官场、城市、农村、教育、家庭等方方面面；从表现的内容看，则涵盖了现代官场社会中权力的博弈、理想的迷失、灵魂的熬煎、精神的变异、情感的交织和道德的对决。有人认为，是作者对官场犬马声色的极致描写，成全了《断裂》在图书市场的竞争力，我看此言未必有说服力。评论家雷达认为：“《断裂》不像当下流行的官场小说那样单纯表现权力场的博弈和对峙，而是把视角放在权力与人生价值、创业与伦理道德、奉献与灵魂变异等等看似悖论的人生考场来，让我们看到了一张神秘而奇异的人生答卷。”我认为，雷达的评判是准确的，它使我们更加明晰地辨清了《断裂》到底是一部什么样的小说，包括它的揭示、承载、担当、批判以及对当前社会问题小说在某一些领域的拓展和补充。

综上所述，我认为《断裂》至少有以下理由是我们关注的根因。

首先，《断裂》的批判意味带着尖锐的呼啸声，击中了当代青年普遍存在的精神软肋和心灵伤口。当代青年到底有无理想、有无远大的政治抱负？此话题早已不新鲜，甚至有些陈旧，却鲜有作家把笔触深入到这个似乎充满凶险的禁区。我们的社会提供给小说的主人公卞绍宗——这个志愿到偏远地区支教的优秀青年施展才华的平台是什么呢？社会伤口由此揭开，卞绍宗面临的是陈旧的教育管理体制对他的束缚、基层名利场对他的纠缠、由基层政权和基层百姓造成的矛盾导致的师道尊严严重缺失。这种无处不在发挥作用的不可抗拒的巨大威力对卞绍宗的理想和事业造成了颠覆性的毁灭，而弥合他伤口的，却是老百姓给他的权力和受贿所得的金钱。当血腥的权力和金钱成为时代青年回归理想的法宝时，小说的深刻性，如塬之深壑，眩目得不敢俯瞰。这种对社会的交叉、纵深透视，在同类题材中是很难找到的。“技高一筹”，再次证明了秦岭观察社会、认识问题的智慧。

其次，《断裂》对社会转型期物质世界对人的尊严和心灵原则的残酷拷问，能够触动生活在这个时代的我们脆弱的神经。作为一个正常的人，维护自身尊严，坚守独立人格，是最基本的人性元素。卞绍宗的人生爬涉之路，几乎每一步都面临着艰难的选择：要当官吧首先学会当小人，要掌控并维护权力吧首先得学会排除异己，要为老百姓办实事吧首先得熟悉运作规则……这一切的一切，不是卞绍宗非得这样做，而是他生存、生活的必然选择和现实法则。秦岭笔下的卞绍宗与时下流行的官场人物形象的根本区别是，主人公在自我毁灭的同时，也在谋求新生，因为他无时不在权欲、情海中苦苦寻找着最初的理想和信念。当一个人通过迷失自我而找到一个新的自我的时候,这个自我还是自我吗?这是最能够触动我们神经的钢锥。蒋子龙认为,秦岭在创作上“获得了一种自由、轻松和机智”。也许正是这个原因,他笔下的人物总是让我们感到有一种可怕的参照感,这种感觉使我们无时不在怀疑到我们自身的命运,这就是《断裂》的穿透力。

再次,《断裂》对现实生活逻辑的剖析和对生活背景的反照有一种解密的力量,还原了社会各阶层人物群像的本来面目。有专家认为,《断裂》揭示了权利场人与人生存背景的复杂与荒诞,我认为这样的解读不甚全面。秦岭在尽可能地把人们的灵魂、精神通过行为,像晒干鱼片似的,开膛破肚,放置在炎炎烈日之下,让所有的人一眼看足看准看透,他笔下的大小官员、企业领导、中学校长、工人、家庭成员都不是单一的性格,而是有着多重和复合特征,都没有用好与坏的标准来判断,没有用褒与贬的尺度来衡量,没有用善与恶的规范来把脉,一切都是从人性的本来面目出发。在这样的逻辑下,精神世界受到无端戕害的卞绍宗,恰恰是缠绵、放纵的情色给了他心灵的慰藉,恰恰是通过对官场潜规则的深透把握并利用潜规则“服务人民”找到了“人生价值”,恰恰是支撑他的信念和理想的权力在给予他曙光的同时也把他推向了悬崖,恰恰是对腐败分子深恶痛绝的老百姓最终维护着他孤单的坟茔。这种逻辑与反逻辑的叙事,弥补了当前社会问题小说普遍存在的想象空间不足、思考余地有限的问题,为我们深入了解当代社会、解读同类题材小说提供了可贵的参照。

杨显惠说:“《断裂》是一部有着自省意识和现实批判意义的书。”名家的结论,成为所有理由的最好概括。

2008年3月于珠江之畔

(选自图书评论网2008年3月1日)

妙笔《皇粮》,阅读秦岭

——评《皇粮》

从维熙

天津是我文学的摇篮,我对天津后生代的文学作品格外关注。这不是有意而为之,而是出自于一种精神本能。记得,两年前我曾在《天津日报·文艺周刊》上读到过一篇小说，题名为《碎裂在2005年的瓦片》，因其文字雄浑阳刚，有别于无病呻吟之作，因而我记住了这个作者的名字——秦岭。从作者的名字和文字中飘溢出来的乡野气息来看，我推断作者可能是来自大西北，一个城市长大的小家碧玉，是很难编织出这样的小说来的。

也算一种巧合吧，去年夏日天津市和平区举办读书节的活动，我见到了秦岭。虽然，他出于受文学的陶冶，言谈举止之间，偶尔流露出一丝儒雅之气，但是那张历经风霜雕塑过的脸膛儿和有别于天津的地方口音，我一眼就判断出他是一条来自乡野的汉子。经过交谈，他告诉我他来自甘肃天水，童年生活在山峦和乡野之间度过，是吃西北五谷杂粮长大、后来到天津从事文学创作的合同作家。这不仅印证了我读《碎裂在2005年的瓦片》时的揣测，秦岭还给我留下了有别于一些附庸时尚作者的良好印象。

从天津归来不久，一天妻子突然问我："这个作者秦岭，是不是咱们在天津见到的那个秦岭？你有空读一下吧，这篇小说《皇粮》写得可真不错。"言罢，便把她手中的《中篇小说月报》递给了我。说实话，在文学浮躁的时代，妻子这番话语，并没有唤起我对这篇小说过高的期望值——尽管秦岭的《碎裂在2005年的瓦片》一文，曾唤起我阅读时的快意。之所以如此，实因一些游离了人生真谛的"文化快餐"，充斥了当前的文学市场，那些以人体感官体验，取代了直面人生的小说，如同黄河决堤之水，淹没了文学圣土之故。

但是当我静坐于书房灯下，渐渐走进《皇粮》文字的经纬之中时，我却难以放手了。小说《皇粮》不仅写得粗犷蛮荒，人物雕刻得玲珑剔透，更具文学慧眼的是，他把今天中国政府体恤民生，废除了农民上缴"皇粮"之举，当成小说的文胆，因而使故事多了沉甸甸的分量，可以说从取材到人物情韵的描写，在当代描写农村生活的作品中，都称得上一声绝响。当时正是秋天。秋天是人类的收获季节，在捧读秦岭这部中篇小说时，我当真把它看成是天津文学创作的一大收获。

昔日我曾读过20世纪30年代上海书局出版的《中国税务史》。书中记载：始自商周之后，就有了农民上缴皇粮之税条。几千年来，这个亘古不变的律条，历经历代封建王朝，一直流传至今。回眸几千年的中国历史，生活于社会底层的农民，为了上缴公粮，卖儿卖女者有之，沦为乞丐者有之。但是到了21世纪的开元时期的中国，政府体察民情民生，不再让农民上缴皇粮了，因而无论从哪个角度去解读，其意义都有金子般的重量。但是政府这一亲民之举，除了在传媒上赢得了国人的赞誉之外，文化工作者将其纳入视野并将其编成文学作品者还是个零；唯有天津的作家秦岭，将其纳入创作视野，写出这篇《皇粮》的小说来，让我深感这个来自西北甘肃的秦岭，不仅心里揣着乡民之疾苦和文人不可缺失的人文良心——更为可贵的是，他有着一根感悟文学的神经，因此才会有这部中篇小说的出炉。

这样的重大题材，对于作家来说是很难驾驭的。如果只有创作意象，而没有生活基础，很容易将其概念化，成为图解政治的蓝本。可贵的是，秦岭完全从生活出发，避开了正面切入之愚笨，以一个爱情故事贯穿其小说首尾，将珠玉镶嵌于作品的字里行间，显示出其驾驭宏伟主题之能量。在通篇作品中，没有一句歌功颂德的时代流行词语，更没有一些低能作者公式化的陈述——而是在稿纸上摆开了尖山村往日上缴公粮的各种故事，让读者自己去感受农民心底之酸、甜、苦、辣。有的在缴公粮时，因颗粒干瘪而不能过关，不得不去贿赂验粮员；有的为了能上缴够格的公粮，不得不去集市去另购他村的粮食；有的实在无钱又无能，便到山神庙里去祈求神灵保佑他闯过那道验粮关……真是不一而足，让读者倾听农民心声之余，并为之绞痛不已。这是没有丰厚生活的作者根本无法落墨的作品，而秦岭写起它来却是那么从容，得益于对生活的绝对占有。特别值得一提的是小说中的人物塑造，无论是村长马奔仓和粮站樊站长，还是男主人公岁球球和女主人公牛翠翠，以及穿插于他们之间的独身汉苟犊子，从形体到心灵都有比较到位的刻画，这是作品得以成功的又一重要成因。作者语言精练简短，带有泥土的蛮荒的腥气，主人公岁球球，还时不时吟唱出几句与纳粮有关的秦腔，以助作品主题的消化，也算是秦岭独特的行文风格了。

至此，秦岭的肖像在我面前立体化了：他是个心中装着西北民生、民情、民俗，心灵紧紧贴在大西北苍茫大地上的血性文人。如果这样的文人多一些，这样的作品多一些，天津的文学会更加灿烂生辉，在中国文学长河里大放异彩。

（载《中国文化报》2008 年 4 月 22 日）

乡村历史和农民命运的艺术展现

——评秦岭的长篇小说《皇粮钟》

李志孝　马超

在新文学史上有着厚重积淀和丰硕成果的乡村小说，在新世纪以来的中国文学中仍然有着令人刮目的成就。不仅一批早已卓然有成的著名作家继续耕耘在这片土地上，不时推出他们的新作，更有一批在新世纪崭露头角的新人在红尘滚滚的当今世界以一种别样的姿态，远离市场与世俗的诱惑，坚定地立足乡村，守望乡村，讲述着中国乡村的忧患、痛苦、裂变以及转型。在这批作家的队伍里，甘肃天水籍作家秦岭就是其中突出的一位。近年来，他以自己的家乡——陇东南这片贫瘠而不乏诗意、偏远而又深具历史文化神韵的土地以及生息在这儿的农民生活为题材的众多中短篇小说，引起了文坛的广泛关注。其中《绣花鞋垫》《烧水做饭的女人》《碎裂在 2005 年的瓦片》《皇粮》《坡上的莓子红了没》《弃婴》《硌牙的沙子》等都是引起相当反响的篇章。他也因之被誉为“陇东南乡村的忠实守望者”[①]。而他新近推出的长篇小说《皇粮钟》（百花文艺出版社 2009 年 3 月版）更给我们带来了别样的惊喜，他从一个特殊的视角，运用独特的叙述为我们描绘了一幅新时期乡村历史和农民命运的历史画卷。小说通过农民日常生活的描写来表现一个宏大的主题，塑造了一群性格各异又独具特色的人物形象,其中充满着浓郁的乡土气息和厚重的地域文化风情,在最大限度上满足了读者的阅读期待和审美期待。

一、宏大主题与日常叙事

从现代文学开始，乡村叙述已形成了几种不同的模式：以鲁迅为代表的启蒙叙述,以茅盾为代表的阶级叙述,以沈从文为代表的田园叙述,而且都取得了很高的成就,产生了一大批优秀之作。但进入新世纪之后,乡村叙述却发生了很大变化,文化的、精神的、想象的、集体无意识的乡村进入众多作家的叙述之中。物质生存、精神状态、人性冲突、文化人格以及乡村的人事变异、乡土伦理的解体、乡村民主的艰难等等,都以各异的风采呈现在读者面前。今日的文学乡村已经没有了过去的秩序井然、众声合唱。也许在某种程度上,贾平凹在《秦腔》中所展现的那种“鸡零狗碎的泼烦日子”[②]更能代表当下中国乡村的真实。在这样的现实境况下,如何表现一个宏大的主题显然成了作家面临的问题。正如一位批评家谈到的,在“宏大叙事”解体后,如何进行“宏大叙事”？[③]然而表现宏大主题又是作家不可能永远避开的,秦岭的长篇新作《皇粮钟》就是一部表现宏大主题的作品。它描写的是在中国绵延达两千六百年的皇粮是怎样在我们这个时代被取消的。种地纳粮这千百年来农民的宿命却在今天被改变了,这一历史的巨变中包含着怎样重大的意义,体现了一种怎样的历史进步和文明进步,恐怕怎样估计都不为过。从这个意义上说,《皇粮钟》是一部有价值的作品。因为我们看到了作家突破当下种种文学迷雾,正面表现现实社会中巨大变化的勇气,而这部作品也填补了当代长篇小说中此类题材创作的一个空白。

怎样运用文学的方式去表现一个宏大的主题，而避免过去宏大叙事中常见的模式化和概念化弊病,这是考验作家艺术才能的地方。《皇粮钟》的作者选择了一个独特的角度，通过一口钟——一口挂在秦家坝子庄头古槐树上从明代就传下来的地方政府征收皇粮的钟的命运,来表现中国乡村的历史和农民的命运,从中展现一个时代的结束。那口神秘的沉重的钟,在秦家坝子人的心中是如何从被敬、被奉、被拜到被埋怨、憎恨、诅咒以至被炸毁的？其实折射的正是人们对皇粮的态度。

改革开放以来的二十多年,中国发生了太多的变化,乡村民众的生活和心理也发生了太多的变化,中国政府的农村政策同样发生了太多的变化。中国进步了,强大了,中国的城市在现代化的道路上快马加鞭,让人目不暇接。但乡村呢？农民呢？“三农”问题始终困扰着人们。缴皇粮,这祖祖辈辈传下来的规矩,没有哪个农民敢指望免掉。远的不说,刚刚实行联产承包责任制那阵儿,人们就觉得“缴皇粮那是给国家缴良心哩,缴情分哩”[④],那是打心眼儿里喜欢。然而,随着“三提五统”(三提即:公积金、公益金、管理费;五统即:教育附加费、民政优抚费、计划生育费、五保户供养费、民兵训练费)以及农林特产税、牧业税、屠宰税、村提留、乡统筹等多如牛毛的税费加到农民头上,农民不堪重负了,他们抱怨了,骂娘了。就连交公粮(农民习惯称为皇粮)也变得不积极了。因为这不仅是各种税费中最重的一块,而且因为在偏远的山区交公粮需要负出超常的劳动。农民需要把打碾、晒好的粮食背到几十里外的粮站,在验粮员的严格检验下通过多道手续合格后才能完成,有一关过不了,就得背回家重新晾晒、筛选。乡上不得不采用发"缴公粮后进村警示牌"的方法给村上施压,秦家坝子村就已经挂了一块这样的牌子,村长兼支部书记罗万斗为此伤透了脑筋。但"每次动员全庄人缴皇粮,越动员越没劲,凉水泡蒸馍,说不上是啥味道。庄农户人都晓得他姓罗的是在履行一年一度的公事,根本挠不了庄里人胳肢窝里的痒痒"[⑤]。无奈之下,罗万斗只能默认让村里德高望重的囊家秦爷出面恢复祭拜皇粮钟的仪式,因为这比他的动员讲话顶用。皇粮钟以一种神秘的力量让村民们敬它、奉它、服它、从它。但囊家秦爷很清楚:"说是祭拜皇粮钟,祈求上天给个好年景好收成,归根到底是祭拜咱庄稼人的命,把人家皇粮乖乖缴足了,免得乡上的干部进庄,一遭一遭地让咱秦家坝子的子孙犯贱。"[⑥]正因为这样,罗万斗虽然并不出面,却暗中支持这一做法。但农民虽然每年仍然要按时保质保量地完成皇粮任务,可是压在身上的沉重负担以及对皇粮的逆反终于还是爆发出来了。囊家秦爷毅然宣布不再祭拜皇粮钟了,皇粮钟也在一个暴风雨之夜神秘地消失了——被他的忠实守护者炸掉了。对皇粮钟的态度,实际上就是农民对皇粮的态度。农民已越来越觉得这口沉重的压得他们喘不过气来的皇粮钟到了命终的时候了。"连咱庄农户人顶礼膜拜的皇粮钟都'终'了,皇粮能不'终'吗?"这就是农民的辩证法。秦岭说:"轻贱了农民的辩证法,就是轻贱我们自己。"[⑦]果然,中国政府顺应民心,宣布2006年将在全国全部免征农业税。这一大得人心的举措让全中国的农民心花怒放,秦家坝子的村民在听到罗万斗用激动得有些颤抖、有些紧张、有些嘶哑的声音发布这一消息后,燃起了鞭炮来庆祝这一节日般的日子。

就是这样一个宏大的主题,作家却没有运用常见的宏大叙事手法,《皇粮钟》里甚至连宏大场面的描写也没有。即使是祭拜皇粮钟的庄严仪式,也避免从正面去描写。小说从1992年公粮征收,秦家坝子祭拜皇粮钟写起,写到2005年国家宣布免除皇粮,其中十几年的社会风云变幻,作家只是将其融汇在对乡村日常生活的描写当中。作家说他是"采取交叉叙事、现实和历史交相映衬的方法,把宏大主题掰成点点线线,再缝织在民间生活的皱褶之中,按照我个人的经验在自己的叙事领地里淘挖历史的淤泥,寻找呈现和表现的指向"[⑧]。小说所呈现的正是这样的状况:种地、交粮、打工、当麦客、敬鬼神诸种乡村习见的现象以及人物的情爱追求、对传宗接代的看重等等。在对乡村生活的细密的描写中,表现农民生活的艰辛,他们心理的变化、变异,包括对现实的不满与隐忍、怀疑与奋争。当然这之中有作家对现实的评价,有对多年来党的农村政策的理性思考和批判,然而这一切都是通过对生活的真实描写体现出来的。但《皇粮钟》又不是像贾平凹的《秦腔》那样的琐碎、密实、日常化的叙述,《秦腔》是一部从根本上反"宏大叙事"的作品,它放弃故事主线,转而用琐碎的细节、对话和场面来结构整部小说,表现一种民间精神、民间文化的衰败,是一曲乡土的挽歌,也体现了作家写作时的矛盾和痛苦:"我不知道该赞颂现实还是诅咒现实,是为棣花街的父老乡亲庆幸还是为他们悲哀。”[⑨]但《皇粮钟》虽然也是写乡村日常生活，却有一个故事的主线，有贯穿的情节和人物；也描写民间文化、乡村文化精神的变化，但却没有刻意表现它的衰败，而是着意于它的顽强以及在新时代的变异；而且作家对待现实的态度，尽管也有困惑与不满，但又有着十分理性的思考和批判，有对未来的信心。从这个意义上看，《皇粮钟》为我们提供了另一种乡村叙述的范例：它表现了一个宏大主题，但又放弃“宏大叙事”；它表现了生活的日常性，但又避免过分的琐碎；它表现了乡村的变化，但又有一种坚信；它描写民间文化的颓变，但又展现了它的顽强。

二、乡土美学与人物塑造

如果说，新世纪以来的许多乡村小说都是在解构或改写着经典的主导的乡土叙事（如《秦腔》《受活》《石榴树上结樱桃》等），那么，秦岭的《皇粮钟》虽然也是写乡土的生活直接性、日常性，但这生活却并非杂乱无序，秦家坝子人在转型时代中也坚守着他们的生存伦理。传统的乡土美学在秦岭的小说中依然得到了继承。民俗风情、人事伦理尽管并不像过去那样充满着诗情画意，甚至在某些地方可以看出人们的沉滞和愚妄，但民间的温情并没有完全摒除，作家也并非是要唱一出乡土的挽歌。而在偏远落后的陇东南地区，这样的描写又显然有着充分的依据。最能表现这一点的是小说中的人物。

《皇粮钟》塑造了一批乡村人物的形象，唐岁求、罗万斗、秦穗儿、隋圆圆、姚糖子、宋满仓以及囊家秦爷等。这些人各有他们的缺点，也有属于他们的苦恼、忧伤、矛盾以及心计，但没有一个真正意义上的坏人。他们都是在出过伏羲爷和女娲娘娘的地方，在深厚的传统文化影响下，生长生活在偏远山区的乡下人，他们都活得并不轻松，却自有他们生活的辩证法。他们卑微但不卑鄙，在一些人身上甚至始终闪耀着人性的光辉和人格的魅力（也许宋满仓曾有过令人不齿的行为，但作品中也只是一种暗示。即使是这个人后来也在秦家坝子彻底消失了，再没有回村）。近年来乡村小说中常见的那种霸道的村长、勾心斗角的村民、财大气粗的农村暴发户等在小说中是看不见的。秦岭用他温暖的笔，抒写着“农民身上富有国民性的道德交融与哗变，那里除了极具人性光辉的包容、理解与担待，也有隐忍、怀疑与奋争，那才是我眼中的中国农民”[⑩]。即使是一些人身上所表现的为道德所不容或为现代文明所不容的行为，那也不是人性的悲剧，而是比人性更为严峻的生存现实的压迫。

小说的主人公唐岁求，是一个命运坎坷的年轻人，四岁就成了孤儿，是被秦长赢抚养长大的。本来是要和秦穗儿结婚，为秦家顶门续香火的。这是父亲的托付，秦长赢的愿望，他自己也是清楚的、情愿的。不幸的是他在下煤窑时为救人而伤了一条腿，成了瘸子。对于已瘫在炕上多年又没儿子的秦长赢来说，再让女儿嫁一个瘸子，这个家将是一番怎样的景象，真是难以想象。后来秦家选择了宋满仓到秦家倒插门，因为秦家需要一个身强力壮的男劳力。面对命运的不公，唐岁求痛苦、伤心，也有过不平和怨恨，但却无奈，最终他也只能承认现实。但这个人物身上的另一些东西却让人对他肃然起敬。他喜欢吹笛子、喜欢文学,这是那个偏远山区的一般农民所没有的。而更难能可贵的是他的一种责任意识、现代意识。在小煤窑打工时,他敢于向劳动局反映红星煤窑存在的安全隐患;在发生瓦斯爆炸后,他能够奋不顾身地抢救被困矿工,以至自己被砸断了右腿;在被粮站招聘为验粮员后,他尽职尽责不徇私情,在秦家坝子村交粮时为了避免不必要的麻烦甚至想出装病的招数,以保证公粮的质量……这些地方都可看出他不同于一般农民的地方。与那些目光短浅、只顾眼前利益而缺乏自我保护意识与法律意识的农民相比,与那些被生活压得抬不起头来的农民相比,在唐岁求的身上既反映了现阶段农民的辛酸、苦恼、不平,也有让人倍感珍贵的精神境界和高尚品格。他使我们在反思现实的同时也充满信心和希望。还有作为村长的罗万斗,他显然不是梁生宝、萧长春式的农村干部,也不是在新时期能带领群众致富奔小康的开拓型村长,他似乎没有这样的能力、魄力,甚至根本没有这样的理想,他只能像一个尽职的家长一样在尽力维持着这个家的正常生活。但这却是一个对村民葆有护犊之情的村长,也不乏一个农村基层干部的起码觉悟,有自己的心灵坚守和精神坚守。这样的人,说不上高大,却也让人敬重。而在中国更广大的乡村,尤其是在偏远落后的乡村,这样的人可能正是农村干部的大多数。

也许更让人动心的人物是秦穗儿这个乡村女性。她和唐岁求从小一起长大,可谓青梅竹马,在心里她早已把自己和唐岁求的命运连在了一起。然而残酷的现实打碎了她的梦想,唐岁求成了瘸子,当她的父亲和囊家秦爷用一种特殊的方式解除了她和唐岁求的关系之后,她曾发疯似的反抗过,但生存的压力还是使她承认了现实。因为她清楚,有一个瘫在炕上多年的爹,再如果加上一个瘸子丈夫,这个家是根本无法生活的。首先,每年的皇粮都无法交,因为要背沉重的皇粮到几十里外的粮站,不是一个瘸子能做的事情,必须另请他人。这样一来,秦家有了男人等于没有。也正是现实的压迫使她只能选择宋满仓,而且千方百计地迁就他、讨好他,因为他们需要这个男人撑起这个家。但宋满仓后来出走了,而且一去不回,秦家又陷入窘境。为了生活,秦穗儿曾不得不利用一个女人可怜的资源。直到国家宣布免除皇粮之后,秦穗儿和唐岁求这一对苦命的男女才终于走到了一起。从秦穗儿的身上,我们可以看到生活是如何改变一个人的命运的,包括她的婚姻、爱情、生活态度、人生观念。另外,作品中的其他人物的性格特征,也大多鲜明突出,如隋圆圆的真情,姚糖子的率真,囊家秦爷的神秘(也是一种智慧)等,给人留下了深刻印象。

在一部小说中,能真正吸引读者的就是那些具有鲜明性格特征和曲折命运遭际的人物。《皇粮钟》塑造了一批乡村人物的形象,而且与新世纪众多乡村小说的描写所有不同。在《秦腔》《湖光山色》《石榴树上结樱桃》等长篇小说中,都写到了权力争斗,这种争斗尽管不是你死我活,但已足以将原先罩在人与人关系上的那层温情脉脉的面纱撕碎。但《皇粮钟》不同,它不是温情的田园牧歌,但也不是对传统生活方式的挽歌。小说并不有意遮蔽人物的弱点(包括思想上的和行为上的),但却着意描写他们的优点。他们都是世俗化的人物,然而内心深处却存有着宽容、担待、同情、理解。秦岭并不突出乡村道德的颓变、人心的不古,而是着力挖掘人物身上值得珍视的美好品质,尽管这种品质用现代的眼光看不乏应该扬弃的地方，然而却与人物所受的传统文化尤其是乡村民间文化影响有关,因而也是可以被谅解或同情的。这反映了秦岭并不像一些作家那样一味地跟风,也反映了乡土美学传统对他的深刻影响,更反映了他对笔下乡村人物深怀着一种感情。

沈从文曾明确表达过他对乡村书写的态度:“不管是故事还是人生，一切都应当美一些！丑的东西虽不全是罪恶,总不能使人愉快,也无从令人由痛苦见出生命的庄严,产生那个高尚情操。”⑪秦岭的小说,一方面继承了沈从文的传统(尽管也传达出现代文明冲击下无奈的情绪)，但同时又并非如沈从文一样站在乡村之外来回望乡村，而是代表着乡村姿态,从现实、文化等方面代表乡村发言,展示乡村的自我形象。在欲望无边的当下,这样的“守望”也许更有一种非同寻常的意义。

三、民间文化与地方色彩

在《皇粮钟》中,作家秦岭对乡村的“守望”以及对乡村和农民的尊重、平等意识、对中国乡村生活深层次的了解,还表现在对乡村民间文化的描写当中。首先,小说有对乡村民间宗教的详细描写。在新文学的乡村小说中，尽管有对乡村宗教的描写传统,并且取得了好的艺术效果。但是作为主流的却是站在现代文化启蒙的立场上对乡村宗教的批判,从鲁迅、王鲁彦到萧红、茅盾等的小说,都是如此。到了20世纪五六十年代,批判和否定的态度更为明确,在文学创作中,乡村宗教被完全阴暗化,成了封建迷信的代名词。正如有学者指出的,“农民所习惯的旧生活方式、社会形态和文化被当成'落后'的表现,家族和社区的宗教仪式(如祭祀祖先的习俗)成为旧的事物的典型代表”⑫。以至于在许多作家的创作中根本回避对乡村宗教的描写。事实上,宗教与乡村关系密切,它深刻地折射了农民的深层心理和文化世界,通过乡村宗教去透视农民的精神世界也是一个极好的视角。有学者说过:“正如我们不能站在某一个宗教的立场去评判另一宗教,否则,就可能形成宗教偏见一样,我们当然不应该用所谓‘世界宗教’去判断和贬低民间信仰，因为在民间信仰中不仅包含着广大民众的道德价值观(如‘善有善报’‘行好’)、理解体系(看香与香谱、扶乩、风水判断、神判、解签等)、生活逻辑(生活节奏、与超自然存在建立拟制的亲属关系、馈赠与互惠、许愿和还愿、庙会轮值与地域社会的构成等),还深深地蕴涵着他们对人生幸福的追求,对社会秩序的期待以及可以使他们安心的乡土的宇宙观(如‘阴阳’‘和合’‘天人合一’‘平安是福’等)。”⑬正因如此,新时期以来的许多文学作品都写到了乡村宗教,而且取得了比较高的成绩,如韩少功的《爸爸爸》、郑义的《老井》以及莫言、阎连科、贾平凹等人的小说。

秦岭在《皇粮钟》里写了大量的乡村民间宗教活动。如祭拜皇粮钟的仪式,本来就是一口当年地方政府征收皇粮的钟,但因为年代久远(据传是明代的),使它在秦家坝子乡民的心里有了一种神秘的力量,人们敬它、奉它、服它、从它,以至于对它的祭拜仪式也成了秦家坝子人祈求丰收、并保佑自家皇粮能稳当过关的心理寄托。这种仪式甚至比村长的动员讲话更顶用。这便是民间宗教的力量。还有在陇东南乡村普遍盛行的“求符”,秦家坝子的人有了事就请囊家秦爷画一道符:女人希望男人出门不被贼娃子摸要求符,保佑男人不被别的女人勾引要求符,谁家院墙塌了要求个符把院子镇一镇。囊家秦爷每到画符这一天,“他早早就净身、净面、净手、净口,备好水果、麦酒、香烛等祭物,还有笔墨、朱砂、黄纸等,设了香案,在诵经中先是拜请了天帝、日、月、太白、岁星、二十八宿、雷公、风伯、雨师等天者诸神,再拜请过了青、赤、黄、白、黑五帝和土地、城隍、朱雀大将、玄武大将、黑煞大将等地者诸神,最后拜请了门、户、灶、井诸神,这才稳稳当当打坐高背太师椅上,右手悬腕,拎一支狼毫中楷毛笔,左手二指撇开,悬压一沓黄表纸,开始为前来求符的庄里人画符”[14]。当求符的人把画好的符贴到指定的地方之后,他们的心里便也得了保证似的有了一种安全感。还有“出马”,实际就是鬼神附体,借人说话,此人被称为“马角”。囊家秦爷就时常“出马”,每当此时,“囊家秦爷站在堂屋的方桌上,在缭绕的烟雾之中,显得神圣、高大而神秘。他是用一条腿立着的,一条腿收起,搭在另一条腿的膝盖部位,腰微弓,双臂呈八字撇开,半伸展着,五指张开,仿佛在接收来自空中的不明物件。他浑身发颤,近似于哆嗦,双唇一直在抖动,三羊胡须随之轻颤。眼睛半闭着,两颗混浊的眼珠子在灯影下,在眼缝里呈固定状,似乎在注视着膝下的凡俗弟子们,又似乎在眺望着茫茫夜色”[15]。此时的囊家秦爷便以仙人或某姓家神的口气跟人们说话,他的话就是神的意志,人们不能不信,不能不从,如果有谁在此时胆敢藐视仙人的训示,就会遭到众人合力的痛打。

对乡村宗教的存在,著名学者葛兆光有过这样的描述:“80 年代以来,乍一伸头从书斋中看去,总有些大吃一惊。原来,民间信仰已经如此兴盛,仿佛历史变成了一条暗河,几十年潜入底下,如今又重新漫到地上,中国几十年‘破除迷信’仿佛留下的只是淡淡的回忆。”[16]正因为乡村宗教是乡村日常生活中不可分割的一部分,《皇粮钟》的描写就成为一种真实。而且作家描写这些也并非是宣扬封建迷信,而是通过这些描写揭示乡村的一种文化精神,人们的宗教伦理。尽管它带有民俗化和民间化的特点,有极强的功利性,但这也正是乡村宗教的本色。事实上,尽管不少人对此深信不疑,但也不是没有人表示怀疑,就连囊家秦爷本人也深知其中的奥秘。他不过是借此来完成一个用正常手段难以完成的任务。在囊家秦爷所主持的一切宗教活动中,他充当的实际是一个智者的角色,这一点除了当事人外,村长罗万斗恐怕最清楚不过。

《皇粮钟》渗透着一种民间文化的神秘气氛,除了前面所说的乡村宗教活动外,还有对皇粮钟突然消失后发生的怪异之事的描写,杨三棱子的女人突然疯了,王单摆家的猪突然死了等等。更有对囊家秦爷似乎能未卜先知的描写。[17]所有这些使作品有一种神秘色彩,不仅使小说充满了趣味和可读性,而且也显示了作家秦岭对乡村民间文化的一种深刻思考。因为正是这种“超稳定文化心理”使乡村社会保持着一种不被城市文明完全击溃的力量,使广大乡村在城市的巨大包围和强劲冲击下依然葆有自己的理性和秩序。

《皇粮钟》在对农村现实、农民生存状态和农民精神面貌的描写中,还有浓郁的西部地域特色,特别是陇东南地域文化的风情。小说处处充满着陇东南特有的民风、民俗、民情、民意。那些独具特色的农民口语的运用,使小说充满着土气息、泥滋味。我要套用茅盾在评论沙汀小说时的话[18]来评价《皇粮钟》的语言了：秦岭小说的"对话"部分，是活生生的陇东南土话，是活的农民的话；他的农民嘴里没有别的作家硬捉来的那些知识分子所有的长篇大论以及按着逻辑排得很好很齐整的有训练的词句。我们举一个例：

唐岁求说："村长，大道理，我唐岁求全亮清。"

罗万斗说："你亮清就好，如今在秦家坝子，羊圈里的牛娃——数你大了。"

话说到这份儿上，两人就觉得这话题有些庄严，目光不约而同地落到墙上，那达的破报纸上有一片地方，花花的一片白，那达曾经是挂镜框的地方。

罗万斗说："镜框呢？"

"在哩。"

"在哩就拿出来。"

唐岁求就把镜框找出来了。

罗万斗说："找个凳子，我亲自给你挂上去。"

唐岁求啥话也不说，从院子里拎来了一个破木凳，说："村长，还是我上去吧，你老脚塌手的，不如我利落。"

"不，偏不，我要亲自来。你一条瘸腿，逞啥能啊你。"

罗万斗就爬到了木凳上，颤巍巍的，像一个被风撕烂了的风筝。

镜框就重新挂上去了。[19]

语言干净、利落、绝不拖泥带水，是典型的农民口语，其中夹杂着特有的方言，读来令人有身临其境之感。而这样的语言充满在小说中，形成了一种独有的魅力。

著名作家杨显惠在评论秦岭的中短篇小说时说："读秦岭的小说，像是打开了一扇崭新的小说视窗，呈现在读者视野中的，是一条与众不同的艺术道路，他的小说夹裹着浓厚而呛人的生活气息。"并认为秦岭的小说"使我们在当代农民和农村的生活本相中，实实在在地感知到了很少用我们的心灵去触摸、体味到的另一个人性世界，读来耳目一新"[20]。这用来评价他的长篇小说《皇粮钟》同样是准确的。

当然《皇粮钟》也存在着不足。如果按"乡土小说"应承担的三个任务——对乡村现实的反映，对现代文明的反思，提供独特的美学形态——这样的标准去要求，小说对现代文明的反思方面做得显然还不够。不是作家没有注意到这个问题，而是他的反思还缺乏力度和深度。如果结合他的中短篇小说整体考察，也许会好一些，但作为代表他最高成就的长篇小说，在《皇粮钟》中显然还是一个有待加强的地方。另外，小说中一些过分生僻的方言，也会影响更多读者的接受，如"日毛窟楚""黏眉黏眼""三棱暴翘""吼天哇地""疯掌魔势""瓜不棱登"等，实际上这些词完全可以用其它更大众化一些的语言代替。地方色彩的呈现必须以不影响读者的接受为前提，否则就可能适得其反。

注释：

①南北萍：《陇东南乡村的忠实守望者——秦岭乡村小说印象》，《中国文化报》

2006年12月6日。

②⑨贾平凹:《秦腔》,作家出版社,2005年,第565、563页。

③邵燕君:《"宏大叙事"解体后如何进行"宏大叙事"——近年长篇小说创作的"史诗化"追求及其困境》,《南方文坛》2006年第6期。

④⑤⑥⑭⑮⑲秦岭:《皇粮钟》,百花文艺出版社,2009年,第28、12、12、25、114、210页。

⑦⑧⑩秦岭:《站在崖畔看村庄(代后记)》,载《皇粮钟》,百花文艺出版社,2009年。

⑪沈从文:《〈看虹摘星录〉后记》,载《沈从文文集》第11卷,花城出版社,1984年,第48—49页。

⑫王铭铭:《社区的历程》,天津人民出版社,1996年,第172页。

⑬周星:《"民俗宗教"与国家的宗教政策》,《开放时代》2006年第4期。

⑯葛兆光:《认识中国民间信仰的真实图景》,《寻根》1996年第5期。

⑰在《皇粮钟》里,囊家秦爷这个人让人极易联想到《白鹿原》中的朱先生,可以看出秦岭受《白鹿原》的影响。这个人物似乎未卜先知的行为也表现了对中国社会问题的一种洞察,包括他对国家政策的预见性。显然作家有意将这个人物神秘化了,也因此使这个形象失去了更多的真实性。但是人们对他的尊崇中,也确实体现了一种乡村社会的"超稳定文化心理"。

⑱茅盾在《法律外的航线》一文中曾说:"他的'对话'部分,是活生生的四川土话,是活的农民和小商人的话;他的农民和小商人嘴里没有别的作家硬捉来的那些知识分子所有的长篇大论,以及按着逻辑排得很好很齐整的有训练的词句。"

⑳杨显惠:《秦岭小说的艺术质地》,《小说评论》2008年第5期。

(载《当代文坛》2011年第6期)

崖畔上的心灵

——读秦岭的长篇小说新作《皇粮钟》

张春生

不知从何时起,涉及到农村题材的文学描写,总有一种"救赎"的味道。仿佛农村面对社会变化的进程,往往呈现出某种固旧和木讷,脱节和愚昧。于是不少小说作品抱着启蒙的视角,去描写农村生活。那里的汉子,就是硬朗清俊,也有点愚;那里的婆姨,即使手巧心善,也沾上点憨。至于人生境况,已土得掉渣,还为小利和一己之念矛盾重重。当然，有些作品也能描绘冲击读者情感的西北风情，抒写出让人们眼睛一亮的阳刚性格。但是作品的背后，有作者的悲天悯人和时隐时现的“恨铁不成钢”的情愫。因此有评论说，农村题材有些滞后，显出许多不足。

可是看了秦岭的“皇粮”系列，尤其是长篇新作《皇粮钟》，我们对当下的“涉农”小说有了深刻的认知。这部25万字的长篇之作，文字纵横，情节有致，人物鲜活。更为令人感动的是，它对20世纪90年代以来的西北农村的刻画，围绕着千年沿袭下来的“皇粮”，写出了农民的精神内核，道德圭臬，言行尺度。甚至婚爱、亲缘、乡事、村规，以及种粮除了为了吃饭，最紧要的是交足“皇粮”。于是围绕着“皇粮”，小说把生活写得沉重又悲壮，动人又深长思之。

这里，不管是青梅竹马的恋人，还是感情擦出火花的爱情；不管是心有乡梓的村干部，还是另有所图的嘎咕人；婆姨汉子，老人小孩，外出打工的，手里有点活钱的……总之，皇粮就是人生绕不过去的坎，甚或它就是农村生活的主宰。秦家坝子民风是淳朴的，种地纳粮，还要背出山去。而且这竟成为男劳力是否能做家庭顶梁柱的重要标准，还决定着能不能和情意相投的女人结婚。于是，也就折射出“皇粮”对农村生活的影响，对农民命运的干预。更令读者思索的是，经过土地改革等一系列举措，尤其是改革开放推动社会巨大变化，在农民有了多种人生选择的同时，他们的命脉依然和“皇粮”分不开，割舍不掉。特别是由此拖累了秦家坝子人的意识。就是敢于向命运抗争的唐岁求，也不得不向“皇粮”作用下的生态低头。这一描写是独特的，给读者的撞击也是深刻的。

然而《皇粮钟》对农村的剖析，并不止于此。小说进一步描绘出，背负着“皇粮”的崖畔下的唐岁求、秦穗儿、隋圆圆们，往往不得不忍辱负重吞吃生活带来的苦果，命运带来的苦涩，环境带来的苦难。爱不能爱，活着不容易。他们也吮吸到了改革的清新，但自2600年前的“初税亩”沿袭下来的种粮纳税的传统人文理念，已进入骨髓，影响一代又一代。小说抒写了农民对土地的依赖，更解读了秦家坝子人把土地视为主宰，视交“皇粮”为必然，并按老辈子的脚印一路走来的“无我”状态。即使改革开放，只要“种地纳税”没免除，农民的生活依然心存古训，遵守着男女老少不得不弯下腰来种地，稍一抬头就要交“皇粮”的“规矩”。本来“规矩”是人制定的，但是千百年的传承，使“规矩”反客为主，成了天经地义。而且，还铸成了“皇粮钟”，敲打着，既是提醒，又让精神家园被“皇粮钟”震撼着、压抑着、笼罩着。

这是一种对农民与土地关系的真正描绘，既是历史的，又是现实的。但是作者在真正捕捉到农村问题的症结之后，他写了唐岁求们的“自省”与“自立”。这其中痛苦大于欢乐，有一种悲剧的沉重。可是毕竟由“皇粮钟”变为“皇粮终”。崖畔下，迎来了不背皇粮的日子。小说的内蕴是厚重的，主旨是鲜明的。但作者没有以启蒙者自居，也没有露出以“精英”写“众生”的姿态，而是和秦家坝子人同在一片天空下，写出历史的深处，现实的深刻。《皇粮钟》有别于其他涉农题材小说的地方就在于此。

秦岭的小说，以现实和历史的交替，更以“崖畔下的秦家坝子”和唐岁求与秦穗儿、隋圆圆等人的曲折情爱和人生，把皇粮对农民性格的塑造，特别是其扭曲的部分，具象而立体地揭示出来。小说写得很有民间性,并且是这崖畔、这村里、这伙人的故事和人物。但是,在浓郁的西北乡风中,在厚土与生命中,有着对皇粮传统的解剖,对现实农村境况的沉思。

农民与土地的关系应该裂变,不能是“皇粮”的奴隶,而应该是土地的主人。也许三位主人公分别姓秦、隋、唐,并且故事又在中国腹地,这就有了象征,有了内蕴。

然而古老的沉重,尽管演化出酸甜苦辣,生死离别,可是社会的变迁毕竟来了,而且迅猛又深刻。于是“皇粮钟”变成了“皇粮终”。尽管还有病灶,还有羁绊,还有坎坷,但改革开放的大潮在披沙拣金,在推动社会前行。唐岁求在变,秦穗儿、隋圆圆在变。由固旧到变迁,并导致行为与观念的转化,这就是《皇粮钟》的价值与意义。小说通过人物内质的曲折变化,以一种内驱力的审美,把当今中国的发展折射出来。这是深刻到社会肌理的艺术反映,又是形象的独特的“这一个”的描绘。描写“变化”的作品很多,而秦岭的小说独有风骚,这既有本文所说的“眼力”,又和摆脱“救赎”的视角相关。作品是以揭示的深度和时代的力度,拓展了主旋律作品抒写方式。

尤其要指出的,作者没有把所谓的“观察”高度外化,而是内敛并聚焦在笔下人物的由此岸到彼岸的自醒上。这一觉悟的过程,伴随痛苦,却是自立与主动选择的。何况,小说还有着钟与人,钟与历史,人的过去与现在,行为与精神等等的维度,并且都和崖畔的心灵缠绕。这心灵有作者,也有笔下的人物。于是“崖畔”不仅是环境的,也是社会与人的隐喻。

“崖畔”往往指我国西北村落近旁较为陡峭的高坡。伟岸的黄土岗子,或围抱或站立着,憨厚并忠实地守候着脚下的房舍和居民。时间一久,便和人们处出了情感。危难时,它是护卫;愉悦时,它是舞台。它还是情爱的暖窝,人生的胸怀,历史的见证。它是黄土高原人文的体现,也是西北汉子性格的浓缩。只要一提“崖畔”,那就是到了黄土高原,见到了一种人与土地的原生态。所以这个“崖畔”不能被其他的描述取代,而运用了这个词,我们就知道了小说的地域特点和艺术风格。

秦岭来自“崖畔”,抒写“崖畔”,可是他身在滨海,在不同于黄土高坡的繁华市区中工作和生活。于是对挚爱“崖畔”的秦岭而言,他的思考就有两个维度。一是乡土的维度,另一是都市的维度。前者关乎厚重的传统,后者和现代变化密切相连。而维度在拓展空间的同时,也加深着情感的张力,既割舍不掉历史的积淀,又触摸着现在的新鲜。也许这就是《皇粮钟》的魅力所在。作者对崖畔有极深的感情,时刻想着,笔下流淌着。这已经是心的走笔。他在小说“后记”中,对此有精彩的表述。而我的看法是,为着那崖畔旁的生命不息和富裕兴旺,作者的心灵和作品人物也就是西北农民的心灵一起跳跃,所以这心灵如同地火奔突,有深度更有力度。

希望秦岭继续笔端凝聚,写他的厚土,当然可以添些地“火”的亮丽,多些厚积薄发的节奏,让读者也放飞心灵地去阅读——相信会这样的,我们期待着。

(载《天津日报》2009 年 6 月 23 日)

也说《皇粮钟》里的文胆

——评《皇粮钟》

夏康达

前辈作家从维熙在评论秦岭的“皇粮”系列小说时说:“秦岭把今天中国政府体恤民生,废除了农民上缴皇粮之举,当成小说的文胆,因而使故事多了沉甸甸的分量,可以说从取材到人物情韵的描写,在当代描写农村生活的作品中,都称得上一声绝响。”(《中国文化报》2008 年 4 月 22 日)2009 年 3 月, 百花文艺出版社隆重推出的长篇小说《皇粮钟》,是秦岭在此基础上进一步充实完善的力作。

2006 年全国免征农业税,这对广大农民来说,在经济上与心理上的意义,怎么估价都不会过高。学生时代学习中国历史,讲到明末李自成农民起义军均田免赋,民间流传歌谣“迎闯王,不纳粮”,百姓的欢欣鼓舞之情,溢于言表。这样的情景千百年来只闪电般地局部一现,而现在长期地、全国性地免征农业税,确实史无前例。我们的文学创作及时反映这一重大历史性决策,应该责无旁贷。

然而文学创作不能只是写政策,即使是再好的政策,也正如从维熙先生所说,只有内化、深化为“文胆”,才能奏鸣出文学的绝响。免征农业税这样千载难逢的盛世之举,一时未见正面描述的更多佳作,盖因“文胆”之难得矣!

“文胆”是什么?读秦岭的《皇粮钟》,我们感受到了作家浸渍于心灵的对生活与人生的融入肝胆肺腑而几无一丝游离的切肤之痛与执着之爱。是的, 创作需要深入生活,而真正成功作品的诞生,应该是生活早已扎根于作家的心魂!我深信这是真诚的创作的必然规律,也是《皇粮钟》成功的根本原因。当然,还需要作家具有驾驭语言、结构故事、刻画人物、营造环境等艺术创造的深厚文学功底。《皇粮钟》在这些方面都臻于上乘。

翻开《皇粮钟》,迎面扑来的是甘肃天水一带浓郁纯朴的乡土气息。这种浓得化不开的乡情民风,给予读者的是绝无矫情的质朴的真实感。

在秦家坝子及其周边的农村舞台上,生活着唐岁求、秦穗儿和她父亲、宋满仓、隋圆圆、囊家秦爷、罗万斗、姚糖子等个性各异的农民形象,而他们的命运和人生道路都与“皇粮”有着千丝万缕的关系。尤其主人公唐岁求腿瘸之后陷于绝境,又因当了验粮员绝处逢生, 后来取消农业税使刚有转机的爱情婚姻儿成泡影。人生的起伏大起大落,成也“皇粮”,败也“皇粮”。作品就是从这样的侧面,对免征农业税对中国农村、农业与农民的重大影响,尤其是对农民的民生与人生命运的影响,作了全方位的深刻反映。于是,我们在这些普通农民的日常生活已经发生以及可以预计的必将发生的变迁中,看到的是一部反映中国农业一个重大的根本性变革的情系农民的史诗!

秦岭现在是在天津工作,但他生于西北,长于西北,西北农村是他的根。这部小说对西部农村语言的熟练运用,不仅保持着原汁原味,在节奏上、语感上,又不动声色地进行着审美化的加工,而且巧妙地借力于西北民间语言艺术(秦腔、民歌)的特有魅力,使作品在地域与民俗文化方面风格鲜明,进行了卓有成效的探索。

颇有传奇色彩的囊家秦爷,我认为也是一个为作品带来乡土民俗原生态神秘气息的颇有创意的象征性人物。他的亦人似“神”、亦真似幻、亦有似无,乡民对他的既信亦疑,在作品中拿捏得很好。最后以他显灵作一个莫须有的结尾,回味无穷。

《皇粮钟》把一个极具历史与现实社会意义的题材,以如此文学化艺术化的手段予以表现,将作家的社会责任感与艺术使命感很好地统一起来,确实是一部具有思想性、艺术性、可看性的好作品。

(载《天津日报》2009 年 12 月 1 日)

初税亩与《皇粮钟》

——评《皇粮钟》

王　彬

鲁宣公十五年七月,古代的中国发生了这样几件大事:

一件是秦桓公攻打晋国,在辅氏被晋军打败,秦国的大力士杜回被晋国的将军魏颗俘虏。这个事件是成语“衔草结环”的出典。

再一件是晋侯攻占了狄人的土地,派遣赵同到洛阳,把俘获的狄人进献给周天子。但是,在进献的过程中,赵同的态度不是很恭敬。

第三件是,在这月,鲁国开始根据田亩的数量征税。

前两件,涉及战争、俘虏以及对周天子的态度。后一件则是著名的“初税亩”。

什么是初税亩?从字面意义上解释:初,是开始的意思;税亩,即根据土地的亩数征税。初税亩的出现标志着私有土地合法性的开始。在此之前的西周时期,封建领主对农民采取劳役地租,也就是井田制的形式进行剥削。井田制是封建社会初期的土地形态。《孟子·滕文公》中有一段经常被研究中国古代经济史的学者援引的话:

> 方里而井,井九百亩。其中为公田。八家皆私百亩,同养公田。公事毕,然后敢治私事。

其大意是,一平方里的土地是一井,一井为九百亩。九百亩等分九份,每份百亩。

中间的一份是公田，为领主直接所有；其余的八百亩，称私田，分给八户农民耕种。领主的土地称公田，也就是“耤”，今天在北京先农坛里还保留有明清时期皇帝耕种的“耤”，也是采取公田的意思。在一块长方或者正方形的田地上，只要是归划出九等分，那么，表现在汉字上必然是井字的形状。在这种制度下，农民为私田投入劳动之前，必须先为领主服务。八户农民同耕公田，为领主的土地提供劳役。两千多年以前的《诗经》中有这样四句诗：“有渰萋萋，兴雨祁祁。雨我公田，遂及我私。”真实地表述了那时的农民心境。那时的一亩约等于现在的三分之一亩，如果种粟的话，也就是谷子，脱壳后叫小米，亩产量大致是45斤。私田100亩则可收4500斤。公田100亩，除20亩用于房舍等用地外，尚有80亩用于耕作，可收粟3600斤。然而，这只是理论上的计算，实际的情况是公田的收获比私田要少很多。公田的收获与农民无关，他们怎么会像对自己的土地那样精心劳作呢。这样，进入春秋时期，封建领主逐渐废弃公田上的劳役，转而不分公田、私田，只向农民征收粮食，从“藉而不税”，转变为“税而不藉”，从劳役地租转变为实物地租，无论是公田还是私田，都根据农民耕种的亩数，征集收成的十分之一作为赋税，余下的十分之九归农民自己所有。农民的积极性被激发出来，这样既增加了封建领主的收入，也将农民从封建领主的土地上解放出来，促进了从封建领主向封建地主制度的过渡。

初税亩为中国古代的封建社会奠定了深厚的经济基础，在两千余年的时间里，中国的农民源源不断地为统治者提供这样的粮食，农民称为皇粮。1949年以后由于政权性质的变化改叫公粮，但是农民仍然习惯性地称皇粮。如果哪位作家延揽了这样的题材，其笔触的锋芒必然伸向历史的腹地深处。

天津作家秦岭创作的《皇粮钟》便是这样一部小说。小说以皇粮为线索描述了一个西北的小山村秦家坝子的形形色色农民形象。中心人物是唐岁求。幼年时，唐岁求丧失了父母被秦长赢收养，与秦长赢的女儿秦穗子青梅竹马，依照正常的生活轨迹，两人应该是相爱、结婚、生子的。但是，生活往往不按正常的逻辑发展。麦收时节，唐岁求到别处的村庄做麦客，遇到了隋圆圆，将近分手的时候隋圆圆送给他一只蝴蝶荷包，塞进唐岁求的褡兜儿里。虽然隔着一层布仍能感觉到“丝丝的、美妙的凉，传给了皮肉，导入了骨髓”。唐岁求不愿意接受，他想起了秦穗儿，但是他不能拒绝隋圆圆的眼睛，亮晶晶的，“能照见空中掠过的画眉鸟”，这样的女人能拒绝吗？再往后，唐岁求到煤矿做工，因为解救遇难的矿工，而被砸伤瘸了腿，秦长赢对他迅速冷却，而每当想到秦穗儿，走神的时候，隋圆圆的影子便重叠上来，唐岁求对秦穗儿的感情逐渐疏远而最终分手。

瘸了腿的唐岁求困顿万分。但是事情总有变化，一天，县里的粮站招收验粮员，唐岁求凭着好牙功顺利得到了这个岗位。这个身份的变化给唐岁求带来了难以想象的好处。一是全村的人请他吃饭，再是做了寡妇的秦穗儿与他重修旧好，唐岁求成了秦家坝子倍受尊敬的人物。之所以会是这样，就在于唐岁求是验粮员，是农民能否顺利上交公粮的一道闸口。符合粮站要求的麦子必须是颗粒饱满，干燥瓷实，麦粒抛入嘴里：“舌尖往大牙之间一顶，轻轻一磕碰，如果是‘嚓’地一声，嘎巴脆，面粉飞溅，那就有可能过关。”而瘪粒、潮湿的非但没有脆响,还有可能粘牙,是万万过不了关的。同样,秦家坝子的小麦是瘪瘪的瘦瘦的,也不可能过关。但是,别人的麦子可以不管,秦穗儿的,唐岁求则不能不管。为此,唐岁求借钱花高价买上等麦子,保障秦穗儿——其实已经不是秦穗儿的麦子,完成质检流进粮站的仓库。这就令人心痛。农民上交公粮原本是对国家做贡献,然而如果为了上交公粮,上交的不是自己土地上生长的麦子,而是花高价购买他人的麦子,这样的公粮,对农民而言,难道不是沉重万分的负轭吗?相对于我们在宣传画上见到的上交公粮的农民在眉梢上挂满喜悦的幸福形象,难道不应该令我们深思吗?多年以来,我们把上交公粮的经济问题等同于政治任务与农民觉悟,在一大二公的时代,上交公粮是集体行为,而在改革开放的时代,上交公粮则变成一家一户的个人行为,而且在粮食价格远远低于其应有的价值的时候,这个问题日益凸显,成为困扰农民、国家与社会的重大问题。这样的公粮,难道不应该取缔?为此,温家宝总理在十届全国人大三次会议上的《政府工作报告》中指出:“2006 年将在全国全部免征农业税。”这一年,距鲁宣公十五年,公元前 594 年,恰好是 2600 年。如果说初税亩是将农民从封建领主的土地上解放出来,那么,“全部免征农业税”则将农民从土地的束缚中彻底解放出来,而且对中国农业发展与中国社会变革具有怎么说也不为过的巨大的推进意义。这么一个漫长的历史过程,中国历朝历代的农民上交了多少皇粮,从未有人计算,如果有哪一位细心的经济学家把它统计出来,公之于众,认真分析当会发现不少启人心智的东西。而在这个领域,中国当下的文学家则走到了前列,对皇粮的必然终结从农村男女的欢乐与苦难之中进行了具象而又精彩的解读,《皇粮钟》的社会价值与美学意义,我想就在于此。

(载《保安日报》2009 年 10 月 18 日)

在水一方,情深意长

——评《在水一方》

李炳银

12 月 9 日,美国的“好奇”号火星车项目团队宣布,“好奇”号在火星上发现了一个早已干涸的远古淡水湖,理论上这个湖泊曾经支持一些简单微生物存在。这是一个有关火星上水的消息,既很有力地说明了人类探索外星球的可喜成果,也非常清楚地说明,水对于生命极其重要的作用。

这个消息立即让我联想到作家秦岭的长篇报告文学《在水一方》。这是一部立足于中国的现实土壤,比较全面地通过艰难田野调查,真实具体,又文学形象地描述中国很多偏远地区的人们缺水和吃水难的严酷现象。作家对来自陕北、甘肃、宁夏、云南、贵州、重庆等很多边远地方的人与水的生命纠结和关系变化的描述,直使人惊诧和心动异常。也许有很多的人不会相信,在现今这样的社会环境下,竟然有不少人因为失去了一桶水而可以放弃生命,有的地方因为缺水而生存危机连连;有的地方,因为水而互相争斗,血染深山;有的地方,因为缺水,竟然出现马咬掉人耳朵的奇事;有不少的地方因为缺水而留不住一个教师,教育难以维持,经济长期落后;还有一些地方,尽管有水,可是却因为自然和人为的污染而吃水告急,灾祸丛生等等。总之,这部围绕着水而讲述的人与水的故事,有很强的真实性和传奇的特异性,非常能够引起人们对于水的深刻认识。"在水一方",存在着非常丰富的社会人类与自然,与自己的经济、政治、文化等内容相关联的消息。

水利万物。因此,古人伴水而居,游牧民族逐水草而行。没有水,如何了得。要解除很多偏远山区人们的用水困难,让人们有基本的生命生活水保障,国家政府和各地的上上下下很多人,在政策谋划和实施工程上付出了大量的心智和劳动,在为缺水地方的老百姓解决缺水问题的过程中,发生了很多非常动人的感人事迹和故事。"在水一方",又同时收集和文学地描述了这些或重大的决策投入,或充满着艰辛血汗和美丽的改水故事。

《在水一方》将秦岭的敏感知识和生活感受充分调动,作品既在深刻和广阔的视角上认识表达水与地球人类的关系变化情形,又非常深入细腻地为读者讲述一个个水与人,人与水的生死关系情感故事,直让水的元素在人的生命过程和日常社会生活中的地位得到生动彰显,诗意隽永的水,捉魂摄命的水,融入了血汗情感的水,一个水事,在秦岭的笔下,真是风生水起,跌宕起伏。严峻的社会人生消息和动感的改水行为,多方相互作用,使作品在相近的题材作品中风貌独具,富有现实文学色彩。

秦岭,本来是一个借助自己的社会生活感受,以虚构为手段开展小说创作的作家。可是,在一次真实的问水活动中,自己的很多同胞被水困厄的局面和其中的大量生命情感故事及精神内容,却突然地唤起了自己儿时的相关水记忆,因此,他要面对水而真实地书写的创作开始了。固然不能够说,秦岭放弃小说写作来从事报告文学这样现实需要而同时要付出艰辛的采访劳动的写作就是有价值的选择,但秦岭这种情系百姓、关注国家民生行为的选择,无疑是需要给予肯定的。作家的文学态度和价值追求,清楚地将自己的作品推向了积极价值意义的层面。《在水一方》,凝聚了秦岭的艰辛写作劳动,更加重要的是凸显着作家对于百姓,对于生活在边远地区缺水地方人们的深情悲悯与情感精神的关怀。这样的选择,在如今很多人只看重票房、版税、叫好而无原则地迎合某些功利要求及无趣情绪的写作是一个清楚的区别。"文章不为轻薄事,笔墨当系百姓忧。"此乃所有优秀文学作品的传统表现。

(本文是2014年9月27日天津市写作学会、南开大学文学院主办的《在水一方》研讨会上的发言)

折得东风第一枝

——读秦岭的《在水一方》

陆焕生

作为一名见证了新中国水利史的老水利科技工作者，我对天津作家秦岭承担并创作的国家级文化项目——长篇纪实文学《在水一方》情有独钟。该作首次客观、真实、全面地反映了事关国计民生的中国农村饮水安全工程，可谓“折得东风第一枝”，视角独特，表达深刻，别具一格，是一部具有文学、历史和社会价值的优秀作品。我为作者的成功而高兴，为我国水利文学的这一重要收获而倍感欣慰。

“寻芳陌上花如锦。”半个世纪以来，我对国内外有关水利、水文化的理论成果、文化专著保持着追踪研究的习惯。近年来我注意到，饮水安全日趋成为全球关注的热点，但是对中国农村饮水安全工程这一覆盖全国农村、惠泽亿万农民的民生画卷，唯独缺席文学的全景式反映，这是包括我们水利人在内的全国读者长久的期待。今年6月，当我获知水利部、中国作协委托秦岭同志最终完成了这一光荣而艰巨的任务时，可谓感慨良多。披览《在水一方》，不仅消解了我多年编著水利学术著作形成的挑剔而苛刻的目光，而且触动了我的水利记忆和水利情怀，这种冲击力不光来自秦岭的才华，最重要的是来自秦岭再现中国农村饮水安全题材时表现出来的卓尔不群的历史观、社会观和思想火花。

古语云：“民以食为天，食以水为先。”20世纪六七十年代，我被下放甘肃，切身体会到西部干旱地区用水、缺水的艰难和劳顿。1981前后天津市严重缺水的状况，曾直接影响到工农业生产和千家万户的生活。作为饮水危机的亲历者，当年的记忆刻骨铭心，因此，我对每一滴水都充满感情和敬畏。阅读《在水一方》而在心海荡起的情感波澜，往往久难散去。秦岭显然是一位对党的政策、中国国情、农村社会变革十分熟悉的作家，他对农村饮水安全这一重大题材的驾驭、把握、尝试和探索，不是那种常见的围绕典型事迹进行的材料式堆砌、通讯式塑造、应景式铺设，而是独辟蹊径，采取了宏观、中观、微观同步进行、并线表达的之法，对大量素材科学筛选，对专家对话巧妙布局，使文学的表达有起有伏，悬念纵横，引人入胜，形成了独特、生动、深刻的艺术魅力。比如，在展示中国饮水安全现状、水利工作内容时，他能有效地做到政论与故事的结合，雅俗共赏，既把理论诠释、论道说理发挥到极致，又恰到好处地安排了诸如《一瓶水和中国乡村教育》《死了，也要给全村人找到水》《被马“吻”掉耳朵的主人》等可读性很强的故事。这些故事通俗却寓意深刻，简练却信息丰富，极大地增强了作品的内涵和感染力。

我们这一代老知识分子，曾深受新文化运动时期作家、学者们思想精神的影响。

退居二线的十几年来，我对文学作品的阅读兴趣依然有增无减。秦岭同志的《皇粮钟》《杀威棒》等受到中国文坛关注的一些小说，正是以反思历史的独具匠心而引起了我的关注。后来意外得知，秦岭竟来自被我视作第三故乡的甘肃天水，还是天津市宣传文化系统“五个一批”优秀人才，这让我对这位来自西部干旱地区的青年更加刮目相看。秦岭的优势在《在水一方》中无疑进一步得到了发挥，他不忘通过地方水利史梳理劳苦大众惊天地、泣鬼神的治水、改水、用水的脉络，并把这种脉络与当下的饮水安全工程有机地联系起来，既有深情的讴歌和追忆，也有无情的鞭挞和反思，更有鲜明的立场和警示，使现实的水利思想、水利行为充满历史的厚重感，有效地拓展了我们思考、审美的多重空间。从我的阅读经验看，这在某些作家那里会成为瓶颈，而秦岭却能冲出瓶颈，破冰扬帆。有学者认为，这与秦岭娴熟的表现手法有关，但在我看来，秦岭对社会的思辨思维和对历史文化的哲学思考，才是成功的关键所在。

《管子·水地》云：“圣人之治，其枢在水。”我一直认为，从女娲补天、大禹治水以来我国所有事关水利的神话传说和水利工程，实际上是中华民族传统文化与不屈精神的重要组成部分，秦岭显然对此有着独到的理解和认识，他善于在典籍方志、诗词歌赋、民间传说中探寻饮水安全的文化根基，善于在风土人情、山川地貌、民俗民风中挖掘饮水安全的人文遗踪，善于在老百姓的家长里短、生活琐事、宗族繁衍、乡土变迁中分析饮水与物质、与精神、与人性之间的联系，字里行间洋溢着浓郁、丰富、多彩的水文化元素，让读者既感受到历史韵味，又感受到时代气息；既感受到水文化的精深奥妙，又感受到广大水利人和人民群众在小康社会建设中表现出来的时代精神和正能量。《在水一方》无疑为中国水文化增了光，添了彩，可谓锦上添花。

“天生我才必有用。”我欣赏有所作为并对社会有积极贡献的青年才俊。《在水一方》能成为水利部重点文化工程，成为中国作协重点扶持项目，成为天津市唯一入选国家新闻出版总署“学习宣传十八大主题图书”的上榜作品，可谓不负众望。2012年金秋，我在读《中国教育报》时获知，秦岭以天津职业教育为主题创作的纪实文学《一张城市新名片的诞生》被《天津日报》首发后，曾被全国报刊广为转载，市领导批示全市学习。政府主要领导对一部文学作品做出长达一页纸的重要批示，在我几十年的从政经历，尚属首见。可见，作为小说家的秦岭，在纪实文学的驾驭上同样有其独特的优势。当前，天津的缺水状况和饮水安全形势非常典型，《在水一方》无论对于文坛，还是对于天津乃至全国的水利大业，都是有意义的。我相信，凡是有良知、懂历史、对每一滴水充满宗教式情感的人，一定能从《在水一方》中产生共鸣。

显而易见，《在水一方》的尝试与探索，从多方面拓展了纪实文学的外延，经得起历史检验。时代呼唤这种有担当、有智慧的作家，历史需要这种有分量、有价值的作品。

（载《天津日报》2013年8月14日）

举头三尺有神明

——评《在水一方》

胡 平

早在20世纪末,饮水安全问题已经受到全世界的普遍关注。半个世纪以来,特别是近30多年来,我国农村饮水安全问题矛盾突出,形势可谓异常严峻,是涉及民生的显著问题。解决中国农村饮水安全问题,是我国政府的重大战略决策,正积极付诸实施。关注民生是中国政府的重要施政理念,当然也应该成为中国文学的创作观念之一。面对这一重大课题,需要一部相当分量的纪实文学作品加以反映,利于唤起国人的共识。秦岭是承担这项任务的最佳人选,2012年,他踏上了探询中国农村饮水安全的前生今世之路,足迹遍布大半个中国,先后深入200多个偏远乡村,进行实地走访考察,并通过其他方式采访了河北、山西、河南、山东、青海等地的情况,搜集了翔实的素材,奠定了写作基础——在中国现有作家中,他是唯一一个像大禹治水一样遍查水情之人。

这不能仅仅用辛劳概括,他在付出这一切时是心甘情愿的。这个甘肃农民的儿子,永远难忘儿时许多月明星稀之夜,以及村口旱井边排队曳水的村民队伍。"水是举头三尺的神明",秦岭在采访中发现,中国缺水乡村中,有着太多与水相关的村名:喊水村、苦水村、盼水村、无水村、见水村、上水村等等。随着饮水安全时代的到来,又有众多村庄强烈要求更改村名:福彩村、观景村、万模村、泓泉村等新村名伴随农村饮水安全工程的深入纷纷涌现,《在水一方》正展现了这一宏大的历史进程。他从具体描述广大农村地区艰难困苦的饮水现状、饮水安全的严峻困境开始,全景式地反映了21世纪初以来我国各级水利部门的干部职工与广大农民群众一起,在960万平方公里土地上建设农村饮水安全工程的伟大壮举,诠释了农村饮水安全工程在建设社会主义新农村和广大农民奔小康中发挥的历史作用,展现了自来水时代给广大农民物质和精神领域带来的深刻影响。

这部作品的文体是圆润的,散发着玉石般的光泽,温馨而亲和,这是源于作者格外重视文学自身的品质和魅力。与他的小说作品不同,《在水一方》具有思辨的理性,站在全球背景下审视中国农村饮水安全形势,在观察中分析,于反思中开掘,既追溯历史,又浸润民生,将农村饮水的大局、大势、危机、对策和前瞻梳理得明晰透彻,发人深省。同时,它又具有丰富的感性内容,充盈着画面感和现场感,将分散在各地的乡村场景及人物一一呈现,讲述出种种与水相关的新鲜故事,使读者在闻所未闻的经验世界里受到感染。作品的故事不是新闻报道,不是理论分析,但是活生生的现实,直接诉诸读者的情感,也就使读者们格外容易被深深触动。这部书里有一个"人物"经常出现，他的名字就叫作“水利干部”，在各个省份、各种场合的写照中，都时时出现有他的身影。

我相信秦岭继《皇粮钟》《在水一方》之后，还会写出他的第三部“三农”题材作品。与普通乡土题材作品不同，这一题材将面对农民更广阔的生存状态，更直接的发展主题，更贴近的人生梦想，因而具有不容忽视的写作前景。

（载《中国传媒商报》2014 年 5 月 27 日）

人文视野中的“水民生”

——读秦岭的《在水一方》

刘卫东

秦岭的《在水一方》是国内首部反映农村饮水安全问题的纪实作品，在题材上具有开拓意义，而作品中展现的“水民生”，则溢出了“纪实”的范畴，展现出作者独特的人文情怀。

《在水一方》是中国作家协会重点作品扶持项目，又受到水利部的关注，因此，具有宏观的视野和全局的考量。从《在水一方》可以看到，作品涉及了水资源危机、农村饮水安全工程、水利人、农民、农村社会等方面，几乎涵盖了“水民生”的各个环节，建立了一个完整的观测平台。《在水一方》引用了很多来自统计部门的数据，采访了很多当事人，还原了农村饮水安全工程，表明、赞扬了这个工程带来的惠民效果。作为作家的秦岭，恰当地把自己的人文情怀渗透进调研、写作、思考中，将这个工作纳入自己的生命体悟，使作品具有了“晕轮”，呈现出更多的言说外的内容。秦岭切入作品的视角，来自自己缺水的体验，他说，在旱井边打水是“儿时记忆里一成不变的定格画面”，因此，他接触材料的时候，看到的是“是中国农村饮水安全背景下农民的苦与乐、悲与欢；是农民挑水路上无助的眼神；是农民喝上安全饮用水的第一次深呼吸”。水资源匮乏问题，我们都不陌生，“地球上最后一滴水是人的眼泪”耳熟能详，但是对于拧开水龙头就能喝到自来水的城市人来说，并没有缺水、求水的体验，于是，《在水一方》描述的农村饮水状况就显得触目惊心。西北农村长大的秦岭，深刻知晓水，也能深刻理解农村饮水工程的意义，因此，他掩饰不住“亢奋”，激动地观察着农村饮水的变化。秦岭的情感“介入”固然使作品的客观性打了折扣，但是，火一样的弥漫的情感使作品激情四射，他把自己的记忆、渴望和忧虑一股脑端出来了。作者先要感动自己，才能感动别人，看似简单，却很难，这是写作的“大道”，秦岭写水，无意间契合了这一理论。

对于《在水一方》，秦岭最愿意讲的一个词是“宿命”，因为，水问题虽然是命题作文，但是跟他的思想路向、文学创作正好产生了共振，可谓天赐良机。作为著名作家，秦岭虽然定居天津，但是一直没有忘记此前自己西北农村人的身份，经常回甘肃天水家乡省亲访友，因此，直观地感受到了第一手的农村生活。基于作家和农民的双重视角，再加上对时事的敏感和位卑未敢忘忧国的气质，秦岭一直关注"三农"，尤其是关注宏大、普遍的有关农民民生的问题。秦岭 2008 年出版的《皇粮钟》被称为"第一部成功反映农业税的作品"，以农业税的取消为核心，讲述了当代农村生活现实。《皇粮钟》为取消农业税而写，但是基底却是明确的对农民的同情和对农村现实的批判，其中，唐岁求、秦穗儿、隋圆圆几位主人公，不得不因贫困或忍辱，或卖身，丧失尊严，被权力玩弄于股掌之上，是新世纪以来文学中出现的较出色的农民群像。如果说秦岭在《皇粮钟》中的哀民生之多艰来自观察和感受的话，《在水一方》正好带给他更大规模的对落后农村生存状况的实地调研和客观数据，开拓、加深了他对农村问题的思考空间。在"中国农村大地，干涸的民生伤口"一节的引言中，秦岭说："一路走来，我无论在山区跋涉，还是在村口徘徊，无论在井口驻足，还是在阡陌穿越，我的观察与倾听，往往让我欲罢不能。我无法辨析农村大地的伤口具体流出了什么，只感觉这种粘稠得无法化开的物质里，有柔软，有坚硬；有绵长，有局促；有抽搐，有呐喊……"秦岭的感觉不是单向度的，而是混杂了各种音响的复调，同时，他的表达也不是和盘托出，而是存有了更多的思考、提炼，甚至还有难以言说的成分。

如果说《皇粮钟》暗合了"民以食为天"的古训，那么，《在水一方》则同样暗合了"食以水为先"的古训。秦岭也许无意识地潜入了"食""水"这两大根本民生的文学宝藏。写作《在水一方》的秦岭，始终没有忘记"我"的存在，他在列举数字的同时，不断分析和感悟，因此，作品从材料到表述，都能够看到作者的身影。秦岭的倾听和思考，使本来题材"坚硬"的《在水一方》具有了多个视角，不是油光水滑，而是带有质感和"毛边"。秦岭塑造了一个具有使命感的"我"，突出前行的艰难、问题的严重和解决后的欢乐，为全书定下了悲欣交集的美学基调。秦岭说，"我告诫自己，只要迈出，就必须义无反顾"，"我在用我 42 码的脚丫子，丈量中国农村饮水安全与饮水安全工程的内心与表征"。同时，作为小说家，秦岭在作品中又添加了许多关于水的故事，这些故事使作品超越了冰冷的数据展示，以强大的人文内涵震动了读者。当水无比重要，成为一种价值观的时候，围绕水的故事就耐人寻味了。新时期以来的文学作品中，直接触及这个题材的名作很多，铁凝的《秀色》、郑义的《老井》都讲述了直接由缺水引发的人性冲突。秦岭在《在水一方》也讲述了一些关于水的故事，带有小说家的笔法，有的已经有微小说的味道，也可以视为他对当代文学"缺水题材"传统的延续。

饮水安全问题关乎个人生存权利，因此，广义的饮水工程也永远在路上，未有穷期。秦岭表示，他将把水从"纪实"搬进"记忆"，令人期待。对于秦岭来说，从"粮"（《皇粮钟》）到"水"（《在水一方》），他发现和书写了又一座"文学矿山"，而能否继续从中获取资源，仍然需要坚持对民生的关注和对文学的谦卑。

（载《中国艺术报》2013 年 11 月 1 日）

用全新的视角体现原创

——评《不娶你娶谁》

王骏树

秦岭的中篇小说《不娶你娶谁》(《中篇小说选刊》2005 年第 3 期),用一种全新的视角把我们引到了西部农村教师的情感状态中,给人耳目一新的惊喜。作者把敏锐的眼光投放到“三农”背景下农村教师的爱情和婚姻上,显示出发现生活的独特视角。

作者没有表现农村教育事业的艰难、情感故事及奉献精神,而是从教师娶妻难这个尴尬现实直接切入到生活的原生状态,挖掘人性的隐曲,剖示严酷的社会现实对教师灵魂的考问。在教师找学生当老婆已成为传统的尖山中学,身为教师的赵五常坚决不想在学生中找老婆,直至教师中的光棍仅剩他一个人了,面对年龄的压力和舆论,他最终违心地做出了离开心爱的教师岗位去乡政府的选择,由此又引发了校方要留住这个教学骨干的一系列故事。而留住赵五常唯一的办法,就是校方不得不妥协,赵五常通过徒劳的挣扎最终不得不娶自己的学生为妻。这样的故事是枯涩而沉郁的,这样的婚姻在严酷的现实面前,是那么地合乎生活、生存的逻辑。其故事的深刻性不在于对农村教师生存境况作了真实的展示,而是为我们打开了一个全新的思考领地,许多现实问题的根源和谜底,都是客观存在的,只是有些作家没有触摸到而已。教师娶妻难的核心的问题,归根到底是因为,教师被迫和乡干部一起深入农户乱收税费,侵害了群众的利益,伤害了群众的感情,使笼罩在教师头顶的那个为人师表的光环无影无踪,教师竟成了包括基层政权、农民、学生的对立面,陷入了尴尬难堪的境地,这也是主题的深刻性所在。

小说的情节、人物安排巧妙,作者把校长与光棍教师们的矛盾、教师与学生的矛盾、乡政府与学校的矛盾、村长与校长的矛盾、学校与农民之间的矛盾梳理成多条线索,彼此交织又各表千秋,所有的矛盾都是一种利益的冲突,而无论乱收税费、娶学生为妻等,即便到了剑拔弩张的场面,最终都在无可奈何地接纳、默认、服从中趋于平静。每个角色身上都有盲从、短视和狭隘的印记,但骨子里又同时有一种职业道德、责任意识和牺牲精神。作者以娴熟的技巧、冷峻的目光、鲜明的批判意识,写出了对农村教师命运的关切。作者的思考是严肃的,用手术刀一般的视角,始终在教师的生活、生存本相上游走,在错综的社会矛盾中搜寻,在乡村众生隐秘的灵魂和精神层面上透视,这样挖掘出来的生活,这种对精神价值的关注,引人思考。

秦岭的十几篇农村教师题材的系列小说,展示出了作者对农村教师生活幽微处深邃的观察力和理解力。在社会转型期,物质和权力无所不在的压迫和人性的善恶在文本中得到充分地呈现,一种痛感、无助感和焦灼感随叙述蔓延。小说中人物活灵活现,个性鲜明;语言朴实生动,有一种西部语言特有的幽默、粗粝和张力。看不到作者在叙述方式上玩弄技巧,而是营造出富于个性的富有乡土气息的话语空间,贴切地反映出人生困境。正像不会把美丽的玉石当石头绕过去,他的小说也越来越引起更多读者的关注。

(载《中国文化报》2005 年 5 月 11 日)

权力之下的生存

——评《本色》

林　霆

《本色》所讲述的故事发生在距离城市生活非常遥远的农村。它没有选择正面的、直接的切入点,而是兜着圈子在农村的底层世界中穿梭、逡巡,让一口吐在茶杯里的浓痰先是点燃了小说中的怒火,随后,也是最终,将怒火熄灭。但正是这个小小的切口,坚决地、不迟疑地撕开了权力之下的底层民众的生活真相。

乡村小学校长孙留根被政府要求代收赋税后,就常常需要联防队员的支持,否则就会被农民打出门。家里没有孩子上学的农民甚至聚在学校外叫骂,用砖头土块来表达对人民教师的“敬意”。上学的孩子们也颇有快意,像是出了胸中的一口恶气。孙留根对此的反应却是异常宽容。直到眼看教室要被毁坏后,才把联防队员请来平息农民的骚乱。但面对他必须依靠的群体,他又难平心中的怒火,竟在联防队员的茶杯中偷偷吐痰。多年以后,在孙留根的葬礼上,当年的目击者才得知联防队长是在明知杯中有痰的情况下,还若无其事地把茶喝下去的。小说开始时剑拔弩张的烟火气,就在联防队长的哀哭中消失了。

小说着力描写了三层关系,最高层是联防队员,下一层是农村教师,最底层是农民。权力在这一秩序等级中逐级减弱,到农民那里已经完全消失。小说描写的重点是从他们的博弈、对峙开始,到他们之间深切的理解、同情结束。这似乎是一个权力与民众互相理解、互相包容的故事。不是连孙留根也最终被感动,给联防队员又换了干净的新茶吗?但事实上,它真正驻足观望的是金字塔般的权力等级中的那个无权者阶层。无论是农民、乡村教师还是联防队员,他们都是作为谋生者而存在,处于权力系统的最底层。教师也好,联防队员也好,都是狐假虎威中的那只狐狸。小说中真正的权力者是没有出场的乡长,那个接受了两条红塔山的乡干部。但更大的事实是,甚至乡长也不是最高的权力级别。因此,小说真正的思想意义在于,揭示出权力之下的底层民众对于权力的微妙态度和权力之下艰难的生存现实。各类人物的是非感、道德感,他们处理事件的方式都是由他们在整体的权力格局中所处的位置所决定。

西部边远农村的生活经历,打造了秦岭创作的生命底色。同时,对于政治之于中国人生存的巨大影响的切肤体认,使他的小说主题往往超越了道德和文化的层面,达到了一种认识层面的深刻。用艺术的手段展现民众的生存现实,特别是权力之下的生存真相,是秦岭小说的一大特色。

(选自《2008 年度优秀短篇小说精选》,天津人民出版社 2009 年 8 月版)

好一个潜规则下的人性本相

——评《难言之隐》

甄必达

逐渐熟悉秦岭这个名字,是从阅读他的《绣花鞋垫》《不娶你娶谁》《乡村教师》等为主的乡村教师系列小说开始的, 便暗自认准他是位擅长写西部农村生活的青年作家。所以初看其中篇近作《难言之隐》(载《钟山》2005 年第 4 期),误以为又是写乡村教师尴尬婚恋、难堪境遇的。一开卷才知走眼,秦岭在这里笔锋陡转,以让我无法预料的犀利姿态,直插入官场的潜规则之中,在人性幽深之处凌迟般探询,切割开了一个让我们窥视人性本相的窗口,读来骇然,复又豁然。

毋庸讳言,官场应该是最讲究规则而拒绝潜规则的地方。汉语词典显示,所谓规则是规定出来供大家共同遵守的制度或章程。查遍汉语词典的万千页码,并没潜规则这个词条,但正是这个看不见、摸不着的有悖一切常规的潜规则,往往以绝对真理的姿态,凌驾于规则之上,合乎逻辑地被各色人等一丝不苟地遵循着,这就成为妙趣横生的游戏了。《难言之隐》把这种游戏淋漓尽致地演绎了一遍。副县长的秘书——脚气病患者范仕举本来要提拔的,却因为洗澡时把带有病菌的拖鞋借给了一把县长,事情就在于无声处发生了奇妙的变化,先是被不知范仕举隐情的副县长炒了鱿鱼,然后提拔的事情搁浅了,副县长的女儿也不和他“初恋”了……而“成熟”的范仕举抓紧机会弄大了副县长千金的肚子,反而逼得副县长没有了退路,不但赔了女儿,而且不得不关照范仕举仕途上的进步……这一切惊心动魄的故事都在和风细雨式的握手、微笑、寒暄中发生着,每个人的难言之隐都在灵魂的底片上强烈地曝光。在潜规则下,人性虚假、伪劣、卑微的一面暴露无遗,而人事的变动、个人的进步、工作的开展、人际的交往竟是如此惊人地以真正规则的名义符合现实逻辑地运行着。这样的生活层面,其实十分客观地在官场存在着,也有一些官场小说或深或浅地触及了,但秦岭切取的这块生活层面,却始终在反复探幽人性本相,这个角度首先是比较新颖的。秦岭在另一个中篇小说《不娶你娶谁》的创作谈中说，自己切入主题的目光“喜欢在众所周知却又往往被芸芸众生忽略的生活断层中切割和扫描”(载《中篇小说选刊》2005 年第 3 期)，作者审视、开掘生活的独特性由此可见一斑。

鲜明的戏剧性成为该作最大的艺术特色，这种戏剧性是以夸张、漫画的艺术手法来表现的。作者用脚气来考验和叩问官场人等的人性世界，本身就富有浓郁的戏剧色彩，且不失幽默。而由脚气所引发的所有故事，无处不体现着峰回路转的戏剧效果，如县委书记的秘书因为患肝炎而被强行发配到地方志办公室，使该室一位老同志的不幸去世显得扑朔迷离；本来已经在副县长那里失宠的范仕举却成为副县长的乘龙快婿，真是柳暗花明；副县长的千金去医院的真正目的不是为了治疗被传染的脚气而是为了做人工流产，使故事高潮迭起；有洁癖的一把县长破天荒使用了范仕举的拖鞋而得脚气，却因不甚坠崖成疾，和副县长的争权夺利终于画上了句号，使情节一波三折。如此谋篇布局，可谓戏中有戏，好戏连台，构成了一幅幅妙趣横生的漫画，读来既忍俊不禁，又掩卷深思。这里有两个文学看点很值得回味，一个是权力、金钱对精神价值和独立人格的严重败坏；另一个是范仕举在穷途末路的尴尬境地中所采取的“让副县长女儿肚子大起来”的应急对策。后者的深刻性在于这种复仇的手段饱含了政治手段的全部意味，因为既可使严重失衡的利益损失趋于平稳，又使领导父女陷入被动，最终使他这个官场弱势小人物争取主动，取得全盘胜利。这种手段尽管有些卑劣和下作，却与领导之间的权力斗争技术、斗争方式相暗合、相呼应。范仕举既善良，又虚伪；既上进，又阴暗；既有独立人格，又善于投机钻营的多元性格跃然纸上，一个成熟、老练的青年政客的形象呼之欲出。他后来当上副市长成为大政客，就成为一种必然。这种写法，极大地增加了主题的深度和厚度。放眼时下，作家们似乎对官场小说趋之若鹜，但《难言之隐》在主题、立意上另辟蹊径，显然超出了当下普遍流行的官场小说的格局，这种创新精神是难能可贵的。

小说字里行间充满着强烈的反讽意味。这种反讽的手法，在叙述和描写中几乎无处不在，有一种强烈的批判效果，无论是官场的波诡云谲与升降沉浮，还是人性百态与人情翻覆，都被作者梳理成人性本相的图片，毫不留情地进行了讽刺、嘲弄和抨击，增强了小说的喜剧色彩，使本该深沉的话题显得幽默风趣，举重若轻，使人联想到果戈里的《钦差大臣》，既有十分轻松的阅读快感，又有难得的思想深度。

《难言之隐》与秦岭的农村题材小说在叙述方式和语言风格上有很大的变化，几乎很难辨认是同一人所为，可见秦岭在创作上的潜力、可塑性以及发展空间都很大，这应该是一个优势。秦岭在中篇小说《绣花鞋垫》的创作谈中说：“我有个执拗的观点，小说根据题材的不同是需要不同的语言和叙述方式来装饰的，一如不同风格的居室需要不同的装饰材料一样，我表现机关生活的小说与乡村题材的小说在语言上区别很大。”(载《中篇小说月报》2003 年第 11 期)由此可见，作者在审视、提炼和把握不同的题材方面，趋于理性并正在走向成熟。

优秀的小说离不开生活的丰厚馈赠。有理由相信，既当过西部乡村中学教师而今又身处大都市机关的秦岭，既然能把乡村教师生活写得入木三分，“踩”着《绣花鞋垫》

登上2003年下半年中国最新小说排行榜，那么，官场生活作为他又一重要的创作源泉，完全应该有更深入、更独特的人性发现和思考。

（载中国作家网2005年10月25日）

歌谣一样悠深的人性展示

——评《坡上的莓子红了没》

白　楠

作家秦岭因为工于展示农村教师复杂、丰富的情感世界而被读者所称道，他的《乡村教师》《绣花鞋垫》《不娶你娶谁》等小说屡被转载，颇受广大教师的青睐，其短篇近作《坡上的莓子红了没》（载《新华文摘》2006年第4期）却一反常态，把笔触延伸到了歌谣一样的普通村民的人性世界，这显然是作者新的尝试和探索，读来有柳暗花明又一村之感。

《坡上的莓子红了没》本来是一首西部歌谣的名字，语法上是个典型的疑问句，作者却以之为小说命题，使小说一开始就给读者留下了一个富有象征意义的巨大的问号。当我们沿着主人公雨雨的记忆走近年迈的阿婆歌谣一样的生命空间时，我们显然已经开始咀嚼出了题目充满期盼、呼唤的象征意味。在这里，莓子已远远超出了生命的意义，成为麦子的代理者，是收成、年景的象征，寄托着庄稼人的全部希望和追求。阿婆与其说是在不厌其烦地唱，不如说是以虔诚信徒般的姿态，诵经式地用生命在祈祷。我们在解读阿婆和阿婆的歌谣时，无不为这种艰苦的生存和生活条件下顽强的生命所震撼，无不为山里人宗教般守望日子的精神所动容。从这个意义上讲，作者切取的这个生活层面有着很深的人性内涵和社会内涵，给读者的思考一如歌谣般悠长、悠深、悠远。

这个小说不像作者在《绣花鞋垫》（载《中篇小说月报》2003年第11期）、《不娶你娶谁》（载《中篇小说选刊》2005年第3期）中表现农村教师生活那样，处处设伏，悬念叠生，而是一段明晰如歌词般的普通故事：阿婆一边唱歌谣，一边为村民们搓用来背麦子的草绳，无论是好年景还是绝收年，阿婆照搓不误，村人也照领不误。其实，绝收年，麦子都死在地里了，草绳有什么用呢？故事的深刻性恰恰在于此，就像大旱年莓子不可能变红，但是对歌时偏偏要说红了一样。这就是说，无论是天塌了还是地陷了，生存和生活的希望不能破灭。对于这样一个寓意深长的故事，作者几乎没有刻意安排任何曲折的情节，而是以人们对歌谣的感情、态度、呵护为主线，用散文式的笔调，通过人物的心理变化、情感表露和言行举止，舒缓而富有节奏地推动情节，恰到好处地展示了幽深的人性世界。在这不动声色的叙事中，我们分明感受到了每个人内心世界所有的惊心动魄和思想斗争，特别是触摸到了阿婆无比高贵的灵魂和精神姿态。应该说，这种平中见奇的艺术效果，得益于作者对生活的充分提炼和对短篇小说艺术的感悟。

歌谣是西部风情的重要特征之一，而这个小说的故事本身极富有西部歌谣特有的苍凉、哀婉、深情的意味，这使小说饱含了浓郁的民俗色彩、独特的文化韵味、鲜明的地域特征和绵长的乡村情调，仿佛一幅浓墨重彩的乡村风俗画，透射着别具一格的艺术魅力。作者原名何彦杰，在甘肃天水地区生活多年，应该说，他的创新和探索，与西部那片神奇的土地是分不开的。作家如果没有探索意识，就很难有创新，从他的另外几个中篇《红蜻蜓》(载《天津文学》2002 年第 6 期)、《英雄弹球子别传》(载《天津文学》2003 年第 7 期)以及最近以官场为题材的中篇新作《难言之隐》(载《钟山》2005 年第 4 期)不难看出，他的创作之路，必将会越来越宽。

(载《中国文化报》2005 年 8 月 4 日)

一曲城市底层生活的挽歌

——评《碰瓷儿》

于 川

一段时期以来，随着社会各界对“三农”问题的关注，农村题材创作呈云蒸霞蔚的喜人态势，相比之下，城市题材仍然更多地拘泥于酒吧、歌厅和婚外情等浮华表面，离城市生活纵深相去甚远，显得单薄而轻飘。天津青年作家秦岭的《碰瓷儿》(《上海文学》2006 年第 10 期)，一种呛人心肺的城市底层市民生活气息扑面而来，展现的是一幅逼真、生动的底层群体的生存、生活本相，为我们提供了新的文学启示和思考。

小说讲述的关于碰瓷儿的故事，对于任何一位城市人来说并不陌生。所谓碰瓷儿，就是故意用肢体与对方强行接触造成自身伤害而索取赔偿，实质上是一种诈骗行为。主人公冯保国曾经贵为国企的劳模，下岗后生活陷入绝境，通过卖血为妻子治病，供给儿子上学，在走投无路的情况下，不得不加入到碰瓷儿的行列。为了诈骗更多的钱财，他不惜撞断自己的腿，索取巨额赔偿，腿伤痊愈后，他“心忧炭贱愿天寒”，竟然自个儿把腿砸断，一次次地在实施碰瓷儿中嫁祸于人。积累了一定财富后，他金盆洗手，想过体面的日子，买了一辆出租车，却没想到自己竟遭遇碰瓷儿，他再次面临严酷的选择和命运的挑战。小说的深刻性和社会意义在于，冯保国对碰瓷儿由反感、排斥到犹豫、接受并参与的过程，也是他遭遇不公正下岗、生活无着、为儿子上学筹钱的过程，故事的背后，是对国企改革、法制盲区、养老体制、医疗制度、产业化教育中暴露出来的一连串问题的质询和责问。这些问题无不事关民生、民权、民利、民情，构成了城市建设、发展和构建和谐社会中的重要矛盾。一位劳模堕落成为城市社会的毒瘤，如果单纯地用世界观、价值观的角度判断其堕落的心路历程，显然有失偏颇，对此，小说已经留给了读者大量的思考空间，我们完全可以追寻作者的思想，在作者开掘的城市纵深中扫描并寻找一切合理的理由。有专家拿陈应松的《马嘶岭血案》和秦岭的《碰瓷儿》做了比较，认为前者触摸到了农村之痛，后者触摸到了城市之痛，我认为，这个比较是有意义的。

秦岭的小说往往以别致的构思、全新的立意和独特的视角取胜，这使他的一系列"三农"题材的小说颇受文坛关注，《碰瓷儿》在艺术表现上也充分体现了这个特点，作者采取由点到线的方法，对下岗、养老、医疗、教育这些事关底层百姓生活和社会稳定的大事进行强力点击，并巧妙地贯穿到碰瓷儿这条主线上，使结构浑然天成，主题深邃厚重，撕开了浮华城市背后血淋淋的另一副真实面孔。作为典型的津味小说，凡涉及的所有场景，都用了天津市区的地域名称，读来如临其境，如置其中，烘托出了难得的真实感和强烈的艺术效果。就笔者对秦岭小说的关注和阅读而言，秦岭描写城市题材的作品不是很多(他写的城市官场小说除外)，《碰瓷儿》显然给了我们一个意外的惊喜和震撼，这也再次证明了作者思考社会的深度和高度，我们完全有理由期待秦岭的目光在更为纵深的城市剖面上有新的文学发现。

(载《陇东南周刊》2007年3月19日)

城里人不懂乡下人的情怀

——评《一头说话的骡子》

林　霆

初读秦岭的这篇小说时，被太多奇特复杂的信息所壅塞，说不清、乱如麻，有些魔幻、有些荒诞。但仔细端详，就会发现它像一个会滚动的线球，原本就有两个毛茸茸的开端：一头是中国当代乡村的非常状况，而另一头是作家极富热度的纠结情感。

"一头说话的骡子"是小说最核心的构思。让动物说话，或者具有人的感情和行动力，不外乎三种情况：如果不是在童话和寓言中，就是在现代主义的伟大实践中，我们把后者称为超现实主义、魔幻现实主义；但我并不认为《一头说话的骡子》是对西方现代主义的模仿和借鉴，相反，我倾向于将它看作是中国民间叙事的一种惯性，比如《聊斋志异》以及流传于各地的鬼怪灵异事件。

故事的缘起是一个被错判了死刑且已经被执行的人，来到阴间后，要求阎王把他转世为骡子。阎王听完他的故事，判令小鬼去勾销真凶的阳间寿命，以防未来的凡间变成骡子的世界。这真是一个令人叹息的起点，我们在报纸网络上频频看到的现实就这样直端端地出现在小说家的笔下。但现实版冤案的结局往往是国家赔偿，甚至还有喜结良缘。大团圆的结尾让巨大的人生悲剧变得可以容忍。小说家应该做的显然不是这些。秦岭把无言的愤怒压抑成淡定，重新捡拾起民间的鬼魂文化，不是为了复仇，而是为了叙说令人愁肠百结的中国乡土世界。他要说的是，“城里人不懂乡下人的情怀”。

的确，小说中的冤案之后，没有一个人提到“法律”，更不要说“国家赔偿”。那头投胎转世的骡子，也并没有去复仇，而是回到他曾熟悉的乡里乡亲的身边，为我们见证着乡村的衰败：一波又一波的民工潮带走了村子里的男人，孩子们辍学去打工，老师们没有了学生，妻子们没有了丈夫，老人们没有了儿子。一个又一个空心村落、残缺的村庄在中国诞生。这些人被城里人称为“留守”人群，然而他们需要什么是无人关心的。他们经历着艰难的生活，在困苦、寂寞的时候，不免与同样寂寞困苦的另一个偷情。那头会说话的“骡子”看着这一切，甚至看着他曾经的恋人与他人偷情，依然那么宽容、那么温情。因为，他懂得乡下人的可怜。最可怜的是，在性爱的欢娱中，一场矿难葬送了那两个偷欢者的性命。真相大白又如何？都是天下可怜人。小说结尾，骡子的“咴儿咴儿”声仍不绝于耳。

“鬼文化”在乡土中国可谓源远流长，看似荒诞不经，其背后是很深厚的人情和纠结的人心。周作人说：“虽然，我不信人死为鬼，却相信鬼后有人。”（周作人：《鬼的生长》，载《夜读抄》，河北教育出版社 2002 年 1 月版）指的就是创造荒诞之鬼文化的，是真实的人心。鲁迅笔下的“女吊”出场的时候，不正是在台上弯弯曲曲走出个“心”字来吗？

因此，小说的荒诞情节源于中国当下的现实，其魔幻写法起于作者纠结的情感。一方面，在当下中国，民间信仰的消失，使得人心无惧、无耻，亦为所欲为。来世报应和因果轮回说，已经失去了往日的道德约束效力，最终让法律失范的地域成为人和神同时缺席的真空地带；另一方面，曾经那么令人眷恋的乡土中国经历着时代的阵痛，在城市化、现代化的进程中，乡土社会正在变得松散，甚至解体下滑，无人知道它将走向何方。正是在此意义上，秦岭的声音应该引起注意。

（选自《2010 年度短篇小说精选》，天津人民出版社 2011 年 5 月版）

无法直面的现实

——评《弃婴》

段守新

或许是因为一个亟待拯救的幼小的生命,最能有效地检验人世间的爱的有与无、情的冷与暖,所以作家们偏爱选择这样的题材来大做文章。与苏童的《拾婴记》相类,秦岭的这篇小说(《弃婴》),写的也是一个有关弃婴的故事。只不过,他的主题不再是暴露和指斥人世间的爱的缺失,恰恰相反,《弃婴》自始至终流淌着浓浓的爱的暖流,其中有母子之情,有夫妻之情,甚至道路相逢的陌生人也表现出必要的温情。然而,在严峻的现实问题面前,这些所产生的力量,还无法足够强大到能够抗衡苦难和战胜苦难,而由此造成的悲剧,才让人更觉痛楚和酸涩。

小说以沉重、压抑的叙述语调,写一对贫穷的农民夫妇,因为付不起重病孩子的手术费,不得不忍痛把婴儿遗弃在一片草坪上。他们躲在一旁,暗暗期盼着会有一个既有经济能力,也有爱心的行人,能救他们的孩子一命。但是,路过的人,无论是大款巨富还是其他所有衣冠楚楚的人,面对一个残疾的生命,只能以施舍来表达着爱心。有的悄悄留下了钱,有的送来了鲜花,有的则是默默守护着这个弃婴。这是一幅让人无比动容,也无比辛酸的场景。大概在场的每一个人,都在心灵的天平上承受着深重的道德拷问:一面是一个生命垂危的孩子,一面是自己微小的能力——即便并无血缘关系的路人都是如此,那对农民夫妇内心的撕裂、痛苦和绝望,更是可想而知。他们之所以不惜违背人伦大义和社会法律的双重规约出此下策,仅仅是因为不忍心眼睁睁看着亲生骨肉死去,但事实上,他们却还是不得不眼睁睁看着这个残酷的结局的临近。最终,孩子死了,这对夫妇也受到了法律的惩罚。但是,法律的惩罚总有时限,而灵魂的炼狱却恐怕将囚禁他们永生永世了。

然而,这不是一个人的悲剧,不是因为自己的无知和过错而导致的"罪与罚"。这是一个沉重的社会悲剧。假如一个社会是以不断制造大多数人的贫困为代价来维持它的高速发展,假如一个社会还不能建立起各种健全合理的制度和措施,以切实有效地为这些弱势群体提供基本的生存保障,悲剧则还将会以各种各样的方式更大面积地出现。可以佐证的,是小说中所暗含的另一个重要信息,同样贫苦得几乎活不下去的老杨家,靠着二女儿塞花去南方出卖肉体,日子总算有了转机。但在这种耻辱的挤压下,老杨"在人前总是抬不起头",而塞花则是"这辈子不可能回村了"。

秦岭在他小说中所表现出的直面现实、直面人生的现实主义精神和勇气,有理由让我们对他充满敬意，也充满期待。

（选自《2006年中国短篇小说精选》，天津人民出版社2007年4月版）

秦岭新作《弃婴》的艺术特色

——评《弃婴》

李发中

近来以《弃婴》为名或同题材的小说涌现不少，其中不乏佳作。天津作家秦岭刊登在《作品》杂志的短篇小说《弃婴》（《小说月报》《小说选刊》等多家选刊同时转载），以独特的视角、厚重的主题、深刻的人性开掘、准确的生活把握给了我们别样的惊喜，满足了我们的阅读期待。

秦岭的《弃婴》显然与他近期发表的《坡上的莓子红了没》（《新华文摘》2006年第4期）、《碎裂在2005年的瓦片》（《小说月报》2006年第2期）、《烧水做饭的女人》（《作品与争鸣》2006年第5期）等同属"三农"系列，其高明之处在于把"三农"问题的贻害合理地设置到了现代都市的背景下，围绕一对在贫困线上挣扎的青年农民夫妇抛弃婴儿的案件，对当代社会各阶层的人们进行了灵魂、人性、道德、情感意义上的透视，为一个司空见惯的社会问题拓展了新的思考空间，赋予了新的文学精神。

时下农村题材小说，似乎对农民生存、生活以及农村社会的各种矛盾演绎得愈惨烈、愈艰难、愈复杂、愈悲壮方显"三农"问题的特征。《弃婴》和秦岭的其他小说一样，总是不断变换着视角，在表达对农民命运关注的同时，更多地把着眼点放在社会变革时期整个社会的伦理、人性和精神层面上来，一丝不苟地寻找着弥足珍贵的人文精神和人文理想，这应该是他有别于其他作家的重要标志，也是他不断取得成功之所在。残疾婴儿的手术费高达8万元且将终身依靠药物瘫痪在炕头，这对于青年农民夫妇来说是一个永远也不可能找到答案的致命难题。他们之所以"抛弃"婴儿，是为了寄希望于"让社会上有钱人把娃儿抱去"，于是，面对这个婴儿，形形色色的人们，包括有教养的知识分子、城市里的夫妇、来城里打工的民工在道德伦理、物质利益、价值观念、天地良心、人性本能的问题上经受了一次心灵的体验、考验和检验。他们都表现出了人类最可贵的精神，有的无私馈赠金钱、有的把母性的亲吻给了婴儿、有的千方百计呵护着婴儿不被伤害……在人性的天平上，芸芸众生们的善良之心、同情之举和人文情怀像鲜花一样竞相绚丽地开放，但是，致命的难题注定了沉重的悲剧，谁都把拯救弃婴的希望寄托在"下一个有钱人身上"，但是，下一个在哪里呢？这是小说给我们提出来的一个艰难而又无法回避的问题。

《弃婴》的结论很现实:可悲的不是人性,而是比人性更为严峻的生存现实。农民妻子的梦想过于天真:“娃儿如果真的有主了,我情愿给主家当一辈子保姆,专门侍候咱娃。”婴儿最终的死亡当然不是终极答案,也不是农民夫妇所希望的。当这个抛弃婴儿致死案以法律的姿态严肃地摆在农民夫妇面前时,妻子提出的要求不免让人心碎:“判我个死,我要从阴曹地府把我娃儿抱回来。”至此,所有出场人物人性美好的一面在此达到了极致,成为人性魅力的集中绽放,与小说的主色调——悲剧调和在一起,构成了同类题材中不可多得的审美特征和艺术景观。

作家在艺术上的探索无疑使主题的高度得到了升华。小说采取了明、暗、隐三条线交替展开的表现方法:明线着力表现各种人物对弃婴的态度;暗线侧重表现农民夫妇在婴儿出生前、出生中的喜悦以及由此产生的对未来生活的憧憬和向往;隐线着墨不多但分量很重,那就是老杨家的女儿用当“三陪”换来的“威风凛凛的大骡子”的反复出场。三条线交替搭配,相得益彰,互为映衬,极大地突出了小说的戏剧效果、悲剧力量和艺术感染力,使弃婴的行为无论是主观故意还是客观因素,都使得弃婴的悲剧命运几乎成为一种宿命,突出了小说的现实批判力量,再次体现了作家把握农村题材小说的独具慧眼和全方位思考。

(载《中国文化报》2006 年 8 月 16 日)

硌牙的是沙子,硌心的是什么?

——评《硌牙的沙子》

段守新

每每读秦岭的小说,每每感觉心灵像是挨了一记重拳,有一种锐利的疼痛感。这种疼痛感的形成,一半来自他的小说所携带的写实力度,另一半,则来自他特有的介入社会问题的角度。去年的《弃婴》是如此,今年的《硌牙的沙子》,亦是如此。

秦岭此番所瞄准的,是西部的教育问题。众所周知,这是当前小说创作中一种习见的题材。其中,西部地区落后的经济水平,恶劣的生存条件,以及艰难困窘的教育状况,往往是作家们着力表现的“重头戏”。而从中讴歌教师的责任感和奉献精神,则是作家们普遍的立意所在。《硌牙的沙子》,也是写到了这些的。开篇有很大一部分文字,涉及的就是西部地区一个严峻的现实问题:水源的紧张,和吃水的艰辛。秦岭曾经长时期生活于此,那些丰富厚实的乡土经验沉淀在小说中,使小说的质地呈现出一种如同生活原生形态的粗粝感,已足以让我们的心为之震颤——但是,秦岭并不仅仅满足于此。他作为一个作家的可贵,不只在于他对现实的“介入性”,而且在于他在介入现实的同时，所显现出来的那种敏锐的“发现性”。面对着现实这个庞然大物，他始终坚持用“自己的眼睛”来观察、捕捉和判断。这导致《硌牙的沙子》，并没有按照此类小说的固有叙述模式写下去，而是用“自己的眼睛”，照亮了一个新的问题区域。一般来说，在教育题材的小说中，无论现实被表述得如何残酷，但师与生的关系始终是和谐融洽的。教师以其人格力量、知识和爱心，获得学生的敬重和拥戴，并从中建立自己的价值感。这种精神性的价值感，正是他们勉力抵抗贫乏的物质现实的唯一武器。但在《硌牙的沙子》中，教师心中这残存的东西，也被无情地剥夺了。师与生的关系，呈现出一种或明或暗的严重对立的状态。学生给教师运水，却在水中投下大量的沙子，以暗暗发泄自己的怨恨。更有甚者，竟直接殴打教师。而事情的根源，则在于因地方财政的困难，基层政府强令教师胁从乡干部去向农民催讨各种税款，以解决自己的工资问题。教师的形象和功能，从自古以来的“传道、解惑、授业”，一变而为税吏，“叫嚣乎东西，隳突乎南北”。如此怎能不引起作为农民子女的学生们的反感和嫌恶?！此间，固然教师是可同情的，但我们对学生的行为，又何忍给予过多的指责。两个同样无辜的群体，却又同样无奈地陷入了无形无声的对抗之中。小说高明的地方，就在于其选择角度的“刁”和“狠”。作者抓取了一个令人举措无方难以置喙的事件，揭显了地方行政和教育领域里的一种怪现状，一种现实问题。这样的问题，是曾经见诸新闻报道的。至于现在还有没有，我不敢断言。这样的问题，是不是也仅仅发生在西部，而全国其他地区则完全没有，我也不敢断言。我唯一能说的是，教育关乎一个国家、一个民族的整体素质和未来发展。这几乎是世界的共识。而如何尽一切的努力来为教育提供完善的保障体系，避免那些本不该出现的问题的出现，是包括执政者在内的所有国民不可回避的最严峻的现实之一——因为小说里学生泼洒的那些沙子，硌痛的不只是牙齿，还包括我们的社会良知和责任心。

但回归到小说的艺术表现上，我认为还是有着一些缺陷的。比如，小说对事件的呈现，如果借助的是一个与学生有更多直接接触的普通教师(如毕老师)的视角，而不是校长孙留根的视角，所造成的艺术效果显然会更强烈、更震撼、更富有心理的饱满度和深度。此外，小说通过一个学生的“告密”来揭穿事件的真相，但他的告密动机，至少就小说所提供的情理逻辑来看，不免有些无力。

(选自《2007年中国短篇小说精选》，天津人民出版社2008年6月版)

人“鬼”之间的抗衡与妥协

——评《鬼扬土》

周　同

要说生活里没有鬼，我信；要说生活里有鬼，我现在也得信。

“校外漫山遍野都是鬼，男鬼，女鬼，老鬼，小鬼，个个大呼小叫，摇旗呐喊，争先恐后地朝校园里扬土。所有的人，终于有机会亲眼目睹了这一幕。”这是天津作家秦岭的短篇佳作《鬼扬土》(《文艺报》2011 年 4 月 8 日)临近结尾中的一段。既然“所有的人”都“目睹”了，我完全可以相信我们的世界里是有鬼的。《鬼扬土》是一篇地道的乡间活见鬼的故事。由于“鬼”从后窗口屡屡扬进来的土，人鬼之间的“因果报应”逻辑由此引发隐秘而诡异的连锁反应：乡领导强行征用校园场地的计划被迫改变，学校的贪婪书记赶紧打消了霸占房间的图谋，支教人员惨遭车祸，“我”父亲——隋校长发疯直到死亡……

小说以时下偏远乡村教育生活为依托，以物质社会乡村各阶层复杂、多元、变异的执政观、价值观、伦理观为交锋点，对人“鬼”之间的抗衡与妥协、阴阳两界的残酷游戏进行了符合现实逻辑和民间思维习惯的演绎。这决不是对《聊斋》的复制，也不是对西方魔幻主义的移植，而是以当下社会变革为背景，用现代小说技法对二者的合理兼容和创造性发挥，展现了一幅文明社会黑色幽默式的、发人深思的、欲哭无泪的乡村生活剖面，让我们似乎听到了传统儒家文化、道德传承和民间情愫在历史的、现实的、未来的乡村链条中节节开裂的声音。当“鬼”的意志和行动一次次改变着乡村政权的原则和态度、调整着乡村教育管理的方向和秩序、影响着乡民、学生以及三教九流的道德和精神形态的时候，试问，这是何等巨大而神奇的力量！何等让人感到既恐怖，又可敬的鬼啊！《鬼扬土》像鞭子一样狠狠地抽到了我们这个时代的软肋。这一鞭，抽得精准，到位，有力，抽出了疼痛和伤口。这是秦岭继《绣花鞋垫》《硌牙的沙子》《一头说话的骡子》等乡村教育题材之后，对文坛又一次别开生面的提供和贡献。

这是一篇容易击穿我们内心的小说，它的冲击力带着我们太熟悉的乡村记忆。当父亲——这样一位秉承中华民族师德、师范、师尊、师道的乡村教育工作者，却处处扮演孤魂野鬼的可憎面目出现，真让人心潮难平。他不是鬼，鬼不是他。但是那个把他逼上鬼道的鬼中之鬼又是谁呢？小说没有给出答案，也没有抖包袱，作者只是用一位乡村中学生的“单纯”所见进行似乎漫不经心的讲述，然而这样的讲述却在情节上逐层布局，在人物上处处设谜，在结构上百般下套，最终把读者“套”进作者笔下轻松且凝重、开放且压抑的乡村，探寻乡村学生与保姆、与农民工、与乡村精神链、与民族根系之间的勾连和关系，这也是秦岭拿捏小说技术和反思历史的独特手段和经验。秦岭是个思想性的呐喊者，他的情怀和智慧为鬼扬土的小故事注入了不凡的境界和悲悯。小说对乡村变革的把握，对世相的俯瞰，尤其是对人物精神层面的透视，无不入木三分。在小说人物日趋被边缘化的今天，“父亲”这样的“鬼”形象，饱满，生动、立体，给人印象至深。

秦岭的小说注重多重审美。《鬼扬土》与他去年引起关注的短篇《一头说话的骡子》一样，都涉及鬼人鬼事，但这个“鬼”与那个鬼是不同的，这个“鬼”亦真亦幻，亦虚亦实，亦有亦无，不仅蕴蓄着诗性的审美，而且更为侧重主题的象征意义和寓言力量，这是小说的品质、品位之所在。

《鬼扬土》无疑是我们阅读视野里的一个类别，当然，不仅仅因为通过它，我们发现了生活中形形色色的鬼。

（载《文艺报》2011 年 5 月 9 日）

谁是谁的“杀威棒”

——兼言文学失落的拯救的拯救

宋凭栏

《杀威棒》是著名作家秦岭去年写就的一部短篇小说，区区不多的篇幅，道出了当今城乡对立的深刻现实，彰显了一名深具忧患意识的作家独到而深刻的思想。这在当今的作家中，稀少到珍稀的地步。而这篇小说不断被选载和进入到各种文本的排行榜中，无疑是对小说深刻思想内涵的充分肯定。

说实话，最初的阅读，笔者仅仅出于一种文字的吸引，并未引起重视。等看完全篇，不禁甚为惊讶。一篇小说，能具有如此的深刻内涵，在短篇小说里是不多见的。而后，又利用时间仔细阅读一次。得到了初次阅读未曾有的几许感想。夙夜难寐，便草记以下诸多的感怀，不妥妄言之处，还望作者以及各位老师文友担待则个，并给予不吝赐教。

故事应该说并不稀奇，特殊年代的原因，自城市中的孩子甄文强来到了乡村的小学中上学，因为生活背景的差异，导致他对来自土生土长的同学的思想生活都无法融入，村人对孩子的基本评价就是高傲。这并不奇怪，生活习惯的差异，导致文化的差异很正常。而引起老师鞭打的原因，导火索是他当面指出了老师的错误，“梭”镖的“梭”被老师读成了“俊”俏的“俊”。老师因为知青违背了扎根农村的誓言，本来就对知青有着天然朴实的一种不满。而这个来自知青群体的孩子，竟然不顾老师的尊严，直接道出，作为乡村准知识分子的老师对知青的一团怒火瞬间便被点燃。一记杀威棒，让高傲的城里孩子头颅懂得该如何尊敬老师。随机应变的反客为主,使孩子无口可辨。无辜的孩子成了城乡观念差异,不满知青背叛誓言的牺牲品。当孩子在外面,时而梭镖时而俊镖的胡乱呐喊时,我们可以想象得到孩子心中的不解和疑惑。应该说,此刻监护孩子的大人是聪明的,但这种不据理力争的背后,隐藏了多少被欺压不得喷发的火焰呢?

我们讲,当年的上山下乡有其违背人性的一面,但不可否认的是,他同时也锻炼了一贯养尊处优的城市青年人的意志,使他们成为了支撑当今社会发展的脊梁。这难道不是其中最主要的因素吗?而今的城里的孩子,缺少的便是这种恶劣环境对其意志的磨砺。这些孩子,能指望他们吃苦?从我家庭的现实来看,我深深地怀疑。

俗话说,三十年河东,三十年河西。随着改革成为了乡村的杀威棒,当年有可能从乡村走出的众多孩子们,在高昂的学费面前,无不败下阵来,即便能走进城市,也仅仅成为了身处底层的农民工,失去了与城市孩子一并竞争的资格。而大城市孩子享受的低分福利,让名牌大学生的素质已经严重倒退。这种以地域身份划分取材的做法,无疑是手握权柄的城市人对乡村人才的扼杀。这一记杀威棒将农村一代人甚至几代人妄想实现古代那种学而优则仕的美梦生生地鞭打破碎,农村的孩子或许永远失去了出人头地的机会,这种城乡矛盾或许也无可调和,就像当年上山下乡的知青一样。

小说中,当学成归来的孩子学生成为歌唱家在全国巡演之时,嗅觉灵敏的媒体知晓了歌唱家曾经在农村受教育的背景,纷纷来到农村采访。连本县的领导都前来游说,指望曾经的老师能招引歌唱家来此演出,增加小城的知名度。但被老师断然地拒绝了。老师说,他敢来的话,我还用那根教鞭打他。他为何这样讲,难道老师打的是城市人的背信弃义和骨子里的高傲吗?也许只有作家本人才能知晓。这也是这篇小说中留下的诸多例如最后是否拿走教鞭等等令人读后不解,而后只能苦苦思索的悬疑之一。

本来的小学老师应该是知青,因为他不负责任地跑回到城里,丢下一帮学生,出于无奈,村里只好让他这个本来就没有多少墨水的村记工员勉强为人师,结果水平不高的他,果然还是受到了和知青同为城市人的孩子学生的羞辱。

本该接受农民再教育的知青青年,却以天然的优越感教育起贫下中农来,这在本为主人的他们看来,不啻是一种羞辱。而且,他还是一个孩子。

我想,起初的上山下乡,是对城市青年人的杀威棒,但起码还有励志的好的副作用。而如今的改革却成为了对农村青年人的杀威棒,且没有一分的好处。当这种角色的互换成为现实,其实贫富差距的种子就已经埋下。而作为大多数底层的农村人被边缘化的结果,便是政权的稳固性出现了质疑。历史规律已经证明,忽视了绝大多数农民利益的政权是危险的。这也让我们不得不怀疑,改革初衷是好的,得到了广大农民的衷心拥护。而如今,改革的道路已经偏离了正确的方向,是否还有人有能力扭转这艘撞向冰山的大船?既得利益者的阻挡在现实已经是不争的事实。

城市学生敢于挑战老师尊严的举动,在老师的心灵中,生生地扎下了一根刺儿,他不会忘,学生也不会忘。等身为歌唱家的孩子回到这里时,老师已经走了。歌唱家没有要高额的演出费，而是仅仅提出拿走那根曾经鞭打他的教鞭，也就是他心中的杀威棒。歌唱家为何在老师在世时不能前来，难道他是想让老师低下不屈的头颅吗？他不会想到，身为农民，他们身体里流动着的血液是最耿介和血性的，他们那种天生的朴实，使他们有不畏任何强权敢于高昂头颅的遗传基因。这也就是为何历代都是农民起义的缘由。

歌唱家想拿走那根杀威棒，是否成功，我们不得而知，但我有理由相信，那根杀威棒上粘附着权力的魂。它成为了一种象征，别看这小小的一根杀威棒，我在想，这根杀威棒擎在谁的手中，关乎着国运的兴衰。

另外，笔者还想说的是，这篇小说，触及到了文学业已失落的拯救论。本该拯救世道人心的文学担当，如今却需要拯救，就好似一名医生，本该去救死扶伤，如今却需要他人来救治自己，岂不是一种悲哀和无奈？文学不能叩问世道人心，徒具漂亮华丽的辞藻，于人生又有何意？杀威棒这篇小说的积极意义，就在于他回归了文学的拯救功能，让文字有了更深刻的思想内涵和烛照现实的重大意义，他不仅是一篇抛弃了为文学和唯文学的虚伪假面的救世宣言，同时，还能唤起更多具有社会责任感的有识之士的共鸣，这样的文学不是象牙塔内干瘪的塑料花，而是敢于迎斗霜雪的高洁梅花。他让那些醉心于为文学而逃避现实苦寒冷雨的小资作家们的虚伪嘴脸暴露无遗。

文学是失落了，就像那些失落的文明。可喜的是，近一段时间以来，一些不甘于文学仅仅风花雪月的作家，开始用手中的这杆笔，对社会上的血淋淋的现实进行解剖。这些走在前列的作家，都有一个共同点，那即是绝不信奉文学无用论的观点。就在西方用文学的软实力毒害中国文学界的思想，导致文化价值观被严重洗脑的危急时刻，他们义无反顾地扬起了民族文学反抗的大旗。虽然他们还没有成为主流，但文学的事业已经开始焕发出勃勃的生机。那么随着时间的推移，通过这些作家的自觉的有意识的奋斗，文学的现实力量会逐渐变得强大。因为文学能直指人性的最幽暗之处，更会激发出一个人的不绝的斗志。面对任何艰难险阻，战斗的文学能激励我们一往直前。

文学的"杀威棒"，该鞭挞的是社会上的一切丑恶和不公，而文学的拯救，是实现这个目标的前提。如果文学的拯救论继续失落下去，文学即便想拯救社会，也是徒劳的。被边缘化的拯救，已经回天无术。

（载《梧桐花》2012 年第 6 期）

从《摸蛋的男孩》看作家为社会立言

——评《摸蛋的男孩》

吴 彬

在这个时代，为社会立言的文学，我们没有勇气轻易放过。作家秦岭的短篇新作《摸蛋的男孩》无疑是为一段历史破局，在中国农村社会沉重的石碑上，深深地刻录下了自己洞悉中国社会的“立言”。我个人的阅读感受是震撼的，小说的吸引力把我死死地关进了历史，这种被关起来的感觉，至少，七八年来，或许更早，没有过了。谁之前假如读过与《摸蛋的男孩》类似的表达，请找出一部来。

现在的中国作家比较浮躁，都浮躁到本来就浮躁的社会前边去了，多半把有限的才情用于文学套路和规则中的游戏。所以我们不难理解，像沈从文、钱钟书、张爱玲、王小波这些能为社会立言的作家为什么会在中国湮没长达十几年乃至半个世纪后，有朝一日又像金子一样冒出来，让人感到那么的突然。认知和发现这些“金子”的，不是中国的文艺学者，也不是中国的作家，而是中国最普通的读者，当读者对这些“金子”的推崇和热衷形成一种现象的时候，文艺理论家和作家们才相见恨晚地把目光聚焦到了“金子”的成色上。从中不难看出，眼前中国文学的浮华、浅薄、盲目与虚伪，到了何种地步。常言道：“当局者迷，旁观者清。”我不是搞文学理论的，所以我不知道文坛如何认识《摸蛋的男孩》，我认为哲学系的同学们无须关注文学理论家们如何认识一部小说，你们要关注的，是自己的感受与理解，是自己对历史和现实的哲学思考，以及，这部小说提供给我们的认识价值。注意，认识价值，对我们至关重要。《摸蛋的男孩》就有认识价值，这就是它最大的、也是最具生命力的不同，也是它的分量所在。晓敏推荐给我们的 10 个作家的短篇小说中，我认为《摸蛋的男孩》是最好的，从为社会立言的角度，它看似温和、平静，几行阅读下来，你会发现它那么新鲜，深刻，厚重，尖锐，有力度，只三两把，就撕开了历史的幔帐，看到了我们从同类小说中没有看到、却产生强烈共鸣的东西，我相信大家和我有一样的感受。

在今年的大学读书节到来之际，这次哲学系与中文系关于文学的争论有非同寻常的价值和意义。我知道大家的阅读里基本很少涉及中国当代文学。我们图书馆里那么多的文学理论期刊，大概只有中文系读研的学生在硬着头皮光顾，许多人甚至把所谓文学选刊戏称是作家们在过家家游戏，我是理解大家的。原因既然都很清楚，我就不多说了。延为、云鹏教授与大家提到的贾平凹、陈忠实、杨显惠、李佩甫、李锐、阎真等几位作家，我是很欣赏的，大家都非常熟悉他们的作品，我就不多谈了。上次讨论中大家对所谓著名作家 **、**、** 的《*》《*》等小说所持的怀疑和否定，说明大家的阅读是清醒的。昨天，德昌给我推荐了一篇有关贾平凹的访谈，大意是倡导文人为社会立言。我觉得很好。为社会立言很重要，我们这代人，几乎都是读着中外小说经典成长起来的，外国优秀的小说家几乎都是为社会立言的高手，而中国作家往往没有立言所具备的思想、境界和眼光，这一点，中国文坛自身是不清楚的，但是我们学哲学的人，必须要清楚，因为，我们要通过阅读，感受历史和社会。

《摸蛋的男孩》通过乡村小男孩的童真眼光，看到了供给制时代的这么一段中国历史：为了保障城市供给，挣扎在贫困线上的中国农民必须要给国家上缴鸡蛋，为了完成上缴任务，小男孩学会了把手指头插进母鸡的屁股眼儿里摸蛋，以便有效地把握完成任务的质量。农民没有资格吃蛋，却有义务把吃鸡蛋的机会让给城里人。摸蛋成为中国乡村奇异、浪漫、诙谐的人间传奇。终于，当小男孩有次进城，发现一家城里人的锅里放着煮鸡蛋，而城里人毫不留情地拒绝了他的分享，作为千辛万苦为城里人提供鸡蛋的山里娃，他的尊严第一次感到了挫败和打击。于是，他在摸蛋时，把母鸡屁股捅出了血。普天下的母鸡是无辜的。受伤的母鸡，艰难地靠近了曾经教会小男孩摸蛋手艺的爷爷，而爷爷能说什么呢？这样的血，这种历史的血，其实流淌了好久了。从鸡屁股里，从庄稼地里，从农民们望眼欲穿的眼睛里，从每一个种田人的心里。摸蛋摸出血来，让我想到了鲁迅笔下的血。

鉴于时间关系，我简单地概括了这个故事，故事里有许多曲折的脉络，我并没有讲清楚，相信大家在阅读的时候，都能概括出来。

秦岭显然具备洞察历史的眼光。他以刚刚过去的半个世纪中国农村社会为母体，选取了长达几十年的供给制时代作为“立言”的依据。继前苏联之后，供给制时代是最具中国特色的社会形态之一，至今没有那个作家让人信服地记录下这段历史，秦岭做到了。我刚刚知道秦岭是个年轻人，是个从陕西(甘肃)走出来的知识分子。秦岭这个作家很刁钻，很有脑子，他选取了“摸蛋”这一带有普遍性，而往往被忽略甚至被国人遗忘的乡村行为。摸蛋是一条主线，紧紧依附在主线周围的，是当时共和国的国情、政策、政治、城乡老百姓的生存状态。主线上高悬着十分透明的历史反光镜，如在特定历史条件下，中国农民对新中国的建设事业付出的惨重代价，中国农民传统、麻木的生活的定式，享受供应制安乐窝的中国城市居民的自私、无情和市侩。我们知道，在世界的大多数国家，城乡是没有什么等级观念、贵贱之分的，而在中国，城乡之别，成为国人文化心理中牢不可破的铁律。我们都生活在“城乡分治，一国两策”的大环境里，生活在城乡经济巨大而长期的“剪刀差”里。在这样的不公条件下，你当个城里人，和当个乡下人，那真是不一样的。在国外，甚至在我们的台湾，一个人生活在乡下，那是富足、诗意、浪漫的象征，在国内呢，情况不用我解释了，你看看我们院校内外正在干活的、吃咸菜住工棚的农民工，你如果还算个中国人，还算个吃五谷杂粮人，你就会有惊人的发现。社会这样倾斜，城乡矛盾这样突出，源自何处？我劝大家不用苦费心机地在书斋里摸索了。《摸蛋的男孩》里的小男孩，他的每一摸，包括摸出的血，已经给我们解释了一切。一个短篇，几千字，已经立言了。

我们所认可的对社会立言的文字，必然是对历史的反思。《摸蛋的男孩》深刻反思了历史。在关于城乡孩子的心理，关于鸡屁股里的血和农民心里的血的叙事里，处处充满了哲学的反思、反讽意味，这正是我们所需要关注的。

德昌告诉我，秦岭先生另有一篇小说叫《杀威棒》，被评论界认为是当年最具历史反思意味的小说。中篇还是短篇我忘记了，好像是站在农民立场上反思知青生活的，光这个视角就是颠覆性的。通过《摸蛋的男孩》，我看出了这个作家思想深处少见的沉稳和凌厉。有条件时，我们可以请他来，一起探讨。

我这样谈，散了些，但我相信切中了命题，我们都应该拒绝空泛。

（选自新浪博客小说精品屋2012年5月15日）

小说如何实现参与历史的当下性

——评《摸蛋的男孩》

杨显惠

小说如何实现作家主动参与历史的当下性，说易，做难，故而常引发我的思索。我看好天津作家秦岭参与并反思历史的自觉、机敏、独行和锐利，其短篇近作《摸蛋的男孩》（《北京文学》2012年第4期）再次引起我的注意，本在情理。

主人公——山村小男孩全全为了协助全家完成光荣的“任务”，千方百计学会了摸蛋的手艺：把手指插进母鸡的屁股眼儿，判断产蛋的大致时辰，继而计划性地对母鸡实施有效控制。农民的孩子是没有资格吃蛋的，家长、村学民办教师对山里娃进行的既富有民间性，同时又富有政治性的教育，使山里娃集体无意识地认为享用鸡蛋是城市居民的专利，于是，节衣缩食完成“任务”成为一代代农民坚定而荒诞、浪漫而悲壮、兴奋而残酷的乡村现实和自欺欺人的幽默图景。终于有一天，全全随妈妈进城看望因偷吃鸡蛋遭打住院的同学，并专程去巴结一家城里人，这才看到了城里孩子无忧无虑享用鸡蛋的另一种生活，心理落差和精神觉悟由此层层递进。最终的致命一击，是城里家长唯恐他分享锅里的鸡蛋。后来的一次摸蛋中，曾为“任务”立下汗马功劳的一只母鸡的屁股眼儿，被全全摸出了血……

小说对历史的反思，无疑是别开生面而又内蕴丰饶的，其强烈的现实批判意味，看似不留痕迹，实则刀刀见血。那从鸡屁股眼儿里流出的血，融现实与象征于一体，令人拍案叫绝。具体表现在：一是作者避开传统视角，绕道历史夹层，淘宝一样捕捉到了中国作家津津乐道而束手无策的命题，选取摸蛋这一流传甚广的乡村异象，精准地点击了城乡居民的价值软肋和精神死穴，尽可能地豁开了历史黑洞的外延；二是把庞大的历史面目与社会事件通过摸蛋具象化，微缩到乡村社会的常态生活，大中求小，小中窥大，让我们看到了城乡公民，特别是中国农民在特定历史时期矛盾的、复杂的心理纠结；三是不动声色而又恰到好处地在历史与教化、政治与传统、权力与民意的交织、联动、冲撞中勾勒、皴染出了中国农民具有国民性意味的抗争中的沉默、醒悟中的妥协、冲动中的麻木。比如，最终让鸡屁股眼儿流血的，不是饱受“任务”之苦的老农，而是农民的后代——摸蛋的男孩。至此，作者的批判、反讽意味达到了极致。之前，秦岭的长篇《皇粮钟》系列曾被从维熙誉为“一声绝响”，短篇《杀威棒》曾被段崇轩誉为“当年最具历史反思意味的小说”，依我看，《摸蛋的男孩》不仅是这些优势的再现，而且为小说如何实现参与历史的当下性，提供了可贵的探索和思路。

由于对历史的感同身受，我与秦岭保持着一贯的交流和对话，文学与历史、时代、政治、经济之间的关系一直是我们共同关心和探讨的话题。秦岭应邀在高校讲台或文学论坛上提出的“影响我们生活的政治与传统”“本土作家与本土社会”“心灵是文学的路径而不是避风港”等观点，体现了一位思想型作家对社会形态的成熟理解，这是秦岭区别于其他作家的重要标志，也是他走向深刻的精神基础，《摸蛋的男孩》由此诞生，堪称个例，不可多得。

何谓好小说，无法一言以蔽之。《摸蛋的男孩》反思历史既独辟蹊径，又曲径通幽，不同的读者自会体会出别样的意味，这正是小说的魅力。

（载《文艺报》2012 年 5 月 21 日）

拓展西部文学的新疆域

——以秦岭的短篇小说《女人和狐狸的一个上午》为例

邓　晖

西部文学是中国文学版图中最具中国乡村文学多种特征的文学，进入新世纪以来，中国作家相对于以往西部书写的辉煌，显然有些面目不清，给人力不从心、渐行渐远之感。最近，文坛对短篇小说《女人和狐狸的一个上午》(载《人民文学》2014 年第 9 期)的关注和热议，引发了许多人对西部文学的重新思考。有专家认为，作家秦岭的这篇新作属于当下“并不多见的西部叙事”“堪称个例的大爱叙事”。该作在西部文学的空间日渐狭窄的当下，无疑拓展了新的疆域。

半个世纪以来，中国西部那难以想象的贫瘠、荒凉和广大农民的生存形态，曾为坚守在这片土地上的思想的歌者、灵魂的舞者提供了描绘西部乡村得天独厚的“富矿”，由此，我们也在西部作家曾经庞大的队伍里，领略了张贤亮、陈忠实、贾平凹、路遥等西部作家劲旅笔下丰富多彩的、如歌如泣的西部生活图景。但是，近些年来，也许是西部风沙的日益肆虐，也许是文学本身的沉沦，也许是物欲社会的冲击，更多的西部文学显得潦草苍白、表里不一,甚至陷入了某种程式化和以“苦难”“死亡”“农民工”“伦理变异”为主要元素的叙事窠臼,唯独忽视了西部人与中国社会之间的精神关系,干瘪的西部大地上,似乎再难寻觅文学甘霖的芬芳。相对之下,迟子建笔下的关外乡村、刘庆邦笔下的三晋乡村、陈应松笔下的荆楚乡村,倒是承载了历代文学先贤的遗风,不断有崭新的文学气息喷涌而出,让西部文学的近期面貌相形见绌。曾经一度,秦岭在“皇粮”“乡村教师”系列小说中对西部乡村叙事的探索和努力,把西部人、西部事与中国历史、中国现实联系在了一起,给读者打开了另一窥探西部生活的窗口,或多或少弥补了西部文学在某些领域的缺憾,也引起了良好的社会反响,甚至被专家誉为“在秦岭的小说中可以找到中国农民”,这些典型的西部叙事之所以经常被文化背景有别的华北、中原、东北地区的文化机构改编为各种剧目上演,是因为其中蕴藏的“农民性”,不光来自西部,同时具有中国农民特征的普遍性与国民性,这是秦岭与西部作家很重要的区别与特殊贡献,也反映了秦岭作为思想性作家开阔的视野和高超的理念。西部文学,需要这种视野,也需要这种理念。

中国社会飞速的工业化进程,在一定阶段不可能改变作为农业大国的社会形态,乡土文学和文学乡土必然是中国文学最大的纠结和河山。中国乡村不同地域的文化异质和生活情状,很容易考量一个乡土作家的判断和作为,西部文学更是如此。山东学者王欣甚至在更广泛的领域,选择山东、江苏不同地域的有代表性的作家关于同一题材的创作进行了分析,她发现了一个有意思的现象,生活根系迥异的莫言、苏童和秦岭都曾经介入过弃婴这一社会现象的文学表达,并以《论秦岭的〈弃婴〉、苏童的〈拾婴记〉和莫言的〈弃婴〉中的“婴儿”意象》为题,进行了全方位的论述,在她看来,“秦岭、苏童和莫言这三位来自不同地域,具有不同知识文化背景和人生经历的作家,以其敏锐的感受力将其创作的笔触伸向社会转型期农村农民的现实生活,以表现特定的生存环境里尖锐深刻的思想矛盾”。这里且不论三位作家的创作成果,单就论者在对比分析中得出的共性结论,可以看出,秦岭审视、考察西部乡村的眼光,有他自己的精神高地,就像他创作谈中多次提到“站在崖畔看村庄”,那个崖畔,一定是他自己的西部高地,别人没有,他有。籍贯甘肃的秦岭生活在大都市天津,东西部的巨大落差、反差和逆差,无疑逼迫他不停地调整观望西部的视角和方法,调整是聚焦的过程,也是文学战场最要命的瞄准与射击。当被动变为主动,西部生活的形态必然成为作家手到擒来的俘虏。

就秦岭的个体创作而言,假如把他的小说放在中国传统乡土小说的大背景下观察,不难看出,他任何一类题材创作的前期和后期,都在不断变化。前期,往往存在着揭示社会矛盾有余而呈现心灵温度不足的缺憾,而后期的把握,往往会日臻成熟老道。由此看出,秦岭一直在和自己作对,他在失利中独行,在尝试中寻觅,在实验中总结,在突围中努力与文学精神合拢。他始终是清醒的,自知的,在教训与经验中频频“得手”。我们在他的短篇近作《弃婴》(《小说选刊》2006 年第 10 期)、《杀威棒》(《2011 年中国小说学会排行榜》,二十一世纪出版社 2012 年 5 月版)、《摸蛋的男孩》(《北京文学》2012 年第 4 期)等引起社会强烈关注的文本里,欣喜地看到了他在把脉历史、审视乡村、关照心灵、纵深驾驭方面的自我反思、超越和提升，到了《女人和狐狸的一个上午》，这一提升尤为明显，极大地丰富了西部文学的内涵，让我们对西部的观察，由表及里，进入精神层面。

蛮荒并不意味着人性的沦落，困顿锁不住灵魂飞翔的翅翼。在《女人和狐狸的一个上午》里，我们不仅感受到了实实在在的西部大地、西部农民和西部生活，也感受到了与之相关的生态、生存和生命，还感受到了西部人骨子里颠扑不破的坚韧、粗粝、温情、悲悯、大爱和包容。我们欣喜地看到，西部大地上可爱的狐狸出场了，美丽的西部女人出场了。一切都是那么符合现实的逻辑，一切又都是那么不动声色，一切都在西部风情中平静地亮相。为了肚子里的生命，为了一口水，怀孕的母狐乘专门捕杀狐狸的猎人不在家，冒着巨大风险钻进了同样怀孕的女人家中，两位"母亲"在彼此提防中"同病相怜"，在人兽的灵魂隔绝中又惺惺相惜。女人每一次艰难的努力都是为了母狐以及母狐肚子里的狐仔，而母狐带来的杜鹃花和"香味儿"，都是为了和人类达成某种心灵的默契。有谁知道，就在这人与兽大爱的交融里，残酷的人类正在伴随着社会的剧烈变革，以谋取高档狐狸皮制品作为审美，以最大限度地攫取财富作为精神向度。在真诚与虚伪、善良与残暴、包容与苛刻的博弈中，两位西部大地"母亲"的身上，折射的却是包括人类在内的自然界最基本的生命原则和情感姿态。为了彼此的尊严，两位"母亲"都不幸殒命于水缸之中。这样的死亡与这些年西部文学中那种司空见惯的所谓"死亡"有着本质的不同。人狐之死，折射的是人(狐)性深处最为耀眼的光亮，蕴蓄着持久的、永恒的心灵温度，让我们感受到了西部文学与众不同的魅力。

如果说，阅读《女人和狐狸的一个上午》是我们对西部文学的另一种发现和关注，那么，那种唤醒的力量还容易让我们想到对过往经典的阅读记忆，比如鲁迅的《药》，《药》中之"血"，就是一种对麻木民众的心灵唤醒。而人狐的死亡气息，在处处充斥着物欲权欲的当下，何尝不是一种唤醒呢？这种唤醒的力量，来自于平平常常的西部生活，来自于西部文学对生活独特的判断和续写。我注意到，许多专家在评价《女人和狐狸的一个上午》时，也提到了这一点。我要补充的是，小说还让我们感受到了人类和自然界休戚与共的强大力量。这一层，我们很难在同类小说中见到，这是秦岭作为思想性作家的重要贡献。

《女人和狐狸的一个上午》为我们打开的心灵记忆，还远不止这些。回想以往有关狐狸的文学定义，往往想到的是狡黠、肮脏和刁钻：那巧言骗取乌鸦嘴中肉食的丑态，那忽悠单纯小鸡的卑劣，那在狮虎之间挑拨离间的诡异……但我们同样也不会忘记，在蒲松龄笔下，几乎所有的狐狸都是美丽、善良、温情的化身，鞭笞和颂赞的背后无非是针对人性的审丑和审美。狐狸始终与女人联系在一起，那周身流露的极致细腻与无限温柔，那痛彻心骨的情感演绎，唯美得让人崇尚万分，钟爱有加。《女人和狐狸的一个上午》虽然与蒲氏视角有异，但在对社会矛盾以及人性的揭示层面，有着异曲同工之妙。狐毕竟是兽，但兽性与人性恰恰在某种特定的场合竟是如此的契合和相通。同处一片山川，同饮一眼山泉，同为身怀六甲的母亲，困境同临，人兽间少去了往日的敌视与杀戮，转而是孕妇奋不顾身的拼命施救，故事就在这样一个如此偶然又如此必然的上午展开。同样作为西部干旱地区的中国公民,我们早已对水缸中淹死、困死人、狐狸、黄鼠狼的现象耳熟能详,大凡这样的故事,本质上的主题是单一的,但秦岭赋予故事的内涵却具有辐射性、延展性和附加性。置身资源近乎枯竭的自然,人不易,狼亦不易,狐更不易,面对日渐转型的社会,人兽的困惑既客观存在,又富含主观外因。对苍生的关注,对生命的悲情,对生态的忧虑,让作者的生命意识、宗教意识、乡村人文意识永远定格在那个上午。作品构思之精巧,题材开掘之深邃,在同类题材中,显然高出一筹。

西部文学应该有西部文学的审美和特质,《女人和狐狸的一个上午》充分体现了这一点。人狐的心理动态、环境描写、情节铺陈、人物对话及至釉亮的水缸、破旧的脸盆、怒放的杜鹃、守望的香炉、苍凉的崖畔,无不弥漫着浓郁的西部乡风、乡俗和乡情的因子。作者在小说的首尾,安排了来自生活原生态中最为简单的、一字不差的对白,宛如一段首尾呼应的古老的、质朴的民谣,呼应了西部生活中最具本质的形态。而水缸、杜鹃花、破脸盆、香炉等西部生活的"道具",既是简陋的生活实物,又寄寓着丰富的象征性,使情节在起承转合的关键点上,处处叠加着西部风情的意象特质,增强了小说的某种诗性。水缸既是整个事件的提挈者,也是人狐命运的终结者;黑色幽默的葬礼既是一次对死者的埋葬,同时也是对人性大爱的涅槃。小说弥漫的那种魔幻、寓言意味,非常吻合西部的乡间民俗,使小说的主题在不确定性中呈现多元、多义的庞大信息量。披览通篇,那扑面而来的西部生活的气息中,隐现着西部历史的背影,投射着西部现实的容颜,低吟着西部乡村的传奇。我身边的读者说:"这是近期读到的最有味道的西部小说。"所谓味道,我想,必然是那种西部的味道。

《女人和狐狸的一个上午》无疑是西部叙事的重要收获,为我们把脉西部文学的现状、展望西部文学的前景提供了很好的范例,深入研究其多元、多义的文学表达,必将对我们有更多的启示。

(载《名作欣赏》2015 年第 7 期)

人与狐:人性主题的另类诠释

——评《女人和狐狸的一个上午》

刘　蕾

人性是小说永恒的主题。秦岭的短篇新作《女人和狐狸的一个上午》(《人民文学》2014年第 9 期)一改以往表达的粗粝与奔放,用清新如民谣般的人狐叙事,为我们在人性考察的形式构架、艺术审美、人文关怀方面提供了新视点。

故事洋溢着民间传奇、寓言的意味：在干旱肆掠的西部小村，身为捕杀狐狸高手的男主人外出找水，心怀“杀夫”之恨的孕期母狐乘机潜进了他家，当同样怀孕卧炕的女主人发现母狐不是来伺机报复而是为了喝上缸里残留的稠泥水时，两个不共戴天的“女性”，由相互怀疑、猜忌、提防进入了彼此孕育生命的母性情感世界。女主人有意放纵着母狐蹲在缸口艰难取水的过程，但人、狐之间的心灵隔阂难以在这个上午达到人性与“狐性”的终极消解。女主人对母狐带来的杜鹃花百思不解，母狐也误解了女主人救助它的诚意。最终，母狐因惊吓失足掉进缸里，女主人为了救母狐也掉进缸里呛死。在这个看似波澜不惊的上午之后，平时水火不容的众人、众狐见证了两位用死亡诠释了真诚、真情、真爱的准“母亲”最为奇特的葬礼，而作者给我们打开的思考空间，从那个上午蔓延开来：关于人与爱、兽与爱、自然与爱……生态与爱。小说别出心裁的触角与涵盖，如久违了的一缕春风，让人嗅到了犹如小说中狐狸携花而来的那种异质、异香。

为了展示人性的复杂性与心灵的变迁，作者不惜向短篇小说最难把握的情节、描写技巧谋求最佳呈现语境，通篇交织着丑与美、恶与善、恨与爱、漠视与悲悯、践踏与救赎、毁灭与诞生的多重线索，却被处理得举重若轻，含蓄舒缓，明净清澈。面对一次死亡的绝唱和大爱的求证，作者把艺术解构与魔幻传奇、物欲追求与精神寻找、人性陷落与灵魂救赎巧妙编织在一起，一面是“爱美”的人类对皮草的贪婪攫取，另一面是狐狸被动的生存方式和生命遭际；一面是缺乏主流价值观的社会变革对生命价值的巨大戕害，另一面是为生计而充当猎杀狐狸“刽子手”的底层农民的困惑、迷失与纠结。曾经，女主人一度梦想穿上华贵的狐皮大衣后变成真正的城里人，但他目睹了丈夫活剥一只公狐狸的全过程后，不仅阻止了丈夫的杀戮，还有意放生了一旁偷窥的“狐妻”。为了让双方母性的大爱迸发到极致，作者大胆而合理地让两个准“母亲”在干旱背景下，以求生的名义相逢，在“同病相怜”中捍卫彼此生命的尊严，于是，生命意识的觉醒，顺理成章地上升到了爱的启蒙与回归。“狐妻”冒着风险“自投罗网”前，善意地搬走了女主人窗前发挥“警铃”作用的破脸盆，代之以女人喜欢的杜鹃花。人、兽共赏的杜鹃花在文中时隐时现，贯穿始终，扑朔迷离，既可判断为人性、“狐性”之间冥冥存在的纽带，也可理解为人、兽乃至自然界对美的崇尚和追求，其象征之绝，寓意之深，以神秘的力量助推、加速了小说的现实冲击力。

小说对人性的另类诠释，颇具普世意味，不到万字，却涵盖了包括人类在内的生态法则与秩序，小中见大，气象不凡。

（载《文艺报》2014 年 9 月 24 日）

“狐性”映衬下的人性光泽

——评《女人和狐狸的一个上午》

苏　敏

人性的文学告白，由来已久，但陇籍天津小说家秦岭的短篇新作《女人和狐狸的一个上午》(载《人民文学》2014年第9期)，却通过一个怀孕的女人和同样怀孕的狐狸心有灵犀而又惊心动魄的一个上午，勾画了人与兽、人与自然之间的大爱与悲悯，既像一篇现实版的生态报告，又像一个现代版的聊斋传奇，让我们感受到了“狐性”映衬下人性光泽的脆弱，以及永恒。

小说的切入和故事本身在当下模式化的叙事中，堪称个例：一只怀孕的母狐趁杀害过它“丈夫”的猎人不在家，潜入猎人家里找水喝，与同样怀孕的女主人相遇。为了一口水，为了肚子里的生命，两个“女人”既惺惺相惜，又时时戒备。母狐为女人携花而来，女人也馈赠于真心，但终难逾越人与兽的心灵门槛，母狐因误会掉入缸中罹难，女人为了抢救母狐也栽进缸中呛死。人们为两位“母亲”举行了公平的葬礼，狐狸们也在同一片大地上，无语肃立。这还不是故事的全部，小说在看似平缓、温婉的叙事中，蕴藏着丰富的信息量：物质社会人类为了所谓时尚而疯狂攫取狐狸皮的人性渊源、狐狸生存环境的根因、猎手与狐狸博弈的本质、人与兽争水的情感纠结、女主人渴望穿上高档皮草当城里人的社会背景、两个“母亲”如履薄冰的大爱基础和人(狐)性本色……作者深知人狐无法对话，因此借助情节的推动和描写手法的运用，让人狐的故事通过心灵的默契、肢体的对白、情感的想象、思想的交融来完成。所有的迷失与回归、决绝与善良、冷酷与悲悯在这出“哑剧”中，虚实相间，尽显其味，读之无由不深思，思之无由不击节。

“要说日子是个啥，其实就是个水。”这是小说的第一句。比命、比血还珍贵的水，一直漫漶在这篇小说的脉络里，既是膨胀人狐故事的酵母菌，也是构成小说传奇性、现实性、合理性和独特审美的原料。由于缺水，男主人出门找水未归，仅留手无缚鸡之力的女人，口渴难耐，卧炕待产；由于缺水，腹怀六甲的母狐散发清香，摈弃恩仇，携花而来，施以微笑，以身护子，尾巴取水……由于缺水，这篇小说像秦岭家乡特有的玉米馓饭，水奇少，面若干，杂芋块，多搅旋，柴火煮，成一团，把人与兽、情与仇、生与死就这样一锅煮了，反倒成了一种脍炙人口的地方小吃。女人和狐狸的一个上午，分明是两个“女人”的一个上午。秦岭笔下的那只狐狸，怎不可作为一个女人或母亲看待？包括狐死狐悲，狐死人悲，全村人为狐狸举办隆重葬礼，送葬狐群一字排开，肃立天宇。这些又怎能不可作为一篇充满人性的母爱礼赞看待？人之兽性，兽之人性，在变异与交融中，在魔幻与传奇中，让普世之爱迸发出夺目的闪闪灵光。这些，都是同类题材力所不逮的,也是这篇小说最可贵、最有价值的地方。

语言是支撑小说质地的龙骨。这篇小说与秦岭以往“乡村系列”的重要区别之一,是人狐叙事中语言的把握与适用。情节推进中的语言元气充沛,徐疾有度,收放自如,而在环境、情态、心理、肢体的描写中,语言温婉玉润,如丝似缕,点到即止。在语言的支撑下,叙述、描述、讲述像是围着旷野里的一口大锅,叙述是大火,描述是常温,讲述是慢功,你完了我来,我歇了你上,叙得流畅,描得逼真,讲得平静,关键时的几把硬柴,霎间炊烟笼野,五香四溢。

小说构思精巧,疏密有度。作者很少直陈矛盾和冲突,而是处处把矛盾的复杂性、多元性隐匿于思考空间,谋求读者自身的理解与判断。比如那束神秘的杜鹃花,那个无端消失的破脸盆,那炷泯灭无常的炉香,那种伴随狐狸的香气,那场神奇的葬礼……尤其是开头和结尾,作者对丈夫和妻子关于水的对话安排,一字不差,前者是渴望中的分别,后者却是渴望中的诀别。这些,都体现了作者人文去向的高迈和驾驭文本的匠心,让读者在复杂迷幻的纹理、魔力、寓意中,经久回味,绵而不绝。

人性的文学表达可谓多矣,但那个上午“狐性”映衬下的人性光泽,如披沙沥金,成色天然。

(载《中国艺术报》2014 年 9 月 19 日)

历史黑洞里的人性光芒

——评《寻找》

段守新

近年来秦岭在短篇小说创作上用力颇勤,且状态颇好,佳作迭出。2016 年完成的《幻想症》和《寻找》,更是其中光彩熠熠的两朵并蒂莲。两篇小说的创作契机,原是应刊物“纪念红军长征胜利 80 周年”活动所邀,老实说,这样的命题作文,并不好写,而秦岭却能独出机杼,以“一种新的形式”重新描述那段大历史的诸般波诡云谲,以及带给各色人等命运的起伏荣辱,他重述历史的情怀、勇气和智慧,无法不让人且赞且叹。

秦岭的家乡在甘肃天水, 小说中有言,“咱甘肃是唯一一个三路红军全部经过的省份,光天水的红军故事几鏊笼也装不下”。话虽如此,但这些红军故事,在既往的主流历史叙述中,却并不都具有同等的地位和价值,有的固然被大书特书,有的却因受质疑和否定,而长期处于隐匿的状态。而秦岭所着重讲述的,恰恰是红军中的一个特殊支系,西路军的故事,更明白些说,是一些历史上的“失败者”,一些曾被牺牲和遗忘者的故事。正如《寻找》的题目所示,秦岭为自己设定的任务,即是要在另一条路径上,

"寻找历史、战争与人的关系，寻找战争原点和人性脉络中的衔接的部分，寻找普通农民精神的伤口与枪伤、刀伤的不同，寻找战争与和平轮回中人的生存、生活形态"。显然，这是有别于正统意识形态的一条路径，因为构成它的起点和支点的，乃是人性、人道的立场和视域。在这样的立场和视域里，无分胜利者和失败者，也无分战士和平民，他们首先而且必须是作为"人"被刻画、理解和尊重——刻画他们在历史、战争与政治的风暴里宛如草芥尘土一样的生命轨迹，理解他们为信仰或是为生存而付出的一切，尊重他们洁净而又混浊的灵魂，以及卑微而又崇高的梦想。

秦岭以乡土世界为叙事基地链接历史，其通常的策略，是设置一个涉世未深的憨实少年作为叙事人，通过他的认知和言说，去展现复杂的历史人事。这样，他的懵懂无知与世事人心的深晦幽暗，他对主流话语自觉不自觉地认同、袭用，和事情的真相之间，往往会出现有趣的错位和反差。正是从这里，秦岭表达出他对历史的反思和讽刺态度，同时，也向我们展现了他的迷人的叙事才能。《幻想症》主要讲述的是"我奶奶"的故事——一个溃败后的西路军战士，如何流入民间隐姓埋名忍辱偷生，以及她和她的子孙们为此承受的巨大恐惧和磨难；而《寻找》则转而讲述"我父亲"的故事，虽然是一个平民，但他和《幻想症》里的"我奶奶"一样，同样也无法不为革命、战争和政治所搅动的漩涡所裹挟。"我大一生的遭际，就在于掩埋红军连长那档子事儿上"，日后天翻地覆白云苍狗，秦球球不得不在各种政治力量和政治运动的轮番挫折下，虚与委蛇小心翼翼地谋求一家人的生存空间。而命运的吊诡之处在于，他不只无法见容于国民党，也无法见容于后来作为胜利者的革命政权。因为唯一能为他作证的红军战士，也由于"历史问题"成了"革命逃跑分子"，自身尚且难保，遑论其他？秦球球万般无奈之下，只好生编出一个谎言：他曾在馒头山上，埋有装着红军连长血衣的坛子。结果，他的下半生光阴，都花在寻找这个原本子虚乌有的物证上。一个无辜甚至有功的人，经年累月，胼手砥足，以蚂蚁搬山之力，寻找、求证一个自己虚构的谎言，只为了能够活着、活下去，试问，还有比这更荒谬也更残酷的人生吗？小说开篇那首民谣里所唱"翻里转面秦球球""斜里顺里想做人"，可谓精简地概括了主人公被历史所劫持、播弄，想要"做人"而不得的悖谬情境——也因此，有识者认为，在赓续着秦岭以往小说中浓厚的现实关怀的同时，《寻找》更多出了一层超越性的对存在意义的哲学诘问。细细想来，这番议论确实颇有见地。

而秦岭的叙述摇曳变幻，并不由此止步。迨至新时期"拨乱反正"，秦球球的政治处境有所改善，西路军的历史形象也有所修正，但他开山取土植树造林的工作，却一如既往，以致死后馒头山上已有了几百亩蓊蓊郁郁的柏树林。如果说，秦球球此前找坛子，只是为了自保，那么从他栽树开始，他的思想已有了新的进境，他实际是用这种方式，在为那些沉入历史地层的被遗忘的生命，树起一块块万古长青的纪念碑，同时，也是在为自己求索真正的生存价值。在秦岭的众多乡土故事里，他表现出了他对小人物的生存状态、文化心理的高超的把握能力。而秦球球则代表着他的小人物系列的一个重要的发展，他既有着这些小人物的共性，委曲中带点狡黠，狡黠中又透着淳厚，又以其身上迸发的人性光芒和精神力量让人肃然动容。

无疑,《寻找》将会成为秦岭个人创作史上的一篇重要作品。在《寻找》里,秦球球在寻找着坛子,更在寻找着生命的价值,而秦岭则在寻找着他所苦苦期盼致力抵达的文学的真义和境界。这不只体现在它的主题的多重意蕴上,它的夭矫变化的叙事艺术上,同样,也体现在它的充满质感的语言上。无妨这么说,一个作家的语言意识,一个作家对语言的敏感度和创造性,往往内在地决定着他在文学之路上所能推进的距离。客观地讲,秦岭在写作初期,他的语言意识还并不显明,而越到近来,越呈现出一种高度自觉的状态和神采。他在语言中——既包括人物语言,也包括叙事语言——放胆糅合进大量的陇南方言、俚语、谣曲、戏文,不只增添了浓郁的乡土气息和地方味道,更具意义的是,他也将它熔炼锻造为一种个性化的话语风格,并发展提升为一种强劲的叙事方式、叙事能力。他的每一个字、词,句式,似乎都充盈着灵性、活力,都处于解放的、流动的、汪洋恣肆的状态。可以说,《寻找》近乎完美地诠释、演绎和佐证了这一点,只是限于篇幅,兹不赘述。

(载《2016年中国短篇小说排行榜集》,二十一世纪出版社2017年8月版)

《寻找》:战争背后的人性光芒

——评《寻找》

李　丽

相对于传统的战争题材书写,秦岭的短篇小说《寻找》(《小说选刊》2016年9期,《小说月报》2016年第10期)无疑是独特、迥异甚至有些大胆的,很快受到专家和读者的关注。秦岭不仅在"挟持"着主人公秦球球寻找子虚乌有的坛子,同时也在艺术上试图跳出传统桎梏,寻找长征叙事的新路径。

作品把隐晦的"家族"叙事与详实的史料杂糅在一起,带读者回溯了一段从1936年到20世纪80年代发生在甘肃,这个红军唯一的三大主力军经过,但在史学界和文学界"居然消失"的历史。较之山东高密激情燃烧的红高粱中的英雄气质或者陕西白鹿原上硝烟弥漫的家族纷争,它显得"冷"和"静",甚至带着一些诙谐和执拗,但正因为如此,它才不仅耐读,还涌动着一股明眼人才看得出的惊波骇浪。故事以"我大"(父亲)在战争期间帮助掩埋了红军连长并一生守护陵墓但长期被冤枉,不得不以寻找埋"红军血衣"坛子来自证的故事为主线,辅以与西路军战士有关的"藏族土司、共产婆、李逢春"等的命运遭际,展现了宏阔又深微的历史断面。但作者的用意不在描摹断面,相较于普通战争题材集中在士兵的战火和硝烟书写,《寻找》着力揭示的是普通百姓在战争中的疼痛、挣扎与徘徊。作者以人在战争中的逻辑为线索寻找战争原点与人性脉络相衔接的部分,寻找农民的精神在风云变幻的政治斗争中的疮痍和坚韧,让人性的光芒绽放在战争与和平轮回断裂的十字路口。

在艺术上,作者有虚构,但不渲染。基于史料,但巧设心思。开篇的甘肃“花儿”是全文的眼睛,“翻里转面秦球球,斜里顺里想做人”。“翻里转面”显示出人在战争和主流意识形态之间颠簸而令人唏嘘的际遇。“斜里顺里”展现出历史夹缝中求生存的生命的韧劲儿。而“坛子”明显是作者的一个虚构,其意味深长的地方在于作者和秦球球都了然此事,却又都一本正经的“寻找”,这就使这个坛子有了丰富的内涵。于主人公他是一生清白的象征,是自我价值的证明,甚或是一种如黄土般静默但又如黄土般包蕴,潜藏着巨大秘密和生命力的象征。于作者则既是对现实清醒的认识,又是一种无奈的讽刺,一声沉重的叹息。作者借助虚构的路径,探寻历史的本源。从而在云遮雾绕的现象背后,将对历史的触摸和反思提升到一个新的高度。历史不仅残酷在“敌我双方的矛盾”,更复杂在难以言说的历史秘密中。1935 年毛尔盖会议之后,红军高层动荡不安,1936 年红四军奉中央之名进入甘肃开辟革命根据地。但革命风云变幻,政治更是玄奥难言。当历史仅仅成为胜利者的诉说时,那些当时没有看清历史却也曾经为革命抛头颅、洒热血的普通民众如何安置?历史夹缝中生存的人是否可以保有基本的权利,尤其是当历史真相还未清晰时,我们有没有捍卫“人之为人”尊严的基本道义。作者捡拾流落民间的西路军及当年一心为红军的民众一生“胆战心惊”的生活经历,“完全打破了革命战争主题的精神走向”,在对普通民众的深刻悲悯中,显示思考历史的力度和厚度。

该小说写于纪念红军长征 80 周年,《寻找》显然属于纪念方式的另一种,它蕴蓄的道德力量和反思精神让这样的纪念掷地有声。如果说人民是长征强有力的后盾和保障,那么“父亲”们在战争夹缝中求生、挣扎、艰难的多舛命运,同样值得我们深深怀念,并对他们的顽强、隐忍、智慧和抗争表示理解和敬意。这对于这个浮躁、喧哗又视生命如粪土的时代,是一种警醒。所以,《寻找》不仅书写了一段红军历史,更是一部人民史,是“红军取之于民,终将回归于民”的历史预言,是一部对战争背后的人性光芒找寻的历史。

(载《小说月报》2016 年 11 月 6 日公众号)

小说借想象之力与历史对话

——析秦岭新作《幻想症》

缑芳宜

战争小说，无论是古代还是近现代题材，大都以表现宏大的战争场面和敌我双方迂回曲折的斗智斗勇而见长，而新近面世的著名作家秦岭的《幻想症》却别有洞天。它以独特的视角、丰富的想象和深刻的文学思想艺术地再现了战争的侧影及战争对象的心理原色，也为小说如何描写战争、对话历史拓宽了写作路径。

与以往战争小说所不同的是，在《幻想症》里，作家秦岭的视线绕过当年红西路军在河西地区作战并最终全军覆没的惨烈而悲壮的战争场面，把关注点投放在战后几十年的偏僻山村，以遗落在当地的一个西路军女战士在战争年代及"文革"时期这两段特殊历史阶段的特殊遭遇，把有形和无形的战争带给人的毁灭性打击表现得淋漓尽致。作家的视角探照并穿过历史的缝隙，一路捡拾起无数带血的战争碎片，以反道而符合常情的想象，通过"杂取种种，合成一个"的方式塑造了"我婆""我大"和"我"一家三代人等多个艺术形象。在作者笔下，"我婆"就是当年流落在天水等地西路军女战士之一。作家秦岭杂取了种种流落人员的种种行为特征：比如，平常生活中的勤劳善良、忠勇果敢；害怕真实身份暴露而不得不装聋作哑、装疯卖傻；无法完全藏匿人之本性而表现出来的梦呓、幻想；极力掩饰而掩饰不住的对战友的无尽思念以及那种至死都不服输的革命斗志等等。他把这些品质或行为或心理原色集中在小说主人公"我婆"一个人身上，这就使得她及她的家人在"文革"大背景下的生活更加艰难，更加如履薄冰。最重要的是，作家在娓娓道来的叙事中，以两段历史为镜，折射出了小人物灵魂的亮光和人性的光辉。这种写法，超越了往常战争小说的写作路径与小说品格，让小说与历史的对话缩短了距离，增强了话语的音量。

每个人都是历史长河中的一粒石子，他只能在一定的时间有一种存在或一种经历。作家秦岭也一样。所以，要在小说里再现彼时细碎情境，他必须依赖想象。黑格尔说："如果谈到本领，最杰出的艺术本领就是想象。"作家秦岭正是借助了以往生活中的零碎记忆、经验，把听到的、见到的、经历过的一些事重新进行改造和整合，用奇崛的想象把主人公的言行、心理、情感艺术地再现在了读者面前。其次，人们也常说，日有所思夜有所梦。作家秦岭的高明处就是把这一切都想到了。也正因为他能想到这些人们平常溜嘴边、过耳旁而不走其心的茶余饭后哄嘴的谈资，并把这些琐碎的原料集中在一起，再通过杂糅、提炼等一系列想象活动，才让"我婆"梦中的呐喊真实地体现了一个流落在民间的西路军女战士在特殊历史阶段不能明说直辩但又难以遮掩的真性情、真感情；才让"我婆"梦境中的"暴行"，生动地再现了一个素有理想与抱负的女战士不能上战场杀敌报国而只能装聋作哑混迹乡间的痛苦心路历程;也才让“我”家里阴阳法师设坛场捉鬼的事风声鹤唳般地上演。这种写法,与其说是在写梦呓或幻想症或者说牛鬼蛇神,还不如说作家借助想象站在战争的边沿与历史对话,站在人性的天平上与灵魂对话,让人物的观念、立场与自己的情感良心对决。作家正是让主人公在观念与人性的厮杀、拼搏中,让观念丢了分,而成全了情感人伦。所以,作家描写如此“诡异”的幻想症,他是站在历史的天空向人间播撒人性的花朵,播撒理想与信念的种子。就像中国古典神话后羿射日、女娲补天,《红楼梦》中曹雪芹描写贾宝玉梦游太虚幻境一样,看似荒诞不经,实则另有深意。

法国作家雨果曾形象地把想象称为“潜水”。这样看来,想象本身就意味着深度。事实上, 对于创造性的文学活动来说, 没有哪一种心理机能比想象更能深入写作对象,更能使其深化的。《水浒传》中作者将历史上宋江起义的结局创造性地想象为招安,并使宋江等人接受招安以后被赐药酒毒死,大批的将领在征讨方腊的过程中非死即残。对此安排,已有很多人问过“十万个为什么”了。但我们说,只有这样的安排,才更能让读者认识作品的深刻性和悲剧性。在《幻想症》中,作家秦岭在篇首安排艰难时世中艰难家庭的一个难得聪慧而又心里阳光的十一二岁少年为“幻想症”,就已经让读者和作者一样甚至和“我婆”“我大”一样很不安了,更何况后来“幻想症”像一个难以甩掉又能遮掩其“丑”的大包袱移交给了“我婆”;再到后来,“幻想症”这个骇人的“大瘤子”就只能由“我大”自己“扛”着了。而且在篇尾,“我大”竟然割掉了“我婆”赖以说话的舌头,以至于她最终在寂然无声中死去,也让那“等人”的唯一念想——“玉镯”彻底埋葬。这世界到底怎么了?是谁扭曲儿子阳光的天性?是谁在剥夺母亲说话的本能?是父亲和儿子双重身份集于一身的“我大”?“我大”是忤逆不道还是丧尽天良?非也。相反的,在作者笔下,“我大”是“我”和“我婆”的精神依靠,也是全家生活的顶梁柱,也是村里为数不多的共产党员。可是,从他的所作所为看,他不是精神失常,就是人格分裂,而且是当仁不让的幻想症患者。那么,是什么让他们产生幻想?又是什么打碎了幻想者的梦,最终让他们不再幻想呢?观照全篇,才发现《幻想症》这种悖理而又不悖性情安排是必然的,又别有深意的。至此,面对如此痛苦而又必然的“幻想症”,不禁又想到了水浒英雄的悲惨结局。

与《水浒传》一样,《幻想症》绝不仅仅意在表现小人物的悲剧。作家秦岭习惯于把人性与灵魂放置在温度最高、火力最猛的焦点上加以考量, 他习惯于在作品中对社会、历史、人性进行反思。或许,也正由于他这种反思精神,他的创作有了很大外延,有了深远的社会意义。

(载《中国艺术报》2017 年 2 月 13 日)

计划生育题材的成功尝试

——评《风雪凌晨的一声狗叫》

白 楠

如何关注乡村现实，作家秦岭总能为当下提供出乎意料的路径和理由。他的中篇新作《风雪凌晨的一声狗叫》（载《长城》2016年第4期）以凌晨时分发生在西部乡村的一声狗叫为引信儿，深刻揭示了我国农村计划生育时代的社会形态和人情冷暖。作为我国迄今第一部全面反映计划生育题材的中篇小说，无疑是一次成功的尝试。

计划生育既是人所共知的"天下第一难事"，也是影响中国乡村社会整体形态的强大作用力之一。它和农民构成的特殊而复杂的关系，曾一度让当下作家在考察农村社会经纬时显得一筹莫展。面对这一难以回避的现实，秦岭再一次发挥了他乡村叙事的优势和理念。他巧妙地把计划生育背景下的乡村聚焦到凌晨的一声狗叫上来。这一打草惊蛇的狗叫，让引产对象逃之夭夭，致使计划生育突击队精心谋划的"攻坚战"彻底失败。到底是真狗叫？还是突击队内部的人装狗叫，这一涉及工作谋略、职业道德和人性姿态的致命追问，直抵乡村矛盾的命脉，毫无保留地把笼罩在各级职能部门、工作组、乡政府突击队、村干部、手术对象各色人等内心的情感爱憎、人性真伪、原则松紧、道德虚实、灵魂美丑撕裂开来，为我们打开了一个既惊心动魄，又于无声处，既复杂多变，又冠冕堂皇的乡村世界。这样的世界，我们很难在与计划生育无关的乡村叙事中感受到，而《风雪凌晨的一声狗叫》显然借助了计划生育这一驶往乡村的直通车，抵达乡村社会的核心，以"四两拨千斤"的手段还原了社会变革时代的乡村百态。秦岭本人曾经是计划生育工作的亲历者和参与者，毫无疑问，是作者内心的触动和切肤之痛，成就了别具一格的、与众不同的乡村叙事。

作者非常注重叙事的技巧和方法，他紧紧围绕城与乡、官与民、突击队和结扎对象不同的角色和身份，巧妙地把机关、民间语言结合起来，塑造了一系列呼之欲出的人物形象。"我"作为城里来的工作组组长，既要例行公事狠抓计划生育工作，又要应对乡党委书记邱敦仁的种种猜忌、质疑和提供美色的陷阱，工作如履薄冰。前任工作组组长龚安娜曾经是县妇联主席，一心想在农村计划生育工作中大干一番事业，却被严酷的现实碰得头破血流，悄悄"堕落"成为突击队的"叛徒"，最终因给手术对象通风报信受到组织的严查。有望进城工作的邱敦仁面对个人利益，在计划生育"真抓""假抓"之间巧妙周旋，费尽心机，深藏不露。有"失独"之痛且即将退休的乡长甄塬良，对计划生育工作明里雷厉风行，暗里拆台放水，那一声狗叫是否是他所为，谁也不好意思深挖谜底。副乡长史建川是全县有名的计划生育工作标兵，却不谙官场生存之道，落得升迁无望，"两头不落好"。乡村旅店店主粉儿是邱敦仁安插在"我"身边的"奸细”,色诱“我”不成,反对“我”产生好感和敬意,代价堪忧。“线人”邓友奎是和乡政府保持单线联系的、专门搜集妇女动态的“潜伏”人员,没想到他在乡政府、妇女之间两头“潜伏”,突击队屡屡被他玩得筋疲力尽……语言是小说的支撑,人物是小说的灵魂。作者为每一位人物都赋予了丰富、复杂的社会属性,同时又让人物代表了全社会的不同阶层,让我们看到了一个时代的社会质地和精神谱系。

作家必须要善于洞察变革时代乡村社会的复杂性和多元性,秦岭对计划生育题材的整体把握和立体呈现,就体现了这一点。他近期发表的中短篇小说《阴阳界》《寻找》和最新出版的地震题材小说集《透明的废墟》之所以备受关注,均离不开他对乡村社会冷静的、纵深的思考。

(载《文艺报》2016 年 8 月 26 日)

重现农民的君子情怀

——评《吼水》

周宝东

作家秦岭的乡村题材小说,总是能从判断、反思层面给我们提供认知农民本相的新视角。他的短篇新作《吼水》(载《当代》2017 年第 2 期)与前期发表的《女人和狐狸的一个上午》《借命时代的家乡》同属于“水系列”,不同的是,我们从《吼水》中看到了当下乡村叙事中非常少见的另一面:中国农民的君子情怀。从而将这一审美体验推到了一个新的高度。

无论当今农村社会的变革多么具有广泛性、深刻性和重铸意味,谁也不应否认以“耕读第”为价值追求的中国几千年农业社会积淀而成的农耕文明,而蕴蓄其中的传统道德和价值观念,某种程度上无不彰显着中国农民的君子情怀。可是,当下的农村底层叙事中,很少有作家在乡村的颠簸中深情回眸农耕文明在农民骨子里的闪耀,《吼水》却如一股清风,它借农民、水、马三者的关系,关注农民苦难背后的人性温度,让我们看到了农民践行“民以食为天”“食以水为先”过程中质朴、厚重、温婉的君子意识。小说的背景是物质社会的小村尖山,为了生存,董球借助于包工头邓念泉的水柜“哄”来了媳妇,他同时默许媳妇被餐馆老板包养后去“有水的地方”。在劳动力按金钱衡量的时代,全村人依然义务为董球修建水柜。喝不上水的马报复性地咬掉了董球的一只耳朵,他把马卖给了“有水的地方”的马帮老板。“赔了夫人又折兵”的董球撂下水柜工程外出打工,全村人替他修好了水柜。水,不仅唤来了董球,还唤来了妻子和一双儿女。所有的人都“归来”了,可小说中与董球同等重要的另一“主人公”——马却无端消失,把故事的空间拓展得更加深远……

信义与承诺,是君子之道。毫无疑问,隐喻、象征意味浓郁的《吼水》是中国农民对水、对命运的一种悲怆呼唤。农民的君子情怀,就这样深深嵌入由人、水、马构成的故事脉络之中。董球对媳妇委身他人没有丝毫的抱怨,而包养妻子的老板既有当下暴发户的情感欲念,同时也承担着作为男人的全部责任;全村人在与水争夺生存权的艰苦抗争中,对董球的一连串遭遇报以同情,董球则因缺了一只耳朵无颜再见家乡父老;已卖给新主人的马试图重返尖山与董球共患难,董球却强行把马送还新主人,而新主人宁可遭受损失,也试图让马物归原主;妻子并未在老板的那里养尊处优,而是领着儿女回到董球身边。这一连串看似有悖伦常的现实逻辑,惟妙惟肖地反映了当代农民极度复杂、纠结的内心世界。传统道德既被肢解得支离破碎,又有坚如磐石的一面;价值观念既被冲击得物欲横流,又有回归理性的一面;灵魂原貌既被涂抹得凌乱不堪,又有固守本色的一面;人性形态既被消解得污浊难辨,又有体现本相的一面。这种可贵的坚守、保留、恒定、理解、宽容、馈赠、付出、给予与悲悯,是中国农民君子人格的生动体现,是中国农民以君子情怀应对市场社会冲击的重要生命线,是中国农民维系、凝聚、延续土地与日子、宗族与家风、乡情与世情、个人与社会的"君子协定"。而在那匹马——农民赖以生存的牲畜身上,我们看到的,又何尝不是另一种君子之风呢?

《吼水》的成功,不光得益于作者独辟蹊径地探照到了农民的另一种内心,体现出一股"载道"的文学品格,同时也得益于作者反思现实、认识生活、熟练吸收西部民间传统文化的方法。当然,对农民君子情怀的重现,仅仅是小说价值指向的一个侧面而非全部,可这个侧面却是弥足珍贵的,它更像对当下农村叙事的一次警示,它似乎在提醒我们,怎样以文学的名义认识真正的中国农民。

(载《文艺报》2017 年 5 月 22 日)

洞察现实社会的新视界

——评《一路同行》

李　丽

如何关注人的精神在时代和社会中的嬗变，作家秦岭总是带给我们不一样的思考与冲击。他善于以我国农村乡民的生活裂变和精神困境为切入点,在对复杂人性的斑驳呈现中,去反思人与历史、理论与现实、政策与人心之间巨大的割裂和融合,彰显出文学穿透生活的锋锐度。其计划生育题材短篇新作《一路同行》,显然继承了这样的文学追求,并给我们提供了洞察现实社会的新视界。

都在强调作家要关注现实，可对于深层次影响着中国社会和国民形态的计划生育，许多作家却显得束手无策，以至于长期以来学术界考察乡村题材文学时，面对计划生育生活罕见的缺失和空白，亦感不解和茫然，这是中国文坛非常严肃的一个笑话。《一路同行》“千呼万唤始出来”，可谓来之不易。小说讲述了这么一个故事：在一次看似很平常的计划生育攻坚战中，“我”作为有孕在身的计生专干，与超生逃跑户、同学梅香“狭路相逢”，一路“监视”她去卫生院做引产手术。梅香误以为是“我”出卖了她，甚至把我平时帮她查体、保胎、躲藏所做的一切真诚努力都当作是“欲擒故纵”，而“我”的纠结不仅在于无法证明清白，甚至因承受压力导致难产却无法诉说。同学情、姐妹情、乡情就这样高高架到了人性、良心、道德的火炉上，把规则与违规、政策与对策、坚守与背叛、国情与现实煎熬成了一锅不一样的文学之粥。

小说的成功在于，作者并没有拘泥于计划生育本身，而是把与计划生育有关的乡干部、育龄妇女、“四术”对象推到了农村社会的最前台，用他们生存、生活的法则和逻辑诠释计划生育与乡村男、女劳动力之间的利害关系，用各自正常、非正常的抗拒方式和内心纠结，反观社会变革时代乡村的宗族伦理和价值尺度，用道德的坚守与妥协、良心的追问与沦陷、灵魂的博弈与困顿揭示计划生育时代复杂、变异、脆弱的乡风世情。《一路同行》借力于计划生育这一特殊生活的富矿，断然撕开一层又一层社会、学术、文学界欲语还休的遮羞布，写出了一种难以用道德批判的政治、社会和生态困境，也写出了一种令人骨寒的人性复杂，同时也提出了一种深刻的社会思索。

小说在艺术上可谓独辟蹊径，讲述者“我”作为一位西部地区的女乡长，仿佛在和一位看似与故事毫不相干的听众“围炉夜话”，机关工作语言和乡土民间语言交替融汇在一起，把遥远的往事拽到了现场。毋庸讳言，就我国的现实国情而言，计划生育本身的必要性、现实性不容置疑，这更彰显了作者切入现实矛盾的巧妙和智慧。特别是在构思和布局上，虚实结合，在看似舒缓的情节中蕴藏了庞大的信息量和思考空间。同为母亲的“我们”彼此情感相惜，但“我”是计生专干，梅香是“超生者”，身份与情感的对立形成了一个巨大的艺术悬疑，同时作者又让闺蜜之谊、人生跌宕及乡村人情，随着一次次紧急事件的展开，呈现出繁复而悖论的一面。在结尾处，作者将这种戏剧化推到了高潮。人心的柔软与坚硬、人性的悲悯与黑暗、灵魂的救赎与背叛，在一种巨大的、难以言说的悲苦中深刻展现。

而在故事的背后，作者暗设多重副线，这些副线有的如蜻蜓点水，有的像迷宫一样贯穿始终，而每一处迷宫都巧借隐匿于历史和彰显于时代的“资本家”（对应私营企业家中的暴发户）、“丫鬟”（对应底层保姆）等称呼和概念，将这些人物背后的精神气质移植过来，并对接了某种社会的痼疾，打开了纵向观察历史的通道。比如，中学时代的梅香有志向、有文化、有追求，属于典型的新时代农村知识女性，因何沦为“资本家的丫鬟”，成了祥林嫂式的悲剧人物？在“生男生女都一样”的强大宣教中，梅香因何“中途想打掉”第二胎女孩，而非得认为“不生个男娃，天就塌了”？身为基层党员干部的村妇联主任组织同学们面对神龛、香蜡进行不伦不类的“宣誓”，却对皈依佛门、教会的同学“放一马”，难道仅仅是乡村精神文化的贫瘠吗？同样的集体所有制，暴发户宋金发为什么能够如鱼得水，妻妾成群，小老婆们给他生的娃“只有他自己才数得过来”？值得一提的是，“我”唯一的听众小董尽管只是在首尾各昙花一现，却是个画龙点睛式的关键人物。这个身为大学团干部的天之骄子假如真的是“资本家”宋金发的“野种”，那么，我们对计划生育的思考岂止于对政治文明、社会进程、阶级阶层、世情伦理、生命尊严、女性生态的判断，所有的谜底，恐怕就像小董一开始就迟迟不肯拿出来的那封信，谁知道上面写满了什么，而他后来提到的“另一封信”，会是潘多拉的盒子吗？

胡适说：“你看一个国家的文明，只需要考察三件事：第一看他们怎样对待小孩；第二看他们怎样对待女性；第三看他们怎样利用闲暇的时间。”《一路同行》作为目前为止第一篇成功反映计划生育题材的短篇佳作，与秦岭的另一个同类题材中篇《风雪凌晨的一声狗叫》共同深入的剖析了此标尺下文明的程度。一般来说，第一个吃螃蟹者容易囫囵吞枣，而秦岭却能品出个中真味，再次印证了他解构现实社会的不俗与迥异，也为此类题材的更多书写者提供了宝贵的方法和经验。

（载《芙蓉》2017 年第 3 期）

第六辑

报刊研究秦岭作品辑录

（一）《文学界》

圪蹴在“形而中”的秦岭

刘卫东

秦岭老农般圪蹴着的姿态很特别，不是匍匐，不是飞翔，因而并不玉树临风、帅呆酷毙，而是自然地带有苦大仇深、乐天知命混合在一起的呛人的土气。他的作品是指向当代农村现实根部的，是典型的“形而下”，但是却蕴藏着向上升腾的力量，因此，他的圪蹴就显示出一种积蓄和爆发之间的临界状态，可以命其名曰“形而中”。这并不是一个生长在农村，如今生活在都市的作家的无可奈何的选择——这样的作家屡见不鲜，而是他触摸土地的“边边、角角、沟沟、坎坎”的方式。从这个意义上说，秦岭使农村题材创作别开了生面。

一、支点

正如阿基米德那句“给我一个支点，我能撬动地球”经典的假设一样，再坚硬的现实，也有可以被撬动的支点。当很多作家大而无当、无病呻吟地“真实地再现”和“疼痛地抚摸”农村现实的时候，秦岭出人意料地选取了一个支点：皇粮。他的长篇《皇粮钟》（百花文艺出版社 2009 年 3 月版）、中短篇《皇粮》（《作品与争鸣》2008 年第 2 期）、《碎裂在 2005 年的瓦片》（《小说月报》2006 年第 2 期）等都以“皇粮”取消前后农村的震荡为中心，传达出这一政策变化带来的心理乃至政治、文化变迁。这个支点兼具智慧和诚意，但是需要小心把握。“苦难——取消皇粮——赞颂”是现成的结构模式，也是可以迎合主旋律宣传需要因此被重点“推出”的模式，但已经被事实证明，肯定不是文学的模式。面对着鲜花覆盖的陷阱，忠厚实在却不乏谋略的秦岭回应以“走钢丝”，他不是被这个题材吸附并吞噬，而是知己知彼、游刃有余地驾驭这个题材，从而小心翼翼地达到了现实和艺术间的“平衡”。

秦岭明确地意识到了农村的问题，他以“皇粮”为契机，加深、扩大、模糊了问题的外延，使这个问题变为一团问题的乱麻。伴随着“皇粮”取消的，是一大批寄生在这个制度上的“食腐肉”者，他们的权力和荣耀在一夜之间土崩瓦解，大江东去。如同《芙蓉镇》里的“运动根子”王秋赦最后发了疯一样，这些时代的弃儿获得了应得的下场，让人稍感“历史的评判是公正的，只会迟到，不会缺席”的安慰。不过，类似颇具戏剧化、符合民间道德逻辑的场面还是遮蔽不了秦岭接下来的问题：皇粮“终”了，从此就海清河晏、大道昌平了吗？《皇粮钟》的结尾，唐岁求和秦穗儿结婚，一派大团圆的欢乐祥和，但是，气氛却被远处传来的钟声破坏了，作为旧时代象征的囊家爷爷复活了，“囊家秦爷稳稳当当在古槐树下打坐哩。囊家秦爷青袍加身，白发高绾，目光如炬，胡须飘飘，最显然的是白眉毛，长得很！二尺开外的样子”。这个一辈子祭拜“皇粮钟”，看到“皇粮终”才死去的带有传奇色彩的老者，以亡灵的身份在小说最后露面，既呼应着他一生取消皇粮的主题，又使这场盛宴无法割舍与历史、传统的联系，他的暧昧的身影重新敲起了无声的却带有意味深长回声的“钟”。秦岭反复、不断地开掘“皇粮”主题，将其“搞”成了“系列”，可见他对这个“支点”的非同一般的关注，他的欣喜是发自内心的，忧虑也是发自内心的。做作、虚情假意地在逢年过节的时候去慰问一下农民，送上几首歌曲的艺术家，是难以找到这个沉甸甸的支点的。在中国这个长期把“吃了吗”当作问候语、历史上绝大部分时候民众温饱都是重大问题的国度，对“皇粮”如此敏感、大作特作文章，本身就是一种态度，这种态度固然是秦岭小时候的饥饿记忆的条件反射，但分明也羼杂了很多农村题材作家并不具备的“为什么我的眼里常含泪水，因为我对这片土地爱得深沉”的情感。

“皇粮”问题是一回事，如何写“皇粮”问题是另一回事，秦岭不会分不清楚。从《弃婴》(《小说选刊》2006 年第 10 期)、《本色》(《小说月报》2008 年第 7 期)、《坡上的莓子红了没》(《新华文摘》2006 年第 4 期)、《硌牙的沙子》(《北京文学》2007 年第 1 期)、《绣花鞋垫》(《中篇小说月报》2003 年第 11 期)、《不娶你娶谁》(《中篇小说选刊》2005 年第 3 期)等非“皇粮”系列的作品中可以看出来，秦岭对农民(西部偏远山区)生活的艰难程度心知肚明，他是一个走脑子的人，不会把复杂问题简单化的。秦岭是不打攻坚战的，从来没有写《创业史》一类史诗的想法，他深谙农村现实，意识到发挥自己的“独门绝技”才能够占有一席之地。当代农村问题复杂尖锐，以免“皇粮”为中心全部解决殊非易事，这也不是秦岭能够操控的内容，但是他却能从中发现撬动生活的支点，忧虑地提醒人们，现实如同滚下山的石头，已经缓缓起步，若不立即遏制，一旦以加速度滚落，后果不堪设想。秦岭汲取了中国乡土文学“位卑未敢忘忧国”的思想资源，也成为这个伟大传统的新的组成部分，显示了当代知识分子的公共道德和社会良心。

二、毒气

秦岭的小说有“毒气”，森森然，凛凛然。“毒气”是不平之气、郁积之气，产生于现实土壤，继而蒸腾起来，弥漫了他的整个小说。

秦岭不回避一些诸如散发恶臭的脚气、茶里的痰、水杯里的沙子等恶心的事物，也不回避深入到个人毛细血管的权力带给他们的创痛。如果说到当代人的生存境遇，贫穷还不是最重要的问题，更重要的是个人的尊严因为贫穷而被权力剥夺殆尽。秦岭处心积虑地选择了一些秘书、民办教师等与权力关系密切但是又处于弱势的“边缘人”，他们受到权力无情的蹂躏和践踏，但是又不得不接受这种蹂躏和践踏，因为满足权力的欲望是他们获取生存保障的唯一途径。秦岭的“毒”,就在于他总是一眼就能看到人最脆弱的部位,最想掩饰的秘密以及最不愿提及的话题。

《难言之隐》(《钟山》2005 年第 4 期)是一部讲述权力如何使人扭曲变态,然而只有这样才能适应扭曲变态的官场的小说。“难言之隐”既指脚气,又指人心中的龌龊,进而指潜规则。作为秘书的范仕举,“进步”的入场券就握在副县长戚建国手中,但是,范仕举需要通过自己对权力的臣服才能拿到,而这需要付出尊严的代价。范仕举不得不表示臣服,但是,胸中也郁积了“毒气”。范仕举种种微妙的算计在《难言之隐》里,都成为一只只冒烟的毒气弹,散发出惊人的腐蚀能量,直到把自己和对方统统湮没。当“范秘书”在小说的最后晋升为“范副市长”的时候,读者的后背想必冒出了凉气。范仕举的“成功”,是他代表的鲁迅反复批判过的“奴性文化”的成功,也是出卖了灵魂的范仕举个人的失败。在这篇新的“官场现形记”中,秦岭把范副市长的“隐私”纤毫毕现地展现了出来,尤其是展现了市长屁股后面可笑丑陋的尾巴,深深出了一口恶气。

“民办教师”是一个产生“毒素”的富矿。他们是农村基础教育的脊梁,但是却没有正式教师的名分,因此无法挺直腰杆;他们是一群特殊的、徘徊在农民和知识分子之间的一群人,也注定是由于历史原因而成为悲情人物的一群人。当“民办教师”成群结队出现在秦岭小说中的时候,一种令人窒息的“毒气”也随之出现了。每年可怜的转正指标,是民办教师眼巴巴望着的“龙门”,他们渴望获得一个真正的“身份”,以便在物欲横流的现实中找到一点自尊,但是,权力恰好在此找到的寻租的空间,民办教师本来就羸弱的身体上又被缚上了无形的绳索——他们需要谄媚权力。《烧水做饭的女人》(《作品与争鸣》2006 年第 4 期)中的民办教师王世界,为学生和工作呕心沥血,堪称教师楷模,但是却无法“转正”。《绣花鞋垫》中凭真本事“该转正一百次了”的赵祖国,因为“上面没人”,几乎永无转正之日,他在班上领着学生朗读“我要转正,我要老婆”,顺理成章地疯了。这是一个可怕的权力圈套,要么跳进去,要么出局,别无选择。秦岭残忍地选择了灵魂上饱受伤害的一群人,当众撩开他们的衣服,露出他们的羞耻部位,摧毁了他们唯一残存的一点尊严。秦岭的“毒气”发作了,肆无忌惮了,爱咋咋地了,不过,他肯定哭了。

是让“毒气”如岩浆一样喷发出来,还是修身养性、气沉丹田,慢慢消化发散,秦岭还没有做出选择,因此,他的小说中,总是两种力量在打架,也总是打个平手。《难言之隐》中的范仕举继续高升了,而《烧水做饭的女人》中田博才却“进去了”;《绣花鞋垫》里的赵祖国疯了,而艾关诗终于完成了夙愿。秦岭的小说还没有一个确切的指向,或许他也不愿拿出一个确切指向。

秦岭注定要同自己身上的“毒气”做斗争,他无法停止关注那些被现实挤压得变形了的群体,即使他们身上有令他痛恨的地方。《烧水做饭的女人》里花儿的堕落就是一个隐喻,虽然漂亮的花儿试图维持自己的贞节,但是在权力的重压下,不得不低下头,忍受失身的屈辱。在社会群体组成的食物链中,她只能成为权力这只可怕魔兽的“食物”,而且还需要强颜欢笑取悦对方。现实如此冰冷,一如冰冷的历史,让人战栗、绝望,仿佛掉入万劫不复的冰窟。在花儿的身上,分明有着《为奴隶的母亲》《菊英的出嫁》里描写的二三十年代农村女性的身影,多年以后,旧梦重温。秦岭够残酷。

三、炼金术

写农村的作家很"熟悉"农村生活,其实是个障碍。农村小说容易贴近现实,也容易写"满",熟悉农村的作家能说的东西太多,全搁在作品里面了,挤占了玄思的空间——反而太"实"了。对农村生活"半生不熟",依靠观察和体悟,反而能够写好农村。文学才能是一种提炼生活的才能,是一种"炼金术",实际上,普通农民往往不能够真实地在文学层面表现自己。这是一个悖论,也是艺术的辩证法。

虽然秦岭出生在农村,也熟悉农民生活,但是毕竟已经在都市生活多年,可谓"半生不熟"了。农村对于秦岭来说,已经不是柴米油盐的生活现场,而是缕缕不绝的回忆和乡愁,他所描写的农村已经不是结实的、坚硬的,而是流动的、舒缓的,甚至是诗意的。在小说普遍讲究"叙事速度",唯恐读者走神的当代,景物描写几乎已经被当作"过时"的物品被其他作家打发到储物间的角落了,但是,秦岭却变本加厉。与批判现实主义奠定的以写实的景物不同,秦岭笔下的景物通常都是抽象的和写意的,因此,他的景物描写不是拉近了,而是疏远了农村与小说的距离。《皇粮钟》开篇写了这样的农村氛围:"'咣——咣——咣——'真格响得很！还有啥声喘比这更响咧?呕天哇地的。像极了一声沉重的喘息,从大山逼仄的肺叶里旋出来,悬乎乎地黏在空气中,不仅人、牲畜能听到,麦子也能听到的,不仅能听到,分明能触摸到,硬邦邦的感觉,棱是棱,角是角的。"将这样一段方言土语与文艺气息混合的语言放在一部长篇小说的开头,肯定是秦岭前后掂量、深思熟虑后的结果。他写的是农村,但是他的写作不属于农村。秦岭的语言是高度文学、精英化的,是无论他在对话中怎样"生活化"都无法遮蔽的,或者说,秦岭不打算让他的语言适应农村环境,相反,而是用它拉开与农村生活的距离。秦岭不是随身携带反映现实的"镜子",而是先将现实一口吞下后,再经过反刍,直到炼成自己的"现实"。

时间越是久远,有些记忆越是清晰,而且,在时间的腌渍、浸染下,这些记忆还会增殖、膨胀、变形,最终成为自己熟悉却陌生的场景。秦岭不断把支离破碎的记忆从历史河流的角落打捞起来,重新拼贴,最后完成一幅既来自现实,又来自远方的图画。作为技术的"炼金术",在某种程度是一种召唤意义的方式,在这方面,秦岭已经驾轻就熟,形成了独特的"秦氏风格"。《透明的废墟》(《中篇小说月报》2008 年第 7 期)是一部反映汶川抗震救灾的作品,秦岭从一张小孩吃妈妈奶的照片写起,将爱与苦难、希望交织的主题抒发的淋漓尽致,富有强大的情感冲击力,使"照片"带有了"油画"的苍劲与悲凉。即使面对"当下"的情境,秦岭也并非照单全收,而是通过视角的转换,将他需要"呈现"的内容召唤出来。

正如弗雷泽在《金枝》中揭示的,仪式是特殊的语言,是使"现实"迅速增殖,从而超越自我的方式。秦岭的小说中,经常会写到祭祀、下跪的场景,在不断的叙述中,这个场景越来越具有了超出本身意义的象征功能。他在《皇粮钟》中如此描绘这个场面:

“皇粮钟响到第三声的时候，秦家坝子的人齐刷刷地跪下了，像一个个拎悬了的空口袋突然撒了手，掉进了水里，拎出来撂在了零下数十度的空气里，瘫成了一堆干硬冰冷的碌碡。”而且，碎娃“把下跪跪出一种秩序、次序来，整齐划一，浑然成阵，赢得了长辈们欣慰的眼神”。集体下跪是对命运的臣服，也是生命的哀歌，浑厚苍凉色彩从开始起，就为小说奠定了属于大西北的生命苦难和挣扎的基调，甚至，可以极端地认为，《皇粮钟》就是在此仪式上衍生出的一部长篇。

秦岭是个有使命感，也有手腕的作家，他小说中表现出来的忧患、苦难的农村背景和倔强的生命意识，以及他对人性黑暗绘声绘色、津津有味的描绘，都以强劲的力度叩击着现实。除了秦岭，别人不能发出这样的声音，因此，秦岭不可或缺，不能替代。

（载《文学界》2010 年第 2 期）

秦岭的意义

——小说家秦岭印象

南北萍　张东华

因为意义，我感觉到了秦岭在中国小说版图上明显的隆起。

当今文坛越筑越大，于是坛上坛下、坛里坛外被称为作家的人很多，但并不是谁都和“意义”两个字搭界或者形成某种关联。有的作家凭一两部作品足以笑傲江湖，彰显“意义”于世，有的作家则在青灯下终其一生与码满文字的废纸一起灰飞烟灭。秦岭的小说，决定了秦岭的意义。

——“拓宽了当代农村教育题材小说的新领域。”这是 2004 年以来专家对秦岭以《绣花鞋垫》为主的“乡村教师”系列小说的评价。“拓宽”“新领域”，这两个关键词与意义的关系，不言而喻。

——“从秦岭的小说里可以找到当代农民。”这是秦岭以长篇小说《皇粮钟》、短篇小说《碎裂在 2005 年的瓦片》为主的“皇粮系列”被北京、上海、山西等地争相改编成各种剧目并屡获大奖后，戏剧专家发出的由衷感慨。找农民，这是当下专家和读者在万千图书中最困惑最疲惫的寻找，而农民形象居然以崭新的姿态盘腿打坐在秦岭小说的灯火阑珊处。贡献彰显价值。

——“第一个成功反映汶川地震的小说家。”“5·12”后，在关于灾难题材的诗歌、报告文学的汪洋中，秦岭的小说《透明的废墟》如孤岛冰山般挺立。随之，秦岭成为全国首届地震文学研讨会唯一被邀请的小说家。他不仅代表小说，代表面对灾难的文学虚构和想象，根本上代表地震小说的可能。

意义，是秦岭因为小说，还是小说因为秦岭？这是我最为关注的。

最文学地感受秦岭是在2008年仲夏的午后，我带着几分敬仰走进中国文学的最高殿堂鲁迅文学院。当时，在第8届高级研讨班当班长的秦岭正在荣誉和掌声的包围中，短篇小说《硌牙的沙子》刚刚登上2007年度中国小说排行榜，中篇小说《皇粮》被评为全国梁斌小说奖第一名，长篇小说《皇粮钟》被中国作协列入2008年度重点作品扶持项目，北京长安大戏院正上演改编自他小说的剧目……那天秦岭所在的201房间客满为患，烟雾弥漫。他正和来自某影视公司的人员洽谈影视改编权。秦岭坐在电脑旁，右手夹着一支粗大的雪茄，左手托着一个相当于三个普通杯子容量的大茶杯。

虎势，壮实；直腰板，粗线条。第一时间，我无法把秦岭和青年才俊挂钩，我甚至看不出他具备"意义"作家的派头，倒是看出点行伍的意味，疑似杀场秋点兵的少壮将军。

接踵而来的信息立马湮没了我的错觉：墙上挂着一幅国画斗方《莲花红鱼图》，床头的玻璃瓶里插着一株美丽鲜艳的栀子花儿，桌上摞着几把他给同学绘制的工笔花鸟、山水扇面，枕头旁搁着一个精致的口琴，电脑里播放的曲子竟是古筝曲《高山流水》……

文学，绘画，音乐。感受到了一个男人的丰富，很酽！像杯中茶。

秦岭的谈吐很注意语言艺术，眉眼手势传递着一种恰到好处的谦让，总是把自己摆放在交流的"下风口"，让对方无形中找到对等的尊严和自信。猛然想起，面前的作家秦岭，是在党政机关干过十七年文秘的秦岭，是从事过教育、人事、党务、文化工作的秦岭，是在天津市县处级领导干部招考中多次夺魁的秦岭。在文坛，他叫小说家秦岭；在官场，他不卑不亢地往他的椅子上一坐，被称作主席。身份、角色固然与作家的意义相去甚远，但是谁也不能否认一个作家在剧烈的社会变革时代拥有多重生活的难得和可贵，这些元素恰恰说明一个人的生活阅历和综合素质。如果说生活是作家的必需，那么综合素质又意味着什么呢？至少，它决定一个作家的视野、眼光和高度。

不止一次地听秦岭说："作家如果没有官场经历，就休想吃透中国社会。"

新鲜！初听，似通歪论。秦岭的理由和依据是，官场是一个政治社会和政治国家最具瞭望塔属性的生活平台。中国古典文学的精髓，基本都源自官场文人的创造和传承，屈原、司马迁、李白、王安石、欧阳修、苏轼、范仲淹、陆游之所以成就了自己，是因为官场提供了他们思考和呈现的角度、方向。这是秦岭给我的一个陌生课题，至今，我找不到试图推翻它的理由。

秦岭有绵里藏针的一面，他的智慧隐匿在大脑皮层最深处。

那天，来人对他的某部小说死磨硬缠，为了得到改编权，不惜突破底线，两次提高数额可观的版权费，而秦岭总是避实就虚打哈哈。来人笑着说："秦老师，您别固执了，我们把您的小说改头换面融入剧情，您这不就哑巴吃黄连了嘛。"

秦岭也笑了，说："你们让我吃黄连不要紧，作为朋友，我可不想让各位吃黄连啊！无病不赠药。"

秦岭的笑脸像一张舒展的梧桐树叶子，但脉络里分明暗含着棱角和凸起。

秦岭用最柔软、平和的语言文明送客,一直送到鲁院大门口,挥完手,又挥挥。

秦岭回头告诉我:“这些家伙, 想把我的小说买去, 搞成玩玩闹闹的农村喜剧电影,如今的农村题材电影都是些什么玩意儿啊! 我当然不干。”

现在的男人,最难得心中有数,我所领教到的,不仅仅是他在金钱和名利面前的超然如风。秦岭少年时代在老家甘肃时就发表作品,加入地方作协时尚在师范读书,但为了工作,整个九十年代与文学分道扬镳达十年之久。没有足够的毅力和勇气,谁愿意忍痛割爱,分崩离析? 世纪之交,津门东山再起,他迅即成为《新华文摘》《小说选刊》《小说月报》《作品与争鸣》等选刊以及戏剧界、影视界关注的热点作家之一。

津门文学圈号称秦岭为“外来生物”,此雅号源自 2007 年天津作协为秦岭以及龙一、武歆三人召开的作品研讨会,这一比喻形象地说明了来自甘肃的秦岭和天津土著作家的迥异。2007 年 8 月,天津市的城中之城——和平区召开 20 年来首次文代会,这位来自甘肃天水农村的年轻人一定没有想到,从 1956 年该区成立天津市第一个业余文学组织——“职工业余读书写作小组”,到漫漫 51 年以后的第二次文联换届,最终是他这个外来“入侵”者被本构不成“生物链”的代表们推举到了主席的宝座,挂帅出征……这也吻合天津作为海纳百川的码头城市吸纳、交融多元文化的历史传承和特征。2009 年 5 月,中国作协、天津作协、百花文艺出版社在北京举办《皇粮钟》研讨会,蒋子龙把秦岭和天津之间的关联戏称“天上掉下个林妹妹”。

重要的是,林妹妹不只是掉到了天津,而是当代文坛。

与秦岭对话,你会感受到他情怀的冲击力:激昂的、悲悯的、沉郁的。《文学界》《天津文学》等期刊发表秦岭分别与蒋子龙、从维熙的长篇对话录以后,中国小说网以敏锐的目光,援引从维熙对秦岭的评价,以《来自西北大地的血腥文人》为题介绍了秦岭的人文情怀。就女性的视角,我感受最深的是秦岭的家乡情怀,对甘肃,对天津,他一往情深,他说:“根在陇原,但假如没有海河水的滋养,没有每天从渤海湾升起的太阳的光合作用,就没有我文学的花园。”

发现和创造,使秦岭身上聚焦了各界的目光。在北京大学图书馆,我注意到近年专家在《文学评论》《小说评论》《文艺报》《作品与争鸣》等报刊把脉秦岭小说的文章陡然增多。陈建功、蒋子龙、从维熙、雷达、崔道怡、胡平、王彬、孟繁华、王干、彭学明、葛红兵、杨显惠、闫立飞、段守新等著名作家、评论家都热评过秦岭的小说。2009 年我游走太原,恰逢第三届中国优秀戏剧展演在这里举行,各省市有 45 部大戏群雄逐鹿,最终改编自秦岭“皇粮”系列小说的晋剧、评剧分别夺得唯一的特等奖和一等奖,引得中国戏剧界哗然一片,当时全国许多媒体用“摘金揽银”报道了这一纯文学与传统文化强力对接软着陆的奇迹。陈建功说:“那种别人难以企及的土地气息和乡村风韵,一下子征服了我们。”

“找农民”与找读者、找观众是对等关系。一个在当今文坛严肃得有些恐怖的课题,在秦岭这里却像解冻后的祁连冰山,耳闻淙淙流水声。

常去秦岭的博客浏览他“在乡间行走”的照片,下意识地观察他各种站立的姿势,印象是:稳当,陡峭。秦岭有篇屡被转载的随笔:《站在崖畔看村庄》。站——崖畔——

村庄,我是这样理解的:崖畔是制高点,而村庄是农村社会基本的构成单元。高瞻方能远瞩,凌绝顶方能众山小。

如同秦岭笔下的乡村图画,秦岭就在崖畔上,站成意义。

2009 年 9 月于北京、天津

(载《文学界》2010 年第 2 期)

(二)《文艺报》

【2009年5月27日,由中国作协重点作品扶持项目办公室、天津市作家协会、百花文艺出版社联合举办的青年作家秦岭长篇小说《皇粮钟》研讨会在京召开。中国作协党组成员、副主席、书记处书记陈建功致贺信,中国作协副主席、天津作协主席蒋子龙,天津作协党组副书记张洪义,百花文艺出版社社长薛炎文讲话。研讨会由中国作协创研部主任胡平主持。出席研讨会的专家、作家有从维熙、雷达、胡平、艾克拜尔·米吉提、吴秉杰、崔道怡、高叶梅、施战军、王彬、章德宁、王干、贺绍俊、薛彦文、闫立飞、肖克凡、夏康达、王爱英、张春生、李东华、王颖、岳雯、张竞毅等。与会评论家认为,《皇粮钟》属全国9部纪念改革开放30周年专题小说中唯一反映农业税的,是一部有别于当下乡村叙事的小说。小说在艺术上跳出了传统的宏大叙事模式,避开了"底层叙事"的桎梏,采取交叉叙事、现实和历史交相映衬的方法,把宏大主题缝织在民间生活的皱褶之中,按照个人经验在叙事领地里淘挖历史的淤泥,有强烈的现实感和历史纵深度,读来耳目一新。评论家认为,写中国农民的作家成百上千,但秦岭的视角独特、不同凡响,这部小说原生态的影子依然鲜活,他凭着对底层生活的了解记录了沉甸甸的历史,因此秦岭的皇粮系列小说,在当代描写农村生活的作品中称得上卓尔不群。】

在《皇粮钟》里找到中国农民

雷　达

有戏剧专家在看了秦岭的"皇粮系列"小说以及新近出版的长篇《皇粮钟》之后说:"我从秦岭的小说里找到了中国农民。"此话怎讲?难道,在那么多写农村的小说里都找不到中国农民的影子吗?显然不可作此简单化推论。依我看,传统乡土正处在现代转型和解体中,而作者的家乡、也是故事发生地的甘肃天水一带,处于渭水上游,是华夏民族最早实行皇粮国税的区域之一,似乎还存留了较多农耕文明的恒定,颇具代表性;作品正是写了秦家坝子各色各样的农民,如何围绕"缴皇粮"上演的一幕幕悲喜剧,于是这句话便含有找到了当下的、正宗的、既葆有耕读文化传统同时又处在行进变化中的中国农民的意思。在《皇粮钟》里,作者不仅只是表现陇南山乡农民负担过重的问题,而是由此入手,探究"皇粮的阴影千百年来到底怎样浸染并改变着农民的心灵原则和精神领地",新一代农民的思想情感经历了怎样的蜕变和新生。也就是说,它是从思索“皇粮”与农民精神构成的关联，来寻找认识中国农民的新路径的。这的确是作家秦岭所独有的。多年来，秦岭先有“皇粮系列”小说，不少篇被改编为电影、话剧、评剧、晋剧，有些还获了奖，于是有人称他是“我国第一位成功反映农业税的作家”，最近又有这部长篇小说《皇粮钟》问世。那么，秦岭到底是个什么样的作家，他的乡土小说的特色和价值何在？他的小说为何特别受到有志于“主旋律”创作的电影、戏曲改编者的青睐？

在《皇粮钟》里，点到了一个重大事件，那就是自春秋宣公十五年以来建立的“初税亩”——种地纳粮制度，在延续了2600年后，终于在2006年被废除了——“全国全部免征农业税！”这当然是一个具有重大历史意义的时刻，秦家坝子的农民们莫不感到前所未有的舒心和欢跃。然而，问题在于，这并不是小说的主要表现对象，只不过是小说的一个重要背景。我很同意陈建功所说的：不要误以为，这是一部简单地阐释或讴歌“取消农业税”的作品，从而低估了作品深刻的思想内涵和独特的艺术特色，并由此低估了秦岭；事实上，这部作品以“皇粮”为线索，揭示了中国农民深入骨髓的精神传统和永难割舍的历史印记，讴歌了新时代给一代农民带来的精神的曙光和人格的新风貌；浓郁的西北乡村生活气息和坚实生动的农民群像，使这部作品为当代文学做出了一定的贡献。

首先，《皇粮钟》写了近二十年间中国西部农民的生存现状和真实面目，写出他们的渴望，苦乐，追求，理想；围绕着“缴皇粮”，深沉地，浓洌地，顿挫有致地，写出了农民与土地、庄稼、粮食之间撕扯不开的血脉关系，折射出中国农业社会和中国农民的历史性变化的脚步。在写变与不变上，落脚点是变，信息量大，内涵丰厚。人们早就发现，当下农村题材作品并不好写，这不完全是因为作家没有新的累积，重要的是面对复杂多变的现实，如何把握生活的本质性变化和历史趋势的问题。比如，“三农”的重负与一系列富民政策的关系，整体上的渐趋繁荣与局部上的沉滞、贫困的关系，总体上的进步、文明与局部的愚昧、落后的关系，特别是如何表现城乡一体化进程中农民心灵世界和精神深层的微妙变化，这些都需要渗透到艺术形象体系的内部，而不应该是外加的说教。《皇粮钟》有意把视点放置在绵延达2600年的“皇粮制”在共产党执政时期被取消这一重要的历史节点上。作者的明智在于，他对于“历史的节点”与日常化生存的关系，与文化积淀的关系，处理得比较好。没有讨巧地用故事去图解政策，或流于简单地赞美，而是把笔触探入历史的深处，人性的深处，借以烘托取消千古皇粮这一泽被百姓的事件在社会发展史、农业史、文明史中的地位和意义。

比如，小说一开始就先是写足了千古皇粮制对偏远山区秦家坝子的“村魂”式人物囊家秦爷、村长罗万斗、村民唐岁求、秦穗儿、隋圆圆、宋满仓等人的生活史的密切关系，然后借力于川道地区羲关镇一带在建设新农村中的快速发展，使山区和川道两重世界形成鲜明比照，遂把变革时期农民灵魂的焦灼、浮躁、彷徨、摸索、憧憬杂糅到一起，有力地表现了农民精神世界的复杂性及其嬗变。“皇粮钟”的象征意味也很浓，此钟铸于明代，流传至今，凝聚着斑斓驳杂的历史和现实内涵，既是皇粮本身的外化，又承载民间的多重隐喻，闪现着农民智慧的光芒。“皇粮钟”由被顶礼膜拜到被无情炸毁,隐含了多少历史和现实的沧桑。这一颇富现代性的“神器”,和西部的乡俗融合一起,拓展了作品的空间,使审美指向抵达了生活的核心地带。再比如,作品在铺设祭皇粮钟、缴皇粮、人物的情变婚变等多条线索时,不忘埋设许多只有农民才能切身感受到的隐线,如三十年来的种种运动、事件,如过眼烟云一般,每一隐线无不承载着农民的命运浮沉与生命悲欣。这些隐线只是在村头的喇叭里、囊家秦爷的记忆里、往事的闪回里悄然浮现,令人置身于乡间的节奏、音符和吟唱之中。

对一部长篇小说而言,政治经济的变动,外在事件的冲击,不管如何有声有色,都不是决定性的;决定性的因素在人物身上,思想的是否深邃,对中国农民的认识是否深刻,都离不开对人物命运和心灵奥秘的揭示。在《皇粮钟》里,作家的意念虽较突出,也不无外在化,但所幸的是,它化入了生活的血肉,注意以生活本身的面目展现出来,以心灵化的方式展现出来,因而不是写政策,阐述意念,不是故作高深,或围绕一个问题制造波澜,而是努力回到生存本身,尊重人物,展示各自心灵的轨迹。于是它的主要的情节,人物,故事,显得有机而合理。不是靠耸动,刺激,传奇性,而是靠日常化,却能紧紧吸引读者,这是很不容易的。作品虽时时照应“皇粮”这个文眼,但注意保存生活本身的丰富和复杂,它与政策,与意念,保持若即若离关系,坚持写出生活自身的深刻性和农民的集体无意识。作者把他对生活的观察和感悟贯注到生活的客观流程中,生动的场景中,甚至重要的细节中。比如,主人公唐岁求出身孤儿,寄人篱下,做过麦客子、煤黑子,心灵深处藏着孤独、善良和坚韧。他在矿下丢掉一条腿,不愿累人,自我疗伤。由于天生有一副好牙口,忽被选为验粮员,此事如石破天惊,使他陡然成为秦家坝子人心目中的“救星”。然而,乡情如山,人欲如海,他将何以应对?心如死灰中,忽传取消农业税的消息,他如获重生,喜极而泣,为回到一个普通人而额手称幸;囊家秦爷似乎是个封建迷信的卫道者,然而,步步写来,他本质上却是一个传统道德、道义、道行的维护者;村长罗万斗尤其耐琢磨,看似平庸乏味胆怯,骨子里却有坚持原则、爱憎分明的一面,他有一套与人周旋并取信于民的本领;宋满仓看似卖主求荣之辈,但他悲壮的出走的一个转身,却证明了他内心的高傲。这里,所有人物无论处于何等境地,他们身上都有乡土美学的元素贯注。作者常以社会学家才具备的眼光,把“三农”问题对农民心灵的戕害像棋子一样布设在近十几年来司空见惯的“三提五统”、地荒、讨薪、矿难、卖淫、“协帮”、辍学等社会问题和现象上来。在这一层面的叙事中,秦岭摆脱了近年流行的“底层叙事”的桎梏和套路,没有毫无节制地描摹底层人物生存的尴尬和潦倒,而是竭力挖掘严峻生存背后灵魂世界里的那一股真善美的力量。

《皇粮钟》包涵的中国式意象,民族文化元素,与中国人的审美理想和习惯颇为吻合。写人物,能传达出浓浓的土气;写情爱,有种干净而透明的乡土质地;写邻里关系、民俗民情,洋溢着一股暖色调。特别是语言,更容易和民间读者取得默契。近年来,秦岭一头扎进西部乡间语言的大海中,一丝不苟地经营属于自己的语言领地。《皇粮钟》的语言魅力不仅体现在对西部农村淳朴、深厚的民风的精彩状绘上,也体现在人物对话、叙述中时而涌出的方言土语、乡调民谣、秦腔戏词之中。放到乡土叙述发展的总格局中来看,《皇粮钟》所持的视角是什么?启蒙的代言人,农民的一分子?应该是混合的,杂糅的,既非俯视,也非平视,它是能入之,能出之。秦岭说他是“站在崖畔看村庄”,正如有人指出的,他是“钻进心坎看农民”。作为一个农民子弟,他对家乡、农民、怀有深刻的爱,若非心连心、心交心,笔墨不会如此贴切,也很难把文化精神、现实诉求、世俗场景、男欢女爱、政策变化等多重内涵融会在一起。

当前农村小说创作遭遇了“有人写,无人读”“专家喝彩,读者绕开”的瓶颈和尴尬。《皇粮钟》的情况又怎样?从发行和改编为戏曲电影来看,这是一部具有文学的和社会的双重价值的力作,既是主旋律的,又是以写出生存状态的严峻而见长的。《皇粮钟》给我们提供了两个方面的认识:一方面,作者站在中国农村社会转型期的时代高度,用历史和现实的双重眼光,诠释了中国农民与绵延达 2600 年的皇粮之间盘根错节的关系,深刻揭示了种地纳粮习惯和“三农”问题对中国农民意志、价值观和国民性的潜移默化的影响,艺术地表现了取消皇粮制度对中国农民心灵的触动和农民精神的变化;另一方面,也许是更重要的,作者意识到了对创作而言,必须要远离临时的、直接的为某种政策和任务服务的功利主义写作方式,必须坚持大胆地,真实地,深刻地看取人生,不惮于对生存困境和社会问题的揭示。事实上,《皇粮钟》对“皇粮”的描写并不多,其注意力放在种粮人和缴粮人的命运际遇上,这大大超越了皇粮情结。爱情关系占去大量篇幅,唐岁求与隋圆圆、秦穗儿两个女人间的纠葛,甚至成为作品的主线。从读者角度看,读爱情总比读皇粮更有意思,但只要读进去了,又怎么会看不到,农民的爱情是离不开土地和粮食的。《皇粮钟》的写作,对许多类似题材的写作是具有启迪意义的。它在一个深刻的交叉点上,努力表现了中国农民勤劳朴实、吃苦耐劳的本色和对美好生活的憧憬。

(载《文艺报》2009 年 7 月 25 日)

《皇粮钟》声　深沉悠远

崔道怡

“咣咣咣”,响得很,“像沉重的喘息,从大山逼仄的肺叶里旋出,分明能触摸到,硬邦邦的,棱是棱,角是角”。这是皇粮钟的声音,甘肃山区秦家坝子大槐树悬挂的皇粮钟,又一次被敲响。每逢夏收过后,囊家秦爷选定吉日,村民便聚会在钟前祭拜。那是明朝以来征收皇粮的标志物,警示农民应尽宿命的义务,直到《征收 1992 年代公粮任务的通知》摆在村长罗万斗面前。作为村支书,不便“掺和”祭拜,但他心知肚明:皇粮钟的声音,比他的号召更起作用,而“皇粮若不能及时送到粮站,那就等于捅了乡上的马蜂窝，全庄一年都休想安稳”。

《皇粮钟》一开头，便调动了我的阅读兴趣，这可能是一部既有现实情态又有历史思忖的长篇小说。果不其然，它使我更明确了：从“宣公十五年秋初税亩”，到中华人民共和国十届人大三次会议，决定“2006 年将在全国全部免除农税”，乃是一件惊天动地的大事情。这事情的意义，比小岗村 18 位农民冒死分田，更为深沉悠远。其改天换地彻底革新我国农民命运的现实意义，可谓惊心动魄，应该描绘出来载入史册的。《皇粮钟》抒写的，就正是这一件大事情。它把改革开放后十五年陇南山区农民的生存状态和生命价值，演绎成为了一卷艺术的图画。

秦岭说他是“站在崖畔看村庄”的，我感受到他是“钻进心坎看农民”的。若不是跟乡亲心连心、心贴心、心交心，怎么可能富有这样真实而鲜活的笔墨，把正当社会剧烈变革时期农民的爱情、亲情、人情、世情，描绘得如此亲切生动、引人入胜。明智而巧妙的是，他以皇粮钟这一具体物件贯彻作品始终，既揭示了自古以来种地纳粮对农民心理的巨大影响，又展示了在这种观念制约下这一特定时期和地域里农民生活的常态常情。期间，使我最为感动与感慨的，是唐岁求的淳朴性格与凄惶命运，是他和秦穗儿、隋圆圆缠绵悱恻、苦涩辛酸的爱情与婚姻。

小说是人物的故事，人物的独特性与故事的传奇性，决定作品的魅力和分量。这部书用缴皇粮作轴心铺展开画卷，推出了一系列有血有肉的人物，讲述了一连串有声有色的故事。作为当地精神主宰的囊家秦爷，是一位审时度势以维护乡亲的智慧长者。作为基层干部的罗村长，是一位调和稳定政府民众关系之苦心的领导人。作为主人公的青年农民唐岁求，正直热忱，勤劳诚恳，实际身处社会剧变时的矛盾漩涡，承受着转型期的风雨和阵痛。而他无私无畏，无怨无悔，堪称当代农民一种典型。那一位无奈的“第三者”隋圆圆，可谓村姑之中爱的女神。

唐岁求是在麦客给隋家缴皇粮时，被圆圆看上的。缴皇粮是力气活，家里没个男壮劳力，便支撑不起来。唐岁求从小被秦家养大，自会成为秦家的入赘婿。隋圆圆明知道，却仍把意中人放在心尖上，在唐岁求瘸腿后，便匿名汇款给他。作家穿插这一情节，绝非编织三角恋爱，而是为了通过纯真的爱情，折射受制于经济压力和传统观念的婚姻。尽管穗儿旧情难忘，她爹已不能再接受瘸腿人，况有无赖告密者宋满仓。皇粮宿命，压抑真情，使农民不得不讲实际，对一切都低头认命。千百年来，莫不如是，人们生活在真情与实际的磨难之中。

真正的艺术品，总是由生活和人们的真情与实际交织而成；总是如秦岭自白，“在心灵的崖畔，站成自己的模样”，眺望出来。当然，还需要作家的驾驭能力。而艺术的创造功夫，秦岭已近圆熟。他意识清明：“不想单纯地去描摹种地纳粮带给底层民众生存的尴尬，更关注农民身上富有国民性的道德交融与哗变，那里除了极具人性光辉的包容、理解与担待，也有隐忍、怀疑与奋争，那才是我眼中的中国农民。”因而，山窝里的那些人和事来到他笔下，便有了灵性，有了情趣，有了味道，蕴涵鲜明的地域色彩和文化特征，氤氲浓郁的民间风情和乡土气息。

真正的艺术品，总会文字如诗如画。我耳边回旋这样的对话：“岁求哥那样做是对的，矿上表彰他，没有错。”“做对的事，有好报吗？”“是世道错了，不是岁求哥错了。”“你还是个学生啊馒儿。”“世道变得快，我成长得太慢。”我眼前浮现这样的场景：唐岁求在崖畔后边眺望着姚糖子去送皇粮，而这身影又让秦爷和罗万斗看到了。“两人对视一眼，想说点儿啥，都没有张嘴。”“天亮透了”，唐岁求绕过崖畔，一瘸一拐地走了……类似描写，耐人寻味。虽有个别地方，未免稍嫌造作，总体看来，《皇粮钟》的声音，是深沉而悠远的。

（载《文艺报》2009 年 7 月 25 日）

皇粮题材的魅力

胡 平

中国广袤的乡村及其漫长历史中，是否存在过皇粮钟这种祭器，我没有考察，如果它出自秦岭的想象，那么这种想象对于《皇粮钟》一书至关重要的。不仅文学上需要形象，而且，书中钟的形象一旦确立，它自身会发散更丰富的意味，超出作者最初的设计。它有“警钟长鸣”的威严，时刻提醒农人不忘与生俱来的负担，也有宗教崇拜象征的神圣，成为某种农民集体无意识的外化和体现。特别是后者，将作者的思路引向一个更为深邃的去处。皇粮如何成为众人顶礼膜拜的对象，是普通人意想不到的，正是在这个方向上，作者出人意料地写出皇粮制度在农民思想意识深处打下的烙印。

秦岭开辟了当代农村题材创作中皇粮题材创作的先河，其系列作品被改编为电影、评剧、晋剧等，一时蔚为大观。应该说秦岭是独具慧眼的，他抓住的不是一般的题材，而是一个响亮的、千载难逢的题材。2600 年皇粮制度的终结，使中国农民深深透过一口气来。过去，“迎闯王”，是为了“不纳粮”，如今，闯王不见了，纳粮却也结束了，标志着崭新世纪的开端。纳粮的结束，也使文学创作的笔触能够开始直面这一题材，秦岭毫不犹豫地切入进去，通过此间透析中国农民曾经验证过的历史，展示出新的生活和新的境界，无意别开生面。

当然，以皇粮为题，也存在一些危险，它容易将创作引向主题先行和概念结构。我们知道，许多叙事文学作品的中心事件，决定了作品的特色和张力，也为作品预设下陷阱，产生“牵人就事”的作用力，最终损害到作品的文学性。但秦岭成功地避免了这种倾向，唐岁求与隋圆、秦穗儿两个女人间的纠葛，成为作品的主要线索。唐岁求本是充满精血的青年农民，曾同时获得秦穗儿和隋圆圆两个异性的倾慕，另一个青年农民宋满仓在竞争中败下阵去。但由于唐岁求后来瘸了一条腿，失去了种粮纳粮的能力，便直接失去了秦穗儿的爱情,宋满仓则凭借体能优势占有他的爱人。以后故事峰回路转,瘸了腿的唐岁求当上了验粮员,掌握了部分纳粮的权力,又重新得到了秦穗儿的青睐。这秦穗儿并非无情之人,她曾对唐岁求有爱而不敢爱,为了生计,也曾前后依附过数个强壮的男人。难以想象的是,最终唐岁求原谅了秦穗儿的所有不贞行为,再次接纳了她,这是因为,他能够理解秦穗儿做过的一切,默认了生存的法则。人被物所奴役,人的感情也被物所征服,是秦岭书写的主题,这物又以皇粮为象征,秦岭由此通过任务命运勾连了作品题材。《皇粮钟》的写作,对许多类似题材的写作是具有启迪意义的。

《皇粮钟》的成功,还有赖于作者拥有的出色的语言能力。秦岭作品中的农民语言特别丰富,别具韵味,应有尽有。全书从开始到结尾,变化了无数场景,涉及了众多人物,而具有特色的语言资源从未枯竭。这些语言里积淀有数千年乡村文化的创造,浸透着农民式的智慧,显露有浓郁的地方风情,本身就是文学欣赏的重要对象,相比起普通小说"普通化""全国化""全球化"的语言形态,要生动许多,也为人物塑造奠定了坚实的基础。《皇粮钟》的开首是惊人的:"'咣——咣——咣——'真格响得很!还有啥声喘比这响咧?呕天哇地的。像极了一声沉重的喘息,从大山逼仄的肺叶里旋出来,悬乎乎地黏在空气中,不仅人、牲畜能听到,麦子也能听到的,不仅能听到,分明能触摸到,硬邦邦的感觉,棱是棱,角是角的。"这样一段,成色很足,渲染起一幅色彩斑斓的图景,用语陡峭、鲜丽、强烈、独特,不能不使人留下深刻印象,以这样的语言写小说,自然是上档次的,某种程度上决定了《皇粮钟》的品位。

(载《文艺报》2009 年 7 月 25 日)

这一声敲得历史苍凉、大地回荡

王　干

"可怜夜半虚前席,不问苍生问鬼神",李商隐的这句题为《贾生》的名句,引起了多少的感慨。"问苍生"还是"问鬼神",始终是文学创作中的两种思路,如果说问苍生是现实主义的创作流派的话,"问鬼神"则是另一路相对高蹈的流派,比如悬疑风格的小说,比如形式主义的先锋派小说。这些年来,一些年轻的作家特别是城市里出生的作家对"问苍生"兴趣不大,热衷于问自我、问鬼神,而来自甘肃天水的秦岭虽然生活在天津大都市,但对乡村的眷恋使他痴心于民生的问题,坚持"问苍生"的文学立场。秦岭近年来以"皇粮"为主题的系列小说获得了文学界的好评,近期又创作了长篇小说《皇粮钟》,似乎要为他的"皇粮"做一个终结版,将"问苍生"问到底。

长篇小说《皇粮钟》以"崖畔"作为小说的叙述基点,来展现陇东南山地一个叫做秦家坝子的村庄的一大批普通农民,从20世纪80年代末到废除皇粮的这一段时间内,村民们为"缴皇粮"发生的一系列悲喜剧,展现了改革开放以来中国农村的巨大变化和农民在变革中的心灵轨迹。作家在后记中反复说到"崖畔",其实正是作家的一块心灵栖息地。

交皇粮在乡村生活中一直是天经地义的大事,所谓的"耕读"生活也是维持中国农业文明得以持续发展的文化命脉。据说从春秋时期就有"初税亩"的制度,迄今已有2600年,似乎已经很少有人怀疑它的合法性和合理性。只有在农民起义的非常时期,才有"迎闯王不纳粮"的非常口号。也就是说,不交皇粮是和革命、和改朝换代、和动荡联系在一起的。因此,皇粮它不只是一个交税的方式,在更深处是统治者和被统治者一个深沉的结构关系。这个关系和谐了,说明政治的稳定和社会的稳定,反之则是动荡和变革的前兆。现如今,在国家稳定经济发展的今天,中国政府主动废除扣在农民头上2600年之久的巨大帽子,免除农业税。皇粮的丧钟如此不经意地敲响,压在农民头上的沉重负担一朝释然,这样惊天动地的举措,居然没有兴起任何的波澜,当然在农民内心的波澜在小说里得到充分的体现。免除农业税,终结皇粮,是盛世中国的一大益民、爱民、富民的举措,也是中国政治彻底走出了农业文明方式和封建管理模式的进步表征。只有在一个政治日渐民主、经济日渐富庶的时代,废除皇粮才能成为可能。

秦岭深知这一举措的历史意义和现实意义,他带着理性和感性的双重视角来观察他生活在"崖畔"的乡亲们。小说的人物非常真切,来自生活的原生态。唐岁求、秦穗儿、隋圆圆们,为了完成"皇粮",忍辱负重,在艰难的生存环境下顽强和命运抗争。"皇粮"作为一个集体无意识,已进入了农民的骨髓深处,秦家坝子人把土地视为主宰,视交"皇粮"为必然,并按老辈子的脚印一路走来的"无我"状态。那口沉重的"皇粮钟",响在崖畔,更响在村民的灵魂深处。

这种农民与土地的复杂关系通过皇粮钟连接起来的,历史和现实的苍生生活,就是这样的让人心痛。小说以生动的描写刻画了秦家坝子"皇粮"以及由此派生出来各种杂税,已经成为制约农民精神的重负。西北地区的资源匮乏和贫穷,仅仅靠种地难以致富甚至不能满足生存,青壮年外出以打工为生,就出现了一个新的乡村奇观,就是大量的留守的被称为"单挂"的妇女,她们无力完成耕种的任务,不得不求助于其他的男人,这就构成了乡村的新的畸形的男女关系结构。农民的精神世界也变得不那么阳光灿烂。

而皇粮的终结,不仅推翻了压在农民头上的经济负担,更重要的是解放农民的心灵,乡村社会为交皇粮的弊端也伴随着皇粮钟声的消失慢慢得到改变。解放了农民的经济压力,心灵的空间必然也得到解放。秦岭在《皇粮钟》里不仅写出乡村严峻的生存状态,也写出随着政府免除农业税的指令的下达,农民的生活开始出现了转机的同时,心灵的自由也在扩大。这正是一个作家的使命所在,问苍生,问的不仅是生存状态,还有心灵的状态和精神状态。《皇粮钟》在这个意义上,完成了一个现实主义作家必须完成的任务。

2009 年 6 月 6 日于润民居

（载《文艺报》2009 年 7 月 25 日）

抒苍生歌哭，为历史写真

段守新

事实上，我对秦岭的长篇小说《皇粮钟》关注已久。早在 2008 年或者更早一些的时间，我从秦岭那里已经大致获悉它的基本构思。我的艺术直觉告诉我，如果秦岭的这些预想全部实现，这将是一部无论是对他个人还是对当前的中国乡土小说而言，都将有可能产生重要意义的作品。我记得我当时告诉秦岭，一定要沉得住气，既要以火热的生命激情，也要以冷静深邃的思考和内敛节制的艺术理性，投入到它的创造中去，并获得它的完美诞生。2009 年 3 月，这部小说刚刚出版，秦岭几乎是在第一时间就送到了我的手里。我也是推开了案头的所有工作开始倾心阅读。而读罢之后不禁掩卷长叹：秦岭终于迎来了他迄今为止的写作生涯中，最能够代表他艺术成就的作品。

在写作《皇粮钟》之前，秦岭已经陆续推出了好几篇同题材小说（即"皇粮"系列）。其中的佼佼者，像《碎裂在 2005 年的瓦片》（2006 年）、《皇粮》（2007 年），不只被多家选刊转载，也被改编成电影、话剧和多个地方剧种。同时，还连续获得了第一届、第二届"梁斌文学奖"。与梁斌的《红旗谱》相类似，秦岭的《皇粮钟》，也是他在这些作品的基础上不断补充、丰富和深化，最终形成的一个璀璨的艺术结晶。这些作品的成功经验，比如重大的表现题材、独特的切入角度，包括基本的故事情节，主要人物的社会角色和性格特征等等，都被保留下来，先期性地为它打下坚实的底座。而凭借着长篇小说所特有的宏大结构，秦岭更在里面贯注了远为此前作品所不及的宏阔的历史纵深和稠密的现实信息。

《皇粮钟》一个突出的艺术成就，就在于它以开阔的历史视野，以一种真正的现实主义笔触，通过陇东南山地一个叫做秦家坝子的村庄的一大批普通农民，在 20 世纪 80 年代末到新世纪初叶这二十多年间，围绕着"缴皇粮"所生发的一系列悲喜剧，真实地描绘了这一时期中国农民的生存状态和心灵嬗变。在秦家坝子，"皇粮"以及各种杂税，已经成为压在农民身上的一副力不能任的重担。贫乏的物质现状，使得大批青壮年劳动力从土地上出走，以打工为生。而大量"单挂"的妇女，不得不依靠其他男人的

“协帮”。有时,甚至需要从市场上买高价粮才能勉强完成交粮的任务。总之,乡土社会呈现出异常严峻的生存景象。而最终,随着政府免除农业税的指令的下达,他们的心灵开始获得了解放,生活开始出现了转机。从春秋时期(宣公十五年)“初税亩”至今,种地纳粮的制度已经延续有2600年。它不只是一项沉重的生活负担,更作为一种深厚的集体无意识,积淀在世代农民的心理结构中。而秦岭在以《皇粮钟》为代表的“皇粮”系列小说中,以一个作家高度的社会责任感和深广的现实关怀,敏锐地捕捉到这一重大的历史变化所携带的超量社会信息,写下了这一制度的废除对广大农民身心的解放。它的历史价值,无论是放在当下的社会语境,还是放在整个乡土社会的变迁史中,都非同小可,都需要我们认真对待。

但是,文学作品之不同于历史著述的地方就在于,它的眼光不能仅仅停留在那些外在的政治、经济制度变迁的层面,而是应该以一个创作主体的强大的心灵感受力和艺术想象力,去倾听和感应一个时代的脉搏,去破解和表现一个时代的人的精神奥秘。正如秦岭所说,在“皇粮”系列小说中,他绝不仅仅是想表现一个简单的农民负担的问题,而是希望由此入手,挖掘“皇粮的阴影千百年来到底怎样浸染并改变着农民的心灵原则和精神领地”。他的这一创作理念和主旨,在《皇粮钟》的男女主人公唐岁求、秦穗儿的命运沉浮与情感纠葛中,尤其得到了突出的体现。这对青梅竹马的恋人,他们的喜乐和愁苦、爱情与婚姻、道德与伦理、离散与聚合,都被严酷的生存现实紧紧地操控和改变。作为上门女婿,唐岁求深知自己对秦家应负的责任。为此,他放弃了上大学的梦想,也咬牙拒绝了隋园园的热烈追求。后来在矿难中砸坏了一条腿,更是主动从秦家搬出,自理生活。秦穗儿本是一个传统的农村女性,而生活的风尘,也把她磨砺成了一个泼辣、恣睢、世俗、势利,懂得利用自己的身体与男人做交易的人。到后来他们的结合,属于感情的因素已经微乎其微,而更多是基于现实功利的考虑:唐岁求的生活中需要一个女人,而秦穗儿则需要仰仗于他那验粮员的权力。已有许多评论者注意到,与当前流行的那些乡土叙事相比,秦岭审视和呈现乡土社会的视角总是显得独特不群。但在我看来,这与其说是他刻意为之,倒不如说是他真正从生活而不是概念出发,真正用心灵去拥抱和体验这个悄然剧变中的世界的自然结果。

作为小说的核心意象,“皇粮钟”具有丰富的象征意蕴。它的身上凝注着斑斓驳杂的历史和现实内涵。这口最后被文物专家考证为铸造于明代后期的大钟,其实是当时地方政府为征收皇粮所设。也就是说,它是政治权力的一种外化形式,兼有提醒、告诫和威慑等多种功能。但在漫长的历史过程中,它却逐渐演变为村民心中的一件神器,年复一年要进行隆重的祭拜大典,祈祷风调雨顺五谷丰登,以顺利完成皇粮的上缴任务。皇粮钟从世俗政权形式向民间宗教器物的功能转化,实际上隐含了深刻的文化意义,即“种地纳粮”的制度和意识,已经渗入农民的灵魂和血液,成为农民与生俱来的某种“原罪”。而乡土社会的各种力量、各个利益方,比如作为民间文化的守望神的囊家秦爷、代表着基层政权的村长罗万斗等,则以各自的方式围绕它进行着各种盘根错节的博弈(冲突或妥协,分歧与合谋)。最后,随着姚糖子对它的毁坏,更显示着农民尚处于自发状态的意识觉醒,并提前预告了废止农业税这样的历史时刻的必然到来。

此外,《皇粮钟》出色的语言运用,也特别值得击节称赏。不只是人物的对话语言,也包括叙述者的叙事语言,《皇粮钟》都在最大程度上使用了陇东南地区的方言、俚语、俏皮话、歌谣,包括它特有的语态和声口。仿佛在我们的对面,就坐着一个土生土长的陇东南农民,操一口浓重的乡音,在跟你毫不见外地拉着家常。他喋喋不休,甚至唾沫横飞,讲述着他所熟悉的农民生活的艰难与困窘、苦楚与酸涩、恩怨与情义、凉薄与温暖,就像历数着他所熟悉的沟坎、梁峁、农具、作物、节令、风俗。一股异常浓郁的、原汁原味的乡土气息,裹挟着厚重的情感内涵扑面而来。语言并不是小说的一种可有可无的附加物。在深层的意义上,它就是小说本身。它与它所要表达的精神和情感,其实是水乳交融不可分解的一体,共同参与构建着一个完整的也完美的艺术世界。很显然,秦岭深谙其中的道理。

(载《文艺报》2009 年 7 月 25 日)

(三)《作品与争鸣》

在身体与权力之间

——评《烧水做饭的女人》

孙煜华

身体与权力的话语向来是文学叙事的内核之一。

小说家们似乎有不竭的能量,以至于甘愿冒犯传统,激怒舆论,将笔触伸向身体与权力之间。在他们看来,这个空间无疑构成了一个巨大的隐语,是一种意味深长的话语方式,它使身体的意义超出了人类繁衍的本性,深刻地卷入社会机器的每条流水线上、每个齿轮当中。因此,它于机械般精密的社会权力生产之外,还生成了另外一种隐形文本——身体与权力的交换。

循着惯常的思路,多数人会由此而念及身体与权力的交换多半是因个人强大的世俗愿望和现实利益所致,顶多反映了个人与社会之间的某种颉颃,而像那些纯粹为制造一个香艳故事以博取市场欢心的作品则流为下焉。作家秦岭的近作《烧水做饭的女人》使用同样的材质与配料却使老故事产生了新意义,这就使人难免产生类似的疑问:相同的叙事原料和主题,如何得以产生新的所指?这背后的秘密显然在于作者卓尔不群的叙事能力,秦岭长袖善舞,由于他的精心的叙述,《烧水做饭的女人》顿时在看似僵硬的能指链中觅得新的意义。

《烧水做饭的女人》围绕雀儿村小学民办老师王世界的身份转正问题展开叙述。在秦岭讲述的这个故事中,雀儿村小学民办教师身份的转正是全部情节的轴心。教师身份由民办转为公办,不仅意味着经济上的丰厚回报,同时也是对个人社会地位的承认。换句话说,看似简单的身份转换其实却包容着巨大的现实利益。于是,故事形成三条不同的发展线索,也是三种不同的叙事动力:王世界对于公办身份的渴望——这使得乡党委书记田博才对王世界的女人花儿的觊觎显得如此意味深长,明眼人一看便知其中大有文章可做;雀儿村小学校长张中华对王世界民办身份转正的阻挠,对花儿的骚扰以及同为民办教师张瘸子与王世界之间微妙复杂的关系;凭借一己之力转为公办教师的张芍药的命运起伏——这是作者得以展开叙事的潜在动力。小说中,作者对第一和第二线索予以浓墨重彩,而对张芍药的描写显得有些心不在焉,作者似乎把张芍药的故事放在了叙事的边缘。实则不然,它是主轴之外的一个参照系统,时常左右着小说中人物的思想认识,成为他们行动的指南,某种意义上,它是一种强大的社会“声音”,也是对潜规则的生动阐释。

多数人可能更愿意承认,《烧水做饭的女人》是一部结构完整、故事好看、集中了诸多畅销元素但却意义平淡、想象力贫乏的小说。这不是空穴来风,作者在小说中的确摆出一副“庸常”的架势,记录花儿与田薄才之间的交易,追溯张芍药的戏剧般的命运,以及在文末嵌入一个光明的尾巴,这些通俗畅销小说屡试不爽的手段逐一在小说中现身。

然而,断言《烧水做饭的女人》是一部畅销小说或许有部分道理,但却并不准确。作者通过巧妙的叙事试图发掘出新的意义,证明了《烧水做饭的女人》在诱人阅读与启发深思之间左右逢源的努力。在我看来,《烧水做饭的女人》的意义是叙事学上的,它表明:叙事手法上的深度开掘照样可以使你我熟知的小说变得陌生,不断翻新出奇,臻至令人耳目一新、眼前一亮的境地。借用叙事学家们的话说,小说可以有不同的视角,从而同一事件在讲述中可以凸现不同的意义。“国王死了,不久王后也死去”与“国王死了,不久王后也因伤心而死”可以是对同一事件的描述,但涵盖的意义却不会全然如出一辙。由于能指与所指结合的偶然性,造成了文学意义的多元性。因而,突破既有的叙事模式,对叙述材料进行一番拼贴、组合之后,就会有新的感受出现。

在《烧水做饭的女人》中,我们发现小说在热热闹闹的故事背后隐含的主题是个人与社会之间的龃龉。秦岭巧妙的叙事以近乎黑色幽默般的笔调对此进行了叙述,以一种正剧的方式上演了荒诞的一幕。王世界对公办教师身份的渴望不亚于山里人对庄稼地的珍惜,那是他生活的重心所在。他在教学上独擅胜场,在山里人心中威望素著,固然源于对山里人的爱,但自从当上民办教师那一天起,王世界就暗下决心要努力成为国家正式教师。想归想,公办教师的指标就像从雀儿村考出去的大学生一样,少得可怜,遑论张瘸子的有力竞争和张中华的恶意阻挠。正直迂腐如王世界者是绝对在权力的天平上讨不到半点便宜的,想当上公办教师似乎遥不可及。但是最不可能的事情偏偏就发生了,王世界居然干干净净“靠自己的本事”——他当然不知道这是花儿受张芍药的启发用自己的身体与田博才交换得到的——摇身一变成了公办教师,还进一步取代张中华当上了雀儿村小学的校长,个人与社会的矛盾讽刺性地得到了“圆满”解决。

这时候,秦岭的叙事话语显示出了高超的处理能力,在叙事向度上出现了单向闭合,形成了两套叙事话语,即王世界不明就里的话语表达和花儿独自承受田搏才带来的屈辱,尤其是王世界与花儿之间的碰撞使小说出现了奇异的现象:一方面是内心充满惊喜的王世界信心倍长地规划雀儿村小学的教学事业,当然他心中也满怀着对乡党委书记田博才“同志”的感激,尽管田书记是个老色鬼,但“也不纯粹是个混蛋,既然对这优秀那优秀的教师也心里有谱,至少说明还有比较开明的一面,还不是一个彻头彻尾的坏领导”,即使田搏才因为生活作风问题被抓了进去,王世界在高兴之余依然尚存一半惋惜;另一方面,伴随着王世界的春风得意,花儿则陷入了巨大的屈辱中……

这种通过强烈对比达到的效果,正是作者所刻意追寻的。小说也由此出现了多项寓意深刻的症候——王世界与花儿之间阴差阳错的话语错位。在这个意义上,《烧水做饭的女人》之中的叙事使小说整体呈现出饱含讽刺与无奈的病象隐语特征。不难发现,小说所表述的矛盾的“圆满”解决,只是一种假象。花儿用自己的身体与田博才交换,才使王世界实现了转为正式教师的夙愿,这种解决方式无疑是荒唐的。尤其是当作者赋予了小说一个光明的结尾,企图使花儿交换的结果呈现“最大化”时,这种荒唐就更为凸显。由此,不难看出,秦岭只是借《烧水做饭的女人》继续表达了他的困惑:个人与社会之间的矛盾究竟通过怎样的途径才能予以解决?这样,在小说中看似得以“圆满解决”的问题又回到了原点。

(载《作品与争鸣》2006 年第 4 期)

道德主题与戏剧效果

——评《烧水做饭的女人》

程鸿彬

《烧水做饭的女人》是一个经由曲折而终至完满的故事。毋庸讳言,作品在叙事上并没有什么标新立异之处,引发人们思考的是“曲折”的现实所指——在道德观念与生活逻辑之间展开的一场充满戏剧性的较量。

小说讲述的是一个女人和三个男人的故事:“烧水做饭的女人”花儿、民办教师王世界、乡党委书记田博才和雀儿村小学校长张中华。这四个人物被划分为截然对立的两种类型:花儿和王世界代表着“善”,田博才和张中华代表着“恶”。在当下席卷农村的务工经商大潮中,王世界苦苦坚守着自己的“三尺讲台”,目的只有一个——“为了雀儿村的娃娃学文化”。这种自觉的利他主义人生观无疑是高尚的、神圣的,但同时缺乏物质根基而显得孤立无援、独木难支。美丽的花儿正是为这种不计功利的人生追求所感染,“偏偏不嫁专业户不嫁包工头”,心甘情愿地陪着王世界箪食瓢饮,安贫乐道。在作者笔下,花儿夫妇似乎是某种道德理想的化身,是作者对于渐趋消逝的民间传统伦理的浪漫追忆。与此相对,田博才则是一个道德秩序的破坏者,一个集诸恶于一身的贪官污吏。俗话说,万恶淫为首,田博才所有的恶都在贪淫好色上得到了说明。张中华则是恶的另一种类型:他与田博才一样觊觎花儿的肉体,在恶的程度上毫不逊色于前者,但他缺乏田博才那样独霸一方的权力,因此他的恶就主要体现为阴险狡诈,同时还有几分为人所不齿的鄙陋猥琐。由是观之,作者对于人物关系的处理,无论如何都有些过分简单。但不得不承认,简单也有简单的好处:首先是易于分辨是非,故事开始时善人遭恶人欺凌的现实状态显然是反常的；其次是有利于戏剧效果的产生，应该说，在这方面作者受传统戏曲小说的濡染颇深。与之相适应，作者在人物塑造上也是脸谱化、类型化的，善与美，恶与丑，都是那么天经地义、无可置疑地结合在一起。假如小说的目的全在于戏剧效果的营造，那么上述手法均无可厚非。问题在于，任何形式因素都是主题的某种延伸，具体到这篇小说，戏剧效果能否与道德主题相得益彰，将是评价其成败得失的关键。

人物关系几经波动，由反常而达到正常，是这篇小说戏剧效果得以产生的奥妙所在。如上所言，小说最初的人物关系是一种泾渭分明的善恶二元对立，尽管花儿夫妇在现实生活中处于劣势，但道德和心理上的优势却无疑在他们一方。因花儿夫妇的防范，田博才初次猎色失手，张中华遂借机寻衅取消了王世界民办教师的资格。花儿不得已背着丈夫牺牲了自己的贞节，不仅保住了丈夫的饭碗，尤有进者，王世界由民办而公办，由普通教师而村学校长，由平常百姓而人大代表。被侮辱被损害者在道义上往往居于上位，而花儿的行为所造成的一系列变化，尽管使花儿夫妇摆脱了被侮辱被损害者的境遇，但同时也使花儿丧失了道德和心理上的优势。其实，优势的丧失从花儿决计牺牲贞节的那一刻就开始了。残酷的生活逻辑“教育”了花儿：只有权倾一方的田博才能够改变丈夫的命运，丈夫的命运一旦改变，也就等于改变了学生娃的命运，而归根结底，这一切都取决于花儿能否牺牲自己的贞节。按照韦伯的观点，这是一种典型的意图伦理，即通过非正当的手段谋求正当目的的实现。由于手段与目的的背离，花儿的人格也趋于分裂：一方面是崇高目的衍生出的神圣感，另一方面则是卑贱手段所导致的耻辱感，她脑海里反复闪现出一个用肉体换取实利的女人——张芍药的形象，先前她曾不假思索地把张芍药斥为“骚狐狸”“破烂货”，而现在自己不也与她成为同类了吗？更令人触目惊心的，是田博才对花儿展开的全方位征服——从肉体到心灵，从人格到精神的征服。被动受辱与主动受辱的区别在于人格与道德感的有无，然而这个判断在花儿那里却部分地失效了，也许只有用“忍辱负重”四个字才能形容她当时的内心纠葛。故事进展到此，我们不得不为它所抵达的现实和人性深度而叹服。但追求戏剧效果的冲动却使作者欲罢不能，于是乎平地一声雷，田博才锒铛入狱，天网恢恢，疏而不漏。花儿不但由此摆脱了人格分裂的痛苦，而且意料之内和之外的收获也幸而无恙。虽说此后也发生了些许波澜——已经塌台的张中华以肉体交易之事对花儿进行要挟，但也通过花儿的再次“忍辱负重”而化险为夷。就这样，反常的人物关系竟由一个女人的肉体而实现了正常化，这不能不让人感到无奈和荒诞。这到底是道德逻辑的胜利，还是生活逻辑的胜利呢？

尽管故事的大局已定，但老练的作者仍感意犹未尽：虽然花儿牺牲贞节是为了一个崇高目的，但王世界夫荣妻贵的事实作为一个附带结果则有可能导致意义的偏离；另外，虽然张中华是一个无须论证的坏种，但他与王世界的地位发生颠倒后不过是一介草民，非但无权无势，甚至连生计都大成问题，按照我们同情弱者的思维定式，他再坏能坏到哪儿去呢？坏也需要条件。所以在故事的结尾，作者不得不以花儿的“退场”

作为一种平衡——无论就生活逻辑还是就道德逻辑而言,都需要这种平衡:张中华的老婆顶替了花儿临时工的岗位,这一则是为了防止张中华再度使坏而进行的利益交换,二则是花儿出于道德上的亏欠而做出的替代性补偿。如此一来,故事就算达到了完满。

不难看出,小说戏剧效果的根本动力在于外部环境的变化:恶人田博才落入法网,国家在农村和教育政策上进行了调整,而相反的外部环境也曾经是故事发生的主要诱因。按照这种思路,现实生活中的种种矛盾冲突便丧失了深入开掘的可能,既是天从人愿,历史必然性的车轮自然也会替人们打点一切。这就是作者一味追求戏剧效果而付出的代价。应该说,追求戏剧效果并不算是缺点,关键是作者如何处置它与主题的关系。而戏剧性手法作为一种固定程式,既可以把生活提升为艺术,也可以把天才的发现降低为平庸的闹剧。总体说来,作者在小说中提出了一个严峻的命题:道德逻辑与生活逻辑的冲突,但在戏剧效果这部引擎的驱动下,他无暇驻足,呼啸而过,从而使这个命题的丰富内涵瓦解冰消。这不能不说是一个遗憾。

(载《作品与争鸣》2006 年第 4 期)

小说的智慧

——评《皇粮》

付艳霞

同一个题材的小说,从不同的角度展开叙述,会出现完全不同的效果。尤其是关注社会问题的小说,这一点的差别更大。如果角度选取适当,不仅能够体现社会问题的全部复杂性,而且能够产生意味深长的阅读效果,巧妙传达作者的立场,同时也能产生别样的美学效果。秦岭的中篇小说《皇粮》就是这种充满叙事智慧的小说。

一是故事的整体框架。《皇粮》把有关缴公粮和减轻农民负担的“三农问题”包裹在一个“单相思”的爱情故事中,让原本沉重而复杂的问题沾染了些许揶揄、轻松的色彩。岁球球当选验粮员,他首先想到的是,能够有资格追求自己暗恋许久的寡妇牛翠翠。而伴随着他短暂的验粮生涯的,是爱情和婚姻似有似无的召唤。最后,在全村人都欢喜庆祝“皇粮”取消的时候,他的爱情也在激情喷发的时刻戛然而止。小说像一个充满了幽默色彩的农村轻喜剧,把农民不堪公粮和各种税费折磨的心酸生活包裹其中,带着“含泪的微笑”迎接减轻农民负担的政策一步步下达。这样的故事框架安排,既有扑面而来的生活实感,又能够体现皇粮取消前后的生活变迁和农民的情感变迁。

二是主要人物的设置。岁球球是小说的主人公,他有三重身份,光棍儿、瘸子和验粮员。光棍儿是他自己最在意的身份,也是他急于摆脱的身份,而瘸子,代表着他的荣誉,也代表着他的觉悟,这是村长和乡粮站看重的方面。这两个身份实际上围绕的全是验粮员这个核心。村里人没人会关注岁球球是不是光棍儿,有没有觉悟和荣誉,他们更关心他当验粮员能不能给自己带来实惠。村长则在强调他的觉悟的同时,关注的也是他能不能当一个公正的验粮员。甚至他自己,光棍儿身份的改变也全都系于验粮员的身份之上。小说没有刻意拔高人物,也不刻意强调人物的落后性,一切都像生活本身一样,原汁原味,合情合理。作者对人物的所思所想都采取的是“理解的批判”和“揶揄的理解”。小说中那个恳求岁球球高抬贵手的孩子,还有在验粮站解开衣服的妇女,是小说在幽默之中掺入的民生民意,动人心弦。质朴的人物性格和真实的人物心理,与农村政策的变迁和谐变奏出一部充满了乡情乡韵、苦乐交织的生活乐章。

三是广阔社会背景的隐约折射。表面看,小说的叙述空间就局限在普通山村尖山村,所有的故事都围绕着缴公粮展开。但实际上,公元 2005 年,与农村生活有关的变迁,都隐约展现。比如青壮年劳动力外出打工,比如拖欠农民工工资,比如农村税费改革的步骤等等。甚至通过村长的口,小说还把“皇粮”的历史也挖掘出来。小说并没有直接呈现取消公粮的意义,也没有用更多的人物反应来加重笔墨,鞭炮、村长激动得语无伦次,以及此前小说一直渲染的皇粮给村民带来的生活和心理压力,都足以映衬这一政策的得民心、顺民意。有意味的是,岁球球却把门牙砸掉了,飞溅的鲜血和浪漫的戏文,在群体的狂欢中凸显着个体的悲情。大与小,点与面,就这样相互对比,构成了一幅特殊事件的特殊场景,展限的却是农村生活的普遍现实和农民生活状态的整体变迁。

四是人物的性格特征和小说整体的美学风格。从小说的题材上看,跟当下的“底层写作”潮流非常吻合,其中的苦难似乎也值得大书特书。普通村民的苦难自不必说,即使村长马奔仓,也有很多值得大书特书的艰难。然而,小说用巧妙的叙述角度,避开了已经成为陈词滥调的苦难,从而也避开了沉重的美学风格。

村长马奔仓是一个很典型的村干部形象。他每年尽职尽责地催缴公粮和各种税费,但他同时又深知百姓乡亲的苦和难。他像一个忠孝难以两全的古代人物一样,本着自己基层共产党员的觉悟,在积极为国家尽忠的基础上,挖掘自己的智慧,更多地为乡亲某利益。他利用发现乡长喝假酒的机会,给村里要来平价的农用物资;他和岁球球一起,唱秉公办事的双簧;他忍受着村里人的误解,但又无时无刻不关心他们的疾苦。农村基层工作者的小聪明、小智慧里,实际上藏着大觉悟。然而,小说没有把他塑造成一个高大全的典型人物,反而,用他的假醉、假哭等等,体现他作为小人物的那种鲜活。村长的“诸葛亮吊孝”和岁球球的“苦肉计”,实际上都是在直接回避“忠孝”的矛盾冲突,回避乡亲的合理诉求和政策的不合时宜之间的矛盾。这在故事上是“金蝉脱壳”,在小说的美学风格上也是沉重和苦难的“金蝉脱壳”。三农问题在一步步解决,农业政策在一步步优化,而农民在等待政策的过程中所付出的代价,所承受的苦难,根源复杂。在一个更加有盼头的未来和永远不会再重演的过去面前,这样的美学技巧,对于记录历史和铭记历史似乎更为妥帖,也更容易让人接受。

从现代文学以来，乡土文学，或者说乡村叙事，就是文学史重要的一脉，而且与城市叙事相比，经典作品、大作品更多。如果中国作为农业大国的现实不改变，文学的这种趋势也不会改变。随着新的现实条件的变化，乡村叙事也开始在各个层面展开。讲述乡土的落后和保守，歌颂乡村情感的纯真和质朴，关注乡村生活的苦难等等，都已经构成了乡村叙事的几大支柱。只是，随着经验层面的新鲜感日益消失，随着现实和传统、乡村和城市等等的融合越来越复杂，这种叙述也会面对更多的挑战。因而，这种题材也将越来越考验叙述者的智慧。在关注社会问题的全部复杂性的同时，讲述一个有意味的故事，应当是此类小说的努力方向。

(载《作品与争鸣》2008 年第 2 期)

讨巧的破绽

——评《皇粮》

梁文东

"民以食为天"，尤其是对于贫困山区的农民而言，粮食更是有天大的意义。秦岭的小说《皇粮》关注的也是有关粮食的话题，但是他不是从文学史上经常出现的饥饿体验出发，而是从国家与农民的关系的角度出发。从标题上看，这是一部宏大题材的小说。直接关注的是 2005 年全国人大做出的取消"皇粮国税"的重大决议对山村生活的影响。国家这一"善政养民"的政策，具有深远的历史根源和更为深远的现实影响。如何认识这一决策，比如取消皇粮，仅仅是减轻农民的负担这么简单么？是不是还有农民长期承受不平等待遇的问题？取消皇粮，农村的问题就能解决么？农村的财政来源在哪儿？对于农民而言，减轻负担是一方面，新型农业的发展才是农民彻底摆脱贫穷的出路。而随着大量农民摆脱了农村的税费负担，进城务工，承受的依然有不平等的待遇等等。"皇粮"确实是一个牵涉到国计民生的大问题，而对这个大问题的叙述和呈现，需要作家的历史眼光和现实判断。

应当说，小说在叙述上很讨巧，它用小人物的爱情故事回避了这个问题的沉重与复杂。"皇粮"，这个严肃沉重的话题变成了岁球球改变生活状态的药引子、爱情的催化剂。整部小说变成了岁球球的爱情命运跟"皇粮"的变奏曲。只是与村长和百姓们深受其苦，日思夜想取消皇粮的情况不同，岁球球的遭遇正好跟皇粮的存在相依存，跟所有人的要求相反。皇粮制度在，岁球球的爱情就能够披荆斩棘，而皇粮取消，岁球球马上功亏一篑。原本事关农民生活命运的大事变成了岁球球爱情中的一个玩笑，一个捉弄者。这样的错位，既难以产生造化弄人的命运感，又难以体现堂吉诃德式的"螳臂挡车”的效果，唯一的效果就是化解了小说原本厚实的现实含量，也局限了题材本身可能达到的深广程度。

这种主观上的叙述讨巧，小说中比比皆是。比如，作为尖山村跟皇粮有关的两个权力代表人物，村长马奔仓和乡验粮员岁球球，他们都不是贪赃枉法之徒，相反，他们都有道德操守，马奔仓是有觉悟的党员，岁球球是有觉悟的、见义勇为的模范。他们和村民们水乳与共，没有根本的矛盾冲突。马奔仓也深受皇粮之苦，他在乡里和村民之间受“夹板气”，为了上下讨巧，他甚至总结了很多经验，学会了很多计策，比如假醉酒，假哭，和岁球球演“双簧”。而岁球球也深感乡情和秉公之间的抉择艰难，他不得不用苦肉计，让自己“金蝉脱壳”，暂时回避眼前的矛盾。村长和岁球球都清醒理智，通人情懂世故，懂政策懂公平，所有的问题都在“皇粮”。在小说中，皇粮成了一个安全袋，所有的矛盾冲突装进去都是合适的。而这样的简单化处理，显然让小说失去了很多张力。

这种张力的缺乏在岁球球这个人物形象身上也有体现。从岁球球的个人简历看，他是一个敢说话、发表意见、有思想、有觉悟的人。他在煤矿给老板挑刺，直言安全隐患，去劳动局反映问题，为了救人还英勇负伤，受到嘉奖和荣誉。他能够在众多竞争者中脱颖而出，变成验粮员，也与他的这些经历和性格有关。但是当他面对皇粮问题的时候，他的性格变了。他唯唯诺诺地听从村长的安排，他在乡亲们面前哑口无言。一个“为民请命”，一个闪烁其词，前后两个岁球球，变成了性格断裂的两个人。而按照小说里的说法，因为他身体残疾，找不到老婆。获得牛翠翠的爱情，成了岁球球生活中压倒性的目标。正因为如此，之后他在验粮方面的表现，他的秉公，他的善意的逃离，都缺乏了更为深厚的人格基础，甚至变成了他为了保住身份、争取爱情的工具。小说的结局，皇粮取消，在万人同庆的时刻，岁球球砸掉了自己的牙齿，鲜血飞溅。按照岁球球的觉悟，他应该欢欣鼓舞，应该欢呼雀跃，但是他面对的直接后果是爱情落空，他的反应比庆祝皇粮取消的人们更为激烈。这样安排，想突出造化弄人，但实际上的效果却是让人物失去了去了前后贯通的逻辑。

同时，小说以此作结，也让人匪夷所思。皇粮国税的取消，是改变历史的大事。它取消之后的乡村生活，或者说在欢庆负担减轻之后，农民如何摆脱贫困，提高生活水平，而农村怎么安排财政，都是未来的问题，也是一部小说应该有所思考和预见的东西，但是以一曲浪漫的戏文作结尾，似乎所有有关皇粮的话题都由此烟消云散了。爱情，像岁球球这样的光棍的爱情问题，成了遗留问题。这未免显得小说的格局空间有些狭窄。

应当说，对于一部关注宏大社会话题的中篇小说，无论是从篇幅形制上，还是问题探讨上，都不可能要求面面俱到。而对于《皇粮》来说，关注这个题材本身就是一个有眼光的选择。讲述的角度也相对轻松、容易一些，把重要的社会问题落实到个体命运身上的写作方式本身没有问题，但是将一个农村光棍的爱情梦想和取消公粮这样两个格调和层次都具有很大落差的事件结合在一起，显然有些草率。最后凸显的只能是一个光棍儿的爱情幽默剧，而有关百姓深受公粮之苦，迎来公粮取消后的生活等严肃话题方面，都被稀释了。

作家如何关注社会问题，从什么角度关注社会问题，如何提高自己对社会问题的认知从而能够在尽可能深广的意义上予以关注，都是《皇粮》这部小说带来的启示。而且，一部小说的成功，绝非题材和技巧的讨巧就能够成就的，归根结底，它考验的是作家的认识能力。

（载《作品与争鸣》2008年第2期）

灾难题材小说的可能和高度

——评《透明的废墟》

闫立飞

青年作家秦岭审视生活的眼光和对人性的开掘，往往因其独特的“发现”让专家和读者刮目相看，他的中篇近作《透明的废墟》更是把对灾难下的人性“发现”推到了极致，让我们再次感受到了一位趋于成熟的小说家艺术地解构生活和揭示人性本相的能力。

中国文坛有个并非悖论的事实，面对地震、洪涝、恶性事件等引发的灾难，趋之若鹜的往往是铺天盖地的诗歌、报告文学和散文，小说家却往往束手无策，对此，挑剔的读者一度怀疑当代小说家表现灾难的可能性。秦岭的新作《透明的废墟》却直面汶川地震带来的毁灭性灾难，以小说的名义旁逸斜出，充分利用小说的虚构和想象要件，把探寻的笔触扎进汶川地震后居民楼的废墟中，揭示了濒临死亡的邻居们灵魂搏斗和人性复归的全过程，无疑具有可贵的探索、引领作用。一切有良知和文学造诣的小说家，有理由像秦岭那样，与诗人、散文家、报告文学作家一起，从这一历史的非常时刻探索和追寻隐没在常态时间中的历史真相和人性世界。我注意到，许多报刊在转载这篇小说时称“这是第一部反映汶川地震的质感小说”，毋庸置疑，其意义不仅仅是文学的，也是社会的，历史的。“第一部”说明了小说的原创性，而“质感”则说明了小说应有的高度。秦岭作为灾难题材小说的大胆践行者，为2008年上半年文坛波澜不惊的小说创作拓宽了新领地。

秦岭在他的另一部小说《皇粮》（梁斌文学奖第一名）的创作谈中曾说：“选准切入点，就至少有了一半的‘发现’，同时拥有了全部的原创专利，谁也模仿不得。”《透明的废墟》更是生动地体现了这一点。小说的起因很简单，它来源于汶川大地震时“一张废墟中的年轻母亲用躯体呵护婴儿的照片”。作者由此切入，却没有简单地对照片的内容进行还原，而是峰回路转，把现实和虚构结合起来，把常态和联想结合起来，把存在和推理结合起来,把生命叩问和生活演绎结合起来,对其进行了深度性、时间性的解读和解构,以此建构了自己的小说世界。于是,单纯的母婴关系被解构为邻里之间的社会交往,凝固的一刹那被延长为废墟中的三天。在震后废墟的狭小空间中,即将回陇南老家订婚的打工妹刘丹丹、退伍军人吉国立、帮教对象赵云逸、婴儿的母亲吴姐和婴儿五人组成了一个濒临死亡的特殊世界,除了婴儿可以自由活动以外,其余四人都身陷残垣断壁之间, 与死神做无望的对峙, 然而他们为了拯救这个身临险境的婴儿,不仅完成了精神的救赎与人性的还原,而且以生命接力的方式保存了这个代表希望与未来的婴儿。孩子得救了,掩埋并吞噬了众多生命的废墟却变得透明起来,因为这个造成人类灾难的废墟, 在这张被放大了的母婴照片中开始了对常态社会的审视和拷问。相对于照片的直观性、空间性的局限,小说不仅再现了历史的真实,而且强化了它的震撼力量。从这一意义上说,《透明的废墟》不仅显示了灾难的深重,而且体现了作家的社会责任感及其对社会历史的参与意识, 是一篇展现了作家灾难体验与历史思考的社会精神文本,这也应该是它一经问世就毫无悬念地引起文坛关注的理由。

在艺术上,作者采取小视点(单元楼坍塌后的废墟)、大关照(整个社会)的方式,通过现场写实和往事回忆的立体交叉叙事,用废墟中触目惊心的死亡、流血和伤残,反观城市楼群中我们再也熟悉不过的常态社会。成份复杂的邻居们在单元楼坍塌之前,相互猜疑、争执、误解和提防,人与人之间关系紧张。在酒店打工的陇南妹子刘丹丹等人租住在 201 房, 她们既是这个小城的外来者, 也是受到误解与歧视的弱势群体,被邻居当作从事特殊行业的“小姐”。403 房的吉国立就是这样的一位误解者,这位家庭幸福、事业有成的退伍军人借着帮助 201 房更换灯泡的机会,以城里人的身份对这些女孩子进行了“教育”与“批评”,他的误解伤害了这些外来打工妹的自尊,也造成了后者对他的排斥与对立。303 房的赵云逸既是一位受害者, 同时也是一个加害者,工厂的破产和外力的压迫使他从一个生产工作者变成因盗窃而劳教的帮教对象,但他却把报复与凌辱的目标指向了更弱的群体——201 房的打工妹, 显然这个城市的弱者丧失了起码的道德意识,彻底沦为社会的弃儿。五楼的住户吴姐因为存放自行车和六楼的韩妹子及二楼的孙姐发生过冲突。他们构成了当前城市社会的缩微影像,几乎涵盖了各个阶层,隐喻了整个社会的常态。打破社会常态的是这场大地震,当他们被深埋在废墟之中面临死亡威胁的非常时刻,人与人之间的沟通、关怀开始在求生的眼神、心灵的感应、生命的依赖、道德的抵达中悄然复苏。他们在非常时刻的“善言”与“善行”,与常态社会中的“恶言”与“恶行”形成了鲜明的对比。正常时刻中非正常状态与非正常时刻的正常表现,构筑了这张照片由表象、剖面直至纵深的意义,从而凸显了生活开掘之深和照片之“大”。

借助秦岭的小说,我们往往能够触摸到生活的质地。如果说秦岭曾经以《硌牙的沙子》《本色》《绣花鞋垫》《不娶你娶谁》等一系列农村教育题材小说,为我们打开了窥视当代农村社会的另类窗口,那么《透明的废墟》则更像一扇门,打开它,看到的是小说家表现灾难题材的可能和应有的高度。

(载《作品与争鸣》2008 年第 10 期)

(四)《文艺争鸣》

秦岭小说的价值

杨显惠

关于小说，核心的标准其实就两个字：价值。技巧和主题都是为这两个字服务的。而我们当下的文学评价，往往本末倒置了。近年来，青年作家秦岭的小说尽管日益受到关注，却鲜有论者从价值角度评析，显然是一个认识问题。

由于对历史的感同身受，我与秦岭保持着一贯的交流和对话，文学与历史、时代、政治、文化之间的关系一直是我们共同关心和探讨的话题。秦岭应邀在高校讲台或文学论坛上提出的“影响我们生活的政治与传统”“本土作家与本土社会”“心灵是文学的路径而不是避风港”等观点，体现了一位思想型作家对社会形态的成熟理解，这是秦岭区别于其他作家的重要标志，也是他走向深刻的精神基础。诚如编辑家章德宁所言，秦岭小说最突出的价值首先是给我们提供了认识价值，他近期的短篇小说《摸蛋的男孩》(《北京文学》2011 年第 4 期)就是一篇极具认识价值的小说，而这样的小说，却容易被神经质的文坛所忽略。

秦岭“皇粮”系列小说曾一度被包括文学界在内的历史学界、社会学界所关注，并被许多省市改编为富有民间文化色彩的戏剧。《摸蛋的男孩》当属此列。对半个多世纪以来的国情略知一二的有良知的国人，一定更加了解在供应制时代，中国农民有无偿为国家上缴粮食、油料、生猪、鲜蛋、棉花等农业、畜牧业产品的政治任务，从而保障了城市轻重工业发展和城市居民的基本生活。中国历史上所谓城与乡、工与农之间的物质和精神落差，在此阶段显得尤为凹凸不平，并成为一种独特而持久的政治、经济现象，深刻影响到国人的民族文化心理和精神质地。《摸蛋的男孩》正是以此为背景，“摸”在了岁月外衣掩盖下的肌体脓疮上，呛鼻的历史陈腐气息，霎时扑面而来。小说对历史的反思，无疑是别开生面而又内蕴丰饶的，其强烈的现实批判意味，看似不留痕迹，实则刀刀见血。那从鸡屁股眼儿里流出的血，融现实与象征于一体，令人拍案叫绝。具体表现在：一是作者避开传统视角，绕道历史夹层，淘宝一样捕捉到了中国作家津津乐道而束手无策的命题，选取摸蛋这一流传甚广的乡村异象，精准地点击了城乡居民的价值软肋和精神死穴，尽可能地豁开了历史黑洞的外延；二是把庞大的历史面目与社会事件通过摸蛋具象化，微缩到乡村社会的常态生活，大中求小，小中窥大，让我们看到了城乡公民，特别是中国农民在特定历史时期矛盾的、复杂的心理纠结；三是不动声色而又恰到好处地在历史与教化、政治与传统、权力与民意的交织、联动、冲撞中勾勒、皴染出了中国农民具有国民性意味的抗争中的沉默、醒悟中的妥协、冲动中的麻木。比如，最终让鸡屁股眼儿流血的，不是饱受“任务”之苦的老农，而是农民的后代——摸蛋的男孩。至此，作者的批判、反讽意味达到了极致，为小说如何实现参与历史的当下性，提供了可贵的探索和思路。

秦岭对历史的反思往往给人独辟蹊径、曲径通幽之感，不同的读者自会体会出别样的意味，这正是小说的价值和魅力所在。他的另一个短篇《杀威棒》曾因为“知青题材的另类表达”而登上了中国小说学会 2011 年度排行榜。按理说，在中国文坛，这类题材的小说已经不少了，但是，纵观此类表达，不管视角如何变换，理念怎样翻新，一般很难跳出知青作为当事人身心被扭曲、精神遭压抑的表达模式。而《杀威棒》一反常态地从农民受害者的角度，借助杀威棒——一根教鞭对“城里人的孩子”的当头棒喝，让我们从社会不同的痛感神经末梢上，感受到了嵌入历史阴影中农民精神世界那些根性的原则和心灵的秘密。一般来说，小说指向目标容易，抵达目标却有很大的难度，而“《杀威棒》不仅以冲刺的速度直达终点，它还启发我们思索这么一个现实问题：文学地考察一段历史，路径还有很多”（杨大维，《文艺报》2011 年 10 月 21 日）。秦岭之前写的《一头说话的骡子》和《鬼扬土》，曾分别借乡村大地上行走的骡子和民间“鬼事”，让我们感受到了农民与土地关系的嬗变。《杀威棒》同样具备这种经验，却又是乡土叙事中的个例，颇值得我们在研究现实题材小说时参考与借鉴。

我发现，秦岭近年来的创作，一直在调整视点和视角，在表现形式上也在图谋一些变化，但他不是那种浮躁的急转弯式，而是沉着冷静的软着陆。这一感受源自短篇小说《一头说话的骡子》（《2010 年中国短篇小说佳作集》，贵州人民出版社 2011 年 4 月版）。在我年初以来看到的中国作协、中国小说学会等诸多权威机构编选的年度选本中，其中有 4 种选本都选入了这篇小说，同一小说被审美意趣完全不同的专家所看好，必然有其过人的理由。这篇小说的行文、叙事不仅被中国民间耳熟能详的鬼文化、鬼逻辑、鬼生活所笼罩，且有西方小说里那种黑色幽默的、魔幻的意味。主人公——农民工董承志因被司法机关怀疑奸杀坐台小姐而判刑冤杀，在阴曹地府，他请求阎王无须让他托生为人而是转世成骡子回到人间的未婚妻身边，其内心的巨大隐痛可想而知。众鬼都推诿扯皮不愿意掺和这事，阎王却说：“我等当鬼的再不插手，还能有谁摆平凡间的事情，你是希望将来的凡问，成为骡子的世界吗？”读到这里，我想到了《聊斋》，想到了《聊斋》里那些神鬼狐仙的心灵和行为像反光镜一样对凡俗人间的尖锐逼视和深层透视。秦岭的小说，让我们很意外地、久违地、下意识地把记忆里的古典阅读和民间感受链接了起来，对农民现实境遇的思考闸门瞬间打开，看到了一个我们非常熟悉，却被秦岭有效、合理解构了的乡村世界。现实生活里那些司空见惯的、屡见不鲜的、近乎以常态方式存在的种种荒诞、荒谬和荒唐，被秦岭用文学胆识、民间思维、叙事智慧的利刃，狠狠扎进了生活的纵深，产生了极富穿透力的效果。

秦岭创作中的这种变化,决非故弄玄虚,而是通过独辟蹊径探入了艺术的幽微;这种超越不是海市蜃楼,而是把小说的虚构功能发挥到了掷地有声。

我还注意到了秦岭近期创作的一些地震灾难题材小说。震撼全世界的“5·12”后,中国诗人们感动了读者,而小说家们虚构和想象的能力普遍被认为露了馅。面对灾难,中国小说家们的坐而论道者多于实际创作,有人甚至提出“灾难小说需要时间沉淀”“小说不如摄影的现场感”“灾难题材容不得虚构和想象”等荒诞不经的谬论。而秦岭并没有被舆论牵着鼻子走,他说:“灾难小说是否与时间有关,取决于作家的感受力。”地震当月他就写了中篇《透明的废墟》,被业内称为“第一部反映汶川地震的小说”(《北京文学》2008年抗震文学特刊),一时被报刊、电台频频转载、转播。小说讲述了一个地震废墟的死角里,几位濒临死亡、身份各异的邻居在求生无望的刹那间,一改往日相处的冷漠、冷淡,转而以不同的姿态、方式救助一个婴儿的故事,让我们“再次感受到了秦岭作为日渐成熟的小说家解构生活和揭示人性本相的能力”(《作品与争鸣》2009年第10期)。小说的力量,使“灾难题材容不得虚构和想象”不攻自破。

而近期的两部地震题材中篇《心震》(《中国作家》2011年第5期)、《相思树》(《2010年中国优秀中篇小说选》,天津人民出版社2011年5月版)则在现代都市情感、伦理、灵魂层面呈现给读者更多耳目一新的元素。《心震》大意是女情人和有妇之夫在宾馆约会时,穿上了一件精美高档的睡衣,但是他们万万没有想到,闻风而至的妻子和张牙舞爪的地震同期而至。在生命的最后关头,一切妥协、包容、担待、谅解从妻子和女情人互换衣服开始。人性在灾难的威逼下闪耀着平实、凡俗、虚伪却又灼目的火花,其目的是不给幸存者们猜度、演绎、评说的机会,很自然地把读者由简单的生命追问切入对纷乱复杂的人间世象的回味。而《相思树》更是以灾难为镜子,映照出了物质社会人们情感的另一种底色。小说里的相思树本是一段感情的见证和象征。男女主人公相约外出竟使他们在地震中幸免于难,女方离异的丈夫因为领儿子在国外侥幸逃过一劫。地震后,当大难不死的婚外情人理所当然即将走向婚礼时,才发现娇贵的相思树已经死亡,而平时维护相思树的,恰恰是男主人公忍辱负重的妻子。两篇充满现代都市情感气息的灾难小说,别具匠心地突破了摄影记者的直观镜头和散文、报告文学作家惯常的具体描述,用丰富的想象、奇特的构思和符合生活逻辑的虚构,“复活”了死难者的灵魂面貌,“还原”了幸存者的人性轮廓。这样的构思和探求,不仅填补了摄影、通讯、报告文学的先天性盲区,而且跨越了纯视角层面的所谓“现场感”,多角度进入震前的凡俗生活形态、震中的精神变异、震后的人性还原等另类“现场”,小说的功能和技术力量得到淋漓尽致的展现,不仅使读者对灾难的透视立体化,而且使芸芸众生关于灵与肉、真与伪的生活与生命的逻辑,在生与死的天平上,称出了我们难得一见的分量。

秦岭在创作谈中说过:“没有什么比灾难更容易像探测仪一样豁开人性的纵深,让我们感受到人性的复杂和多义。”我比较认同这句话。一个作家,认识有多高,笔力必然有多深。关于人,关于人的灵魂背景和精神元素,不是随便的作家和随便的文字就能得以表现。

这是秦岭的可贵之处,也是他的优势,也让读者期待着他的下一轮创作,是否会提供更多有价值的小说和有价值的超越。

(载《文艺争鸣》2013 年第 11 期)

写实的性感、锐利及本色

——秦岭中短篇小说散论

闫立飞

作家对读者的文学提供,取决于作品的品质。秦岭的短篇小说《杀威棒》被评论界誉为“2011 年度最具反思意味的小说”(段崇轩:《2011 年短篇小说述评》,《文艺报》2012 年 2 月 13 日)。无独有偶,秦岭的中篇《皇粮》曾被评为“一声绝响”(从维熙:《妙笔〈皇粮〉——阅读秦岭》,《中国文化报》2008 年 4 月 22 日),至少说明,秦岭的小说,始终在给文坛提供一种与众不同的品质。

考察秦岭的小说,我想到了两个词:性感,写实。把这两个词连在一起,大概是秦岭的一个创造。这两个看似完全不搭边界的词语,在秦岭看来,它们原本是连根同生互为一体,性感本来就是写实的魅力,“文学写实的力量,一如一个性感模特,脱掉枝枝蔓蔓,美体毕现,大方登台”“文学写实的力量就从这里来:脱掉枝蔓,美体毕现”。文学不被关注的一个很大因素,就在于其失去了写实的性感魅力,“往往是视野中过多摄入了古板僵硬的漂亮、平铺直叙的美丽,从而忽视了性感元素的发现和观察,更有甚者,被大多‘描摹’出来的‘现实’遮蔽了阅读期待和判断心理,反而混淆了对真正‘写实’的科学判断”。因而,文学要“真实”反映现实,应该发掘“它浑身上下荡漾的诱人气息”,展现其性感“美体”(秦岭:《写实本来就是文学的性感魅力——“中国新写实系列”丛书感言》,湖南文艺出版社 2010 年 1 月版)。

秦岭对写实性感的探索与实践,在于他对社会现实世界的完全敞开和直接呈现,以现实世界的丰满、妩媚与暧昧赋予文学的性感魅力,让文学的“三点式”展露出来。中篇小说《父亲之死》(《小说月报》2008 年第 2 期)就是其所谓的“三点式”文学作品,它的特别之处不仅在于塑造了县长这一人物形象,描述了“模范干部是怎样诞生的”,而且从生物意义的生与死和政治意义的死与生的空隙与开叉处绽露出了写实文学的魅惑与风情。出身基层的秦县长无疑是一位廉洁奉公、服务群众的“好班长、好兄长”,他长期带病坚持工作且因病发而倒在了去偏远乡镇检查群众冬季生活安排和慰问困难家庭的路上,属于典型“积劳而死”“以身殉职”的模范干部。即便细究起来,秦县长身上散发的闪光点和人性味也难以掩饰，为了不影响工作和顾全大局，刚当上县长那年他把春节收受的八十万元偷偷缴给了扶贫办，此后每逢春节便把家搬到冷清的招待所以躲避送礼行贿，每到元旦必到几个偏远乡镇进行检查和慰问，为了全县的招商引资、争取项目和资金更是奋不顾身，以致患上阑尾炎：

在我的记忆中，父亲第一次发现自己患上阑尾炎是在当上副县长那年。那天他陪同县里请来的香港客商喝酒，香港客商比猴子还精，非要把父亲灌倒不可。既然客人有这个看笑话的愿望，为了全县的招商引资工作，父亲忍辱负重地大醉了一场，当天晚上肚子就疼了一夜，第二天又不疼了，母亲催他到医院看看，父亲说："估计是阑尾炎，重度的得做手术呢，看来我这是轻度的，疼一疼也就过去了。"母亲说："什么病都得早治，到医院住一段时间吧。"父亲说："你说得倒好听，县里工作这么忙，你给我时间啊？！"母亲只好哑了口。从那以后，父亲的公文包里就带了止痛药，随时犯病随时吃。即便是风尘仆仆到北京、省城争取项目、资金，也是药不离身。那年他到省城参加全省"十佳县长"颁奖大会，面对省上领导、各大新闻媒体和上千听众，他的发言照样铿锵有力、抑扬顿挫，博得了全场最为热烈的掌声。返回的时候，陪同的邱书记见他大拇指上贴着创可贴，就问："秦县长你大拇指怎么了？"父亲说："没什么，磕的。"其实是发言的时候，为了抵抗从腹部蔓延上来的疼痛，他用中指和食指死死地掐着大拇指，把大拇指掐出了两个血坑。

这个让秦县长长期遭受折磨的阑尾炎，却在意外的情况下要了他的命。阑尾炎算不上什么重大病症，即便在全县条件最差最边远的尖山卫生院，经小刘大夫做过的手术就有上百例，像阑尾炎这样的手术更是他的拿手绝活。然而面对突发阑尾炎且必须手术的紧急情况下，除了小刘大夫，包括秦县长本人在内的几乎所有人，不是安排秦县长就地医治马上手术，而是一而再地谋划如何在大雪封山的情况下转院，到条件最好的县医院进行手术医疗。从逻辑上讲，造成秦县长病情恶化的是封山的大雪，夺去其生命的是突发的阑尾炎，一切都发生在他检查工作的路上，这也是他死后被塑为模范干部而到处宣讲的主要理由。但从现实角度来说，造成秦县长死亡的不是封山大雪，不是突发的阑尾炎，而是其县长身份和身在其中的官场体制。同患阑尾炎的农民赵巴子就是例证。二人虽然是发小，同患阑尾炎，然而作为农民赵巴子的阑尾炎，与作为秦县长的阑尾炎，确实又不一样。因为前者到卫生院医治还需向医生派发红包，康复出院后继续做他的农民，后者需要在符合身份的条件最好的县医院医治，终因贻误病情不治而成为干部的榜样模范。县长身份和官场体制不仅导致了秦县长的死亡，而且在媒体中造就了一个崭新的县长的诞生。这个道理农民明白，他们为赵巴子感到庆幸："幸亏巴子哥不是县长啊。"秦县长的夫人也明白："你个千刀杀的，你不该把你的破命看那么重啊你，你把人家赵把子的命没当命，但是人家的手术成功了。你把你的破命当成个命，那你的命如今在哪里呢？你自己把你自己的命送了啊你，你以为我到处做报告心里舒服吗？我在为你这个千刀杀的圆场呢。你可把我们孤儿寡母害惨了呀……”但是这个大家都明白的道理谁也不会去说破，包括辞职远走的小刘大夫和外出打工的赵巴子。小说的魅力萌生于这个谁都明白却又无人会说破的道理中，一如旗袍高开叉处若隐若现的美腿，性感撩人又不失庄重。

秦岭明白写实文学性感的妙处，在中篇小说《心震》（《中国作家》2011 年第 5 期）中，秦岭极力渲染梦芬黛尔睡衣的风情及其之于女人的意义：

> 如果说我们女人的身体是男人眼里的风景，女人的睡衣则是风景中的小桥流水，或者是柔媚的春风和盛开的花儿。睡衣是我们女人身上最具风情的宝贝儿，说是饰物也非过誉，它的魅力远比项链、戒指、耳环提供的习惯审美元素要丰饶得多。那种看得、抚得的丝光暗影顷刻间能让男人懂得女人，共享人间真味。它的神秘性在于一旦附着女人的胴体，对方就是唯一，非所有男人有缘赏得。私密空间里，睡衣的内韵让女人的妩媚无限蔓延，如雾中花儿开，品质不菲……男人们肯定无法想象，这样一件睡衣穿在樊绮云身上，是多么的风情万种。睡衣属很高档的梦芬黛尔牌子，产地威尼斯，真丝，低胸，无袖，鹅黄色，荷叶吊带，网眼花边。你可以进而延伸想象的触角，当樊绮云身着这样的睡衣，和夏景坤缱绻在某个精致的地方，所有的点滴，都是多么的诗情摇曳。所谓欧陆意境中的银河星梦，所谓中国古典意味的蝶恋花，想象去吧你。

他描写婚姻之外女人花的艳丽绽放：

> 红酒沾唇，难得的丝丝的甜。和樊绮云在一起，我们不一定非得说许多言不由衷的话，要说的，要表达的，全在这酒的颜色里，在女人针对女人特有的眼神里，在举杯时挂在嘴角的轻轻的微笑里。杯中酒，那酡红的荡漾，就是心海的波涛……我近乎贪婪地、带着嫉妒的心理，想象着樊绮云和夏景坤下次见面的情景，想象未必就是现实，但我真的希望樊绮云和夏景坤的这次见面，是在一个优雅、宁静的地方……我甚至无耻地想象到了细节：樊绮云睡衣上的束腰丝带，被一双懂交流的手轻轻拉开，拉开的，是帷幕，也是序曲，所有的剧目，花儿一样绽开……睡衣，我知道的。梦芬黛尔牌子，鹅黄色。

很难想象如此细腻、性感、散发着女性体香的文字竟然出自一位男性的笔下，出自外表很西部很粗犷的男作家秦岭之手。它不仅让我们认识了女人，而且使我们从另外的角度看到了一个全新的秦岭，“论品评男人的经验和方法，男人和女人真是大相径庭。判断一个男人的品格和魅力，对女性来说是最严峻的考验。凭单纯的外表，你休想甄别一个男人的高下。夏景坤就是这样的男人，我无从知道他所有的内心世界，我只是和他的交流中感知到他内心的丰富和精神状态的饱满，这是一个真正男人最难得的资本”。这是小说中惠儿对夏景坤的评判，也可以说是秦岭的最好写照。“真正的男人,必须懂女人”,只有内心强大、丰富、敏感的男人才能打开女人幽谧的世界,让女人的美丽盛开,让女人的妩媚在梦芬黛尔睡衣的抚摸下无限蔓延。

秦岭更注重性感的现实作用，他通过性感的魅力极力探索写实文学的现实性深度。性感恰恰成为他深入现实解剖生活的一把锋刃，它割开了被地震废墟掩埋的真相。一场地震无情地吞噬了许多人的生命,制造了惨绝人寰的人间地狱景象,地震的废墟不仅掩埋了真实,而且也展示着另一种的真实。借用《心震》中罗梦彤的话:“我们肉眼看到的事情,不一定就是真的,而虚构的东西,也许才是最可信的。”被废墟湮没和定格的一个男人与两个女人的真实,尽管强烈地冲击着我们的视界,刺痛我们的感觉和感情,但也许只有通过文学的写实,才能还原和反映出“废墟里所有亡灵在灾难来临前面对生命、死亡、流血、伤残、亲情、财产、仇恨的人性世界”(秦岭:《眼镜和心灵缘何划江而治》,《文学自由谈》2012 年第 4 期),从梦芬黛尔睡衣的破损处,才能揭开樊绮云、夏景坤和谢凤珍三位遇难者之间真实关系的一角,而非废墟中显现的那种景象。秦岭通过《心震》这篇小说再次宣示了文学与现实的真实关系。用卡尔维诺的话说:“有些时候,我真感到整个世界都快变成石头了:一种缓慢的石化,似乎不同的人和不同的地方,进度有所不同,但生活的方方面面都无一幸免。仿佛谁也无法逃避美杜莎那不可阻挡的目光。唯一有能力砍下美杜莎的头颅的,是穿着飞鞋的帕尔修斯。帕尔修斯不直视美杜莎的脸,而是通过他的铜盾反映的影像来观看她。”(卡尔维诺:《新千年文学备忘录》,译林出版社 2009 年 3 月版,2 页)为了砍下美杜莎的头颅而不被她的目光变成石头,帕尔修斯只能通过间接的方式——镜中的影像。镜像与现实成为诗人与世界关系的寓言。秦岭没有被现实废墟“石化”的原因,在于他借助了文学的“镜像”,他是这一意义上的帕尔修斯。

值得一提的是,《心震》是秦岭的“灾难系列”之一,首篇《透明的废墟》(《作品与争鸣》2009 年第 10 期) 曾被誉为 “第一部成功反映汶川地震的小说”(《中篇小说月报》2008 年第 7 期),面对现实,秦岭的锐利与机敏,可见一斑。

借助于文学的“镜像”,秦岭站在崖畔望村庄,看到了农村“边边、角角、沟沟、坎坎”处的每一寸土地,“反映”了社会变革时期农民的包容、理解与担待,他们的隐忍、怀疑与奋争,以及他们身上“富有国民性的道德交融与哗变”,触及到农民从孕育分娩直到生命消逝甚至消逝之后生活与生命状态的本真。这既是写实文学的本色,也是秦岭的本来面目,他虽然走进了都市,却从来没有离开过自己的村庄。他写农妇的非正常分娩(《分娩》,《小说月报》2009 年第 9 期),即将分娩的农妇甄满满独自一人乘上没有终点的列车,等待婴儿在列车上的诞生,因为唯有在列车上生产这样异常事件的发生,才能引起各个方面的关注,从而使这个丈夫意外伤残家庭一贫如洗无法正常分娩的农妇,享受到产妇应有的正常待遇;他写乡民对患病新生儿的遗弃(《弃婴》,《小说月报》2006 年第 8 期),农民球儿夫妇把刚满月的婴儿放在马路对面的草坪上,在牛肉面馆里等着好心人收养救治这个患有先天性疾病的婴儿,为了医治病儿,他们已经耗尽了所有家产,最终不得不把病儿遗弃;他写为了缴纳公社下派的鲜蛋收购任务,努力练就了“摸蛋”技术的山村男孩全全(《摸蛋的男孩》,《北京文学》2012 年第 4 期),这个追求上进为了“缴任务”舍不得吃一个鸡蛋的小学生，当他看到城里孩子快乐食用煮蛋自己却无权分享时，用摸蛋的手指把下蛋母鸡的屁股捅破了，并开始逃学；他写农民工董承志被冤杀后请求投生为一头没有爱情和婚姻的骡子，冤杀的现实和被败坏的名声使他对来世正常的生活都失去了信心，“董承志说，像我这种名声，都臭了！回到人间，还指望什么爱情和婚姻呢”(《一头说话的骡子》，《飞天》2010 年第 11 期)；他写民办教师对城里孩子的鞭打(《杀威棒》，《小说选刊》2011 年第 12 期)，断续上过两年学的曹尚德，用挥舞的教鞭来宣示城乡之间的不公以及对由此受到的伤害的反击；他写“皇粮”的终结(《碎裂在 2005 年的瓦片》，《小说月报》2006 年第 2 期)，听到国家免除农业税时，农民甄大牙亲手打碎了自己房顶的瓦片，以瓦片碎裂的响声宣泄农民对“皇粮”的苦、怨和痛。

可以看出，秦岭以其本色的写实和敏感的触角，揭示了农民在当代医疗、教育、经济、法律、社会、政治等领域及体制中的全面沦陷，以及由此导致的他们在道德、精神与文化领的蜕化、异化与边缘化。他在天灾频仍人祸不断却竭力承载丰富历史与现实的大地上，力图勾勒出一幅农村、农民与农业的文学画像，以自己的农民本色、悲悯与情怀，在性感的轻盈、锐利的迅速之外，为写实的文学涂上一层厚重与沉重的底色。这也是文学写实的真谛与本源。

(载《文艺争鸣》2013 年第 11 期)

直面西部农村的历史书写

——秦岭“新农村问题小说”论

商昌宝

作为有着几千年农业文明的国度来说，乡土文学(小说)和农村题材小说从来都是文坛的重中之重，一段时间以来也曾代表了汉语写作的最高峰。不过，进入新世纪以来，面对 20 世纪90 年代市场经济大潮冲击下的中国乡村，很多作家给予了高度关注，但作品数量庞大却又难见佳作。正是在这样的尴尬局面中，秦岭以其直面西部农村的勇气和拳拳的大爱之心，凭借“新农村问题小说”脱颖而出，不能不说是文坛最动情、最厚重的收获之一。

一、引入一个概念：“新农村问题小说”

所谓“新农村问题小说”，可以这样简单阐释和理解，即“新农村”的“问题小说”。

这里所说的“新农村”，主要是指改革开放以来，尤其是进入90年代，受市场经济大潮和政府强行推动城市化运动等严重冲击下的大陆中国农村。关于“问题小说”，杨义曾有过一段经典的论述：“问题小说是一个宽泛的概念。任何具有社会价值和社会反响的文学作品，都或深或浅地提出一些社会问题。广义地说，思想性和社会针对性强的小说，都可以归入‘问题小说’，在作家以文学参与历史发展的自觉性非常高的新民主主义时代，这种广义的问题小说从鲁迅到赵树理，实在是举不胜举。”[①]正是从这个比较宽泛的意义上来说，本文借用了“问题小说”的概念。

另外，之所以命名为“新农村问题小说”，而不取时下评论家们热衷的“新乡土小说”，是因为文学史意义上的乡土小说(文学)，有着属于自己的独特文化内涵。丁帆曾指出：“从1949年到20世纪80年代，中国乡土小说的概念就与‘农村题材小说’等同，殊不知乡土小说的三大要义(风景画、风俗画和风情画)才是其生存和发展的必然条件。”[②]秦岭的小说，虽不乏甘肃天水周边地域的风土人情，但是相比之“问题”的凸显，则要逊色一些。正如评论者所说：“如果说‘色’是小说审美的外观，那么‘味’则是从生活深井里逸散出来的气息。……而‘从秦岭的小说中可以找到中国农民’(如评论家对秦岭‘皇粮’系列的评价)，根本上取决于秦岭小说的‘味’。”[③]为此，以“问题小说”作为切入点，更有助于解读秦岭的作品。

二、“新农村问题小说”之问题揭示

西部农村教育问题，秦岭用心最多。这一点可以通过《乡村教师》《绣花鞋垫》《不娶你娶谁》《本色》《烧水做饭的女人》《杀威棒》《硌牙的沙子》《鬼扬土》等“乡村教师”系列小说得以呈现。

以秦岭2011年发表的小说《杀威棒》为例。小说以小学生“我”为叙事者，讲述的是知识青年返城后，村里的小学瘫痪了。作为识字不多而又是村里文化最高的父亲不得不受命代课。在一堂音乐课上，父亲报复性地鞭打了纠正他读错字的城里“右派”的孩子甄文强，而孩子和他的知青叔叔不但没有申辩，反而忍辱主动承认了错误，使故事充满了悲剧性。改革开放后，甄文强回了城，然后凭借海外关系去美国留学成了歌唱家，“我”则沦为给城里人当苦差的“农民工”。父亲虽然凭借杀威棒成为县里“严师出高徒”的名人，却拒绝出面邀请甄文强。最终，在父亲癌症死后，甄文强受邀回乡演出，并礼节性地祭奠了父亲，临走时要求把那根陈列在县博物馆的杀威棒带走。

《杀威棒》没有直接揭示西部农村的教育问题，而是通过知青与农民在同被损害的“极左”政治中的命运迥异、城里人与农村人在公民权利上严重失衡等悲剧冲突来予以呈现，并在大历史的时间跨度中将问题横向和纵向地延伸，从而体现了作家更为独到、深刻的思考。在这种思考中，秦岭不但解构了主流话语中的“尊师重教”“百年大计教育为本”以及“再穷不能穷教育，再苦不能苦孩子”等宣传，而且在更深层意义上挖掘出西部农村、农民生存境遇窘迫的根源在于教育的被漠视。同时，秦岭还提出一个过往学界所忽视的问题，即下乡知青的悲剧命运曾受到关注和同情，然而包括农村教育在内的更为悲剧的所在，却不曾进入学界的视野，这也可见所谓学界的人文关怀的缺失。

西部农民的税费问题，是秦岭关注的重心所在，这一点在《碎裂在2005年的瓦片》《皇粮》《皇粮钟》(长篇)等“皇粮”系列小说中可以感受得到。

“皇粮”系列主要围绕西部农民缴纳公粮(包含农业税在内)这一农村常景，展开和推进各种故事。《皇粮》中包括农民生活的贫困艰辛，比如寡妇牛翠翠为了供两个孩子上学偷偷溜到城里的夜总会做出台小姐，为了维持生活与村里包括苟犊子在内的几个男人“黏糊”，用小说中的话说是“如今这日子，十个贞节烈女能逼出八个娼妇来”；县乡政府对农民的苛政，如小说中写的“这些年县里、乡里对庄户人征收的这个税那个费实在太多太滥，动不动就把手伸到农民的腰包里。提起集资啊收费啊啥的，庄户人比割自己身上的肉还要害怕”；税费繁重倾轧下的农民的变态心理，如即将当上验粱员的岁球球幻想着战胜情敌苟犊子与寡妇牛翠翠相好，并说：“这一切，要谢，就得感谢皇粮。皇粮啊皇粮！”；农民的质朴愚忠，如为了催缴公粮，村长公开说：“谁种地不纳粮，谁就是狗日的……”私下里却骂“我日他妈的皇粮啊”。小说中还写到城乡不平等、青壮年劳动力外出打工、农民工工资被拖欠、粮食等商品的囤积居奇、黑煤窑安全事故、县乡官员的腐败等。

可以说，一部《皇粮》再现了西部农村几十上百年的历史与现实，也写尽了西部“明税轻，暗费重，集资摊派无底洞”等税费重压下几代农民的生存状态。正如杨显惠所说：“谁也没有资格漠视八亿农民对文学的选择，《皇粮》的成功值得研究，农民和批评家同时读懂它，读透它，文学和社会的双重价值就得以凸现出来。”④不过，所谓的社会价值究竟体现在哪里，从维熙老先生大概就一厢情愿地进行了误读。他说：“到了21世纪的开元时期的中国，政府体察民情民生，不再让农民上缴皇粮了，因而无论从哪个角度去解读，其意义都有金子般的重量。”⑤事实上，取消农业税(即小说中的“皇粮”)，不过是还农民一个基本的国民待遇，如果因此就“山呼万岁”感恩戴德，实在是一种愚昧、浅薄之见。鲁迅早在1925年就说过：“假如有一种暴力，‘将人不当人’，不但不当人，还不及牛马，不算什么东西；待到人们羡慕牛马，发生‘乱离人，不及太平犬’的叹息的时候，然后给予他略等于牛马的价格……则人们便要心悦诚服，恭颂太平的盛世。”⑥至于有人竟然能从这种人间惨剧中，看出“中国农民勤劳朴实、吃苦耐劳的本色和对美好生活的憧憬”⑦，从而实现主旋律的再次升华，实在是一种中国特色价值理念或思维方式的反应。

西部农村的官民关系问题，在秦岭的“乡村教师”系列和“皇粮”系列中被反复讲述，虽然这个问题很多时候都是作为背景或副主题的方式呈现，但是依然能够感受到秦岭的纠结与痛楚。

以小说《本色》为例。小说写的是，尖山中学被村民围攻，校长孙留根不得不请乡联防队员前来救援。联防队员进驻学校后，村民们停止了攻击，形成对峙状态。按说，校长孙留根应该感谢联防队员，但小说的开头一幕写的却是下派锻炼任校长助理的谢开远，无意中看到校长往给联防队员喝的茶中吐痰的一幕。足可见，孙留根与朗诵《捕蛇者说》(意在表明“苛政猛于虎”)的学生以及村民们一样,同样憎恨强征税费的联防队员。而作为官和恶的代表,联防队长却明知茶中有痰,竟然还喝下去而不揭穿校长。

《本色》的魅力就在于,整个故事以博弈、对峙开始,以相互理解、同情结束。所有的人都被置身于权力的链条,农民自然位于最底层,教师们夹在中间,联防队员表面上是权力的最高级,而实际上不过是权力——乡领导——的工具。当然,小说虽然没有呈现,但是一个明摆着问题是,乡政府、乡领导不过是权力链条的末梢,他们也并非是恶的源头或主导。秦岭通过一个极小的故事,却将近些年官民关系更趋恶化和农民在极端状态下的暴力反抗等社会现实揭示出来,不但嘲弄了所谓人民公仆说,也解构了所谓和谐社会说。对此,林霆评价道:“对于政治之于中国人生存的巨大影响的切肤体认,使他的小说主题往往超越了道德和文化的层面,达到了一种认识层面的深刻。用艺术的手段展现民众的生存现实,特别是权力之下的生存真相,是秦岭小说的一大特色。”⑧

三、“新农村问题小说”之特色

秦岭的“新农村问题小说”甫一问世,随即在评论界和读者中引起热议,足见其魅力所在。分析其原因,大致以下几个因素比较重要:

其一是普世的悲悯情怀与心灵写作。历经20世纪90年代以来思想界的大分化,现时的大陆中国已经混乱到“腥臊并御,芳不得薄兮”(屈原《涉江》)的境地,作家们更是大面积地沦陷,“沉迷于玩无聊、玩深沉、玩技巧”“从‘严肃写作的作家’变成了‘玩严肃的作家’”,其群体精神和人格已经“极度萎缩”⑨,在此情形之下,文学非但不能净化人们的心灵,反而成为社会恶化的助推手。不过,这其中也总有良心作家,带给这可诅咒的人间些许的安慰和温暖,秦岭就算一个。

秦岭,这个来自甘肃天水农村的天津作家,虽然很久以前就已经置身于都市,成为名副其实的城里人,但是他对于至今仍十分贫穷的故乡始终怀有一份牵挂,对于一直毫无尊严的故乡人无时不寄予着无限的悲悯,他的“新农村问题小说”就是这份真挚情怀的再现。这种再现,不是走进农民家里俯下身去的嘘寒问暖,不是过路人看到农民疾苦后的怜悯,也不是茶余饭后的务虚恳谈,而是一种严肃认真的爱,是一种身在其中的爱,一种魂牵梦绕,一种心灵与心灵的相通与温暖。秦岭曾深有感触地说:“那些被书店束之高阁的没有炊烟、牛粪、蒿草、炕土味道的乡村叙事,是否属于中国的乡土和乡土的中国,我始终心存疑虑……写作者与庄稼汉的鸿沟,注定了文学表达与农村现实的割裂,而伤口地带往往被瞎子摸象式的文字垃圾所填充,这是文学的陷落,也是时代的悲哀。”⑩的确,秦岭人虽在都市,但是心始终没有离开西部农村和农民,真可谓在兹念兹。

其二是活脱脱的现实与历史的纵深感。应该承认,中国大陆文坛,像秦岭那样对农村、农业和农民怀有爱心的作家并不在少数,但是能像秦岭那样真爱到骨子里的作家却不多见。或者说,这世间的爱很大程度取决于一种能力,爱不到位,对于被爱者来说，就是一种词不达意，一种徒劳浪费，一种虚情假意。秦岭曾谦虚地说："我只能说我是幸运的，得到金子并不意味着我的开采水平有多高，而是我的视线本身就在西部的金矿带上。"[11]其实，如果认真检视秦岭的"新农村问题小说"，不难发现，其所有的只是再平实不过的一种创作精神的现实主义，一种直面活脱脱的现实与历史的书写。李建军说："伟大的现实主义作家，像一个伟大的发现病情并治疗病情的医师一样，诊断现实生活中的残缺和病象。"[12]秦岭及其"新农村问题小说"于此可谓再切合不过，他为这个时代记录下了中国农村、农业和农民的穷、难、苦、痛和无望，他"把笔插进了那片土地"[13]。秦岭自己曾说："写作者和农民一样，犁铧是笔，稿纸是土地，所谓力透纸背，其实就是犁铧穿行的深度和力度。"[14]这一点，阅读过秦岭小说的人，都有深切的体会。同时，在读过其小说后，更会加深这种体会。

可以这样说，在一个谎言遍布和娱乐至死的时代，只有现实的才是历史的。但是仅有现实感，而缺乏历史感，并不能真正进入现实并揭示其本质。对此，秦岭有着清醒而鲜明的意识和判断。他说："而今文学名义下的所谓关注现实，往往是对土地的切割，对历史的断章取义。缺乏历史元素的土地，那是用土地地表做的风筝，飘着，都没有个掉下去的地方，这是中国乡土文学的无知与轻薄。"[15]不错，历史走到今天，中国西部的农村、农业和农民何以呈现出如此凄惶的景象，不是空穴来风，也不是无根之草，其全部表象和本质，都来自昨天，是昨天的一草一木化作今天的枯枝败叶。因此，忽略和漠视历史的昨天，就难于真正走进现实的今天。对此，秦岭曾感慨说："顿悟没有经过沉淀的东西免不了轻飘。写东西就像清理涝坝，不是打捞水草而是挖掘淤泥，挖得越深蓄得越多。"[16]他也不时地提醒着自己："如果有动笔的欲念，思想是需要纵深的。"[17]

其三是批判性和反讽性。肖鹰说："任何一个时代一个伟大的作家跟这个社会的关系永远带有一种批判和审视，永远是对立面，不是对立面就没有办法成为一个真正的作家。"[18]李建军对此的阐释是："现实主义的又一个特点，就是它的对抗性和反讽性。"[19]秦岭的"新农村问题小说"，显然具备这样的品质。

阅读秦岭的一个明显的感受是，他能够寓深刻的批判于一种冷静的反讽中，在冷静的反讽中实现深刻的批判目的。如《摸蛋的男孩》中，全全学会摸蛋时的兴奋劲和满足感，以及能够完成缴蛋任务而为国家做贡献的成就感，最终却以他进城发现实情后报复性地将鸡屁股弄出血以表达自己的愤怒收尾。其他如：全全爸哄骗全全城里人很穷，农村很富，农村人上缴小麦、猪肉、油料、鸡蛋给城里人是富人帮扶穷人，而城里却是洋房、汽车、商店、幼儿园、玩具枪、偌大的肉铺、好看的布料等一应俱全；村支书在夏粮收购以及生猪鲜蛋派购时宣传这是支援国家建设，保证城市供应，随后就说谁家鲜蛋任务缴不成拖全村后腿，就休想得到紧俏的平价货；全全一家辛苦一年不舍得吃一个鸡蛋，偷吃了一个鸡蛋的建设被打伤住院，而城里的赵向东却每天可以吃两个鸡蛋。小说通过这种鲜明的对比，将反讽发挥至极限。因为在所谓"新农村"之下，农民们的生存境遇却完全是一种"卑贱的乡土中国镜像"[20]。即如刘卫东所说："现实如此冰冷，一如冰冷的历史，让人战栗、绝望，仿佛掉入万劫不复的冰窟。在花儿的身上，分明有着《为奴隶的母亲》《菊英的出嫁》里描写的二三十年代农村女性的身影，多年以后，旧梦重温。”[21]的确，对于生存于西部农村的“花儿们”来说，生活在新社会的新农村与所谓旧社会的区别何在？还有比这更讽刺的艺术吗？当然，应该明确的是，这种高超、隐晦的反讽和批判，其背后是秦岭那份对农村、农民的爱。

四、结语

秦岭的“新农村问题小说”尽管已经取得很大成就，但仍有可提升的空间。例如关于“皇粮系列”就有值得探讨之处。面对“皇粮”被取消的结局，小说虽然没有流于对主流政治颂扬的世俗中，但也不免夹带了一些欢欣鼓舞的情绪，淡化了小说的苦难与悲剧意识。或者再延伸一下思考：“皇粮”被取消，只是压在农民身上的一座大山被推翻，农民得到的也只是暂时的喘息，而其他比“皇粮”更大、更重、更多的山还压在中国农民的身上，如在户籍捆绑下的农民自由流动受到极大限制，造成中国大陆最大的不公平、不平等以及地域歧视；土地的公有制约土地的自由流转，导致农村生产力的不能彻底解放；政府垄断一切、与民争利或“为民做主”的角色错位，阻遏了农民现代意识的觉醒，使他们不能自由选择生活、无法充分捍卫自身的权益等。这些主题是秦岭小说尚未涉猎之处，或者也可以说为其后续创作提供了思想资源。

秦岭曾这样满怀深情和激愤的心情说：“如果懂得共和国农民与土地、城市人与土地的最基本的关系，懂得农民与这个国家命运之间的联系，懂得政治运动对传统农耕文化、文明史无前例的戕害，懂得连几千年封建社会都不存在的城乡公民‘等级’意识怎样深深嵌入了共和国公民的内心，那么，你的那颗‘心’才会‘灵’，情怀和境界同时得到升华，此种理念下的写作，才有可能既照应自己，同时又照应别人甚至达到普世的意味。”[22]正是有了这样的情怀，秦岭的“新农村问题小说”才如此具有震撼力，也正是因为已经有了这样的情怀，秦岭未来的创作更值得期待。

参考文献：

①杨义：《中国现代小说史》，人民文学出版社 1998 年 1 月版，第 229 页。

②丁帆：《中国乡土小说史》，北京大学出版社 2007 年 1 月版，第 17、20 页。

③邓晖：《秦岭小说的“色”与“味”》，《文艺报》2009 年 12 月 15 日。

④杨显惠：《〈皇粮〉：农民读者推荐给我的佳作》，《文艺报》2007 年 11 月 6 日。

⑤从维熙：《妙笔〈皇粮〉——阅读秦岭》，《中国文化报》2008 年 4 月 22 日。

⑥鲁迅：《灯下漫笔》，载李新宇、周海婴编：《鲁迅大全集》(3)，长江文艺出版社 2011 年版，第 119 页。

⑦雷达：《在〈皇粮钟〉里找到中国农民》，《光明日报》2009 年 7 月 31 日。

⑧林霆：《权力之下的生存——评秦岭的〈本色〉》，载林霆、段守新编：《年度短篇小说精选》(第三辑)，天津人民出版社 2009 年 8 月版，第 193 页。

⑨肖鹰：《当下中国文学之我见——从王蒙、陈晓明“唱盛当下文学”说开去》，《北

京文学》2010 年第 1 期。

⑩秦岭:《站在崖畔看村庄》,《文学报》2009 年 6 月 18 日。

⑪秦岭:《绣花鞋垫·后记》,光明日报出版社 2006 年 7 月版。

⑫⑱⑲王彬、邵燕君等:《现实主义的此岸与彼岸》,《名作欣赏》2012 年第 3 期。

⑬⑭秦岭:《欣赏犁铧的姿态》,《天津作家》2006 年第 4 期。

⑯秦岭:《乡土叙事不能断了历史的根脉——我眼里的文学土地之二》,《文艺报》2011 年 8 月 24 日。

⑰秦岭:《关于乡村教师鸡零狗碎的感情生活》,《中篇小说月报》2003 年第 11 期。

⑳马春花等:《认同与/于"卑贱":萧红小说的性别、乡土与国族》,《湘潭大学学报》2012 年第 4 期。

㉑刘卫东:《圪蹴在"形而中"的秦岭》,《文学界》2010 年第 2 期。

㉒秦岭:《抚摸柏林墙·后记》,大众文艺出版社 2007 年 6 月版。

(载《文艺争鸣》2013 年第 11 期)

(五)《名作欣赏》

在历史的回声中介入现实

商昌宝　秦岭

1.商昌宝：毋庸置疑，小说家有理由对中国历史和社会复杂而巨大的变革提供更多有价值的声音，这一点，国外小说家曾提供了很好的范例，例如人们耳熟能详的《乱世佳人》《百年孤独》《静静的顿河》《古拉格群岛》等经典名作，阅读这些小说能真切地感受到历史的现场和回声。但是，纵观当下大陆中国小说家们的创作，除了在更多平面化、同质化的叙事中对现实生活、社会情态等进行自说自话式的描摹之外，很难嗅到文学之于现实和历史关系的透彻表达和深度反思，这一点，与处于巨大变革时期的中国大陆极不相称。问一个老生常谈的问题，您如何理解文学（小说）与历史的关系？

秦岭：作家对于小说与历史关系的认识和理解，必然有各自的判断入口和思维方式，只不过入口的半径有大与小、宽与窄的问题。事实如何，您刚才提问中实际上已经触及到了答案的大部分。在我看来，关注现实的小说，必然是代替历史说话。当我们意识到今天的现实在分分秒秒地变成历史，那么，在为现实捉刀之前，为何不规规矩矩地为历史的狂欢、萧瑟和鲜血肃立呢？历史就是小说，小说就是历史，这样的论断虽然缺乏学理依据，但是从文化和社会学角度解读是没有问题的。可以这样说，历史是小说关注现实的引擎，小说是现实的历史呈现。或者说，我们所感知到的历史，有客观的，也有主观的；我们所获知的所谓历史身影，往往多是从前人的著述中获得踉踉跄跄的印记。例如，司马迁的《史记》提供了强大而丰饶的历史信息，成为后世判断西汉之前的社会较为精准的参照。但一定要清醒，《史记》毕竟是司马迁在获取重大历史事件、历史人物等重要历史信息后构建的世界，肯定有其客观性，却并不能完全代表一个历史阶段社会形态的全部，也就不完全算是客观的历史。在我看来，小说借助于客观世界而拥有的虚构和想象功能，与生俱来地兼容了主客观两个世界，这就是为什么《三国演义》《水浒传》至今被作为历史镜子的原因，因为它把历史、社会、生活融为一体了。您提到的国外经典《乱世佳人》等诸宏文亦然如此。当然，每个人的创作不一定非得揪住历史不放，比如情感写作。但你如果要介入现实，必然同时要关照历史，如果对这个关系置若罔闻，所有对现实的描写、刻画和呈现，必然像虚张声势的海市蜃楼和最单薄的谎言一样，随便一丝风过来，就烟消云散了。您刚才对大陆小说平面化、同质化的理解，我是认同的，半个世纪以来，我们见惯了不同历史阶段文学故事堂而皇之地引领，习惯了各种文学流派、标签、概念之间的纷争甚至覆灭。回头观望当年曾经盛况空前的所谓伤痕文学、反思文学、改革文学、知青文学、新写实什么的，会悲哀地发现，如果我们奢望通过那样的“现实”体味那样的“历史”，跟上贼船没什么区别，历史远没有那么轻佻，轻佻到如此的单薄、偏执，甚至冒傻气。

2.商昌宝：您所说的关于历史与文学的关系以及对20世纪80年代以来文坛现象的评价我基本都赞同。我还注意到一个现象，那就是很多作家和批评家，都在呼吁小说家要多关注现实，似乎作家与现实有了太大的距离。这是个奇怪的现象，因为作家本来就生活在现实中，关注现实是天经地义的事，然而广泛阅读后，又确实感觉到文学与现实之遥远、隔膜。能不能这样理解，小说家对现实生活的无可奈何与矫揉造作，除了知识储备不够外，更主要的是历史感的缺失呢？您的长篇小说《皇粮钟》曾被文坛名宿从维熙视为“一个历史的刻度”，短篇小说《杀威棒》被段崇轩等评论家誉为当年“最具历史反思意味的小说”。二人都在您的小说中读到了“历史”，我个人也是认同的。在这两部作品中，您怎样描写和塑造与之有关的历史？

秦岭：我认同您的理解。大陆作家偏重现实，却缺乏窥视现实本质的定力；敬畏历史，却背对历史的正脸。但中国作家自有聪明之处，王彬彬不是撰写过《过于聪明的中国作家》嘛，他们会揪住现实生活中的现象、热点、细节不放，然后用技术手段绕道而行，再迂回到人性层面祈求共鸣。正如中西作家同时分析一场好奇的街头斗殴，西方作家会挖空心思地追寻斗殴的社会背景、历史根源，然后从技术上寻求最好的、深刻的、多义的表达方式，而中国的一些作家则避重就轻，去选择直接消费斗殴带来的刺激和现场感。两者都在关注现实，但结果迥然。我当然不敢自恋我的长篇《皇粮钟》就是历史的刻度，但我清醒地发现或者意识到，在城乡二元结构已被划定的一段时间以来，人们在热议农业税（皇粮）被取消这一颇具象征意味的历史事件时，政策性的解读热闹得一塌糊涂，历史、哲学、社会学界的反应与文学界却不尽相同，甚至在某些方面是完全不同的，而在城乡居民那里的反应，更是表现得惟妙惟肖。可以说，城市居民的诧异和农民脸上的淡然，构成了一幅奇特的现实漫画。为什么如此诡异？就因为历史放不过你。当绵延达2600年的皇粮史在21世纪被取消，当其强大的象征性掩盖了微不足道的现实性，当皇粮在漫长岁月对农民精神结构的质的改变化作于无声处，我们足以想象皇粮历史的现实影响力是多么具有故事性、覆盖性、渗透性和愚化性。因此，我尽量让笔下皇粮时代的乡村人物在喧嚣的现实中，更多地为历史买单。尽管，让农民为历史买单是残酷的，不厚道的，可是实际上，农民从来都是历史的冤大头。《杀威棒》是知青题材，很多论者认为我是让农民替代知青诉说那段不堪的历史。我无意于替代，但有意在历史真相中寻找当年每个人与社会的关系，这个关系不光属于作为受害者的知青个人，其中也包括农民和整个农村社会，假如忽视了后者，这样的知青文学充其量就是个人日记或是自说自话的情感告白。20世纪80年代，我曾悲哀地被当时的知青文学所迷恋，吸引我的竟然是青春孽债的反思与命运遭际的控诉，这类小说的思想格局注定与历史割袍断义，只能纠结并停留在现实的切割面。我不能说《杀威棒》就是一段历史，但知青耕过的土地、吃过的粮食以及与农民形成的微妙复杂的关系，却是历史的。当阅读陷落，创作必须迷途知返。

3.商昌宝：有一个问题，此前跟您交流过，现在仍想再次求教。作为 70 后，对于皇粮（我老家叫公粮）、缴皇粮等历史现象，我是经历过的，虽然不像全全（《摸蛋的男孩》）那样经历曾经积极后来反抗的过程。我那时随着父亲赶着马车进城不过是对城市充满了好奇，对缴纳公粮没有什么认知和体会。关于乡村教师，我自然也是耳读目染，我的小学班主任就是民办乡村教师，直到我毕业那年才通过考试转了正。不过，这些乡村印记，都是停留在 20 世纪 80 年代。进入 20 世纪 90 年代，我东北老家（吉林省敦化市）那边就不再有您小说中的那些缴皇粮、缴鸡蛋、缴猪之类的情形了。看您的小说，我总有种时空错落和穿越的感觉，就是您所描写或记述的情形与我对家乡的记忆至少差十年。我不知道这种感觉是东北与西北的政策之别，还是经济发展快慢导致的？您注意到其他地区农村和农民的情形了吗？还有，2005 年农业税取消，在我老家的村子和农民中，并没有产生您在《碎裂在 2005 年的瓦片》《皇粮钟》中所描写的那样大的反应，您对此有何看法？

秦岭：这个问题有较真儿的意味，和很多知识分子的质疑一样可爱。就像生活在大平原的人对修梯田百思不得其解，就像江南水乡的人对构建水窖惊诧莫名，就像农业机械化地区的人对山区的二牛抬杠感到不可思议，就像包二奶的权贵对乡村光棍依靠倒卖妇女延续香火报以嘲弄……您也知道，为了掌握农民饮水状况，我这些年跑了全国很多乡村，岂能仅限于故乡？文学对公共事件差异性的解构，如果非得照顾到不同地域的整体形貌，必然就失去个体生活呈现的价值了。一如不能拿《白鹿原》与东北风情对比一样，如果把《女人和狐狸的一个上午》《借命时代的家乡》《坡上的莓子红了没》《碎裂在 2005 年的瓦片》这样的故事与江南水乡链接，必然形同白日呓语。幅员辽阔的中国自然条件迥异，比如缴公粮的种类，北方以小麦为主，南方以大米为主；水乡以鱼虾为主，牧区以牛羊为主。再如缴公粮的运输手段，川区农民可以开拖拉机，至少也是驴车，但山区农民就得人扛畜驮。您刚才提到“赶着马车”进城，那可是名镇三江的东北平原的景观啊，您听说过在峰顶峁尖上赶马车吗？进入 20 世纪 90 年代以后，政策赐宽，富裕地区可以拿钱代替公粮，贫困地区照样与粮食玩命。不同地域对“皇粮”的感受绝对是不一样的，无关痛痒则无故事，切肤之痛必有大故事。民办教师现象同样如此，似乎早已消失于视线，湮没于历史，可是在这个权力与物欲掌控一切的时代，山区有多少公办教师挤进城市，有多少农民放下锄头重返讲台成为代理教师（名分不如民办教师）？百闻不如一见，您不妨从平原走进山区体验一番。您一定会理解为什么山区男教师要在女学生中找老婆，为什么校长会包养高中女生考大学，为什么女学生要辍学当妓女。所谓发展与进步、现实与伦理、命运与生存，有时与法律、道德无关，只与生存逻辑有关。一句话，存在，就有可能；秘史，才是正根儿。

4.商昌宝：看来地域差异还真是蛮大的。由此也可见，中国大陆的农民，不但因为生活于农村就远比城市人享受的资源可怜得多，而且还要因为地域的差异成为非国民待遇中的弱势群体。这个所谓的“领导阶级”，真是实在太可悲了。我忽然想到，西部农村在20世纪90年代后税费负担仍然很严重，是不是也与1994年分税制改革有关呢？我和很多作家、评论家聊起过这个话题，但感觉他们对此似乎在意不多，即使有所了解的也多停留在直观印象层面。不知兄对这个话题感兴趣不？您不会认为我这样问离题太远吧。

秦岭：这样的话题放在西方文学界，是很正常的，而在中国文坛，准被认为是旁门左道。我当然认为它是与文学有关联的。现实题材创作是当代文学的重头戏，却很少有作家把近二十年来的现实故事追根溯源到分税制，可谓身在其中却不知其然。小说固然不为寻史觅踪，但作家不能当糊涂虫儿。我所幸在党政机关工作多年，见证了分税制对社会的巨大影响。我的《不娶你娶谁》《硌牙的沙子》《本色》等小说中，都涉及了这一社会话题。您一定记得1990年由中国承办的第11届亚运会吧，当时上边发动全民捐款，我这个当时甘肃天水山区的穷教师也被从工资中扣除了五角钱。那个年代的国债非常多，我有几个月的酬薪不是工资而是国库券，可见国库亏空到何种程度。1994年国家实行分税制的秘传电报下发到县团级要求统一思想的当晚，作为领导秘书的我至今记得，有位区长和几位职能部门领导惊得目瞪口呆。从理论上讲，分税制是中央政府和地方政府之间关于事权和财权的重新划分，把增值税的75%收归中央，给地方只留25%，其实质是中央拿大头（国税），地方拎小头（地税），而且实行乡财政包干制。分税制有点像饿虎扑食，中央和地方的承担比例严重失衡，而且未顾及东西、南北地区的差异。所谓乡财政包干，意味着县级财政不仅不再承担乡镇支出，而且要求乡镇填补县级财政窟窿。缺乏工商业支撑的乡镇只好通过现在看来臭名昭著的“三提留五统筹”以及加大农林特产税、教育附加费、罚款等上百种税费的方法从农民口袋里抢钱，很多乡镇甚至把教师、医生等乡属事业单位职工逼到征税、收费、罚没第一线，把“催粮要款，翻箱倒柜”的恶行推向极致，联产承包带给农民的实惠一夜之间丧失殆尽。其结果是，国家盆满钵盈，地方寅吃卯粮甚至空空如也，农民争相进城打工，很多地区连教师、医生的工资都发不出去。享受到国税实惠的人是无法理解底层现状的，因此当我在小说里出现教师配合联防队到学生家中征税、学生偷偷给教师水桶里灌沙子、村民围攻教师、医生这样的故事时，居然有很多人质疑它的真实性。在我看来，当前愈演愈烈的贫富差异和两极分化，与这个分税制有很大关系。尽管作为作家来说，分税制客观上给社会带来的史无前例的影响为作家提供了千载难逢的异质故事养料，但是我要说，作家宁可不要这样的养料，只求社会可持续的和谐与公正。

5.商昌宝：我能理解您对农村和农民的这份拳拳之心。您的《皇粮钟》与《杀威棒》都捕捉到了中国大历史转型中的关键问题，不论是农业税的取消还是农民与知青在政治激进主义中谁受伤更严重。不瞒您说，我个人更喜欢《杀威棒》。我想知道，从文学

介入历史与现实的视角、格局、深度以及未来有可能经典化等角度出发，在二者之间，您更钟情于哪一部？或者说，未被选择的另一部，当年创作时存在哪些问题您今天需要提请读者注意的呢？

秦岭：在《皇粮钟》与《杀威棒》之间，我理解您更喜欢后者的理由。小说是作家分娩的孩子，很难做到厚此薄彼，但《杀威棒》无疑是我短篇小说创作中比较令人钟情的一部。有论者认为此作"拓展了知青文学的新领域"，并被中国现代文学馆纳入《中国当代文学经典》(短篇卷)。在我看来，我只不过把那个时代的知青和农民安排在了等价的人性天平上。知青是人，农民也是人；知青是公民，农民也是。知青文学如果绕开了农民的精神世界，一厢情愿地陷入自我理想的迷失和精神的困顿，这至少说明情怀和境界出了问题。我至今认为，反映知青生活较好的作品，仍属史铁生的《我的遥远的清平湾》。史铁生把握住了那段特殊历史中人与人之间的关系，知青和农民相同的、不同的困惑、迷失、寻觅、纠结、悲悯、情感始终融为一体，构成了一个真实而丰富的、悲怆而浑厚的知青命运与精神的本相。既然我理解如是，亲自涉足时，必然要首先考虑属于自己的视角和格局，再进入人性的纵深。值得一提的是，作为长篇小说的《皇粮钟》，我的思考与发挥还不够尽兴，我有择机重新修订的计划，反思、批判和关怀大致是我修订的方向，到时候会给读者一个更好的交代。

6.商昌宝：20 世纪 70 年代末以来，乡土文学中曾提供了许多具有历史代言意味的农民形象，譬如《人生》中的高加林、《平凡的世界》中的孙少平、《芙蓉镇》中的胡玉音、《绿化树》中的章永璘，其他如李铜钟、李顺大、陈焕生等人物形象也都为人们所熟知。可是，从有计划的商品经济到有中国特色的市场经济的三十年来，在以经济建设为中心、以工业和商业化为重心的历史三峡中，农民在这一巨大社会冲击和颠簸中所遭遇的问题是史无前例的，远远超过了高加林时代，他们那样束手无策地跟着工商业经济拼命夺路奔逃，无论肉体还是精神早已疲惫不堪。从您的中篇《借命时代的家乡》中，我感受到了一个时代的前胸和后背，您的"我不相信这个世界上有谁敢斗胆挑战乡下人生存的基本逻辑，统统没有，有的只是知识分子厚颜无耻的干号"和"别瞧不起农民人借命，你们都是独生子女，女婿当儿子用哩，媳妇当女儿用哩，那不是借命是啥？独生子女有个三长两短，老几口想借命，找谁去？比农民惨哩"，给我留下深刻的印象。这两句话蕴含的信息很广博，也很重要，特别切中当下中国的一些紧要问题，能就此再深入谈谈吗？

秦岭：这注定必将是历史的一个巨大伤疤，这个伤疤的痛痒，同时还与政治和历史有关，我看至少要影响中国几代人甚至更长。我非常欣赏您提到这个在中国作家的创作范式和叙事指向上似乎事不关己的话题，这里面有对历史的态度。事实上，继高加林、孙少平等乡村人物形象之后，农民形象的链条完全断裂了，分离了。谁也不敢贸然认为这是农民生活自身单一性造成的恶果，政府主导下的市场带给农民的课题远比高加林时代要复杂得多。同样从历史中走来的乡村人物，遭遇的作家却是不同的。我不能说当下的作家缺乏路遥、张贤亮、古华、高晓声等时代的智慧，但一个不可争辩的事实是，当下作家笔下的农民形象多被作者牵着鼻子走进了个人情绪的宣泄里，很少把人物置身于历史、社会与传统文化的天平上去衡量。中篇《借命时代的家乡》被《中国作家》推出后，有位资深的知识分子曾用质疑的口吻告诉我："我喜欢小说中农民对待宗族、伦理、权力、市场的部分，新鲜，也震撼。但我不喜欢娃娃亲、上门女婿那些所谓借命的东西，那些东西有些过时了。"这就是共和国所谓的知识分子，他的观点完全把文学时尚化、现场化、流行化了，混淆了文学的当下性与历史性的关系。他不可能认识到，一方面，严酷的市场化、工业化让大量农民不得不放弃畸形市场支配下早已难以维系日子的土地，离乡背井进城当了所谓的"农民工"；另一方面，以削弱人口数量为主要目的的计划生育，使难以担当重体力劳动的女性人口大幅锐减(B超显形期堕胎、贫困地区外嫁富庶地区等)。另外还有一个现象，政府对贩卖妇女儿童的有效打击、对新一轮契约式娃娃亲现象的遏制，从法律、人道等方面看无疑是正确的、正当的，但问题是，恰恰是这些所谓"封建余孽"，在支撑、平衡、延续着偏远乡村的日子和烟火。有位老光棍告诉我："我多么羡慕娃娃亲时代啊！至少日子就有了盼头。"当下的中国乡村，"空壳村""空巢村""光棍村"比比皆是，传统的农村宗亲、家族结构进入了前所未有的脆弱期，由此产生的传统道德、伦理危机非常普遍。即便在城市，"借命"过日子也早已常态化。独生子女时代让人口生态危如累卵，"两小养一小再加四老"的家族结构，给整个社会带来怎样的连锁反应，蓄满怎样的故事，我想不必赘言了。这就是我写《借命时代的家乡》的现实背景。小说主人公董建泉父子妻儿所处的社会环境，从生产队到联产承包直至市场经济所面对的一切，大概只有高加林、孙少平们能体会到。在最近的一次全国文学论坛上，有人谈到《借命时代的家乡》，我明确告诉他，我是把不同阶段的中国农村安排在同一个"当下"来考察的，假如把湮没于历史的姨太太和催生于时代的二奶同时放在历史文化的天平上衡量，不难发现，历史也是当下，当下也是历史，他们都在大地上。二者的矛盾只是个时间差和尖锐程度问题，生活的本质并没有什么变化。

7.商昌宝：最近连获好评的《女人和狐狸的一个上午》，被学界认为是近年来"最好的短篇小说之一"，并斩获《小说月报》最佳短篇小说的"百花奖"，也使您第三次登上"中国小说排行榜"。关于这个小说，评论家们几乎众口一词从人性、大爱、人与自然和谐等角度出发，但引起我注意的依然是小说中隐隐呈现的那种深度的历史反思和现实关怀，即是什么原因造成了普通农民生活困顿、精神迷茫？或者说，这个变态、怪诞的社会硬塞给农民一张关于生存和生命的考卷，催逼他们对历史与现实做出完美高深的答案。我想这其中，您应该有自己的思考。

秦岭：在我看来，这是个非常残酷的话题，一如女人和狐狸在那个上午的死亡。您一定注意到，在我们这个社会，每天发生着的包括死亡、流血在内的千奇百怪的事件，早已成为生活视野里波澜不惊的常态了，随便拎出一例，其中包涵的故事及其冲击力都会远远超过一个名不见经传的西部女人和动物的死亡。记得《女人和狐狸的一个上午》给《人民文学》后，徐坤就预言："这个小说肯定会引起方方面面的关注。"后来的一切果然验证了这位资深小说家和编辑家的判断。有位评论家后来告诉我："我一开始曾质疑过这篇小说，但是，当它被一些高校教师搬进课堂时，我突然意识到小说中难得一见的普世力量和历史气息，时代需要这样的小说。"当小说带来的感动来自社会而不仅仅是文坛时，我的获奖感言才有了更多的回味。在竞争激烈的工业化社会，占有人口绝大多数的农民是拥有生产资料最少的群体，他们不光无法参与残酷的市场竞争，公权力主导下的市场反过来觊觎、剥夺他们赖以生存的土地和劳动力，这就注定了农民物质生活和精神质地的整体性坍塌和滑坡。我用女人和狐狸的死亡，不光在隐喻这种牺牲，我还在试图寻找与牺牲有关的国民文化和心理。当这样霸道的物质社会置公平、正义、和谐于脑后，当一拨拨城市人依靠强大的经济支撑乔迁国外，你会惊奇地发现，人类弥足珍贵的大爱、悲悯、情怀仍然存留于可怜的农民那里。这样一种世纪末的悲凉景观，既是农民的现实，也是农民的宿命，同样也是农民精神历史的回光返照。当攫取土地的挖掘机不惜碾死上访农民瘦弱的身躯时，农民却在用生命代价呵护一只怀孕的狐狸。这是自古以来人与人、人与兽、人与自然最为真诚、和谐的道德力量。有论者说："女人和狐狸的互动行为，既能撕开现实的画皮，也能呼应历史的回声，更能安慰我们千疮百孔的心灵。"这样的话让我感动。今年去陕南的汉江流域采风时，面对山洪冲下来的一只狐狸尸体，我用衰草掩盖了它。那一刻我想了很多。当这样的现实进入历史，后人该如何判断这段历史真正的质地？我认为，小说比学者们的八股文更有说服性。

8.商昌宝：很多评论家认为，是某种外界条件限制了作家对历史与现实的观察与介入。在我看来，小说家对历史和现实的发声，完全取决于智慧和方法。或者说，当历史家无法下笔时，小说家应该承担起这个重任，并能且有足够的能力完成这一重任。记得多年前，学界在《作品与争鸣》《小说评论》等期刊曾谈到您反思历史的智慧，在我的阅读体验中，您的智慧可以用一个字来概括，即"小"，小事件、小人物、小情节。如您的《碎裂在2005年的瓦片》，就体现了这种智慧。小说的切入口很小，小到仅仅反映了一个小小乡村验粮员家的屋瓦被砸的故事。记得一位评论家在《文艺报》上撰文，标题就是《历史的碎裂声》，意即从这小小的举动诠释出绵延千年的皇粮史的终结。的确，您的小说中几乎看不到农民对体制、对伤害、对城乡"剪刀差"等问题最为直接的行为和特别激烈的反应，但从砸瓦、偷袭验粮员、全全抠破母鸡屁股以及罗万斗的一句"我日他妈的皇粮啊"中，可以真切地体会到农民中那种异乎寻常的抗争与情绪，可谓"四两拨千斤"。杨显惠先生曾针对《摸蛋的男孩》以"从鸡屁股里摸出来的历史"做评价，我觉得非常到位。您是如何"从鸡屁股里摸出"历史的呢？您的这种"以小见大"的智慧是如何激发或养成的呢？

秦岭：我必须得承认，现状或者体制因素对作家考察历史、现实的视角与方法，无疑是有影响的。但是，如果作家完全以此作为创作瓶颈的借口，则有些推卸责任。上帝赋予作家的智慧，纵非万能，却恰恰能"柳暗花明又一村"，如此获得的村庄，不比大道通衢之后来得虚妄。《碎裂在2005年的瓦片》是我10年前"皇粮"系列的开篇，村民为什么要砸芝麻官验粮员房顶的瓦，作为验粮员主心骨的村长为什么也要偷偷砸他家的瓦，如果说前者是底层农民对权力不满情绪的爆发，那么后者呢？权力阶层同样对权力是不满的。前者的反抗直截了当，后者的反抗掩耳盗铃，这就是民与权、权与权对立的底色。我想，读者从瓦片的碎裂声中，听到的不光是中国皇粮史的一次终结，如果小说的抵达仅限于此，我也太弱智了。在《摸蛋的男孩》里，我把这种可怕的对立延伸到了城与乡之间，男孩为了“给国家完成上缴鸡蛋任务”学会了摸蛋手艺，而享受鸡蛋美味的城里人并不买男孩的帐，觉醒之后的男孩最终把鸡屁股捅出了血。如果这样的觉醒和这样的鲜血还不能说明什么，那我的小说也就白写了。媒体常报道农民工放火烧了某幢在建的大楼，多数看客在乎法律的判决，却并不在意火焰与鲜血的颜色，为何都是红的。多少年过去了，“二元结构”体制下的城乡公民在对待付出与索取、牺牲与享受的态度完全是一笔糊涂账。朦胧与唤醒、亢奋与打盹儿，十万个鲁迅能找到十万个阿Q来，但鲁迅早已死了。您一定注意到，社会的发展不仅没有消除中国城乡罕有的“阶层”化，反而有恶化态势。当一个国家利用农民的土地和劳动力把大量事关国计民生的社会资源集中到城市，农民的尊严在哪里呢？当有钱的农民不得不一窝蜂进城置办家业，作家该审视怎样的乡村？杨显惠是一位我尊敬的良知作家，他之所以始终关注我的创作，不光是我从“鸡屁股里摸出的历史”，我们聊天的主题之一，是如何开启我们的智慧。至于“以小见大”的问题。在我眼里，大历史和与之相关的某个小事件、小细节必然是一脉相承的，就像一次地震，死十万人和死一个人只是程度的不同，而生命的尊严是对等的。我曾以汶川地震为背景写过诸如《心震》《透明的废墟》《相思树》那样的小说。现实的地震波及面很广，死亡人数很多，但我的视角却聚焦在某个小小的废墟，或者小小的房间里，发生在一个家庭、一片邻居、几个陌路人之间的人性事件足以构成历史的明暗关系，它甚至会超越历史本身，因为小说在忠于真实的基础上会展开无限虚构和想象的翅膀，让所有的现场挟裹着历史飞翔起来。同样，《碎裂在2005年的瓦片》涉及中国取消农业税这一重大历史事件，《杀威棒》涉及知青生活，《女人和狐狸的一个上午》涉及中国饮水之困，《绣花鞋垫》涉及中国乡村教育。我并没有撬动“大”历史的野心，但“大”历史对我形成的冲击却无时不在挑战着我的文学神经。我对扎米亚金提出的所谓“大文学”观点表示非常赞同。因为我非常清醒，人的命运，归根到底必然是历史的命运。我的小说谈不上“四两拨千斤”，但我清醒四两和千斤的关系。我储备的这“四两”，决不是用来过冬的。

（载《名作欣赏》2015 年第 11 期）

让思想的犁铧进入现实大地

——秦岭乡村题材小说分析

张　慎

从《绣花鞋垫》《碎裂在2005年的瓦片》《弃婴》《皇粮》《本色》《分娩》《皇粮钟》《杀威棒》《摸蛋的男孩》《借命时代的家乡》到刚刚获得百花文学奖的《女人和狐狸的一个上午》,秦岭的乡村题材小说大胆直面农村的历史现实困境,敏锐地聚焦于西部农村困境症结所在的教育问题、赋税问题、饮水问题、医疗问题,在揭示农民贫苦的生活、匮乏的教育、沉重的赋税、毫无保障的医疗等现实生活境遇的同时,峻急地追问了农村以及农民遭受苦难的历史根源与社会根源。更重要的是,在小说中,秦岭不仅审慎地反思了半个世纪以来不平等的城乡社会结构,而且对20世纪90年代社会的转轨进行了独立的批判性思考。显然,强烈的问题意识与批判意识,是秦岭小说备受关注、多次获奖的重要原因之一,也是秦岭被指认为"思想型作家"[①]的主要理由。

近年来的一个文学现象是,文学的现实意识与批判意识再次受到重视,文学的"及物性"、介入功能再次成为文学界关注的话题,与当下中国社会城乡差距、贫富分化、腐败乱象等问题日益凸显密切相关。在这样的形势之下,当年曾积极鼓吹先锋小说的变革意义,并为"新潮批评"的"落伍"而深感不满的李陀先生,率先"反戈一击",将20世纪90年代文学疏离现实的责任归因于所谓肇始于20世纪80年代的"纯文学"观念。[②]然而,所谓肇始于20世纪80年代的"纯文学"观念是否是"真命题"姑且不论,文学的现实意识、批判意识问题远没有想象的那么简单。而这,也是在系统地读了秦岭的乡土小说之后,既为他渐渐走上现实批判的文学道路击节赞叹,对其未来的创作充满期待,又不免为他能够在这条充满荆棘的文学道路上走多远,而深深地感到忧虑的原因。

一、农村困境的揭示与追问

在访谈中,秦岭曾多次强调作家的良知和悲悯,认为文学应该是社会的"感应神经"。他不仅对作家的恶俗、知识分子与世俗"暗通款曲"表示深恶痛绝,而且对"轻佻"的文学投去了不屑的目光。在谈论文学的现实批判意识时,文学界往往习惯性地纠缠于作家的写作伦理层面,作家的使命、责任、担当与良知是不断被谈论的话题。然而,在衡量作家的写作伦理之前,最先应该考虑的事实上是文学的生存环境、作家的言说空间问题。也正是在这一点上,李陀等人将90年代以来文学回避现实的问题简单地归之于"纯文学"的看法,无疑是找错了问题的症结。甚至如毕光明先生所言,有将"现实的错误转移”,将“纯文学”视为“假想敌”之嫌。[③]还是吴亮先生说的确切:“你还说作家们‘主动放弃对社会重大问题发言的权利’,可是作家们不可能放弃他们并不曾拥有过的东西。”[④]因而,指责作家们缺乏现实批判意识容易,真正实践批判现实意识的文学却不能不是“冒险的文学”。

也正是由于这一原因,秦岭敢于直面农村、农民生存的真问题、大问题,并以其强烈的历史现实批判意识,深切追问农民历史与现实、物质与精神的血泪的根源的小说创作,就因其血气淋漓、富有棱角而在新世纪乡土小说中显得难能可贵。

与秦岭的从教经历有关,“乡村教师”特别是“民办教师”在贫苦生活与基层权力压榨之下的道德困境与人性扭曲,以及由此所触及的农村贫陋的教育状况,是他率先揭示的问题。在《乡村教师》《绣花鞋垫》《烧水做饭的女人》等作品中,赵举科、赵祖国、王世界等乡村民办教师不仅待遇低微、生活困窘,而且他们的命运被基层政府的“权力潜规则”彻底掌控:若要改变民办教师卑下的处境,获得“转正”的机会,他(她)们就不得不通过送礼行贿,甚至出卖妻子、自己的肉体来打通关节。而他们如果选择了坚守良知,对“权力规则”有所违拗,则随时都有丢掉工作的可能。另外,像赵举科、赵祖国这样没有渠道打通关节的民办教师们,生活窘困到无法解决婚姻大事,只好利用自己身为教师的“权力”,在更为弱势的女学生中培养自己的妻子,最终以另一种方式屈从并践行了“权力潜规则”。大弯乡咀头中学的校长一方面严厉反对教师们从女学生中培养妻子的做法,另一方面,又无法无视赵举科的生活困境,只好在“这世道还是权力比教鞭强”的叹息中,顺从了教师们的做法。[⑤]校长面对这种畸形“师生关系”的内心分裂,深刻地揭示了教师们内在的道德困境。

2005 年国家宣布免征农业税之后,秦岭敏锐地意识到赋税问题是农村、农民困境的重要根源。因而,从《碎裂在 2005 年的瓦片》《皇粮》《本色》《摸蛋的男孩》等中短篇,到长篇小说《皇粮钟》,秦岭揭示了沉重的赋税给农民带来的生活负重与精神痛苦。在《皇粮钟》中,他不仅将“皇粮”问题与 2000 多年来农民的赋税史相勾连,以农民切身的生活现实,颠覆了革命乡土小说中农民“翻身道情”的乌托邦叙述。而且在《摸蛋的男孩》中,将批判的矛头指向了新中国成立以来“农村反哺城市”的不平等的城乡政治经济制度。更为可贵的是,农业税免征之后,秦岭并没有陷入赞歌合唱之中,而是在《皇粮钟》中叙述了历史上也曾有过免征农民赋税的短暂历史的同时,在结尾,让象征着农民沉重赋税的皇粮钟再次响起、囊家秦爷死而复生,表达了自己对“皇粮”制度死而复生的隐忧。

粮食问题之外,在《硌牙的沙子》《被马咬掉耳朵的主人》以及颇具诗意的《女人和狐狸的一个上午》等小说中,身居天津的秦岭越来越关注西部农村的饮水问题。而这无疑与他在甘肃天水的生活体验有关。如果没有切身的生活体验, 很少有人会想到“天水”这美丽的地名背后有着怎样粗粝、焦苦的生存。因此,在谈论文学的现实意识之时,还必须考量作家基于自己的生活经历对社会生活的不同体认。因而,在解决社会现实问题的良性制度仍然没有建立,还不得不呼吁文学的现实批判意识,要求文学关注现实生活之“重”,承担起部分相关责任的时候,我们固然没有必要出于道德的义愤，全然蔑视在另外的生活境遇中的文学对人类生存之“轻”的省察。然而，如果在中国的现实土地上，全然追随米兰·昆德拉，宣布“小说考察的不是现实，而是存在”[⑥]，认定小说只是对人类生存可能性的探讨，无疑将是中国文学的耻辱。真正怀有人类意识的作家，应该既深切关注深陷贫苦的群体的物质匮乏，又对在咖啡馆里陷入精神困顿的人们投去悲悯的目光。无论如何，秦岭的饮水问题小说，以及《弃婴》《分娩》等触及农民无法承担的医疗问题的小说，对于身居都市，浸泡在娱乐、消费文化的群体而言，无疑提供了一种粗粝、痛苦的现实，让他们去凝视一位农民母亲因无力承担婴儿的医疗费用，只好选择弃婴时的那一双“死定死定的，像死羊眼”[⑦]一样的眼睛。

二、权力潜规则的揭示与批判

在揭示、追问农村现实困境的根源同时，秦岭也对时代社会进行着独立的批判性思考。而这种独立思考，尽管还有商榷的余地，却不能不说提供了不同于既有历史叙述的思想认识。在短篇小说《杀威棒》中，秦岭首次从农民的立场审视了知青返城的历史：“代课的知青像刑满释放的冤家一样走得理直气壮，走得义无反顾。”农村学校的知青教师突然流失，“大队的支部会成了对知识青年的声讨会”。硬着头皮做了教师的农民曹尚德，只好借“杀威棒”对城里孩子甄文强的体罚，来发泄对知青经济、政治、文化优势所昭示出来的命运不公的不满与愤恨。小说让“我们在以知青为反思主体的程式化的知青文学中，迟到地、惊异地感受到了农民和农民式的愤怒”[⑧]。

更能体现秦岭对时代的发现与思考的，是他对政治“权力潜规则”的集中批判。早在“乡村教师”系列小说中，基层政府权力对教师们命运的掌控、精神的伤害，对本已匮乏的乡村教育资源的掠夺侵吞，便是其重要的主题。在“皇粮系列”小说中，甄大牙、岁球球、唐岁求当上了收“皇粮”的验粮员之后，也由于获得了“权力”而身价倍增。然而验粮员的工作职责与对村民们的同情，又使他们陷入了道德的矛盾：如果遵守严格的验粮标准，就会给村民们沉重的生活雪上加霜；如果通融了村民们，则又违背了验粮员的职业操守。“皇粮”取消之后，身为农民的他们一面满心欢喜，另一面又因他们“权力”的终结而倍感失落，并且不得不面对新的人生变更。在“验粮员”小小权力的得失之中，他们道德的、生活的尴尬与变化，构成了小说的主要情节结构。在《父亲之死》《断裂》等“官场”小说中，“权力潜规则”不仅扭曲了正常医患关系、官民关系，而且形成了难以挣脱的“连环套”，让卞绍宗等曾经怀抱理想的大学生，从对“权力潜规则”的抗争、屈从，到对这些规则的熟稔玩弄，一步步改变了初衷，最终走向了不能自拔。

而中篇小说《借命时代的家乡》则将对“权力潜规则”的揭示与批判，深入到了发现与批判时代的体制性弊病的高度。小说借农村青年董建泉的个人奋斗史，将20世纪90年代“绑架”了市场经济改革的政治“权力潜规则”与农村古老的“借命”规则联系起来：在干旱、贫苦的西部农村，生存能力薄弱的农民家族必须通过“借命”的方式，为自己的生活吸纳进更为强大的依傍力量。而那些活跃于20世纪90年代的董建泉、苟万昌、贾昌耀等农民企业家们，则必须借助政治权力才能获得生存发展的机会。他们事业的成败动荡,也往往都与政治权力的亲疏远近密切相关:苟万昌利用官二代的父亲批到地皮,一次就为他节省了三百万,董建泉也是通过赵大球局长的关系才让自己的事业渡过了难关……这无疑一方面深刻地揭示出了政治权力对20世纪90年代经济改革的决定性作用,并对这种政治权贵主导之下的经济改革机制投去了批判、审视的目光。另一方面,小说借农民之口将20世纪90年代命名为"借命时代",将金钱与政治权力相苟合的经济改革机制,与农村带有宗法性的古老"借命"法则关联起来,暗示出这种经济发展方式与乡土中国古老的宗法、家族伦理之间的密切的变异关系。

三、现实批判的思想性问题

秦岭身居天津、心系天水的写作姿态,在诸多出身农村的作家、知识分子身上常常见到:在城市繁杂拥挤的间隙,他们念兹在兹的总是农村、农民的悲苦。然而,尴尬的是,农村现实问题的解决本应该是一个良性社会制度的责任,而此时,诸多问题却必须由具有勇气的作家来揭示、来思考、来追问、来批判。在当下的小说界,秉承这种使命,具有"冒险"精神,敢于直面现实,而又能体现出强烈思想性的作家屈指可数。秦岭以其可贵的乡土小说探索,正渐渐踏上这样一条创作道路。

然而,不能不说,这是一条充满荆棘的文学道路。事实上,20世纪80年代的文学也并非如批判者所言的那样,大都是所谓的"现代化意识形态"的合唱,而没有出现独立的批判意识。干预生活的文学创作潮流早在20世纪70年代末便有所萌芽。然而,正如许子东曾指出的,这种萌芽在1980年剧本创作座谈会前后便受到非议,遭遇了挫折。"伤痕文学"也因此被迫分化,或转向冷峻的历史反思,或转向了明朗的歌颂与训育。[9]因此,文学的现实批判意识的有无,以及这种批判有没有"模式"与限度,的确并非仅仅是作家自己的事情。1986年,刘再复试图通过提倡"文学的主体性",来确立人的主体价值。王若水便敏锐地指出, 能够决定文学主体性有无的根本不是作家自己。人的价值的实现,也不是一个文学问题,"归根结底是一个人的实践的问题,而不能简单地归结于文学自身"[10]。具有现实意识的作家,应该深深地明白,现实的问题从来都不是文学自身的问题,文学的"批判和抗议的目的不是为了使文学变得更伟大,而是为了使我们能够享有免于匮乏的自由和免于恐惧的自由"[11]。正因如此,在对秦岭未来的创作充满期待,期望他能够越来越切中时弊、走向深入的同时,而又不免为这样的创作能够走多远而感到深深的忧虑。

"皇粮"是免除了,农民的贫苦生活得到了缓解,然而他们何以依然难以在乡土上安身立命?经济收入、资源分配的城乡差异,致使他们无法享受良好的医疗与良好的教育,大都离开了乡土,成为城市的打工者。一座座乡村正在因此而迅速地沦为老弱留守的"空村"。在秦岭的小说中,不论是学生们借《捕蛇者说》对苛政的责骂,还是赵瘸子"咱们这里穷得像旧社会",《春天的故事》不过是别人的故事的愤懑,从中可以感受到作家自己强烈的不平之气。然而如果理性地继续追问下去,赋税之外,粮食的价格问题、土地的流转问题、社会资源的分配问题……诸多现实的问题都是不得不面对,而又是作家及文学无力思考和解决的。即使农民的赋税、饮水等物质层面的问题都得到了解决,农民们是否就获得了人的尊严与公民的权力,也有一系列问题需要追问下去。

成为一个面向现实的思想型作家,在思索历史与现实之时,必然还要面对诸多价值层面的问题:如何理解人与人性?人是带有乌托邦色彩的、原始的性本善的万物灵长,还是一个同时具有神性与罪恶,需要不断找寻自我的个体?而这并非是玄学的思辨,而是触及到乡土作家在悲悯农村、农民的同时,应当怎样认识农民自身的精神世界问题。同样,真正的思想型作家,在进行现实批判之时,批判的立场也不可能建立在简单的道德义愤之上,其对现实的不满往往催逼着他从人类生活的历史长河中、在人类对自己生活制度的种种理想设计中评判当下。因此,他需要了解人类文明的丰富遗产……

立志成为一位具有深广现实情怀的作家是难的。他不仅要洞察广阔的现实,还要将周遭的生存与自己的内心良知建立起密切的关联:"无穷的地方,无数的人们,都和我有关。"⑫他不仅要追问这充满缺憾的现实的历史、制度、文化根源,还须审视这历史文化的变动中人性的变异,他必须审视一切,审视被批判者,也审视被悲悯者,更要审视自己的观念尺度与价值立场……而这要有多么长、多么艰难的路要走?!"路漫漫其修远兮",希望秦岭们能够在这充满荆棘的道路上坚持下去!

2015 年 8 月 5 日改

参考文献:

①杨显惠:《小说如何实现参与历史的当下性》,《文艺报》2012 年 5 月 21 日。

②李陀、李静:《漫说"纯文学"——李陀访谈录》,《上海文学》2001 年第 3 期。

③毕光明:《理解纯文学》,《海南师范学院学报(社会科学版)》2006 年第 6 期。

④吴亮:《吴亮和李陀关于"纯文学"的通信》,《文学报》2005 年 8 月 4 日。

⑤秦岭:《乡村教师》,《鸭绿江》2001 年第 8 期。

⑥〔捷〕米兰·昆德拉:《小说的艺术》,北京:作家出版社 1993 年,第 44 页。

⑦秦岭:《弃婴》,《作品》2006 年第 5 期。

⑧杨显惠:《对历史和世事的洞悉——浅析秦岭近期的小说创作》,《文艺报》2015 年 7 月 8 日。

⑨许子东:《刘心武论——〈新时期小说主流〉之一章》,《文艺理论研究》1987 年第 4 期;许子东:《新时期的三种文学》,《文学评论》1987 年第 2 期。

⑩王若水:《王若水向刘再复提出质疑》,1988 年在中国文艺理论学会第五届年会上的发言。

⑪吴亮:《吴亮和李陀关于"纯文学"的通信》,《文学报》2005 年 8 月 4 日。

⑫鲁迅:《"这也是生活……"》,载《鲁迅全集》(第 6 卷),北京:人民文学出版社 2005 年,第 264 页。

(载《名作欣赏》2015 年第 11 期)

在反思中回归民心

——评秦岭的中篇小说《风雪凌晨的一声狗叫》

李彦文

以小说形式表现计划生育，在当代文坛并不多见。从1971到2015的四十五年间，计划生育经历了一个从试行、收紧、再收紧到部分放开的过程，它对国家与人民的影响堪称巨大。现在看来，评价计划生育的功过是非还为时尚早，但这并不意味着文学在此问题上无所作为，相反，以讲故事的方式呈现计划生育的执行过程以及处身其中的人的所思所为，正是文学的长项，也最能体现作家的人文关怀之所在。

秦岭的《风雪凌晨的一声狗叫》是第一部表现计划生育这一国计如何影响民生的中篇小说，当然，在此之前有莫言的长篇小说《蛙》，但二者的旨趣明显不同。在《蛙》中，莫言以饱满的细节展示了计划生育烙在民间之躯上的累累伤痕，这种对历史创伤的书写使人想起“伤痕文学”。秦岭在写作《风雪凌晨的一声狗叫》时，显然已经将叙述与思考的重心转移到了反思之上。

一、突击战背后的历史真相

《风雪凌晨的一声狗叫》选择的故事时间是20世纪90年代初，联系当时“严格控制人口增长”的计划生育政策，不难理解作家的用意。以此为背景，小说讲述了九十里铺乡一次计划生育突击战的意外失败以及失败之后的故事。而作者的指向，分明在故事的背后。

小说一开头就以浓墨重彩的笔法，生动地呈现了这次计划生育突击战的实施过程：官方的所有行动都严密部署且绝对保密，突击队阵容强大——包括派出所、联防队与手术队，正副乡长亲自带队，县计划生育小组全体参与，有专门的线人带路，专门选择风雪之夜以便实施突袭，还采用了“围城打援”的战法；然而，他们要抓的计划外怀孕妇女董爱翠，却在一阵突然响起的狗叫声中逃脱了。这个乡村“抓”计划生育的场景，是那么像战争年代的一次战斗。对大多数生活在城市的人们而言，一切都显得过于陌生，它与电视中的计划生育宣传明显不同。

城市中的人们对计划生育的理解，大都来自主流媒体的宣传，比如“计划生育是我国长期坚持的一项基本国策”“控制人口数量，提高人口素质”等，这些耳熟能详的句子构成了我们对计划生育的基本理解。在九十里铺乡的计划生育宣传中，也可以看到这样的标语，但它们只出现在省市领导来视察的时候，因而，它们构成的，只是乡村执行计划生育政策的表象。

历史的真相存在于另一套标语中:“上吊不夺绳子,喝药不夺瓶子”“宁添十座坟,不添一个人”“一胎生,二胎扎,三胎四胎刮!刮!刮!一胎环,二胎扎,三胎四胎杀!杀!杀”“该扎不扎,上房揭瓦;该流不流,赶猪牵牛”等等。这套标语是写给县领导和农民看的。给县领导看,是为了向领导“明示”乡里执行计划生育的决心;给农民看,是为了对他们进行恐吓与威慑。更为可怕的是,这些严厉、血腥,让人不寒而栗的词语,在乡里执行计划生育就会变成真实的行动。

如果说乡里“如何抓”计划生育已经呈现了历史真相的话,它还只是真相的一半。另一半,必然是在农民那里。农民会怎么办呢?

《风雪凌晨的一声狗叫》中的农民们,面对乡政府强大的攻势,会想出各种逃的办法。譬如逃到南方去打工,与邻居结成攻守同盟,躲到亲戚朋友家,被堵住时拼命一搏,可谓花样百出。或许,这也是官方在执行计划生育政策时如临大敌的原因之一。除了逃,农民们还会报复,他们会向乡里的干部、突击队及其家人、牲畜下手,其方式也往往是偷袭。农民的逃与报复表明,他们不肯像大多数城市居民一样配合计划生育政策。

许多坚信计划生育政策的城市居民抱有这样一个看法:农民们太愚昧,他们只想要生儿子,却不懂“越生越穷、越穷越生”的道理。那么,农民们近乎“顽固”的生子意志,到底是传统的传宗接代观念在作怪还是另有隐情?这无疑是理解计划生育政策及其遭遇农民反对的关键问题。

秦岭显然意识到了这一关键问题。他在小说中设置了一个饶有意味的情节,县妇联主席龚安娜在计划生育手术现场遭遇了一位农妇的追问。龚安娜理论素养很高,但小说并未让她说服农妇,而是让她面对农妇的一连串提问无言以对。这表明秦岭更愿意把话语权交给农民。

当农妇开口说话,一种异于主流媒体的声音出现了:农民的生子意愿并不仅仅是要传宗接代,更是为了解决自身的生存与养老问题。它的背后是贫困的农村与富裕的城市在生产、生活方式和性别分工上的一系列差别。这种抗辩的声音未必完全正确,但它让读者不得不思考这样的问题:如果计划生育是必要的,它与城乡差别之间构成了怎样的关系?在抓计划生育时,该怎样兼顾农村的生存现实?

借由这个“抓与逃”的故事,读者可以知道乡政府在计划生育上是如何大动干戈,农民们又有着怎样的“逃”的行动和理由。但是,乡里如此大动干戈地“抓”计划生育,是否有更深层的原因?

二、计划生育与官场风云

作为历史反思之作,《风雪凌晨的一声狗叫》并未停留在简单的官民对立上,而是着意建立计划生育与官员升迁、官场之间的关系,借此呈现官员们对计划生育的不同认识与态度,而最终的目的,直指乡村复杂的社会矛盾、灵魂原色与精神状态。

在小说中，作为基本国策的计划生育对官员的宦海浮沉起着至关重要的作用。如果抓计划生育有功，很快就会得到升迁，工作组组长“我”就因在抓计划外怀孕妇女时被抓伤了脖子而从普通秘书升为科级秘书，很快又升为团县委书记；相反，如果抓计划生育不力就会仕途无望，乡长甄塬良因此丧失了进县城的机会，县妇联主席龚安娜也因此被调整为闲职。这样一种关系的建立，使计划生育不再是客观存在的政策，而是结实地楔入了当事人的政治生涯。在此意义上，计划生育具有搅动官场风云的能量。

一旦计划生育的政绩足以影响官员的仕途，官员在党性、良心与人性上的差异就会显现出来，并体现为他们在执行计划生育时的不同想法与行为。

九十里铺乡的官员中，有把计划生育的政绩当成升迁阶梯的，如乡党委书记邱敦仁。他善于玩弄政治手腕，在官场上混得如鱼得水。但越是这样的官员，在抓计划生育时越是下手狠辣。在董爱翠逃跑后，他为了将功补过，在全乡大搞结扎、引产、人流、放环一起上；对于董爱翠的逃跑，他说“到时候逮着，流不了，就引，受罪的是她自己”。在这样的言辞中，很容易看到他作为官对民的敌意，却难以找到他作为干部对农民的同情。

当然，官员中也有真诚地相信计划生育政策绝对正确的，譬如副乡长史建川。他坚守党性原则，曾亲自将一把手计划外怀孕的侄女抓回来做手术，在集体会上质疑邱敦仁的线人临时反水。他从不去想这样做是否会得罪人，也因此官场落拓。但他也会一丝不苟地执行乡里过火的方案，比如在抓人时身先士卒，拆毁农民的房子，抱走农民家里唯一值钱的电器等。可见，史建川的思想已经趋近僵化，甚至正在失去人性。

甄塬良无疑是小说重点塑造的正面人物。他原本与史建川一样相信计划生育绝对正确，要求儿子儿媳只生一个孩子。小孙子的意外死亡给他的家庭带来的失独与绝后之痛，以及村民们的报应说，改变了甄塬良。他开始以己之痛，度农民之苦——乡里组织突击战时，他不再盲从，而是开始设法帮助计划外怀孕妇女逃避抓捕。在董爱翠逃走事件中，就是他借口肚子疼离开突击队，到村口发出了那声导致突击战失败的狗叫。在某种意义上可以说，甄塬良以充当官方内奸的方式走上了回归民心民意之路。

邱敦仁、史建川、甄塬良这三位官员之间的差异不仅构成了一个形象系列，而且，每一个都会使人联想起反思文学中的某个人物，譬如邱敦仁之于茹志鹃《剪辑错了的故事》中的老甘，史建川之于韦君宜《洗礼》中的王辉凡，甄塬良之于张一弓《犯人李铜钟的故事》中的张铜钟。当然，他们之间并不构成严格的对应关系，但从中可以发现《风雪凌晨的一声狗叫》对反思文学传统的自觉承续。

三、叙述的秘密

《风雪凌晨的一声狗叫》之所以能实现对计划生育的深刻反思，与小说的叙述艺术密不可分。

小说对叙述者的选择与设置颇为巧妙。小说选择了第一人称叙述者“我”，并将

“我”设置为一位局内人而非局外人——县里派驻九十里铺乡的工作组组长，“我”熟悉官场并深谙为官之道，而非龚安娜式的掉书袋的知识分子。

首先，小说将第一人称叙述者限知视角发挥到了极致。小说让“我”一到乡里，就进入了与各位乡干部，还有原突击队队员的妻子粉儿及其婆婆之间的复杂关系之中。与此同时，小说借鉴了侦探小说的手法，不仅在开头就设置了突如其来的一声狗叫这一核心悬念，在后续的讲述中也是层层设疑，让“我”在解谜中不断面对新的迷局：董爱翠的去向、董爱翠家被窝里的一根女人长发、线人邓友奎及其消息是否可靠、是谁为了调虎离山给邱敦仁送来其母病重的假消息、是谁把从董爱翠家搜出的长发拿回了乡里、是谁派人把头发送到县里进行技术检测的、毛衣店的粉儿和邱敦仁是什么关系等等，无不让“我”费尽思量。这些悬念既使得狗叫声与董爱翠逃脱的真相变得扑朔迷离，也让故事显得惊心动魄，更重要的是，当“我”从为官之道的角度把对不同乡干部的观察、揣测纳入文本时，官场上的明争暗斗就成为乡村执行计划生育政策的政治背景，这就加强了历史反思的深度。

其次，“我”被设定为熟悉乡村计划生育执行历史与现状的叙述者，这就方便“我”根据不同现实状况回忆相关的历史情状。表现在叙述上，就是使小说的插叙显得非常自然。譬如小说对线人制度诞生的历史背景的插叙，带出了村干部因配合乡里的计划生育导致的村干群与村民关系极为紧张的问题，对龚安娜在九十里铺乡抓计划生育的往事的插叙，带出了乡里与县工作组的紧张关系问题等等。在叙述效果上，这些插叙扩展了小说的历史容量，拓宽了历史反思的广度。

最后，以“我”做叙述者，便于表达历史反思的题旨。当小说中的“我”看清了邱敦仁“向上”的野心与手腕，以及他对民心民意的背离，也猜测出那阵为董爱翠报信的狗叫声出自甄塬良之口。震惊之余，“我”开始反思自己在计划生育中的所作所为。在小说结尾处，“我”发出这样的内心独白，“我内心始终没有消停下来的意思，每当夜深人静，我常常被狗叫声惊醒，我无法复原梦中的那只狗到底是什么模样，姑且是邓友奎描述的那种样子吧，但那叫声太真切了：‘汪汪——汪汪汪——’”如果说甄塬良模仿的狗叫声于“我”而言是一种警示，它又何尝不是小说着意凸显的警示呢？的确，官员们是时候想想如何回归民心民意了。

作为目前尚属罕见的反思计划生育之作，《风雪凌晨的一声狗叫》无疑迈出了重要而可贵的一步。它在计划生育问题上对村民立场与利益的尊重，表明作家秦岭正走在回归民间大地的路上。

（载《名作欣赏》2017 年第 4 期）

计划生育背景下的乡村百态

——秦岭中篇小说《风雪凌晨的一声狗叫》赏析

缑芳宜　刘彬

毫无疑问,计划生育在中国乡村社会有着巨大、持续而深远的影响,它与中国农民盘根错节的复杂关系,构成了最为奇异、独特的乡村百态。可是,除了莫言在长篇小说《蛙》中浅尝辄止涉及此领域外,鲜有其他作家动得了这块“蛋糕”。如何以小说形式全方位观察和审视计划生育背景下的乡村百态,进而探究复杂、丰富的人性世界,作家秦岭的中篇新作《风雪凌晨的一声狗叫》(载《长城》2016 年第 4 期)很好地回答了这一问题。作为我国第一部全面反映计划生育的中篇佳作,非常值得分析研究。

一、多重线索并行与交织下的乡村社会矛盾

“计划生育是天下第一难事。”这是人所共知的心结和口头禅。难在何处?这显然也是作者追问农村社会矛盾的着眼点。就我国乡村的生活形态而言,任何一项乡村社会活动都无法与计划生育匹敌,它几乎牵扯到整个社会的方方面面。作者追问的智慧和方法如何,无疑事关小说的格局和品质。近些年来,秦岭曾以《绣花鞋垫》为主的乡村教师系列、以《皇粮钟》为主的“皇粮”系列、以《阴阳界》为主的地震灾难系列、以《女人和狐狸的一个上午》为主的水系列赢得专家和读者的持续关注。秦岭在《风雪凌晨的一声狗叫》里不仅保持了这一优势,同时又在“第一难”的主题把握、矛盾透视上铆足了劲儿。小说以计划生育工作为主线,在宏观叙事中至少埋设了 10 条以上的副线,其中包括计划生育与山区农村男性劳动力之间的矛盾, 政策执行者与计划生育对象及其家属之间的矛盾,上级职能部门与乡政府干部之间的矛盾,来自城里的计划生育工作组和乡村干部之间的矛盾,城市劳动力过剩和农村劳动力稀缺之间的矛盾,计划生育对象所在家庭和村委会之间的矛盾,农村人口外流与建设新农村之间的矛盾,男女性别失调与农民家庭成员结构之间的矛盾,计划生育“一票否决制”与各级领导升迁之间的矛盾以及普遍存在的干群矛盾等等。这些矛盾丝丝入扣地深扎在乡村生活的肌理和内心,既在并行中彼此勾连,又在冲撞中彼此兼容,我中有你,你中有我,构成了计划生育工作既涛惊浪骇,又于无声处的全景图,让我们对“第一难”从根子上有了深透的了解。秦岭在一次访谈中说过:“作家首先应该具备社会学眼光。”应该说,这是当下中国作家考察社会最稀缺的本钱。现居大都市天津的秦岭,早先曾有过在甘肃天水农村从事计划生育的亲身经历,正是有了计划生育对他内心的触动和思考,才使他能够站在社会学的制高点上,游刃有余地对社会矛盾进行甄别分析,使小说凸显出

了能够触摸到的骨感和思想的厚度。

二、呼之欲出的人物群体形象和精彩生动的故事载体

人物和故事,是支撑小说大厦的两大关键。作者给小说中轮番登台的人物赋予了既复杂又鲜明的性格元素。主人公“我”是一位贯穿始终的核心人物,作为组织上下派到九十里铺乡的计划生育工作组组长,既对计划生育手术对象心存悲悯,又要配合乡政府计划生育突击队冲到结扎、放环、引产、人流第一线;既要应对乡政府提供美色、酒局的考验,又要在乡干部的矛盾旋涡中把握风向,巧妙周旋;既要应对来自舆论的攻击,又要因势利导地图谋自保。乡党委书记邱敦仁老谋深算,有望调进县城工作的他,在毁誉参半的计划生育突击行动中,既不敢轻易得罪“我”,又图谋把“我”拉下水垫背。他对乡长甄塬良在计划生育工作中的种种“放水”行为了如指掌,甚至对甄塬良对他的种种“暗算”行径心知肚明,仍能做到处事不惊,陈仓暗度,并最终达到目的。快要退居二线的乡长甄塬良,眼看进城无望,加上自己的孙子夭折,造成家庭“失独”,于是在计划生育工作中睁一只眼闭一只眼,并不惜监守自盗,贼喊捉贼,采取学狗叫的方法,关键时刻打草惊蛇,引发全村狗叫,戏剧化地将本该唾手可得的胜利弹指间化为乌有。副乡长史建川是计划生育政策的坚定执行者,多次受到上级表彰,却不谙官道,谁都想用他,谁都忌讳他,“狗叫”之后发起总攻的是他,从被窝里抓起结扎对象董爱翠男人的是他,搜到女人头发的是他,帮“我”揭开内幕的还是他。他死心塌地为计划生育工作献身,并试图以此“体现人生价值”,即便落魄到“各乡轮着当副职”的境遇,仍然执迷不悟。前任工作组组长龚安娜一心想在计划生育工作中大干一番事业,可一接触到农村现实,便在育龄妇女和结扎对象一连串的诘问和指责中败下阵来,良心的复归使她转而“堕落”成突击队的“叛徒”,暗中护佑结扎对象,被撤职后干脆远走海外。号称“李师师”的年轻媳妇粉儿是邱敦仁的相好,也是邱敦仁试图打入工作组内部的“奸细”和美色诱饵。她美丽,狡黠,却有一颗同情心。色诱“我”不成,反而对“我”产生敬意,并真诚地送上精心编织的马海毛围巾,导致邱敦仁的精心设计彻底破产。线人邓友奎按理说是“潜伏”在村里为乡政府提供妇女动向的“谍报员”,可他“人在曹营心在汉”,一边堂而皇之地领取乡政府高昂的“信息费”,一边为结扎对象通风报信,“两头都落好”,把工作组、突击队玩于股掌之中……可以说,每个人物身上都聚集了矛盾的冲突和故事的焦点,人物自身以及人物与人物之间,组成了此起彼伏、高潮迭起、曲张有致的故事链。秦岭在《阴阳界》创作谈中曾说:“小说靠人物说话。”应该说,人物性格的差异性,人物形象的生动性,人物内心的丰富性,人物布局的合理性,让故事载体显得稳固厚实,既有容量、信息量,又显得疏密有度,极大地增强了小说的艺术感染力。

三、吻合故事发展逻辑的叙事技巧和表达方式

与“天下第一难事”一样,用小说形式表现这一题材,同样并非易事。第一难,就难

在作为国策的计划生育工作与乡村社会矛盾之间,如何才能找到讲述故事的路径,这不光需要作家的才华,更考验作家的政治智慧和“四两拨千斤”的叙述技巧。当前,尽管我国的独生子女政策有了重大调整,并全面实施了“二胎”生育政策,但从我国的国情和人口形势出发,计划生育仍然是我国长期坚持的基本国策。曾有二十多年甘肃、天津两地机关工作经验和城乡生活经历的秦岭,显然非常清醒这一重大变化的时代背景和现实根因,他谙熟国民性心理特征,对乡村社会的解剖有自己独有的、相对成熟的表现方式。小说中的计划生育,成为他再现乡村生活的特殊引擎,而触发引擎的,谁也不会料到是突击队在风雪凌晨的行动中遭遇的一声狗叫。到底是狗叫?还是人学狗叫,它的神秘性、隐喻性、象征性、寓言性里挟裹着浓郁的乡村色彩,这种出人意料、独辟蹊径的设局方式,让秦岭稳稳地抢占在了同类题材的高地。秦岭曾说:“轻贱了农民的辩证法,就是轻贱了我们自己。”小说中,作者利用尖锐复杂的矛盾冲突来表现现实人生,把人性与灵魂放置在温度最高、火力最猛的焦点上加以考量,让我们在娓娓道来的乡村叙事中品味社会人生。在叙事技巧上,他既趋利避害,又单刀直入,既大胆向弊政开火,又心存悲悯和呼唤。从头至尾,对所有的人性冲突、利益博弈和道德交锋,他个人的观点均暗藏背后而不露,潜伏一隅而不发,退居阴影而不出,完全让人物自己沿着故事的脉络,自我表演,自我诠释,自我解构。在表达方式上,他巧妙地把各级官场的基本生态和基层干部群众的常态生活结合起来,把执行政策与老百姓的利益冲突结合起来,把农村人口矛盾与农民的生存、生活现状结合起来,把基层政权的施政行为与群众的道德评价结合起来,把乡村发展的历史规律与计划生育背景下的乡村变异结合起来,为读者打开了一个又一个反思、回味、品评的窗口。通过这样的窗口,我们窥视到的,已不仅仅是一次次计划生育的突击活动了,也不仅仅是简单的结扎、放环、引产和人流了,他撕开了一面面笼罩在人性表面的纱幔,剑指内心,直逼灵魂,从这个角度讲,小说的辐射半径非常开阔,完全从单纯的计划生育活动中跳出来,在矛盾外围探寻乡村生活的精神品相和内在本质,这是小说最具力量和说服力之所在。

四、语言变幻和不同背景下的独特语境

讲故事,需要语言。讲什么样的故事,需要什么样的语言,这是一位成熟作家最见工夫的一环。面对计划生育这样错综复杂的生活,习惯了个人语言风格化的作家,很容易陷入“一套语言灌全盘”的惯性,可秦岭不是,他深谙城市部门、乡村官场、农民家庭叙事语言与对话语言的妙处,有意营造了多种叙事语境,极大地增强了小说的可读性和艺术感染力。“我”作为曾经的县长秘书,如今身兼团县委书记和工作组组长,在通篇回忆性的讲述中,恰到好处地使用了吻合官场特色的语境,有些地方还会不失时机地使用公文性、说明性、汇报性的文字,仿佛在讲述一段工作经历。当乡政府各级领导和干部轮番登场时,语言风格则趋向于雅俗之间,融幽默、调侃、戏谑于一炉,既彰显他们作为基层政权执掌者例行公事的身份特征,又不忘通过人物对话表现他们根

深蒂固的乡村烙印。而在村干部、“线人”、手术对象身上,作者在字里行间非常明显地倾注了悲悯和同情,无论是情节的安排、人物形象的描写还是对话的起承转合,全部使用了西部乡村的本土语言,尽显乡村人等的迷惑、彷徨、困顿、无奈、隐忍和抗争。不同风格的语言与不同环境、不同人物的如影随形,使通篇行文显得柳暗花明,移山换景,尽显乡村百态。这样的好处时,语言自觉成为读者探寻不同情节的强大媒介,对于读者在第一时间了解环境和人物,起到了先入为主、身临其境的作用。秦岭在一次文学对话中曾说:“以前,我一直认为语言是小说的外衣,是否合身得体,事关小说的品相,但现在看来,语言不光是外衣,它简直就是小说的内在气质了。”由此可见,经验和教训,使秦岭对语言和故事之间的关系有着非常清醒的认识,从他的名篇《杀威棒》《阴阳界》《女人和狐狸的一个上午》《摸蛋的男孩》中,我们也能感受到这一点,不同故事的不同语境,烘托出了截然不同的审美意蕴。秦岭惧怕专家认为自己“形成了自己的语言风格”,他始终保持着语境的不确定性、机动性、灵活性和可变性,从而保持了小说五光十色的品貌。

一声狗叫,把现实和时代拽到了乡村社会的天平上,厚重的分量不言而喻。我们完全相信,不久的将来,一定也会有其他作家同类题材的作品出现,但如何才能全面超越《风雪凌晨的一声狗叫》的角度和方法,难度显而易见。这难度,就是秦岭构筑的制高点。

(载《名作欣赏》2017 年第 4 期)

问君可懂狗叫声(创作谈)

秦　岭

试问天下苍生,特别是远离乡村却又拥有社会话语权的文化公民,君可懂得发生在中国乡村凌晨的一声狗叫?放心!这话题与您沙发上的宠物狗无关,那是您的宝贝,尽管算不得是您超生,但待遇必然超过您儿子的。我懂,物质时代的小资意趣嘛!

可是那风雪凌晨的一声狗叫,它往往那么恰逢其时,出人意料,让乡村社会方方面面的神经立刻高度紧张。它既可以撕破黎明,也可以包容暗夜。它分明是尺子的,乡村社会的高低、缓急、明暗、轻重、痛痒,全丈量出来了,这是我文学的思维聚焦一声狗叫的大致理由。考虑到计划生育题材的特殊性、复杂性和敏感性,《风雪凌晨的一声狗叫》在《长城》杂志第 4 期发表之前,我也曾征求过其他几个刊物的看法,得到的反馈比狗叫声更出乎意料,归纳有仨:其一,主题非常深刻,巧妙地揭示了乡村百态，可是……庄严神圣的计划生育国策怎么会和一声狗叫联系在一起？如果说这是中国第一部全面反映计划生育的中篇小说，那么，我认为有些离经叛道了。其二，我们从事编辑行业的，每年都要去乡间避暑采风，对城乡现实观察洞明，压根就没听说结扎、放环、人流、引产是你笔下这种神神叨叨、惊心动魄的样子，不是我们少见多怪，而是你在编造精彩的天方夜谭。其三，市场经济时代的人们普遍工作、生活压力大，谁还愿意多生、超生呢？秦岭你这次分明是闭门造车、故弄玄虚了，我敢肯定，任何一家刊物都不敢发表这篇小说。

发问者显然站在话语权的制高点上，振振有词，理直气壮。对这样的质疑，我或多或少有所预料，但没想到是砍瓜切菜的架势，仍然让我猝不提防。这不得不让我的反思从计划生育本身向计划生育题材的文学现状四面延伸，我的延伸反思注定无法与象牙塔里的先生小姐们对接，我只有选择和工作、生活在乡村一线的干部、农民们一起，他们的大致意见是：几十年来，中国作家之所以对计划生育影响下的中国农村现实视而不见，中国文学之所以对计划生育与农民常态生活错综复杂的关系缺乏观察、跟踪与判断，许多以乡土题材为己任的当红作家之所以对计划生育题材退避三舍，绕道而行，不光仅仅是所谓题材的敏感性、技术性、操作性问题，根本上是个认识问题。当被老百姓给予厚望的、代表社会良知的所谓知识分子们在认识盲区里自命不凡、高谈阔论的时候，中国乡村的社会现实纵有百般风云变幻，千般山重水复，万般日新月异，它只能是乡村自己，大地自己，农民自己，它是中国乡村社会现实的绝缘体，是某些知识分子的观察死角，与中国文学更是没有一毛钱的关系。

换言之，你不懂得风雪凌晨的一声狗叫，也就不懂计划生育，遑论计划生育时代掠过乡村崖畔的风，还有歪歪斜斜的炊烟。

“计划生育是天下第一难事。”这话不是我说的。各级职能部门的公文材料里这么说，农民和手术对象也这么说。难，与其说是一种工作的难度，它更像农村社会全覆盖的阵痛和千丝万缕的心结，它在大地和日子里，在生存和气息里，归根到底是乡村生活的一种难堪、难为、难受和难度，它和老百姓的常态生活盘根错节，难解难分，早已成为生活的另一种常态。我在天津工作之前的20世纪90年代初，曾一度在老家甘肃某地的乡村中学、党政机关工作。当教师时，耳闻目睹了毗邻各乡的全体干部、教师、学生与各村手术对象在计划生育背景下交锋、对峙的艰难博弈与硝烟弥漫；当秘书时，几乎每年都要随各级领导深入各乡“指导”检查“计划生育突击月”“春季攻势”“挤水分”“冬季攻坚战”“年终平茬” 等系列活动；以计划生育工作组成员的身份驻乡期间，我的主要职责就是密切配合乡政府突击队走村串户，全面落实一胎放环、二胎结扎、三胎人流引产任务。我们的主要工作方法，除了面上大张旗鼓地宣传教育，实际操作层面则主要以突袭、包抄、抓捕、打援、引诱、智取、强攻为主。往往是月亮上来了，我们厉兵秣马下去了；日头出来了，我们身心疲惫休息了。这期间到底都发生了什么？我真不想在这里普及常识。可是不普及又怕你搞不懂，举个例子吧，比如“智取”：手术对象绝对不是吃素的，演空城计那是司空见惯的招法。也就是说，突击队好不容易翻墙进院，却发现空无一人。咋办？还能咋办，谁没吃过荤荤素素呢？突击队三下五除二，二一添作五,牵牛、拆房、抱电视……那大肚子的女人还不乖乖从地窖里爬出来?爬出来,好歹算咱的战利品。不是所有的突击会撞上这样的大运,因为多数村民早已举家南下,成为广州、深圳一带的农民工了。在他们心里,早已没有了现实的故乡,所谓"梦回故乡",在他们的情感逻辑里一定是不成立的,谁会希望夷为平地的家园、长满荒草的承包地会在梦中出现呢?知识分子更不可能有这样的梦,他们梦一样的日子比现实更像梦,乡村是他们赋闲度假的美妙去处,那民歌飞扬的城郊"农家乐",那乡村景区奇花异草的芬芳,那新农村建设中的红砖青瓦……当直观感受在一斑和全貌、表象和本质之间画了等号,梦和现实就会强扭成了零距离,恬不知耻、怡然自得就会成为行尸走肉最为绚丽的廊桥。啥叫廊桥遗梦?这才是。

"你知不知道这个题材在等你?你拥有这样的生活,不写出来,实在亏了。"这是津门文坛大鳄蒋子龙多次对我的提醒。其实,我在以《绣花鞋垫》《杀威棒》为主的"乡村教师"系列、以《皇粮钟》《碎裂在2005年的瓦片》为主的"皇粮"系列、以《女人和狐狸的一个上午》《借命时代的家乡》为主的"水系列"、以《透明的废墟》《阴阳界》为主"地震灾难"系列创作期间,不少有识之士也曾动员我写计划生育,我迟迟没有动笔,倒不是需要同题材的引领,而是这块最原始、最饱满、最丰饶、最耀眼的尚未开垦的处女地实在太大,我担心自己一张犁下土,耕不过来事小,把牛也累趴了。去年和评论家李建军在山西的一次文学活动中重逢,他说:"从目前看,这一题材肯定不被一些人理解,但你必须写,先写出来,放着,文坛迟早会醒过盹儿来。"小说发表后,《潜伏》的作者龙一在他的微信朋友圈转发这篇小说时,留言云:"多年了,你终于写这类题材了。"幽默的是,另有一种过于善意的提醒和忠告让我哭笑不得,曰:"秦岭啊,这块烫手的山芋被你写成这样,你和《长城》杂志太胆大了……你懂得。"

啥叫懂得?我只需要懂得两样:一者,文学;二者,生活。如果需要补充,那么,我懂得狗叫。其他的所谓"懂得",我当然心知肚明,那些"懂得",恰恰是文学的绊脚石。中国文坛缺了很多东西,唯独不缺绊脚石。

说了这么多,你如果仍然不明白狗叫意味着什么,我下面的话,算是啰嗦了。在故乡的某年,我陪领导到邻县搞计划生育对口互查。当时该县某乡正在调查一件计划生育责任事故。事故是这样的:某个风雪凌晨的夜晚,突击队根据潜伏在村里的线人提供的"情报",翻山越岭,悄悄向结扎对象所在的某村实施了合围。可是,就在最后的强攻时刻,村口却意外传来一声狗叫,结扎对象闻风而逃,致使乡上的攻坚计划打了水漂。问题在于,之前突击队早就用麻醉枪把该村外围游荡的"放哨狗"都收拾了,此狗从何而来?后来查明,是突击队中的一位副乡长学的狗叫。原来,副乡长和结扎对象是远亲关系。这种贼喊捉贼、监守自盗的把戏被挑明后,副乡长受处分事小,全乡被罚了黄牌,整体工作被"一票否决",全体干部年终奖被取消,工资被扣发一个月的50%。我的小说当然不会把这样的故事连砖带瓦照搬,我关注的是建筑物与废墟之间彼此交融的长短不一的投影、宽窄不同的倒影。在小说里,我让一声狗叫成为一出大戏的开场白,大幕瞬间拉开,各级职能部门领导、工作组成员、乡村干部、突击队、线人、"四术"对象、普通村民悉数登场,他们各演各的,但你中必然有我,我中必然有你,为啥?

答案是唯一的:这是所有角色的全貌。我要做的,是尽量让这些全貌能体现农村社会变革时期工作机制的、生存矛盾的、人性轨迹的本相和原色。

“这个题材,其实我也憋了十几年了,一直想一吐为快,受你的启发,我也两昼夜赶了万把字,突然发现与《风雪凌晨的一声狗叫》处处撞车,郁闷啊!”这是一位安徽作家给我的短信留言。

至少说明一点,或深或浅思考计划生育的作家大有人在。有同行说我是抢滩登陆,我死活不承认这一点。计划生育实行几十年了,它像氧气和二氧化碳一样存在,你我都在呼吸,难道你是靠氦气和氖气完成一呼一吸的?如果这样,我劝你别掺和写作这行当了,去研究空气吧。

不过是老百姓的一段生活嘛,时至今日出场报到,我真不知道是幸运?还是悲哀。

2016 年 8 月 3 日于天津观海庐

(载《名作欣赏》2017 年第 4 期)

(六)《河南师范大学学报》

论秦岭的农村题材小说

刘卫东

【摘要】秦岭关注到了体制在解决农村问题时的正向作用,具有轻喜剧特点,但在欢笑中添加了苦涩和无奈,展现出他对农村问题思考的深度。秦岭把目光投向乡村政治中隐蔽的权力,为观察乡村政治的"权力"视角增添了"原始生命力"的因素。秦岭是一位对"关系"敏感的作家,他的作品颇有"境遇小说"的意味,善于在小说中设置一个尴尬的"囧境"。

秦岭的创作一直关注当下农村问题,跟学者描述的"'中国经验'的历史解构"[①]的新世纪农村小说发展样态发生共振,同时,反映出的农村现场诸多矛盾纠葛以及叙事主体的价值观,又具有独异个性,因此,已经进入到研究者的视野。正如新世纪农村题材小说拓展过程中遇到的"多元分化的碎片世界"[②]一样,秦岭不得不面对转型后农村纷纭复杂的现实,并在写作这个精神博弈的场域中构建自我。判定创作活跃期的秦岭的整体写作意义显然为时尚早,但有必要进行阶段性的总览和评析。

一、轻喜剧

大量信息共同叙述了新世纪"后农村"文化景观,传统凋敝、空心化、道德失范等问题,充塞于各类文学作品和研究报告,诗意乡村一去不返。[③]有论者在评论贾平凹的《秦腔》时所说的"现实的混乱和人心的混乱——或者说,人心的混乱既来源于又刺激着现实的混乱"[④],就是对农村问题及写作的几近共识的观点。在此背景下,新世纪以来,批评性态度和"审丑式写作"就成为作家首选,因为,这样既可接续农村题材的"国民性"话语,又能保持跟现实的紧张感,具有纯文学必要的腾挪空间。因此,从年度概观中,经常可以读到"乡土伦理的严重滞后及其对农民命运的深重影响"(《黄泥地》刘庆邦),以及"揭示出当下乡村政治经济、文化精神的资利性、家族性、狭隘性、泥淖性"(《山川记》王妹英)的作品评论。[⑤]

秦岭从这场时代变迁中感受到的,不乏否定性内容,但他还关注到了体制在其中的正向作用,故而,选择了不同的看待农村问题的态度。2006 年 1 月全国人大通过决议，正式取消沿袭了2600余年的古老税种“农业税”，这个体制层面具有仪式性质的事件，激发了秦岭书写的热情。秦岭以长篇小说《皇粮钟》和中短篇小说《皇粮》《碎裂在2005年的瓦片》等作品，反映了这一事件在农村引起的震动，并被改编为不同剧种的戏剧上演。站在同情农民的立场，秦岭由衷地为取消农业税献上了赞美诗，被论者认为具有“高度的社会责任感和深广的价值关怀”⑥，因而，冒犯了“写作就是批判的美学”的不成文理念，被认为“不免夹带了一些欢欣鼓舞的情绪，淡化了小说的苦难与悲剧意识”⑦。基于同样考量，秦岭2013年又推出了长篇纪实文学《在水一方》，对政府主导的农村饮水安全工程问题给予了好评。秦岭关注并歌颂的，是农民民生的点滴改善，而此时，作为作家在评论家眼里的“独创”和“深度”之类，反而退居次要地位了。

秦岭把“农村问题”置于宏大的视野中，并以提出和解决为目的，这让他的创作往往带有观念上的倾向性，远离诗意，缺乏随性舒缓的田园味道，不过，取而代之的，却是“观点胜利”带来的智性层面的愉悦。秦岭以“皇粮”为中心的作品采用漫画化和误会、巧合等手法，设计了戏剧性的冲突，侧面赞美了“时代背景”，具有轻喜剧的风格。《皇粮》中的岁球球当上了验粮员后，身价暴涨，不但乡亲们宴请祝贺，还得到寡妇牛翠翠的垂青，希望他在验粮时给予照顾。正当牛翠翠投怀送抱时，听到了不再收皇粮的消息，于是离开了岁球球。岁球球是个有缺点的小人物，但并不到“恶”的地步，所以他的举动，就带有逆潮流的可笑特征。他假装拉稀逃避验粮，不惜弄到身上屎和自己花钱买粮，帮助牛翠翠过关，画面感都很强，充满喜剧色彩。他的爱情的失败本来是“悲剧”，但由于被搁置在“不收皇粮”的背景中，就得有点“活该”，令人捧腹，符合鲁迅“把无价值的东西撕破给人看”的喜剧定义。《碎裂在2005年的瓦片》中，验粮员甄大牙经常因为坚持验粮等级得罪人，遭到别人扔石块砸房顶的“报复”，不再交公粮后，“再也没有人砸你家的瓦了”，他寂寞而兴奋地自己往屋顶上扔了石头，就为了听瓦片碎裂的声音。甄大牙的失落的背景，正是“皇粮”取消后农民的兴奋，二者间的反差，巧妙表达了时代主旋律。《碎裂在2005年的瓦片》用出人意料的情节，表达了“几千年的皇粮啊，说免，还真的要免了”之后带给农民的心理震荡和现实冲击，暗含秦岭对取消农业税事件的欣慰态度。相比其他作家和他其他作品对农村现实中恶疾的犀利揭示和批判，秦岭“皇粮”系列的赞美多少有点“问题也有好的方面”的辩解，“笨拙”而厚道地表达了自己与农民“同情”的立场。

秦岭“歪打正着”赞美意识形态的思路，接续了20世纪80年代农村题材作品以轻喜剧故事反映改革开放“正当性”的传统，并在此基础上发挥了自己角度刁钻的特点。在《咱们的牛百岁》《月亮湾的笑声》《黑脸女婿》《咱们的退伍兵》《喜盈门》《甜蜜的事业》等农村题材电影作品中，农村经济和农民关系的变革这样宏大的政治主题和尖锐人际冲突，被包裹进轻喜剧调子的叙述中，展现出“应然”背景下矛盾双方的不平等关系及其轻松解决带来的愉悦。不过，这批“改革”思潮下的作品对农村现实的认识流于符号化，因此，问题解决的方式也很理想化，基本相当于为改革张目的宣传片。秦岭的作品沿袭了上述农村题材作品轻喜剧特点，但对农村问题的认识和表现却并非停留在“皆大欢喜，奔向美好未来”的层面，而是在欢笑中添加了苦涩和无奈，展现出他对农村问题思考的深度。《皇粮钟》同样以废除农业税为背景，主人公唐岁求的经历跌宕起伏，充满喜剧意味。唐岁求在矿上救人致腿瘸，被评为“优秀农民工”，却因为残疾无法交皇粮而失去了青梅竹马秦穗儿，但又因祸得福，成为了验粮员，得到了隋圆圆，风光无限后又因取消农业税沦为普通村民。“皇粮”，成为撬动唐岁求命运的支点，兜兜转转，他还是无力超脱农民对生活的朴素要求。取消“皇粮”固然是值得赞美的政绩，但并不意味着农民山呼万岁后就万事大吉，反而暴露出“问题的关键并不在此”的一面，这是秦岭在《皇粮钟》中留下的思考。小说中的“皇粮钟”事件和死而复生的囊家秦爷，充满了可供多角度阐释的隐喻，使作品主题暧昧不明。2600 年的皇粮被取消，但文化积弊中的问题却阴魂不散。唐岁求、秦穗儿、宋满仓、隋圆圆之间的情感纠葛除了伦理选择，还有情欲驱动，这也是秦岭的农村变革轻喜剧中，不同于 20 世纪 80 年代作品的一点。

二、乡村政治

乡村政治中既有传统遗留的痼疾，又有现代因素注入后产生的新病，是农村文化生态最直接的表现。《暴风骤雨》《三里湾》《创业史》和《金光大道》等农村题材小说最大的看点就是乡村政治的变迁，这些作品也成为文学史上无法绕开的路标。在 20 世纪 90 年代《羊的门》等关注乡村政治的长篇小说基础上，新世纪出现了《好大一对羊》(夏天敏)、《大年夜》(鬼子)、《歇马七日》(孙惠芬)、《父亲的墓碑》(衣向东)等中短篇小说，直接书写了当前农村中农民被权力戕害的滴血现实，反映出乡村政治中不容忽视的矛盾冲突。从农民生存境遇找出“伤痕”并不困难，可能《中国农民调查》(陈桂棣、春桃)等非虚构作品更震撼，但是，从小说层面找到“反思”的角度，并有分寸地表现出来，就不那么简单了。

在曾经有过秘书经历的秦岭看来，人与人之间的关系中，存在着或隐或显的权力结构，这也是他观察农村的着眼点之一。在此视角下，农村的“政治”就显露出残酷敏感的一面，既有风生水起的表面文章，又有心照不宣的“潜规则”。他的《难言之隐》《年轻的朋友来相会》等作品写了官场中的权力运作带给人的心理伤害，展现了“官场文化”的“博大精深”。秦岭的《杀威棒》《绣花鞋垫》《硌牙的沙子》《借命时代的家乡》等农村小说，以现实为基点，关注农村“小政治”，但并不追求吸引眼球的题材冲击力，反而主动“卸下”力道，引入对历史的反思，表现出酸涩的审美意味。秦岭巧妙避开“权力对农民的粗暴践踏”这个叙事热点，把目光投向乡村政治中隐蔽的权力，从中寻找人性幽暗处的尊严、博弈和屈辱，因此，他关注的乡村政治并非大开大合的权力反抗为中心爆炸性话题，而是人物在“不得不”的选择中承受的权力的腌渍和侵蚀，细微却又噬心。《绣花鞋垫》中，偏远山区的民办男教师找不到对象，采取“补课”的方式跟自己的女学生好，继而结婚，成为惯例。在现实中，工作量大、社会身份低下的男教师本来是体制受害者，但转换场域后，他们在学校中又成了权力的施动者。赵祖国老师看上了漂亮的女生苟大女子，给她“补课”，但苟大女子渴望考上中专，不愿意做“挑水，看崽，喂鸡鸭，孝敬二老，侍弄庄稼”的乡下女人，因此，拒绝给赵祖国做象征定情的绣花鞋垫。虽然以前的赵花瓶、李最美、孙花儿、王精彩等“人尖尖”女生都成为男老师的妻子，但荀大女子的命运却发生了转折，在县里来支教的老师艾关诗的帮助下，成为了村里第一位中专生。“老师／学生”之间的关系被现实改变为“男老师／女学生”，在这个畸形的权力结构中，人性中善良的一面崩坍了。赵祖国无法转正，又在爱情中受挫，唱着“我们的祖国是花园，花园的花朵真鲜艳”发疯。校长雷大麻的妻子是早年他当教师时“补课”的学生，他为了学校能考出一个走出大山的中专生，不惜代价，甚至牺牲尊严，央求艾关诗留下并帮助荀大女子。每个人都有自己的利益诉求，都试着控制别人和反控制，形成了一个博弈的权力场，秦岭以悲情的民办教师群体为中心，写出乡村政治中权力关系的复杂性。

乡村政治涉及的问题不仅是现实中农村权力的缠绕，还有传统文化积累起来的“惯性”。笔者在此前指出过，秦岭面对现实时，并没有表态，暂时悬置了“情绪”，“总是两种力量在打架，也总是打个平手”[⑧]，他愿意做个观察者。随着思考的深入，秦岭不再纠缠现实，而是将现实连成线索，进入了历史。《借命时代的家乡》中，在董建泉发财成功、与存喜的情感纠葛、董荀两家祠堂暗战、革命话语的回光返照(“大”在革命年代救过后来的首长孙占飚)，以及民间“借命”习俗的共同作用下，新世纪农村的乡村政治更为复杂，也更为历史化。今天农村正是昨日农村累积和作用的结果，革命、文革和改革开放的话语，共同导致了“话语失范”的现状。秦岭为这个题材所注入的新意，是以“借命”(娃娃亲、两换亲、招上门女婿、领童养媳、借腹生子)这个古老的习俗的延续，来阐释生命的无意识能量才是一切变中唯一不变的“常道”。朱晓平的《桑树坪纪事》虽然也触及类似思路，但批判立场却遮蔽了“借命”中体现出的野蛮强悍的，来自草根的“首先是活着”的非道德性生存观。存喜的丈夫不能生育，就跟“我”(董建泉)借命，并说，“如今这社会，借命，早就光明正大了”。从这一点说，秦岭为观察乡村政治的“权力”视角增添了“原始生命力”的因素。更发人深省的是，辛亥以来，经历了20世纪革命话语洗礼的乡村，古旧的“封建”传统又悄然回归，不知是福是祸。受到中篇的篇幅所限，《借命时代的家乡》对乡村政治的表现有点“点到为止”，一些厚重深邃的话题未及展开。

三、境遇

“荒诞派”戏剧总是选择一种简化但内涵尖锐深刻，“情境运动呈现不连续状态”[⑨]的境遇，《等待戈多》(贝克特)、《秃头歌女》(尤奈斯库)、《一间房》(品特)等名作，都是将人类(以个体为隐喻)置于选择的困境中，暴露出生存的荒诞和尴尬。作为一种思考的写作方式，境遇为中心的作品虽然有情节夸张、人物塑造不够充分等问题，但无疑具有对现实的强劲冲撞力和穿透力。秦岭是一位对“关系”敏感的作家，对“非常态的关系”更有心得，因此，他的作品颇有“境遇小说”的意味，善于在小说中设置一个尴尬的“囧境”，把主人公们“放火上烤”，逼出他们内心深处的嫉妒、恐惧、软弱、负疚等各种不堪和不良情绪。秦岭设置的囧境一般不停留在“普遍人性”的层面,而是更为“世俗化”,直接针对农村现实和历史中的亟待关注和解决的问题。

“农村题材小说”概念本身就隐含着“农民”和“市民”的区别,这样类似“种姓”的歧视堂而皇之地存在,并未在现实中得到多少质疑。二者间的相互不理解乃至仇视被遮蔽,“乡土”和“农村”似乎并行不悖地拥有自己的地盘和话语,但是,对于夹在“城乡”身份之间的“民办教师”和“知青”来说,历史的“小小震荡”就足以改变他们的人生命运。秦岭念兹在兹的是,当代现实语境下的城乡对立的荒谬和无奈,以及个人在其中遭受挤压而带来的“心病”。《杀威棒》中的父亲是民办教师,因为对知青孩子甄文强的城市意识厌恶,故意找茬用杀威棒(特制的教鞭)教训了甄文强,并给他的脖子留下了“x”字伤疤,后来甄文强离开农村去了美国,成为歌唱家。县里用歌唱家“恩师”的身份包装父亲,并打算让父亲邀请甄文强“省亲”,但被严词拒绝。直到父亲去世后,甄文强才来演出,而他唯一的要求是拿走作为博物馆展品的杀威棒。《杀威棒》设置了三个囧境:1. 打不打;2. 邀请不邀请;3. 给不给杀威棒。第一个囧境直指城乡间对立引起的嫉妒,“农民父亲”因为甄文强课上质疑他的发音错误而伤及自尊,在指责对方“不要在这里提你们城里、城里、城里啥的”之后,用“杀威棒”打了学生。“农民父亲”的怒火,完全来自因为“城/乡”间不平等关系带来的对城市的“羡慕嫉妒恨”的心理。第二囧境直指父亲的忏悔和反思。他后来转正为“国办”教师和成为县里的政协委员,全仰仗培养出了旅美钢琴家甄文强,但他对此事心知肚明,“断然回绝”出面邀请甄文强回乡演出。父亲说,“他如果真是来,我还是要抽他的”,既有忏悔,又表现出一种面对历史吊诡的无理的执拗。第三囧境是,甄文强在父亲死后回来演出,走时要求带走杀威棒。秦岭特意提及他脖子后的“x”字伤疤,也是说,并非时过境迁,人与人就能达到和解,或许,这种偏见和仇恨(城与乡)还会延续和加深,像伤疤一样永远存在。《摸蛋的男孩》同样写出城乡对立视野中的尴尬境遇。全全爸爸在城里掏旱厕,告诉他,“书念好了,将来当城里人,能干了,才有资格吃鸡蛋”,于是他满怀对城市的敬畏。去城市见到了帮助父亲介绍活干的一家的孩子赵向东,对方每天吃两个鸡蛋的生活条件让他震惊,更为震惊的是,赵向东打算分给他一个鸡蛋吃,赵的妈妈却无动于衷。于是,回家后,全全用能够摸出鸡蛋的手指捅破了鸡屁股,也不再上学。赵向东请他吃鸡蛋、全全想吃鸡蛋、赵妈妈不拿出来、全全妈带全全马上离开,构成了一幅貌似日常生活,却充满了意识形态张力的图景。

“弃婴”违背伦理、感情和法律,是很难被接受的一种行为,但并不鲜见,尤其是性别关照下的女性婴儿,是贫困农村绝对的“弱势群体”。从文学角度说,“弃婴”因其“有戏”而受到青睐,美国影片《弃婴》(罗伯特·艾伦·阿克曼执导)、英国影片《垃圾箱里的婴儿》(朱丽叶·梅执导)、当代的莫言的《弃婴》和苏童的《拾婴记》都涉及此题材,从不同视角演绎了不同的故事。具有农村生活经验的秦岭,对弃婴事件并不陌生——弃婴甚至是民间基于生存而形成的残酷却现实的“惯例”。鲜见的是,把父母弃婴的心态还原,看他们经历了怎样的内心挣扎。《弃婴》写一对夫妻球儿和芍药因为无力医治生病的孩子而选择“弃婴”,因为“娃儿得的是罕见的先天性综合征”。他们已经尽力,“为了给娃儿看病，家里能卖的都卖了，卖猪卖鸡卖粮食，还让血贩子领到县城血站卖了六百毫升的鲜血”，但是，“手术需要人民币八万多元”，根本无力支付。小说描写在弃婴事件的后面，是球儿和芍药内心搏斗后鲜血淋漓的现场。这对夫妇坐在牛肉馆中，想知道哪位“好心人”抱走他们的娃儿，这对他们既是折磨，又是解脱。问题反转：不是他们抛弃了婴儿，是婴儿抛弃了他们。他们深知，即便生了是个男娃，也上不起大学，“咱把家产全变卖了，把血全献光了，也只能干看人家校门几眼”。当农村笼罩在“生下来孩子也没前途”的论调中，“弃不弃娃儿”的囧境就不再属于一对农村青年父母，而属于整个农村现实。《分娩》同样写了一个“另类”的囧境，农妇甄满满因为丈夫伤残，家庭贫穷无钱生产，独自登上了列车，以便在车上生孩子，得到非正常的待遇，免去分娩的费用。

秦岭是一位不断思考和尝试的作家。他既关注农民民生，又思考农村贫穷原因；他既忘情投入，又保持局外人的克制；他着重“写实”⑩，但又有《女人和狐狸的一个上午》和《一头说话的骡子》这样现代主义的作品。因此，他的创作有一块属于自己的关于农村问题的“根据地”，但也经常出现“逸出”的状况，这使他的写作值得期待。

①雷达主编：《新世纪小说概观》，北岳文艺出版社2014年版，第131页。

②丁帆：《中国乡土小说史》，北京大学出版社2007年版，第320页。

③相比起作家的主观，社会学研究者在数据支持下，对农村现实问题有具体深入的研究。可参阅贺雪峰：《新乡土中国——转型期乡村社会调查笔记》，广西师范大学出版社2003年版。

④刘志荣：《缓慢的流水与惶惑的挽歌——关于贾平凹的〈秦腔〉》，《文学评论》2006年第2期。

⑤白烨：《2014年长篇小说：世情与人性的多维透视》，《文艺报》2015年3月2日。

⑥段守新：《抒苍生歌哭，为历史写真——读秦岭的长篇小说〈皇粮钟〉》，《文艺报》2009年7月25日。

⑦商昌宝：《直面西部农村的历史书写》，《文艺争鸣》2013年第11期。

⑧刘卫东：《圪蹴在“形而中”的秦岭》，《文学界》2010年第2期。

⑨杨云峰：《荒诞派戏剧的情境研究》，中国戏剧出版社2005年版，第95页。

⑩闫立飞：《写实的性感、锐利及本色——秦岭中短篇小说散论》，《文艺争鸣》2013年第11期。

（载《河南大学学报》2016年第2期）

生存困境下的“借命”生涯

——秦岭乡村小说创作的一种考察

隋华臣

一个人在西北黄土地的一隅崖畔上静静地圪蹴着，凝视下面因干旱而龟裂的土地和村庄，时而叹息，时而沉思。他为这里人们的生存困境而叹息，又对造成这困境的历史和现实进行深刻反思。这个人就是秦岭。在乡村小说创作中，他常常以穿透历史与现实的目光，将这片黄土地上人们的生存困境集结起来，而暗藏在这种生存困境背后的集结号便是“借命”。在秦岭的印象里，“借命，太古老了，又真是太新鲜了，像出土文物……早先的主题多与娃娃亲、两换亲、招上门女婿、领童养媳、借腹生子有关，大意多是女娃赶不成骡子、男娃娶不上婆子、两家人借个命根子云云。如今曲是老曲，词儿早就换了新词儿，与时俱进”[①]。随着时代变迁，“借命”早已改变了古老而狭隘的含义，具有了更加广泛的意义内涵。它更是人们面对生存困境做出的种种无奈选择。这些特点在秦岭的小说集《借命时代的家乡》中有着鲜明而集中的体现。在这些作品中，“借命”便是连接种种生存困境的核心线索，呈现出人们在生存困境逼迫下一幕幕悲壮的“借命”生涯。

一、被沉痛历史裹挟的“借命”生涯

考察秦岭的小说创作，首先无法回避的是他对历史的关注与冷峻思考。他的目光无法离开自己的故乡，映入他瞳孔里的是乡村社会的沉痛历史。他看到历史重负给曾经和他生活在同一片土地上的乡民造成的生存困境。因此，秦岭呈现的乡村历史往往是那并不遥远的过去，这不仅是深刻反思后的理性追忆，更是感同身受的倾诉。作家以独特的视角挖掘乡村历史岩层深处的生存困境，进而展现出在历史重负裹挟下，“借命”成了一种特殊的生存方式。

短篇小说《杀威棒》发表当年被誉为“最具有历史反思意味的”[②]小说。在那场声势浩大的上山下乡运动中，农民被政治赋予了阶级优越性，知识青年誓言到农村的广阔天地中接受贫下中农再教育，扎根一辈子。由于知青的到来，曹家咀子借势改变村里的教育困境，办起了小学。这无疑是为了农村教育而向知青“借命”。然而，历史很不客气地开着玩笑。不久，在知青纷纷返城的浪潮中，村里的教育再次陷入困境，不得不由识字不多的“我父亲”承担起村里的教育重任。对此困境，大队支书无奈叹息“咱当农民的，又上当了”[③]。作者对小说结构作了巧妙安排。这声叹息成了砸向这段历史的“杀威棒”，同时现实中的杀威棒抽打在了跟随知青叔叔来到农村的右派孩子甄文强身

上。在一次音乐课上,甄文强纠正“我父亲”的错误,使其尊严受到严重伤害,郁积的屈辱在这一瞬间成了挥舞杀威棒的动力。知青返城成了历史抽打在农民身上的“杀威棒”,而现实的杀威棒又被农民报复性地抽打在了城里孩子甄文强身上。这里可以看到,无论是农民还是知青都是极左历史的受害者,他们被沉痛历史裹挟进一种无法挣脱的生存困境。“右派”这一遭人歧视的阶级身份,使甄文强和他叔叔只能寄人篱下,向农村“借命”生存。后来,甄文强通过海外关系到美国留学,成为著名歌唱家,然而他的成就被看成是“启蒙恩师”用杀威棒教育的结果。象征野蛮与沉痛历史的“杀威棒”在时代变迁中依然阴魂不散,被当作教育事业的圣物请进了博物馆,裹挟着人的精神和灵魂。甄文强回乡祭拜“启蒙老师”时要求带走那根杀威棒。作者正是以冷静而深刻地反思,表现了特定历史环境带给人们的生存困境与精神困境,进而导致人物命运在沉痛历史的裹挟之下不得不苟且“借命”。作者“借助农民的力量,替历史说话,把历史在农村大地上的真相还原给读者”[④],通过展示不同人物“借命”的无奈与挣扎,呼唤那被沉痛历史吞食掉的人的回归。

《摸蛋的男孩》进一步表现出秦岭反思历史的独特性,深刻地展示了历史重负对幼小心灵的伤害,带给农民的精神困境,以及无奈的“借命”选择。在供给制时代,农民在无法保证温饱的情况下还需要遵守向国家缴纳粮食、生猪、鲜蛋等农副产品的义务。乡村男孩全全带着为国家做贡献的崇高使命感,练就了摸蛋的本领。为了保证缴纳鲜蛋任务的完成,吃到鸡蛋对于全全来说是一种极大的奢侈。全全对此产生疑问而询问爸爸时,得到的回答是农民人富,城里人穷,富人应该帮助穷人,随后学校教育肯定了这种回答。这是面对生存困境所表现出的一种自欺欺人的精神“借命”。另一方面,全全父亲为了抢夺城里旱厕的粪源,又不得不屈尊向城里人献媚。这是在沉痛历史裹挟下,农民以丧失尊严为代价的“借命”选择。在供给制时代,长期的政治教化早已完成了对人们头脑的格式化,而“缴任务”正是沉痛历史为这种格式化所设定的基本参数,城乡价值观念正是在这种默认值的规范下运行。头脑尚未完全格式化的全全在一次进城中发现了城乡巨大差异,彻底摧毁了摸蛋的自豪,最终抠出母鸡屁股的鲜血来表达自己觉醒后的愤怒。他不再相信学校的教育,而是要将自己的见闻讲述给他人,但听众却是又聋又傻的杨四海。这一具有象征意义的结尾对历史做出深刻反思,杨四海无疑是农民群体的一个缩影,觉醒的全全选择他作为听众隐喻了中国农民摆脱生存困境和精神麻木的艰难。这篇作品通过沉痛历史带来的城乡“借命”关系,揭示出“不公平的城乡价值观至今仍然让农民的心口在流血”[⑤]。

秦岭自己说过,“我让自己保持高度的民间意识,这样,无论大街小巷,还是田间地头,到处都有刺目的、刀子一样的历史碎片,让我难以回避,有话可说”[⑥]。秦岭正是立足于民间意识,对散落在故乡黄土地上的历史碎片进行冷静剖析与深刻反思。这种民间意识源于作家对西北乡村历史的感同身受,而这些历史碎片则像一幅幅照片一样定格了那些并不遥远的过去。那里似乎有着作家自己的身影,也许他曾亲眼目睹过“杀威棒”的暴力行径,也许他过去就曾扮演过那个“摸蛋的男孩”。秦岭以一种朴实无华的态度直面历史真实,向历史注射进“真诚的情感和切实的思想”[⑦]。正因为对乡村历史有着如此深刻的生命体验，秦岭才能够在冷静反思之后揭示出西北黄土地上的乡民们在沉痛历史的裹挟下所面临的生存困境，他也更能从灵魂深处体会到乡民们在这样的生存困境下走上“借命”生涯的悲痛与无奈。

二、残酷现实催生的“借命”生涯

在创作中，秦岭不仅能够对沉痛历史做出冷静而深刻地反思，同时更有着对乡村现实生存困境的关注。针对秦岭关注乡村生活现实的作品，有学者创造性地引入了“新农村问题小说”[⑧]概念。秦岭正是在创作中表现了乡村生活随着时代变迁而面临的各种现实问题，深刻揭示出市场经济浪潮与轰轰烈烈的城市化运动并没有使农民摆脱生存困境。随着时代变迁，残酷现实催生了乡村生活各种各样新的“借命”生涯。

中篇小说《借命时代的家乡》深刻表现出乡村现实生活所面临的生存困境，集中展现了残酷现实导致的各种典型的“借命”生涯。主人公董建泉曾经为了摆脱生存困境幻想通过读书改变命运，可是残酷的现实无情地摧毁了他的梦想。母亲瘫痪、弟弟残疾使一个完整的家几近坍塌，“借命”成了支撑家里日子的唯一方式。于是在父亲的安排下，他与后寨女孩唐存喜相互借命。但是，董建泉并不甘心命运的安排，在一个寒冷的夜晚他与尖山不辞而别，希望与这个借命时代彻底永别，到外面寻找未来，摆脱生存困境。可是，外面更加残酷的现实使他依然无法摆脱“借命”的宿命。后来，他在煤矿打工时认识了彩凤，并与其相互“借命”。他们回到家乡办起了养牛场，彩凤虽然有高超的养牛技术，但养牛所需的体力不是一个女性能够承担的，她也需要向董建泉“借命”。应该说，这场“借命”是成功的，他们在一定程度上稍稍摆脱了生存困境。然而，他们的生意不久便在残酷且城乡不公的市场竞争中陷入困境。他们不得不无奈地再次启动“借命”模式。董建泉带着彩凤到城里请求同乡兼同学的苟发昌帮助。事业较为成功的苟发昌带着一种傲慢与轻蔑愚弄着董建泉。把自己当成城里人的苟发昌依然没有摆脱乡村人的困境，他在城里也始终生活在“借命”状态下，依靠官二代的势力来维持事业的运转。直到苟发昌受官二代牵连而锒铛入狱，他才意识到自己的身份与现实困境，意识到对于城市来说，自己只是一个暂时的“借命”者；对此董建泉并没有幸灾乐祸，而是表现出极大的同情与惋惜，因为他深刻体会过在现实生存困境下“借命”的无奈与痛苦。帮助董建泉走出生意困境的是同为乡村出来的赵满球局长。当年，赵满球为了摆脱生存困境，抛弃了乡村的“借命”对象，与城里局长女儿结婚。这种“借命”关系虽然使他后来得以身居官位，但他始终无法在作为局长女儿的妻子面前获得尊严与平等，爱情、道德、伦理在这里都成为了奢侈品。赵满球帮助董建泉没有收取任何好处，在董建泉的感激与夸赞中，他道出“你我活在借命时代，迟早要背着十字架苟且一生，躲不过”[⑨]。这一刻，他们的灵魂交汇在了一起，彼此都理解残酷现实催生“借命”的尴尬与无奈。最终赵满球以悲剧方式为自己的“借命”生涯画上了句号。这篇小说深刻表现了在时代变迁中残酷现实催生的各种复杂的“借命”生涯。这里既有乡村人内部的彼此“借命”，又有乡村人向城里人的“借命”。乡村内部更多的是因为面临相同的生存困境而相互“借命”,彼此之间表现出了平等、同情、理解;而向城里人“借命”往往以丧失尊严与人格为代价,收获的却是隔膜与误解。这些“借命”生涯在秦岭创作中有着鲜明体现。

《绣花鞋垫》是一篇曾经在文坛上产生重要影响的作品。这篇小说以乡村教育问题为切入点,深刻展示了残酷的乡村现实催生出复杂的“借命”现象。堡子中学民办教师赵祖国若凭借实力可以转正一百次,然而没背景、没势力的残酷现实使他只剩下情感“借命”这一点希望。学生苟大女子原本是一个中考苗子,却被赵祖国选择为“借命”对象,培养她做媳妇,导致苟大女子多次复课,成绩却每况愈下。城里支教教师艾关诗的到来使这些发生了改变,他接替了赵祖国班主任工作。同时艾关诗对赵祖国表现出蔑视,在他看来赵祖国的做法是有悖师道尊严的。实际上,培养学生做媳妇在堡子中学是一种普遍现象。作为城里人的艾关诗虽然心存正义和善良,但他与赵祖国之间显然存在着巨大的隔膜,他无法理解在残酷现实带来生存困境中选择“借命”的尴尬与无奈。艾关诗的到来使苟大女子对中考重新充满希望,她为了摆脱生存困境决定向艾关诗“借命”,而艾关诗为了鼓励苟大女子,向其隐瞒了已婚事实,许诺给她一个虚假的情感“借命”。苟大女子后来终于考上了师范学校,虽然有了摆脱生存困境的希望,但她失去了追求“爱情”的尊严,这正是现实生存困境下选择“借命”的悲痛。赵祖国看到自己培养的“借命”果实被葬送,一怒之下发疯了。苟大女子中考成功之后,跪到了发疯的赵祖国面前,泣不成声。苟大女子对赵祖国有着既爱又恨的复杂情感,他们身处同样的残酷现实之中,曾经面对相同的生存困境;苟大女子对他不仅有着深深的同情,更有一种无法言说的理解。相反,艾关诗虽然出于善良本能帮助苟大女子改变了生存困境,但他们之间始终存在巨大隔膜;艾关诗对于苟大女子来说只是一种临时“借命”,一种永远无法平等的“借命”关系。两种“借命”状态的对比升华了作品主题,使作品获得了更加深刻的意义。

《分娩》表现残酷现实催生出乡村人的“借命”生涯,更加具有典型意义。怀有身孕的乡村妇女甄满满在现实生存困境的逼迫下无法保证顺利分娩,无奈地选择外出“借命”。她爬上了一列火车,没有旅行的目的地,不在乎去向何处,她的目的只是“借命”,试图制造在火车上意外分娩,而得到救助。应该说,她的这次“借命”是成功了,但是成功分娩之后,甄满满却被人当作疯子,拒绝让她看自己的孩子。最后,煤老板孙卫星带着诚心来接甄满满母子时,却被看成图谋不轨而引起医院的警觉与防备。显然,他们在这里遭遇了巨大的城乡隔膜。此时的孙卫星表现出人性的觉醒。曾经,甄满满的丈夫在他的煤矿砸断腿时,他仅仅给了一点可怜的抚恤金。当残酷现实使甄满满遭遇生存困境时,丈夫张平安希望她向孙卫星“借命”,可是孙卫星表现出轻佻与高傲。妹妹甄环环为了乞求学费而向孙卫星“借命”。当她在孙卫星面前脱去了衣服时,孙卫星觊觎美色的贪婪之后却缩了回来,无条件地帮助了环环。因为同样出身农村的孙卫星能够深深理解她们面临生存困境而选择“借命”的无奈,理解使他堕落的人性重新觉醒,激起了那份源于内心深处的爱。

在这些作品中,秦岭常常将乡村人内部与城乡之间两种不同的“借命”关系并置在一起，形成鲜明对比，使作品“具有了现实关怀与审美超越的双重品格”[10]。随着时代变迁，残酷现实带给乡村人相同的生存困境，他们之间的相互“借命”，苟且生存，往往表现出一种毋庸言说的理解；而在向城市“借命”的过程中，城里人对此更多地表现出轻蔑和误解，即便出于善良的本能，同情帮助乡村人，甚至献出爱心，但由于城乡之间的巨大隔膜，经常给乡村人带来尊严和人格上的伤害。通过对比，秦岭意在表明“这世间的爱很大程度取决于一种能力，爱不到位，对于被爱者来说，就是一种词不达意，一种徒劳浪费，一种虚情假意”[11]。这是秦岭在创作中反思现实的一种手段，也为读者“提供了认识价值”[12]。

三、与权力纠缠的“借命”生涯

在创作中，秦岭除了表现历史重负与残酷现实带来的生存困境之外，还特别表现了权力对乡村生活的干预。无论是在历史还是现实中，权力始终是影响乡村生活的一个重要因素，甚至决定了乡村人的生存状态。在一些作品中，秦岭正是通过权力这一角度，穿透西北乡村的历史与现实，从而进一步深度挖掘乡村生活的“借命”真相。学者林霆评价秦岭创作时说到：“用艺术的手段展现民众的生存现实，特别是权力之下的生存真相，是秦岭小说的一大特色。”[13]在这些作品中，秦岭向读者展现了乡村人在权力制约下所面临的生存困境，以及在这种困境中选择与权力纠缠的“借命”生涯。

中篇小说《皇粮》是秦岭“皇粮系列”的重要代表作品，小说虽然以“皇粮”取消前后农民缴纳公粮的真实状态为主要表现对象，但阅读作品可以深深感觉到西北乡村世界无时无刻不被渗透其中的权力所笼罩。尖山村民岁球球在一次矿难中为了救人砸断了腿，从此丧失了劳动能力，除了换回徒有虚名的“优秀农民工”之外，解决不了任何生存困境。一条瘸腿，想讨个老婆都难。直到他竞聘当上粮站验粮员，生存境遇才发生了一点改变。一向被人鄙视的岁球球多年来终于找到了做人的尊严，他不仅得到了四邻八乡的敬重，而且回村后还受到了全村宰羊庆祝的隆重礼遇。这一切都是因为他手握验粮的权力。在纳粮制度的束缚下，这一权力决定着庄稼人一年劳作的“生死”。这种礼遇恰恰是尖山村民向权力“借命”的庄严仪式。岁球球成为验粮员之后，寡妇牛翠翠也开始对他投怀送抱，并承诺嫁给他。在此之前，牛翠翠始终与有妻有子、被捧为村副的苟犊子关系暧昧。苟犊子的权威是乡村民间的一种自然权力，他虽然不是村干部，但他说的话有时比村长还有用。他不仅可以帮助牛翠翠完成纳粮任务，同时还能够为她提供另一种权力庇护。牛翠翠无论是向岁球球投怀送抱，还是委身于苟犊子，都是在向权力寻求“借命”。她并非是生活轻浮、道德败坏，这是一种在生存困境的压迫下不顾尊严的无奈选择，因为一个女人无法担负起缴纳公粮的巨大压力，向权力“借命”是她保障生存的唯一途径。当取消“皇粮”的消息传来时，岁球球与牛翠翠渴望已久的肉体激情戛然而止，是牛翠翠的理性浇灭了激情火焰，她开始犹豫是否还要与岁球球继续下去。权力是岁球球向牛翠翠“借命”的唯一资本，取消“皇粮”意味着岁球球的权力丧失殆尽。这样的结尾设计表现出作者冷静而深刻的反思。取消“皇粮”真的就使农民摆脱生存困境了吗？牛翠翠的犹豫正是对这一问题的追问。这说明除了“皇粮”之外牛翠翠还面临着各种各样的生存困境，是瘸腿的岁球球无法承担，无力摆脱的。同时，随着权力丧失，岁球球再次堕入生存困境之中。这场与权力纠缠的“借命”生涯最终走进了生存悖论。

《本色》更加突出地表现了在权力干预下西北乡村社会的生存困境，人与人之间的冲突、无奈与挣扎。在这篇小说中，每个人都是在权力制约下生存，无法逃离与权力纠缠的宿命而尴尬地选择“借命”。尖山中学校长孙留根被迫向村民强征税费提留而遭到村民暴力反抗。为了保护学校和阻止村民闹事，他不得不向乡里的联防队求助。本应与联防队员一起对抗村民的孙校长却往招待联防队的茶水里吐痰，他同样憎恨代表权力的武装力量。后来，在孙校长的追悼会上，联防队的郝队长道出了真相，其实那天他明知道茶里有痰却不怪罪孙校长。这是他们与孙校长共同的“本色”。无论是孙校长还是联防队，貌似与村民对抗，实际上他们与村民有着同样的生存困境，他们只是在这样的生存困境中受到权力的“眷顾”而选择向权力“借命”。他们一方面要违心的迎合权力以保障自我生存，另一方面又要维护内心残存的“本色”。

在创作中，秦岭“不回避深入到个人毛细血管的权力带给他们的创痛。如果说到当代人的生存境遇，贫穷还不是最重要的问题，更重要的是个人的尊严因为贫穷而被权力剥夺殆尽”，在与权力纠缠的“借命”生涯中，“满足权力的欲望是他们获取生存保障的唯一途径”[⑭]。

通过考察可以发现，秦岭以审美的方式对历史重负、残酷现实与权力所导致的乡村生存困境进行深入挖掘，探寻西北农民在生存困境的逼迫下选择“借命”的内在真相。秦岭始终站在“人的文学”的立场上彰显作品的审美力量。他对生存困境下“借命”生涯的艺术呈现，表现出深深的忧患意识和悲悯情怀。“借命”本是一种苟且生存状态。秦岭所提供的“借命”生涯，尽管存在尊严丧失、伦理错位、苟且忍从，但这些都很难引起人们的蔑视和唾弃，甚至可以感受到“借命”生涯的悲壮。因为这里人性没有沉沦，人们在生存困境下无奈选择“借命”的同时，却坚守着人性高度。秦岭有着从污秽中萃取人性的能力，“借命”生涯正是这种萃取过程的展示。这些都源于秦岭对西北乡民及其生存境遇的熟悉，更源于秦岭从灵魂深处所流露的同情与理解，更是对西北农民的一种切身大爱。但是，这种大爱并非是一种情绪激动，而是一种冷静而理性的反思，他在穿透历史与现实的深刻反思中，完成了对生存困境下“借命”生涯的悲剧审美。

参考文献：

①⑨秦岭．借命时代的家乡[M]．太原：北岳文艺出版社，2014:9,14.

②段崇轩．亮点与问题——2011年短篇小说述评[N]．文艺报，2012-02-13(2).

③秦岭．借命时代的家乡·杀威棒[M]．太原：北岳文艺出版社，2014:149.

④⑥秦岭．我习惯了在小说里反思[J]．文艺争鸣，2013(11).

⑤贺绍俊.2012年短篇:平常中的变异[J].小说评论,2013(2).

⑦李建军.守成启蒙主义的文化理念与文学言说[J].当代作家评论,2014(2).

⑧⑪商昌宝.直面西部农村的历史书写——秦岭"新农村问题小说"论[J].文艺争鸣,2013(11).

⑩吴景明.新世纪社会转型与底层写作、生态文学的兴起[J].当代文坛,2015(1).

⑫杨显惠.秦岭小说的价值[J].文艺争鸣,2013(11).

⑬林霆.权力之下的生存——评秦岭的《本色》[A].林霆、段守新编.年度短篇小说精选(第三辑)[C].天津:天津人民出版社,2009:193.

⑭刘卫东.圪蹴在"形而中"的秦岭[J].文学界(专辑版),2010(2).

(载《河南师范大学学报》2016年第2期)

论秦岭乡土小说的历史内涵与反思

——秦岭乡土小说的思想剖析

张　慎

【摘要】作为思想型作家,秦岭的乡土小说紧紧抓住20世纪90年代农村的教育问题、赋税问题、饮水问题、医疗问题,峻急地追问农村苦难的历史根源与制度根源。他的小说揭示了农村贫苦的生活、沉重的赋税、匮乏的教育资源,批判了不平等的城乡政治经济制度,同时也发现并揭示了扭曲人性的"权力与金钱"时代法则。小说在展露了农民们的精神动荡的同时,也流露出秦岭自己"性本善"的思想观念。这一观念,既使他对自己笔下的人物充满了体谅、宽容和温情,也使他的历史批判出现了人性拷问的不足。

系统阅读秦岭的小说,不仅使我重新忆起在兰州读书时所遇到的那些面颊棕红、口音钝讷的甘肃农民,天水这个美丽得让人遐想的地名背后,生活的干旱、焦苦气息也再次扑面而来。更重要的是,秦岭的小说重新唤醒了我在挣脱农民的贫苦命运过程中所经历、体验的艰辛和疼痛。"皇粮""教育附加费""提留""乡联防队"……一个个渐渐被历史抹去、被人们淡忘的概念、名词,却记载着改革开放以来农民生活、农村教育所曾面对的苦难、负重和血泪。

秦岭的小说世界主要集中在甘肃天水干旱贫瘠的农村土地上。对农村、农民现实苦难的切实体验,使他"怨毒"而迫切地追索这苦难的根由:仿佛扼住了农村苦难的咽喉,他紧紧抓住农村教育问题、赋税问题、饮水问题、医疗问题,将质问的目光投向了改革开放以来特别是90年代以来农村的生活史、政策史、教育史和心灵史。阅读秦岭的乡土小说,可以强烈地感受到他对城乡经济、教育等诸多方面的不平等的批判。但也许是得益于他跨越天水与天津的生活经历、对乡村与都市底层现实的切实体认,他的情感态度没有走向偏激的城乡对立甚至城乡对抗,而是将所有这些反思和质询最终指向了不平等的城乡政治经济制度和教育制度。因此,当读到他《碰瓷儿》等反映城市底层下岗职工的生活苦难的作品时,读到他在《本色》结尾也让倍遭唾骂的联防队长同样闪露出人性本善的"本色"时,就可明白,原有个体人性,而严苛地追问历史、拷问制度,是秦岭小说创作明确的思想指向。

一、农民不可承受的赋税之重

秦岭乡土小说创作的时代背景,主要集中在改革开放以来特别是90年代这一时段,由此,有论者将秦岭的乡土题材小说创作命名为"新农村问题小说"[①]。20世纪90年代中国特色的市场化大潮给农村和农民命运所带来的动荡和苦难,确实是秦岭小说创作的内在动力:伴随着市场化而来的是通货膨胀和消费水平的普遍提高,而并没有真正市场化的农产品价格却没有相应的增长,这就直接导致农民的土地收入太低,无法维持正常的生活。为了生存下去,大量农村青壮年放弃了土地而外出打工,涌入城市,留守农村的只剩下所谓的"老弱病残"。大量农村正在不断地沦为"空村",杂草丛生,残垣断壁,一片荒芜的景象。秦岭在2009年考察陇南、天水等地震灾区的灾后重建情况时就严峻地指出:"农民中的建设者离开了土地,离开了家乡,新农村由谁来建呢?""谁敢提供这个答案,我就把他视作上帝。"[②]而高等教育的市场化所带来的高昂费用,又生生切断了大量试图挣脱贫苦命运的农民子女的上学道路。在秦岭的小说中,经常闪现因高昂学费而只好辍学打工的农民子女的愁苦面影。甚至在小说《断裂》中,高中女生为了挣得大学学费,不得不出卖自己的身体……所有这些,都是与农村血脉相连的秦岭内在的疼痛,催促着他执着地关注农村、体恤农民。"农村的出路何在?"这是包括秦岭在内的新世纪乡土作家所无力回答,却又不得不面对的现实难题。

然而,秦岭的乡土小说并没有集中火力正面呈现农村"当下"的现实问题,在他创作之时,"皇粮""提留"等名词刚刚成为历史;他也没有为了回答农村的"出路"问题,而试图为之寻求"新"的或者恢复"旧"的"乌托邦"。相反,他带着对农村现实苦难的疼痛体认,将目光投向了刚刚过去的历史,从中追索农村生活的、精神的现实困境的根由,从社会、经济、政治、教育等多个角度对农村的宿命性苦难进行了历史沉思和制度拷问。因此,从这一意义上说,秦岭的乡土小说毋宁是对农村苦难的历史追问。

秦岭的历史追问在新世纪乡土小说创作中最独特也最具有历史深度的,是以《碎裂在2005年的瓦片》《皇粮》《皇粮钟》等作品为代表的"皇粮系列"对农村赋税问题的反思和拷问。"这些年县里、乡里对庄户人征收的这个税那个费实在太多太滥,动不动就把手伸到农民的腰包里",村里都被各项收费收怕了。[③]由于赋税太重,农民无力缴纳,就出现了暴力征收:“这些年,拖欠皇粮、拒缴皇粮的‘钉子户’越来越多,每年都是乡干部带着联防队员,浩浩荡荡地开进村,手铐加麻绳,逐家逐户地拔钉子,弄得鸡飞狗上墙,每拔掉一颗钉子,那户人非得脱一层皮不可。”[④]到农村收税的队伍中不仅有乡镇派出所人员和联防队员,各村的教师、卫生院的医生护士“也都动员到征收税费的第一线了”。如果教师们收费不力,“当月的工资就被乡上扣得只剩下基本生活费了”[⑤]。正是在这种逼迫之下,联防队员、乡村教师们都如孙留根校长的茶杯一样,清亮透明的人性本色被迫蒙上了厚厚的污垢,不仅引发了村民们的愤恨,而且遭到了学生们的报复。[⑥]

然而,新中国的农村赋税问题显然并非始自20世纪90年代,在《摸蛋的男孩》中,秦岭将历史批判的目光上溯到了50年代中国的农村政治经济政策和城乡制度差异:“在供应制时代,中国农民有义务为国家上缴粮食、油料、生猪、鲜蛋、棉花等农业、畜牧业产品的政治任务,从而保障了城市轻重工业的发展和城市居民的基本生活。中国历史上所谓城与乡、工与农之间的物质和精神落差,在此阶段显得尤为凹凸不平,并成为一种独特而持久的政治、经济现象,深刻影响到国人的民族文化心理和精神质地。”[⑦]更引人思索的是,农民们沿用“皇粮”来称呼新中国的“交公粮”,一下子接通了几千年来中国农民的赋税史。新中国的到来,并没有终结这一历史。《皇粮钟》开篇所回荡着的“咣——咣——咣——”的震天钟声,可以说是对数十年前《红旗谱》中的钟声的一个强烈的嘲弄:数十年前《红旗谱》中的砸钟声,可以说是中国农民翻身道情历史叙事的震撼开幕,而数十年后《皇粮钟》的钟声,却在宣告了几千年农民赋税史的沉重延续的同时,也宣告了曾经的农村乌托邦叙事的虚幻。面对沉重赋税的象征物“皇粮钟”,农民们既畏之如畏神,合众祭拜,又恨之入骨,愤怒地将其毁弃。因此,当在秦岭的小说《本色》中读到负责催收税务的联防队来到学校后,学生们愤怒地齐声朗读柳宗元《捕蛇者说》中对“苛政”的批判时,我们可以从中体味到秦岭面对这种历史延续而产生的同样强烈的不平之气。幸运的是,“皇粮”制度终于在新世纪终结了。然而,在《皇粮钟》的结尾,钟声再次响起,囊家秦爷死而复生,不能不说内含着作者对“皇粮”制度死而复生的隐忧。

二、“权力”法则之下的道德疼痛

与秦岭的从教经历和体验密切相关,农村教育的贫陋、民办教师生活的艰难,是秦岭乡土小说所关注的另一重要问题。一方面,农民收入太低,赋税繁重,无力支付子女的教育费用。而在90年代教育市场化历程中,中国教育的费用却又日渐飙升。而这直接导致农民子女纷纷辍学,进城打工。成绩优秀者即使坚持下来,也不得不面对高中、大学日渐高昂的学费。北沟村的苟大女子尽管“占了老大的便宜,还能念个书,像二女子、三女子几个,就没有这个命”。然而在贫困面前,苟大女子也只能默认“堡子的女生,出不了金凤凰”的宿命;[⑧]当年的“贫困三好生”马莉莉辍学后在广东做坐台小姐,一场扫黄打非之后自沉了珠江;[⑨]甄满满四年前就考上了南方的一所著名大学,但由于缴不起高昂的学费，只好把录取通知书塞进灶膛里烧了；[10]十七岁的高中女生为圆自己的大学梦，只好啜泣着在洗浴中心出卖自己的肉体。[11]然而，即使上了大学，毕业后面临的却又是浩浩荡荡的大学毕业生无法就业的社会困境。在“拼爹”“拼人脉”“拼资源”等等诸多就业“潜规则”中，农村子女又能何为？恰恰如董建泉所愤懑的：“后来连考大学也不值钱了，收费倒是毫不留情。那狗屁教育制度的胳膊肘明明是朝着城里人弯过去的，农民娃活该是辍学打工的命！”[12]不能不说，这里潜含着作者秦岭对中国教育制度的责问。

另一方面则是农村教育资源的匮乏、教学条件的艰苦以及教师待遇过低所导致的农村教育的窘困和教师生存的艰难。学校里“骨干教师流失严重”（《硌牙的沙子》），许多学校只能像堡子中学一样剩下“以民办教师为主体的师资力量”来苦苦支撑（《绣花鞋垫》）。乡镇政府给教师们“压”下来的收费任务，又将学校与农民、教师与学生对立起来。然而繁重的税收却并没有改善学校的教学环境，而是出现了“破烂不堪的校园和紧挨着校园的乡政府那气派的办公大楼”的景象。[13]乡政府搞扩建，甚至要征用“半拉校园”的土地。面对乡镇府“权力”法则对本已匮乏的农村教育资源的盘剥侵吞，秦岭借神秘的“鬼扬土”既表达了校长和师生的愤怒，也体现了自己强烈的批判态度。[14]

同样的“权力”法则也给那些待遇底下、生活困窘的民办教师们带来了深深的内心伤痛：民办教师的职位不仅待遇低微，而且随时都有丢掉工作的可能。而他们转为正式教师的命运和机会，则被“权力”法则所彻底掌控。为了及时“转正”，改变被动卑下的命运，他们不得不低下头颅，遵循“潜规则”，送礼行贿，甚至出卖肉体打通关节。而那些像赵祖国这样没有力量和渠道的民办教师们，只好违背道德，利用自己身为教师的小小“权力”，从更加弱势的女学生群体中培养自己未来的妻子，以终结自己的“光棍”生涯（《绣花鞋垫》）。而这无疑是以另一种方式对“权力”法则的屈从。秦岭的《乡村教师》等小说，并没有简单地对这些民办教师进行道德批判，而是深入他们的生存困境，展现出了赵举科、赵五常们“欲洁未曾洁”的道德痛苦：一方面为学生刘白鸽的前途考虑，他们抵制将学生培养成自己妻子的做法，另一方面自己的生活困境又不得不迫使他们违背道德原则，最终还是选择了民办教师们的共同做法。在这些民办教师身上，浸满了他们的道德人格被“权力”撕咬、绑架的血和泪。

“本色”善良的人性，在严峻生活的逼迫之下，不得不屈从“权力”法则，在利用“权力”争得生存的改善的同时，人性本色也因之最终蒙尘染垢，可以说是秦岭对个体人性最终被“权力”绑架、走向罪恶历程的基本认识。在《断裂》等“官场”小说中，秦岭立意探究卞绍宗等官员的“世界观、权力观在人生道路上悄然发生变化的复杂轨迹”：90年代初期西北师范大学毕业怀着一腔抱负毅然到农村支教的卞绍宗，恰恰是在发现了“权力”法则所带来的不公之后，放弃了自己扎根农村教育的理想、违背了自己的道德原则，从乡政府到县政府，一步步在“权力与金钱”法则的领悟和使用中，攀上了政治人生的高峰，也最终毁弃了自己。而在《借命时代的家乡》，秦岭对90年代“权力与金钱”的市场法则进行了深入的揭示和批判。小说中，不论是苟万昌、贾昌耀还是董建泉，这些农民企业家商业事业的起伏动荡，都与他们和政治权力的亲疏远近密切相关：苟万昌利用官二代的父亲批到地皮，一次就为他节省了三百万，董建泉也是通过赵大球局长的关系才让自己的事业渡过了难关……如果说小说中所揭示的农民们是在干旱、贫困的生活境遇里不得不采用“借命”的方式生存下去的话，那么90年代的苟万昌、董建泉等农民企业家们，则是不得不借助“权力”来让自己的企业获得生存发展的机会。同样，如果说前者体现了作者对农民生存艰难的体认、同情和悲悯的话，那么后者则体现了秦岭对90年代时代社会“病根”的严肃思考和冷峻批判。在秦岭的小说中，不论是赵祖国、赵举科、赵五常、张芍药这样的民办教师们，还是卞绍宗、苟万昌这样的官员、企业家，原本善良的人性，最终都屈从了“权力”法则，被“权力”绑架，在违背道德的疼痛中走向了道德的背面。不能不说，秦岭是在原宥个体人性的同时，最终将批判锋芒指向了让扭曲人性的权力法则大行其道的政治经济制度。

三、“性本善”的人性观

秦岭确实无意于为农村的出路问题确立新的或旧的乌托邦，然而，在他的思想里显然又存在着“性本善”的人性乌托邦。在他的小说中，从民办教师、联防队员到贪腐官员，都性本善良，是不合理的权力链条导致他们的人性或蒙垢或扭曲。他可以将生命原初的善意描绘得如此温润动人，让人沉醉：在《女人和狐狸的一个上午》[15]中，一个怀孕的妇女与一只怀孕的狐狸，在上午的阳光中互相打量。当那只母狐用窄小、单薄的舌头，一下，又一下，有滋有味地吸吮着尾梢的水分时，被舔舐着的仿佛也是我们人性善良的琴弦。“日头已经升高，过墙了，上树了，屋子鲜亮地像过了水。日头像一只温情的眼睛，注视着屋里的一切。阳光，把狐狸和水缸一起拥抱。”这日头仿佛已不再是那曾经让土地干旱、生命焦渴的日头，而是同时注目着女人与狐狸的作者的温情目光。面对生命的善意，惯于挥剑剖析历史的秦岭居然轻盈地捏起了绣针，以细腻、体贴的语言丝线织就出了动人的人性童话。

人性“本色”的善良，可以说是秦岭对自己笔下的人物不可动摇的设定。《烧水做饭的女人》中的花儿，为了丈夫王世界能够“转正”并留在学校继续教书，不得不屈从乡党委书记田博才对自己身体的觊觎。为了维护自己的尊严，又不得不屈从张中华的逼迫。实际上，她是那些不得不典当自己身体来换取生存的农村女性之一，本属于被侮辱和被损害者的一群。然而，秦岭却着意表现她在被侮辱被损害过程中的人性光彩：花儿渐渐理解了同样出卖身体的民办教师张芍药，不顾丈夫的反对前去探望；她甚至原谅了曾经借助权力逼迫自己的张中华，要求丈夫对其家庭施出援手——忍辱负重，以德报怨，秦岭着意让花儿的形象散发出人性的、道德的光彩。而在《透明的废墟》《心震》《相思树》等“地震”系列小说中，人物的人性在灾难的震荡和洗礼中显露出善意的“本色”，同样是他创作的立意所在。《透明的废墟》中，刘丹丹、吉国立、赵云逸等人，虽身份各异，经历不同，但都在灾难面前显露出了人性善良的“透明”本色。而在《心震》《相思树》中，樊绮云与夏景坤、惠儿与洪隆亭、茹玫与龚兆鹏等一对对婚外恋情都在地震之后发生了震荡，各自都重新体认人性的尊严与家庭的伦理。

秦岭善于将自己对时代社会的思考和批判，扭结在引人入胜的故事里：在男孩的摸蛋里，织进对50年代农村经济政策的思考；一个有关“杀威棒”的尴尬故事，糅合进了作者对知青与农民之间文化、身份、命运等诸多不平等的反思。他更善于将故事的戏剧性和叙事的丰富性扭结在人物精神的动荡中和尴尬处。在《皇粮》和《皇粮钟》中，岁球球和唐岁求由于当上了收“皇粮”的验粮员，获得了“权力”，而身价倍增。然而，验粮员的工作职责与对村民们的同情，又使他们陷入了内心矛盾：如果遵守严格的验粮标准，会给村民们沉重的生活雪上加霜；如果通融了村民们，则又违背了验粮员的职业操守。在“皇粮”取消之后，身为农民的他们本应满心欢喜，然而与“皇粮”同时终结的也有他们验粮员的“权力”和地位，又让他们必须面对新的人生转折和变更。对人物精神世界的这种重视和关注，不仅使他对农村问题的思考具有了切实的血肉依托，更使他的历史追问具有了揭开农民们的精神历史的意义。因此，他的《皇粮钟》等作品，由农民赋税问题入手探究了“‘皇粮的阴影千百年来到底怎样浸染并改变着农民的心灵原则和精神领地’，新一代农民的思想情感经历了怎样的蜕变和新生”[16]。他的乡村教师系列、官场系列、地震系列小说，也无不都揭开了人物在贫困、权力法则与自然灾害面前精神的动荡、扭曲与更新的历程。

文学是“人学”，任何深刻的思考和犀利的批判，都必须建基于对人物内在精神世界的深刻揭示之上，这是现实主义文学创作获得文学性的重要保障。作家体认、洞察人物精神世界的深度，自然也就决定了作品的精神深度。而所有这些，又都取决于作家的人性观里对人性的丰富复杂应当有着充分的认识。在古典人道主义之后，20世纪的西方现代哲学在对人类重大历史灾难的反思中，对人性的原欲与幽暗部分已经给予了充分的揭示。然而，也许是疗救中国社会现实中日渐沦落的世道人心、进行“道德上的拯救”[17]的使命使然，在新世纪，大量中国作家在反思20世纪80年代“纯文学”脱离现实的弊端的同时，也忽视了当时残雪、余华等作家拷问人性罪恶的历史意义，反而开始重新崇慕原始人性的乌托邦。也许是峻急的历史反思、制度拷问的创作目的使然，秦岭的具有深远中国思想传统的“性本善”人性观，同样使他在剖析农村苦难的历史根源之时，忽略了对“人之罪”的望闻问切。也许是对处于弱势地位的农民群体的同情、悲悯使然，他的笔尖不忍心挑开农民们自身思想、道德素养上的缺陷。农民们的道德人性，是否真的那么透明清亮暂且不说，人性参照的基点仅只确立在“天赋”的“本色”之上是否合适，首先就应该考虑。对20世纪中国历史灾难的反思，在历史批判、制度批判之外，如果缺失了人性批判，无疑将是重大的缺憾。同样，如果对20世纪中国革命与改革的乡土性、农民性缺乏足够的拷问，就很难对中国近代、现代、当代历史形成更为深切的反思。况且，在历史反思与制度批判之后，新制度的建设和确立，无疑也应该建立在对个体人性幽暗部分的充分估计的基础之上。

因此，在读秦岭的《女人和狐狸的一个上午》之时，我不禁被小说中的生命善意和人性童话所感动、所沉醉。而当系统读完他的小说创作之后，在为他犀利的历史反思和制度拷问赞叹击节的同时，又为他温情的浪漫主义人性乌托邦观念、为他的创作在人性拷问上的不足而深深地感到遗憾。也许恰恰是在这里，留下了秦岭可待拓展的空间。

2015 年 5 月 3 日

参考文献：

①商昌宝. 直面西部农村的历史书写——秦岭“新农村问题小说”论[J]. 文艺争鸣,2013(11).

②秦岭. 从废墟上挺起脊梁[J]. 中国作家,2009(22).

③秦岭. 皇粮[J]. 小说月报·原创版,2007(5).

④秦岭. 皇粮钟[M]. 天津:百花文艺出版社,2009:11.

⑤秦岭. 硌牙的沙子[J]. 北京文学,2007(1).

⑥秦岭. 本色[J]. 山东文学,2008(4).

⑦杨显惠. 小说如何实现参与历史的当下性[N]. 文艺报,2012-05-21(2).

⑧秦岭. 绣花鞋垫[J]. 北京文学,2003(11).

⑨秦岭. 马阴阳出山[J]. 文学界,2010(2).

⑩秦岭. 分娩[J]. 小说月报,2009(9).

⑪秦岭. 断裂[J]. 小说月报·原创版,2007(3).

⑫秦岭. 借命时代的家乡[J]. 中国作家,2014(12).

⑬秦岭. 乡村教师[J]. 鸭绿江,2001(8).

⑭秦岭. 鬼扬土[N]. 文艺报,2011-04-08(6).

⑮秦岭. 女人和狐狸的一个上午[N]. 人民文学,2014(9).

⑯雷达. 在《皇粮钟》里“找到中国农民”[N]. 光明日报,2009-07-31(9).

⑰葛丽娅. 作为“他者”的农村形象——“非虚构”农村文本的写作之反思[J]. 河南师范大学学报(哲学社会科学版),2014(5).

(载《河南师范大学学报》2016 年第 2 期)

(七)《文艺报》

【编者按】为了以文学的形式纪念“5·12”汶川大地震9周年,2017年4月15日,天津市作协举办了作家秦岭地震题材小说专题研讨会,重点讨论了秦岭的5部中篇小说:《透明的废墟》《心震》《阴阳界》《流淌在祖院的时光》《相思树》。天津市作协主席赵玫、党组副书记李彬以及武歆、黄桂元、闫立飞、臧策、刘卫东、段守新等20多位学者、作家参加了研讨会。汶川地震以来,秦岭的地震系列小说陆续发表并引起社会关注,由北岳文艺出版社推出的小说集《透明的废墟》,被誉为“我国第一部成功反映汶川地震灾难的小说集”,纳入该社品牌“小说眼·看中国”丛书,并评为该社2016年度“十本好书”之一。与会专家认为,秦岭的地震灾难小说视角独特,敢于打破叙事传统,通过死难者、幸存者与家庭、大自然、阴阳两界在灾难背景下的心灵默契与博弈,反思了社会变革时期复杂、多元的人性世界,对于探索我国地震灾难文学的路径有一定的价值和意义。

“孤军深入”的叙事挑战

黄桂元

可以认为,秦岭的每一部地震灾难小说都是一次超越惯常写作路数的孤军深入。这个过程,不仅对作家自身,同时也是对这类主题写作难度的颇具风险性的叙事挑战。一场地震灾难事件总是会引来新闻的覆盖,通常的说法,在新闻结束的地方才有可能出现小说的勃勃生长,其实又谈何容易。如何把事件从新闻热点漩涡中拉回日常生活,并变成经久耐读的小说艺术,没有想象和虚构的支撑几乎是不可能完成的。事件的传奇性如何演化为不以煽情为底色的小说美学,无疑是对小说家智慧的极大考验。在这里,秦岭交出的小说答卷超乎我们的预想。显然,小说家对于这类主题写作的成功掌控和操作,不仅仅取决于某个因素,而关涉写作主体的人文视野、现实透视、伦理关切和叙事技术等诸多层面,如其夫子自道,“面对灾难,生者、死者、伤残者的人性原色就像多色镜头一样在眼前强烈曝光,用不着拷问,它已迎面扑来,让你回避也难”。

《透明的废墟》的灵感源于在汶川大地震现场拍摄的一张照片,并围绕此框架展开了别出心裁的叙事画面。《相思树》描写灾难中人的爱情境界和婚姻责任的净化,灾难与爱情碰撞，往往会有意想不到的美丽火花，这在世界文学史中并非孤例，法国作家让·吉奥诺的《屋顶上的轻骑兵》，就因讲述一个灾难背景下的爱情故事而影响广泛。如果说，《透明的废墟》《相思树》因与“5·12”汶川大地震的发生比较接近，多表现灾难降临之后各种人物命运由碎裂而弥合、由偏见而谅解的良心复归和道德重铸，故事质地较为柔软、纯净和美好的话，那么，从《心震》则透过灾难中的婚恋格局，开始剥开、检视人性疤痕的扭曲和根由，呈现了比地震更甚的“心震”真相。而到了《流淌在祖院的时光》与《阴阳界》，当昔日的废墟成为烟云，秦岭并没有中断对那场灾难的凝视，并动用深厚的人文积累和生活储藏重返历史腹地，最终赋予其地震灾难小说“只此一家别无分店”的叙事景观。

《流淌在祖院的时光》中，通过秦岭沉稳老辣且不无悬念的叙述，主人公奶奶的刚硬形象栩栩如生，触手可摸。奶奶由“在全村的威信那是数一数二的”的“活菩萨”，后来变成固执到令人头疼甚至厌嫌的地步，是有原因的。她本是个通情达理、慈祥和蔼的老人，多少年来，“奶奶哪儿有难必然出现在哪里，连鬼也得敬三分。生产队时，队里急缺记工员，奶奶就顶上去了，全体村民出工投劳的一本账全在她心里；后来又急缺民办教师，奶奶撂下账本又上了村小讲台，全村半数以上的村民都当过奶奶的学生”。奶奶眼里容不得沙子，这决定了她面对灾后重建的种种不正常现象嫉恶如仇，即使沦落为村里唯一的“钉子户”，也不放弃自己认定的道德底线和价值立场，奶奶成为尖山村余震中的最后一位罹难者，如此悲剧结局几乎就是一种命数。

《阴阳界》的背景选择在人间与阴间、城市与乡村之间，一场大地震打开了潘多拉魔瓶，所有的一切都无可藏匿，也无可伪装。作者发挥了堪称异想天开、出神入化的虚构才华，将活人与死人、灵魂与肉身、人类与畜类、精神与物质、现实与虚构、有形与无形，连同生与死、黑与白、真与假、美与丑、善与恶，相互交融和缠绕，伴随着视角的挪移和场景的反差，小说的奇幻、诡异、荒诞色彩得到了令人惊俗也耐人寻味的强化，主人公阴阳师袁岃田最终自动选择拔掉输液针头结束治疗，是一种坚持使然，小说“无法让试图认祖归宗的老人回到祖坟，因为城市灾难让他知道了这个世界太多的灾难”，这时候，小说已经超出灾难文学的一般意义表层，或曰，表现地震灾难的意义似乎已经没有想象的那么重大了，这是由于小说拥有了一种强劲的艺术超越力，并提示读者，人只有在与自身的自私、怯懦、贪婪、邪恶等顽疾做决绝抗争，方能最终战胜灾难和困境，这个过程无疑还很漫长。

（载《文艺报》2017 年 4 月 26 日）

面对灾难，小说何以可能

闫立飞

面对灾难，无论是人祸，抑或天灾，文学如何言说，似乎是一个作家无法回避的问题。尤其是面对震惊世界、伤亡巨大的汶川地震，作家似乎陷入一种言说的悖论之中。诗人朵渔在《今夜，写诗是轻浮的——写于持续震撼中的"5·12"大地震》中写道："今夜，我必定也是／轻浮的，当我写下／悲伤、眼泪、尸体、血，却写不出／巨石、大地、团结和暴怒！／当我写下语言，却写不出深深的沉默。／今夜，人类的沉痛里／有轻浮的眼泪，悲哀中有轻浮的甜／今夜，天下写诗的人是轻浮的／轻浮如刽子手，／轻浮如刀笔吏。"直面灾难中的尸体与血以及文学言说的轻浮，秦岭仍然选择了正视与坚守，以刀笔之轻浮叙说灾难之沉重，以其思想的锐利与情怀的开阔支撑和拓展地震题材小说叙事的可能性。

《透明的废墟》收录《透明的废墟》《相思树》《心震》《流淌在祖院的时光》和《阴阳界》5篇中篇小说，时间跨度为8年，尽管角度不同，但作者秦岭始终把目光对准汶川地震，以文学叙事的想象与虚构穿越时光的冰冷与地震废墟的凝重，呈现隐藏在事件背后的另一种事实真相及其现实逻辑。这是一种异于常态视角的非常态叙事，秦岭以灾难来临时人们的应激状态与人性表现为原点，描绘了一幅奇异而真实的关于灾难与家庭、情感与人伦的人性风景画。在这幅风景画中，我们发现舍身保护幼儿的年轻母亲乃是一位未婚的打工妹，为了保护这个失去母亲的幼儿，地震废墟的逼仄空间中互相隔膜乃至冲突的邻里之间完成了常人无法理解的生命接力与合作，从而实现自我与灵魂的救赎。然而，灾难不仅是砥砺人性向善的磨刀石，而且也是折射人性复杂光谱的三棱镜，当我们发现谎言成为灾难中挽救生命的理由与原因时，谎言成为维护生命最后尊严的唯一选择时，谎言也就具有真实的底色，并在地震、灾难、流血与死亡面前重新焕发了生机和活力。地震掩埋了生命、遮蔽了真相，秦岭通过小说叙事不仅让废墟变得透明，而且让我们重新思考和探索关于生命、生活、人性的意义。从这个角度说，小说为秦岭言说灾难开辟了一条新的通道。

面对地震灾难的巨大毁灭性与生命惨剧，小说叙事如果仅止于对真相的探索，无法逃避叙事的轻浮与诗意的残酷，而对地震来临时这一非常态背景的强调与突出，容易引发传奇之类通俗叙事的联想。秦岭已经意识到这个问题的存在，早在写作《心震》时他就通过罗梦彤之口质疑"眼见为实"的真实性，"地震让我明白，我们肉眼看到的事情，不一定就是真的，而虚构的东西，也许才是最可信的"。地震让秦岭质疑流行地震叙事的审美与浪漫、否定其肤浅与虚假的同时，以严肃性的思索为其小说叙事增加历史性的沉重与现实性的痛感。法国社会学家涂尔干指出:“应当经常在‘疼痛’的地方,也就是在某些集体的规范与个人的利益发生冲突的地方去认识社会,而社会正是存在这里,而不是在任何其他地方。”对于秦岭的地震小说来说,这个“疼痛”的地方在《流淌在祖院的时光》中作为地震纪念园的尖山村祖院,它通过奶奶的坚守,“一丝不苟地维护了整个院落坍塌之后的样貌,让废墟保持了美丽而残酷的尊严”;在《阴阳界》的美国小镇别墅群的一号别墅废墟,它通过做了几十年阴阳法师的袁岇田在阴阳之间的不断穿梭,展示了地震引发的现实社会连锁反应及其前因后果。无论作为地震纪念园的祖院,还是坍塌了的一号别墅,在秦岭的注视与思索中,宛如恶之花一般向人们展示着它残酷的美丽与无法忍受的疼痛。这也是秦岭地震题材小说何以可能的缘由。

(载《文艺报》2017 年 4 月 26 日)

抵达内心的轨迹

臧　策

一个真正的作家,绝不只是在生活中发现了什么,再编成故事,运用所谓的文学技巧写出来那么机械那么简单。人文精神也好,关注现实也好,都必须融汇到作家个人的生命体验中去,并引发作家源自意识及潜意识的创作冲动,才会真正成为作家精神世界中的有机整体。作家的创作过程,其实就是内心的激情与自己的心理防卫机制不断互动的过程,就像是海浪不断地冲击着礁石,而冲击之后的结果,就是作家真正源自内心的作品。然而真能抵达这种境界的作家,其实并不多。

由于我一直比较关注秦岭,所以对他这些年来在小说写作上的发展变化,也有一些比较个人的见解。纵观秦岭这些年的文学创作轨迹,就会发现他所走的正是不断抵达自己内心的文学之路。秦岭的生活经历远比一般人丰富得多,可以说现实中的苦辣酸甜,他都早已经尝遍了。不过秦岭早期的小说,走的还是“问题小说”的路子,丰富的生活体验,也只是他编故事的道具以及凸显地方特色的元素。但从近几年开始,他的小说却有了脱胎换骨的变化,尤其是到了他写作小说《寻找》时,那种源自内心世界的深刻隐喻,已经触及了人性中最深层的东西,远不是什么特殊历史题材所能解释与涵盖的了。而这本小说集《透明的废墟》,则正是他在写作中回归内心之路上的一个节点。

我从不提倡题材决定论,但也深知有一些比较特殊的题材,是文学所不能不去面对的，比如战争，比如灾难……但现实中战争的悲壮惨烈，灾难的触目惊心，却并不能保证小说叙述的精彩。相反，恰恰因为现实所给予人们的冲击太悲壮惨烈，太触目惊心，小说中的叙事反倒容易被冲淡，被湮没，这也就是在突发性重大事件面前，新闻比文学更具有力量的原因。作家们都知道，写以往的战争或灾难，比写当下的事件容易得多。人们往往宁愿去一次次地重写早已沉没了的“泰坦尼克号”，也不愿意去触碰刚刚发生的事件，因为那将面临更大难度的挑战。而秦岭却是个执着地挑战更具难度写作的作家，汶川地震之后，他第一个写出了地震题材小说《透明的废墟》，随后又写出了一系列颇具水准的同类作品。当然，对当下灾难题材的挑战，不只需要勇气，更需要一个作家全面的修养以及对于人性的深刻理解。也正是基于这一点，走在回归心灵之路上的秦岭，才能最终把握住了人在面临灾难时所展现出来的复杂性与深刻性。在秦岭的小说中，地震是斩断了人们各自生活轨迹的一道裂痕，所有人的命运都被这突如其来的灾难打乱了。比如那篇《心震》，秦岭以女性第一人称的视角，叙述了几个女人复杂微妙的情感世界，以及各自婚姻爱情生活中的种种波澜甚至不幸。而突发的地震，则把生活中的一些特定场景“定格”了……这就是生活之中的真相吗？还是在这些表象的背后隐匿了更多不为人知的人生故事？《心震》作为一篇虚构的小说，充分地发挥了小说这一文体所特有的优长，向人们揭示了那些新闻报道所无法触及的人性深度。

应该说秦岭的这些探索是正确的、可贵的，也是有成效的。小说的魅力在很大程度上，不是因为更“像”现实，而恰恰是对现实的“陌生化”。现实是多方位、多层面、多角度的，新闻可以让我们在第一时间获悉事件的核心和脉络，但事件的主角永远是人，是一个个具体的活生生的人。每个人有着各自不同的人生和命运，但从地震这一刻起，人们的命运开始交织在了一起。这是我们日常生活中非常的维度，也是整个人类所无法回避的一面。以地震这个特殊的大背景考察个体的、群体的人，这一点本身就值得我们深入的思考。秦岭的小说创作，已经迎来了一个新的高峰期，愿他在今后的文学之路上仍能不断地挑战自我，取得更大的成绩。

（载《文艺报》2017 年 4 月 26 日）

“地震叙事”与德性重建

刘卫东

作为极端的自然灾难，“5·12”汶川地震的突发性和破坏性都很强，堪称国殇。面对地震，文学迅速做出了反应。灾难9天后，《惊天地、泣鬼神——汶川大地震诗抄》就被推出，并称这些诗"是人间的大爱，是人性的升华，是国民品格的折射，是中华民族危难发出的感天动地的心声"。这些充满"正能量"的文学作品，是当时环境下急需的，情感也真挚饱满，但从文学角度说，失之于直白。任何陈述都带有技巧，哪怕是陈述苦难，正如朵渔在《今夜，写诗是轻浮的……》中所说，"悲哀中有轻浮的甜"。上述背景下，秦岭对"地震"情有独钟的状况就引人瞩目。秦岭写了多部地震题材的作品，《透明的废墟》还被称为"第一部地震灾难小说"。读了《透明的废墟》《相思树》《心震》等5部以地震为题材的中篇后，我觉得，在秦岭这里，"地震叙事"得到了深化。

建构人物的独特"境遇"，一直是秦岭的拿手好戏。延续了《碎裂在2005年的瓦片》《弃婴》《杀威棒》等作品对"特殊场景"的书写，《透明的废墟》定格了一个非常"瞬间"。打工女孩刘丹丹在地震中被埋在废墟下，一个婴儿爬过来，丹丹迎接了这个失去母亲的孩子：她敞开胸怀，将牛奶抹在乳头上，给这个饥饿的小生命哺乳。最后，她因伤势严重，哼着眠歌死去，婴儿获救。在这部主题先行之作中，"婴儿／母亲／哺乳"的元素得到凸显，体现在大爱无疆的人类繁衍原始本能中。秦岭以此为主旋律，展现出面对灾难时高高崛起的人类之爱。这部作品写于汶川地震结束后第16天，充满"多难兴邦"的悲壮，也配合了当时地震文学关照生命、缅怀遇难者的主题。如是，秦岭的灾难叙事都有一个印有"治愈糖果"字样的"外壳"。《心震》中的谢凤珍为呵护几个人死后的尊严，地震发生时掩盖了闺蜜跟老公私通的难堪；《相思树》中的袁黛丽对出轨的丈夫宽容，地震后丈夫才偶然知晓。

秦岭故事的滋味通常是"俄罗斯套娃"式的，糖衣里面，有着苦涩乃至辛辣的味道。正是这个特点，使秦岭的"地震叙事"摆脱了"创伤"和"温情"情绪，直抵生活根部。《透明的废墟》的主题是抒发正能量、赞美人间爱意。仔细阅读，小说另外的细节对上述主题进行了拓展、深化，地震表现出"爱与救赎"的复杂性。秦岭对地震中"人的德性境遇"的建构，就体现于此。作品中住在一个单元中的诸多邻居，很少来往，而借此次地震，相互帮助、消除误解——另一角度说明现代人之间的隔膜和冷漠。为什么直到面临生死，才认识到人与人之间的关爱不可或缺？还有，未婚女孩刘丹丹哺育婴儿的照片被媒体误为母子，以讹传讹，"成为真理"，暗含有对"媒介事实"的批判。再看，《阴阳界》中，房产建筑商甄宗发自己家的别墅在地震中毫发无损，承建的安置失地农民的"阳光小区"却坍塌毁灭。《流淌在祖院的时光》中，爸爸和叔叔孝敬的物品都被奶奶拒绝，因为他们一个是公安局长，一个在洗浴中心工作，勾结在一起赚"黑心钱"。

布满乌云的现实，被灾难的闪电劈出一丝人性的亮光。《阴阳界》中的小保姆珍珍本来脱险，却因返回救人而遇难。如果不是地震，《流淌在祖院的时光》中的奶奶拒绝自己儿子提供的"享受"，住在祖院柴房的情况还无人知晓。既然人性的黑暗是无可回避的存在，那崇高、奉献、尚义、知耻又怎么能被怀疑？怎么不能被彰显？我以为，秦岭是把地震作为契机，批判了现实的同时，重建了日常生活中的美好德性。

（载《文艺报》2017年4月26日）

“心震”的透视者和记录者

段守新

我还记得9年前,汶川大地震后的全国哀悼日(2008年5月18日),我曾经给我的师友群发过一个短信,大意是说,这次灾难,让我有一种重生感。因为我看见我们日益萎缩的情感和日益沉沦的灵魂,在这样一种惨绝人寰的灾难淬炼中,第一次空前地挺立起来,干净起来,紧紧地凝结起来。就好像平时分散的五个指头,第一次有力地攥成了一只拳头——尽管攥在手心里的是一摊血——这让我对人的存在、人的未来,第一次抱有了充沛而坚定的信念。同时,我也相信,这次灾难将会深远地影响今后中国文学的质地和走向,它会变得有骨头、有情怀、有境界。总之,在它的价值内涵里,将会有一种深沉的悲怆的苦难记忆、忧患意识和反思精神灌注其中,作为一个民族的深层文化基因,伴随着它一路凝重前行。

但是,我的上述期待无疑落空了。汶川大地震后的文学发展,让我不无沮丧地发现,如此猛烈的一场地震,似乎并不足以改变和重组它的基因结构。灾难之于我们这些幸存者,仿佛只是一个虚假的噩梦,而不是确定不移的事实,第二天醒来,我们只需挥挥手,就可以毫无负担地告别昨天,而在这种令人悲哀的民族健忘症中,能够在地震之时像大多数中国人一样应时而起有感而发,在地震之后又不像大多数中国人一样事过境迁即漠不关己的,秦岭在我所见到的作家中,不敢说是唯一一个,至少可以说是不多的几个之一。他对灾难记忆的这种持之不懈的镌刻,其结晶就是目前结集的这部《透明的废墟》。

对历史和现实的变动具有极高的敏感度、迅捷的反应和跟进能力,这是秦岭作为一个好作家的特质之一。2006年农业税取消后,他的《碎裂在2005年的瓦片》《皇粮钟》等,是国内最早尝试着描绘这一延续2000多年的“皇粮”制度的骤然终止,给农民的生活、命运和精神心理带来变化的作品。2008年汶川地震后,他的《透明的废墟》,被称为是“中国第一部地震灾难小说”。而现在,他已陆续完成的《风雪凌晨的一声狗叫》《一路同行》等,同样是2015年计划生育政策调整以来,最早介入和处理相关题材的小说。这许多个“最早”“第一”,当然并不能代表着作品的最终艺术完成度,但它却起码可以说明秦岭的深重的社会责任感和敏捷的反应能力。而且这些又都无不源自他平时的丰厚的生活经验和活跃的思维状态。秦岭就像是一支蓄势待发的箭镞在瞄准着靶心,一头潜伏于林莽之中的豹子在窥伺着猎物,一旦时机到来,他就能毫不犹疑地奔向他的目标。汶川地震时秦岭虽然不在现场,但这并不妨碍他以他自有的灾难记忆,他的强大的虚构和想象能力,为我们展现出在极端情境中,人心、人性、人的命运的诸多可能，以及生存、生活、生命的某种真相。可以概括地说，相对于地震的惨烈景况，秦岭其实更为关注的是地震所带来的“心震”，是人的心理、情感的震荡和悸动，是精神、灵魂的裂变或再生。用他的话说，“我只是让救灾成为一个引擎，引领我走入幸存者和死难者的内心”。因此，在他的地震小说中，地震在很大程度上只是作为一个背景、一个促发点、一个试验场域而存在，而真正置之于前台和聚光灯下的，是人的深层的内在精神世界。在《透明的废墟》中，它体现为打工者刘丹丹和她的城市邻居们，在废墟重压之下心灵的碰撞和融合。而《相思树》和《心震》，则通过这场灾难，意在深入表现现代人（也是城市人）的情感和婚姻危机，以及灵魂的救赎和人性的回归。到了后来的《流淌在祖院的时光》，尤其是在《阴阳界》里，秦岭再度变换视角和拓展视域，将城市／乡村、阳世／阴间连接起来，在这多重空间的对峙和转化中，力图纳入转型期中国社会纷纭错乱的全息图景，不只关乎人心，亦且关乎社会；不只关乎现实，亦且关乎传统；不只关乎天灾，亦且关乎人祸。

我不能确定秦岭在这条道路上是否将一直走下去、走多远，但我可以肯定的是，灾难叙事有着重大的书写价值，也有着现在远未穷尽的空间和深度。要知道，灾难作为伴随着人类史始终的一个事实，构成它的重大性和严峻性的，其实不只在于它是不以人的意志为转移的自然不可抗力，更在于在“天灾”之外还有许多复杂的不能尽言的社会问题。对于灾难的文学书写固然需要警惕“宏大叙事”“规范叙事”的询唤和诱导，同时也必须保持这样一种警醒，即将焦点仅仅聚集于对人性和人心的审视，有可能遮蔽的其他区位，乃至是更为重大而紧迫的区位。此外，对于灾难的观照，我们或许还需要引入一个更高的视点，即在人类存在论意义的层面上，将灾难（或者苦难）理解为是人类存在的一个永恒的情境、永恒的主题和永恒的命运。只有在这样一个更高的视点之下，我们才能在人类与其命运死死角力的过程中，看见他的血泪与荣耀、他的卑微与高贵、他的涅槃与再生。也只有在这样一个存在论视角的照临下，我们对于灾难、苦难的书写，才能更为谦卑，更为敬畏，更为悲悯。

在某种意义上，文学的价值或许正在于一个时代、一个民族、一个写作主体，如何因应着他们所受的苦难而进行的思考和呈现。这些思考的视景有多深邃，这些呈现的力度有多强劲，往往显示着文学有可能达到的精神境界有多高远。对于灾难的书写者来说，陀思妥耶夫斯基的这句话，或许他们应该始终铭记在心：

“我只担心一件事，我怕我配不上自己所受的苦难。”

（载《文艺报》2017 年 4 月 26 日）

(八)《文艺报》、中国作家网等

水是举头三尺的神明

——秦岭《在水一方》宁夏研讨会发言(摘要)

【编者按】2013年8月6日,由中国作家协会、水利部共同举办的天津作家秦岭的长篇纪实文学《在水一方》研讨会在宁夏回族自治区平罗县举行。本次研讨打破传统方式,采取水利专家、文学评论家、作家代表、农民读者代表共同参与的方式进行。中国作协副主席高洪波,书记处书记白庚胜,水利部党组成员、总规划师周学文等40多人参加研讨,并集体走访了秦岭曾深入生活的部分乡镇和农家。现把与会专家部分发言摘要如下:

高洪波(中国作协副主席):水利部党组和陈雷部长对水利文学采风和创作工作高度重视。秦岭的《在水一方》是一部作家的社会责任感与主体意识充分结合的作品,书中的很多故事、情节都让读者深受感动,体现了作家的高度责任感;是一部接地气、有人气、富有才气的有着厚重分量的作品;一部理性判断、智性创作、感性体验高度融合的作品。秦岭同志非常值得表扬和学习,希望有更多作家像秦岭一样积极担负起社会责任,创作出更多反映时代和生活的精品佳作。

白庚胜(中国作协书记处书记):秦岭同志去年在中国作协高洪波团长的带领下参加了"行走江河看水利"文学采风活动(启动仪式后,秦岭单独采风),写成了《在水一方》一书。作品先从生物和水的关系写起,再写地球和水,最后落笔到中国农村饮水安全工程,层层递进,宏观里面有中观,中观里面有微观。在社会上迅速地引起了反响,被评为中国作协重点作品扶持项目,在《啄木鸟》杂志进行刊载,在《中国作家》刊物做全文刊发,它让社会各界更深切地感受到水的重要性、生态的重要性,增强了对水利工作及水利工作者的认识。近几年来,中国作协创联部举办了多场深入生活现场座谈会,分不同的类型和不同的地域进行,目的是倡导广大作家深入生活、关注生活、关注社会,关注时代重大问题,推出了反映生态环境的一系列作品。我相信这些作品会对唤醒生态意识、解决生态问题发挥更宏观、深刻、超前的警示作用。为了我们的人类和地球,为了我们的国家和民族,我们需要千万个胡冬林、秦岭这样的作家,用作品将我们的政府与人民链接起来,用硬性的、软性的、直接的、间接的、技术的、精神的手段,遏制生态环境走向恶化的过程,为人类生存而承担应有责任。我们对广大文学工作者表示崇高的敬意，同时希望中国作协继续做好这方面的组织保障服务工作，让这项文学工作更加卓有成效。

郭孟卓（国家水利部新闻宣传中心主任）：中国作协在此举行作家秦岭深入生活现场会暨《在水一方》作品研讨会，意义重大，影响长远。2012年5月，新闻宣传中心正式启动了纪实文学作品的创作工作。通过中国作协创联部的精心推荐，考虑到作家秦岭长期关注现实主义题材，视角独特、思考深邃、著作丰厚，并且成长于缺水的甘肃天水，对水有着深厚的体察，经中心多番研究比选，最终确定由秦岭同志承担此次创作任务。鉴于西北、西南地区是我国农村饮水困难的缩影，是解决农村饮水安全的主战场、主阵地，具有典型性和代表性。为此，将纪实文学创作的主要场景选定在西部地区。秦岭同志冒着酷暑，独自行走在西部地区广袤的土地上，沿着农村饮水安全工程这条主线，一路观察，一路采访，一路思考，与缺水地区村民群众、基层水利干部职工进行了上百次的深入座谈，掌握了大量农村饮水安全工程的鲜活素材。《在水一方》是生动展现中国农民"水民生"和中国农村"水画卷"的纪实文学作品，本书通过潜心的构思，将选题做了立体式、形象化的展示，实现了艺术性与真实性的巧妙融合。本书融时政说理、历史觅踪、地域透析、文化探索、风土人情描绘、专家对话于一体，作者深入的采访调查和思考拓展了作品的深度与广度，展现了纪实文学的独特魅力。作品饱含着对农民和农村饮水安全工程的深厚情感，讲述了许多感人肺腑的真实故事，呈现了许多形象鲜明的真实人物，生动展现了农民与水息息相关的苦与乐、悲和欢。

周学文（国家水利部总规划师）：近年来，已经有不少作家，从精神传承的意义上接续前人对江河水利的书写，以新的视角诠释新时期治水实践，担当起当代中国水利叙事的重任，本次所研讨作品的作者秦岭就是这样一位心系水利的作家。从2012年5月开始，他冒着酷暑，长途跋涉，翻山越岭，历经半年的实地调查，走访了贵州、云南、陕西、宁夏等7个省（自治区）的200多个曾经饱受缺水之困的农村、社区，掌握了丰富的中国农村饮水安全工程"第一手"素材，也激发了秦岭发自内心的创作热情。平罗就是留下他采访足迹的地方之一。《在水一方》作为我国首部全面反映中国农村饮水安全工程的纪实文学作品，深刻揭示了中国农村饮水安全工程的建设历程和划时代的深远意义。作者以感同身受的体察，亲历了缺水地区群众对水异乎寻常的情感，以震撼人心的真实故事客观记录了人饮工程实施前后的巨变，将农村饮水安全工程建设实施的历程写得真实鲜活、深刻感人，彰显了党和国家对民生的高度重视。《在水一方》体现了现实主义题材文学作品真实性与艺术性的融合，使作品的"魂"与"体"统一于国家民族的历史使命，体现社会主义核心价值体系。作品不仅使水利系统干部职工深受感动，同时还得到了中国作协和国家新闻出版广电总局的充分肯定，引起多家社会媒体的关注，产生了良好的社会反响和社会效益。

陈东捷（《十月》主编）：本书书名是饮水安全工程纪实，最早以为也是通常的表扬类型文章。看完之后，觉得大大超出自己的预期。书中有批判性、反思性的东西。但是，农村饮水安全工程本身是一件"大德"。这个书看起来不会让人不舒服，因为本身就是像免除农业税一样的大好事。再一个是文学化的处理。文学就是人学。本作品一开始就是围绕人来写,围绕各种群体。一开始就是写云南地区小孩、老人的缺水的生存状态,让人非常感动。接下来是水利人与“水龙王”、村长、自建水厂的农民等活生生的人,很感人,都不是虚构的,都是深入采访得到的。作协的深入生活现场座谈会,倾向于选择这些田野调查比较多的选题。选择这个作家是对的,他根据自己的意愿,真正深入生活。非硬派下去的,而是作家事先有这方面的意愿和动力的,体验更深刻,进行得更深入,也会更成功。作家要用批判的视觉进行选择、整理。秦岭的这个思路和特点是很明显的。

哈若蕙(宁夏文联副主席、《朔方》主编):这是一次别样的阅读。“水民生”的文学命题与文本写作竟这样千滋百味地纠缠住了我的思绪。我第一次强烈而充满负疚地意识到,包括我在内的众多的国人,对于孕育万物、滋养天地人生的水的认知,竟有着那样多的盲区与漠然。但真正认知缺水的宁夏、水资源分布面临多重困局的宁夏的真实数据,却是从秦岭老师的这本《在水一方》。《在水一方》中还有一连串触目惊心的呈现与吁呼:“饮水安全——全球第一危机!”“中国农村饮水安全到了最危险的时刻!”神随笔走,心随文动。应该说,秦岭老师的《在水一方》,是一次文学的行走,更是一次有担当的历史的行走。正如陈忠实先生所言:“文学为历史而发声,因为与人的命运有关……”这本书其实也为深入生活的采风写作、为关乎民生国计的重点题材写作提供了一个生动真实的案例:不浮光掠影,不走马观光,真正地沉下去,面对真实、真诚与真相;面对真正的状态、真正的矛盾和真正的气息。《在水一方》纪实写作的意义应该是多方面的。作家与这个题材的气场是吻合的,不仅有童年的记忆,更有阅历、情感、文学功力多方面的蕴蓄。在书中,我们看到了纪实:巴山蜀水、八桂大地、彩云之南、黄土高原……采访之深行走之难(足迹遍布大西南、大西北:重庆—贵州—广西—云南—陕西—宁夏—甘肃);看到了文学:一个个令人过目难忘、思之悟之的故事;融历史人文地理于浩浩文脉;看到了时代:五编十七章的结构,从宏观阐述到国家政府公益性、基础性、战略性的“水民生”决策,以及一步步艰难的实施,到水惠民生所带来的农民命运与心灵的改变。这是对中国饮水安全背景下农民苦乐悲欢命运的全景展示。读了《在水一方》,我们的心灵注入了一份关注,一腔悲悯,一种对大自然的敬畏,对水的珍重!

靳怀堾(中国水利作协副主席、水文化专家):《在水一方》这个书名,切中了书中应有之意。让人悲喜交加的“水民生”故事在这部报告文学中,作家秦岭怀着强烈的悲悯情怀,用饱蘸深情的如椽大笔,向我们讲述了中国农民的“水民生”,展示了中国农村的“水画卷”。我特别佩服作者运用小说笔法的讲故事能力——通过他讲的一个个“水民生”故事,真实生动地反映了农村广大农民因水而起的命运、渴望、纠结与奋争。读《在水一方》,我的感情是复杂的,用“悲喜交加、五味杂陈”形容似乎比较贴切。这部纪实文学的创作方法颇有独到之处。具体表现在:第一,“行”之所得;第二,全景式、立体化地展现了中国农村饮水安全工程的前世今生;第三,散点透视,形散神聚,彰显出作品结构的魅力;第四,文学元素充盈,可读性强。但这部报告文学,用散文、小说的笔法,融叙述、议论、抒情、讲故事等方式于一体,以富有冲击力的情节,充满张力的语言，一直牵着你津津有味地读下去。即使是作者发感慨、做议论，也注意用生动形象的语言来表达。

李朝全（中国作协创研部理论处处长、研究员）：秦岭的《在水一方》是中国作协的“双扶持项目”。既是中国作协创联部负责的“作家定点深入生活专题项目”，也是中国作协创作研究部负责的“重点作品扶持项目”。中国作协的此类“双扶持项目”数量很少，一年大概只批准几个。现在秦岭的《在水一方》出版了，这本书没让我们失望，达到了我们的预期效果。秦岭的此次行走与付出，同样大有斩获。他收获了非常丰富的第一手的素材，还有丰盛的情感和语言方面的资源。深入采访并对搜集得来的素材进行反刍、创作报告文学作品，这是对作家才能的一种挑战，也是对其创作能力的一次激活、一次自我突破。秦岭原先主要从事小说创作，写报告文学于他而言就是自我突破，它为作家开拓了新的视野，开辟了一片创作新域。这次行走及创作，明显区别于他原来在甘肃天水老家农村生活的经验积累和创作题材。很多作家在中年以后发生了一次创作转向。这些作家人到中年面临创作瓶颈的时候，都自觉转身，走出书斋，走向田野，反对二手生活和虚拟的网络生活，开始脚踏大地的“有根”写作，发现现实中有更多的资源可以发掘。可以通过这种用脚行走、用笔纪实，把生活中很多的富矿挖掘出来。陈启文是这样。秦岭也是这样，他们的“中年变法”，势必大大影响到其今后的创作。《在水一方》只是其成果之一端，秦岭从一滴水里挖出来的能量，可能会滋养他今后很长的创作生涯。秦岭长期写农村题材，之前出版有也被中国作协列入重点作品扶持项目的长篇小说《皇粮钟》，《在水一方》可谓是延续了他对三农题材的关注，同时又有了新的突破。整部书行文脉络清晰，一气呵成。真实的情节与细节，都增强了作品的表现力与感染力。这部作品是“有我”的写作。采取的是一种主观化的叙事，“见我”“显我”“有我”。显襟怀、见性情。作者采用了“在场”的写法，记述自己的亲身经历、主体的行走与沉思，用夹叙夹议的手法，表现自己对民生等重大问题的思考。由此可见，秦岭的创作比较好地掌握了报告文学创作的特征和规律，《在水一方》是近期报告文学创作的一个重要收获。

梦也（《朔方》副主编）：1. 写这个题材，20多万字，难度非常大。既要表现政策性东西，还要反映各个省区的东西、特点。还要写故事，写人物，写水利工程建设，要起到宣传作用，还要有文学性。难度非常大，不单是要采访，还要消化。秦岭走遍大西南、大西北那么多地区，材料也有那么多，难度真是很大。要把一路的感受整理出来，还要把政策性的东西、世界性的水问题、中国水问题都考虑进去。2. 在以经济发展、收入水平来衡量人的当下，作家的收入有限，作家的尊严正在失去。文化工作者本身就让作家很谦卑，这样的环境中，文化人的存在有他艰难的一面。但是，我们社会还是需要那种有担当意识、有责任感的作家。《在水一方》这本书，体现了作家可贵的社会责任感，发出了作家自己的声音，体现了担当意识。这种精神非常可贵。很多作家要向他学习。走了那么多地方，收集了那么多材料。秦岭在收集素材方面非常实在，很有韧性、很有精神。既有宏观的交代，也有细节的描写。这是一部非常不容易，非常难得的纪实文学作品，应该有警示意义和教育意义。建议在央视多做公益性广告；另外可以把反映水资源紧缺和生态环境危机的文章,放到中小学和大学的课本里面。让孩子们从小就有危机感。当前很多大学生的节水意识、环保意识还不强。

孙德全(中国作协创联部主任):秦岭《在水一方》的诞生肇始于中国作协与水利部两家的合作。2012 年 5 月,水利部新闻宣传中心向我们邀约,希望推荐一名作家在参加活动之余,集中精力采访并创作一部有关农村饮水安全的作品。作家秦岭就是在此时受中国作协创联部推荐,来担此重任的。秦岭也的确不负众望,在此后的几个月时间里,他以数千公里的行程,完成了跨越数十个省市的扎实而艰苦的采访,并最终交出了这样一本具分量与质量的作品《在水一方》。秦岭是近年来在文坛比较活跃的一位作家,尤其以关注民生与农村题材的小说创作而受到关注。《在水一方》的问世,又显示了秦岭在报告文学创作上的才华。在我看来,秦岭的小说与报告文学创作却是一脉相承的,现实性是其中共通的东西。正如评论家雷达所说:"《在水一方》没有特定的典型人物,而是参照当地的地域特色、人文历史、民风民俗来着力挖掘事件背后的人情冷暖,成全了它的纪实性、真实性和独特性。作者以细腻的笔触,向我们诉说着发生在中国农村的与水有关的种种事情;同时又不忘立足时代,渐次呈现了历史、政治、社会、人文视野下的中国农村饮水问题。两相渗透,兼具纪实性与时代性,令农村饮水安全问题赫然呈现于公众视野下,拥有平凡而动人的力量。"正是说明无论小说,还是报告文学,都以现实作为基石。我们今天研讨秦岭的深入生活与创作,其目的也正在于探讨生活现实与文学创作之间的关系。我想,我们从秦岭的创作中至少可以获得的启示在于:现实生活不断拓展着作家创作的边界,也不断丰富着作家创作的内涵。秦岭的深入生活与创作的历程,正是一个作家在生活中成长和成熟起来的过程。作家们于深入生活的过程中收获的不仅是大量的创作素材,也经历着精神的历练和提升。这也是一直以来我们矢志不渝的提倡、鼓励和引导作家深入生活的根本原因所在,我们希望更多的作家走出书房,回归现实,把自己的创作植根在生活的源头活水里,永葆创作活力!

肖克凡(天津作协文学院院长):有两个原因我很愿意参加今天的会:一是秦岭是天津作家;第二天津是严重缺水城市。这本书对我的记忆是一种唤醒。当前中国很多人记忆有衰退,把很多应当记住的东西忘了。关于作家秦岭,我认识比较早,早就认为他会有写作前景,因为他坦诚、真实,从骨子里爱文学,是一个扎扎实实的写作者。1.他特别认真,走的是鲜明的现实主义道路,作品具有鲜明的现实主义特征。2.天津的文学写作题材因秦岭到来而丰富,以前天津的作家很少写三农题材的。他从甘肃来到来天津,丰富了天津文学创作的多样性。3.很多作家心眼儿太活,不像秦岭这么"傻",离开了甘肃,他也一直写着农村的题材。经常接触的也是从维熙、陈忠实这样的前辈作家。他确实真心认同现实主义文学传统,写这种题材,从来不摇摆,不改变。4.秦岭有文学故乡,也就是精神故乡,有根基。有往事。不像有的作家那样赶浪头,什么能红就写什么。写叙述文学的作家,必须是要有往事的,而这种往事是特殊性的往事。秦岭有文学故乡,就有出发地。不像有些作家,你不知道他从哪来,到哪里去。秦岭就那么固执地写甘肃农民,比如写《皇粮钟》,没有改变他的本分。5.小说家写报告文学,他的文学元素比较多。在文体上有突破性的东西。第一人称的采用特别成功,这样就做不了假,显得身临其境。另外本书有叙述、有议论有描写。充分调动了小说家的技能。6.他的报告文学比小说来得率直,在很多地方确实应该尖锐。报告文学理应有尖锐的东西、批判的东西。该尖锐时,他很尖锐。

尹汉胤(中国作协创联部副主任):秦岭为写这部《在水一方》的经历,体现了一个作家深入生活的执着和认真的态度。作家对中国的贡献是什么?作家应站在什么立场写作?大地可以干涸,河流可以干涸,我们作家的心灵是绝对不能干涸的。"秦岭"在地理上是中国的一道分水岭。作家秦岭坚定地选择站在缺水民众的一方。将作品命名为"在水一方",其用意我以为是具有含义的。水是什么?用孔子的话说"夫君者舟也,人者水也"。《在水一方》便是选择了人民的立场、大众的立场。以这个立场来读这本书,便能更充分地理解作者写作的情感。如秦岭在书中讲到的,西部山区的孩子为了挽留住学校老师,全村决定由孩子上学时,每人带给老师一瓶水。水决定着西部地区的教育水平,留住老师竟然要用水。这个真实的故事深刻地反映了中国水的现实。秦岭在这本书中,用宏阔的眼光审视中国缺水的状况。书里有很多关于水的知识,读他这部书,才知道世界上水如此危机,从这一意义来说,秦岭的这部作品,深刻地展现了中国缺水的这一严酷的现实,对大众是有教育作用的,尤其对各级地方官员,更有着警示意义。秦岭在这本书中提供了许多令人振聋发聩的数字事实,无疑为社会提供了一部中国缺水的参照系,唤起人们的警醒,是非常有意义的一部作品。秦岭具有很强的责任感,他怀着对人民大众、国家未来的深刻忧虑,在半年之内走了几十个县,二百多个乡村,写下了这些饱含情感的文学作品。这样的作品才体现了作家"接地气"的精神。作为一个当代作家应该有这种责任,这种担当,去深刻反映百姓的疾苦。对秦岭写作这部作品所付出的辛劳,我心中充满了敬意。相信秦岭采访积累的大量有关水的生动素材,会在他今后的创作中化为其他体裁的文学作品。总结秦岭有关水的采访、写作、研讨,其目的就是要唤起全社会对生态的关注,对民生的关心。做到恭敬山,礼仪水,穷年忧黎元!

张陵(作家出版社总编辑):这样深入现场的研讨会开得别开生面,能加深大家对作品的理解。1.本书是个大题材、大主题。饮水安全是一项大题材,关系国家、民族的命运,过去很多人对之不是很关注。2.本书是部好作品。作家秦岭很接地气,比较关心农民的生活。从缺水地区走出来,对水的体会更深刻。选这个作家,写这个作品是选对了。他有能力,有思想。简单讲两个认识:(1)秦岭是深入生活的有心人。自觉深入到生活当中去,我觉得这种自觉性在报告文学作家中尤其值得提倡。报告文学写作必须要实在,要求作家必须是一个有心人。小说家写报告文学,会有很强的对生活的捕捉能力,有小说家的敏感,也有报告文学作家的热情。(2)秦岭这样有很强责任心的作家,政治素质非常好。处理这样的体裁需要有很强的政治素质。有些报告文学作家虽然有才华,但是写得很漂移、游离,视角不真实,对我们国家、民族命运的反映不符合大众的感知和社会真实现状。所以特别强调要站在一个正确的立场上。对我们作家这方面的教育也不太多,在此我向白书记提一个建议。报告文学这种文体是和中国特色社会主义连在一起的。没有这个制度就没有报告文学。中国特色社会主义道路还在探索中,饮水安全问题是一个关系国计民生的问题,有些还就是社会主义探索过程中代表性的问题。报告文学就必须伴随着我们的社会主义事业在前进。所以报告文学本身也不是很成熟。报告文学一个特别重要的品质就是必须要跟着时代走。今后这也研究我们报告文学的一个重要方面。(3)秦岭是一个厚道人。作为从小说转过来的作家,秦岭对报告文学有种热情,这种热情大于他本身对技巧的处理。秦岭在调查的时候,非常实实在在。这对于小说家来说十分不容易,因为他们习惯了虚构。他的材料准备得非常实在。这个题材是很不好处理的,本身并不传奇,没有很大的文学性,就是我们国家为人民的饮水做贡献。他要把他写得可读。选这个题材本身就是厚道的表现。秦岭不退缩,一点点被生活、被农民所感动。本书的很多内容都是干货,对细节的捕捉体现了小说家的优势,比如马咬耳朵等。体现了时代的风貌,也构成了本书一种很朴实的风格。这样的作品是一个好作品,这样的作家是一个好作家。中国的文学发展需要这样的作家做基础。

哲夫(山西作协副主席):这本书不容易。作者把这种枯燥的题材写出了可读性。1.他非常用心地去采访这些缺水的现象,而且故事讲得一个比一个生动。2.水利部等水利部门为了解决农民吃水问题费尽心机。3.水是生命的最基本元素,没有水就没有生命。我们最早提出的是生态安全问题。我参加全国人大的中华环保世纪行多次。我最早一本书写淮河的,写小黑河的。当时中央电视台曝光,受到当时李鹏总理的重视,要求几年内把淮河治理好。包括水利部对秦岭写这本书的重视,非常重视,不给他使绊子,没有任何的限制。所以秦岭这本书把我们这个水的危机写出来了,用一个个故事、数字讲出来,展现出了小说家的生动。另外一点,就是我们这本书不仅仅是告诉我们,我们的水安全问题,我们做了什么,还应该让我们想到什么问题,怎样去正本清源,让每一个人去节约每一滴水。环境文学的写作,水资源只是其中一项,秦岭参与了其中。环境问题由人们竭泽而渔导致,问题严重,作家应该要最先察觉这些。环境文学的力量太薄弱了,很多人都是捎带着写一下,其实非常重要。环境文学已经上升到了非常高的高度, 在全世界是非常受到关注的。秦岭已经把我们表现的现象全部写透了,剩下的就是挖掘了。欢迎秦岭进入环境文学界。

高伟(中国作协《作家通讯》主编):在我们平常的生活中,在绝大多数国人的眼里,“饮水安全”这个概念是一个意识的盲区,就像水本身一样无色无味,须臾不可离开,却感觉不到它的意义。事实上,饮水安全已经成为全球的第一危机。为了饮水安全,广大的水利工作者展开了卓越壮阔的宏图伟业,世界上没有任何一个工程,会像中国饮水安全工程一样,以这样的规模,这样的气魄,这样的手笔。这是世界上最宏大的交响乐协奏曲。这样一幅关乎农民百姓民生的鸿篇巨制、时代画卷,需要一支心灵之笔去忠实的记录, 值得我们去热情的讴歌唱诵。作家秦岭正是这样一位时代的歌者。他以他 42 码的双脚,以一个作家的责任和良知,以他血液中流淌着的与农民息息相通的情感与忧患,深入两百多个缺水乡村,丈量中国农村的饮水安全问题,以其全球背景的视野,丰富的社会历史人文元素,兼具纪实性与时代性的细腻笔触,全景式地展现了中国农村饮水安全的往昔和现状，在他的笔下，中国农村饮水安全工程，恰如一滴水，穿越人类社会历史的心田，带着芸芸众生的喜怒哀乐，滴落在中华民族生生不息的黄土地上。《在水一方》是一部具有文学、历史和社会价值的优秀报告文学之作，也是作家深入生活关注民生的重要成果。今天我们在这里，在中国农村饮水安全工程的实施和受益的地方，在秦岭深入采访和报道的地方，召开秦岭深入生活现场座谈会暨《在水一方》研讨会，就是要将一部来自生活反映时代和民生的作品，回到生活的现场接受真实和文学的评判和考量，总结生活对于文学创作的促进作用，同时也旨在凸显作家的责任和担当对于一部好的报告文学作品不可或缺的意义。

王经国(中国水利文学艺术协会常务副主席)：读秦岭的《在水一方》，感悟很深。1. 一名老水利人的感动。作为国内首部全景式反映农村饮水安全工程的纪实文学作品，本书生动讲述了中国农民“水民生”，展示了中国农村“水画卷”，其意义已远远超过了中国农村饮水安全工程这一主题。在认真阅读后，我相信，善于思考的每一位读者，可能都会认同我的观点。感谢秦岭先生在水利部的诚邀下，做了这样一件有意义的事情。对秦岭来说，这是“一滴水的文学富矿”。对广大读者，特别是水利系统的读者来说，好比获得了金子般的作品，从中得到的启迪、获得的信息、得到的认可，以及心灵和感情上的触动，我想都是难得而珍贵的。我们之所以感谢作家，特别是像秦岭先生这样有社会责任感的作家，就是他们创作出的作品具有时代的震撼力，尤其是反映水利、反映 2005 年以来的农村饮水安全工程建设。这部作品是中国治水史上的一次全面、立体、生动的纪录，功不可没！2. 本书的成功之处。水利部的领导、文学界的专业评论家对作品的内容和表现形式都做了客观准确的评价，对作品内容的丰富性和反映问题的深度、广度、高度和视点，都做了很好的阐述。如果细心去领会，我们就可以发现，有的观点，通过作家或书中采访对象的语言，已经说得很深刻。我在这只是想满意地说本书展现的“几个对接”。本书展现的“几个对接”是既符合水利工作的实际，又是从民生出发，又落实到民生的结果上。本书展现饮水安全工程实现了中央和地方的对接、行业和社会的对接、政治与经济的对接、历史与现实的对接，最重要的是政府与老百姓需求的对接。饮水安全工程的最终安全与否，对水利工作最真实、最严格、最有效的检验还是农民的认可、农民的受益程度。在这本书里，秦岭都做出了深刻的展示，而且是以一条主线来贯穿的。特别是与陈忠实的对话录中表现得最为透彻。这也是我们请作家来写这一选题的初衷。可以这样说，《在水一方》的成功，不仅是作家秦岭的成功，也是我们水利宣传在发挥运用社会作家力量上的一次成功，是文学作品反映水利工作的一次成功尝试。还要坚定我们利用的这一形式继续做下去的信心。3. 表面的轰动效应与本质的深入反映。两个层面的宣传都需要，在一些同志的认识上，似乎更重视轰动效应。但在水文化的建设上，我们应该要更看重对本质问题的深度反映。作家的深刻反思是不可缺少的，仅有粉饰性的内容更是不行的，甚至是有害的。倒不是刻意粉饰，但是这方面的思维根深蒂固地存在于一些同志的思想方式和工作方式上，一味宣传成绩、鼓舞情绪，对问题、甚至残酷的现实却尽量回避，这其中既有功利思想的束缚，又有思想片面性的传统思维习惯作怪。这一点，同作家有很大的不同，凡称得上作家的人,必须有独立的意识和自由的精神。当他们的独立意识与自由精神的营养来自生活、来自于群众、来自于客观现实时,他们对政策和政府行为的判断,往往更贴近于老百姓的实际生产状况和现实生活。如果党的政策对头,政府的行为符合老百姓的需求,我相信,他们一定会写得很好。秦岭的这部纪实文学,就是个有力的证明。所以,我认为,今后我们还是要请像秦岭这样的作家来写一部好的节水作品,这样可以胜过多少宣传口号。我们应该坚信这一点,同时再一次恳请秦岭先生创作出更多更好反映水利题材的作品。

(摘自 2013 年 8 月《文艺报》、中国作家网、中国水利网)

(九)《天津日报》等报纸

农村生活的时代画卷

——秦岭长篇小说《皇粮钟》研讨会发言(摘要)

【编者按】秦岭在天津市中青年作家队伍中具有代表性,他的农村题材小说被专家誉为"拓展了中国农村题材的新领域",受到中国文坛的高度关注。他最近出版的长篇小说《皇粮钟》,再度引起强烈反响。2009年5月27日,中国作协重点作品扶持项目办公室、天津市作协、百花文艺出版社在北京联合召开《皇粮钟》研讨会,现将专家的发言摘要如下,以飨读者。

陈建功(中国作协书记处书记、副主席) 秦岭是一位成长于甘肃崛起于津门的小说家,在《皇粮钟》出版之前,就以其描摹西北农民生活之真切、把握农民命运之深刻蜚声文场。而长篇小说《皇粮钟》的出版,实现了秦岭创作上的重大突破,因此要向他表示衷心的祝贺!粗看标题,会误以为这是一部简单地阐释或讴歌"取消农业税"作品,也会因此而低估了秦岭,低估了这部作品深刻的思想内涵和独特的艺术贡献。掩卷而思,我为这部作品鲜活的现实生活内容和深邃的历史思考而感动。这部作品以皇粮为线索,揭示了中国农民深入骨髓的精神传统和永难割舍的历史印记,讴歌了新时代给一代农民带来的精神的曙光和人格的新风貌。浓郁的西北乡村生活气息和坚实生动的农民群像,是这部作品为当代文学做出的一大贡献。秦岭描摹的,是曾经生于斯长于斯奋斗于斯的土地,是曾经朝夕相处的父老乡亲,因此那种别人难以企及的土地气息和乡村风韵,一下子征服了我们。语言的风格化、形象感,粗粝而宏阔的意象,更给我们带来了久违的惊喜。(贺信)

蒋子龙(中国作协副主席、天津作协主席) 秦岭曾经是我们天津文坛的一个意外之喜,三四年前读秦岭,有点天上掉下个林妹妹的感觉。秦岭文风纯朴凌厉,语言带着浓烈的西北风情、机智和风趣。我读《皇粮钟》,就有这样一种比较强烈的印象,为秦岭的智慧和感觉叫好,应该说他的智慧成就了一部很好的小说。成就好小说要具备两个条件:一个思想,一个才情。秦岭的才情是他的根基,也是他写小说的资本。汶川地震到目前为止好像还没有以地震为题材的小说,秦岭却发表了一部以地震为题材的小说,并引起文坛关注,这就是他的智慧。《皇粮钟》的感觉非常丰沛,我喜欢那种意境,那种感觉,那种构思,那种淳朴,那种神秘性,这样的小说应该引起鲁迅奖或者茅盾奖的注意。第二个特点就是很有根基，让人感到根深叶茂，他很会讲故事。第三个特点，我很喜欢秦岭的语言，真是从骨子里出来的，到处都是。比如小说里隋家坪人提到的“养日子”，这个词我觉得非常精妙，编教科书都可以把这个句子编进去。第四个特点，人物很结实、瓷实。秦岭的智慧很容易被环境吸收，也很容易吸收环境。秦岭是个当作家的好材料，同时也是个当官的材料。秦岭如果当个专员或者当个更大一点的管农业的官干几年，然后像苏东坡、欧阳修那样往死里贬，贬到天涯海角，也许更能成就大才。《皇粮钟》再好也不能说是惊世之作，现在惊世之作太少了，当到县级领导干部就回头写作还没有发挥到极致。

薛炎文（百花文艺出版社社长） 我们关注秦岭，开始于他的《碎裂在2005年的瓦片》，被那种别开生面所吸引，《小说月报》赶紧选了。后来梁斌文学研究会和几家单位面向全国举办梁斌文学奖，结果他获得短篇小说奖。后来我们约了他的中篇《皇粮》，再次在全国引起反响，在第二届评奖中又获了奖，评委铁凝、陈建功等给予了高度评价，并被专家认为是“我国第一位成功反映农业税的作家”。根据其“皇粮”系列改编的电影、话剧、评剧、晋剧《麦穗儿黄了》《马本仓当官记》等也引起反响。当时，他发表在《北京文学》的《硌牙的沙子》登上了全国小说排行榜，《小说月报》选用的《本色》等一些“皇粮”系列中短篇也受到了关注。于是，我们三次约请秦岭座谈，决定在全国率先出版一部文学性和社会性兼容的反映农村生活的作品，力争使整部作品具备一定的历史纵深度。我们发现秦岭有四个优势：第一，他创作的“皇粮”系列在全国首开先河，为创作长篇小说积累了丰富的经验。第二，他曾经是政策理论工作者，掌握政策、民情世情。第三，秦岭的老家天水是中国最早实行皇粮国税的地区之一，是很理想的表现地域。第四，西部农村不仅最具代表性，而且更可艺术地表现农民的运命。

从维熙（作家出版社原社长、中国作协名誉委员） 对于秦岭的作品，我一直比较关注。我觉得秦岭这个年轻人气质里本身就带着一种大西北的原色。我曾写过一篇文章叫《妙笔皇粮，阅读秦岭》，对他表示赞赏。我认为《皇粮钟》比以前的《皇粮》要完整、集中，里面的人物故事，包括主题的凸显，都是很讲究艺术的。写农村的作家在中国成百上千，但是唯有秦岭那双慧眼把它看见了，把它写成了。我觉得《皇粮钟》应当是一个时代的刻度盘，就是说它是一个历史的记载，这件事情不会被国人忘记，这凸现了《皇粮钟》的特殊价值。对比一些时尚写作，是两个世界。这部小说里，我觉得原生态文学依然如故，山川大地，人文民俗，特别是冒出囊家秦爷这种带有某种巫术色彩的人物，这跟秦岭的反智慧思维有关，这个人物对《皇粮钟》有很大的作用。《皇粮钟》也有不足的东西，但无论怎么说是中国的一个历史记录，沉甸甸的历史记载，非常重要。

雷达（中国作协创研部原主任） 秦岭是一个很独特的作家。从维熙在一篇评论中提到“秦岭的‘皇粮’系列在当代描写农村生活的作品中，都称得上一声绝响”。这也是一种对秦岭的认识。把政策、生活、人物和生存状态融合得那么好，又那么符合很多人，值得思考。为什么很多戏曲专家看到他的作品如获至宝？《皇粮钟》是秦岭逐渐走向成熟的标志性作品，秦岭的代表作已经来了。秦岭的小说我看过一些，《皇粮钟》比起曾经引起关注的《绣花鞋垫》不可同日而语，比《碎裂在2005年的瓦片》也很不同。

它是一个突破性的进展，在语言的表现力，叙述风格的形成，结构能力，人物刻画上都有了自己一套。我觉得他写出了西部中国农村的真面目，而且是今天西部中国农民的真面目，当下的西部农民，它信息量大。首先，秦岭不是围绕一个主题，而是回到生存本身，尊重人物的性格逻辑，展示心灵，这是我称道他的原因之一。另一点，这是部很有新意的作品。从政治形态转向文化小说的形态，《白鹿原》是一个典型，他把儒家文化和农民形象本身的生存揭示了出来。《皇粮钟》也有这样的追求，而且他是混合的，政治的、经济的、问题的都有。他既非俯视，也非平视，这是我称赞他的原因之二。《皇粮钟》是一个象征结构，把文化精神，现实诉求，男欢女爱，政策变化多种内涵融合在一起，这是我称赞他的原因之三。必须有能力，没有能力写不出来。第四点，他真正熟悉他的人物。小说前大半部分我觉得写得很不错。我满意秦岭的语言功底，我觉得比以前不是提高一小截子，而是一大截子。写到这个份上，我比较肯定。我认为这个作品浓郁、饱满、丰富、独特。我在想一个问题，它和大作品的距离究竟是什么？

胡平（中国作协创研部主任） 皇粮钟这种祭器如果出自秦岭的想象，那么这种想象对于《皇粮钟》一书是至关重要的。钟的形象一旦确立，它自身会发散更丰富的意味，超出作者最初的设计。秦岭是独具慧眼的，他开辟了当代农村题材创作中皇粮题材创作的先河，无疑别开生面。当然，以皇粮为题，也存在一些危险，它容易将创作引向主题先行和概念结构。但秦岭成功地避免了这种倾向。人被物所奴役，人的感情也被物所征服，是秦岭书写的主题，这物又以皇粮为象征，秦岭由此通过人物命运勾连了作品题材。《皇粮钟》的写作，对许多类似题材的写作是具有启迪意义的。《皇粮钟》的成功，还有赖于作者拥有的出色的语言能力。语言特别丰富，别具韵味，应有尽有。全书从开始到结尾，变化了无数场景，涉及了众多人物，而具有特色的语言资源从未枯竭。《皇粮钟》的开首那段，成色很足，用语陡峭、鲜丽、强烈、独特，以这样的语言写小说，自然是上档次的，某种程度上决定了《皇粮钟》的品位。

张春生（天津社科院文学所原所长） 阅读秦岭的小说有一种认同感。第一点，秦岭的突破。《皇粮钟》是深刻的、动人的，也很有意思，使我们对眼下的涉农小说有了深刻的认知，特别是角度，对那些以救赎的角度来写是很大的突破。第二点，秦岭对农村的剖析。他写出了很多鲜活的人物，好多事情都反客为主，像皇粮钟一样天经地义，我觉得是深刻的。第三点，秦岭的厚重。作者没有露出精英的姿态来写众生相，而是写出了历史的深刻，这对农村题材，特别是写基层题材的作者是有启迪的。第四点，秦岭作品的内涵。比如他涉及了秦、隋、唐这样的姓，有一种象征意义。秦岭的作品独有眼力，游走在主旋律和他自身的一个视角之间。我不好说这种游走是对还是错，这也是一种艺术家的生存方式。第五点是秦岭的心灵。他生活在滨海，与黄土高坡的落差形成了内在的文化冲击，显示出他的某种张力。

王彬（鲁迅文学院副院长） 秦岭曾是鲁迅文学院青年作家高级研讨班的班长，这期间他写了《皇粮钟》。他告诉我他在思索一些问题，特别是在表现手法上与以往有很大的变化，并用新的手段把中国的传统文化、传统道德缝制在现实的石缝里。读了他的书有了新的感悟。我觉得秦岭的小说形象地阐述了中国两千年交皇粮制度的必然性和它取消的必然性，这是他的小说非常大的亮点，非常值得庆贺，也是当下农村题材小说中的一个新的突破，这是非常好的一件事。再一点，他的小说采取了一些方法，宏大主题，却从小处、生活常态切入，很新颖，与众不同。他后记中都写得很清楚，隐喻的、象征的都进行了尝试，应该是成功的一部小说。

王干(《中华文学选刊》主编)　30年来，始终有一个对终结者形象的塑造，其实《皇粮钟》也可以叫成最后的皇粮。秦岭写的《皇粮钟》其实是一个制度，一个税制的消失，深刻一点就是说统治农民方式的改变和消失。秦岭的小说有一个非常好的特点，叙述当中用一种非悲剧的叙述方式，而我们现在写农村的小说往往都是一种启蒙的、悲剧的，都是带着这种同情的眼光来写农村。秦岭不同，他用非启蒙的方式来写中国农村社会这么一个巨大的变化，秦岭把这种农民的感受写出来了。他选择的地域背景非常好！为什么？如果是江浙地区，缴皇粮就不会有那么多的故事，放在甘肃，我觉得有它深刻的地方。这个小说的语言非常好。南方作家跟北方作家的小说语言区别很大，这是个非常有趣的现象。秦岭小说里面的语言，到处都是非常生动的西北话，或者叫甘肃话、天水话吧，有天生的文学韵味在里面。

贺绍俊(沈阳师范大学中国文化与文学研究所副所长)　第一点，我觉得秦岭对乡村怀有很深厚的情感，从他的小说叙述中能够感受到，这一点我觉得非常好，很难得。第二点，我很欣赏他的这种乡土语言的运用，当然对我来说又带来一个阅读的障碍。我是南方的，不是西北的。应该算我的问题，还是算秦岭的问题？但是我欣赏这种自觉的语言追求。第三点，看似现实主义的写法，但却不是传统的现实主义写法，秦岭显然在做一些尝试，我在想它应该怎样命名，怎么样理解他的这种隐喻、象征等。皇粮钟好像是作者的设计，加以一种象征性的处理和理念化的处理，我觉得这种理念化的现实主义是一个很好的方式，好的方式必然有好的表现效果。但也有疑问，他的这种观念是不是值得探讨？

施战军(山东大学文学院教授)　秦岭的小说我看了很多，我一直在关注他的创作。现在人们写东西，关注的生活越来越精致，甚至是柴米油盐的小小细节都可以衍生一部小说，更加放大的生活有谁去关心？我发现天津的蒋子龙那一代到秦岭这一代是中国文学创作中一个非常突出的另类群体。《皇粮钟》有两个方面的价值，一是秦岭知道文学永恒的东西。小说受到中国经典现实主义的影响，除此之外，我觉得他非常会呈现乡村自然态里永恒的东西，这是一个本事。二是他有一个非常好的地方，如何在文学作品里表现对现实和时代的敏感，秦岭很会。中国作家有一种情结，就是悯农模式，这个模式在秦岭的作品里也有体现，但他却相对比较冷静，这也是本事。

章德宁(《中篇小说月报》主编)　最近全球在流行猪流感，我跟秦岭的相识是从6年前的禽流感(非典)开始。非典期间，我在自然来稿中发现了他的中篇《绣花鞋垫》，他在附信中对当下文坛持批评态度。稿子果然不俗，打动我的是现实主义力量以及独特性。稿子迅速在《北京文学》和《中篇小说月报》破例同月编发。这篇小说后来在天津获得一等奖，进了几个选本，登上了2003年度排行榜。从那时起，《北京文学》和秦岭建立了非常友好的关系。后来我们还发表过他的一些小说，转载过中篇《皇粮》《透明的废墟》等。秦岭有个非常大的优点,就是非常敏感,非常快。如果说成也萧何败也萧何的话,敏感和快有时可能对他也有所伤害,他有些细节的处理上还不够严谨。难得的是,他的小说能给我们提供很多非常有认识价值的元素,这在中国文坛并不多见。中国文坛不能都是像秦岭这样的作家,也不可能都是像秦岭这样的作家,但是我觉得中国文坛需要秦岭这样的作家。

肖克凡(天津作协文学院院长) 我的关键词:秦岭的意义。从天津文坛来看,绝大多数青年作家都是土生土长的天津人,秦岭不同,他成为一种跨地域的文学补充。他在天津的出现和存在是有意义的。《皇粮钟》就小说元素而言是充分存在,比如说我们所说的老几样:描写,对话,叙述。这些东西已经不引人注意了,但是充分体现了民族文化的气质。全球化背景下,有些作家用公共语言写作,而秦岭竟然刻意追求浓郁的地方特色与充满生命气息的方言,形成了自己的特色。这种选择和勇气,应当引起我们的尊重。文坛也有时尚,秦岭选择了土,属于他自己的土。在秦岭的作品里,秦岭存在的意义是现代意识与传统形成了有机结合,特别是闪烁着现代性的光环。

夏康达(天津师范大学教授) 作家浸渍于心灵的对生活与人生的融入肝胆肺腑而几无一丝游离的切肤之痛与执着之爱,这是《皇粮钟》成功的根本原因。当然,还需要作家具有驾驭语言、结构故事、刻画人物、营造环境等艺术创造的深厚文学功底,《皇粮钟》在这些方面都臻于上乘。翻开《皇粮钟》,迎面扑来的是甘肃天水一带浓郁纯朴的乡土气息,在秦家坝子及其周边的农村舞台上,生活着唐岁求、秦穗儿、囊家秦爷、罗万斗等个性各异的农民形象,在这些普通农民的日常生活已经发生以及可以预计的必将发生的变迁中,看到的是一部反映中国农业一个重大的根本性变革的情系农民的史诗!颇有传奇色彩的囊家爷爷,我认为拿捏得很好,最后以他显灵作一个莫须有的结尾,回味无穷。《皇粮钟》以如此文学化的手段予以表现,确实是一部具有思想性、艺术性、可看性的好作品。

崔道怡(《人民文学》杂志社原副主编) 《皇粮钟》一开头,便调动了我的阅读兴趣,这可能是一部既有现实情态又有历史思忖的长篇小说。果不其然!《皇粮钟》把改革开放后十五年陇南山区农民的生存状态和生命价值,演绎成为了一卷艺术的画图。秦岭说他"站在崖畔看村庄",我感受到他是"钻进心坎看农民"。若不是跟乡亲心连心、心贴心、心交心,怎么可能富有这样真实而鲜活的笔墨,把社会剧烈变革时期农民的爱情、亲情、人情、世情,描绘得如此亲切生动、引人入胜?明智而巧妙的是,他以皇粮钟这一具体物件贯彻作品始终,既揭示了自古以来种地纳粮对农民心理的巨大影响,又展示了在这种观念制约下这一特定时期和地域里农民生活的常态常情。这部书推出了一系列有血有肉的人物,讲述了一连串有声有色的故事。真正的艺术品,总是由生活和人们的真情与实际交织而成,当然,还需要作家的驾驭能力。艺术的创造功夫,秦岭已近圆熟。虽有个别地方未免稍嫌造作,总体看来,《皇粮钟》的声音,深沉而悠远。

吴秉杰(中国作协创研部原主任) 两个优点:第一,这是个非常难得的小说。为什么?写当代很有难度,何况现在许多农村小说被模式化。《皇粮钟》的贡献和难得在于把当代农村生活跟当代农村文化结合在一起写，当代文化实际上除了少数的外来文化之外或者是城市里面的新派文化之外，最大的部分是传统文化的一个跟当代生活结合起来的发展，秦岭的这点非常好。第二，作家聪明，有才情，很有风格。语言带有气氛，不是交代性的语言，他的奇特角度包容在语言里面，给我们打开了许多新鲜的东西。一个缺点，就是还需历史的概括，应该有一个非常强大的或者是非常有说服力的一种思想意识的支撑。秦岭是非常值得我们期待的作家。

闫立飞（天津社科院文学所所长） 《皇粮钟》不仅是秦岭小说创作的一个分水岭，它的出现标志着秦岭在创作上的成熟，而且也意味着一种小说现实主义在乡土叙事中的回归，它对再现历史的追求和对精神世界的探索以及由此表现出作家的担当意识，在当前的小说创作中也具有代表性的意义。我常常惊讶于秦岭在小说创作上的敏感和锐利，这种敏感和锐利源于他身上流淌的农民之血和对西部农村现实与农民精神内面的深刻了解，如果说这种敏感和锐利在其中短篇小说创作中更多的是表现在叙事艺术方面，以独特的艺术视角表现西部陇原农民的生活，那么在其长篇小说《皇粮钟》中则发展为一种浓厚的历史意识，这是对历史进程的形象性的理解和对历史精神的艺术把握，是优秀小说不可或缺的必要因素。《皇粮钟》不仅把准了农村社会变革时期的脉搏，而且以现实主义的方式反映了这一时期历史的“真实”，因而它具有更为深远的现实意义。

孟繁华（沈阳师范大学中国文化与文学研究所所长） 我更关注的是秦岭如何通过“皇粮钟”切入乡土中国社会的。开篇的祭祀场景不仅描绘了乡土中国——秦家坝子超稳定的文化结构——仪式的庄重气氛，同时也将“皇粮”在乡土社会意识形态化了：它成了人们祭祀的内容之一，由此可见皇粮在乡民心中的地位。在秦家坝子仍有囊家秦爷并仍德高望重，也是小说特殊的地方之一。我认为小说写得最有光彩的，大概是青年男女的爱情。这个非常“风月”的故事，秦岭并没有将其处理成一个欲望关系，不仅符合人物自身的命运，也与小说悲喜交加的整体氛围相吻合。小说在塑造人物方面，确实取得了不俗的成就。

张洪义（天津作协党组副书记） 秦岭是天津文坛的前沿作家，在前三届签约作家中他是最年轻的，他是从大西北甘肃天水刮到东部沿海的很难得的一个才俊。从秦岭的经历看，他在甘肃天水当过农村教员，在甘、津两地当过领导秘书，从事过组织、人事、督查、文化工作，早先还做过经济工作，这为他积累了很宝贵的素材。希望通过这次研讨能够激励天津的青年作家们创作出更多、更好的作品。

（载《天津日报》2009年6月23日）

(十)《小说月报》公众号

专家和读者眼里的《寻找》

【编者按】我刊选载秦岭的短篇小说《寻找》后,在专家和读者中引发了广泛热议,现从50多篇评论中摘要如下,以飨读者。

我在《小说月报》上连续读了三遍秦岭的《寻找》,所思所想欲罢不能。作者完全跳出长征叙事的传统模式,诠释了吻合人性的战争与人的复杂关系,深刻揭示了普通人在战争背景下的渴望、期盼、苦难与挣扎。战况和时局的变幻,让善良、真诚、坚强的普通农民秦球球付出了惨重的代价。他为了自证清白不得不虚构了一个装有红军血衣的坛子,并用一生去寻找。谬论和真理在心灵层面的尖锐对峙,把底层老百姓的人性魅力推向极致,如阴霾中的一道闪电,飞翔在同类小说叙事的顶空。

张绍君(北京)

作品把隐晦的"家族"叙事与详实的史料糅杂在一起,主线是秦球球寻找那个连同自己也心知肚明并不存在的坛子,在西路军"阴霾"的笼罩下,他自然一无所获,而艰难的寻找过程却让我们收获了一位厚道、勤劳、仗义、顽强、隐忍的中国农民的崭新形象,副线是有同样遭遇的农民李逢春历经坎坷之后,被他掩埋的红军师长张辉经证人证明,传略俱全,李逢春自然成为人民功臣。两相对比,结果各异。历史、真相和人的命运,被技高一筹的作者诠释得入木三分,振聋发聩。

杨森(广东)

《寻找》没有按"套路"出牌,角度也与"常规"有别。作家对秦球球内在精神世界的体认、洞察有着绝对的深度和广度,这取决于作家对人性的深度认识、对人类重大历史灾难的反思。作品打破"战争故事""革命回忆"等呆板的、熟套的记事方法,将背景交代、人物性格、人物命运融为一体,给主人公注入了强大的人文力量和罕见的人性光芒。语言夯实,直砸读者心窝。

胡兴来(江苏)

受众倘若真的与作品之间没有隔膜,那是一件很幸福的事情。读《寻找》,一是时间跨度无隔膜。它拉近了我与作品的距离,真正意义上的无隔膜之感就表现在这一点上——人生,就是一个与时间共存亡的过程。二是时代印痕无隔膜。从清末到民国再到中华人民共和国,秦球球由寻找真理到最终寻找一个虚构的坛子,两者有机融合。三是精神区间无隔膜。寻找是秦球球借以安身立命的精神和现实需求,普通老百姓的命运的深藏其间,令我看穿了时间与空间,看透了世事与人情。

林健(河南)

《寻找》以质朴的文字,写出了中国农民的坚守、大义和信仰。秦岭并没有把父亲写得高大上,但以小人物的形象诠释了父亲那个年代的人生。既是写父亲,也是写历史。特别是关于那段革命历史的描写,非常贴近历史。比较起如今一些描写革命体裁的影视剧来,《寻找》就如一部浓缩的"史记"。没有严肃的态度,是不可能写出这么严肃的小说的。

五令书生(福建)

父亲为了自证清白,无休止地挖山寻找证据。证据没有找到,荒山却被父亲罩上了绿荫。坛子是无法揭开的谜底,让人回味无穷,给了读者一个广阔的想象空间。父亲的一生是一个寻找的过程,父亲的经历打着时代的烙印,父亲的形象是为新中国成立做出过贡献,又在和平年代的政治运动中付出了沉重代价的"父亲"们的综合体。小说在语言、素材和构思上不落俗套,独具匠心,值得借鉴和学习。

郭海森(山东)

秦岭以其浑厚的功力,富有地域性的语言特色,多元的主题,悬念式的写作手法,为我们讲述了"我大"自救式的人生传奇经历故事。忍受苦难,以恩报恩,这是中国农民的传统道德。小说层层推进,悬念叠生,并用倒叙、插叙、补叙诸法,把握时空变幻和人物命运。语言极富甘肃地方特色,又不拗口,彰显了地方文化和风情,是一篇纪念长征的思想性和艺术性高度统一的上乘之作。

沙耕(安徽)

读《寻找》宛如看电影《集结号》,那种无法为英雄作证的强烈压迫感,几乎能让人窒息。土匪围堡,惨烈厮杀,独身出堡,掩埋烈士,周旋敌人,受到迫害,撒谎寻坛,三人共找,无憾而去……没人承认秦球球是英雄,可他的确是英雄,他寻找他撒下的弥天大谎,即使不被平反,岁月可以作证,馒头山苍松翠柏可以作证!这样的主题,这样的人物,定会铸就经典作品。

仲维柯(山东)

拿到这篇《寻找》,笔者爱不释手,一口气反复研读了三次之多。后掩卷沉思,感觉收益颇丰。在秦先生的笔下,通过红军西进这个环节,让我们看到了一个真实的西北农村汉子的形象,这个形象貌似平凡,实则伟岸。语言的地域化、大众化、质朴化达到了返璞归真、高深莫测的超绝境界,极大地助推了原生态乡土叙事的提升。语言不是"土",而是一种高度的凝练。

老榆木(山东)

我自诩也是一个写小说的人,但《寻找》在语言、构思、结构和方法上的独具匠心,很值得我们学习。没有华丽辞藻的语言,却如行云流水,只要扫几眼,就能紧紧地抓住读者的眼球。结构非常紧凑,不落虚套,给人一种一口气就想读完的享受。作者把"包袱"抖落得让人拍案叫绝。父亲挖山寻找坛子的过程,让馒头山变成了绿洲,他找的不是坛子,而是一个大写的人。

袁平银(陕西)

《寻找》表面上是寻找一个虚无缥缈的装着红军连长血衣的坛子,实际是寻找父亲作为一个红军守陵人的精神,坚守,执着,永不放弃,知恩图报,坚韧不屈的精神。作者以平实含蓄的语言讴歌了像文中秦球球一样的千千万万的父亲,以老道熟稔的写作技巧表达了对父亲们的讴歌及惦念。在动乱不安,民不聊生的年代,一个历经磨难坚守本心的父亲形象栩栩如生的向读者展现了。

莫轩(福建)

《寻找》我细读了几次,每次感悟都是不一般,结合社会历史,结合主人公在特定历史阶段的命运,结合一个民族的苦难历程,我完成了一次人性思索的过程。我能感受到作者对人性的横向思维、历史的纵向思维以及两者交错中的横切面的宏观把握。秦球球寻找的,不光是中国农民对命运的寻找,它还隐含着自身立足的价值取向,是一种内心真善的外现,一种良心的存放。那种由客观上升到主观的寻找,才是小说最为高潮意义上的思考,如提供了一张社会晴雨表。

刘秋实(山东)

一首脍炙人口的民谣，像一部人物传记的序，从容地揭开人生舞台的帷幕，将一个平凡而又伟岸的人物形象栩栩如生地展现在读者面前。父亲在找一个坛子，“我”在等待着一个答案。文中时空跨度经历多个变故较大的历史阶段，人物命运像蒿草一样风雨飘摇。父亲承受着非议和责难，像那些散落民间的西路军英雄们一样，用生命呵护着精神阵地。作者没有用所谓铿锵有力的语言渲染道义，但父亲的人性光辉和人道立场却跃然纸上。

火凤（黑龙江）

这篇为纪念红军长征胜利80周年而写的作品，没有像常人那样写红军英勇冲杀过关斩将的故事，而是以质朴真切的笔调，叙写了普通百姓秦球球在风云变幻的时代，因为掩埋红军连长而遭遇的苦难与寻找，可谓别具匠心，意味深长。小说由三部分加上附记组成，第一部分展开的是“寻找”产生的背景，第二部分叙述“寻找”的发生、发展与高潮的过程，第三部分叙写西路军平反初期“寻找”的结果，附记则揭示了“寻找”的实际结果。作者把历史资料、附记、方言、地方风情、民谣巧妙地融入虚构中，使历史与现实的真实性得到了切实强化。

心梦王水（四川）

让一个人倾其一生苦苦寻找的，究竟是为什么？《寻找》让我情不自禁陷入了沉思。我想起了电视剧《身份的证明》中的主人公翟浩明，他为了证明自己中国共产党党员的身份，走上了一条艰难困苦的寻找路途。无论“我大”秦球球还是翟浩明，都在执着地寻找属于自己的那个“证明”。这样的“寻找”无疑拥有了十分深刻的人性意义和道德意义，足以令人感慨万千，生发悠长深远的感思。作者把历史的沧桑、人物的命运、时代的呼唤融汇运转得恰到好处，让你流连其中，乐而忘返，兴味无穷。我愿意再三再四对该作做研究赏读，以为幸运。

夏冰（山西）

《寻找》以“馒头山”为载体，把一个坚韧、隐忍、执着、守诺的父亲刻画得淋漓尽致。是的，父亲的形象似乎没有巍巍高山一样高大，但他遵从最良善的本心对待每一件命运交付给他的使命。看到秦球球和李逢春对话那段，我也有了落泪的冲动。《寻找》就是求证真相，把真相还给父亲，把清白还给父亲，把人民应该给的敬重还给父亲。

梅子酸酸（四川）

作家的责任之一，在于不断地研究社会、挖掘人性，寻找隐藏在生活深处的最本质的东西，《寻找》做到了这一点。家国相连，用一个人的命运反映历史和时代，这不仅需要作家过厚的写作技巧和功力，更需要作家对国家民族更深层次的忧患和思考。还有一点，作品语言非常鲜活，使人仿佛看到了天水的山，天水的天，看到了生长在天水的如秦球球的众多农民的形象。有人说小说是民族的秘史，《寻找》就是寻找秘史，其内涵和意义，印证了这个论断。

王晓光（湖北）

明知《寻找》是虚构的，可我读到了真实。一是背景的真实。皮之不存，毛将焉附。“家族”记忆、史料的引用托出了真实的父亲，他为了心中的承诺和生存，只能编瞎话蒙人，而心中，自始至终由善念做着主。二是不同境遇的真实。在国共两党的斗争中，大字不识的普通农民面对双方死难者的尸体，该何去何从？过去的文学作品会先入为主地给人物预设标签，而《寻找》不是，既耳目一新又心灵震撼，他写的是人。

诗酒年华（山西）

读了《寻找》，秦球球的形象便在心里扎了根，成了挥之不去的记忆。秦球球一生经历了守墓、挖坛、造林整个过程，在到底是给牺牲的红军连长守坟，还是给反动保安团小队长守坟的问题上，在不同时期经受了不同的遭遇。这是一段难忘的民族记忆，一段血腥的历史。军事历史题材的作品要想写出新意很难，特别是备受争议的西路军这段历史，如何巧妙处理，在恢弘的历史事件中展现人物性格，塑造不朽的人物形象，使之具有一定的社会意义，秦岭为我们做了很好的尝试，并且取得了令人称道的艺术效果，具有一定的高度。可以毫不夸张地说，秦岭是为血性男人立传，这个传立得好，具有里程碑的意义。

鹿城小飞侠（辽宁）

《寻找》放在短篇小说历史的长河里也会是独树一帜的。不错，我们也应该寻找，但我们怎么样去寻找，我们成天在寻找什么，我们能不能从成天繁复的寻找之中走出来？一、“我大”的寻找。在不同的历史阶段，他期待和寻找的对象是不同的，他在误解中寻找坚守和命运。二、“我”的寻找。“我”始终在父亲之后寻找，寻找揭开谜团方法，寻找历史的本来面目。三、我的寻找，即作为读者的寻找。我找到了语言、反讽、高度和审美。

太安居士（重庆）

秦岭先生用区区几千字，将几个大的历史事件压缩到一部小说里，使作品的张力和广度、维度都足够大，这样的设计使得作品本身大气磅礴，气势非凡。战争的残酷，往往会将人性的丑与美演绎到极致。电影《美丽人生》《辛德勒的名单》《乱世佳人》等等，都是以战争为背景，演绎主人公的伟大与善良，坚忍与智慧，彰显人性光辉的一面。《寻找》也是把主人公父亲放置在这一历史背景中，用他为红军战士一生守护这样一个行为，彰显了他这个小人物人性光辉的一面。作品的美学意义在于一边用大写意的手法来演绎厚重的历史故事，一边又用工笔细致描摹人物形象，让读者有如身临其境，在穿越时空中体会人物的命运，与人物同呼吸共命运。

一指光阴（辽宁）

我向来认为，一部长篇小说就是一部史诗，饱含作家的理想、思想和感想。《寻找》作为短篇小说，质量之好以为还在其次，重量竟然如此不轻，实令我为之惊讶，某种意义上，精神向度上可与长篇媲美，为当下开了一剂药方，具有现实和深远意义。小说蕴蓄着厚重的家国情怀和长远视野，彰显对国家、民族和社会的大义，特别对小众小民的关怀和关爱。没有大爱博爱做底子，于精短篇幅中能富含这般深意，聚集如此恢弘精神，真正难以想象。

金色梦想（江苏）

如果我们的生命在永恒的轮回中，一举一动都承受着不能承受的责任重负，那么当“我大”在李逢春到来时的“嚎啕大哭”可能是一种压力的释放吧！小说围绕着红军来与去当中与各股地方势力较量后而引发的一系列众生心理和政治环境变化的演义，人物性格在矛盾冲突中彰显的那种民族性格和传统道义之间的交织，犹如一块石头压在胸口，沉重得令人唏嘘不已。《寻找》是一部现实主义的作品，是一种有关历史的拷问，是一场生命的挣扎和反抗，是一次人性的出走和回归。谎言的背后是人性的大义和担当，演绎的一场灵魂的牧歌。

辰雷（辽宁）

第七辑

秦岭作品梗概

《皇粮钟》(长篇小说)

在中国西部山大沟深的秦家坝子村,悬挂在村头古槐树上的明代“皇粮钟”是农民种地纳粮的标志性“圣物”,也是现代文明和民间意志的交锋点。在皇粮钟的轰鸣声中,一代又一代的村民背着皇粮,一步又一步,把粮食背到几十里远的山外。唐岁求和秦穗儿从小青梅竹马,往山外粮站背运皇粮成为他们深入骨髓的传统习惯和最艰苦的体力劳动。秦穗儿家的皇粮一直由唐岁求背着出山去上缴。唐岁求外出打工的方式,是靠苦力为他人背运公粮,或者当麦客。唐岁求的勤劳和善良,赢得了隋家坪的隋圆圆的芳心,她对唐岁求开展了猛烈的爱情攻势,但唐岁求为了坚守对秦穗儿的感情,始终没有迎合隋圆圆的示爱。唐岁求和宋满仓同在黑心矿主经营的煤矿上打工时,宋满仓卖主求荣,有意泄漏了唐岁求投诉煤矿安全隐患的秘密,不仅使唐岁求在矿主和矿工那里被孤立,更使唐岁求的打工生活陷入窘境。煤矿终于爆炸了,唐岁求舍己救人被炸伤了腿,成了瘸子的他,因为事先举报安全隐患有功,被县里评为“优秀农民工”,但是再也不能背运皇粮了,这对秦穗儿是个重大打击,她决心服侍唐岁求一辈子,但是,每当皇粮钟一次次敲响,秦穗儿却因为缺乏重劳力而不能按期缴纳皇粮。面对严峻的生存、生活的铁逻辑,特别是上缴国家皇粮需要重体力的客观事实,秦穗儿经过思想的激烈斗争,不得不放弃真爱,和肢体健全的宋满仓睡到同一个炕上,上缴皇粮的重担,理所当然由宋满仓承担了。皇粮钟敲响了,昔日本应由唐岁求完成的任务,如今落到了宋满仓的肩膀上。

皇粮钟年复一年地轰鸣着,上缴皇粮一如既往地进行。但是没有感情支撑的婚姻却给彼此带来了巨大的心灵创伤。唐岁求孤身一人艰苦度日,秦穗儿和宋满仓面和心不和,隋圆圆不得不把给唐岁求绣好的荷包收起来,招了一个没有任何感情基础的上门女婿。

村长罗万斗和“村魂”囊家秦爷尽管因为祭拜皇粮钟的问题暗自进行着所谓文明与迷信的激烈交锋,但是为了完成皇粮,两人即斗争又默契。罗万斗一面抵制封建迷信活动,一面又暗自放纵村民们对皇粮钟的顶礼膜拜。因为从工作的角度,村民们对皇粮钟的恐惧和敬畏,比罗万斗召开的关于上缴皇粮的动员大会还要管用。他一方面不得不严格执行政策,另一方面又不得不向传统的势力暗自妥协。

宋满仓对唐岁求的残疾心存愧疚,索性离家出走,这反而更加重了秦穗儿的生活负担。面对瘫痪在炕头的父亲,特别是运送皇粮的艰难,她的价值观、道德观和婚姻观在现实面前一次又一次发生了变化,曾经的清纯、正直、善良在皇粮背景下悄悄隐匿,开始变得自私、势利、世俗，最终，她主动投进有妇之夫姚糖子的怀抱。民兵连长姚糖子身强力壮，靠出卖体力替外出打工的男人们缴皇粮，他一度垂涎秦穗儿的身体，连他自己也没想到，最终，也是以背运皇粮为交易，拥有了秦穗儿。但是，作为囊家秦爷祭祀皇粮钟的坚定支持者和具体操作者，姚糖子反而成为皇粮钟与皇粮关系、天意和民意的最早觉醒者。姚糖子终于利用一个暴风雨交加的夜晚，利用自己拥有炸药的优势，偷偷炸掉了皇粮钟。皇粮钟在人们的生活中彻底消失了，使村民在精神上得到了解脱和解放。囊家秦爷明知姚糖子炸的皇粮钟，却佯装不知，默认了皇粮钟在一个风雨交加的夜晚被雷击的“天命”。姚糖子炸毁皇粮钟，显然也是冲囊家秦爷的权威和神威来的，这让囊家秦爷十分震惊，他恐惧地意识到，有一种力量扑面而来，这是一种来自民间的巨大情绪和反叛力量。于是他给世人展示了新的“卦象”，“卦象”显示，绵延达 2600 年代皇粮国税该走到尽头了，于是在临死前，书写了“皇粮终”三个字。他把皇粮钟写成皇粮终，让村里人感到莫名其妙。到底是囊家秦爷写错了呢，还是暗示着什么？

变革和发展的浪潮冲击着不同条件下的农村形态。山区、川区的经济发展和社会面貌形成很大落差，隋圆圆那边，由于交通便利市场活跃，上缴皇粮开始依赖汽车、拖拉机等运输工具。隋圆圆尽管感情生活不如意，但是小买卖经营得红红火火。而大山深处由于经济落后交通不便，庄稼人运输皇粮，照样得背扛肩挑，日子照样又苦又咸。同在一方水土，但不同的生活形态、面貌，让人们的心理世界和精神家园越来越多元、复杂。随着国家粮食收购工作的改革，粮站用工制度发生了变化，“优秀农民工”唐岁求被破格招聘为乡粮站的验粮员，理所当然成为全村乃至全乡的农民上缴皇粮时巴结、恭维的对象。全村人首次破例为他集资杀羊设宴，人人敬酒，表示庆贺。唐岁求万万没有想到，被庄稼人恨之入骨的皇粮制度，最终居然成为他改变身份的跳板。真是成也皇粮，败也皇粮。之前自己的命运是因为皇粮而“败”，如今又是因为皇粮而“成”，皇粮，最终使他走出人生的困境，赢得尊严和人格。身份的变化，点燃了唐岁求内心的激情，孤身一人的他，开始有了面对隋圆圆的决心和自信，心灵的默契再度发酵，他开始靠近隋圆圆。隋圆圆在一个夜晚接纳了堂堂验粮员唐岁求，在情感的迷失中，两人在皇粮岁月里寻找自我。

被人们唾骂的皇粮钟的阴魂却化腐朽为神奇，皇粮钟没了，而皇粮仍然年年上缴。没有了皇粮钟，人们上缴皇粮的日子显得诚惶诚恐，似乎没有精神的根基。皇粮钟成为人们阿 Q 式的留恋和怀念，成为聊以自慰的精神追寻目标，唐岁求更是冥冥中渴望皇粮钟阴魂会重返人间，渴望皇粮制度长久保持下去。验粮员的身份，不仅可以免除自己的皇粮任务，而且拥有决定别人粮食等级的权力，这也是秦穗儿眼里最大的实惠和意义，也成为唐岁求在秦穗儿心目中“起死回生”的开始，于是，那种在严酷生活里被颠覆、被解构、被包容、被误解、被践踏的所谓的“爱”，重新回归如初，唐岁求和秦穗儿的感情从此再度升温。事实上，唐岁求在给各村各户的农民验粮时，并没有敢滥用手中的权力，因为他知道眼前的身份，完全取决于自己“优秀农民工”的力量，取决于粮站领导对他的放心和信任，于是，在验粮时，他凭良心办事，并用装病、躲避的办法,回避乡亲前来套近乎、拉关系、跑后门。甚至,当姚糖子和秦穗儿背着并不够等级的麦子前来验粮时,他表面承诺使用权力,保证顺利过关,而背地里却忍受巨大的委屈和牺牲,借了站长的钱,跑到集市上花高价买来上等麦子,替秦穗儿缴了皇粮,并“顺利”过关。他付出的这一切,秦穗儿并不知道,总以为是权力在发挥作用,于是,唐岁求在她心目中的地位,有了新的变化。她终于在生活和感情上接纳了唐岁求,但是,正当两人准备走向婚姻的时候,山外传来惊天消息:皇粮取消了。农民们终于解脱了千年的精神枷锁,这一重大消息,对于唐岁求来说,先惊后喜,再由喜到悲,最后竟然陷入绝望,因为皇粮的取消,反而对他的未来形成考验,因为他的验粮员身份将随之消失。重新沦为一介草民的他,用身份赢得的所有的价值和意义顷刻化为泡影,最大的灾难是和秦穗儿的“爱情”立即受到严峻的挑战。一切,都源于囊家秦爷笔下的那三个字:皇粮终。

皇粮最终被取消,人们一时无法适应,但人们反思皇粮钟的消失和囊家秦爷临终前书写的“皇粮终”的时候,似乎发现冥冥中有着一些联系,于是,皇粮被取消,似乎就是天经地义的事情,与其说是上天发威,是大地显灵,更像皇粮钟把皇粮召回去了。县里派警察调查皇粮钟失踪之谜,说是皇粮制度取消后,曾经悬挂在秦家坝子村的皇粮钟有着无法估量的文物价值和历史价值。按公安的说法,皇粮钟不是被雷公收走,而是被不法分子盗窃的。村委会指定由民兵队长姚糖子协助公安人员调查。贼喊捉贼,当然破案无果,正当公安人员一筹莫展的时候,却意外地从罗万斗那里得到了囊家秦爷临终前书写的“皇粮终”。这种来自中国偏远地区民间的精神信息和历史判断,与取消皇粮制度的背景悄悄暗合。皇粮钟被农民自己在雨夜里炸掉,表达了农民内心深处对皇粮制度的不满,而囊家秦爷手书的“皇粮终”,其实是广大农民对现实观察的结果,冥冥中暗示了历史发展的必然趋势。

至此,囊家秦爷和物质的、精神的皇粮钟在这个世界上彻底消失了,但是在唐岁求和秦穗儿的婚礼上,本来空无一物的老槐树下,却发出皇粮钟“咣咣咣”的声音。无钟自响,不敲自响,响从何来?何来钟响?人们发现皇粮钟下打坐的囊家秦爷,死而复生,眉毛达二尺长……是真是假,是现实还是幻觉,这已经不重要,在秦家坝子人看来,日子的谜底,也许才揭开了一点点。

《断裂》(长篇小说)

小说中的主人公卞绍宗是个优秀大学毕业生,他和中国千千万万青年知识分子一样,有着坚定的理想信念和远大的抱负,为了实现人生的价值,他不惜抛舍珍贵的爱情，毅然决然地来到了条件艰苦的九十里铺当中学教师，但是，基层权力支配下的教师价值观的缺失、功利思想对教师灵魂的剥蚀、严酷的生存环境给教师造成的心灵伤害，以及严重的“三农”问题对农村教育的侵袭，彻底打碎了他的青春梦想，他开始了试图靠谋取权力寻求转机的“双重”人生。他借助乡党委书记栾建民、初恋情人周筱兰等各种可以利用的力量投机官场，并千方百计在上层矛盾的旋涡里巧妙周旋。在官场的碾轧博弈中，他一步步得到了升迁。他谋取权力、大肆授受贿赂的过程，也是他想方设法为九十里铺的脱贫、发展与进步疲于奔命、辛勤工作的过程。他用受贿所得为瘫痪在床的父亲治病的同时，又不忘资助农村贫困生；他与情人周筱兰利用一切机会纵情，却又不忍心与一个中学生妓女纵欲；美丽妻子的红杏出墙给他造成了难以愈合的创伤，他却在善良的小保姆那里发现了底层女性难得的人性之美。卞绍宗最终登上了清谷县权力的顶峰，与此同时，九十里铺的建设与发展也在他的“支持”下达到了历史最好水平，也就是说，他远大抱负的最终实现，是以攫取权力为前提，以丧失人格为代价，以扔掉尊严为条件，以藐视法律为背景的。最后，伴随着由他挂帅的豆腐渣工程——爱民桥的断裂倒塌，卞绍宗的违法犯罪问题也浮出水面。主人公最后选择了自杀，在遗书中，他请求把自己的尸体埋在为之奋斗过的九十里铺。法律对他犯罪行为的定性且不赘言，而九十里铺的老百姓对他的自杀所持的不同态度，才是最值得思考的。

小说几乎包容了当代官场、城市、农村、教育、家庭等方方面面，从表现的内容看，则涵盖了现代官场社会中权力的博弈、理想的迷失、灵魂的熬煎、精神的变异、情感的交织和道德的对决。卞绍宗的每一步，都伴着因灵魂跌落而发出的断裂声，直到面目全非的灵魂再也支撑不住堂皇沉重的外壳，于是一触即溃，轰然断裂。他是个善与恶、优秀与堕落的结合体，他身上也处处展示了朴素又真实的人性。他是妥协于现实，其挣扎和局促也来源于内心。他的沦陷似乎是为了亲情、道义和良知，本质上看，是由于丧失了心灵原则而导致灵魂深处的断裂，这也就注定了他的失败。从主角卞绍宗到寥寥几笔的周元宝，每个人都在细节中鲜活着，

主人公妥协于现实，却并没有完全随波逐流，灵魂被污染却没有丧失心灵的原则，权欲、肉欲和物欲在吞噬他精神的同时，却一直保持着一颗善良、悲悯的心。在现实生活中，一个“双重”人格的人，是很痛苦的，我们可以想见卞绍宗复杂而备受煎熬的心路历程，当人生的价值需要靠谋取权力来实现的时候，我们就不难为卞绍宗每一次痛苦的抉择和精神上的断裂找到答案。小说给以孔令谋为代表的深受儒家文化熏陶的中国知识分子、以劳模“父亲”为代表的社会主义国有企业的主人、以校长庞社教为代表的中国农村贫困地区教育工作者、以甄芹芹为代表的农村个体户、以小乖乖为代表的卖身贫困生等各阶层“角色”提供了“登场”的机会，构成了奇异而逼真的现实世风、世相、世貌，把对中国各阶层人物命运的思考置于了一个更宽阔的社会背景下，使作品有了更强的现实意义。故事的深刻性和现实意义，在于功过是非背后的社会反思和人性的多重思考。

《在水一方》(报告文学)

2012年6月上旬至7月中旬,秦岭先后深入重庆、贵州、广西、云南、陕西、宁夏、甘肃的200多个偏远乡村进行了实地走访考察,通过其他方式采访了河北、山西、河南、山东、青海等地的农村饮水情况。

早在20世纪末,饮水安全问题已经成为全世界普遍关注的主题。半个世纪以来,特别是近30多年来,我国农村饮水安全问题矛盾突出,形势非常严峻。我国人均饮水量排在世界第109位,是全球13个人均水资源最贫乏的国家之一。截止2004年,我国农村饮水不安全人口为3.2亿人,占农村人口的34%。其中,水质不达标人口2.27亿人,占70%;水量、保证率低和取水不便的人口9600万人,占30%。在我国,通过饮水而发生和传播的疾病就有50多种,每年约发生腹泻病8.36亿人次;农村儿童腹泻死亡率是城市的14倍……

农民连安全的水都喝不上,何谈强国梦、大国梦?何谈小康社会、和谐社会?

从2005年开始,中国农村饮水实现了从人饮解困向饮水安全的战略转移,解决中国农村饮水安全问题是新世纪我国政府关注民生的重大战略决策,也是我国政府践行"2000年在世界首脑会议上的庄严承诺"的具体行动中国农村饮水安全工程,贯通了一段中国农村社会的历史。中国农村饮水安全工程在960万平方公里土地上,有100多万处工程,在施工,在建设,在运营,在挽留那些濒临死亡、残疾的生命。

作者没有沿袭传统的围绕"典型事件和人物"表现重大事件的思维模式,而是站在全球背景下审视中国农村饮水安全,把观察、分析、描写、提升、反思、开掘结合起来,从历史和民间两个着眼点入手,以中国农村饮水现状、五年"鏖战"、水利人、基层村干部、农民等7个层面的表现对象作为自己的观察点,时刻不忘用现代意识、文化意识关注视野中的每一个普通人物和普通故事,并把采访对象所在地域与水有关的历史、地理、文化、经济、教育、民俗、诗词、歌谣、传说、俚语通过"耳闻""目睹""判断",紧紧地凝结在饮水安全工程的主线上,悉心梳理深藏其中的农民与饮水之间千丝万缕的关系,然后进行生动而逼真的呈现,给我们展现了一幅饮水安全时代真实、丰富、生动饱满、千姿百态的现实农民的生活图景,其中的历史、社会、人文元素,增加了这部作品的厚重感和深刻性,同时洋溢着浓郁的"水文化"气息。

《在水一方》确保每一章表达一个主题,每一节反映一个故事。他没有简单地进行故事的堆砌,而是采取了面上切入(全国)、点上呈现(被采访地区)、反观历史(古今水利工程和水利事件)、剖析现实(当下的饮水安全工程)的交叉叙事以及政论(历史分析和政策诠释)、故事(采访对象与饮水发生的物质和精神反应)、对话(作者直接面对水利专家、文化专家)相结合的表现形式。文本框架设置大致为:面——点——线——面——线——点——面。作品有四分之一的笔墨着力讲述10多个服务于不同主题的故事,这是全文的亮点和作品灵魂的支撑点。每一个故事都紧紧围绕饮水安全这条主线,以农村社会变革为核心,着力挖掘自来水与农村社会、家族、村情、人性、情感、道德之间的故事内核,每一个故事都有十分丰富的社会和情感内涵。比如《一生守护人饮大动脉的山中"野人"》《老母亲找水,儿子找老母亲》《"水霸王"的"持久战"》《一对失而复得的木桶》《留在屁股上的巴掌印儿》《被马"吻"掉耳朵的主人》等故事,有的深刻揭示了苦咸水带给中国大西南农村触目惊心的危害,以及广大农民缺水日子里的艰辛与无奈;有的反映了基层村干部在组织实施饮水安全工程中,面对重重阻力和落后势力的挑战,开展思想工作的艰难和智慧;有的反映了贫困地区建设饮水工程的艰难、无奈与心酸。故事的深刻性在于自来水时代人们用什么样的情感面对历史、岁月和记忆。

《绣花鞋垫》(中篇小说)

堡子里一直保留着两个传统。一是男教师如果看上了哪个女学生,就会把这个女学生"培养"成自己的媳妇,堡子中学已经有许多位老师通过这种方式找到了媳妇,结婚生子。另一个传统是堡子里的姑娘如果给哪位小伙子送了绣花鞋垫,就说明他们之间的事已经订好了。

堡子中学现任校长雷大麻在年轻的时候就因为传统失去了当时的恋人皮见花,而与他的学生刘月季过了一辈子不幸的婚姻生活。因此他决定改变这种风气。

男教师赵祖国正在"培养"学生苟大女子,苟大女子已经复读了几年,本来是考中专的好苗子,却因为赵祖国的"辅导"而成为了倒数第一。正好这时县城一位名叫艾关诗的老师来堡子中学支教,校长想借这一绝佳的机会阻止赵祖国,就让艾关诗接替了赵祖国班主任的职位,以断绝赵祖国与苟大女子的来往。雷大麻还要求艾关诗隐瞒自己已婚的事实,以便更好地辅导苟大女子,让她考上中专,艾关诗在斗争了一番后答应了。

艾关诗接替了赵祖国的班主任职位后,赵祖国仍然与苟大女子保持着十分亲密的关系,艾关诗动用了一系列方法减少赵祖国与苟大女子的来往,开始为苟大女子单独补课,他们之间关系也不断加深,最终苟大女子认为自己与艾关诗产生了爱情,并送给艾关诗一双象征爱情的绣花鞋垫,艾关诗接受了这一具有特殊意义的"信物",隐瞒妻子把这一双鞋垫藏在了家中。

另一方面赵祖国因为接受不了现实的重重打击而变疯，艾关诗因此承受了来自同事的巨大压力,同事认为他破坏了赵祖国的亲事,也渐渐不再与他来往。而苟大女子也因为这件事心生退却,想放弃学业,回到了家中。艾关诗到苟大女子家中劝她回到学校继续进行学业,并与苟大女子发生了亲密的行为,在亲密的过程中,他想起了妻子楚楚。

随后艾关诗的"作风问题"在他城里同事之间传得沸沸扬扬,妻子楚楚当然也得知了此事,艾关诗回到家后,就与妻子产生了激烈的冲突,妻子发现了绣花鞋垫,把鞋垫扔进了垃圾桶,艾关诗也因此打了楚楚。最终矛盾在雷大麻的调节下得到了缓和,楚楚也在雷大麻的解释下理解了丈夫的行为。

最后苟大女子成为了堡子里第一个考上中专的学生，但她也偶然间发现了艾关诗枕头下楚楚的信,知道了艾关诗已经结婚的真相。

她跪在了已经发疯的赵祖国的脚下,泣不成声。

赵祖国因为楚楚的帮忙,也将要进入县城楚楚所在的医院接受治疗。

《难言之隐》(中篇小说)

范仕举是常务副县长戚建国的秘书，有一天他发现自己得了一种难言之隐——脚气。他因此开始担心自己与上级领导的关系,他怕戚建国知道这件事,把自己视为传染源,加之之前的秘书小樊就因为疾病的问题导致仕途被宣判了死刑,范仕举就越发担心起来。

戚建国并不知道范仕举患有脚气。因为他自己本身也是出身寒门,十分理解范仕举奋斗的不易,便对范仕举钟爱有加,还授意组织部希望将范仕举提拔为办公室副主任。范仕举也对戚建国无比殷勤,不仅在工作上为戚建国竭诚服务,而且为戚建国和他的妻子、女儿在生活上提供着最大的帮助,往戚建国家跑得越来越勤。与此同时,范仕举与戚建国的女儿妞妞也正在恋爱当中,范仕举之前经历过几段感情生活,并不成功,而且还曾对一位三陪小姐产生过微妙的感情。范仕举知道自己与妞妞不可能产生真正的感情,妞妞也清楚自己对范仕举产生的感情来源于他对自己的恭维、体贴。

他们差一点发生了关系,但被范仕举拒绝了。可是妞妞反而因此对范仕举更添好感。戚建国与范仕举的关系也变得更加微妙。

一次戚建国与一把手窦安邦在洗澡时忘记带拖鞋,范仕举敏锐地观察到了,经过迅速且激烈的思想斗争后,他把自己的拖鞋给了窦安邦。当然,他的这一举动也引起了戚建国强烈的不满,戚建国很快改变了对他的态度,将他从身边调离,同时也暂缓了他的升迁。就连戚建国的妻子与妞妞也对他的态度产生了巨大的变化,妞妞想要提出分手,范仕举也心知肚明。

范仕举因为这件事对戚建国怀恨在心,并计划伺机展开报复。他精心计划与妞妞亲热,妞妞在事后给了范仕举两万五千块让他离开自己,范仕举却把这些钱全部捐给了希望工程。在亲热过程中,范仕举使用手段导致妞妞怀孕,妞妞独自一人做了流产手术。这件事本来无人知晓,却由于范仕举的策划让戚建国得知,很快妞妞未婚先孕这件事也在社会上传播开来。

随后窦安邦因为穿了范仕举的拖鞋而传染了脚气,并因为脚气发作摔倒而终身残疾,落得个不得不病退的下场。老对手窦安邦的病退便让戚建国顺理成章地成为了一把手。戚建国意识到了是范仕举得了脚气并将脚气传染给窦安邦,范仕举递给窦安邦拖鞋的行为反而是帮到了自己。他对范仕举的态度就发生了很大的变化,加之对于女儿婚事的考虑,他授意把范仕举提拔为了地税局副局长,并将女儿妞妞嫁给了范仕举。

之后范仕举在仕途上一帆风顺,成为了最年轻的副市长,岳父戚建国也成为了省级领导。

《父亲之死》(中篇小说)

我的县长父亲死了。

县委、县政府联合发文,给予秦百源县长崇高的评价,他被树立为廉洁奉公、服务群众的党员楷模。

父亲是死在工作中的。那次,他带属下去几个偏远乡镇检查群众冬季生活安排和慰问困难家庭,到了尖山镇,天降大雪,父亲仍然坚持进山,不幸的是,他的阑尾炎复发了。父亲临时住进了尖山乡卫生院。经过检查,他需要尽快手术,否则后果不堪设想。主刀的医生将是卫生院医术最好的小刘,他毕业于省城医科大学,自愿来尖山乡奉献五年。

乡卫生院条件简陋,医疗水平有限,父亲尽管没有明说,但他的本心,是想回县医院就医。哪知道第二天,雪下得更大了,根本下不了山,县里派来的救护车,也陷在了路上。县委发下通知,动员沿线村民冒雪清路,力争把县长接下来。

父亲在卫生院巧遇乡亲赵把子,他也是因为阑尾炎要动手术。父亲显得非常激动和亲切,并且,主动把手术先让给赵把子做。手术很顺利,很成功。术后父亲的属下不断到赵把子的病房慰问,询问身体恢复状况。卫生院院长还把赵把子的红包都送还了他,说当初之所以收下,是为了让他安心。赵把子很感动,也很感慨。他都来这三天了,手术一直拖到现在。要不是秦县长,他的命可能要搭在这了。

但父亲因为错过了最佳的手术时机,腹腔里大面积感染,已经陷入昏迷状态。乡卫生院无法再做手术,只能送去县里。六天过去了,雪还是没有停,盘山公路沿线仍有几千人在清雪扫路。赵把子出院的时候,父亲也被人们用担架抬下了山。从小刘和乡亲们的口里,赵把子才知道,原来他只不过是父亲的实验品。

父亲最后还是死了。

全县、全区、全省都在号召向秦百源同志学习。母亲也成了秦百源同志优秀事迹宣讲团的特殊成员,到处巡回做报告。由邱书记带头,县里专门到尖山乡慰问了爷爷奶奶。我的学习成绩不好,那一年,我高考也不出意外地落了榜。有一天,母亲突然情绪失控,她对着父亲的遗像怒骂,说他是因为太把自己的命当命所以才丢了命,说她四处做报告只是为了给他圆场,说他把我们孤儿寡母害惨了。这使我很震惊。但母亲清醒过来后又说她说的只是气话,严禁我跟任何人说。

母亲后来向新县长提出,请组织在机关给我安排一个工作,"让孩子走他父亲的那条道路"。我成了一个通讯员。再后来,爷爷奶奶过世了,他们那个普通的农家院成了秦百源同志故居。修葺故居的时候,全村的人都来义务劳动。

只有赵把子没来,他远走临县,租了一辆三轮车拉活。

提起赵把子,我和母亲都有些害怕。

《借命时代的家乡》(中篇小说)

尖山村地处山区,交通不便,干旱少雨,民生困苦,流行着"借命"(借助别人的力量,维持自家的生存和繁衍)的习俗。

董家和苟家是尖山村最大的两个家族,既是宗亲,但也有世仇。"文革"时期,苟发昌父亲砸烂了自家的祠堂,又想砸烂董家祠堂。董家人誓死捍卫,被苟家人告到了公社革委会。苟家还污蔑我大,当年传说中背土匪过河的尖山人,八成就是我爷爷。土匪过河后,还给爷爷留过一张纸条,叮嘱将来成事后来找他。我(董建泉)父亲的校长、民办教师身份都被免了。包括村子里唯一的饮用水源,也被苟家人独霸。因为饥渴,我弟弟和骡子争水,被踢致残,成了瘸子。母亲也在挑水时不慎坠崖,摔坏了腰,瘫痪在炕头。父亲为了这个家,和后寨的严家"借命"。存喜成了未过门的媳妇,撑起了董家的日子。

我的中考成绩第一名,原本可以去做个水管员,跳出农门。但是因为借命,只能无奈放弃。而第二名的苟发昌顺延递补。为此,苟家很感谢董家,祭拜了董家祠堂,并允许董家用坝子里的水。

我上了高中。存喜怕我飞了,常常去学校给我送吃食。我受不了同学们的歧视,辍学了。苟发昌越来越发达,上了大学,留在省城,并开始下海经商。父亲逼我服个软,去董家祠堂磕头。终于,在一天深夜,我不辞而别,孤注一掷,加入了茫茫的打工大潮。

几经辗转,我又回了甘肃,在华亭县贾昌耀的煤矿里,认识了烧火做饭的严彩凤。他们也是“借命”的关系。在彩凤的鼓励和引导下,我掌握了丰富的养牛知识。后来,我带上彩凤给的5000元作本钱,重返尖山村,准备以养牛为业。这时候,母亲已经去世,存喜也嫁给了别人。无论我怎么哀求,父亲坚决不认我这个儿子。

在赵满球局长的帮助下,我办起了牛场。彩凤也赶过来,大胆地和我住在了一起,但有约定在先,她不是来结婚的,是来帮我的。干得好,结婚;干不好,她走人。在最艰难的时候,我曾收到过九元五角的匿名汇款。彩凤怀疑是存喜汇的。随着公路的修通,饮水工程的开展,我办牛场成功了,和彩凤结了婚。这时候,苟发昌也成了房地产富商。因为缺少销路,我和彩凤曾两次跑到兰州城找苟发昌帮忙,苟家人虽然表面答应,但实际上根本不想帮忙。后来,还是在赵局长的帮助下,我们才渡过了难关。

在我的带动和支持下,尖山村开始走上致富路。二弟也娶了妻,成了家。我的别墅建好后,专门把一间主卧留给父亲,但父亲从来都没有来过。我在心里仍然牵挂着存喜,脚步常常不自觉地走在去往后寨的路上。有一次,存喜突然出现了,其实她早就注意到我了。天降大雨,我们在窑洞里欢爱。存喜的丈夫没有性能力,她要向我“借命”。

存喜的丈夫得了重病,我背着彩凤,偷偷地寄去了三万元钱。蹊跷的是,还有一份捐款,偏偏是三万零一元钱,不知是谁的。

董家祠堂在重建,苟家却败落了。因我的匿名检举,行贿骗贷的苟发昌锒铛入狱。他委托我照顾他年迈的父母,我豪爽地答应了。

祠堂建好了,人工湖也建好了,父亲终于走进我的家门,他给彩凤跪下,感谢她让老董家翻了身。第二天,我请父亲搬去和我们一起生活,他告诉我,存喜一天不是他的娃,他是万世不会从这搬走的。在董家祠堂里,有着存喜的牌位。我在父亲的炕头上发了现一张旧报纸,那上面正有当年那捐款三万零一元的报道。

一个省军区首长在临死前,一定让他的子女来尖山找一下当年背他过渭河的救命恩人,要好好感谢他或他的后任。但是,父亲坚决说爷爷救的是个土匪。他们失望而去。

父亲死了,我发现他手里紧紧攥着一张黄表纸,才知道原来救解放军的,其实是苟发昌的祖父。

在父亲头七那天,存喜带着她的儿子来上坟。当着我的面,她把董家祠堂里那张写着她名字的纸片焚烧了。

《阴阳界》(中篇小说)

袁峁田的魂灵在鬼门关遇到了黑白无常,他们决定把他送回阳间,而这时候,一群鬼魂打着“强烈要求归还我们的土地”的横幅,开始围攻他,有的朝他吐唾沫,这让他感到伤心和不解。

当他醒过来时,他知道自己已经被地震压在废墟下,一根螺纹钢筋穿透了他的小腿肚,他流了很多的血。

地震发生前的一刻,袁峁田正在美国小镇一号别墅顶层的露台拉二胡。这是他的儿子,房管局局长袁耀华的别墅。而在这个别墅群前的广场上,失去土地的愤怒的农民正在集会,因为袁耀华“积极配合”房地产商甄宗发,以“搞建设”的名义低价买下这块土地,接着,却把这块土地开发成高档别墅区,高价出售。失去土地的农民,则被安置在城市北郊一片叫作阳光小区的经济适用房里。感觉受骗了的农民来到这里,就是要向他讨一个说法。地震就是在这时候爆发的。

袁耀华是个孝顺的儿子,他在发达之后,把父亲接到了自己的身边奉养。不过,袁峁田在这里过得并不开心,他知道在这片富人区里,大家恭维他,不过是因为自己有个作局长的儿子。包括儿媳妇,都看不起他。只有小保姆小珍,对他特别得亲近和体贴。

一阵钻心的疼痛再次让老袁昏死过去。在阴曹地府,白无常仍然不同意收下老袁,因为人间现在特别需要他。老袁作了大半辈子的阴阳师,一不为财,二不为名,“就图咱庄稼人的日子安生”。在老袁的要求下,白无常同意他站在望乡台上眺望人间:楼房坍塌,道路断绝,死伤累累,惨不忍睹,尤其是,阳光小区的经济适用房基本全坍塌了。它是典型的豆腐渣工程。

老袁再一次睁开眼,发现他收养的三条流浪狗在身边守护着他,而家里那条被儿媳妇千娇百宠的名贵犬早不知道跑哪去了。这让他感慨万分。何止狗和狗有差别,人和人不也如此?比如乡下人和城里人,差别就像天上地下。小珍,长得又漂亮,心地又善良,但是,乡里回不去,城里又没根基,鲜活的青春只能像流水白白地流淌。在儿媳妇那里,小珍的作用,只不过是用自己的卑微,衬托着她的高贵。

儿媳妇当年是一家国企的团委书记,后来上面搞改制,她神通广大,把国企变成了私企,钱就大把大把地来了。儿子,也越来越失去了乡村的淳朴,成了炙手可热的局长。甄宗发为了奉承他,曾在尖山村重修了袁家的祖坟。老袁想死在家乡,因为按照当地的习俗,如果死在外面,那就是孤魂游鬼,不能进祖坟的。

老袁在废墟下已经被埋了二天，生命垂危。他再一次灵魂出窍，有很多先人闻讯来看望他。许多年前，有一次修梯田时山体滑坡，村里被埋了十几个人。在抢救的过程中，人和人（乡亲和乡亲，伤者和医生，官员和百姓）的关系，体现得那么亲，那么真。现在呢，全变了，变得这么隔膜，这么虚假，甚至，这么紧张，戾气弥漫。

老袁站在望乡台上，看见儿子正在家里的废墟上疯了一样地找他。整个别墅区只有他家被震成一片平地，他明白，这是甄宗发当初建房时做了手脚。儿子自以为有利益可捞，哪知道早钻进了人家的圈套。现在，为了救他，小珍死了，三条狗也死了，在阴间，他并不感到孤独。他对人世已没有留恋。

儿子拼命要把弥留之际的老袁送回故乡。在救护车里，老袁偷偷拔掉了输血的针头。儿子明白了，父亲拒绝进入祖坟。

就这样，老袁的孤坟，留在了旷野——城和乡之间。

《流淌在祖院的时光》（中篇小说）

汶川大地震中，我们尖山村总共死亡二十人，死亡大牲畜一百多头，毁坏农路若干条，倒塌的房屋大约有十分之七，另有一些房屋或多或少有墙体开裂、主体倾斜情况，只有少数房屋毫发无损。我家祖院的三间土坯房属于墙体轻微开裂的那种，只有院子东边的一间柴房倒了。震后的第二天，爸爸妈妈就千里迢迢赶回故乡看望奶奶。还好，奶奶安然无恙。不过，她坚决不跟爸爸妈妈去城里住。

奶奶有二个儿子，爸爸是老大，现在作市公安分局城西分局的局长。二叔，在一家洗浴中心作保安。我从小就是奶奶带大的，但是，在我上初中的时候，奶奶却意外发现二儿媳居然是个“小姐”，而且父亲也知道这件事，居然不管，震怒之下，回了乡下。她拒绝二叔再进家门。

二叔原来有一个青梅竹马的初恋凤鸾。但是，凤鸾在进城做保姆的时候，委身于某局长，换来了一家人都成了“城里人”。这件事，深深改变了二叔的人生观。他在洗浴中心遇到了后来的二婶，由于二婶，他们的小日子很滋润。爸爸之所以不管他们的事，据我猜测，大概与二婶神通广大，和各方面人都有来往，爸爸想在人脉上沾点光也未必可知。

震后奶奶几乎犯了村里人的众怒。她坚持要把柴房也算入受损的房屋之内，坚持不搬家，而且，不管爸爸和二叔次次给她带去那么多的日用品，她还是要领取救灾物资。这让村里人非常不理解。奶奶是个有文化的人，年轻时在村里作过记工员、民办教师、赤脚医生，做过大大小小多少善事！再看看现在她的所作所为，好多人都怀疑她是不是老年痴呆了。其实,奶奶有自己的难言之隐,她表面风光,两个儿子都那么有出息,但是,她宁可把自己当作“空巢”老人,自力更生,也不愿接受他们的东西。因为她觉得,脏。

后来奶奶出于对孙子的想念,终于松口答应和二叔回城了,但有二个条件:一,不住叔叔家而住我家。二,婶婶必须洗手不再干那事儿。但是,不到一个月的功夫,她发现二儿媳还是依然我故,所以再次回了老家,并且表示,“这次,天王老子也休想我离开尖山了”。

异地重建已经接近尾声,奶奶成了尖山村最顽固的一个钉子户。无论是村长也罢,爸爸也罢,谁也无法做通她的工作。后来,在一次余震中,奶奶死了,死在了那间柴房里,两个儿子送给她的所有东西,她一点都没有用过。

再后来,我们那个祖院的废墟,被完整保留下来,成了地震纪念园。有一回我梦见奶奶,她跟我说:“萍萍,我倒想听听,把废墟叫纪念园好,还是把纪念园叫废墟好?”

《风雪凌晨的一声狗叫》(中篇小说)

暴风雪之夜,九十里铺乡突击队悄悄逼近了尖山村计划生育钉子户董爱翠的家。他们先给了线人邓友奎二十分钟回避的时间,这时候,乡长甄塬良突然闹肚子,只好先找地方去解决内急。我很同情他,他马上就要退休了,还在第一线苦苦支撑。几年前,他唯一的孙子出了事,死了。儿媳妇责备他,他不让他们要二胎,结果,他们失独了,甄家也绝后了。孙子坟前的树上,还被人贴了纸条,上书:报应。

村子里突然响起了一串可疑的狗叫声,并引发了全村的狗叫。乡派出所所长史建川当机立断,带着突击队冲入董家,却没有看见董爱翠,而她的被窝还是热的。突击队很气恼,每个人轮着上去用笤帚打董爱翠的丈夫,乡团委书记小雷打完后,把笤帚递给了我,我本不想打,没办法,也跟着打了两下。董的丈夫后来供认,其实刚才和他睡觉的,不是董爱翠,是隔壁的赵国花。突击队赶到隔壁,赵国花也承认了这件事。

突击行动失败了。

乡党委书记邱敦仁从老家匆匆赶回来参加了总结反思会。这次行动,本来是他亲自挂帅,但那天中午老家来了一个农民,说他的老娘突然中了风,他只好匆匆回去看老娘。实际上,他中了别人的调虎离山之计,老娘好好的,什么事都没有。会上,有人怀疑这次行动有内鬼,有可能是线人反水,也有可能是他不慎身份暴露,引起了村民警觉。也有的说,内鬼有可能出在突击队内部。几个领导你来我往,明争暗斗。

我感到疑点重重,云山雾罩,无法做出准确的判断。作为县里派下来的工作组组长,我被乡里特别安排在编织店老板娘的家里。老板娘唯一的儿子曾是民兵连长,因为协助乡里要粮催款、刮宫引产,有一晚被一伙人打成植物人,至今仍没破案。儿媳妇粉儿,长得很漂亮,有意无意之间,总在诱惑我。我只能装聋作哑。

不知是谁把现场的一根女人头发作为物证给了邱敦仁,拿到县里鉴定的结果,那就是董爱翠的。我怀疑这人是小雷,他有丰富的官场经验,对上对下都很有一套。我原来很欣赏他,但经过那次行动,我对他有了看法。

全乡的计生工作继续紧锣密鼓地进行。我却变得焦虑不安,担心有人会怀疑是工作组出了内鬼。以前有过先例,县妇联主席龚安娜作工作组组长时,原来工作非常积极,但后来,她在和农民的实际接触中发现了他们的难处,她转而给他们通风报信,结果受到了严重警告的处分,并被调离岗位。

我回过一次家。在车站的一个早点摊上,我无意中听到邓友奎在跟别人讲,突击队被他这个线人牵着鼻子走,耍得团团转。他那晚上确实想给董家报信了,但还没来得及进去,突然就响起了狗叫声。这使我很吃惊。

我请史建川喝酒,想和他好好聊聊。史是个耿直的人,那晚我们喝多了。他告诉我,有人怀疑工作组,但他不会,他认为我是自己人,因为那晚他看见我也打了董的丈夫。这让我突然明白了小雷的良苦用心。

他还告诉我,邱敦仁和粉儿的关系不明不白,我之所以被安排在她家里,是一个圈套,我要上了套,就给人留下了把柄。他也提到了甄塬良,甄原有升上去的机会,却都栽在了计生工作上:一次是因为当年的龚安娜事件,一次是邱敦仁抓的一个超生妇女,晚上在看守所又被娘家人给劫走了。甄因为玩忽职守(那晚他让看守人员去食堂喝酒)受到了警告处分——难道那狗叫声,与他有关?我不由得这么想,却又不愿这么想。

第二天突然传来消息,董爱翠在土门乡被抓住了。乡里决定,以防万一,就在当地给她实施引产手术。

工作组要回去了。粉儿送给我两条她亲手织的围巾。给我的,我围上了;给我妻子的,我担心说不清,后来送给了别人。

我非常希望小雷能来一趟,但他始终没有来。

第八辑

秦岭研究论文索引

1. 《一部具有历史和现实双重意义的佳作——评〈狗坟〉》,刘传均,《中篇小说选刊》2005 年第 3 期。

2. 《关注生活的金矿——评〈不要你娶谁〉》,张朝兴,《中篇小说选刊》2005 年第 4 期。

3. 《用全新的视角体现原创——评〈不娶你娶谁〉》,王骏树,《中国文化报》2005 年 5 月 11 日。

4. 《歌谣一样幽深的人性展示——评〈坡上的莓子红了没〉》,白楠,《中国文化报》2005 年 8 月 3 日。

5. 《跨越时代的响声——评〈碎裂在 2005 年的瓦片〉》,赵春晓,《中国文化报》2005 年 12 月 21 日。

6. 《碎裂中的觉醒——评〈碎裂在 2005 年的瓦片〉》,温亚军,《文艺报》2006 年 3 月 14 日。

7. 《乡村小说的新视野》,路侃,《中华读书报》2006 年 3 月 29 日。

8. 《在身体与权力之间——评〈烧水做饭的女人〉》,孙煜华,《作品与争鸣》2006 年第 4 期。

9. 《道德主题与戏剧效果——评〈烧水做饭的女人〉》,程鸿彬,《作品与争鸣》2006 年第 4 期。

10. 《农村教育题材中的女性形象》,温亚军,《中国文化报》2006 年 5 月 10 日。

11. 《秦岭小说的真气和元气——评小说集〈红蜻蜓〉》,高明,《天津作家》2006 年第 6 期。

12. 《阅读秦岭:愉悦兴奋与享受——评小说集〈绣花鞋垫〉》,杨显惠,《天津作家》2006 年第 6 期。

13. 《秦岭短篇新作〈弃婴〉的艺术特色》,李发中,《中国文化报》2006 年 8 月 16 日。

14. 《秦岭:自由歌唱的布谷鸟》,赵晓霞,《陇东南周刊》2006 年 8 月 20 日。

15. 《陇东南乡村的守望者——秦岭小说印象》,南北萍,《中国文化报》2006 年 12 月 10 日。

16. 《从断层中探询真相——评〈断裂〉》,杨显惠,《文艺报》2007 年 4 月 3 日。

17. 《对乡村和城市断层的扫描》,南北萍,《中国文化报》2007 年 4 月 3 日。

18. 《秦岭小说中关注底层的视点》,阿鸿,《天津工人报》2007 年 5 月 18 日。

19. 《深入到生命的骨髓——评〈碎裂在 2005 年的瓦片〉》,颜廷奎,《天津日报》2007 年 5 月 25 日。

20. 《灵魂深处的断裂声》,南北萍,《中国文化报》2007 年 8 月 28 日。

21. 《2007 年中国重点小说研讨会综述中关于〈皇粮〉分析》,《南方周末》2007 年 10 月。

22. 《皇粮:农民推荐给我的佳作》, 杨显惠,《文艺报》2007 年 11 月 6 日。

23. 《乡村教师的背后——秦岭论》, 闫立飞,载《天津文学新论》,大众文艺出版社 2007 年 6 月版。

24. 《无法面对的现实——评秦岭的〈弃婴〉》,段守新,载《2006年度中国短篇小说精选》,天津人民出版社2007年4月版。

25. 《2006年中国短篇小说一瞥》,段守新,《海南师范大学学报》2007年第2期。

26. 《困窘与解脱间的心灵世界》,南北萍,《中国文化报》2007年12月11日。

27. 《硌牙的是沙子,硌心的是什么?》,段守新,载《2007年短篇小说精选》,天津人民出版社2008年6月版。

28. 《是谁破坏了师生关系——评〈硌牙的沙子〉》,李大鹏,载《2007年中国小说学会排行榜》,二十一世纪出版社2012年4月版。

29. 《津门文坛"三剑客"研讨综述》,余义林,《文艺报》2007年12月1日。

30. 《小说的智慧——评〈皇粮〉》,付艳霞,《作品与争鸣》2008年第2期。

31. 《讨巧的破绽——评〈皇粮〉》,梁文东,《作品与争鸣》2008年第2期。

32. 《深刻的小说》,张博,中国作家网2008年2月19日。

33. 《小人物的悲喜剧》,解玺璋,《光明日报》2009年7月5日。

34. 《评剧〈马本仓当"官"记〉创作谈》,李文国,《剧作家》2010年第5期。

35. 《妙笔皇粮,阅读秦岭——评〈皇粮〉》,从维熙,《中国文化报》2008年4月24日。

36. 《灾难题材小说贵在穿透力——评〈透明的废墟〉》,杨显惠,《文艺报》2008年8月5日。

37. 《秦岭笔下的农民》,刘元萍,《美国华人文学》2008年第6期。

38. 《乡村是我永远的风景》,胡晓宜,《陇东南周刊》2008年6月8日。

39. 《来自大西北的血性文人——评〈断裂〉》,阿达依迦,小说阅读网2008年7月10日。

40. 《2008年文坛热点问题述评》,葛红兵、许道军,《探索与争鸣》2009年第1期。

41. 《对话:在人性的车间与庄稼地放逐思想》,蒋子龙、秦岭,《文学界》2009年第1期。

42. 《2008年全国中篇小说盘点》,彭学明,《文学评论》2009年第1期。

43. 《描写、叙述与故事》,闫立飞,《理论与创作》2009年第4期。

44. 《秦岭小说的质地》,杨显惠,《小说评论》2009年第5期。

45. 《解读〈皇粮钟〉需要心智》,杨显惠,《文艺报》2009年5月5日。

46. 《皇粮题材的意义》,胡平,《合肥晚报》2009年6月18日。

47. 《〈皇粮钟〉综述》,《长篇小说选刊》2009年第6期。

48. 《对话秦岭》,金莹,《文学报》2009年6月18日。

49. 《乡土转身,文学如何转身》,金莹,《文学报》2009年6月18日。

50. 《秦岭的智慧和才情》,蒋子龙,《天津日报》2009年6月23日。

51. 《评〈皇粮钟〉》,蒋子龙,中国作家网2009年5月27日。

52. 《真正的记忆不会被时间冲淡》,雷达,《光明日报》2009年5月29日。

53. 《〈皇粮钟〉下的真实》,闫立飞,《文艺评论》2009年第6期。

54. 《崖畔上的心灵——评〈皇粮钟〉》,张春生,《天津日报》2009年6月23日。

55. 《〈皇粮钟〉:秦岭的天水情结》,李艳丽,《西部时报》2009 年 6 月 26 日。
56. 《秦岭式的乡村指向》,张竞毅,《天水日报》2009 年 7 月 5 日。
57. 《地震文学初论》,李存,《文艺理论与批评》2009 年第 5 期。
58. 《皇粮题材的魅力》,胡平,《文艺报》2009 年 7 月 25 日。
59. 《秦岭创作的突破——评〈皇粮钟〉》,陈建功,《文艺报》2009 年 7 月 25 日。
60. 《抒苍生歌哭,为历史写真——评〈皇粮钟〉》,段守新,《文艺报》2009 年 7 月 25 日。
61. 《这一声敲得历史苍凉、大地回荡——评〈皇粮钟〉》,王干,《文艺报》2009 年 7 月 25日。
62. 《在〈皇粮钟〉里找到中国农民》,雷达,《光明日报》2009 年 7 月 31 日。
63. 《土地的渴望——评〈皇粮钟〉》,王干,《重庆日报》2009 年 7 月 31 日。
64. 《深沉悠远的〈皇粮钟〉》,崔道怡,《甘肃日报》2009 年 8 月 28 日。
65. 《人情困惑,寻求创新发展》,汪人元,《中国文化报》2009 年 9 月 16 日。
66. 《初亩税与〈皇粮钟〉》,王彬,《保安日报》2009 年 10 月 18 日。
67. 《灾难题材小说的可能与高度——评〈透明的废墟〉》,闫立飞,《作品与争鸣》2009 年第 10 期。
68. 《天津作家“皇粮”系列“摘金揽银”》,高丽,《今晚报》2009 年 6 月 23 日。
69. 《权力之下的生存——评〈本色〉》,林霆,载《年度短篇小说精选》(第三辑),天津人民出版社 2009 年 8 月版。
70. 《也谈〈皇粮钟〉》的文胆,夏康达,《天津日报》2009 年 12 月 1 日。
71. 《秦岭小说的“色”与“味”》,邓晖,《文艺报》2009 年 12 月 15 日。
72. 《从维熙—秦岭对话》,《中篇小说金库·从维熙卷》,花城出版社 2010 年 1 月版。
73. 《文学之花灿然绽放》,孟繁华,《人民日报》2010 年 1 月 15 日。
74. 《2009 年中国文学在新变中前行》,白烨,《人民日报》2010 年 1 月 15 日。
75. 《秦岭的意义》,南北萍、张东华,《文学界》2010 年第 2 期。
76. 《圪蹴在“形而中”的秦岭》,刘卫东,《文学界》2010 年第 2 期。
77. 《2009 年中国长篇大盘点》,彭学明,《当代文坛》2010 年第 2 期。
78. 《作为“他者”的秦岭》,闫立飞,《文学界》2010 年第 2 期。
79. 《隐秘沉潜的文学皈依》,张德明,《文艺评论》2010 年第 2 期。
80. 《中国首届地震文学研讨综述》,腾讯网 2009 年 5 月 17 日。
81. 《书写中国人的精神史》,林霆,载《2010 年度短篇小说精选》,天津人民出版社 2011 年 5 月版。
82. 《城里人不懂乡下人的情怀——评〈一头说话的骡子〉》,林霆,载《2010 年度短篇小说精选》,天津人民出版社 2011 年 5 月版。
83. 《悲悯情怀,透视现实》,张杰,天津网 2010 年 9 月 20 日。
84. 《2009 年中国戏剧文学创作盘点》,李小菊,《剧本》2010 年第 10 期。

85.《让我们来听骡子说话——评〈一头说话的骡子〉》,杨显惠,《文艺报》2010 年 10 月 29 日。

86.《天水的“天津卫”秦岭》,黄髎原,《天水文学》2011 年第 2 期。

87.《2011 年中国短篇小说评述》,段崇轩,《文艺报》2011 年 2 月 13 日。

88.《带走“杀威棒”并非故事的终结》,丘丘,天津人民广播电台 2011 年 12 月 23 日。

89.《渤海之畔飞来峰》,张东华,载《天津市职工艺术家风采录》,天津市和平区总工会编,2012 年 3 月版。

90.《从〈摸蛋的男孩〉看作家为社会立言》,吴彬,新浪博客 2012 年 3 月 18 日。

91.《人鬼之间的抗衡与妥协——评〈鬼扬土〉》,周同、春晓,《文艺报》2011 年 5 月 9 日。

92.《另一种形式的精神启蒙——评〈杀威棒〉》,段守新,载《2011 年中国小说学会排行榜》,二十一世纪出版社 2012 年 5 月版。

93.《乡村历史和农民命运的艺术呈现——评〈皇粮钟〉》,李志孝、马超,《当代文坛》2011年第 6 期。

94.《在变化与超越中探寻人性世界》,杨显惠,《中华艺术报》2011 年 9 月 19 日。

95.《〈杀威棒〉棒喝了谁》,杨大维,《文艺报》2011 年 10 月 21 日。

96.《新华评刊:看〈小说月报〉2011 年第 12 期》,陈劲松,中国作家网 2012 年 1 月 21 日。

97.《走进职工艺术的百花园》,齐景园,《先锋视觉》2012 年创刊号。

98.《〈皇粮钟〉里的天水古词和民俗》,赵文慧,《天水文学》2012 年第 2 期。

99.《春天落幕看世间万象》,张艳梅等,《当代小说》2012 年第 4 期。

100.《小说如何实现参与历史的当下性——评〈摸蛋的男孩〉》,杨显惠,《文艺报》2012 年 5 月 21 日。

101.《秦岭:一方水土一方人》,张译丹,《今晚经济周报》2012 年 6 月 29 日。

102.《津门作家群创作综论》,闫立飞,《光明日报》2012 年 12 月 4 日。

103.《2012 短篇:平常中的异常》,贺绍俊,《小说评论》2013 年第 2 期。

104.《评〈杀威棒〉》,谭杰,载《中国当代文学经典必读》(短篇卷),文化艺术出版社 2013 年 5 月版。

105.《秦岭〈在水一方〉中的社会思维》,李文灏,《中国艺术报》2013 年 4 月 1 日。

106.《一个天津作家的水民生调查》,何玉新,《天津日报》2013 年 6 月 8 日。

107.《饮水安全与中国农民的命运》,陈忠实、秦岭,载《在水一方》,百花文艺出版社 2013 年 6 月版。

108.《水是举头三尺的神明》,中央电视台节目主持人朱军,秦岭,当代文学艺术网 2013 年 7 月 23 日。

109.《水是举头三尺的神明》,李晓晨,《文艺报》2013 年 8 月 12 日。

110.《折得东风第一枝——评〈在水一方〉》,陆焕生,《天津日报》2013 年 8 月 14 日。

111.《定点深入生活与报告文学的重大题材创作》,李朝全,《文艺报》2013 年 8

月 18 日。

112.《宿命的行走与追问——评〈在水一方〉》,葛俏俏,《延吉日报》2013 年 10 月 16 日。

113.《人文视野中的水民生——评〈在水一方〉》,刘卫东,《中国艺术报》2013 年 11 月 1 日。

114.《直面农村问题的追问——评秦岭的小说》,商昌宝,《文艺争鸣》2013 年第 11 期。

115.《乡土文学的性感表达——评秦岭的小说》,闫立飞,《文艺争鸣》2013 年第 11 期。

116.《论秦岭的〈弃婴〉、苏童的〈拾婴记〉、莫言的〈弃婴〉的婴儿意象》,王欣,《参花》2013 年第 7 期。

117.《2013 年中国文学发展状况》,中国作协,《人民日报》2014 年 4 月 22 日。

118.《举头三尺有神明——评〈在水一方〉》,胡平,《中国传媒商报》2014 年 5 月 27 日。

119.《新世纪天津文学:变革与开拓》,闫立飞,《天津师范大学学报》2014 年第 5 期。

120.《那一曲唱不尽的赞歌与悲歌》,商昌宝、王珊珊,载《小说视界中的乡村教师》,北岳文艺出版社 2014 年 7 月版。

121.《独具特色的文学特产》,孙云霞,《天津日报》2014 年 8 月 25 日。

122.《狐性映衬下的人性光泽——评〈女人和狐狸的一个上午〉》,苏敏,《中国艺术报》2014 年 9 月 19 日。

123.《人性主题的另类诠释——评〈女人和狐狸的一个上午〉》,刘蕾,《文艺报》2014 年 9月 24 日。

124.《在水一方,情深意长》,李炳银,2014 年 9 月 27 日在南开大学《在水一方》研讨会上的发言。

125.《烛照生命幽微的文学光芒》,张丽军,《当代小说》2014 年第 12 期。

126.《生命,相遇在屠杀与救赎之间——评〈女人和狐狸的一个上午〉》,林霆,载《2014 年中国小说排行榜集》,北岳文艺出版社 2014 年 12 月版。

127.《佳作快评——评〈女人和狐狸的一个上午〉》,佚名(编者),《小说选刊》2014 年第 11 期。

128.《从小角度看大历史》,张艳梅,载《新世纪中短篇小说观察》,北岳文艺出版社 2014 年 1 月版。

129.《厚重的西部乡村叙事——评〈借命时代的家乡〉》,邓晖,《时代文学》2015 年第 1期。

130.《链接现实与历史的深度叙事——评秦岭的小说》,邓晖,《中国艺术报》2015 年 1 月 12 日。

131.《黄土地上的人性挣扎——评秦岭的小说》,隋华臣,《当代文坛》2015 年第 2 期。

132. 《〈皇粮钟〉里丰富的天水专有词汇》,赵文慧,新浪博客 2015 年 4 月 30 日。

133. 《〈皇粮钟〉中的天水饮食民俗文化》,赵文慧,新浪博客 2015 年 5 月 1 日。

134. 《〈皇粮钟〉中的天水地方叙事语境》,赵文慧,中国社会科学网 2015 年 5 月 7日。

135. 《从精神到现实》,张元珂,《文学教育》2015 年第 6 期。

136. 《把内心照亮》,百花文艺编者,腾讯网文化频道 2015 年 6 月 12 日。

137. 《拓展西部小说的新疆域——评〈女人和狐狸的一个上午〉》,邓晖,《名作欣赏》2015 年第 7 期。

138. 《对历史和世事的洞悉——评秦岭的小说》,杨显惠,《文艺报》2015 年 7 月 8 日。

139. 《对话:中老年人的阅读与创作》,段守新、秦岭,《中老年时报》2015 年 7 月 10 日。

140. 《乡无郎,晚景凄凉》,王莹,《当代小说》2015 年第 4 期。

141. 《让思想的犁铧进入现实大地——评秦岭的小说》,张慎,《名作欣赏》2015 年第 11 期。

142. 《在历史的回声中介入现实》,商昌宝、秦岭,《名作欣赏》2015 年第 11 期。

143. 《作家秦岭的"初恋"》,王青,《新民晚报》2015 年 12 月 15 日。

144. 《爱是生命永恒的主题——评〈女人和狐狸的一个上午〉》,王青,《如皋日报》2016 年 1 月 19 日。

145. 《论秦岭的农村题材小说》,刘卫东,《河南师范大学学报》2016 年第 2 期。

146. 《论秦岭乡土小说的内涵和反思》,张慎,《河南师范大学学报》2016 年第 2 期。

147. 《生存困境下的借命生涯》,隋华臣,《河南师范大学学报》2016 年第 2 期。

148. 《命运书写:触及心灵的强震——评小说集〈透明的废墟〉》,范藻,《光明日报》2016 年 5 月 9 日。

149. 《小说介入地震灾难的方式——评小说集〈透明的废墟〉》,缑芳宜,《中国艺术报》2016 年 5 月 9 日。

150. 《构筑灾后重建的精神家园——评小说集〈透明的废墟〉》,王青,《文艺报》2016 年 6 月 8 日。

151. 《地震废墟中的心灵图谱——评小说集〈透明的废墟〉》,杨启明,《天津日报》2016 年 6 月 13 日。

152. 《关于〈阴阳界〉》,王十月,《作品》2016 年第 7 期。

153. 《计划生育题材的成功尝试——评〈风雪凌晨的一声狗叫〉》,白楠,《文艺报》2016 年 8 月 26 日。

154. 《狗叫撕开的乡村困顿——评〈风雪凌晨的一声狗叫〉》,缑芳宜,《中国艺术报》2016 年 8 月 29 日。

155.《乡村借命的反思——评〈借命时代的家乡〉》,邓晖,《北方文学》2016 年第 17 期。

156.《〈不娶你娶谁〉与不读你读谁》,牛广厚,《天津日报》2016 年 10 月 31 日。

157.《寻找:战争背后的人性光芒》,李丽,《小说月报》公众号 2016 年 11 月 6 日。

158.《好作家是社会的代言人——评秦岭的小说》,李丽,《文艺报》2016 年 11 月 18 日。

159.《在"小道"与"大道"之间》,段崇轩,《文学报》2017 年 1 月 13 日。

160.《小说借想象力与历史对话——评〈幻想症〉》,缑芳宜,《中国艺术报》2017 年 2 月 13 日。

161.《秦岭其人其文》,尔雅,《文学报》2017 年 2 月 23 日。

162.《军旅文学:观青萍望潮汐》,马晓丽、刘稀元,《文艺报》2017 年 2 月 27 日。

163.《在历史和现实的天平上》,缑芳宜,《文艺报》2017 年 3 月 1 日。

164.《"中国故事" 的讲述方式和人性立场》, 陈进武,《中国图书评论》2017 年 3 月 9 日。

165.《洞察现实社会的新视界——评〈一路同行〉》,李丽,《芙蓉》2017 年第 3 期。

166.《读〈吼水〉有感》,萍庭鹤,《中财论坛》2017 年 4 月 5 日。

167.《孤军深入的叙事挑战——评小说集〈透明的废墟〉》,黄桂元,《文艺报》2017 年 4 月 26 日。

168.《计划生育背景下的乡村百态——评〈风雪凌晨的一声狗叫〉》, 缑芳宜、刘彬,《名作欣赏》2017 年第 4 期。

169.《在反思中回归民心——评〈风雪凌晨的一声狗叫〉》,李彦文,《名作欣赏》2017 年第 4 期。

170.《"心震"的记录者和透视者——评小说集〈透明的废墟〉》,段守新,《文艺报》2017 年 4 月 26 日。

171.《"地震叙事"与德性重建——评小说集〈透明的废墟〉》,刘卫东,《文艺报》2017 年 4 月 26 日。

172.《面对灾难,小说何以可能——评小说集〈透明的废墟〉》,闫立飞,《文艺报》2017 年 4 月 26 日。

173.《抵达内心的轨迹——评小说集〈透明的废墟〉》,臧策,《文艺报》2017 年 4 月 26 日。

174.《以地震的名义考察当下地震题材小说——评小说集〈透明的废墟〉》,范藻,《中国艺术报》2017 年 5 月 15 日。

175.《重现农民的君子情怀——评〈吼水〉》,周宝东,《文艺报》2017 年 5 月 22 日。

176.《电影〈皇粮〉记录农村巨变》,金涛,《中国艺术报》2017 年 6 月 19 日。

177.《历史黑洞里的人性光芒——评〈寻找〉》,段守新,载《2016 年中国小说学会排行榜》,二十一世纪出版社 2017 年 7 月版。

178.《〈吼水〉为什么不可多得——评〈吼水〉》,张云鹏,中国作家网 2017 年 7 月

20 日。

179.《从〈吼水〉中看农民的向善和大义——评〈吼水〉》,张云鹏,《中国艺术报》2017 年 10 月 13 日。

180.《"皇粮"时代,城里人看得懂这个故事吗?》,朱又可,《南方周末》2017 年 11 月 30 日。

第九辑

秦岭作品及受关注情况

一、著作

1.《皇粮钟》(长篇小说) ,百花文艺出版社 2009 年 3 月版。

2.《断裂》(长篇小说),中国工人出版社 2008 年 1 月版。

3.《在水一方》(长篇纪实),百花文艺出版社 2013 年 6 月版。

4.《在水一方》(长篇纪实),百花文艺出版社 2014 年 1 月版。

5.《绣花鞋垫》(小说集),光明日报出版社 2006 年 6 月版。

6.《红蜻蜓》(小说集),光明日报出版社 2006 年 6 月版。

7.《抚摸柏林墙》(散文集),大众文艺出版社 2007 年 6 月版。

8.《借命时代的家乡》(小说集),北岳文艺出版社 2014 年 7 月版,纳入该社品牌图书“小说眼·看中国”丛书。

9.《透明的废墟》(小说集),北岳文艺出版社 2016 年 5 月版,纳入该社品牌图书“小说眼·看中国”丛书,纳入农家书屋工程。

10.《不娶你娶谁》(小说集),北岳文艺出版社 2016 年 9 月版,纳入该社品牌图书“小说眼·看中国”丛书,纳入农家书屋工程。

11.《幻想症》(小说集),民主与建设出版社 2018 年 2 月版。

12.《眼观六路》(随笔集),民主与建设出版社 2018 年 2 月版。

13.《行走与徘徊》(随笔集),北岳文艺出版社 2018 年 3 月版。

14.《读写之间》(随笔集),北岳文艺出版社 2018 年 3 月版。

15.《透明的废墟》(小说集精装版),北岳文艺出版社 2018 年 3 月版。

16.《宿命的行走》(散文集),言实出版社 2018 年 3 月版。

二、文章

1.《故乡的柳林》,1985 年 5 月原天水地区广播电台广播。

2.《礼物》,《当代中学生》1986 年第 4 期。

3.《故乡的莓子》,《中学时代》1986 年第 6 期;收入《中学生作文选刊》1986 年第 10 期,编入北京景山学校《五年制实验小学语文自读课本》。

4.《村西,那片柳林》,《当代中学生》1986 年第 10 期。

5.《一位辍学者的自述》,《青少年日记》1987 年第 8 期。

6.《解开生殖系统之谜》,《青少年日记》1987 年第 11 期。

7.《我是怎样写〈村西,那片柳林〉的》,《当代中学生》1986 年第 10 期;《思茅师专学报》1988 年第 2 期转载。

8.《早春,那沸腾的苜蓿地》,《作文》1988 年第 6 期。

9.《我》,《师范教育》1988 年第 10 期;收入《全国中师生优秀作品精选》,中国国际广播出版社 1991 年 6 月版。

10. 《甘谷辣椒》,《少年文艺》1988 年第 11 期。

11. 《雪莲漫谈》,《作文》1988 年第 12 期。

12. 《秦岭答读者问》,《青少年日记》1988 年第 12 期。

13. 《丑陋的男子汉》,《春笋报》1989 年 5 月 8 日。

14. 《瓜乡品鲜》,《少年文艺》1989 年第 5 期。

15. 《雨中》,《当代中学生》1989 年第 2、第 3 期合刊。

16. 《蒙蒙春意浓》,《天水文学》1989 年第 2 期。

17. 《乐山观佛》,《天津日报》1998 年 10 月 18 日。

18. 《嬗变》,《短篇小说》2001 年第 1 期。

19. 《守望》,《当代人》2001 年第 4 期。

20. 《乡村教师》,《鸭绿江》2001 年第 8 期;收入《2001 年中国短篇小说精选》,长江文艺出版社 2002 年 2 月版。

21. 《四爷》,《短篇小说》2001 年第 9 期;《小说选刊》2002 年第 1 期转载。

22. 《脚气》,《短篇小说》2001 年第 10 期。

23. 《傻疤子》,《短篇小说》2002 年第 4 期。

24. 《人事局的人事故事》,《章回小说》2002 年第 6 期。

25. 《村学》,《天津文学》2002 年第 6 期。

26. 《哑巴核桃》,《天津文学》2002 年第 6 期。

27. 《正月》,《鸭绿江》2002 年第 8 期。

28. 《栽》,《鸭绿江》2002 年第 8 期。

29. 《红蜻蜓》,《天津文学》2002 年第 10 期。

30. 《心灵才是动人的》,《天津文学》2002 年第 11 期。

31. 《大雪封山的日子》,《鸭绿江》2003 年第 6 期。

32. 《较量》,《章回小说》2003 年第 7 期。

33. 《英雄弹球子别传》,《天津文学》2003 年第 7 期。

34. 《丢失》,《短篇小说》2003 年第 8 期。

35. 《捐》,《短篇小说》2003 年第 10 期。

36. 《绣花鞋垫》,《北京文学》2003 年第 11 期;《中篇小说月报》2003 年第 11 期转载;收入《2003 年中国最新小说排行集》,文化艺术出版社 2004 年 5 月版;收入《2003 年大学生最佳小说》,春风文艺出版社 2004 年 5 月版;多家报刊转载;天津人民广播电台 2004 年 5 月录制播讲。

37. 《关于乡村教师鸡零狗碎的感情生活》,《中篇小说月报》2002 年第 11 期。

38. 《"非典"的辩证思考》,《天津文学》2003 年增刊。

39. 《狗坟》,《章回小说》2003 年第 12 期;《中篇小说选刊》2004 年第 2 期转载。

40. 《话题之外的话题更像话题》,《中篇小说选刊》2004 年第 2 期。

41. 《护林员傻疤子其人》,《天津日报》2004 年 5 月 20 日。

42. 《大秘生涯》,《章回小说》2004 年第 7 期。

43.《犟牛和他的涝坝》,《天津日报》2004 年 9 月 20 日。

44.《故事的背后》,《中篇小说选刊》2005 年第 3 期。

45.《难言之隐》,《钟山》2005 年第 4 期;收入《市长秘书》(中国新写实系列丛书)时篇名改为《县长秘书》,湖南文艺出版社 2010 年 1 月版。

46.《不娶你娶谁》,《天津文学》2005 年第 4 期;《中篇小说选刊》2005 年第 3 期转载。

47.《坡上的莓子红了没》,《红岩》2005 年第 4 期;《新华文摘》2006 年第 4 期转载。

48.《烧水做饭的女人》,《长城》2005 年第 5 期;《作品与争鸣》2006 年第 4 期转载。

49.《闯红灯的女人》,《山东文学》2005 年第 10 期。

50.《打字员盖春风的感情史》,《长江文艺》2005 年第 12 期;收入《女秘书科长》(中国新写实系列丛书)时篇名改为《女秘书科长》,湖南文艺出版社 2010 年 1 月版。

51.《碎裂在 2005 年的瓦片》,《天津日报》2005 年 11 月 10 日;《小说月报》2006 年第 2 期转载,收入《2006 年小说月报精品集》,百花文艺出版社 2007 年 1 月版;收入《梁斌文学奖获奖作品集》,百花文艺出版社 2006 年 5 月版。

52.《欣赏犁铧的姿态》,《天津作家》2006 年第 4 期。

53.《弃婴》,《作品》2006 年第 6 期;《小说选刊》2006 年第 10 期,《小说月报》2006 年第 8 期转载;收入《2006 年度中国短篇小说精选》,天津人民出版社 2007 年 4 月版。

54.《碰瓷儿》,《上海文学》2006 年第 10 期;《美国华人周刊》2007 年第 2 期转载。

55.《抚摸柏林墙》,《天津文学》2006 年第 12 期。

56.《硌牙的沙子》,《北京文学》2007 年第 1 期;收入《2007 年短篇小说精选》,天津人民出版社 2008 年 6 月版;收入《第九届中国小说排行榜》,天津人民出版社 2009 年 10 月版;收入《2007 年中国小说学会排行榜》,二十一世纪出版社 2012 年 4 月版。

57.《又是一年杨柳青》,《杨柳青》2007 年第 1 期。

58.《断裂》,《小说月报》(原创版)2007 年第 3 期。

59.《皇粮》,《小说月报》(原创版)2007 年第 5 期;《中篇小说月报》2007 第 11 期转载,《作品与争鸣》2008 年第 2 期转载;收入《2007 年小说月报(原创版)精品集》,百花文艺出版社 2008 年 1 月版;收入《乡土小说》,百花文艺出版社 2011 年 2 月版;收入《小说月报百花奖(原创)获奖作品集》,百花文艺出版社 2011 年 7 月版。

60.《华章厚德宁为人梯》,《星火》2007 年第 5 期。

61.《阅读林雪》,《诗刊》2007 年第 6 期。

62.《人间四月天的一次阅读》,《天津作家》2007 年第 8 期。

63.《亚军:一位作家的速写》,《文学界》2007 年第 9 期。

64.《在精神的乡村走出别样》,《天津作家》2007 年第 10 期。

65.《我开始相信自己的眼睛》,《中篇小说月报》2007 年第 11 期。

66.《父亲之死》,《文学界》2007 年第 12 期;《小说月报》2008 年第 2 期转载;收入《政法委书记》(中国新写实系列丛书)时篇名改为《县长父亲》,湖南文艺出版社 2010 年 1 月版。

67.《视角是一块带筋的骨头》,《天津作家》2007 年第 12 期。

68.《透明的废墟》,《小说月报》(原创版)2008 年第 4 期;《中篇小说月报》2008 年第 8 期转载,《作品与争鸣》2008 年第 10 期转载;收入《全国梁斌小说奖获奖作品汇编》,百花文艺出版社 2009 年 1 月版。

69.《全社会需要感动》,《作家看"官儿"》(序),中国文联出版社 2008 年 4 月版。

70.《本色》,《山东文学》2008 年第 4 期;《小说月报》2008 年第 7 期转载;收入《年度短篇小说精选》(第三辑),天津人民出版社 2009 年 8 月版。

71.《权当来鲁院磨镰刀》,《作家通讯》2008 年第 8 期。

72.《走近中国的"大墙文学"之父》,《中华英才》2008 年第 5 期。

73.《巴黎圣母院的鸟群》,《飞天》2008 年第 9 期。

74.《对一个花盆的守望》,《兰州晨报》2008 年 12 月 26 日。

75.《在人性的车间与庄稼地放逐思想》,《文学界》2009 年第 1 期。

76.《洞穿"大墙"的豪情人生》,收入《中篇小说金库·从维熙卷》,花城出版社 2010 年 11 月版。

77.《圪蹴在白鹿原上的老汉》,《文学界》2009 年第 1 期。

78.《命根》,《小说月报》(原创版)2009 年第 2 期。

79.《一枚戒指在布鲁塞尔等我》,《热土》2009 年第 3 期。

80.《他至今在津门"潜伏"》,《作家通讯》2009 年第 3 期。

81.《分娩》,《飞天》2009 年第 5 期;《小说月报》2009 年第 9 期转载; 收入《2009 年中国优秀短篇小说精选》,长江文艺出版社 2010 年 1 月版;收入《飞天 60 年典藏》(1950—2010),甘肃文化出版社 2010 年 9 月版。

82.《寻找意味着美的广阔》,《都市文化》2009 年第 4 期。

83.《站在崖畔看村庄》,《文学报》2009 年 6 月 18 日。

84.《当合同化作纸蝴蝶》,《甘肃日报》2009 年 9 月 22 日。

85.《肉夹馍不是汉堡包》,《文艺报》2009 年 9 月 29 日。

86.《挺起脊梁架房梁》,《中国作家》2009 年第 11 期。

87.《文学批评:无根岂能叶茂》,《文学报》2009 年 12 月 24 日。

88.《有一种蒙昧我不愿相信》,收入《小说月报百花奖(原创)获奖作品集》,百花文艺出版社 2011 年 7 月版。

89.《天高为诗水长当歌》,《诗歌月刊》2010 年第 1 期。

90.《文学自有故乡》,《文学界》2010 年第 2 期。

91.《马阴阳出山》,《文学界》2010 年第 2 期。

92.《中国当下的文学基础理论对话》,《黄河文学》2010 年第 2 期。

93.《作为"他者"的秦岭》,《文学界》2010 年第 2 期。

94.《睡衣》,《芒种》2010 年第 5 期。

95.《天津不断给我灵感》,《假日 100 天》2010 年 6 月 11 日。

96.《一头说话的骡子》,《飞天》2010 年第 6 期;收入《2010 年中国优秀短篇小说精选》,长江文艺出版社 2011 年 1 月版;收入《2010 年中国短篇小说年度佳作集》,贵州人民出版社 2011 年 4 月版;收入《2010 年度短篇小说精选》,天津人民出版社 2011 年 5 月版。

97. 《追寻一位白发披散的姑娘》,《天津作家》2010 年第 6 期。

98. 《一个人和一座山》,《都市生活》2010 年第 7 期。

99. 《文学伦理的秩序与良知》,《文学报》2010 年 7 月 22 日。

100. 《用诗歌触摸创始的曙光》,《陇东南周刊》2010 年 7 月 10 日。

101. 《与抄袭者对话二则》,《文学报》2010 年 8 月 5 日;收入《中国网评年选 2010》,花城出版社 2011 年 1 月版。

102. 《一段情在内心流淌》,《北京文学》2010 年第 8 期;收入《记忆与足迹——北京文学创刊 60 周年丛书》,同心出版社 2010 年 10 月版。

103. 《今天,为舟曲泥石流遇难者致哀》,《今晚报》2010 年 8 月 16 日。

104. 《相思树》,《天津文学》2010 年第 8 期;收入《2010 年度中篇小说精选》,天津人民出版社 2011 年 5 月版。

105. 《精彩人生的诗歌魅力》,《陇东南周刊》2010 年 8 月 10 日。

106. 《她开启了天津犹太人的封条》,《天津日报》2010 年 10 月 29 日。

107. 《我送你一个玩偶》,《天津日报》2010 年 11 月 25 日。

108. 《官场生态的一种》,载《歧途》,群言出版社 2011 年 1 月版。

109. 《史铁生,天堂里你可以行走了》,《天津日报》2011 年 1 月 16 日。

110. 《百年盐业史的多重观察》,《文艺报》2011 年 1 月 26 日。

111. 《转身照样露峥嵘》,《福建文艺界》2011 年第 3 期。

112. 《鬼扬土》,《文艺报》2011 年 4 月 8 日;《小说月报》2011 年第 6 期转载。

113. 《心震》,《中国作家》2011 年第 5 期。

114. 《不光在金色大厅唱“花儿”》,《作家通讯》2011 年第 6 期。

115. 《文学批评的当务之急是去伪存真》,《文学报》2011 年 6 月 25 日。

116. 《摸蛋》,《文艺报》2011 年 7 月 11 日。

117. 《新媒体时代,文学消亡?》,《文学报》2011 年 7 月 28 日。

118. 《乡土叙事不能断了历史根脉》,《文艺报》2011 年 8 月 24 日。

119. 《和田古丽》,《光明日报》2011 年 11 月 16 日;收入《2011 年中国散文大联展》,中国戏剧出版社 2012 年 1 月版。

120. 《援疆散记十章》,《中国作家》2011 年第 10 期。

121. 《烟雨崆峒道谁知》,《散文》2011 年第 10 期。

122. 《杀威棒》,《飞天》2011 年第 10 期;《小说选刊》2011 年第 12 期,《小说月报》2011 年第 12 期转载;收入《2011 年中国优秀短篇小说精选》,长江文艺出版社 2012 年 1 月版;收入《2011 年中国小说学会排行榜》,二十一世纪出版社 2012 年 5 月版;收入《中国当代文学经典必读》(2011 短篇卷),文化艺术出版社 2013 年 5 月版。

123. 《母亲住院的日子》,《文艺报》2012 年 3 月 26 日。

124. 《现实主义的此岸与彼岸》,《名作欣赏》2012 年第 3 期。

125.《眼睛和心灵缘何划江而治》,《文学自由谈》2012 年第 4 期。

126.《摸蛋的男孩》,《北京文学》2012 年第 4 期。

127.《一张城市名片的诞生》,《天津日报》2012 年 9 月 6 日;《中国教育报》2012 年 9 月 13 日转载。

128.《在古堡的苍凉中读懂自己》,《文艺报》2012 年 10 月 26 日;《天水古堡》(序),新疆美术摄影出版社 2012 年 3 月版。

129.《社会意识是作家关注现实的要件》,《文艺报》2012 年 11 月 21 日。

130.《丰饶的花事与人事》,《文艺报》2012 年 12 月 21 日;《花事·物语》(序),中国文联出版社 2012 年 9 月版。

131.《在 2012 年的一滴水中行走》,《中国艺术报》2013 年 1 月 6 日。

132.《我知道我是谁》,《艺术广角》2013 年第 1 期。

133.《橄榄绿之恋》,《中国武警》2013 年第 1 期。

134.《一次宿命的行走》,《鸭绿江》2013 年第 3 期。

135.《在水一方》,《中国作家》2013 年第 3 期;收入《2013 年报告文学》,人民文学出版社 2014 年 6 月版。

136.《水之殇》,《啄木鸟》2013 年第 4 期。

137.《水是生活之血》,《作家通讯》2013 年第 5 期。

138.《秦源根脉的缝补与再现》,《文艺报》2013 年 5 月 15 日。

139.《在爱情的毒药与美酒之间》,《爱不起,别爱》(序),吉林出版集团有限责任公司 2013 年 6 月版。

140.《反思是我的习惯》,《文艺争鸣》2013 年第 11 期。

141.《与喧哗浮世狭路相逢》,《文艺报》2013 年 12 月 30 日。

142.《千里赣南筑蓬莱》,《中国作家》2014 年第 1 期。

143.《绣花鞋垫(电影剧本)》,《中国作家》(影视版)2014 年第 1 期。

144.《依稀太白是故园》,《天津日报》2014 年 1 月 9 日。

145.《读书是作家的自省》,《中老年时报》2014 年 4 月 22 日。

146.《谁在嘲笑"联合国官员"里的中国农民》,《阜阳城市周报》2014 年 6 月 11 日。

147.《让日子飞翔》,《西北旅游》2014 年第 6 期。

148.《鲁院琐忆六章》,载《我的鲁院——鲁迅文学院 60 年校庆专辑》,新星出版社 2011 年 1 月版。

149.《塔里木三章》,《中国作家》2014 年第 7 期。

150.《最是故乡在线时》,《宝鸡日报》2013 年 7 月 12 日;收入《印象天水》,甘肃文化出版社 2014 年 2 月版。

151.《丰县女人》,《散文选刊》2014 年第 7 期;收入《中国最美散文》(第一卷),中国书籍出版社 2016 年 1 月版。

152.《让虚构迂回到地震现场背后》,载《透明的废墟》,北岳文艺出版社 2014 年 7月版。

153.《双语呈现中的津门内外》,《中国艺术报》2014年7月4日;《天津城市民间文化之韵》(序),辽宁大学出版社2014年10月版。

154.《风景这边独好》,《中国艺术报》2014年7月4日;《仰望太白山》(序),中国旅游出版社2014年5月版。

155.《依稀蓟州绿似梦》,《天津作家"看蓟州"专辑》,天津作协2014年9月编。

156.《女人和狐狸的一个上午》,《人民文学》2014年第9期;《小说月报》2014年第11期转载;收入《2014年短篇小说选粹》,北岳文艺出版社2014年12月版;收入《2014年中国小说学会排行榜》,二十一世纪出版社2015年5月版;收入《第十六届百花奖获奖作品集》,百花文艺出版社2015年6月版;收入《天津当代短篇小说选编》(英文版),五洲传播出版社2016年12月版;收入《中国当代文学经典必读》(2014短篇卷),百花洲文艺出版社2015年2月版;天津人民广播电台"薇电台"2017年4月20日播讲。

157.《大地湾的声音》,《飞天》2014年第10期。

158.《告别官场酒文化之乱象》,《中国纪检监察报》2014年11月14日。

159.《首善之区的答案》,《天津日报》2014年11月19日;《首善之区》(序),北岳文艺出版社2015年1月版。

160.《借命时代的家乡》,《中国作家》2014年第12期;《小说选刊》2015年第2期转载。

161.《角度是叙事的铁门槛》,《南海潮》2015年第2期。

162.《天津,一条河的前世》,《江河》2015年第4期。

163.《诗情钱塘江》,《江河》2015年第4期。

164.《又是登高远眺时》,《天津日报》2015年4月1日;"津塔文丛"(第三辑)总序,北岳文艺出版社2014年1月版。

165.《当青春成为往事》,《当春》2015年第5期。

166.《你的生命里还有水吗》,收入《第16届小说月报"百花奖"获奖作品集》,百花文艺出版社2015年6月版。

167.《百年风华一望收》,《天津日报》2015年6月8日;《五大道》(序),天津人民出版社2015年5月版。

168.《叩响人性门环的声音》,《中国艺术报》2015年6月26日;《好像曾经问过你》(序),天津社会科学院出版社2015年3月版。

169.《风味独具的地方史话》,《天水日报》2015年10月15日。

170.《渭河是一碗汤》,《人民日报》2015年10月19日;《散文》(海外版)2016年第1期转载;收入《2015年中国最佳散文》,辽宁人民出版社2016年1月版;收入《人民日报2015年散文精选》,人民日报出版社2016年5月版。

171.《日子里的黄河》,《人民日报》2015年11月25日。

172.《血管》,《中国水利》2015年第14期。

173.《散章五则》,《南方周末》2015年12月24日。

174.《一方水土的审美》,《翰墨津湾》(序),北岳文艺出版社 2016 年 1 月版。

175.《缱绻于红楼的别样叙事》,《人民铁道报》2016 年 1 月 21 日。

176.《为了历史的馈赠与尊严》,《苏惠文化研究文集》(序), 苏蕙文化研究会 2016 年 2 月版。

177.《手绘连环画的儿时记忆》,《中国艺术报》2016 年 2 月 2 日。

178.《有种需要叫登高》,《天津文学艺术界》2016 年第 2 期;"津塔文丛"(第一辑)总序,上海三联出版社 2012 年 12 月版。

179.《生命的文学风度》,《西部作家》2016 年第 4 期。

180.《风雪凌晨的一声狗叫》,《长城》2016 年第 4 期;《名作欣赏》2017 年第 4 期列专题讨论。

181.《叫一声老汉你快回来》,《重庆日报》2016 年 5 月 10 日;天津人民广播电台"薇电台"2016 年 5 月 5 日播讲;收入《中学生阅读》2016 年第 11 期。

182.《最是文学校园时》,《青春的地标》(序),北岳文艺出版社 2016 年 6 月版。

183.《阴阳界》,《作品》2016 年第 7 期;《海外文摘》2018 年第 3 期转载。

184.《我的"青春阅读"时代》,《天津文学》杂志"纪念创刊 60 周年"专刊,2016 年 7 月。

185.《寻找》,《飞天》2016 年第 8 期;《小说选刊》2016 年第 9 期,《小说月报》2016 年第 10 期转载;收入《2016 年中国短篇小说排行榜》,百花洲文艺出版社 2017 年 1 月版;收入《2016 年中国小说学会排行榜》,二十一世纪出版社 2017 年 7 月版;收入《中国当代文学经典必读》(2016 年短篇卷),百花洲文艺出版社 2017 年 8 月版。

186.《岁月乡村的倒影》,载《在那个年代里》,山东文艺出版社 2016 年 10 月版。

187.《河豚岛》,《扬中日报》2016 年 11 月 12 日;收入《美在扬中文学作品集》,中国文联出版社 2015 年 12 月版。

188.《幻想症》,《解放军文艺》2016 年第 12 期;《小说月报》2017 年第 1 期转载,《中华文学选刊》2017 年第 1 期转载;收入《小说月报 2017 年精品集》,百花文艺出版社 2018 年 1 月版。

189.《流淌在祖院的时光》,《广州文艺》2016 年第 12 期;《中华文学选刊》2016 年第 10 期转载。

190.《吼水》,《当代》2017 年第 2 期;收入《2017 年中国短篇小说排行榜》,百花洲文艺出版社 2017 年 12 月版。

191.《一路同行》,《芙蓉》2017 年第 3 期。

192.《不能让"津味儿"成为束缚林希的紧箍咒》,《文学报》2017 年 4 月 13 日。

193.《小白楼的女人》,《中老年时报》2017 年 4 月 15 日。

194.《问君可懂狗叫声》,《名作欣赏》2017 年第 4 期。

195.《旗袍》,天津人民广播电台"薇电台"2017 年 5 月 20 日播讲;《海口日报》2017 年 6 月 15 日。

196.《乌兰察那个布》,《人民日报》2017 年 6 月 5 日。

197.《文学创作的破茧》,《文学报》2017 年 7 月 18 日。

198.《追念从津门走失的老乡》,《天津日报》2017 年 7 月 27 日。

199.《诗人老乡其人》,《南方周末》2017 年 7 月 27 日。

200.《另一种坚守与前行》,载《中国文学论坛文集——文学的观察与展望》,北岳文艺出版社 2017 年 9 月版。

201.《走进火山群》,《天津日报》2017 年 10 月 16 日。

202.《一个城市的声音》,《今晚报》2017 年 10 月 26 日。

203.《长城的样子》,《中国文化报》2017 年 10 月 26 日。

204.《回望韩城》,《中国纪检监察报》2017 年 10 月 28 日。

205.《一个城市的底气》,《今晚报》2019 年 11 月 9 日。

206.《金果的味道》,《人民日报》2017 年 12 月 4 日。

207.《烟铺樱桃》,《中国纪检监察报》,2017 年 12 月 15 日;收入《天津市 2016 年中考一模试卷》。

208.《文学理论研究的新范式》,《中国艺术报》2018 年 1 月 10 日。

三、影视及其他

1. 2006 年,电影《白方礼》,海南梅地亚影视公司出品;参与编剧。

2. 2007 年,天津作协召开“秦岭、龙一、武歆作品研讨会”。

3. 2008 年,电影《砸掉你的牙》,改编自《碎裂在 2005 年的瓦片》,北京电影制片厂出品;参与策划。

4. 2009 年,晋剧《麦穗儿黄了》,改编自长篇小说《皇粮钟》;担任文学顾问。

5. 2009 年,评剧《马本仓当官记》,改编自中篇小说《皇粮》;担任文学顾问。

6. 2009 年,中国作协、天津作协在北京召开《皇粮钟》研讨会。

7. 2013 年,中国作协、水利部在宁夏召开《在水一方》研讨会。

8. 2013 年,天津写作学会、南开大学文学院召开《在水一方》研讨会。

9. 2015 年,散文《走近中国的“大墙文学”之父》编入部分省市高中联考语文试卷阅读分析题。

10. 2016 年,散文《日子里的黄河》编入部分省市高考模拟语文试卷阅读分析题。

11. 2016 年,散文《渭河是一碗汤》编入部分省市高考模拟语文试卷阅读分析题。

12. 2017 年,散文《烟铺樱桃》被编入部分省市中考语文模卷阅读分析题。

13. 2017 年,电影《皇粮》,长春电影制片厂摄制;参与编剧。

14. 2017 年,天津作协召开地震题材小说集《透明的废墟》研讨会。

四、获奖及其他

1. 2002 年,《天津文学》“新星在线”推出“秦岭小说专辑”,被天津作协评为“文学新星”。

2．2004年，中篇小说《绣花鞋垫》获天津市第12届全国“文化杯”中篇小说一等奖；收入《北京文学》2003年中国最新小说排行榜。

3．2004年，中篇小说《大秘生谁》获章回小说2004年度优秀小说奖。

4．2005年，中篇小说《难言之隐》获天津市第14届全国“文化杯”中篇小说一等奖。

5．2006年，短篇小说《碎裂在2005年的瓦片》获首届“关注三农”全国梁斌文学奖。

6．2006年，被天津市总工会等单位联合授予“天津市百名职工艺术家”荣誉称号。

7．2008年，短篇小说《硌牙的沙子》收入中国小说学会2007年中国小说排行榜。

8．2008年，中篇小说《皇粮》获第二届“关注三农”全国梁斌文学奖。

9．2008年，中篇小说《透明的废墟》获天津市第17届全国“文化杯”中篇小说一等奖。

10．2009年，中篇小说《皇粮》获第13届《小说月报》(原创)“百花奖”。

11．2009年，晋剧《麦穗儿黄了》，改编自长篇小说《皇粮钟》，担任文学顾问，获全国第三届戏剧展演特等奖。

12．2009年，评剧《马本仓当官记》，改编自中篇小说《皇粮》，担任文学顾问，获全国第三届戏剧展演一等奖。

13．2012年，短篇小说《杀威棒》收入中国小说学会2011年中国小说排行榜。

14．2012年，评剧《马本仓当官记》获中宣部第12届“五个一工程奖”。

15．2013年，被中国文联授予“全国文联系统优秀个人”荣誉称号。

16．2015年，短篇小说《女人和狐狸的一个上午》收入中国小说学会2014年中国小说排行榜，获第16届《小说月报》百花文学奖。

17．2015年，小说集《借命时代的家乡》收入国家新闻出版广电总局“全国农家书屋”项目。

18．2016年，短篇小说《杀威棒》获“《飞天》杂志十年奖”。

19．2016年，小说集《透明的废墟》收入北岳文艺出版社2016年度“十本好书”，入围京东文学奖。

20．2017年，短篇小说《寻找》收入中国小说学会2016年中国小说排行榜。

21．2017年，小说集《透明的废墟》《不娶你娶谁》，登上多家媒体“好书榜”；同时纳入国家新闻出版广电总局农家书屋工程。

后 记

在中国的传统文化里，"十"是一个被赋予了奇妙意义的数字。十年，也往往构成回眸一段岁月的充分理由。想想就不免感慨，从我和秦岭的初次相识，到现在这本《秦岭研究资料》的尘埃落定，弹指一挥间，倏忽就是十年了。

秦岭的小说比秦岭本人更早地闯入我的视野。2007年我受中国小说学会之托做一个年度小说选本，在《小说月报》(2006年第8期)上读到了他的短篇小说《弃婴》，那里面写到的农民在法理、伦理和生存之间的撕裂感，以及小说强大的现实穿透力，都让我震撼异常，当即就决定选入，并着手撰写评论。同时，看到文末所附的作者简介，知道他是天津作家，和自己在同一个城市，心里也小小地喜悦了一下。但也只是如此，我没有刻意和作家建立联系的习惯。选本编完了，也就该忙什么忙什么去了。

不料几个月后，突然接到一个电话，说他就是秦岭，说他的小说被选入的各类选本中，只有我的这个选本，是把小说文本和具体评析结合起来进行，很有新鲜感，而且我对《弃婴》的评论中肯到位，有启发性。于是，我们有了第一次见面。那时他给我的印象，是有些过分地客气。而我正值年轻气盛，颇有点顾盼自雄的神气，大剌剌地和他谈着文学，把他看作了一个刚刚起步的写作者。其实这些都是我的浅薄了，后来交往既多，才越来越认识到，秦岭是少有的诚朴真挚之人。他对文学之梦的追逐，也由来已久，少年时代，就发表过不少作品，而此时，已然悄悄站在了写作的临爆点上，正含蓄着丰沛的元气，攘臂使拳要干出一些大的动静。后来的十年岁月，历历证实了这一点，他成长为一个成绩卓然的作家，《碎裂在2005年的瓦片》《杀威棒》《狐狸和一个女人的上午》《幻想症》《寻找》《吼水》等一大批佳作迭出，获奖频频，广受赞誉。高手如林的作家里，从此多了一个秦岭。就我所知，前辈作家如陈忠实、从维熙、蒋子龙、杨显惠等，都相当关注和肯定秦岭的创作，认为他的小说找对了方向，找准了穴位，有着特别的眼光和韵味。同时，也有一批年轻的评论家，如闫立飞、刘卫东、张艳梅、商昌宝、李丽、隋华臣等，以他们敏锐的审美感受力，观察并判断着秦岭，他们或严谨或犀利的评论文字，一直紧紧伴随着秦岭的写作进程，相互砥砺，相互摩荡。

十年里，我和秦岭一直保持着密切的文学互动。他对于自认为拿捏不准的原创作品，常会先发给我过目"提提意见"。我认为精彩的，也总会欣然提笔写一点评论；有问题的，则直言不讳地指出来，有时候，甚至批评得很厉害，很有杀伤性。这里面的意见，或许有洞见，但更多的或许是拙见，而承秦岭的雅量，他都还能接得住。我想这是一个好作家应该具有的素质，也是一个好作家和从事文学批评的人应该具有的关系和状态。

这些年来，我也曾受命主编或参与主编过一些文学选本，但协助王彬先生编选作家个人的研究资料，尚属首次。我之所以愉快地答应下来。一方面是觉得在灿若群星的作家队伍里，秦岭确有其独特的研究价值；另一方面，也是出于我对"中国现当代作家研究资料丛书"的看重和推崇。天津人民出版社的这套丛书，是一项惠泽学界的文化工程，这么多年来，已陆续整理和出版了莫言、贾平凹、王安忆、苏童、余华、王朔等现当代作家的研究资料，这在国内尚属首家，对现当代文学研究既奠定了扎实的基础，也起到了强有力的助推作用。它的价值和意义，将会随着时间的推移而愈发地明显。因此，为了编选好《秦岭研究资料》，我们团队在王彬先生的具体指导下，秉持着严谨、认真的态度，广泛查阅有关秦岭研究的文章二百多篇(含外围综合类研究)，涉及几十种书籍和报刊，并按照精益求精、披沙沥金的原则，在分门别类编排索引、体例的基础上，反复进行整理，取舍，再整理，再取舍，期间多次听取责编的建议和意见，尽量做到社会性和专业性的结合，广泛性和学术性的融汇，便于秦岭的研究者和广大读者多角度、多层面的观察秦岭作品的样貌。

需要说明的是，我协助王彬先生编选这本研究资料，只是做了一些整理筛选工作，多是边边角角的琐事，而更多的工作源自王彬先生事必躬亲、见微知著的策划、指导、审阅和帮助。王先生是学术名家，见高识远，这种治学精严、一丝不苟的态度，着实令我肃然起敬。另外，著名作家杨显惠先生百忙之中为本书写了序言。杨先生风骨凛然，海内外钦仰，他对秦岭的创作，不只始终密切地跟踪，还多次拨冗写评论予以褒扬。他对后辈作家的关爱和扶持，也让我们深深感佩。本书责编韩玉霞女士，多年来一直主持这套丛书的出版，她丰富的经验和耐心的指导，令我们受益良多。此外，我的学生李嘉桐、梁妍、徐蔚和其他几位朋友，耗费了相当大的精力和时间协助我们搜集资料，并校读文字，在此一并表示感谢。

由于视野和水平的局限，舛误和遗憾在所难免，我们当负全部责任，并诚挚地欢迎读者不吝指正。

段守新

2017 年 7 月 5 日

中国现当代作家研究资料丛书

莫言研究资料	杨扬 编	2005 年
贾平凹研究资料	郜元宝、张冉冉 编	2005 年
王朔研究资料	葛红兵、朱立冬 编	2005 年
沈从文研究资料	刘洪涛、杨瑞仁 编	2006 年
余华研究资料	洪治纲 编	2007 年
苏童研究资料	汪政、何平 编	2007 年
韩少功研究资料	廖述务 编	2008 年
王蒙研究资料	宋炳辉、张毅 编	2009 年
王安忆研究资料	张新颖、金理 编	2009 年
王小波研究资料	韩袁红 编	2009 年
周作人研究资料	徐从辉 编	2014 年
张爱玲研究资料	文娟 编	2014 年
韩少功研究资料(增补本)	廖述务 编	2017 年
秦岭研究资料	王彬 主编　段守新 副主编	2018 年

中国现代作家年谱

周作人年谱	张菊香、张铁荣 编	2000 年
俞平伯年谱	孙玉蓉 编	2001 年
沈从文年谱	吴世勇 编	2006 年
丁玲年谱长编	李向东、王增如 编	2006 年
张爱玲年谱	张惠苑 编	2014 年

本书中个别文章的作者,无法或未能及时联系上。请作者看到本书后尽快与我们联系。

天津人民出版社
第二编辑室
电话:022-23332465